Caron Eastgate James

Das Erbe der Schwestern

Roman

W0373101

Aus dem Englischen
von Ursula Bischoff

Knaur Taschenbuch Verlag

Die englische Originalausgabe erschien 1999 unter dem Titel
»The Occidentals« bei Asia Books Co. Ltd., Bangkok.

Besuchen Sie uns im Internet:
www.knaur.de

Vollständige Taschenbuchausgabe Juli 2005
Knaur Taschenbuch.
Ein Unternehmen der Droemerschen Verlagsanstalt
Th. Knaur Nachf. GmbH & Co. KG, München
Copyright © Caron Eastgate 1999
Copyright © für die deutschsprachige Ausgabe nymphenburger in der
F.A. Herbig Verlagsbuchhandlung GmbH, München 2003.
Alle Rechte vorbehalten.
Umschlaggestaltung: ZERO Werbeagentur, München
Umschlagabbildung: Mauritius Images, Mittenwald /
SUPERSTOCK, München
Satz: Uhl + Massopust, Aalen
Druck und Bindung: GGP Media GmbH, Pößneck
Printed in Germany
ISBN 3-426-62823-6

2 4 5 3 1

Danksagung

Ich möchte folgenden Personen und Institutionen für ihren Beitrag zur Entstehung des Buches danken: Der Siam Society, deren ausgezeichnete Bibliothek einen Großteil des Informationsmaterials lieferte, das für die Recherche benötigt wurde; Ian James für die Unterstützung während des gesamten Projekts; Howard Richardson, der den Kontakt zu Asia Books herstellte; und vor allem meinem Lektor Richard Baker für seine Geduld und seine Bemühungen.

Prolog

Der Geruch nach Zigarrenrauch hing noch in der Luft des dunklen, stillen Hauses; er wich unwillkürlich einen Schritt zurück, zum Schiebefenster, durch das er eingestiegen war.
Und wenn der Mann noch da war? Das Letzte, wonach ihm der Sinn stand, war, einen Aufruhr zu verursachen, ganz zu schweigen von einem Handgemenge, denn schließlich war er nur gekommen, um sich das zu holen, was ihm zustand. Doch dann fiel ihm wieder ein, dass sie ihren Besuchern nie gestattete, über Nacht zu bleiben. Die meisten von ihnen wurden ohnehin zu Hause erwartet.
Von Diebstahl konnte im Grunde keine Rede sein, versuchte er sich einzureden. Es galt lediglich, eine Rechnung zu begleichen. Hier würde er gewiss keinen Gebrauch von seinem Fund machen können, und vielleicht nirgendwo auf der Welt, doch wenn er ihn schon nicht haben konnte, sollte sie ebenfalls leer ausgehen, dafür würde er sorgen. Lieber würde er ihn im Garten vergraben, damit irgendein Glückspilz, vielleicht ein Jahrhundert später, ihn durch Zufall entdeckte. Wie auch immer, sie würde ihm jedenfalls nicht nachweisen können, dass er es gewesen war. Gesindel gab es in dieser Gegend zuhauf, jeder konnte es gewesen sein. Er würde ihn heute Nacht mit nach Hause nehmen. Nach Hause, zu seiner Frau.
Wenn sie sich nur an die Abmachung gehalten hätte … Wenn sie nur die Ausbeute geteilt und mit dem Claim, den sie heimlich von seinem Geld erworben und auf ihren Namen eingetragen hatten, zufrieden gewesen wäre … Sie hatten geplant, gemeinsam das Weite zu suchen, denn er würde zweifellos alles verlieren, sobald man ihm auf die Schliche käme.
Als er ihn gefunden hatte, hatte er darin ein Geschenk des Himmels gesehen. Doch dann hatte sie sich nach und nach von ihm zurückgezogen. Sie begann, nach Ausflüchten zu suchen, schützte anderweitige Verpflichtungen vor. Sie war selten zu Hause, wenn er anrief,

und im Saloon tat sie schließlich so, als würde sie ihn nicht kennen. Sie war nun reich und spielte mit dem Gedanken, ein eigenes Etablissement zu eröffnen. Nicht hier, sondern anderswo, wo es ihr besser gefiel. Wo die Besucher einer besseren Gesellschaftsschicht angehörten.
Sie trank jeden Abend nach der Arbeit, bis zur Besinnungslosigkeit. Um diese Zeit würde sie bereits schlafen und nicht hören, wie er in ihr Schlafzimmer schlich. Im Mondlicht erspähte er eine leere Flasche auf dem Wohnzimmertisch, mit einem halb leeren Glas daneben. Das zweite Glas war umgekippt, der Rotwein bildete ringsum eine dunkle Lache. Sie hatte sich nicht einmal die Mühe gemacht, das Glas aufzuheben. Er stellte sich ihr betrunkenes Lachen vor und den Mann, der sie packte und halb die Treppe hinaufschleifte in seiner Gier, sie endlich zu besitzen. Auch dann hatte sie vermutlich nicht aufgehört zu lachen, denn sie fand alle Männer jämmerlich. Der Geruch nach Rauch wurde stärker, als er die Treppe hinaufstieg, doch er war beißender als der von Tabak. Auf leisen Sohlen eilte er durch den schmalen Gang, der Weg in ihr Schlafzimmer war ihm vertraut, und sah Qualm unter ihrer Tür hervordringen, sich windend wie die Schlangen der Minerva. Er stieß die Tür auf, wich jedoch sofort wieder zurück und riss den Mund auf, schnappte nach Luft. Der Raum brannte lichterloh, die Flammen hatten bereits die Vorhänge des Himmelbetts erfasst.
Als sie sich aufbäumte und hustete, mit glasigen Augen, sah er den Baumwollsack auf dem niedrigen Tisch am Ende des Bettes. Sie hatte nicht einmal versucht, ihn zu verstecken. Blitzschnell lief er auf ihn zu.
»Hilf mir, um Gottes willen!«, rief sie erstickt, als sie ihn entdeckte. Was hatte Vorrang, ihr Leben oder das, weswegen er gekommen war? Niemand würde jemals von seiner Anwesenheit erfahren. Einem Impuls gehorchend, streckte er den Arm aus und ergriff den Sack mit dem Blechbehältnis, warf ihn sich über die Schulter und rannte zur Tür. Doch dann zögerte er, drehte sich wieder zu ihr um. Natürlich musste er sein Möglichstes tun. Er stellte den Sack neben der Tür ab und machte Anstalten, in den Raum zurückzukehren, doch die Hitze war zu groß. Die Flammen hatten sich schon auf dem hölzernen

Fußboden ausgebreitet und züngelten an den schweren Samtvorhängen über den Fenstern empor.
Sie sank in ihrem Bett auf die Knie, verzweifelt mit den Armen um sich schlagend, als die Flammen nach ihr griffen. Im nächsten Moment würde das Feuer auch ihn erreichen und dann wäre es um sie beide geschehen.
Er machte auf dem Absatz kehrt, packte abermals den Sack und hastete den Gang entlang. Als er die Treppe hinunterlief, durch das Schiebefenster nach draußen kletterte und auf den Boden sprang, den Sack hinter sich herzerrend, übermannten ihn Schuldgefühle und Abscheu vor seiner eigenen Feigheit. Unbemerkt erreichte er das Ende der schmalen Gasse, wo er sich ein letztes Mal umdrehte und sah, dass die ganze obere Etage des Hauses lichterloh brannte. Einen Augenblick später setzte er seinen Weg in der schützenden Dunkelheit fort, den Sack über der Schulter, ohne sich noch einmal umzublicken.

Erster Teil

Februar 1868 bis August 1869

1. Kapitel

Golf von Siam, Februar 1868

Edward Fairburn rückte seinen steifen Kragen und die breite Halsbinde zurecht, während ihm der Schweiß in Strömen den Rücken hinablief und sein bereits klammes Hemd und die Weste durchnässte. Das Schiff krängte und ächzte und er klammerte sich wieder an die Reling, wobei er um ein Haar über einen Sack mit Reis gestolpert wäre, einer der ungezählten, die wahllos auf Deck verstreut lagen.

Er hatte seinen schweren grünen Rock schon vor Tagen abgelegt und fühlte sich ohne ihn unvollständig gekleidet, trotz der bleiernen Hitze. Doch hier, auf einem Dampfer im Golf von Siam, ein Spielball der Wellen und von der sengenden tropischen Sonne erbarmungslos geröstet, scherte sich niemand um die Schicklichkeit der Garderobe. Die anderen Passagiere hatten schon genug mit den erdrückenden Temperaturen, der armseligen Verpflegung und der drangvollen Enge an Bord zu kämpfen.

Die karierte Wollhose, das dicke langärmelige weiße Hemd und die bis oben zugeknöpfte Weste aus grünem Samt waren ohnehin schon mehr, als er bei der Hitze zu ertragen vermochte, und sein modisch langer Backenbart juckte unsäglich. Er beneidete die chinesischen und siamesischen Matrosen um den nackten Oberkörper und die bunten Baumwoll-*panungs*, eine Art lose sitzender Hose, die um die Taille geschlungen, zwischen den Beinen durchgezogen und festgesteckt wurde, doch es wäre ihm nicht einmal im Traum eingefallen, seine Kleidung gegen ihre einzutauschen. Als englischer Gentleman sah er sich verpflichtet, standesgemäß in Erscheinung zu treten, jederzeit und ungeachtet der Umstände. Abgesehen davon hätte sein blasser englischer Teint den Strahlen der Sonne, die am Äquator unablässig vom Himmel brannte, nicht lange standgehalten. Er war

froh über den Schutz, den ihm der Filz-Bowlerhut bot, obwohl auch er dazu beitrug, dass er in Schweiß gebadet war.
Es war der fünfte Tag der Reise von Singapur nach Bangkok und seit die Chao Phraya abgelegt hatte, fragte er sich wohl zum hundertsten Mal, was in ihn gefahren sein mochte, sich auf diesem heruntergekommenen Schiff in den geheimnisumwobenen Fernen Osten zu begeben. Er dachte an seine Frau und an seine Tochter in Melbourne und was sie von seinem Abstecher halten mochten.
Wie üblich übermannten ihn Schuldgefühle, wenn er an Charlotte dachte. Sie hatte seinetwegen viel erdulden müssen. Ob sie außer sich sein würde, wenn sie seinen Brief mit der Mitteilung erhielt, dass er nicht auf schnellstem Weg zurückkehren würde? Doch er kannte die Antwort bereits.
Hätte er eine Überfahrt auf dem Dampfer Sobraon, dem berühmten neuen Ozeanriesen der Devitt & Moore Line, gebucht, wäre er binnen elf Wochen wieder in Australien gewesen und hätte als Passagier der ersten Klasse nebenbei noch jeden erdenklichen Luxus genossen. Stattdessen war er per Schiff nach Singapur gereist und gezwungen gewesen, zehn Tage lang an diesem von Menschen wimmelnden, schwülen britischen Vorposten auszuharren, wo er niemanden kannte, bis er eine Passage auf dem Dampfer nach Bangkok ergatterte, der nur unregelmäßig verkehrte.
Er war daran gewöhnt, erster Klasse zu reisen, doch auf der verlotterten Chao Phraya war diese von den Unterkünften auf dem Zwischendeck kaum zu unterscheiden. Die Kabinen waren schmutzig und die Luft derart schlecht und stickig, dass sogar Frauen die Unbequemlichkeit in Kauf nahmen, an Deck zu nächtigen, zwischen Reissäcken, Tauen und allem, was sonst noch so herumlag und erst aus dem Weg geräumt werden musste, bevor man sich niederlegen konnte und zu schlafen versuchte, so gut es eben ging. Es gab keinerlei Vorrichtungen, um ein Bad zu nehmen oder sich zu waschen, und die Mahlzeiten, vom chinesischen Schiffskoch zubereitet, waren fremdartig und buchstäblich ungenießbar für jeden, der nicht an die asiatischen Gewürze gewöhnt war. Wie sehr er sich nach einem köstlichen englischen Beefsteak mit Röstkartoffeln, Erbsen und einer sämigen, milden Bratensoße sehnte…

Im Gegensatz zu den meisten anderen Europäern an Bord war er nicht seekrank geworden; er blieb auch von Magenverstimmungen verschont. Dessen ungeachtet hätte er der Chao Phraya liebend gerne Lebewohl gesagt, auch wenn Kapitän Orton, der sie befehligte, ein äußerst entgegenkommender Mensch war.
Sorge bereitete es ihm vor allem, wie sich die tropische Luftfeuchtigkeit auf seine teure neue fotografische Ausrüstung auswirken mochte, auch wenn die tragbare Klappkamera aus Teakholz statt wie üblich aus Mahagoni bestand. Teak, hatte ihm die Firma W. W. Rouche in England versichert, sei ideal für die Tropen und von Natur aus gegen Hitze, Feuchtigkeit und sogar Insektenbefall gefeit.
Er fragte sich auch, wie die Chemikalien für die Entwicklung der Aufnahmen den rauen Transport überstehen würden. Oder waren die Flaschen bereits zersplittert und Fixiermittel, Kollodium, Zyanid, Essigsäure und Ähnliches in den Schrankkoffern ausgelaufen? Wenn auch nur eine einzige Flasche beschädigt war, hatte er die Reise umsonst gemacht, denn der Zweck seines Aufenthalts in Fernost bestand darin, das Königreich Siam und seine Bewohner zu fotografieren.
Es war schön und gut, mit einigem Komfort in die Ferne zu reisen, nach Kalifornien und Australien, doch Siam stand auf einem anderen Blatt. Damit reihte er sich in die Schar der Abenteurer ein; ein Globetrotter, auf der Suche nach den fremdartigsten Fotomotiven der Welt. Es galt nur noch eine weitere grauenvolle Nacht an Bord zu überstehen, bevor sie ihren Bestimmungsort erreichten, hatte ihm der Kapitän eröffnet.
Wie auf Stichwort tauchte Kapitän Orton auf, mit beschwingtem, sicheren Schritt, als befände er sich auf einem Sonntagsspaziergang im Park statt auf den glitschigen Hartholzplanken eines schlingernden Dampfers.
»Sehen Sie, Mr. Fairburn?«, rief er und deutete zur Steuerbordseite des Bugs. »Land in Sicht. Wir nähern uns Siam.«
Edward kniff die Augen zusammen und beschattete sie mit der Hand. Das grelle Licht blendete ihn, so dass er kaum den dunklen Streifen am Horizont ausmachen konnte. »Ja, in der Tat. Und, nichts für ungut, Captain, ein willkommener Anblick. Wäre es denkbar,

dass wir noch heute Abend vor Anker gehen, Sir?«, fügte er hoffnungsvoll hinzu.

Der Kapitän lachte schnaubend. »So viel Glück wird Ihnen nicht beschieden sein, Mr. Fairburn. Ich fürchte, Sie werden mindestens eine weitere Nacht mit meinem bescheidenen Schiff vorlieb nehmen müssen.«

»Mindestens?«

»Um Bangkok zu erreichen, müssen wir zuerst in den Chao Phraya gelangen; der Fluss, nach dem unser Schiff benannt ist, bildet eine natürliche Barriere. Wann es so weit sein wird, hängt von den Gezeiten ab.«

»Aha«, murmelte Edward, der sich schweren Herzens mit der Aussicht auf die anhaltenden Unannehmlichkeiten abfand. »Zumindest befinden wir uns schon in Sichtweite unseres Ziels, Captain.«

Der Kapitän setzte seinen Weg fort und Edward war wieder alleine. So alleine zumindest, wie man auf einem Schiff sein konnte, das, neben dem Frachtgut und achtzig weiteren britischen Passagieren, an die zweihundert oder mehr Asiaten verschiedener Nationalität beförderte, die ihre Zeit damit verbrachten, in kleinen, dicht geschlossenen Grüppchen auf Deck zu hocken, um dem Glücksspiel zu frönen und Opium zu rauchen.

Soweit er erkennen konnte, waren hier verschiedene Glücksspiele gang und gäbe. Bei einigen wurde ein umfangreiches Blatt aus langen, schmalen Karten mit chinesischen Symbolen und Figuren ausgeteilt. Zu einem anderen gehörten ein Messingbecher und ein Holzwürfel, der auf einer Seite halb rot, halb weiß bemalt war. Der »Bankhalter« legte den Würfel auf Deck, mit der bemalten Seite nach oben, wobei er darauf achtete, dass die Spieler ihn nicht sahen, und stülpte den Messingbecher darüber. Dann schlossen die Teilnehmer Wetten ab, in welche Himmelsrichtung die weiße Hälfte wies. Diejenigen, die richtig geraten hatten, schienen zufrieden stellende Gewinne einzustreichen, während die Verlierer, die ihren Einsatz auf den drei anderen Seiten platziert hatten, diesen an den »Bankhalter« abtreten mussten, für den das Glücksspiel ein höchst einträgliches Geschäft zu sein schien.

»Damit geht wenigstens die Zeit schneller herum«, erklärte Mr. Deakin, ein Mitreisender, der sich zu Edward gesellte, um das Spiel ebenfalls zu beobachten. »Hätte nichts dagegen, selbst mitzumachen, wenn sie uns ließen. Doch vermutlich würden sie vor Entsetzen die Hände über dem Kopf zusammenschlagen und über Bord springen, wenn wir ihnen zu nahe kämen.«

Edward lachte. »Kann man es ihnen verdenken? Wir müssen ihnen ziemlich absonderlich vorkommen, Mr. Deakin. Abgesehen davon würden wir ein höchst ungewöhnliches Bild bieten, wenn wir in unseren Wollanzügen auf dem Boden hockten, inmitten einer Horde Asiaten, mit denen wir uns nicht verständigen könnten. Sie würden uns hereinlegen. Bestimmt würden sie uns übers Ohr hauen, dass uns Hören und Sehen vergeht.«

In dieser Nacht auf Deck schlief er zum ersten Mal während der Reise tief und fest, trotz Mr. Deakin, der sein Nachtlager in der Nähe aufgeschlagen hatte und fortwährend schnarchte, und der Asiaten, die ihre rauen Glücksspiele unverdrossen fortsetzten. Vielleicht lag es an dem Wissen, dass er bald wieder festen Boden unter den Füßen haben würde, oder an der erfrischenden Brise, die endlich die Luft so weit abgekühlt hatte, dass er nur noch leicht schwitzte.

Doch als er am nächsten Morgen erwachte, juckte es ihn teuflisch am ganzen Körper.

»Verdammt!« Fluchend sprang er von seinem Schlafplatz auf, der mit roten, beißenden Ameisen übersät war.

Irgendwann während der Nacht hatte er, auf der Suche nach einer bequemeren Stellung, seinen Kopf auf einen Sack mit Zuckerrohr gebettet, in den die Plagegeister scharenweise eingedrungen waren. Nachdem sie sich am Inhalt des Sacks gütlich getan hatten, hatten sich einige dem nächsten interessanten Opfer zugewandt: Edward. Trotz der eng anliegenden Kleidung war es einigen gelungen, sich den Weg ins Innere zu bahnen. Er spürte das Jucken und Brennen der Bisse, mit denen sie ihr Gift verspritzt hatten, überall.

»Gott steh mir bei!«, keuchte er, während er auf seine Hose einschlug und sich die Halbstiefel und Socken von den Füßen riss. Die übrigen Reisenden sahen belustigt zu, doch er war verzweifelt.

»Um Gottes willen, Mann, was ist denn in Sie gefahren?« Der Kapitän eilte herbei, um der Ursache des Treibens auf den Grund zu ge-

hen. Sein Passagier schien den Verstand verloren zu haben und einen Kriegstanz an Deck aufzuführen.
»Ameisen, Captain«, keuchte dieser, während er unbeirrt auf seine Hosen eindrosch. »Die Quälgeister haben mich im Schlaf überfallen. Noch nie in meinem ganzen Leben ...«
Kapitän Orton lächelte. »Am besten gehen Sie nach unten, um Abhilfe zu schaffen. Mein Dienstbote wird Ihnen Wasser bringen.«
»Danke, Sir. Sehr liebenswürdig.« Edward wusste, wie kostbar Frischwasser an Bord war, das normalerweise nicht für solche Nebensächlichkeiten wie Waschen verschwendet wurde.
»Ab mit Ihnen. Der Bursche kommt gleich.«
Als Edward unter Deck verschwand, unterdrückte Kapitän Orton ein Lächeln. Der würde es nicht lange in Siam aushalten, dachte er. Landadel, dem Aussehen nach zu urteilen, zu verweichlicht und an ein behagliches Leben gewöhnt.
Trotz Edwards Behauptung, er sei durch die Arbeit auf den Goldfeldern Kaliforniens und Australiens »abgehärtet«, war er mit Sicherheit nicht für das gerüstet, was ihn in Bangkok erwartete. Es würde interessant sein, zu beobachten, wie er den Herausforderungen in diesem lähmenden Klima und der fremdartigen Umgebung begegnete.

Melbourne, Australien, Februar 1868

Auf der Veranda war ein Poltern zu vernehmen, dann ein ungeduldiges Klopfen an der Haustür, gefolgt von der Stimme ihrer Tochter, schrill vor Aufregung.
»Mami, Mami, schnell, mach auf. Er ist da. Der Brief von Vater.«
Die Haushälterin, Mrs. Bains, öffnete die Tür und Elizabeth stolperte beinahe über die Schwelle und in den Salon, in dem ihre Mutter saß.
»Schau doch, Mami, endlich ist er da!«
Charlotte legte ihre Handarbeit beiseite und nahm den Brief. Elizabeth hatte Recht, es war wirklich seine Handschrift auf dem Umschlag.
Für ihre Tochter konnte der Brief nur eines bedeuten: dass ihr Va-

ter demnächst nach Melbourne zurückkehren würde, beladen mit Schrankkoffern voller Geschenke aus England. Charlottes freudige Erregung angesichts einer Nachricht von ihm war gleichwohl gedämpft. Sie zitterte insgeheim, denn sie wusste nie, welche Hirngespinste er sich jetzt wieder in den Kopf gesetzt hatte. Oder ob er dieses Mal überhaupt plante, zurückzukommen. Schließlich hatten sie sich nicht in bestem Einvernehmen getrennt.

Er war schon seit mehr als einem Jahr fort und hatte bei seinem Abschied mit Nachdruck erklärt, seine Anwesenheit auf dem Landsitz seiner Eltern in Yorkshire sei dringend erforderlich. Familienangelegenheiten, hatte er behauptet, Treuhandvermögen und Liegenschaften betreffend, die ihm und seinen Brüdern von ihrem Großvater vermacht worden waren.

»Es ist unabdingbar, dass ich selbst nach dem Rechten sehe«, hatte er gemeint. »Ich muss mich vergewissern, dass ich den Anteil erhalte, der mir zusteht. Ich kann nicht ausschließen, dass meine Brüder versuchen könnten, mich zu übervorteilen. Du weißt, dass wir nie besonders gut miteinander ausgekommen sind. Für sie bin ich das schwarze Schaf der Familie, der missratene Sohn, der ihre Beachtung nicht länger verdient.«

Er war Hals über Kopf abgereist und sie war überzeugt, dass er den Problemen in ihrer Ehe und der Monotonie der Arbeit in seinem Fotoatelier in Melbourne entfliehen wollte. Auch wenn er gerade erst von den Goldfeldern in Ballarat zurückgekehrt war, doch darüber redete er nicht viel. Nach der anfänglichen Begeisterung schien er das Interesse schnell verloren zu haben.

Die siebenjährige Elizabeth gab keine Ruhe, während ihre Mutter den Brief in ihren Händen hin und her drehte. »Beeil dich, Mami. Ich möchte wissen, was er schreibt. Vielleicht kommt er mit dem nächsten Schiff, was meinst du?«

»Wir werden sehen.« Sie nahm einen Brieföffner aus geschnitztem Elfenbein von seiner Ablage auf einem Beistelltisch und schlitzte den Umschlag sauber auf. Dann zog sie ein einzelnes Blatt heraus.

»Was schreibt er? Was schreibt er?« Elizabeth hüpfte von einem Fuß auf den anderen.

»Elizabeth. Bitte setz dich hin und benimm dich wie eine junge Dame.

Ich werde dir die Neuigkeiten von deinem Vater erzählen, sobald du mir Gelegenheit gibst, den Brief zuerst selbst zu lesen.«

Elizabeth gehorchte und ließ sich in einen großen Armsessel neben dem Sofa fallen, auf dem ihre Mutter saß. Charlotte war schlank und ziemlich klein, doch die ausladende Krinoline unter ihren Seidenröcken machte es unmöglich, in einem Sessel mit Armlehnen Platz zu finden.

Elizabeths Augen glänzten vor Aufregung. Sie verschränkte ihre Hände und versuchte sich abzulenken, indem sie ihren Blick durch den Raum schweifen ließ. Sie liebte den Salon, auch wenn sie ihn nicht alleine betreten durfte. Es war ein Salon und kein richtiges Empfangszimmer, da er in Ermangelung entsprechender Räumlichkeiten nicht nur für Besucher genutzt wurde. Doch in Elizabeths Augen war er prachtvoll mit dem vergoldeten Spiegel, der über dem Marmorsims des offenen Kamins hing, und den schweren goldfarbenen Draperien und eleganten grauen Quasten über den Fenstern. Am besten gefiel ihr jedoch der Kabinettschrank aus Rosenholz mit den Glastüren, der in einer Ecke des Raumes stand. Er war mit Reiseandenken gefüllt. Charlotte pflegte ihn als »Krimskrams-Vitrine« zu bezeichnen und zu den Schätzen gehörten Elefanten, reich verziert und aus Elfenbein geschnitzt, ein kleiner Gesteinsbrocken mit einer hauchzarten Goldmaserung, den ihr Vater auf den Goldfeldern Kaliforniens gefunden hatte, und einige wenige Familienerbstücke aus Porzellan, die sich ursprünglich im Besitz von Großmutter Fairburns Mutter befunden hatten. Charlotte sagte immer, es sei ein Wunder, dass das Porzellan während ihrer Reisen nicht zu Bruch gegangen sei. Sie sagte auch, dass Elizabeth eines Tages, wenn sie nach England zurückkehrten, einen wirklich prachtvollen Salon zu sehen bekäme, denn Großmutter Fairburn lebe in einem Herrenhaus auf dem Lande.

Elizabeth richtete ihre Aufmerksamkeit wieder auf ihre Mutter, die immer noch den Brief las. Genauer gesagt, Charlotte überflog ihn gerade ein zweites Mal, um sicherzugehen, dass sie ihn richtig verstanden hatte. Sie verspürte ein dumpfes Gefühl der Benommenheit, gleichzeitig überraschte es sie jedoch nicht wirklich, dass er beschlossen hatte, noch nicht nach Hause zurückzukehren.

20. Dezember 1867

Liebste Charlotte,

es tut mir Leid, dass ich einige Monate nicht geschrieben habe, doch ich musste mich um besagte Familienangelegenheiten kümmern, wie du weißt: mit Erfolg, darf ich hinzufügen, was jedoch weder Theo noch Albert zu verdanken ist. Ich habe außerdem einen kurzen Abstecher nach Paris gemacht, um die fabelhafte Weltausstellung zu besuchen; vielleicht hast du in der »Melbourne Argus« Berichte darüber gelesen.

In Paris gab es ein Exponat, das mich besonders faszinierte. Es war der siamesische Pavillon, in dem die ungewöhnlichsten Gerätschaften, kostbare Seidenstoffe und, am interessantesten, eine Reihe von Fotografien des Königs von Siam zu sehen waren.

Was ich dir nun mitzuteilen habe, meine Liebe, wird dich überraschen, vielleicht sogar erschrecken. Du weißt, Charlotte, wie ernst es mir mit meiner fotografischen Arbeit ist und wie sehr mich der Reiz eines neuen Abenteuers lockt. Ich habe daher beschlossen, auf der Rückreise einen Umweg über Siam zu machen, in der Hoffnung, ähnliche Bilder wie diejenigen aufzunehmen, die ich in Paris sah, um sie irgendwann in einer eigenen Ausstellung zu zeigen.

Ich werde mich zunächst per Schiff nach Singapur begeben; von dort aus dauert die Reise mit dem Dampfer nach Siam offenbar nur noch sechs Tage, was erfreulich ist. Wenn du diese Zeilen liest, meine Liebe, werde ich vermutlich schon in Siam sein oder in der Nähe; mach dir also bitte keine Sorgen.

Ich werde dir bald wieder schreiben, doch es entzieht sich meiner Kenntnis, wie gut das Postwesen in Siam ist oder ob es dort überhaupt etwas dergleichen gibt; sei daher nicht überrascht, wenn ich vor meinem nächsten Brief ankomme, und zwar höchstpersönlich. Richte Elizabeth aus, dass ich sie von ganzem Herzen liebe.

Der Brief war nur mit »Edward« unterschrieben, ohne einen Gruß. Sie ließ sich mit einem Seufzer in die Polster des Sofas zurücksinken und schloss die Augen.

»Mami, was ist? Vater geht es doch gut, oder? Kommt er bald?«
Sie setzte sich wieder aufrecht hin und rang sich ein Lächeln ab. »Ja natürlich, Liebling. Dein Vater kommt sobald wie möglich zurück. Er muss sich nur noch um ein paar weitere Angelegenheiten kümmern, das ist alles.«
»In England?«
»Nein, nicht in England, Elizabeth.«
»Wo dann? Was hat das zu bedeuten, Mami? Ist er wieder in Kalifornien?«
Sie warf abermals einen Blick auf den Brief. »Nein, Liebes. Er ist unterwegs zu einem Land, das Siam heißt.«
»Si-am?« Elizabeth hatte Schwierigkeiten mit dem fremd klingenden Wort. »Wo ist das? In Europa oder Amerika?«
»Weder noch, Liebling.«
»Wo dann? Warum sagst du es mir nicht, Mami?«
Charlotte sah die flehenden Augen ihrer Tochter und seufzte erneut. »Ich muss gestehen, ich habe keine Ahnung. Komm, lass uns auf dem Globus im Arbeitszimmer deines Vaters nachsehen, ja?«

2. Kapitel

Farang! Farang! Farang! Auf Schritt und Tritt folgte ihm in Bangkok das erregt geflüsterte siamesische Wort, mit dem weißhäutige Ausländer bezeichnet wurden. Es löste bei Männern, Frauen und Kindern gleichermaßen Gekicher aus.

Menschen aus dem Westen, vor allem mit blonden Haaren und grünen oder blauen Augen, galten bei den Siamesen als hässliche Kuriositäten. Diese monströsen Wesen mit ihren langen Nasen, den riesigen, plumpen Körpern und der bleichen Hautfarbe hielten außerdem nicht viel von Sauberkeit. Der Schweiß rann in Strömen über ihre geröteten Gesichter, bildete feuchte Flecken im Rücken und unter den Achseln und drang durch die Kleidung. Was nicht verwunderlich war, da sie darauf bestanden, ihre lächerlichen, schweren Gewänder zu tragen, die sie zu jeder Tageszeit von Kopf bis Fuß verhüllten.

Außerdem machten die *farang* keine Anstalten, ihre Zähne mit dem Saft der Betelnuss zu schwärzen. Kein Siamese, oder Thai, wie sie sich untereinander nannten, der etwas auf sich hielt, würde seine Zähne weiß lassen, gleich ob Mann oder Frau. Einige Frauen, vor allem die wohlhabenden, benutzten zusätzlich einen schwarzen Farbstoff, um alle Stellen zu färben, die nicht perfekt geschwärzt waren, denn »jeder Hund kann weiße Zähne haben«, wie ein altes siamesisches Sprichwort besagte.

Die *farang* gaben zweifellos wenig auf ihr äußeres Erscheinungsbild. Dennoch stellte der Anblick eines vorübergehenden Europäers eine interessante Abwechslung dar, diente oftmals als Quelle der Belustigung und bot Gesprächsstoff für etliche Tage.

Edward fand Bangkok und die Siamesen nicht minder faszinierend. Er hatte nie eine Stadt wie diese gesehen oder sich auch nur vorstellen können. Abgesehen von den Wasserwegen, die Bangkok kreuz und quer durchzogen und ein dichteres Verkehrsnetz bildeten als die

Straßen, waren für ihn die Märkte das beeindruckendste Wahrzeichen. Der große Markt am Südrand der Metropole fesselte ihn in besonderem Maß. Dort gab es neben Hunderten von Ständen auch Bassins mit Fischen, Haien und Aalen, die lebend verkauft oder an Ort und Stelle getötet wurden, damit die Käufer sicher sein konnten, dass die Ware frisch war. Dort gab es exotische Früchte, die er nie zuvor gesehen hatte und nicht einmal dem Vernehmen nach kannte: die stachelige Rambutan, die glatthäutige grüne oder gelbe Mango, die riesige Jackfrucht und die verfault riechende, jedoch hoch geschätzte Durian- oder Stinkfrucht.

Er musste sich die Nase zuhalten, als er die Auslagen mit Trockenfisch und Tintenfischen passierte, und es gab Berge von Schweine-, Hühner- und Rindfleisch, der Hitze ausgesetzt und von grotesk schillernden Fliegen bedeckt, die sich gütlich daran taten und ihre Eier in dem Fleisch ablegten. Niemand schenkte ihnen Beachtung und das Fleisch wurde einfach mit der Hand abgewischt, bevor man es verkaufte oder für ein Curry verwendete, das mit Kokosmilch und scharfen kleinen Chilischoten geschmort und an jeder Straßenecke feilgeboten wurde. Die Currys waren mit scharfen Pasten gewürzt und eine Soße mit kräftigem Eigengeschmack, *nam plaa* genannt und aus den Säften verrottender Fische gewonnen, wurde über Gerichte aller Art geträufelt. Und natürlich gab es Reis zu kaufen, verschiedene Sorten, sackweise erhältlich oder in jeder vom Käufer verlangten Menge.

Es gab nur wenig oder gar nichts, was dem westlich geprägten Gesichts-, Geruchs- oder Geschmackssinn vertraut gewesen wäre. Er war bereit, die landestypischen Gerichte zu probieren, wollte jedoch genau wissen, welche Zutaten sie enthielten, bevor er etwas von den fliegenden Händlern erstand, die das Essen in Tontöpfen auf glühenden Kohlen zubereiteten. Doch als Antwort auf seine einfach formulierten Fragen starrten sie ihn lediglich mit offenem Mund an oder lachten verlegen. Wie er erwarten konnte, sich verständlich zu machen, war ihnen ein Rätsel und sie reagierten noch verwunderter, wenn er wild zu gestikulieren begann, nachdem seine Worte nichts fruchteten. Sie hatten gehört, dass König Maha Mongkut, der Herr des Lebens, sich fließend mit den *farang* zu unterhalten vermochte, die nun zu Hunderten nach Siam kamen. Doch sie waren nicht sicher, ob man den Gerüchten Glauben schenken durfte. Warum sollte der Herr des Lebens den Wunsch verspüren, die Sprache dieser Barbaren zu beherrschen?

Manchmal, wenn er sich entmutigt und einsam fühlte, setzte sich Edward in die Bar des Falck's, ein heruntergekommenes Hotel, in dem er sich ein Zimmer genommen hatte, und fragte sich, ob seine Entscheidung richtig gewesen war. Er brauchte einen Gehilfen für seine fotografische Arbeit und hatte bei seiner Ankunft gehofft, einen jungen Einheimischen einzustellen, der genug Englisch verstand, um seine Anweisungen zu befolgen und die Chemikalien für die Entwicklung der Aufnahmen nicht zu verwechseln. Nach den niederschmetternden Erfahrungen auf den Märkten erkannte er nun, dass es unmöglich sein würde, auf eigene Faust einen geeigneten Kandidaten zu finden. Er beschloss, im britischen Konsulat nachzufragen, wenn er dort bei Mr. Knox, dem Konsul, vorstellig werden würde.

Zwei Tage später saß er mit Mr. Knox auf der Veranda des Konsulats, das am Ufer des Flusses zwischen der portugiesischen und der französischen Gesandtschaft, doch in einiger Entfernung von der diplomatischen Vertretung Amerikas gelegen war. Das Konsulat war in einem großen zweigeschossigen Gebäude untergebracht, auf festem Boden errichtet und auf beiden Stockwerken von schmalen Veranden mit kunstvoll geschnitztem viktorianischen Gitterwerk umgeben. Das parkähnliche Anwesen und die weitläufigen, von kleinen Natursteinen reizvoll gesäumten Wege wurden von mehreren siamesischen Gärtnern gepflegt.

Eine leichte Brise, vom Fluss gekühlt, brachte ein wenig Erleichterung bei der Hitze und lieblich duftende blühende Bäume wiegten sich im Wind. Fremdartige Vögel schwirrten zwischen ihnen umher, zankten sich, pickten an den Wurzelstöcken und fingen Insekten. Edward sah eine Eidechse mit langem Schwanz über die Rasenflächen huschen.

Ein Diener trat gleich darauf ins Freie und stellte ein Tablett auf einem schmiedeeisernen Tisch vor Mr. Knox ab.

»Und Sie sind bestrebt, den König zu fotografieren, wenn ich Sie richtig verstanden habe, Mr. Fairburn?«

Der Konsul reichte Edward einen Gin Tonic.

»So ist es, Mr. Knox. Und seine Untertanen, das heißt, alle, die bereit sind, sich für eine Porträtaufnahme zur Verfügung zu stellen.«

»Haben Sie Muster Ihrer bisherigen Arbeiten mitgebracht? Diese… ähm… Kunstform, wie ich sie zu nennen versucht bin, interessiert mich sehr. Auch wenn ich sicher bin, dass sie eine gute Porträtzeichnung nicht ersetzen kann. Dennoch, eine faszinierende Neuheit. Dem Vernehmen nach sollen die technischen Fortschritte verblüffend sein.«

»Ja, das kann man wohl sagen.« Edward nahm seine lederne Mappe, die einige Arbeiten jüngeren Datums enthielt, und reichte Mr. Knox eine Auswahl großformatiger Abzüge.

Der Konsul nahm sie und blätterte einen nach dem anderen um.

»Sie sind kurz vor meiner Abreise aus England entstanden, in einigen der neuen Fabriken in Yorkshire. Diese Serie habe ich ›Das neue Zeitalter‹ genannt und ich hoffe, sie irgendwann in einer Ausstellung zeigen zu können.«

Mr. Knox war möglicherweise mehr von den technischen Fortschritten in der Industrie beeindruckt, die in seiner Heimat stattfanden und auf den Fotografien deutlich wurden, als von den Aufnahmen selbst, doch er hielt Edward dennoch zugute, dass er etwas von seinem Handwerk verstand, und sprach ihm seine Anerkennung aus.

»Befinden sich diese Fabriken im Besitz Ihrer Familie?«, erkundigte er sich.

»Nein, mein Vater ist Sir Theodore Fairburn, der Bankier. Einer seiner Freunde in den Textilmühlen erlaubte mir, die Bilder zu machen.«

Mr. Knox nickte, dann dachte er einen Moment angestrengt nach.

»Und Sie sind wirklich fest entschlossen, Seine Majestät zu fotografieren, Mr. Fairburn?«

Edward kamen plötzlich Bedenken angesichts des Tonfalls, den der Konsul angeschlagen hatte. »Mmm, ja. Falls es überhaupt möglich ist, Sir.«

»Oh, ich denke, dass sich die Genehmigung erwirken lässt. Der König ist sogar recht angetan von der Idee, sich ablichten zu lassen. Er

hat sich schon mehrmals für Porträtaufnahmen zur Verfügung gestellt. Und es gibt so wenige Fotografen in diesem entlegenen Teil der Welt, dass Sie vermutlich gute Chancen haben. Gleichwohl …« Er hielt inne, als überlegte er krampfhaft, wie er seine nächste Bemerkung am besten formulieren könne.
»Ja, Mr. Knox?«
»Sind Sie verheiratet, Mr. Fairburn?«
»Ja, natürlich. Meine Frau und meine Tochter befinden sich in Melbourne, Australien.«
»Aha. Nun, in diesem Fall fürchte ich, dass die beiden lange auf Ihre Rückkehr warten müssen. Das heißt, falls Sie Ihre hoch gesteckten fotografischen Ziele verwirklichen wollen …«
Der Konsul trank abermals einen Schluck Gin, dann beugte er sich über den Tisch, als wollte er seinem Gast ein Geheimnis anvertrauen. »Wissen Sie, hier in Siam braucht alles seine Zeit. Ehrlich gestanden, es geht oft nur im Schneckentempo voran. Der König muss sich um viele dringliche Staatsgeschäfte und öffentliche Belange kümmern, ganz zu schweigen von den Anforderungen eines riesigen Haushalts mit zahlreichen Frauen und Kindern. Mag sein, dass er sich noch diesen Monat einverstanden erklärt, fotografiert zu werden, doch unter Umständen müssen Sie ein halbes Jahr warten. Das kann man hier nie genau sagen.«
»Ein halbes Jahr! So lange! Das hätte ich nicht gedacht!«
»Nun, wir werden sehen.« Mr. Knox gab dem Diener ein Zeichen, die Gläser nachzufüllen. »Da wäre noch etwas, ein guter Rat sozusagen. Sie sollten nicht davon ausgehen, dass die gewöhnlichen Siamesen von der Aussicht entzückt sind, sich fotografieren zu lassen. Sie glauben, dass solche Abbilder ihnen einen Teil ihrer Seele rauben. Das ist natürlich blanker Unsinn, doch sie sind ein abergläubisches Volk und man sollte vermeiden, ihre Gefühle zu verletzen.«
Edward weiteten sich vor Erstaunen die Augen. Er hatte nicht gedacht, dass sich sein Vorhaben als dermaßen kompliziert erweisen könnte. »Aha!«, lautete sein einziger Kommentar.
»Wo sind Sie derzeit untergebracht, Mr. Fairburn?«
»In Falck's Bowling Alley and Billiard Hall. Nicht gerade die beste Unterkunft, fürchte ich.«

»Und in diesen Spielhallen verkehrt auch nicht gerade die beste Gesellschaft, möchte ich wetten. Keine Bleibe, wie Sie es gewöhnt sind, wage ich zu behaupten.«

»Ich bin nur froh, dass meine arme Mutter nichts von meinem wanzenverseuchten Zimmer weiß.«

»Warum mieten Sie kein Haus? Ich weiß von einem leer stehenden Anwesen ganz in der Nähe, das für Ihre Zwecke passend wäre. Und wer weiß, vielleicht beschließen Sie ja, länger zu bleiben.«

»Ich werde es mir durch den Kopf gehen lassen«, erwiderte Edward unsicher. »In der Zwischenzeit wäre ich Ihnen sehr verbunden, Mr. Knox, wenn Sie meinen Namen gegenüber den Hofbeamten erwähnen würden. Vielleicht wäre ein Empfehlungsschreiben hilfreich...«

»Sie werden natürlich keine Audienz erhalten«, klärte ihn der Konsul eilends auf. »Doch ich werde sehen, was sich machen lässt; vielleicht kann ich Ihnen eine Einladung zu Banketten oder Empfängen verschaffen, die der König für ausländische Besucher gibt. Falls Sie im August noch hier sein sollten, haben Sie unter Umständen sogar Gelegenheit, an einer Expedition in den Süden des Landes teilzunehmen. Seine Majestät ist ein hervorragender Astronom, wie man hört, und seinen Berechnungen zufolge soll am achtzehnten jenes Monats eine Sonnenfinsternis stattfinden.«

Edward nickte begeistert. »Das klingt sehr interessant, Mr. Knox. Ich wäre Ihnen zutiefst verbunden.«

»Ich werde auch nach einem geeigneten Gehilfen für Sie Ausschau halten. Wahrscheinlich müssen Sie ihm selbst Englisch beibringen. Doch keine Sorge, die Leute lernen schnell.«

Sie unterhielten sich noch eine Weile über das Land und die anderen ausländischen Residenten und schließlich verabschiedete sich Edward, nicht ohne dem Konsul für die zugesagte Unterstützung zu danken. Dann ging er zum Ufer des Flusses hinunter, wo es ihm unverzüglich gelang, mit dem Besitzer eines der kleinen Boote handelseinig zu werden, das ihn die kurze Strecke auf dem Chao Phraya bis zu der Anlegestelle in unmittelbarer Nähe seiner Unterkunft brachte. Zum Glück lag Falck's Hotel unweit eines bekannten Tempels, so dass er nur dessen Namen, Wat Kaeo, zu nennen brauchte und der Bootsmann wusste, wo er halten musste.

Während sie durch das ölige braune Wasser glitten, betrachtete er die Szenerie, die sich ringsum entfaltete, und schüttelte verwundert den Kopf über die Vielfalt der fliegenden Händler und Hausboote auf dem Fluss. Es gab kleine Flachboote mit hoch aufgetürmten landwirtschaftlichen Erzeugnissen aller Art, überwiegend von Frauen oder Kindern gesteuert, die von Haus zu Haus paddelten und ihre Waren feilboten. Es gab große gedrungene, mit Reis beladene Barken, die tief im Wasser lagen und darauf warteten, gelöscht zu werden. Ähnliche Schiffe, bereits ohne Fracht, traten den Rückweg flussaufwärts an, wobei die Mannschaft – die Familien, die an Bord lebten – auf Deck faulenzten. Und es gab tausende von schwimmenden Märkten und Häusern. Die meisten waren aus Bambus errichtet, mit spitzen Strohdächern, doch einige, im gleichen Stil gehalten, bestanden aus glänzendem Teakholz. Sie waren alle zum Fluss hin offen und die Bewohner schien der Mangel an Privatsphäre nicht zu stören.

Jedes Hausboot war mit stilisierten *jovia*-Schnitzereien versehen, die sich an sämtlichen Ecken des Daches wie aufgerichtete, gebogene, spitz zulaufende Elefantenrüssel in die Lüfte erhoben. Es beherbergte außerdem ein Geisterhaus, gestaltet wie ein reich verziertes siamesisches Haus im Miniaturformat, das als Schrein für die Geister der Umgebung diente, wie es hieß. Die Siamesen glaubten, wenn man einen Baum fällte, um ein Haus zu errichten, würden die darin wohnenden Geister obdachlos. Um sie nicht zu erzürnen, erhielten sie eine neue, eigene Heimstatt, die immer gut sichtbar auf einem Podest vor dem Haupt- oder Wohnhaus stand oder an einer Stelle, wo dessen Schatten niemals hinreichte. Regelmäßig wurden ihnen Speisen und Getränke als Opfergaben dargebracht und wenn man einen Anbau am Haupthaus plante, musste man das Geisterhaus gleichermaßen vergrößern, verzieren und bemalen, denn wenn die Geister sahen, dass die Menschen behaglicher lebten als sie, drohte die Gefahr, dass sie ins Haupthaus überwechselten, was für die Bewohner schlimme Folgen haben konnte. Der Vorteil bei den schwimmenden Häusern bestand darin, dass eine Familie, die den Wohnort wechseln wollte, lediglich ablegen und sich auf den Weg machen musste.

Fast überall am Fluss, an den grünen Ufern und inmitten der baufälligen Holz- und Bambushütten, ragten Tempel und *chedis* auf, kuppelförmige Bauten, die Grabstätten von Mönchen oder berühmten Persönlichkeiten kennzeichneten. Die Spitzen der *chedis* glichen glänzenden goldenen Nadeln, die in den Himmel ragten, und die spitz zulaufenden Tempeldächer waren mit grünen und orangefarbenen Ziegeln geschmückt, die wie die Schuppen einer Schlange in der Nachmittagssonne schimmerten.

Der bemerkenswerteste Tempel am Flussufer war der Wat Arun, ein 260 Fuß hohes Bauwerk, das an eine Pagode erinnerte und überall mit einem Mosaik aus den bunten Bruchstücken wertvollsten chinesischen Porzellans verziert war. Ein Stück weiter flussaufwärts befanden sich die Türme und *chedis* des Großen Palastes, in dem der König prunkvoll Hof hielt, umgeben von Gold, Edelsteinen und anderen Schätzen, die dem Vernehmen nach kostbarer sein sollten als alles, was die Augen eines Herrschers im Westen jemals erblickt hatten.

Edward sah auf den Fluss hinunter. Er war entschieden trübe, mit Unrat aller Art, der in dem brackigen Wasser trieb, denn Haushaltsabfälle wurden einfach ins Wasser gekippt und dennoch entdeckte er viele Fische an der Oberfläche. Er hatte bereits gehört, dass der König ein Edikt gegen die »unfeine Gewohnheit, verendete Tiere in die Wasserwege zu werfen«, erlassen hatte, doch aus der Anzahl der Hundekadaver im Fluss schloss er, dass in diesem Land sogar die Befehle, die der Herr des Lebens erteilte, nicht immer befolgt wurden.

Die Stadt Bangkok zog ihn in ihren Bann und er beschloss, mit seiner Arbeit zu beginnen, sobald ein geeigneter Gehilfe gefunden wäre, der ihm beim Transport seiner über hundert Pfund schweren Ausrüstung zur Hand gehen konnte, die unerlässlich war für Aufnahmen im Freien. Und das war keine leichte Aufgabe.

Einige Tage später erhielt er eine Einladung zu einem Fest im britischen Konsulat und wartete gespannt auf die Einführung in den Kreis der in Bangkok lebenden Ausländer, auf die er gehofft hatte.

3. Kapitel

Als er am Abend des Festes die Stufen vom Pier zum großen Backsteinhaus von Mr. Knox erklomm, hörte er bereits von weitem das leise Summen der Unterhaltung und das Klirren von Gläsern. Die Gäste hatten sich zu mehreren Gruppen auf den Veranden zusammengefunden, in ein angeregtes Gespräch vertieft, oder blickten durch die blühenden Bäume auf den Fluss hinab.

Der festliche Rahmen, der ihn in dem großen Ballsaal erwartete, war in der Tat ein willkommener Anblick. Trotz der Hitze, die sich in der Abendluft kaum verflüchtigt hatte, trugen die Gäste formale, dem Anlass entsprechende Garderobe – genau wie Edward. Die Damen mit ihren elegant geschnittenen Seidengewändern in zarten Pastelltönen wie Rosa, Malve, Butterblumengelb und Hellbraun verliehen dem Raum zusätzlichen Glanz und Farbe. Viele Ballroben waren tief dekolletiert oder schulterfrei, der neuesten Mode entsprechend, mit kleinen Puffärmeln. Die Herren waren einheitlicher gekleidet, die meisten trugen eine weiße Weste, einen Hemdeneinsatz mit Rüschen, einen schwarzen, knielangen Abendrock und eng anliegende schwarze Hosen.

Selbst nach Sonnenuntergang betrug die Temperatur noch mindestens 30 Grad, doch keinem einzigen männlichen Gast wäre es eingefallen, den Rock auszuziehen und in Hemdsärmeln zu erscheinen. Das wäre fast auf dasselbe hinausgelaufen, als würde sich jemand in Unterwäsche zur Schau stellen. Die Hitze wurde mit keiner Silbe erwähnt, doch von Zeit zu Zeit wischten sich die Herren mit einem seidenen Taschentuch über die Stirn, während die Damen ihre Wangen mit einem Spitzentaschentuch betupften oder zierliche Fächer benutzten, um ihr Gesicht zu kühlen. Mehrere Bedienstete waren mit der mühseligen Aufgabe betraut, den Gästen mit riesigen *punkah*-Wedeln Kühlung zuzufächeln, und viele traten näher an das leise Lüftchen heran, das sie erzeugten. Zum ersten Mal seit seiner Ankunft in Fernost fühlte sich Edward völlig gelöst.

Siamesische Serviermädchen, die Tabletts mit Getränken und *Hors d'œuvres* herumreichten, waren in großer Anzahl vorhanden. Sie trugen die traditionellen Seiden-*panungs* und dazu Blusen im europäischen Stil, um bei den Fremden keinen Anstoß zu erregen. Normalerweise schlangen die siamesischen Frauen eine breite Schärpe um den Oberkörper, die ihre Brust nicht zwangsläufig bedeckte, was offenbar auch nicht ihrer Absicht entsprach. Für sie war es unbegreiflich, warum sich diese Europäerinnen zu jeder Tages- und Nachtzeit vollständig verhüllten, sie trugen sogar im Bett schwere Gewänder, die ihren Körper von Kopf bis Fuß verbargen. War es da ein Wunder, dass viele Ehemänner ihr Vergnügen woanders suchten?

Obwohl selbst Siamesin, vergewisserte sich Mrs. Knox stets, dass ihre ausländischen Gäste mit den vertrauten Speisen und Getränken versorgt waren, und die Lebensmittelbestände des Konsulats wurden fortwährend von den Schiffen aufgefüllt, die aus Europa und Singapur eintrafen. Edward hatte bereits gehört, dass der Konsul seine Frau kennen gelernt hatte, als sie noch Hofdame seines verstorbenen Freundes, des *wang na*, eines Bruders des Königs Rama IV., war. Sie hatten 1854 geheiratet und zwei Töchter.

Knox, ein Veteran der Britisch-Indien-Armee, der an den Chinakriegen teilgenommen hatte, war 1851 auf Bitten von Pin Klao nach Siam gekommen, um die Ausbildung seiner Soldaten zu modernisieren. 1857 trat er als Dolmetscher des britischen Konsulats in den diplomatischen Dienst ein, wo er rasch Karriere machte und schließlich die Gesandtschaft als Generalkonsul leitete. Gerüchten zufolge war er, obwohl er sowohl in Siam als auch in England Freunde in den höchsten Ämtern hatte, ein Quertreiber und bei vielen Siamesen unbeliebt.

Mr. Knox und seine Frau sorgten dafür, dass Edward etwas zu trinken erhielt, dann machten sie ihn mit einer Gruppe bekannt, von der sie glaubten, dass sie ihn interessieren könnte, bevor sie die Runde unter ihren anderen Gästen fortsetzte.

Zu diesem Kreis gehörte der seit langem in Bangkok ansässige John Chandler, der vor zwanzig Jahren als Erster mit einem Dampfschiff den Chao Phraya stromaufwärts befahren hatte. Er war von 1859 bis 1865 Konsul der Vereinigten Staaten von Amerika gewesen und anschließend zum offiziellen Dolmetscher der siamesischen Hafenbehörde ernannt worden. Außerdem gründete er eine englischsprachige Schule und war der Tutor von Kronprinz Chulalongkorn, den er im Palast unterrichtete. Nach fünfundzwanzig Jahren in Siam sollte er noch dieses Jahr in die Vereinigten Staaten zurückkehren, mit einer fürstlichen Entlohnung des Königs.

In der Gruppe befand sich des Weiteren Kapitän John Bush, der 1857 nach Siam gekommen war und nun den Posten eines Hafenmeisters und leitenden Direktors der Bangkok Dock Company bekleidete. Als alter Seefahrer erzählte er gerne Geschichten von den Weltmeeren, auf denen er gekreuzt, und den Schiffen, auf denen er gefahren war.

Auch Joseph Shaw zählte dazu, ein junger presbyterianischer Missionar, der ein Glas Tonicwasser in der Hand hielt und sich angesichts der Wende, die das Gespräch zu nehmen drohte, sichtlich unwohl in seiner Haut fühlte.

»Wenn Sie mich fragen, ich halte diese *Carte blanche*-Strategie, zu der die Ehefrauen übergegangen sind, für eine verdammt gute Idee«, erklärte Bush. »Das erspart allen Beteiligten, sich gegenseitig Sand in die Augen zu streuen.«

Edward sah, wie Mr. Shaw errötete, und fragte sich, wovon der Kapitän reden mochte.

»Ich verstehe Ihren Standpunkt, doch ich weiß nicht, ob man ein solches Arrangement absegnen sollte«, warf Mr. Chandler ein. »Was ist mit Ihnen, Mr. Fairburn? Was halten Sie von der *Carte blanche?*«

»Ich … ich habe bedauerlicherweise nicht die leiseste Ahnung, worauf Sie anspielen, Mr. Chandler. Vielleicht wären Sie so liebenswürdig, mich aufzuklären.«

Kapitän Bush lachte. »Nun, dieses Thema ist ein wenig zu heikel, um es in einer Gesellschaft, in der Damen anwesend sind, ausführlich zu erläutern.« Er beugte sich zu Edward hinüber. »Es handelt sich um eine stillschweigende Übereinkunft, die ausländische Ehefrauen mit ihren Männern getroffen haben«, erklärte er mit gedämpfter Stimme.

Edwards Neugierde war geweckt, doch er wusste immer noch nicht, worum es dabei eigentlich ging. Er blickte abwechselnd Mr. Chandler und Mr. Shaw an, der sich jetzt noch unbehaglicher zu fühlen schien.

»Sie drücken gewissermaßen ein Auge zu, wenn der Herr Gemahl über die Stränge schlägt, falls Sie wissen, was ich meine«, fuhr Mr. Chandler fort, beinahe im Flüsterton. »Eine Art Stillhalteabkommen, wenn er sich außerhalb der eigenen vier Wände eine … sagen wir Nebenfrau zulegt – oder auch mehrere … ähm … Gefährtinnen.«

Edward traute seinen Ohren nicht. Sein Blick schweifte durch den Raum, fiel auf die eleganten Frauen mit ihren Seidenroben und ihrem Perlenschmuck. »Wollen Sie damit sagen, dass einige der hier anwesenden Damen die ehelichen Fehltritte ihres Mannes unverhohlen billigen?«

»Nun, ›unverhohlen billigen‹ würde ich es nicht gerade nennen«, ergriff Mr. Chandler abermals das Wort. »Eher ›sich stillschweigend damit abfinden‹, da sie es ohnehin nicht verhindern könnten.«

»Das ist ziemlich ungewöhnlich.« Verblüfft schüttelte Edward den Kopf.

Mr. Chandler bemerkte Mr. Shaws Verlegenheit. »Sie sagen es, Mr. Fairburn. Doch ich denke, es schickt sich nicht, in Gegenwart von Reverend Shaw über solche Dinge zu sprechen.«

»Oh, zu viel der Ehre, ich bin kein Reverend«, berichtigte Mr. Shaw ihn rasch, froh, endlich das Thema wechseln zu können. »Ich bin nichts weiter als ein Lehrer, mit einer Berufung.«

»Und obendrein noch Junggeselle«, fügte Mr. Chandler hinzu, um Edward ins Bild zu setzen. »Gibt es keine junge Dame, die sich glücklich schätzen darf, bald Mrs. Shaw zu werden?«

»Nein, bedaure. Hier bestehen wenig Möglichkeiten, standesgemäße junge Damen kennen zu lernen.«

»Warum heiraten Sie keine Siamesin wie ich?«, schlug Bush mit Nachdruck vor. »Sie geben die besten Ehefrauen der Welt ab.«

Mr. Shaw machte erneut eine betretene Miene. »Ich bin nicht grundsätzlich gegen die Ehe mit einer Siamesin. Doch natürlich müsste sie Christin sein.«

»Sie machen sich das Leben wirklich schwer«, seufzte der Kapitän. »Ihr Missionare habt nicht viel Erfolg mit euren Bekehrungsversuchen, oder?«

»Wir beten und setzen unsere Arbeit unverdrossen fort. Mehr können wir nicht tun.«

»Verzeihen Sie, Sir«, ließ sich eine sanfte siamesische Stimme neben Edward vernehmen.

Er blickte sich um und sah ein Serviermädchen, das ihm ein Tablett mit *Hors d'œuvres* anbot. Zu seiner Erleichterung handelte es sich ausnahmslos um Häppchen der englischen Art – oder so ähnlich wie möglich zubereitet. Während er ein frittiertes Hackfleischbällchen mit Ei auswählte und eine Serviette von der jungen Frau entgegennahm, konnte er nicht umhin zu bemerken, wie reizvoll sie war. Ihre dunkelbraunen, beinahe schwarzen, mandelförmigen Augen waren leicht geschlitzt und sobald sich ihre Blicke trafen, schlug sie unverzüglich die Augen nieder, sich seiner Musterung bewusst. Sie kicherte nicht verlegen wie viele andere, sondern drehte sich um und huschte anmutig und lautlos davon. Die Siamesen liefen fast immer barfuß, mit Ausnahme der Adeligen, die spitze Pantoffeln trugen, und man hörte sie selten kommen oder gehen.

Die Unterhaltung wurde an der Stelle wieder aufgenommen, an der sie unterbrochen worden war, bei der Arbeit der Missionare unter den Siamesen, doch Edward vermochte ihr nicht länger zu folgen. Er fragte sich mit einem Mal, warum er vorher nie bemerkt hatte, wie schön die siamesischen Frauen waren. War er blind gewesen? Anfangs hatte er sie für barbarisch gehalten mit ihren geschwärzten Zähnen, den nackten Füßen und den seltsamen büscheligen Haarknoten auf dem Hinterkopf.

Die sinnliche Schönheit dieser jungen Frau hatte ihn auf Anhieb gefesselt. Er begann, so verstohlen wie möglich, die anderen jungen Siamesinnen zu begutachten und nahm plötzlich die seidige Haut, die zierliche Statur, die zarten Gesichtszüge, ihren Mangel an Eitelkeit und vor allem ihre verführerischen Augen wahr. Er fragte sich, ob sie im Konsulat arbeitete, und hätte gerne ihren Namen gewusst. Danach zu fragen verbot sich selbstredend.

In der Küche bereitete Kesri die nächste Platte mit Häppchen für die Gäste vor. Hier gab es keine *punkah*-Wedel, nur wenig Luftzufuhr und die Hitze war erdrückend. Sie hasste es, die undankbaren *farang* zu bedienen, obwohl ihre Freundinnen es für ein großes Glück hielten, dass sie im Haus des Konsuls arbeiten durfte, immer wenn dort ein Fest stattfand. Auf diese Weise konnte sie aus nächster Nähe einen Blick auf die Fremden werfen, sagten sie, wurde für ihre Dienste gut entlohnt und durfte darüber hinaus noch hübsche Dienstkleidung tragen; der einengende Brustschutz der *farang,* den sie tragen musste, machte indessen wenig Eindruck bei ihnen. Dennoch war diese Tätigkeit unter ihrer Würde. Und obwohl sie jetzt eine bezahlte Bedienstete war und keine Leibeigene mehr, reichte ihr dieser Aufstieg nicht aus.

Als sie in den Ballsaal zurückkehrte, hielt sie sich mit ihrem Tablett stets in der Nähe der Gruppe auf, zu der er gehörte.

Gegen Ende des Abends hatte Edward Einladungen zum Essen in mehreren Privathäusern erhalten und nützliche Kontakte für fotografische Auftragsarbeiten geknüpft. Außerdem hatte er sich mit einigen der anwesenden Damen unterhalten. Wenngleich fasziniert von den Enthüllungen zu Beginn des Abends, hatte er wohlweislich jede Anspielung auf die vermeintliche *Carte blanche* vermieden. Er war indes ziemlich überrascht, wie gut sich die Frauen eingelebt hatten. Trotz der Hitze, der Mückenschwärme und des Mangels an vielen Annehmlichkeiten, die in der Heimat als Teil einer zivilisierten Lebensweise gang und gäbe waren, schienen sie sich in Siam wohl zu fühlen.

Als er eingehender darüber nachdachte, erkannte er jedoch, dass dies nicht besonders erstaunlich war. Selbst Frauen, die in England oder Amerika gesellschaftlich kaum höher als die Arbeiterklasse angesiedelt worden wären, verfügten hier über ein Heer von Bediensteten. Sie machten im Haushalt nur selten einen Finger krumm, sondern verbrachten die Zeit damit, Kontakte zu pflegen oder Krocket und Bridge zu spielen. Sie führten ein Leben weit über ihrem eigentlichen Stand und das galt gleichermaßen für ihre Ehemänner.

Als sich Edward schließlich verabschiedete, war es weit nach Mitternacht und er ging zu dem kleinen Pier hinunter, wo bereits mehrere Gäste auf die Boote warteten.

»Können wir Sie ein Stück mitnehmen?«, rief Kapitän Bush. »Sie logieren doch im Falck's, oder? Wir wohnen ganz in der Nähe. Mein Bootsmann bringt Sie gerne hin.«

»Vielen Dank für Ihr Angebot, Captain. Ich bin Ihnen sehr verbunden.«

Während er sprach, huschte die schmale Schattengestalt einer Siamesin lautlos an ihm vorüber in Richtung Pier. Als sie sich den Treppenstufen näherte, blickte sie sich um und er erkannte sie auf Anhieb, selbst im trüben Licht der Laterne. Es war das Serviermädchen, die junge Siamesin, die den ganzen Abend seine Aufmerksamkeit gefesselt hatte. Sie trug denselben *panung,* nur hatte sie inzwischen die europäische Bluse abgelegt und durch eine bunte, locker um die Schultern drapierte Schärpe ersetzt. Er sah, wie sich die Silhouette ihrer Brüste gegen das Licht abzeichnete, das vom Wasser reflektiert wurde. Gleich darauf drehte sie sich um und lief die Stufen zu ihrem *sampan* hinunter, der unter der Anlegestelle vertäut war. Lautlos stieg sie in das winzige Boot, paddelte davon und verschwand in der nächtlichen Dunkelheit.

Es war stockfinster, als er die Tür seines Hotelzimmers aufsperrte und, benommen vom Alkohol und der Hitze, blind vorwärts stolperte, bis er den Schreibtisch fand, auf dem eine kleine Kerosinlampe stand. Er nahm den Glaszylinder ab und nach mehrmaligen ungeschickten Versuchen gelang es ihm, ein Streichholz zu entzünden; dann ertastete er den Docht, der umgehend entflammte. Als er den Glaszylinder wieder aufgesetzt und die Helligkeit des Lichts reguliert hatte, spürte er, dass er sich nicht alleine im Raum befand. Langsam drehte er sich um, bereit, dem Eindringling mutig entgegenzutreten, und war schlagartig nüchtern, als er sah, um wen es sich handelte.

Sie saß auf dem Fußboden, die Augen niedergeschlagen, die Hände in Gebetshaltung vor der Brust zusammengelegt.

»*Sawadih kah*«, begrüßte sie ihn leise, dann hob sie langsam die Augen und erwiderte seinen Blick.

4. Kapitel

28. Februar 1868

Liebe Charlotte,

ich hoffe, dieser Brief trifft Elizabeth und dich bei guter Gesundheit an. Es wird Winter sein, bis du ihn erhältst, und ich weiß, wie empfindlich du gegen die Kälte bist. Doch zumindest schneit es nicht in Melbourne, wie in England.

Wie du unschwer erkannt haben wirst, bin ich immer noch in Siam und ich muss dir sagen, dass ich dieses Fleckchen Erde höchst bemerkenswert finde.

Meine Arbeit geht gut voran und ich habe mir sogar ein kleines Atelier in dem Haus eingerichtet, das ich dank des Winks von Mr. Knox, dem britischen Konsul, mieten konnte.

Höchstwahrscheinlich werde ich die Genehmigung erhalten, den König selbst zu fotografieren, doch natürlich muss ich mich gedulden, bis eine entsprechende Aufforderung an mich ergeht. Mr. Knox glaubt, im August könnte eine solche Gelegenheit bestehen. Seine Majestät ist ein begeisterter Astronom und hat offensichtlich die genaue Zeit und Position einer Sonnenfinsternis errechnet, die in jenem Monat erwartet wird. Dieses Ereignis soll mit einem glanzvollen Fest an der Küste im südlichen Teil des Königreichs begangen werden, wo die Sonnenfinsternis zu beobachten ist. Und viele der hier lebenden ausländischen Residenten, ich selbst in meiner offiziellen Rolle als Fotograf eingeschlossen, wurden eingeladen, sich der Expedition anzuschließen. Ich glaube, unser Bestimmungsort liegt hundertvierzig Meilen von Bangkok entfernt, was eine Seereise von mehreren Tagen erfordern wird.

Meine Liebe, Siam ist ein wunderbares, exotisches Land und offen gestanden glaube ich, ich sollte hier einige Zeit verweilen. Mir ist bewusst, dass die Änderung meiner Pläne dich sehr beunruhigen könnte, doch ich möchte dir versichern, dass ich dein Wohlergehen und Elizabeths im Sinn habe, wenn ich dich inständig bitte, den Vorschlag, den ich dir gleich unterbreiten werde, in Ruhe zu überdenken. Charlotte, unsere Ehe war nicht ohne Schwierigkeiten und ich verstehe deinen Standpunkt vollkommen. Deshalb denke ich, dass es möglicherweise besser wäre, wenn du nicht zu mir nach Siam kommst. Das Klima und die Lebensumstände sind nicht sonderlich zuträglich für englische Damen und viele, die sich mutig hierher wagen, empfinden beides als Schicksalsprüfung. Nach kurzer Zeit kehren sie in die Heimat zurück, ausgelaugt, mit angegriffener Gesundheit. Solltest du gleichwohl entschlossen sein, die Reise anzutreten, werde ich mein Bestes tun, um dir den Aufenthalt hier so angenehm wie möglich zu machen. Du wirst so viele Dienstboten haben, wie du wünschst, und für Elizabeth wird gut gesorgt sein.

Falls du entscheidest, zu kommen, dann löse bitte unseren Hausstand in Melbourne auf und beende den Mietvertrag. Du könntest auch veranlassen, dass unsere Möbel und die übrige Habe per Schiff hierher befördert werden. Solltest du es vorziehen, nicht zu kommen, möchtest du Melbourne vielleicht trotzdem verlassen und mit Elizabeth zu meinen Eltern nach Yorkshire zurückkehren. Du weißt, dass sie euch beide herzlich aufnehmen werden und es euch dort an nichts fehlen wird.

Teile mir deine Entscheidung umgehend mit, Charlotte, mit dem nächsten Schiff, das abgeht. Bitte küsse und umarme Elizabeth von mir.

Edward

Elizabeth, die unlängst bedrückt und still geworden war und sich fragte, warum ihr Vater nicht nach Hause zurückkehrte, fürchtete sich beinahe, zu fragen, was in dem Brief stand. Sie kannte den Ausdruck auf Charlottes Gesicht. »Er kommt nicht, Mami, oder?«

»Nein, mein Schatz«, erwiderte Charlotte, so munter es ging. »Er hat viel Arbeit und er wird den König von Siam fotografieren. Wie findest du das?«

»Ich glaube, der König würde die Fotografien nicht annähernd so schmerzlich vermissen wie ich meinen Vater. Hat er mich nicht mehr lieb?«

Manchmal war sie so altklug, dachte Charlotte, vielleicht lag es daran, dass sie ein Einzelkind war und die meiste Zeit in Gesellschaft von Erwachsenen verbrachte.

»Natürlich hat er das, Kleines. Er liebt dich sehr und hat mir aufgetragen, dir einen Kuss von ihm zu geben.«

Sie strich über Elizabeths weiche Wange, dann traf sie ihre Entscheidung. »Er hat uns gebeten, nach Siam zu kommen, um bei ihm zu leben.«

Elizabeths Augen leucheten auf und sie sprang vom Sofa. »O Mami, das bedeutet, dass wir alle wieder beisammen sein werden. Und uns nie wieder von Vater trennen müssen.«

»Nein, Liebes, nie wieder«, murmelte Charlotte leise vor sich hin.

Elizabeth trollte sich, um mit ihrer Puppenstube zu spielen, und überließ Charlotte ihren Gedanken. Sie las den Brief erneut, dieses Mal, um sich zu vergewissern, dass ein Irrtum ausgeschlossen war. Sie konnte nur vermuten, dass er sich wie ein Gentleman benahm und ihr einen Fluchtweg aus der Ehe bot, falls sie sich danach sehnte. Eine Scheidung stand außer Frage, doch sollte sie den Wunsch haben, für immer von ihm getrennt zu leben – und er von ihr –, schien sein Vorschlag diese Möglichkeit auf eine Weise zu berücksichtigen, die keine Schande über ihre Familien bringen würde.

Doch trotz aller ehelichen Probleme war das nicht ihr Wunsch. Sie liebte ihn noch immer und war fest überzeugt, dass Elizabeth mit Vater und Mutter aufwachsen sollte.

Was mochte er sich dabei gedacht haben? Sie hatte keine Ahnung, doch eines war gewiss: Wenn sie ihrer Ehe eine Überlebenschance geben wollte, musste sie nach Siam reisen, obwohl er ihr in seinem Brief so gut wie gar keine Auskunft über das Land gegeben hatte. War er so sicher gewesen, dass sie nicht kommen würde?

Sie beschloss, sich einen Termin für einen Besuch bei Dr. Vickers geben zu lassen.

Kesri hatte seit mehr als einem Monat nicht mehr arbeiten gehen müssen und als sie im Licht der Morgendämmerung, das durch die

Fensterläden des Schlafzimmers drang, neben ihm lag, war sie überzeugt, dass sich ihr Leben nun zum Besseren wendete. Dennoch dachte sie voller Bitterkeit an die Umstände, die sie dorthin gebracht hatten; an ihren Vater, der um seine geringen Ersparnisse gebracht und gezwungen worden war, sich selbst und ihre Mutter in die Sklaverei zu verkaufen, um die Schulden zurückzuzahlen.
Somtop war ein argloser Handwerker gewesen, der Geisterhäuser anfertigte, bis ein skrupelloser chinesischer Kaufmann ihn überredete, sein Geschäftspartner zu werden; dieser hatte sich mit dem Erlös der Aufträge eines ganzen Jahres aus dem Staub gemacht, bevor das Material bezahlt war. Um den Verlust zu ersetzen und der Verurteilung zu einer langen Haftstrafe zu entgehen, war Somtop keine andere Wahl geblieben, als sich selbst und seine Frau Ning in die Sklaverei zu verkaufen. Kesri, als Leibeigene geboren, war ihr einziges überlebendes Kind; ihre drei Brüder waren der Cholera zum Opfer gefallen.
Ihre Eltern starben schließlich, ohne ihre Freiheit wiedererlangt zu haben, doch Kesri war stets fest entschlossen, ihre zu erringen – mit welchen Mitteln auch immer.
Und genau das hatte sie getan.
Daher war es nicht verwunderlich, dass sie von Wohlstand, Ehe und eigenen Dienstboten träumte. Doch ohne Familie und bei ihrer Vergangenheit bestand wenig Hoffnung, die erste Frau irgendeines Siamesen zu werden, ganz zu schweigen eines Mannes, der über Reichtum und gesellschaftliches Ansehen verfügte. Und sie wusste auch, dass sich das Leben, das sie als Bedienstete kannte, kaum verbessert hätte, wenn sie eine Konkubine oder Nebenfrau geworden wäre.
Doch Kesri war zu allem entschlossen und sah einen Weg, ihre Träume zu verwirklichen, indem sie dafür sorgte, dass einer der *farang*-Männer in Liebe zu ihr entbrannte. Sie wusste, dass ihre seltsame Religion ihnen nur eine Ehefrau gestattete, sie sich allerdings trotzdem zu siamesischen Frauen hingezogen fühlten. Viele hatten natürlich eine oder mehrere Konkubinen, doch das war nicht von Belang. Die Anzahl der Ehefrauen oder Gespielinnen, die ihr Ehemann besaß, bedeutete nichts. Was zählte, war allein, dass sie die Nummer eins war.

Zuerst hatte sie die Männer ungeheuer hässlich, ja sogar regelrecht abstoßend gefunden. Ihr Geruch hatte oft Übelkeit bei ihr erregt. Die Siamesen badeten mehrmals am Tag, doch die *farang* wuschen sich oft tagelang nicht, obwohl sie furchtbar unter der Hitze litten. Seit sie jedoch häufiger bei Festen im Konsulat bediente, fiel ihr auf, dass nicht alle *farang* hässlich waren. Inzwischen war sie sogar in der Lage, sie voneinander zu unterscheiden, nachdem sie in ihren Augen zunächst alle gleich ausgesehen hatten. Und den Geruch würde sie mit der Zeit schon zu ertragen lernen.

Lange Zeit war es ihr jedoch nicht gelungen, einen von ihnen auf sich aufmerksam zu machen, trotz aller Bemühungen. Keiner hatte sie eines zweiten Blickes gewürdigt. Sie war nur eine Bedienstete, unsichtbar, ein Mädchen für alles.

Das heißt, bis zu dem Abend, als der Konsul sein Fest gegeben hatte und der neue *farang*, ein Mann mit grünen Augen und blonden Haaren, den sie noch nie gesehen hatte, von ihr verzaubert schien. Die grünen Augen, immer noch äußerst sonderbar für sie, hatten sie den ganzen Abend verfolgt, hatten sie verstohlen gemustert, wenn sie unweit seiner Gruppe vorüberging; hatten sie aus der Ferne beobachtet, wie sie merkte; und hatten ihre Schultern und Haare angestarrt, wenn sie ihm beim Herumreichen der Häppchen den Rücken zukehrte. Sie wagte nicht, seinen Blick zu erwidern, doch sie hatte auf Schritt und Tritt gespürt, wie er auf ihr ruhte. Eine solche Gelegenheit würde sich möglicherweise nie wieder bieten und sie hatte sie nicht ungenutzt verstreichen lassen.

Das war inzwischen mehr als einen Monat her und er hatte immer noch kein Wort über ihre gemeinsame Zukunft verlauten lassen. Doch sie konnte warten.

»Wir haben Sie schon eine ganze Weile nicht mehr bei uns gesehen, Mrs. Fairburn«, sagte Dr. Vickers munter, als sie wenige Tage nach Erhalt von Edwards Brief in sein Sprechzimmer in der Collins Street geführt wurde.

»Zum Glück, Doktor.«

»Wie geht es Ihnen?«

»Nun, Edward ist schon lange weg, kurz nach meinem letzten Besuch bei Ihnen ist er abgereist. Deshalb hat mir das alte Problem natürlich keine Sorge mehr gemacht.«

»Und jetzt?«

»Er möchte, dass ich zu ihm nach Fernost komme. Ausgerechnet Fernost … Ich wollte mich bei Ihnen erkundigen, welche Arzneimittel ich auf Vorrat mitnehmen sollte.«

Ihre Stimme klang, als habe sie sich damit abgefunden, eine ständig wiederkehrende Aufgabe zu erledigen.

»Fernost, sagten Sie. Singapur?«

»Nein, Doktor. Siam.«

Seine Augen weiteten sich. »Nun, Mrs. Fairburn, Sie werden verstehen, dass es in einem derart rückständigen Land viele Gesundheitsrisiken gibt. Hand aufs Herz, ich würde Ihnen nicht empfehlen …«

»Über Gesundheitsrisiken ist mir nichts bekannt, Doktor«, unterbrach sie ihn ziemlich taktlos, wie ihr bewusst wurde, doch sie konnte ihre Zunge nicht im Zaum halten. »Und selbst wenn es sie gäbe, ich muss fahren.«

»Meine Liebe, ich verstehe ja, dass Sie keine andere Wahl haben – und Sie sind nicht die erste Europäerin, die sich an einem so unwirtlichen Ort wiederfindet«, sagte er freundlich. »Doch ich möchte noch einmal auf etwas hinweisen, was ich Ihnen schon beim letzten Mal dringend ans Herz gelegt habe. Sie sollten unter gar keinen Umständen wieder ein Kind bekommen. Wenn das hier in Australien geschehen sollte, ist es gefährlich genug, trotz der medizinischen Errungenschaften und der modernen Ausrüstung, über die wir verfügen. Jedoch dort drüben … dort würde ich mich nicht für Ihre Sicherheit verbürgen. Nicht nur das Leben des Kindes, sondern auch Ihr eigenes Leben wäre in großer Gefahr, falls abermals etwas schief gehen sollte, was sehr wahrscheinlich ist.«

»Ich verstehe, Doktor. Doch die Situation ist … ist schwierig.«

Das Gefühl der Übelkeit, das sie bei seiner letzten Warnung verspürt hatte, kein weiteres Kind mehr in die Welt zu setzen, kehrte wieder. Es gab noch vieles, worüber sie gerne mit ihm gesprochen hätte, doch es war nicht statthaft, derart private Dinge zu erörtern, nicht einmal mit ihrem Hausarzt.

»Haben Sie mit Ihrem Mann über das Problem gesprochen?«, fragte er.

»Natürlich. Er hat volles Verständnis dafür. Doch …«
Sie hätte ihm gerne gestanden, dass ihre Ehe daran zerbrochen war; dass die ständige Angst, wieder schwanger zu werden, wenn sie mit ihrem eigenen Mann schlief, ihre Beziehung zerrüttet hatte. Doch stattdessen sagte sie nur lahm: »Das hat zu Spannungen geführt.«
Er drängte sie nicht. »Was Siam selbst angeht, kann ich Ihnen lediglich empfehlen, regelmäßig Chinin einzunehmen und ein Moskitonetz um Ihr Bett zu spannen, um Mückenstichen vorzubeugen. Sie sind viel mehr als eine Plage, sie können in einem solchen Klima schnell eitern und den ganzen Körper vergiften. Und ich rate Ihnen, jeden Tag ein Schlückchen Whisky zu trinken, vorbeugend gegen die Cholera. Dort ist sie natürlich wesentlich stärker verbreitet als in London und London ist schon schlimm genug, weiß der Himmel. Es gibt natürlich eine Pockenschutzimpfung, die Elizabeth und Sie bereits erhalten haben, wie aus Ihrem Patientenblatt hervorgeht.«
Er fuhr fort zu erklären, von welchen weiteren Krankheiten sie befallen werden könnten, einschließlich Lepra, Ruhr und Schwindsucht. In Singapur wütete die Beulenpest und es war nur eine Frage der Zeit, bis sie Siam heimsuchte, wenn es nicht schon geschehen war. Die Liste war erschreckend und er konnte wenig mehr tun, als die schaurigen Symptome jeder einzelnen Krankheit zu schildern. »Ich bedauere sehr, Sie mit diesen Einzelheiten zu behelligen. Sind Sie immer noch fest entschlossen zu fahren, Mrs. Fairburn?«
»Doktor, ich habe keine andere Wahl.«
Doch dem war nicht so. Hatte er nicht geschrieben, sie könne jederzeit nach England zurückkehren, wenn das ihr Wunsch sei?
Nach Hause. Edward. Ihre Gedanken schweiften ab.
Es schien lange her zu sein, dass sie sich verliebt hatte; mit siebzehn hatte sie geheiratet und sich auf ein Leben mit ihm eingelassen, von dem sie sich ein stetiges Abenteuer versprach – und immer währendes Glück. Sie war zu jung, zu naiv und zu verliebt gewesen, um sich vorzustellen, dass ihnen irgendetwas Schlimmes widerfahren könnte. Und die Schwierigkeiten und Unbequemlichkeiten der Reise hatten ihr nicht das Geringste ausgemacht.
Für einen Mann war es in der Tat ein Abenteuer. Davon konnte bei einer Frau, die ihren Mann nach Übersee begleitete, keine Rede sein.

Die meisten waren binnen weniger Monate nach der Hochzeit schwanger und mussten die Zeit der morgendlichen Übelkeit in einer engen, stickigen Kabine an Bord eines schlingernden Schiffes verbringen. Eine Fehlgeburt auf hoher See war noch schlimmer und manche Frauen verbluteten oder starben an einer schweren Infektion in Ermangelung einer angemessenen medizinischen Versorgung. Dieses Risiko hatte sie in jungen Jahren häufiger auf sich genommen. Inzwischen war sie älter und besser gewappnet, ja sogar fest entschlossen, die Tortur noch einmal über sich ergehen zu lassen. Wenn schon nicht seinetwegen, so doch wenigstens Elizabeth zuliebe.
Dr. Vickers legte ihr dringend nahe, den Besuch in Siam so kurz wie möglich zu halten, bevor er ein Rezept für Chinin und andere Arzneien ausschrieb, die innerhalb einer Woche verfügbar waren und die für ein halbes Jahr reichen würden. Sie bedankte sich und verließ die Praxis, wobei ihr mulmiger zumute war als je zuvor, seit Edwards letzter Brief eingetroffen war.

Eine Woche später löste sie ihren Hausstand auf, nicht ohne Bedauern. Sie hatten während ihres gesamten Aufenthalts in Melbourne ein zweigeschossiges Doppelhaus im viktorianischen Stil bewohnt und Elizabeth war dort geboren. Sie hatte sich angewöhnt, es als ihr eigenes Heim zu betrachten, und darüber vergessen, dass es nur gemietet war. Jetzt wurde ihr bewusst, warum sie nie ein Anwesen besessen hatten: weil Edward nirgendwo sesshaft werden konnte, weil die Aussicht auf ein Abenteuer ihn stets aufs Neue in die Ferne lockte.
Elizabeth hatte offenbar die Wanderlust ihres Vaters geerbt. Sie war hier aufgewachsen, war nie anderswo gewesen, doch es schien sie nicht zu bekümmern, das Haus zu verlassen, selbst am Tag der Abreise. Und ihre unermüdlichen, begeisterten Fragen verdüsterten die ohnehin getrübte Stimmung ihrer Mutter nur noch mehr.
»In was für einem Haus werden wir in Siam wohnen? Ist es größer als unser bisheriges? Wird Vater uns abholen?«
Charlotte betete insgeheim, dass es so sein möge, doch sie war nicht sicher. Sie war nicht einmal überzeugt, dass sie willkommen waren.
»Ich habe den Brief abgeschickt, sobald ich wusste, welches Schiff wir nehmen würden«, sagte sie. »Wir müssen zuerst nach Singapur, wie

du dich erinnerst. Dein Vater kann nicht genau wissen, an welchem Tag wir ankommen, doch vermutlich wird er jemanden bitten, ihn zu benachrichtigen, sobald das Schiff in Bangkok einläuft.«

Sie ging ein letztes Mal durch das leere Haus. Die Möbel waren ausgeräumt, die Teppiche aufgerollt und alles, was blieb, waren die nackten Holzfußböden. Der Salon, der auch als Empfangszimmer diente, sah nun kalt und abweisend aus; die Küche hatte ihre anheimelnde, einladende Atmosphäre verloren; und das Esszimmer besaß kaum mehr Ähnlichkeit mit dem gastlichen Ort, an dem Edward und sie früher elegante Dinnerpartys für acht Personen veranstaltet hatten.

Sie konnte sich nicht dazu durchringen, noch einmal die Treppe hinauf in den oberen Stock zu gehen, wo sich die Schlafzimmer befanden: ihr eigenes, das sie mit ihm geteilt hatte und in dem die Freude über Elizabeths Geburt den Kummer zahlreicher vorheriger Enttäuschungen gelindert hatte; und Elizabeths Zimmer, in dem ihre Tochter zu einer wissbegierigen und bezaubernden Siebenjährigen herangewachsen war.

Als sie lange genug verweilt hatte, nahm sie Elizabeth brüsk bei der Hand. »Komm jetzt, wir müssen gehen.«

21. April 1868

Liebe Mutter,

du wirst dich schon gefragt haben, was aus uns geworden ist, denn seit meinem letzten Brief ist viel Zeit vergangen. Zu meiner Schande muss ich gestehen, dass es wenig Neues zu berichten gab, bis jetzt. Elizabeth wächst unaufhörlich und ist inzwischen eine richtige junge Dame geworden. Doch du hast vermutlich eine Fotografie gesehen, falls Edward meiner Bitte entsprochen und dich besucht hat. In seinem letzten Brief erwähnte er nichts davon, doch er schrieb ohnehin nur wenig Erwähnenswertes. Das heißt, mit Ausnahme einer ziemlich enervierenden Aussicht, die mir viel Kopfzerbrechen bereitet und wieder einmal große Unruhe in unser Leben gebracht hat. Er ist nach Asien weitergereist, Mutter, und schreibt uns aus Bangkok, Siam, dass er beabsichtige, sich dort auf unbestimmte Zeit niederzulassen. Uns bleibt natürlich nichts anderes übrig, als ihm zu folgen, wie immer. Ich muss dir gestehen, dass ich dem Ortswechsel mit großen Befürchtungen entgegensehe.

Über das Land ist wenig bekannt, doch ich bin sicher, dass die medizinische Versorgung und andere Annehmlichkeiten der modernen Zivilisation einiges zu wünschen übrig lassen, so dass ich nur noch beten kann, mein früheres Problem möge sich nicht wiederholen. Ich muss dir jedoch auch gestehen, Mutter, dass Edward die Entscheidung mir überlassen hat. Er beharrte in seinem Brief geradezu darauf, dass wir zu seiner Familie nach England zurückkehren. Ich zögere verständlicherweise, obwohl ich mich nach den sanften grünen Hügeln, der Heidelandschaft von Yorkshire und den Geschäften in London sehne. Und natürlich nach deiner Gesellschaft, die mir lieb und teuer ist.

Ich frage mich, welchen Rat mir Vater geben würde, wenn er noch am Leben wäre. Er war stets der Inbegriff des gesunden Menschenverstandes, findest du nicht, Mutter? Ich vermisse ihn immer noch, genau wie du.

Ich lege die ziemlich unvollständige Anschrift in Bangkok bei, die Edward mir genannt hat. Es gibt keine Hausnummer, doch das Anwesen befindet sich an einer Hauptverkehrsstraße, die New Road heißt. Das klingt sehr banal, doch ich bin sicher, der Schein trügt.

Doch nun möchte ich dich nicht länger mit meinem Kummer belasten und mich erfreulicheren Dingen zuwenden. Wie ich hörte, soll Mr. Singers amerikanische Nähmaschine der letzte Schrei in der Welt der Schneiderei sein. Dennoch bin ich überzeugt, dass nichts Mrs. Elders winzige, von Hand ausgeführte Stiche zu ersetzen vermag. Auf jeden Fall erzählte mir Mrs. Elder selbst irgendwann einmal, dass die Nähmaschine eine französische Erfindung und ihr deshalb nicht zu trauen sei. Mit Bestürzung entdeckte ich auch unlängst, auf der Seite für die Frau, Zeichnungen der neuen Mode, bei der die Krinoline abgeschafft wurde, so dass die Röcke über den Boden schleifen. Das kommt mir höchst unschön vor. Greift diese Marotte um sich, Mutter, oder ist sie nur auf eine Hand voll Frauen beschränkt, die kein Maß kennen?

Bitte schreibe bald zurück und lass mich wissen, was es Neues gibt, auch über die Königin und ihre Familie. Führt Ihre Majestät immer noch ein Einsiedlerleben? Wie furchtbar für sie, den Ehemann unter so tragischen Umständen zu verlieren. Und dennoch eine Schande, dass sie sich den öffentlichen Pflichten entzieht.
Siam ist ebenfalls ein Königreich und im Anschluss an Edwards Brief las ich einen Zeitungsartikel über die Pariser Weltausstellung, der den siamesischen Pavillon und die prächtigen Exponate hervorhob, welche Edward überhaupt erst in das Land lockten. Der siamesische König befürwortet offenbar eine Modernisierung seines Landes, spricht Englisch, beschäftigt einen englischen Hauslehrer für seine Kinder und korrespondiert sogar mit Königin Victoria.
Vielleicht ist Siam zivilisierter, als ich mir vorstelle, obwohl der König dem Vernehmen nach einen riesigen Harem und weiß Gott wie viele Kinder hat. Ich muss nun schließen, Mutter. Der nächste Brief an dich wird den Poststempel von Siam tragen, falls sie dort schon über so etwas verfügen. Ich habe nicht die geringste Ahnung.

Deine dich liebende Tochter
Charlotte

5. Kapitel

Kesri stand draußen im Gang und spitzte die Ohren und konnte so einen großen Teil der Unterhaltung belauschen. Sie hatte keine Ahnung, was »fleißig« bedeutete, doch sie war sicher, dass er sie damit auf eine Weise beschrieb, die sie nicht von ihm hören wollte. Sie hatte Recht gehabt; er hatte sie als sein Hausmädchen bezeichnet. Wahrscheinlich hatte er auch behauptet, man müsse sie im Auge behalten, sonst würde sie den Schmuck stehlen, wenn sich eine Gelegenheit böte. Ihr Gesicht brannte vor Scham und ihre Augen füllten sich mit Tränen. Sie eilte durch den Gang in die Küche zurück.

Sie lebte inzwischen seit mehr als vier Monaten unter seinem Dach, doch wenn sie es recht bedachte, war sie ohnehin kaum mehr als eine Bedienstete für ihn gewesen. Sie verrichtete die Hausarbeit für ihn, kochte für ihn, wusch seine Kleidung und teilte sein Bett. Genauer gesagt, sie hatte es bis heute mit ihm geteilt. Was sollte nun aus ihr werden? Und was sollte aus ihrem ungeborenen Kind werden? Verzweifelt ließ sie den Kopf hängen.

Sie konnte nichts weiter tun, als haargenau seine Anweisungen zu befolgen und abzuwarten. Denn ihr Instinkt sagte ihr, dass sie sich so unverdächtig wie möglich verhalten musste. Die Frauen aus dem Westen hatten eine seltsame Einstellung, was solche Dinge betraf, und obwohl sie nach Erhalt ihrer Freiheit eineinhalb Jahre bei den protestantischen Missionaren gelebt hatte, konnten diese sie nicht zu ihren Vorstellungen oder Denkweisen bekehren, ebenso wenig wie ihre Landsleute.

Doch zumindest hatte sie Englisch von ihnen gelernt, was ihr dabei geholfen hatte, Arbeit zu finden. Und Edward zu finden. Doch wie lange würde er ihr noch gehören? Oder hatte er ihr nie gehört? Sollte die Frage vielmehr lauten, wie lange er sie noch begehren würde? War sie wieder einmal nur eine Sklavin und ein Spielzeug, das die Annehmlichkeit bot, zeitweilig sowohl den Platz einer Bediensteten als auch den der Ehefrau einzunehmen? Hatte sie sich von Anfang an etwas vorgemacht?

Auch Charlotte hatte wenig Anlass, Edward an diesem Tag in rosigem Licht zu sehen. Es war eine lange Reise gewesen und seit sie sich in den Tropen befanden, hatte sie zunehmend unter der Hitze und der hohen Luftfeuchtigkeit gelitten. Als die Chao Phraya an diesem Morgen auf dem gleichnamigen Fluss in Richtung Bangkok stampfte, kam es ihr vor, als habe es sie auf einen fremden Planeten verschlagen.

Am späten Vormittag gingen sie in Paknam vor Anker, einer kleinen Ortschaft, wo die Schiffe vor ihrer Einreise nach Siam den Zoll passieren und jedwede Waffe an Bord abliefern mussten, bevor sie weiterfahren durften. Von hier aus waren es noch drei Stunden bis zur Hauptstadt. Ein Stück weiter flussaufwärts kamen sie an dreißig oder mehr heruntergekommenen königlichen Kanonenbooten vorüber, von denen jedes die augenfällige, scharlachrote siamesische Flagge mit dem weißen Elefanten gehisst hatte.

»Trauriges Kapitel«, meinte ein Brite, der fünf Jahre in Siam gelebt hatte. »Sie gehörten Pin Klao, dem Bruder des Königs. Er befehligte die Kriegsflotte. Seit er im vorletzten Jahr starb, sind sie dem Verfall preisgegeben.«

Sie betrachtete die Ufer des breiten Flusses, verzaubert von der tropischen Vegetation. Die fünf anderen britischen Passagiere staunten ebenfalls über die Szenerie, die sich vor ihnen ausbreitete; die Unannehmlichkeiten der Reise waren mit einem Schlag vergessen, als sie ihr Ziel zum ersten Mal erblickten.

»Schau mal, Mami, da sind Affen in den Bäumen«, rief Elizabeth erregt.

Charlotte blickte nach oben und tatsächlich, Elizabeth hatte Recht. Kreischende Affen kletterten und schaukelten im Geäst der Bananenstauden, Kokospalmen und Mangobäume, die beide Flussufer säumten.

Die Holzhäuser, auf Pfählen erbaut und zum Fluss hin offen, kämpften mit der dichten Vegetation um den verfügbaren Platz. Kinder sprangen nackt von den Veranden und morschen Holzstegen in das

schlammige Wasser, das glitzernde Tropfen auf ihrer gebräunten Haut bildete; Frauen badeten heiter im *sarong* oder wuschen, auf den Fersen hockend, ihre Wäsche im Fluss, während Halbwüchsige auf den hölzernen Anlegestellen saßen, rauchten, kicherten und die ausgemergelten Hunde ärgerten, die überall herumlagen.
Boote jeder erdenklichen Art, schmale, flache *sampans,* große bauchige, mit Reis beladene Schaluppen, verwahrloste Fähren, luxuriöse Schiffe und moderne Vergnügungsdampfer, verstopften den Fluss und verlangsamten die Fahrt der Chao Phraya, verschafften den Reisenden jedoch Zeit, das ungewöhnliche Panorama zu betrachten. Der »Fluss der Könige« war die Lebensader des gesamten Königreichs. Vögel mit leuchtend buntem Gefieder kreuzten pfeilschnell den Bug und die Menschen am Flussufer winkten den *farang* zu. Die Ausländer erwiderten zögernd den Gruß.

»Mami, warum sind hier alle so braun? Haben sie zu lange in der Sonne gesessen?«
Charlotte lachte. »Nein, Liebes. Das ist ihre normale Hautfarbe. Du hast doch die Aborigines gesehen, die Ureinwohner in Australien. Und die chinesischen Goldgräber in Melbourne, erinnerst du dich? Menschen haben verschiedenfarbige Haut, nicht nur weiße.«
»Leben hier noch mehr Menschen, die genauso sind wie wir?«
Sie lächelte ihrer Tochter abermals zu, zuversichtlicher, als sie sich wirklich fühlte. »Natürlich, Liebling. Insgesamt vermutlich nicht viele, doch bestimmt einige im Umkreis unseres neuen Zuhauses. Vielleicht lernst du ja auch ein paar siamesische Kinder kennen.«
Der Dampfer folgte der Biegung des Flusses und Charlotte stockte der Atem, als Bangkok in Sicht kam, eine Stadt, die sich in jeder nur denkbaren – und fremdartigen – Weise von London, Kalifornien, Melbourne, ja sogar von anderen orientalischen Metropolen unterschied.
Selbst während der Fahrt flussaufwärts hatte sie noch gehofft, der Dschungel möge sich lichten und einem vertrauten Anblick Platz machen, doch es gab wenig, was ihre Zuversicht stärkte. Mit einem Schlag wurde ihr bewusst, dass sie den Boden unter den Füßen zu verlieren drohte, und sie fragte sich, wie lange sie gezwungen sein

würde, in diesem Land zu bleiben. Ihr Blick schweifte von den Flussufern ab, hinauf zu den anmutig geschwungenen Dächern und goldenen *chedis* einer Stadt, die nur aus Tempeln zu bestehen schien.

Der Himmel sah weißgrau und verhangen aus. Es war Monsunzeit und obwohl die Regenfälle im September und Oktober am heftigsten sein würden, konnte sie bereits sehen, an welchen Stellen der Fluss über die Ufer getreten war, und hier und da waren Sandsäcke aufgestapelt. Kanäle zweigten vom Fluss ab und als der Dampfer langsam an ihnen vorüberstampfte, erhaschte sie einen Blick auf das alltägliche Leben, das sich zwischen den Tausenden von Hausbooten abspielte. In den Nebenflüssen herrschte noch mehr Wirrwarr und Geschäftigkeit als auf dem Fluss selbst. Überall wimmelte es von Menschen, die angelten, schwammen, ein Bad nahmen oder Wäsche wuschen.

Auf der Veranda jedes Hauses stand ein großes, verziertes irdenes Gefäß, manchmal sogar zwei oder drei, um Regenwasser zu sammeln und aufzubewahren. Später sollte sie erfahren, dass sie *klong*-Krüge genannt wurden. Mindestens sieben Monate im Jahr, von Oktober bis April, regnete es nur spärlich und die Bevölkerung war auf die Wasservorräte angewiesen, die sie während der Monsunmonate in den *klong*-Krügen gesammelt hatte. Wenn die Hitzeperiode im April ihren Höhepunkt erreichte, war das Wasser in den Krügen schleimig und übel riechend. Doch es war trotzdem sauberer als das Flusswasser, das um diese Zeit brackig und eine der Hauptursachen für den Ausbruch von Choleraepidemien war. Die Allerärmsten hatten jedoch meistens keine andere Wahl, als direkt aus dem Fluss zu trinken. In diesem Jahr, 1868, waren die Folgen verheerend gewesen und Tausende von Leichen hatten sich am Wak Set, auf dem Gelände des Tempels, angesammelt, wo die Toten entweder auf Scheiterhaufen verbrannt oder zerstückelt den Geiern und Hunden zum Fraß vorgeworfen wurden.

Doch davon wusste Charlotte nichts, als der Dampfer an diesem Tag Anfang August den Fluss entlangfuhr. Sie wusste nur, dass die Landschaft, die an ihr vorüberglitt, sie gleichermaßen erschreckte wie fesselte. Sie sah siamesische Frauen, die *panungs* trugen, wie Kapitän Orton es genannt hatte. Viele von ihnen waren nackt oberhalb der

Taille, obwohl einige eine breite Schärpe um Schultern und Oberkörper schlangen, die ihre Brüste jedoch entblößt ließ. Zuerst war sie schockiert, doch dann seufzte sie mit einem gewissen Neid, als sie erkannte, dass ihnen bei diesem Klima vermutlich viel kühler war, als es ihr jemals vergönnt sein würde. Sie hatte nicht einmal den Mut aufgebracht, der neuesten englischen Mode zu folgen und ihre Krinoline abzulegen, doch ihr fiel auf, dass eine der Damen auf dem Schiff, die gerade aus England gekommen war, darauf verzichtet hatte. Was für eine Erleichterung wäre es, die Röcke ungehindert über den Boden schleifen zu lassen, frei zu sein von dem Eisenkäfig, der ihrem Kleid unterhalb der Wespentaille eine Tonnenform verlieh.

Am Ufer hatte sich eine Menschenmenge eingefunden und die Chao Phraya warf in der Mitte des Stromes den Anker aus, als die Passagiere sich anschickten, von Bord zu gehen. Charlotte ließ ihren Blick über den Pier wandern, auf der Suche nach dem Gesicht, das sie mehr als ein Jahr nicht mehr gesehen hatte.

»Vater wird doch hier sein, oder?«, fragte Elizabeth aufgeregt.

Charlotte richtete ihr Augenmerk unverwandt auf die Leute am Kai und am Flussufer, doch sie waren zu weit entfernt, um sie klar zu erkennen. »Eigentlich schon«, erwiderte sie unsicher. »Wir wissen allerdings nicht, ob er meinen Brief erhalten hat. Die Beförderung könnte sich in Singapur verzögert haben. Möglicherweise befindet er sich sogar an Bord unseres Schiffes.«

Ruderboote brachten sie vom Dampfer zum hölzernen Kai und Kapitän Orton gab Charlotte und Elizabeth höchstpersönlich das Geleit. Doch ihre Zuversicht schwand immer mehr, als sie die Szenerie genauer in Augenschein nahm. Hunderte von Siamesen eilten geschäftig hin und her und nur eine Hand voll Europäer war gekommen, um die anderen Passagiere abzuholen. Edward befand sich nicht darunter.

»Ihr Mann scheint nicht hier zu sein«, sagte Kapitän Orton mitfühlend.

»Ich fürchte, er hat meinen Brief nicht bekommen. Ich habe nicht einmal seine genaue Adresse. Das Haus befindet sich irgendwo an einer Straße, die New Road heißt. Eine Hausnummer hatte er nicht angegeben. Der Brief wurde mir durch das britische Konsulat zugestellt.«

»Keine Sorge, Mrs. Fairburn. Ich war einige Male im Haus Ihres Mannes zu Gast. Seine Gartenpartys sind bereits bestens bekannt. Ich weiß genau, wo es sich befindet. Und die New Road ist die einzige richtige Straße in Bangkok. Der Rest der Stadt wurde an den Kanälen errichtet. Ich werde sofort jemanden losschicken, der ihn von Ihrer Ankunft unterrichtet.«

»Danke, Captain. Doch es ist wirklich nicht nötig, einen Boten zu schicken. Wenn Sie so nett wären, uns ein Transportmittel zu besorgen, begeben wir uns gerne direkt dorthin.«

»Wie Sie möchten. Wenn Ihr Entschluss feststeht, meine Viktoria-Kutsche wartet bereits.« Er deutete auf einen leichten, zweisitzigen, von einem Pony gezogenen Wagen mit einem Mann auf dem Kutschbock. Er stand ein Stück vom Kai entfernt, wo eine schmale Gasse zur Straße hinaufführte. »Ich stelle sie Ihnen gerne zur Verfügung. Ich werde meinem Kutscher sagen, wohin er Sie bringen soll, und danach kann er zurückkommen, um mich abzuholen.«

»Vielen Dank, Captain, sehr liebenswürdig. Könnten Sie bitte veranlassen, dass unser Gepäck nachgeschickt wird?«

»Selbstverständlich.«

Er begleitete sie zur Kutsche, erteilte Anweisungen auf Siamesisch und half ihnen beim Einsteigen. Während er ihnen nachblickte, dachte er daran, wie falsch er ihren Mann eingeschätzt hatte. Fairburn hatte seine viktorianischen Hemmungen binnen kürzester Zeit abgelegt – wenn nicht gar seine Wollkleidung – und sich sehr gut an das Leben in Siam angepasst. Einige meinten, zu gut. Der Kapitän fragte sich, wie Mrs. Fairburn reagieren würde, wenn sie entdeckte, dass er sich eine siamesische Mätresse zugelegt hatte.

Elizabeth und Charlotte nahmen beklommen die Umgebung wahr, als sie die engen, schlammigen Wege mit den ausgefahrenen Wagenfurchen entlangrumpelten. Die Fahrt war unbequem und nicht ganz ungefährlich in dem schwankenden Gefährt, selbst als sie, allem Anschein nach, die Hauptstraße erreichten, die mit Pfützen und Schlaglöchern übersät war.

Charoen Krung, die New Road, war erst vor wenigen Jahren, 1861, erbaut worden, als die kleine europäische Bevölkerung der Stadt den König in einer Petition ersucht hatte, eine Straße anzulegen, die eine Fahrt in der Kutsche ermöglichte. Bis zu diesem Zeitpunkt hatte es überhaupt keine Straßen in Bangkok gegeben. Da die Stadt in einem Delta lag und infolgedessen während der Monsunzeit monatelang überschwemmt war, was sich als lästig erwies, verringerte sich die Gefahr, an Cholera zu erkranken, wenn man auf dem Fluss lebte.
Den Siamesen schien das Wasser nichts auszumachen, sie wateten einfach durch die Fluten, wenn nötig. Charlotte hatte grauenvolle Straßen in Australien und Kalifornien kennen gelernt, die sich bei Regen in knöcheltiefen Morast verwandelten, deshalb war sie nicht über Gebühr beunruhigt. Doch die Aussicht auf weitere Regenmonate war alles andere als erfreulich. Und sie hatte niemals zuvor derartige Mengen Kehricht auf den Straßen einer Stadt gesehen.
Als sie in die Gassen hineinspähte, die von der New Road abzweigten, entdeckte sie alle nur erdenklichen Arten von Abfall, verstreut zwischen den verschlungenen, wild wuchernden Bambusgewächsen und breitblättrigen Pflanzen. Der Geruch nach Fäulnis und Verwesung hing in der Luft, entströmte den Haufen mit verrottendem Kompost. Nirgendwo waren richtige Brücken zu sehen, sondern nur zahlreiche instabil wirkende Holzplanken für die Fußgänger, die einen der vielen Kanäle überqueren wollten. Am besten fuhr man gleich mit dem Boot, beschloss sie umgehend.
Es gab nur wenige Läden von der Art, die sie kannte, und dann konnte sie bei vielen der verwahrlosten, staubigen Gebäude nicht ausmachen, was sie überhaupt darstellten. Während sie langsam weiterfuhren, erblickte sie zu ihrem Entsetzen einen Trupp elend aussehender, zusammengeketteter Sträflinge mit schweren eisernen Schellen an Hals, Händen und Füßen. Elizabeth war verstummt und starrte die fremdartige Szenerie vor ihnen mit offenem Mund an.
Hier und da hatten sich Siamesen zu Gruppen zusammengefunden, hockten im Fersensitz auf der Erde und rauchten oder waren in ein Spiel vertieft, das von lauten »*Euie*«-Rufen begleitet wurde. Sie hielten übereinstimmend inne und betrachteten verblüfft die europäische Frau und ihre Tochter. Sie spürte Hunderte von Augen, die der

Kutsche folgten. Als sie am Straßenrand einen Elefanten überholten, zum Greifen nahe, hielt sie die Luft an und packte Elizabeths Hand, umklammerte sie fest. Eine Schar kichernder siamesischer Kinder fütterte das riesige Tier mit Bananen, während der *mahut* grinsend auf dem Kopf des Elefanten thronte.
Doch ihr blieb kaum noch Zeit, über das Gesehene nachzusinnen, denn kurz darauf hielten sie vor einem zweistöckigen Haus, das ringsum von weitläufigen Rasenflächen umgeben war. Charlotte hatte einige wenige Häuser im europäischen Stil an der New Road bemerkt, jedoch nicht in unmittelbarer Nachbarschaft, wie es schien. Der Kutscher deutete auf das Anwesen und nickte. Kaum waren Charlotte und Elizabeth ausgestiegen, was kein leichtes Unterfangen darstellte für eine Dame, die eine Krinoline trug und ohne männliche Hilfestellung auskommen musste, machte er sich schon wieder auf den Rückweg. Sie waren auf sich selbst gestellt.

Es war ein schlichtes, unauffälliges Haus mit einem trüben gelben Verputz, von bescheidener Größe, mit blassen grüngrauen Fensterläden, die weit geöffnet waren, vermutlich, um so viel Luft wie möglich hereinzulassen. Keines der Fenster schien Scheiben zu besitzen, und als Charlotte nach oben blickte, sah sie einen kleinen Vogel, der aus einem der Fenster im ersten Stock hinausflog. Das Ganze wirkte gleichwohl einigermaßen gepflegt, obwohl die Vegetation von einem brachliegenden Grundstück nebenan schnell auf die eine Seite des Anwesens übergriff. Es war alles in allem besser, als sie erwartet hatte, insbesondere im Vergleich zu den Behausungen der Einheimischen. Sie würde Blumen pflanzen, um den Garten anheimelnder zu gestalten. Sie liebte Rosen, nahm jedoch an, dass sie in den Tropen nicht gut gedeihen würden. Sie hatte indessen einige prachtvolle Blumen, Orchideen in jeder Schattierung, die offenbar wild wuchsen, zwischen den Bäumen unten am Flussufer und am Rande der schmalen unbefestigten Wege gesehen, die von der New Road abgingen. Sie erinnerte sich, die gleichen Blüten in Orange, Purpurrot und Rosa auf den Hausbooten und Pfahlbauten entdeckt zu haben, an denen sie vorhin vorbeigekommen waren und wo sie von Haken herabhingen. Sie überlegte, ob es hier viele Schlangen gab, und erschauerte bei dem Gedanken. Insekten und Spinnen machten ihr nichts aus, da sie an die tellergroßen Huntsman-Spinnen in Melbourne gewöhnt war, aber vor Schlangen grauste ihr. Am besten war es, nicht daran zu denken.

»Ist das unser Haus?«, ließ sich Elizabeth vernehmen.

»Ich hoffe, Liebling.« Sie nahm Elizabeth fest an die Hand und ging mit ihr den schmalen Weg entlang, der zur Vorderseite des Hauses führte. Sie fühlte sich unbehaglich. Sie fragte sich, warum das Wiedersehen mit einem Mann, dem sie seit zwanzig Jahren angetraut war, ein solches Lampenfieber bei ihr auslösen konnte. Zugegeben, seit ihrem letzten Beisammensein war einige Zeit vergangen und sie wusste nicht, was er von ihrem Erscheinen halten mochte, ihre Reaktion war dennoch lächerlich. Sie holte tief Luft, nahm ihren ganzen Mut zusammen und klopfte, wobei sie zur Begrüßung ein Lächeln aufsetzte.

Wenige Minuten später ging die Tür auf und ihr Lächeln verblasste.

»Es tut mir Leid«, stammelte sie. »Ich fürchte, ich habe mich im Haus geirrt. Ich möchte zu Mr. Edward Fairburn.«

Das siamesische Mädchen, das die Tür öffnete, lächelte, um ihren eigenen Schrecken zu verbergen. *Mem* Charlotte war also doch gekommen. Genau das hatte sie befürchtet, jedoch stillschweigend hingenommen, da ihr die Möglichkeit nicht sehr wahrscheinlich erschien. Sie antwortete so beherrscht, wie sie konnte. »Das Mr. Edward Haus. Eintreten, bitte. Mr. Edward bald kommen.«

Kesri führte sie in das Empfangszimmer. Charlotte nahm den Hut ab, zog die Handschuhe aus und reichte beides der jungen Frau, von der sie annahm, dass es sich um eine Bedienstete handelte. Sie nahm auch an, dass sie fließend Englisch sprach. »Wir hätten gerne eine Tasse Tee, bitte. Und einen leichten Imbiss.«

»Ja, Madam.« Die junge Frau lächelte, wobei sie glänzende schwarze Zähne enthüllte, dann nahm sie Hut und Handschuhe und verließ lautlos den Raum. Als sie die Küche betrat, warf sie diese auf den Boden. Sie hatte gebetet, dass sie nicht kämen, doch nun waren sie da und hatten sie wie eine Sklavin behandelt. Er würde diese Frau in ihre Schranken verweisen müssen. Kesri betrachtete sich inzwischen als seine rechtmäßige Ehefrau. War ihr Bund nicht von einem Mönch gesegnet worden? Sie hatte nichts dagegen, wenn er mehr als eine Ehefrau besaß, es war nur recht und billig, dass ein Mann von seinem Rang mehrere Ehefrauen sein Eigen nannte. Die Rolle der Nebenfrau zugewiesen zu bekommen war jedoch ein Rückschritt, eine Erinnerung an ihre Vergangenheit, die sie hinter sich wähnte. Solange Charlotte im Haus war, bestand wenig Hoffnung, ihre ehrgeizigen Bestrebungen zu verwirklichen.

Sie kehrte mit einer Kanne Tee und einem Teller mit dem letzten Rest von Edwards teurem englischen Früchtekuchen ins Empfangszimmer zurück, kniete sich neben Elizabeth, wobei sie ihren Kopf als Zeichen der Ehrerbietung neigte, und stellte die Erfrischungen auf dem niedrigen siamesischen Tisch neben dem Sofa ab. »Du müde, Madam? Du schlafen?«

»Nein danke«, erwiderte Charlotte kalt. »Ich werde auf Mr. Fairburn warten.«

Kaum hatte sie diese Worte ausgesprochen, da ertönten auch schon Schritte und alle Blicke wandten sich dem Fenster zu. Er kam den schmalen Weg entlang, die Samtjacke aufgeknöpft, vergnügt vor sich hin pfeifend. Von außen konnte er niemanden in dem dämmrigen Inneren des Hauses erkennen.

Kesri verließ augenblicklich den Raum, wobei sie sich als Zeichen der Ehrerbietung ein paar Schritte rückwärts bewegte; dann drehte sie sich um und rannte beinahe zur Tür, um sie zu öffnen, bevor er klopfte.

»Kesri.« Er küsste sie leicht auf die Wange. »Du siehst bezaubernd aus, wie immer.«

Charlotte, die das Vestibül vom Empfangszimmer aus nicht sehen konnte, fand diese Art, eine Hausangestellte zu begrüßen, höchst fragwürdig.

Kesri gestattete ihm nicht, sie zu umarmen, wie er es gewöhnlich tat, sondern richtete ebenso förmlich wie deutlich das Wort an ihn, damit die Neuankömmlinge sie hörten. »Mr. Edward, Madam hier.«

Er stutzte angesichts ihres Tonfalls und ihrer Anrede. »Madam? Madam wer?«

»Madam Edward. Deine Madam. Und deine …«

Vor Verblüffung klappte ihm die Kinnlade herunter. Er hatte nichts mehr von ihr gehört, seit er ihr seine Absicht mitgeteilt hatte in Siam zu bleiben, und war davon ausgegangen, dass sie sich bereits auf dem Weg nach England befand. Er eilte ins Empfangszimmer und stand wie angewurzelt auf der Türschwelle, während er seine Frau und sein Kind wie eine Fata Morgana anstarrte. Kesri schloss die Tür, blieb jedoch davor stehen, um zu lauschen.

Elizabeth lief zu ihm und schlang die Arme um seine Beine. »Vater, ich habe dich so sehr vermisst. Versprich mir, dass du nie wieder weggehst.«

Bemüht, schnellstmöglich zur Besinnung zu kommen, hob er sie hoch und drückte sie an sich. »Liebe kleine Elizabeth, natürlich.« Er küsste sie, dann ließ er sie auf den Boden herab. »Was heißt hier klein? Du bist während meiner Abwesenheit gehörig gewachsen.«

»Ich kann jetzt schon die Zeitung lesen, Vater. Einiges … jedenfalls.«

Dann sah er Charlotte wieder an, immer noch benommen von dem ausgestandenen Schrecken und keines klaren Gedankens fähig, und wusste nicht, ob er ihre Ankunft begrüßen oder bedauern sollte. Doch sie war da und sie war seine Frau.

»Hallo, Charlotte«, sagte er leise.

»Der Brief muss verloren gegangen sein«, erwiderte sie nervös. Er ging auf sie zu und binnen einer Sekunde war sie in seinen Armen, spürte wieder seine Nähe, die sie so sehr vermisst hatte, wie ihr erst jetzt bewusst wurde.

»Ich hätte nicht gedacht, dass du kommst.«

»Ich wusste nicht, ob es dir recht ist.«

»Natürlich ist es das, Liebling. Schließlich bist du meine Frau. Und ich hätte es kaum ertragen, auch nur einen weiteren Tag von meiner lieben Elizabeth getrennt zu sein.«

Gemeinsam nahmen sie auf dem Sofa Platz, Elizabeth an die Schulter ihres Vaters geschmiegt, der seinen Arm um sie legte, und unterhielten sich über die Zeit, die vergangen war, über die mehr als eineinhalb Jahre, seit sie sich das letzte Mal gesehen hatten. Er erzählte ihnen von Siam und was sie vom Klima und den Lebensumständen zu erwarten hatten.

»Ich werde euch das Leben hier so erträglich wie möglich machen«, versicherte er ihnen. »Zuerst wird es euch gewiss schwer fallen, euch einzuleben, doch es besteht kein Grund, sich über Gebühr zu sorgen. Im Laufe der Zeit wird sich alles von alleine finden.«

»Wer ist das Mädchen, das uns den Tee serviert hat?«, unterbrach ihn Charlotte beiläufig, beinahe so, als sei es völlig unwichtig. Kesris schmale Hüften, die dunklen Augen und ihre makellose Haut waren ihrer Aufmerksamkeit nicht entgangen.

Er spürte, wie er errötete, als er ihr Misstrauen entdeckte. »Ähm … das ist Kesri, meine Hausangestellte. Sie verrichtet ihre Arbeit hervorragend und wird dir eine große Hilfe sein, meine Liebe. Und wenn du ausgehen möchtest, kann sie Elizabeth beaufsichtigen.«

»Tatsächlich?«, erwiderte Charlotte abweisend. »Ist sie vertrauenswürdig?«

»Absolut, obwohl ich keinen Schmuck offen herumliegen lassen würde. Du weißt, was für eine Versuchung es für ein Mädchen wie sie sein könnte.«

»Ja, natürlich. Sie sieht sehr jung aus, Edward.«

»Sie ist ungemein fleißig, wie du sehen wirst.«

Die Atmosphäre im Raum war immer noch angespannt, was sogar Kesri draußen vor der Tür spürte. Sie hätte ein gutes Zeichen darin sehen können, dass nach wie vor eine gewisse Distanz zwischen Edward und Charlotte bestand, doch während sie im Flur stand mit ihrem Traum, der sich offensichtlich zerschlagen hatte, konnte sie nur an das Schicksal ihres ungeborenen Kindes denken. Seines Kindes. Von dem er noch nichts wusste. Er hatte gesagt, sie sei eine Hausangestellte und vermutlich auch eine Diebin. Sie lief in die Küche zurück, ihre Augen füllten sich mit Tränen.

Charlotte stand auf. »Nun, ich denke, ich werde in unser Schlafzimmer gehen und mich ein wenig frisch machen, bevor ich den Rest des Hauses in Augenschein nehme. Könntest du das Mädchen bitten, eine Schüssel Wasser nach oben zu bringen?«

Edward erhob sich, zutiefst bestürzt. »Oh … ja … natürlich, meine Liebe. Doch warte … ich werde sie bitten, dafür zu sorgen, dass in unserem Schlafzimmer alles für dich bereit ist.«

»Wovon redest du Edward?«

Er musste sich blitzschnell etwas einfallen lassen. »Nun, ich habe so lange wie ein Junggeselle gelebt, dass dort ein ziemliches Chaos

herrscht, fürchte ich. Ich erledige oft meine administrative Arbeit dort oben, deshalb liegen mit Sicherheit überall Papiere und Quittungen und weiß der Himmel was sonst noch herum.«
»Aha.« Sie nahm sofort wieder Platz, wenig überzeugt. »Dann werde ich hier warten, bis das Zimmer fertig ist.«
»Ich danke dir, meine Liebe. Es dauert nur einen Moment.«
Er eilte in die Küche, wo er sie, an einem Tisch sitzend, fand.
»Kesri, mein Schatz, es ist sehr wichtig, dass Madam noch nichts von dir und mir erfährt«, flüsterte er und beugte sich zu ihr herab. »Bitte schaff deine Sachen aus meinem Schlafzimmer und bring sie in die Kammer dort hinten.« Er deutete auf die Unterkünfte für die Dienstboten, die sich hinter dem Haus befanden. »Es ist nur für kurze Zeit, bis ich es ihr sage. Dann bekommst du ein richtiges, eigenes Zimmer im Haus.« Doch er spürte, was sie dachte.
Sie sah ihn bekümmert an – und wusste, dass er log. Diese *farang*-Frau mit dem Schnürkorsett würde nie die Konkubine ihres Mannes dulden, ganz zu schweigen davon, ihr zu erlauben, unter demselben Dach zu wohnen. Sie schwieg.
Seine nächste Bitte traf sie noch schmerzlicher. »Kesri, würdest du bitte das Zimmer putzen? Und Madam möchte Wasser zum Waschen, wenn du mit dem Aufräumen fertig bist. Und bitte vergiss nicht, alles in die Kammer zu tragen, was dir gehört.«
Sie gab ihm mit einer Geste zu verstehen, dass sie sich fügen würde, dann stand sie auf und ging. Sie würde, wenn es an der Zeit war, dafür sorgen, dass er ihr ein eigenes Haus schenkte. Das erschien ihr ohnehin angemessener. Und dann würde sie ihn unmerklich dazu verlocken, immer mehr Zeit mit ihr zu verbringen, bis er am Ende gar nicht mehr nach Hause zurückwollte.

Sie tat wie geheißen. Ihre wenigen Besitztümer waren Geschenke von ihm, mehr, als sie jemals im Leben besessen hatte, und dennoch nur Habseligkeiten. Sie nahm ein Laken und schnürte ihr Bündel, dann eilte sie die Treppe hinab und zur Hintertür hinaus, wo sie sich das beste Quartier für die weiblichen Dienstboten aussuchte. In der winzigen, schäbigen Kammer gab es weder ein Fenster noch eine Lampe, sie enthielt nichts weiter als zusammengerolltes, verschlissenes, schmutziges Bettzeug, einen zerkratzten alten Schreibtisch mit verzogenen Schubladen, die nicht mehr richtig schlossen, und einen leeren Kerzenhalter. Im Raum nebenan befanden sich ein Trog zum Waschen und ein Abort, der in den Boden eingelassen war, mit einer Schüssel Wasser und einer Schöpfkelle daneben. Sie hatte ihr Leben lang nichts anderes gekannt, jedoch gehofft, nie mehr in so armselige Verhältnisse zurückkehren zu müssen.

Als sie das Zimmer in Ordnung gebracht und ihre Besitztümer so gut es ging weggeräumt hatte, brachte sie die gewünschte Schüssel mit Wasser zu Charlotte, die Elizabeth mit nach oben genommen hatte, um sich nach der Unbequemlichkeit auf dem Dampfer, der Chao Phraya, auszuschlafen. Anschließend kehrte sie in das Empfangszimmer zurück, wo sie Edward allein in einem Armsessel vorfand. Wortlos schloss sie die Fensterläden und im Raum wurde es sofort wärmer, als der Luftzug verebbte. Edward, tief in Gedanken versunken, merkte nicht, was sie vorhatte, bis sie vor ihm stand.

Ohne Vorwarnung knöpfte sie ihre Bluse auf – er hatte darauf bestanden, dass sie diese tagsüber im Haus trug, für den Fall, dass Besucher kämen – und ließ sie von ihren Schultern gleiten, wobei sie ihre festen runden Brüste und die kleinen braunen Brustwarzen enthüllte, die bereits hart und aufgerichtet waren. Bevor er einen Einwand geltend machen konnte, hatte sie auch schon ihren *panung* gelöst, der ebenfalls lautlos zu Boden glitt.

Sie stand nackt vor ihm, ihre zierliche und dennoch mit üppigen Formen ausgestattete Silhouette wurde erhellt vom Lichtschein, der durch die geschlossenen Fensterläden drang. Ihre Hände bewegten sich langsam den Bauch hinab, durch das weiche schwarze Haar, zwischen die festen Schenkel.

Er spürte, wie das Verlangen in ihm aufwallte, doch er war sich der Gefahr bewusst. »Kesri, um Gottes willen. Das geht nicht. Nicht hier. Nicht jetzt.«

Sie lächelte nur und trat langsam auf ihn zu, wobei ihre Brüste absichtlich sein Gesicht streiften, bevor sie sich hinunterbeugte und ihre Lippen federleicht seine Stirn küssten. Dann küsste sie ihn auf siamesische Art, die Nase sanft gegen seine Wange gepresst, deren Duft sie kurz einatmete, während ihre Lippen über seinen Mund glitten. Es war eine sinnliche Berührung und er fühlte sich schwach, hin- und hergerissen zwischen Lust und Angst. Er war ihr machtlos ausgeliefert, außerstande, ihr Einhalt zu gebieten, obwohl Charlotte jeden Augenblick zur Tür hereinkommen konnte. Sie setzte sich rittlings auf seinen Schoß, öffnete schnell und geschickt die Knöpfe seiner Hose und ließ ihre Hand in den Schlitz gleiten.

»Kesri, nicht hier«, flüsterte er ihr ins Ohr. »Lass uns in deine Kammer gehen. Dort wird uns niemand finden. Wir können die Tür abschließen und …«

Es gelang ihm nicht, den Satz zu beenden. Sie hatte sich bereits in eine Position geschoben, die ihm ermöglichte, mühelos in sie einzudringen, und begann, sich langsam und rhythmisch auf ihm zu bewegen. Sie hob die Beine an und schlang sie um seinen Rücken, zog ihn noch tiefer in sich hinein.

Als es vorbei war, stand sie abrupt auf, und er sah zu, wie sie *panung* und Bluse wieder anzog. Sie verließ den Raum so lautlos, wie sie ihn betreten hatte, und er wusste, dass es ihm niemals gelingen würde, sie aufzugeben. Sie war die einzige, wirklich sinnliche Frau, die er jemals gekannt hatte. Mit ihr erlebte er eine Lust, die weit über seine gewagtesten Vorstellungen hinausging. Sie besaß eine Gabe, die Charlotte niemals erlangen konnte: die Fähigkeit, sich uneingeschränkt der Leidenschaft hinzugeben.

Er machte Charlotte deswegen natürlich keinen Vorwurf. Es war nicht ihre Schuld. Doch seit er Kesri kannte, war ihm bewusst geworden, was ihm in seiner Ehe mit Charlotte entgangen war.

Irgendwie würde er einen Weg finden müssen, beide zu behalten.

6. Kapitel

Mr. Knox war auf Heimaturlaub nach England zurückgekehrt, doch der Vizekonsul, Mr. Alabaster, hatte Edward eine Einladung als offizieller Fotograf des britischen Konsulats verschafft, einschließlich des Versprechens einer zusätzlichen fotografischen Sitzung mit dem König höchstpersönlich. Die Familie war ebenfalls eingeladen und noch vor Morgengrauen aufgestanden, um Vorbereitungen für die lange Reise nach Süden zur Beobachtung der Sonnenfinsternis zu treffen.

Edward war es endlich gelungen, einen Gehilfen in seine Dienste zu nehmen, einen jungen Burschen namens Narong, der ein paar Brocken Englisch sprach und früher für eine *farang*-Missionarsfamilie in Chiang Mai gearbeitet hatte, seiner Heimatstadt, die im Norden des Landes lag.

»Vater, wohin fahren wir?«, fragte Elizabeth beim Frühstück, das aus Porridge und Tee bestand, zubereitet von ihrer Hausangestellten Kesri.

»An einen Ort, der Hua Wan heißt, in der Nähe des Meeres. Mr. Alabaster sagt, der König habe einen Teil des Dschungels roden lassen, um dort vorübergehend eine kleine Stadt und einen Palast zu errichten. Wir werden dort für die Dauer unseres Aufenthalts einen Pfahlbau beziehen, ganz für uns allein. Wie findest du das?«

»Gibt es dort noch andere Kinder?«

»Ich denke schon. Der König wird von einigen seiner Söhne und Töchter begleitet. Vielleicht lernst du ja sogar Prinz Chulalongkorn kennen.«

»Wer ist das?«

»Der älteste lebende Sohn des Königs, der dem Vernehmen nach seinem Vater auf den Thron folgen wird. Er ist schon fünfzehn, doch einige seiner jüngeren Brüder und Schwestern werden ebenfalls dort sein.«

»Ich kann mich doch nicht mit ihnen verständigen. Ich spreche nicht Siamesisch.«
»Keine Sorge, Liebes. Ich habe gehört, dass die Kinder des Königs ausnahmslos Englisch sprechen. Sie wurden bis letztes Jahr fünf Jahre lang von einer englischen Lehrerin, einer Mrs. Anna, unterrichtet.«
»Iss jetzt auf, Elizabeth, beeil dich. Sonst verpassen wir noch das Boot.«
Als sie die Anlegestelle erreichten, rüstete sich eine große Gruppe Ausländer gerade, an Bord des siamesischen Kanonenboots zu gehen, das den Namen Impregnable trug. Unter den Versammelten befanden sich auch Mr. und Mrs. Alabaster und die anderen Angehörigen des britischen Konsulats, des Weiteren der amerikanische Missionar Dr. Bradley und der amerikanische Vizekonsul Mr. N.A. McDonald. Edward und Narong hatten alle Hände voll zu tun, die beträchtliche Menge an fotografischer Ausrüstung von der Kutsche abzuladen. Zum Inventar gehörten: die tragbare »Dunkelkammer«, die haargenau in einen Holzkoffer passte und die lichtempfindlichen Chemikalien für die Entwicklung der Aufnahmen enthielt; ein Gehäuse mit zwei Dutzend fotografischen Platten; ein Behältnis mit einem zusätzlichen Vorrat an Chemikalien; zwei große Blechkanister für das Wasser, das beim Beschichten der fotografischen Platten gebraucht wurde; ein Korb mit verschiedenen Utensilien wie Handtücher, ein Glastrichter, Filterpapier, ein Staubwedel und Sämischleder; und ein Behältnis, das die Linsen der Kamera, das Stativ und die Kamera selbst enthielt.
Während er und Narong sich mit ihrer schweren Fracht abmühten, wünschte er sich, es gäbe ein neues Verfahren, bei dem der fotografische Entwicklungsprozess nicht vor Ort durchgeführt werden müsste. Falls diese Arbeit im Atelier verrichtet werden könnte, wäre ein Gehilfe überflüssig. Was für ein Gefühl der Freiheit, nur mit Kamera und fotografischen Platten reisen zu können.

Die Reise nach Hua Wan verlief ohne besondere Vorkommnisse und nach nur zwei Tagen erreichte die Impregnable ihren Bestimmungsort. Als sie am Sam Roi Yot-Strand an Land gebracht wurden, staunten Edward, Charlotte und Elizabeth genau wie die anderen Euro-

päer über den Anblick, der sich ihnen bot. Denn vor ihnen lag nicht der wild wuchernde Dschungel, wie sie es sich vorgestellt hatten. Tausende von Arbeitern hatten mit der Hilfe von fünfzig Elefanten eine kleine Stadt mit einem Palast erbaut, die sich mehrere Meilen an der Küste entlang erstreckte. In der Gruppe der Ausländer, die sich am Strand sammelte, ging das Gerücht, der König habe ein Budget von mehreren zehntausend Pfund für die Expedition bewilligt.
Rechterhand stand das prachtvolle königliche Lusthaus, von fünfzehn Fuß hohen Palisaden umgeben, in scharlachrotes Tuch gehüllt. Ein siamesischer Höfling wies sie auf einige der anderen Bauwerke hin; er trug einen *panung* aus schimmernder roter Seide und dazu eine Jacke aus weißem Musselin, wobei die Jacke einer verhältnismäßig neuen Anordnung des Königs entsprach, die er in einem seiner berühmten Erlasse kundgetan hatte, eine Neuerung »auf königlichen Befehl, der wie das Brüllen eines Löwen widerhallte«.
An den königlichen Palast grenzte das Haus des Ersten Ministers, dem sich die Unterkünfte der Königskinder, der Konsulatsbeamten und der anderen Ausländer anschlossen. Links außen waren die französischen Wissenschaftler untergebracht, einschließlich eines zeitweiligen Observatoriums mit Schiebedach für ihre Teleskope. Zehn namhafte Astronomen hatten sich auf die zehntausend Meilen weite Reise von Frankreich aus begeben, um die Sonnenfinsternis vom besten Aussichtspunkt zu beobachten, diesem entlegenen Strand in Siam. Die Franzosen, vor drei Wochen eingetroffen, klagten bereits über den Mangel an Zusammenarbeit, obwohl für jedwede Annehmlichkeit und Bequemlichkeit gesorgt war. Die Siamesen, behaupteten sie, hätten Spione eingesetzt, um sicherzugehen, dass ihr Ziel die Sternkunde und kein Komplott sei, Siam im Namen Frankreichs zu annektieren.
König Mongkut, selbst ein eifriger und kundiger Astronom, hatte auf die Sekunde genau den Zeitpunkt der totalen Sonnenfinsternis vorhergesagt und seine Berechnungen wichen nur zwei Sekunden von denen der französischen Wissenschaftler ab. Die traditionellen siamesischen Sternforscher weigerten sich indes zu glauben, dass überhaupt eine Sonnenfinsternis stattfinden würde. Das Ereignis sollte am Morgen des 18. August eintreten und es galt, noch vier Tage

zu warten, wobei alle gespannt waren, wessen Prognose sich als richtig erweisen würde.

Der Erste Minister ließ Walrond, dem Kapitän der Impregnable, ausrichten, Mr. Alabaster möge an Bord bleiben, bis alle Gäste an Land gegangen wären, weil Seine Majestät ihn mit einem offiziellen Empfang willkommen zu heißen wünsche. Damit wurde ihm eine große Ehre zuteil.

Die Menge sah mit ehrfürchtigem Staunen zu, wie der Zweite Außenminister und andere wichtige Mitglieder des Hofes mit großem Pomp und Zeremoniell Mr. und Mrs. Alabaster am Pier begrüßten. Dann begab sich die Prozession zum Palast, wo König Maha Mongkut, oder für die Siamesen König Chulakomklao, sie empfing. Von seinem Aussichtspunkt am Strand konnte Edward den König klar ausmachen. Er war ein schlanker, älterer Mann, höher gewachsen als die meisten Siamesen, obwohl man seine Größe nur schwer mit absoluter Sicherheit einzuschätzen vermochte, da seine Untertanen in seiner Gegenwart einen tiefen Fußfall machten. Er war vermutlich der erste König von Siam, den das Volk überhaupt zu Gesicht bekam. Bevor er die Herrschaft angetreten hatte, war es der Öffentlichkeit streng verboten, den Monarchen auch nur anzublicken. Doch Mongkut war vor seiner Krönung siebenundzwanzig Jahre lang Mönch gewesen und kannte, wie er selbst sagte, viele Leute aus dieser Zeit. Er wollte, dass seine Untertanen die Straßen säumten, und legte Wert darauf, mit ihnen sprechen zu können, wenn er den Wunsch hegte. Dennoch hatten sie dafür zu sorgen, dass sich ihre Köpfe tiefer befanden als seiner.

Seine Majestät war in einen prachtvollen scharlachroten, reich bestickten *panung* aus Seidentaft und einen dunkelblauen Rock gekleidet, mit Goldtressen an Manschetten, Revers und am Stehkragen im chinesischen Stil. Dazu trug er einen passenden, goldverbrämten Hut und goldene Pantoffeln. Sein breites Lächeln enthüllte sein neues Gebiss, das von einem Dentisten aus dem Westen für ihn angefertigt worden war, einem Mr. V.D. Collins, der von China über Singapur angereist kam, als er im Jahr zuvor gehört hatte, der König sei bereit, tausend amerikanische Dollar für eine perfekt sitzende Zahnprothese als Ersatz für seine alte aus rotem *sapan*-Holz zu zahlen.

Edward hatte von anderen ausländischen Residenten erfahren, dass Mr. Collins große Schwierigkeiten beim Einpassen der Zähne gehabt hatte, weil der König ihm die Erlaubnis verweigerte, seinen Mund zu berühren oder auch nur hineinzuschauen, ganz zu schweigen davon, einen Wachsabdruck zu machen. Seine Majestät bestand darauf, diese Arbeit selbst zu verrichten, da der Kopf den Siamesen heilig war, insbesondere derjenige, der dem Herrn des Lebens gehörte. Mehrere Musterprothesen wurden hergestellt, doch der Sitz jeder einzelnen war so schlecht, dass er sie nicht tragen konnte. Endlich gestattete der König ihm, einen Abdruck von seinem Mund zu nehmen, mit ausgezeichneten Ergebnissen, und bezahlte ihm fünfhundertsechzig Dollar, die Mr. Collins dankend annahm.

Mr. Shaw sagte, Mr. Collins sei dann ein rechter Abenteurer geworden und habe im Anschluss mit seiner Frau eine dreiundvierzig Tage dauernde Reise per Elefant und Boot nach Moulmein unternommen; er und die anderen Missionare waren sehr besorgt, weil das Ehepaar Collins kein Wort Siamesisch oder Burmesisch sprach und die eingeschlagene Route den Ansässigen aus dem Westen völlig unbekannt war. Mrs. Collins war überhaupt die erste europäische Frau, die die Dorfbewohner an dieser Wegstrecke jemals zu Gesicht bekamen.

Edward bemerkte, dass der eine Mundwinkel des König ein wenig zu hängen schien, als leide er an einer schleichenden Krankheit, doch seine Miene wirkte trotzdem freundlich und intelligent. Er war alt, hatte die sechzig überschritten, sah jedoch zehn Jahre älter aus und Edward hatte das untrügliche Gefühl, dass er ein höchst faszinierendes fotografisches Motiv abgeben würde. Er war der erste siamesische Herrscher, der sich fotografieren ließ, seit die neue Kunst sein Land erreicht hatte.

Seine Majestät feuerte mit eigener Hand sieben Schüsse Salut zur Begrüßung von Mr. Alabaster ab, was in der Tat eine sehr seltene Ehre darstellte, und der Geleitzug des Konsuls verschwand daraufhin im eigentlichen Palast, wo im weitläufigen Audienzsaal Erfrischungen serviert wurden.

Die Fairburns wurden zu ihrem eigenen Quartier gebracht, einem kleinen, jedoch solide erbauten Holzhaus, das ihren Bedürfnissen mehr als angemessen war. Ein Tisch war nach europäischer Art gedeckt und eine mehrköpfige Dienerschaft stand zu ihrer Verfügung. Und es warteten noch weitere Überraschungen auf sie. Man teilte ihnen mit, dass ihnen die erlesensten europäischen Weine und Champagnersorten kredenzt würden, wann immer ihnen der Sinn danach stand; dass ein französischer Küchenchef die vierzig chinesischen und europäischen Helfer bei der Zubereitung der Mahlzeiten beaufsichtigte; und dass ein italienischer *Majordomus* bereitstand, um ihnen jeden Wunsch von den Augen abzulesen. Sie waren noch fassungsloser über das Ausmaß der königlichen Gastfreundschaft, als Edward eine Flasche Champagner bestellte.

»Ich hoffe, es stört dich nicht, wenn er ungekühlt ist, meine Liebe«, sagte Edward. »Doch mir ist nach Feiern zumute.«

Der Champagner kam in einem Kübel mit Eis.

»Unglaublich!« Charlotte schnappte nach Luft. »Wie um alles in der Welt …«

Edward lachte. Er hätte es sich denken können. »Mit dem Schiff hergebracht, aus Singapur. Das Einzige, woran es hier mangelt, scheint Trinkwasser zu sein. Doch wer braucht schon Wasser, wenn er Champagner haben kann.«

Er lächelte seiner Frau abermals zu und sie dachte, dass dieser Ausflug vielleicht dazu beitragen könnte, die Beziehung zwischen ihnen zu verbessern.

Elizabeth hatte die beiden seit langem nicht mehr so glücklich gesehen.

Der nächste Tag war ein französischer Feiertag, der Namenstag des Kaisers Napoleon III., und alle ließen sich von der festlichen Stimmung anstecken. Die Schiffe im Hafen waren mit bunten Bändern geschmückt und den ganzen Tag wurde auf Befehl des französischen Expeditionsleiters Monsieur Stephan, der seines Amtes waltete, Salut geschossen.

Charlotte und Edward standen am Strand und betrachteten den Sonnenuntergang, als eine der beiden Musikkapellen, die zur Feier des Ereignisses angeheuert worden waren, einen bekannten romantischen Walzer zu spielen begann. Seit Elizabeths Geburt hatte sie sich ihm nicht mehr so nahe gefühlt. Ihre Ankunft in Siam lag weniger als zwei Wochen zurück und schon war sie unbeschwerter, als sie es sich jemals erträumt hatte.

Am nächsten Tag traf ein Gast von noch höherem Rang als Mr. Alabaster in Hua Wan ein: der Gouverneur von Singapur, Colonel Sir Harry Ord, begleitet von Lady Ord und eskortiert von einer großen Gruppe seiner Offiziere mit ihren Ehefrauen. Als ihr Dampfer, die Peiho, vor der Küste auftauchte, machte der König Anstalten, den Gouverneur umgehend mit allen Ehren zu empfangen. Er war gleichwohl enttäuscht, als Sir Harry bat, die offizielle Begrüßung auf den nächsten Tag zu verschieben, denn sie waren an einem Sonntag angekommen und er war ein gottesfürchtiger Christ.

Der König gewährte dem Gouverneur die Bitte und am nächsten Tag wurde der hohe Gast gebührend mit siebzehn Schüssen Salut und einer königlichen Audienz empfangen, wobei Seine Majestät auf einem Thron saß, umgeben von zweihundert knienden Prinzen von königlichem Geblüt und Hofbeamten in goldenen Seidenjacken.

Edward war enttäuscht, dass er keine Erlaubnis erhalten hatte, die Begegnung zu fotografieren, doch der Gouverneur gestattete ihm später, eine Aufnahme von Lady Ord und ihm neben dem Eingang des Palastes zu machen.

Edward erfuhr später auch, dass der König einverstanden sein würde, für ein Gruppenbild, umgeben von seinen ausländischen Gästen, zu posieren. Er hätte es vorgezogen, den König ohne die Europäer abzulichten, alleine oder mit einigen seiner Frauen, von denen ihn mehrere auf der Expedition begleitet hatten, doch er zögerte, eine weitere Gefälligkeit zu erbitten. Da der König nun wusste, wer er war, würde er ihm diese Gunst vielleicht irgendwann aus eigenem Antrieb gewähren. Er hatte Zeit im Überfluss, da er Siam in absehbarer Zukunft nicht zu verlassen gedachte. Es bestand darüber hinaus sogar die Chance, vom König mit fotografischen Auftragsarbeiten betraut zu werden.

Edward verbrachte den Rest des Tages damit, seine Ausrüstung aufzubauen, wobei ihm Narong zur Hand ging. Eine nicht ganz unbedeutende Aufgabe bestand darin, die nötige Belichtungszeit bei dem

bedeckten Himmel zu errechnen, der für die Monsunzeit typisch war. Zum Glück war sein so genannter Tintometer oder Farbvergleichsmesser mit der langatmigen Bezeichnung »Bings's Universal Self Registering Actinometer« das derzeit genaueste Messgerät, das die erforderliche Belichtung anzeigte.
Obwohl er den Personen, die fotografiert werden sollten, dringend nahe gelegt hatte, während des Prozesses so reglos wie möglich dazustehen, war die erste Platte ruiniert, als der König außerhalb Edwards Hörweite eine Bemerkung machte, die Gelächter in der ganzen Gruppe hervorrief. Es war undenkbar, einen geistreichen Ausspruch Seiner Majestät zu ignorieren, und ihm blieb nichts weiter übrig, als die Platte auszuwechseln und noch einmal von vorne zu beginnen. Edward machte sechs Aufnahmen, wonach jedermann erleichtert war, die erstarrten Gliedmaßen wieder frei bewegen zu können.
Im Zuge des Entwicklungsverfahrens zeigte sich, dass vier fotografische Platten gelungen waren, und er beschloss, Abzüge für den König und alle anderen darauf abgelichteten Personen herzustellen. Er hatte so lange gewartet, an sein Ziel zu gelangen und den Monarchen zu fotografieren, dass ihm die Verwirklichung seiner Träume fast als Enttäuschung erschien. Die Fotografien waren aus der künstlerischen Warte nicht sonderlich interessant, doch die Hauptperson, die darauf zu sehen war, verwandelte sie in ein Dokument von historischer Bedeutung. Er machte außerdem Fotografien von den französischen Wissenschaftlern und Porträtaufnahmen von einigen der wichtigen europäischen Gäste.
Doch die größte Sorge aller Anwesenden, die den aufwendigen Vorbereitungen beiwohnten, blieb das Wetter. Schließlich war Monsunzeit und bedrohliche Gewitterwolken zogen herauf. Sie schienen nach der Ankunft von Sir Harrys Tross fortwährend dunkler zu werden und türmten sich immer noch am Himmel auf, als der Morgen des 18. August, der Tag der Sonnenfinsternis, heraufdämmerte.
Der König und der *kalahome*, der Erste Minister, waren, wie verlautete, außer sich vor Besorgnis, dass man das Naturschauspiel möglicherweise gar nicht sehen könnte. Dennoch begannen die Leute, Teleskope vor den Häusern aufzustellen, um sich zu beschäftigen.
Dr. Bradley, der während des Vormittags einen Spaziergang machte,

hielt an, um mit Edward zu reden. »Ich glaube, Ihre Fotografien waren ein großer Erfolg, Mr. Fairburn.«
»Sehr freundlich von Ihnen, Dr. Bradley. Ich hoffe nur, dass sich die Sonnenfinsternis genauso erfolgreich beobachten lässt. Das ist ein Herzenswunsch des Königs, glaube ich.«
»Mit Gottes Hilfe ist alles möglich«, erwiderte Dr. Bradley mit einem Blick zum Himmel, wo die Wolkendecke noch dichter geworden war und es zu nieseln anfing.
Er setzte seinen Weg fort, während Edward höflich lächelte und dachte, was für eine Ironie des Schicksals es doch sei, dass ein amerikanischer Missionar Gott bat, den Wunsch eines buddhistischen Potentaten zu erfüllen.
Wie sich herausstellte, hatten Buddha oder Gott, vielleicht auch beide, die Gebete der Versammelten erhört, obwohl anfangs, als der König um Punkt 10:22 Uhr eine Kanone abfeuerte, um den Beginn der Sonnenfinsternis anzukündigen, noch nichts durch die Wolken zu sehen war.
Enttäuschtes Gemurmel und Ausrufe wie »*Mon dieu! Mon dieu!*« wurden aus der französischen Ecke laut, da die Wissenschaftler befürchten mussten, dass sie für nichts und wieder nichts um den halben Erdball gereist waren. Doch plötzlich, wie auf ein Stichwort, riss die Wolkendecke auf und die Zuschauer am Meeresufer verstummten, als der Himmel aufzuklären begann. Und mit einem Mal war die Eklipse voll sichtbar, in ihrer ganzen erhabenen Schönheit.
Dr. Bradley und die Missionare in seiner Begleitung brachen in laute Jubelrufe aus, wie zunächst einige der Siamesen. Doch dann verstummten sie ehrfürchtig. Einige Siamesen liefen in ihre Häuser, als der *kalahome* rief: »Glaubt ihr immer noch, was die Fremden euch sagen?« Der König, außer sich vor Begeisterung, führte zwischen seinen Teleskopen einen Freudentanz auf und feuerte abermals die Kanone ab, um seinen Sieg zu verkünden. Auf das dumpfe Dröhnen folgte der helle Klang der Flöten und Trompeten, die sein eigenes Volk anstimmte.
Die Zuschauer, immer noch schweigend in die Betrachtung des Naturschauspiels versunken, vernahmen in der Ferne Trommeln, die im benachbarten Dorf geschlagen wurden. Die Siamesen glaubten, eine

Sonnenfinsternis trete ein, wenn Rahu, der Gott der Finsternis, der ruchlose schwarze Himmelsdrache, die Sonne zu verschlingen versuchte. Um Rahu in die Flucht zu schlagen, ließen sie ihre Gongs und Trommeln sprechen und schlugen Töpfe und Pfannen gegeneinander, damit die Sonne nicht gänzlich verschluckt werden möge.
Als ein Teil der Sonne wieder auftauchte, machten sich die französischen Wissenschaftler schweigend an ihre Berechnungen. Sie waren einerseits froh, dass sie dem Ereignis überhaupt beiwohnen durften, doch andererseits auch beschämt, weil es dem König von Siam trotz ihrer vermeintlich überlegenen wissenschaftlichen Kenntnisse gelungen war, den Zeitpunkt der totalen Sonnenfinsternis genauer zu ermitteln. Gewiss ein glücklicher Zufall, schloss ein jeder insgeheim.
Während die Sonnenfinsternis die Landschaft immer noch in ein gespenstisches Licht tauchte, begannen sich Insekten und andere Geschöpfe der Nacht zu regen, getäuscht vom Einsetzen der trügerischen Abenddämmerung. Edward erschlug eine der zahlreichen Mücken, die auf seinem Nacken landeten.
»Verteufelte Kreaturen«, klagte er. »Doch ich nehme trotzdem an, dass sie keinen großen Schaden verursachen. Sie sind nichts weiter als lästige Plagegeister.« Elizabeths Beine waren zerstochen und Charlotte hatte, wie die anderen Damen, ihre Füße mit einer großen braunen Papiertüte bedeckt und sie bis zum Saum ihres weiten Rocks hochgezogen. Nicht einmal der König war von Mückenstichen verschont geblieben, denn Edward hatte bemerkt, dass er sich während der fotografischen Sitzung am Vortag die Arme gekratzt hatte.
Am nächsten Tag reisten sie gemeinsam mit den anderen Ausländern in der Impregnable ab. Und trotz der Hitze und der Mücken fiel Charlotte der Abschied schwer. Wie es schien, hatten Edward und sie in Hua Wan wieder zueinander gefunden und beim anderen erneut die Eigenschaften zu schätzen gelernt, die sie überhaupt erst zusammengeführt hatten. Zumindest nach ihrem Dafürhalten
»Trotz alledem sind wir dieselben Menschen geblieben, die wir bei unserer Hochzeit waren«, hatte sie am Vorabend zu ihm gesagt, als sie Seite an Seite im Bett lagen. Doch dann hatte sie sich umgedreht und festgestellt, dass er nicht zuhörte. Er war eingeschlafen, noch

immer ihre Hand haltend. Sie lächelte zufrieden, in dem Glauben, dass sie und ihr Mann vielleicht auf dem besten Wege waren, sich wieder ineinander zu verlieben.

19. Oktober 1868

Liebe Mutter,

ganz Siam trauert um seinen hochgeschätzten Herrscher oder Herrn des Lebens, wie sie ihn nennen, König Maha Mongkut, Rama IV. Ich weiß nicht, ob du in den Londoner Zeitungen darüber gelesen hast, doch es ist eine solche Tragödie, dass ich sie dir in allen Einzelheiten schildern werde. Ich kann wahrhaftig von Glück sagen, wie du sehen wirst, dass ich überlebt habe, und das ist auch der Grund, warum ich dir in den letzten beiden Monaten nicht schreiben konnte.

Wie du aus meinem letzten Brief weißt, waren wir in Hua Wan, um die Sonnenfinsternis zu beobachten. Ich habe einen Artikel aus dem »Bangkok Recorder« beigefügt, der das Ereignis wesentlich wortgewandter beschreibt, als ich es könnte. Der König hat diese Franzosen unmissverständlich in ihre Schranken verwiesen, als sich seine Berechnung der Sonnenfinsternis als richtig und ihre als falsch erwies. Wir waren mehr als ein wenig stolz und zufrieden, dass wir uns mit der siamesischen und nicht mit der französischen Gruppe verbündet hatten, denn Letztere gewinnen in diesem Teil der Welt ohnehin viel zu großen Einfluss.

Wir waren erstaunt über das Ausmaß der Zivilisation an einem solchen Grenzposten und vor allem über die Gastfreundschaft Seiner Majestät. Wie verlautet, soll die gesamte Expedition sage und schreibe zwanzigtausend britische Pfund gekostet haben und es gab sogar Eis, um den Champagner zu kühlen, man stelle sich das vor! Jeder wichtige Ausländer in Bangkok war geladen und der König übernahm die Kosten für das gesamte Gefolge und die Arbeit von einigen tausend Bauern, die das Gelände gerodet und Häuser für tausend oder mehr Gäste errichtet hatten.

Doch trotz aller Annehmlichkeiten der Zivilisation an diesem Außenposten waren die Besucher nicht vor den Krankheiten gefeit, die an einem solchen Ort herrschen und die keine Standesunterschiede kennen, sondern Diener, Europäer und Mitglieder des siamesischen Königshauses gleichermaßen heimsuchten. Der König, Kronprinz Chulalongkorn (trotz seiner Jugend inzwischen zum Herrscher gekrönt), nicht weniger als acht der zehn französischen Wissenschaftler und ich selbst erkrankten, wie viele andere, am Dschungelfieber, wie es hier genannt wird. Manche wurden bereits auf der Rückreise davon befallen, andere erst jetzt. Das ist eine furchtbare Krankheit, Mutter, die nicht selten zum Tode führt. Mindestens acht Menschen sind bisher daran gestorben, die große Anzahl der Tagelöhner und Diener nicht mitgerechnet. Ich glaube, dass dieses Fieber durch die schlechte Luft im Dschungel übertragen wird, wie der Name besagt.

Der König erlitt am 24. August, am Tag unserer Rückkehr, seinen ersten Fieberanfall. Da ich kurz nach dem Anlegen des Schiffes in Bangkok selbst am Fieber erkrankte, obwohl in einer wesentlich milderen Form, kann ich dir sagen, dass es keine Art ist, mit Freuden in das Himmelreich des Herrn einzugehen. Zuerst verspürt man eine brennende Hitze, danach eisige Kälte, man zittert von Kopf bis Fuß und schwitzt zugleich in der außerordentlichen Hitze und Luftfeuchtigkeit.

Dr. Bradley verordnete mir Chinin, das ich gewissenhaft einnahm, und wie es scheint bin ich vollständig genesen. Elizabeth und Edward geht es gut. Ich glaube, meine Tochter kommt ganz nach ihrem Vater und hat eine starke Konstitution, im Gegensatz zu mir. Der bedauernswerte König, der bereits älter war, wie ich vermute, konnte nicht obsiegen, obwohl Dr. Bradley der Ansicht ist, er habe dank seines unbeugsamen Willens Wochen länger gelebt, als angenommen werden konnte.

Offenbar kehrte er, nachdem er zuerst Chinin eingenommen hatte und den Empfehlungen seiner ausländischen Leibärzte gefolgt war, zu den siamesischen Heilern zurück, die in der landläufigen Medizin bewandert, jedoch kaum mehr als Quacksalber sind, und man konnte nichts mehr für ihn tun, da er sich wochenlang weigerte, Dr. Campbell oder Dr. Bradley an sein Krankenbett zu lassen.

Als Dr. Campbell schließlich hinzugezogen wurde, ignorierte der

König seine Ratschläge. Die Ärzte sind überzeugt, dass Seine Majestät, hätte er seit den ersten Anzeichen einer Erkrankung regelmäßig Chinin eingenommen, wahrscheinlich noch am Leben wäre. Andere behaupten wiederum, dem sei nicht so, denn wie es heißt, sei er entschlossen gewesen, an seinem Geburtstag zu sterben, und genau das tat er. Er war ein edler Mensch und wir werden ihn hier vermissen, obwohl Edward und ich ihn nicht persönlich kannten. Die Siamesen werden nicht in der Erde beigesetzt, sondern vielmehr auf einem Scheiterhaufen verbrannt, doch die feierliche Einäscherung des Königs wird frühestens in einem Jahr stattfinden.

Kurz nachdem er dem Fieber zum Opfer gefallen war, folgte ihm sein höchstrangiger Sohn, Chulalongkorn, als Rama V. auf den Thron; aufgrund seiner Jugend, er ist erst fünfzehn, wurde ein Regent bestimmt, der stellvertretend die Herrschaft ausübt, bis der Monarch das zwanzigste Lebensjahr erreicht.

Der Thronerbe ist ein gut aussehender, intelligenter junger Mann, der, wie man munkelt, sich bereits mit Nachdruck für die Modernisierung des Landes und die Fortsetzung der Reformen seines Vaters ausgesprochen hat.

Edward ist zutiefst enttäuscht, dass es ihm nicht vergönnt war, den König alleine zu fotografieren, sondern nur mit einer Gruppe anderer Mitglieder des Königshauses und Würdenträger während der Sonnenfinsternis. Er glaubte, Fortschritte in dieser Richtung gemacht zu haben, und hoffte sogar, bald eine Audienz zu erhalten. Nun gilt es, wie er sagt, sich auf einen neuen König einzustellen und wieder ganz von vorne anzufangen, doch nicht nur das: er muss zuerst erreichen, dass ihm der Regent eine Audienz gewährt, was genauso schwierig sein dürfte, wie er befürchtet. Dennoch sind seine Aufnahmen, die während der Expedition entstanden, allem Anschein nach ziemlich wertvoll, weil sie zu den letzten gehören, die vom früheren König gemacht wurden.

Davon abgesehen lassen sich seine Geschäfte ausnehmend gut an. Er hat sich sogar einen Namen als »Damenfotograf« gemacht, dem es stets gelingt, seine Motive irgendwie aus ihrer anziehendsten Warte abzulichten und ihre weniger bewundernswerten Merkmale zu kaschieren. Es gibt noch einige andere ausländische Fotografen in der

Stadt, so dass er keineswegs ein Monopol auf die Auftragsarbeiten besitzt, und er muss in der begrenzten Ausländerkolonie hart um seine Kunden kämpfen.

Ich denke, dass ich keine ehelichen Geheimnisse preisgebe, wenn ich dir zum Schluss noch erzähle, dass wir wieder zueinander gefunden haben. Edward muss sich natürlich um seine Geschäfte kümmern und ist oft unterwegs, manchmal sogar über Nacht, wenn er spät am Abend einen Termin hat und im Hause seines Gastgebers bleibt, statt sich den Gefahren auszusetzen, die in den dunklen Gassen lauern, durch die ihn sein Heimweg führt. Ich glaube indes, er ist zufrieden und glücklich über unsere Anwesenheit, unser beschauliches häusliches Leben und unsere kleinen Gartenfeste.

Sorge dich also nicht, Mutter. Mir geht es derzeit, wie du siehst, recht gut. Ich freue mich auf deine Antwort.

Deine dich liebende Tochter
Charlotte

Charlotte fand es merkwürdig, dass Kesri mir nichts, dir nichts verschwunden war. Bei ihrer Rückkehr aus Hua Wan hatten sie das Haus verwaist und die Kammer des Mädchens leer vorgefunden. Edward reagierte konfus, als sie ihn danach fragte.

»Oh, habe ich dir das nicht gesagt? Kesri arbeitet nicht mehr bei uns.«

»Wieso? Wo ist sie hin?«

»Sie musste nach Hause zurück, zu ihrer Familie. Ihre Tante ist sehr krank.«

»Ich dachte, sie hätte keine Familie mehr, Edward.«

»Äh, keine direkte Anverwandte«, erwiderte er hastig. »Ich glaube, die Frau ist eine entfernte Cousine, die sie Tante nennt.«

»Nun, ich kann nicht behaupten, es täte mir Leid, dass sie weg ist. Sie war fleißig, zugegeben, doch manchmal dachte ich, sie sei …«

»Hmmm?«, murmelte Edward, bemüht, uninteressiert zu klingen.

»Oh, ich weiß nicht, vielleicht … also manchmal hatte ich das Gefühl, dass sich hinter ihrem Lächeln mehr verbarg, als wir ahnten. Ich glaube nicht, dass es ihr Spaß gemacht hat, uns zu bedienen. Edward, hörst du mir überhaupt zu?«

»Hmmm? Entschuldige, Charlotte, was sagtest du?«
»Nicht so wichtig. Ich werde mich bei Mrs. Alabaster erkundigen müssen, ob sie nicht ein Mädchen kennt, das ihre Stelle übernehmen könnte.«
Doch Edwards Gedanken waren nicht bei Kesris Ersatz. Er wunderte sich immer noch, wie es ihm gelungen war, während der gesamten Expedition in den Süden den Anschein von Normalität zu wahren, vor allem nach der Neuigkeit, mit der sie ihn am Tag vor der Abreise überrascht hatte.
Es war ihre Art gewesen, seine Rückkehr zu erzwingen, sich die Gewissheit zu verschaffen, dass er sie noch begehrte. Doch sie hatte sich gründlich getäuscht und nun machte er sich Vorwürfe wegen seiner Worte und seines Verhaltens an jenem Tag im Fotoatelier, als sie ihn aufgesucht hatte, um ihm die Neuigkeit mitzuteilen…

Das war genau eine Woche nach Charlottes Ankunft gewesen und als sie das Atelier ohne anzuklopfen betrat, hatte er gedacht, dass sie, wie so häufig, zu einem verstohlenen intimen Intermezzo gekommen war. Ihre Eröffnung kam einer Katastrophe gleich.
»Das kann doch nicht wahr sein, Kesri. Sag mir, dass du dich irrst«, hatte er entsetzt erwidert.
»Ich sagen wahr«, hatte sie mit Nachdruck behauptet und den Kopf gesenkt, als sie begriff, dass er alles andere als glücklich darüber war.
»Ist dir klar, dass es das Schlimmste ist, was uns zu diesem Zeitpunkt passieren kann?«
Sie schwieg. Sie war auf seine Unterstützung angewiesen und mit Schreien und Weinen würde sie dieses Ziel nicht erreichen.
»Ich dachte, ihr Mädchen wüsstet, wie man…«, entfuhr es ihm, als sie ihn erwartungsvoll ansah. »Also, ich dachte… ich dachte, ihr wüsstest, wie man Unfälle dieser Art vermeidet.«
»In Siam Mann nicht böse, wenn Ehefrau bekommt Baby.«
»Kesri, du bist nicht meine Ehefrau. Charlotte ist meine Ehefrau und wir würden Schande über meine Familie bringen, ein schreckliches Problem verursachen, wenn jeder wüsste, dass es mein Kind ist.«
Endlich hatte er es laut ausgesprochen. Sie war nicht seine Ehefrau. Sie war nichts weiter als eine Dienerin.

Sie senkte den Blick, bemüht, ihr Gesicht trotz der Verärgerung und abgrundtiefen Enttäuschung zu wahren. »Edward, jeder wissen, Baby nicht Siam, wenn geboren.«
»Deshalb musst du das Haus verlassen, Kesri. Niemand darf es erfahren.«
Sie blickte ihn mit einem herzzerreißenden Blick an. Wenn sie nicht mit größter Umsicht vorging, würde er ihre Pläne durchkreuzen. Und sie würde alles verlieren.
»Bitte, Edward, nicht wegschicken«, flüsterte sie. »Nicht weg. Ich alles tun. Bitte, du denken an Baby. Unser Baby. Vielleicht Sohn.«
Doch alles, woran er im Augenblick denken konnte, war die Katastrophe, die bevorstand, falls Charlotte die Wahrheit entdeckte – und die öffentliche Schande und Demütigung, wenn sich die Neuigkeit verbreitete, was unvermeidlich war.
Charlottes Fähigkeit, Leiden und Opfer auf sich zu nehmen, kam ihm in den Sinn, vermehrte jedoch nur seine Verwirrung. Sie hatte sich ihm wieder angeboten, obwohl sie wusste, dass sie damit ihr Leben gefährdete. Bisher war es ihm gelungen, ihre intimen Annäherungsversuche unter dem Vorwand, er sei erschöpft von der Hitze und dass die Chemikalien, die er zur Entwicklung seiner Aufnahmen benutzte, bisweilen Übelkeit in ihm weckten, zurückzuweisen. Doch wie lange konnte er sie noch hinhalten?
»Ich muss dich wegschicken, Kesri«, fuhr er fort. »Es tut mir Leid, es geht nicht anders.« Er ergriff ihre schmalen Hände. »Keine Sorge. Ich werde einen Weg finden, dich und das Baby zu besuchen, und du wirst alles haben, was du brauchst. Doch du darfst niemandem erzählen, dass ich der Vater deines Kindes bin. Du musst eine neue Bleibe finden, an irgendeinem Ort, wo dich niemand kennt.«
Obwohl immer noch die Möglichkeit bestand, dass sie eines Tages bei ihm bleiben konnte, vermochten sie seine Worte kaum zu trösten. Vielleicht würde er seine Meinung ändern, sobald er das Baby sah, dachte sie. Schließlich hatte Mr. Knox eine Thai-Ehefrau und sonst keine.
»*Tschai,* Edward, ich tun, was du sagen. *Mai ben rai.*«
Ihr blieb keine andere Wahl. Sie musste Ruhe bewahren und ihm Zeit lassen, seine Entscheidung zu überdenken. Die einzige andere

Möglichkeit war, ein öffentliches Spektakel aus der Affäre zu machen. Doch was für einen Zweck hätte das? Er würde seine Verantwortung leugnen, sie im Stich lassen und vermutlich auch Siam verlassen. Zumindest würde auf diese Weise für sie und das Kind gesorgt sein.

»Wir reisen morgen nach Hua Wan«, sagte er, erleichtert, dass sie ihm keinen Ärger machte. »Bei unserer Rückkehr musst du weg sein. Ich werde dafür sorgen, dass du genug Geld hast, um deinen Lebensunterhalt zu bestreiten. Du brauchst nicht arbeiten zu gehen. Wenn wir gegen Ende des Monats zurückkehren, kannst du einen Boten hierher ins Atelier schicken, um mir deinen Aufenthaltsort mitzuteilen. Ich werde dich besuchen.«

»Du nicht scheiden mich?«, fragte sie bang.

Edward seufzte; ihm war bewusst, dass sie niemals einen gemeinsamen Weg vor sich haben würden. »Nein, Kesri. Ich halte nichts von Scheidung. Und außerdem kann ich mich nicht von dir scheiden lassen, weil wir nicht rechtmäßig verheiratet sind. Du bist nicht meine Ehefrau.«

Trotzdem begriff sie nicht, was er meinte. Da sie mit ihm lebte und ihr Bund gesegnet worden war, war sie natürlich seine Ehefrau. Und wenn er vorher trotz seiner *farang*-Ehefrau bereit gewesen war, mit ihr unter einem Dach zu leben, konnte es kaum möglich sein, dass er den Missionaren Glauben schenkte, die sagten, ein Mann dürfe nur eine Ehefrau haben. Warum bekannte er sich nicht zu ihr?

Sie fragte sich, ob Charlotte ihre Beziehung möglicherweise entdeckt und darauf bestanden hatte, dass sie ging. Doch er hatte gesagt, es sei wegen des Babys. Ein Siamese wäre in einer solchen Situation stolz gewesen, weil er damit seine Männlichkeit bewiesen hätte. Warum war er nicht zufrieden, zumal er bisher nur ein einziges Kind hatte? Er hatte gesagt, das sei das Schlimmste, was ihm passieren konnte. Das ging über ihr Begriffsvermögen hinaus.

7. Kapitel

Am Abend der Gartenparty wartete Porntip bis spät in die Nacht. Die letzten Gäste waren schon vor Stunden gegangen und als sie sah, wie im ersten Stock die Lampen gelöscht wurden und sie sicher sein konnte, dass alle schliefen, schlich sie barfuß und lautlos aus dem Haus zum Anlegeplatz hinunter. Sie bestieg ihren kleinen *sampan* und paddelte unbemerkt den Chao Phraya hinab, bis sie am östlichen Ufer des Flusses, wo sich Thonburi befand, in einen schmalen, namenlosen *klong* einbog.

Wenige Minuten später machte sie ihr Boot an einem anderen Anlegeplatz fest. Die Treppe führte zu einem schwimmenden Holzhaus mit einer umlaufenden Veranda, auf der eine Schattengestalt wartete.

»Herein mit dir, schnell«, flüsterte Kesri. »Wir haben viel zu bereden.«

Zwei Monate zuvor, im Januar, hatte Kesri nach einer leichten, nur vier Stunden dauernden Entbindung ein Mädchen geboren. Da es nicht ihr erstes Kind war – ein Geheimnis, das sie vor Edward verborgen hatte, – wusste sie, was sie erwartete. Sie hatte ihn umgehend durch Porntip, ihre Freundin und die neue Hausangestellte der Fairburns, von der Niederkunft in Kenntnis gesetzt, doch er hatte sich eine Woche lang nicht blicken lassen. Als die Hebamme gegangen war, war sie mit dem Baby alleine geblieben. Sie hatte sich im Stich gelassen gefühlt.

»Sein eigenes Fleisch und Blut«, beklagte sie sich bitterlich, als Porntip auf der Rattanmatte neben ihr Platz nahm, die den Boden des einzigen Raumes bedeckte, aus dem ihr Zuhause bestand. Es war gleichwohl eine Verbesserung gegenüber der Dienstbotenkammer in seinem Haus. »Es ist, als würde er sie gar nicht wollen.«

Porntip versuchte, sie zu beschwichtigen. »Natürlich will er sie, Kesri. Doch seine Frau lässt ihn kaum aus den Augen.«

»Warum erzählt er ihr dann nicht von mir? Ist er Manns genug oder nicht? Ist er nicht mehr Herr in seinem eigenen Haus?«

»Ich habe keine Ahnung, warum er ihr nichts sagt. Ich kann es mir einfach nicht vorstellen. Sie schlafen nicht oft miteinander, Kesri; Leidenschaft kann also nicht der Grund sein, warum er dauernd bei ihr bleibt.«

»Er muss sie ja nicht belügen, nur weil er mich hat. Ich bin seine heimliche Frau. Die Frau, von der niemand etwas wissen darf. Aus irgendeinem Grund schämt er sich meinetwegen.«

»Was wirst du tun, Kesri?«

»Ich weiß es noch nicht. Doch irgendetwas wird mir schon einfallen. Ich lasse mich nicht so ohne weiteres in den Hintergrund drängen, mit einem Kind, das er nicht als sein eigenes anerkennt. Jedenfalls nicht für lange. Wirst du mir helfen, Porntip?«

»Das weißt du doch, Schwester«, erwiderte sie, die siamesische Anrede für Freundinnen benutzend, die sich sehr nahe stehen.

»Gut. Wir müssen umsichtig planen.«

Sobald sie von ihrer Dschungelfieber-Attacke voll genesen war, stellte Charlotte fest, dass sie mehr als genug Zeit für sich zur Verfügung hatte. Und da Edward bis zum späten Abend arbeitete, brauchte sie eine Beschäftigung, die sie ausfüllte. Dem Beispiel der anderen Frauen von ausländischen Residenten folgend, hatte sie begonnen, wohltätige Arbeit zu verrichten, die überwiegend darin bestand, Frauen und Kinder in den Elendsvierteln der Stadt zu besuchen, Kleidung und andere notwendige Dinge für sie zu sammeln und sie über Gesundheitsvorsorge und die Bildungsmöglichkeiten aufzuklären, die ihnen zur Verfügung standen.

Am meisten wünschte sie sich, die Frauen würden endlich den Brauch abschaffen, »am Feuer zu bleiben«, wobei eine Wöchnerin mehrere Wochen vor einem großen flachen Becken mit brennender Holzkohle liegen blieb, das neben ihrem Bauch aufgestellt war. Wenn sie die Hitze nicht mehr ertragen konnte, drehte sie sich um, so dass ihr Rücken geröstet wurde. König Mongkut hatte diese Gepflogenheit scharf verurteilt und sein Nachfolger Chulalongkorn desgleichen, wie man munkelte. Demzufolge hatte der Brauch, »am Feuer zu bleiben«, sowohl im Palast als auch in Adelskreisen an Beliebtheit eingebüßt. Nur die arme, unwissende Bevölkerungsschicht war immer noch überzeugt, dass Unheil drohte, wenn sie nicht an dieser Tradition festhielt; dass sie inzwischen weitgehend außer Kraft gesetzt worden war, schien noch nicht bis zu allen durchgedrungen zu sein. Es war März und Charlottes Tagesablauf hatte sich inzwischen gut eingespielt. In den frühen Morgenstunden, bevor es zu heiß wurde, verrichtete sie, was an wohltätiger Arbeit anfiel, besuchte Mütter mit kranken Kindern oder ging in Schulen und Tempel, um Nahrungsmittel und Kleidung zu verteilen. An den Nachmittagen besuchte sie Freundinnen, um Karten zu spielen, Tee zu trinken oder zu plaudern, und danach kehrte sie nach Hause zurück, um Elizabeth von der Schule abzuholen und sich vor dem Abendessen ein paar Stunden hinzulegen.

Auch wenn sie wusste, dass sie sich in Siam immer wie eine Fremde fühlen und sich nie an die Hitze gewöhnen würde, die das ganze Jahr über herrschte, fand sie zumindest Land und Leute faszinierend. Sie hatte endlich ihre Krinoline abgeschafft, mehr aus zweckdienlichen Überlegungen und weniger, um der Mode zu folgen, und wenn sie in Bangkok unterwegs war, nahm sie meistens ein Wassertaxi, eines der kleinen Paddelboote, die mit tausend anderen auf dem Fluss und den *klongs* hin und her fuhren. Sie wurde nie müde, die Menschen bei ihren alltäglichen Verrichtungen zu beobachten. Auch die Siamesen schienen nicht müde zu werden, sie anzustarren, wobei die Kinder stets lächelten und winkten, und sie wünschte sich oft, sie könnte mit ihnen ins Wasser springen.

Die Einwohner Bangkoks waren inzwischen an die Fremden gewöhnt, da sie seit den 1830er Jahren in größerer Anzahl nach Siam gekommen waren, doch der Reiz des Neuen, der ihnen anhaftete, war offenbar noch nicht verflogen. Charlotte, die, um ihre blasse Haut zu schützen, in ihrem bis oben zugeknöpften langen Kleid mit passendem Sonnenschirm starr dasaß, bot einen absonderlichen Anblick inmitten der quirligen siamesischen Menschenmassen in ihren bunten *panungs,* die sich durch laute Zurufe quer über das Wasser unterhielten und sich in die winzigen Boote zwängten, jeden freien Fleck nutzend. Ein Boot, das kaum mehr als drei Fuß lang war, beförderte bisweilen bis zu fünfzehn Passagiere. Wenn es kenterte, schwammen sie einfach zur nächsten Anlegestelle, setzten sich in die Sonne, um trocken zu werden, und warteten auf das nächste Boot.

Sie fuhr oft zum Haus des Konsuls, Mr. Knox, der inzwischen aus England zurückgekehrt war. Mrs. Knox war eine anmutige Siamesin, die ausgezeichnet Englisch sprach und es liebte, sich mit Charlotte über ihre Kinder zu unterhalten. Ihr Sohn Tom und ihre ältere Tochter Fanny besuchten ein Internat in Europa, doch Caroline, die mit ihren elf Jahren das Nesthäkchen der Familie war, zog es vor, in Bangkok bei den Eltern zu bleiben.

Obwohl sich Edwards Atelier auf dem gleichen Grundstück in einem Raum an der Rückseite des Hauses befand, hatte er seinen eigenen Eingang und sie wusste, dass er während der Arbeit nicht gestört werden wollte. Viele Angehörige der europäischen Gemeinde kamen mit ihren Familien, um sich fotografieren zu lassen, und die Nachricht von seinen Fähigkeiten verbreitete sich wie ein Lauffeuer; er gewann sogar einige der argwöhnischen Siamesen als Kunden.

Noch vor wenigen Jahren hätte kein Siamese sich auch nur malen lassen, geschweige denn, einem Porträtfoto zugestimmt. Sie glaubten, dass mit der Herstellung eines Abbilds, sei es auf einer Münze, einer Zeichnung, einem Porträt, einer Skulptur oder einer Fotografie, ein Teil der menschlichen Seele auf immer verloren gehe und das Leben sich somit verkürze.

Die Fotografie wurde wahrscheinlich von dem französischen Missionar und Abenteurer Père Larnaudie, der auch die erste Reismühle in Thailand errichtete, schon vor der Zeit König Mongkuts in Siam eingeführt, als König Rama III. noch herrschte. Doch aufgrund des weit verbreiteten Aberglaubens schlug der Anblick einer Kamera noch immer viele Menschen umgehend in die Flucht, vor allem außerhalb von Bangkok. Nur die Angehörigen der Bevölkerungsschicht, die über Wohlstand oder einen Adelstitel verfügten, fühlten sich, dem Beispiel König Ramas IV. folgend, inzwischen recht wohl vor einer Kamera und bald galt es in ihren Kreisen als unerlässlich, Porträtaufnahmen machen zu lassen.

Die meisten Berufsfotografen in Bangkok waren Chinesen, doch es gab auch ein paar Europäer. Die Ausländer, die aus dem Westen stammten, förderten natürlich jemanden aus ihren eigenen Reihen und so stellte Edward bald fest, dass er mehr als genug zu tun hatte. Er war oft sogar mehrere Wochen im Voraus ausgebucht. Außerdem hoffte er, Seiner Majestät und der Regierung bald zu Diensten sein zu dürfen, um die rapiden Fortschritte, die derzeit in Bangkok erzielt wurden, offiziell im Bild festzuhalten.

Kontakte zu knüpfen war indes ein langwieriger Prozess, der immer wieder ins Stocken geriet und erforderte, dass man zu den richtigen gesellschaftlichen Ereignissen eingeladen wurde. Deshalb ermutigte er Charlotte, mit Mrs. Knox und ihresgleichen zusammenzuarbeiten statt mit den Frauen der Missionare, die dem Regenten nicht das Geringste bedeuteten, sondern nur geduldet waren.

Obwohl der Regent, Somdech Chao Praya Sri Suriyawongse, den Ausländern nicht viel abgewinnen konnte, war bekannt, dass der junge König sehr fortschrittlich dachte und bereits plante, sich der *farang* zu bedienen, um die Modernisierungen, die er nach Siam zu bringen trachtete, voranzutreiben. Doch da es bis zu seiner Volljährigkeit noch einige Jahre dauerte, war es für Ausländer wie Edward unabdingbar, sich in Geduld zu üben, abzuwarten und in der Zwischenzeit seinen Lebensunterhalt durch private Aufträge zu sichern.

Edward hatte ihr gesagt, dass er immer noch versuche, eine Audienz beim Regenten zu erhalten, doch das war nicht leicht. Sri Suriyawongse hatte dringlichere Angelegenheiten zu bedenken, als seine kostbare Zeit einem einzelnen englischen Fotografen ohne politisch wichtige Verbindungen zu opfern. Gerüchten zufolge rüsteten sich die Franzosen, Siam zu kolonisieren, wie sie es in Kambodscha getan hatten, und der verhasste französische Konsul Gabriel Aubaret war vor König Mongkuts Tod seines Amtes enthoben worden.

Doch die Franzosen galten nach wie vor als Bedrohung, genau wie die Briten, die nun in Burma herrschten, und Charlotte konnte nicht umhin, über die Fähigkeit der Siamesen zu staunen, denen es gelang, die Großmächte in Schach zu halten. Sie besaßen keine nennenswerten Seestreitkräfte und wären im Fall einer Annexion mit Sicherheit nicht in der Lage gewesen, sich zu verteidigen. Ihr diplomatisches Geschick muss erstklassig sein, dachte sie.

An jenem Tag waren nur wenige handverlesene Gäste zur Gartenparty am Spätnachmittag geladen, um Krocket zu spielen, sich im Bogenschießen zu versuchen und die Teestunde zu zelebrieren, bei der auch tropische Früchte und alkoholfreie Getränke serviert wurden, gekühlt in einem wassergefüllten Kübel, der im Schatten stand. Zu ihnen gehörten die Alabasters, die Bradleys und Joseph Shaw, der in Elizabeths Schule unterrichtete.

Charlotte war Joseph nur wenige Male vorher begegnet, bei den Abendgesellschaften der Schule, und obwohl sie einander kaum kannten und nie Gelegenheit gehabt hatten, sich eingehend zu unterhalten, erkannte sie auf Anhieb, dass zwischen ihnen eine Art Seelenverwandtschaft bestand; er war ein Mensch, mit dem sie über alles reden konnte und bei dem sie großes Einfühlungsvermögen spürte. Dennoch entdeckte sie hinter seiner freundlichen Miene und den sanften Augen eine Schwermut, die ihn ständig zu belasten schien. Sie hatten bisher noch kein einziges persönliches Wort ausgetauscht, doch die zwanglose Atmosphäre der Party verlieh ihr die Kühnheit, ihm auf den Zahn zu fühlen.

»Ich habe hier nur wenige englische Missionare angetroffen«, sagte sie, als sie im Schatten eines großen Baumes standen. »Die meisten scheinen Amerikaner zu sein.«

»Ja, sie sind hier stark vertreten. Doch eigentlich bin ich kein Engländer. Ich komme aus Neuseeland. Meine Eltern stammen natürlich aus England, doch ich wurde in Auckland geboren.«

»Nun, dann dürften wir beide Heimweh nach den Antipoden haben. Wir haben siebzehn Jahre in Melbourne verbracht. Elizabeth ist dort geboren.«

»Ja, Ihr Mann sagte, dass Sie in Australien gelebt haben, wenn ich mich recht erinnere. Wie haben Sie sich hier eingewöhnt?«

»Viel besser als erwartet, Mr. Shaw. Die Hitze ist natürlich lähmend, doch dank der Nahrungsmittel, die regelmäßig aus England eintreffen, fühlen wir uns gut versorgt.«

Das Leben in Siam war sogar weit angenehmer, als sie es sich vorgestellt hatte. Das gesellschaftliche Leben war beinahe so rege wie in Melbourne und dank Edwards Herkunft hatte man sie sogar in den elitären Kreis der Konsulatsangehörigen aufgenommen.

Zu ihrer Überraschung hatte sie festgestellt, dass die Klassenschranken zwischen den Ausländern in Siam beinahe ebenso offen zutage traten wie in England. Noch zu Beginn der 1860er Jahre war die ausländische Enklave in vier Gruppen unterteilt, wobei sich die Konsulatsangehörigen den Kaufleuten, Schiffskapitänen und Missionaren haushoch überlegen fühlten. Es gab natürlich keine strikten Grenzen. Ein unterhaltsamer oder begüterter Schiffskapitän konnte beispielsweise ohne weiteres zu einem Konsularfest eingeladen werden, wenn er aus einem erstklassigen Stall stammte. Und ein Konsularbeamter durfte ungestraft mit Kaufleuten und ihresgleichen verkehren, wenn er sich einen wirtschaftlichen Nutzen von der Verbindung versprach, oder auch nur der kurzweiligen Abwechslung wegen.

Obwohl es für gewisse Leute in Siam viel einfacher war, sich eine untadelige Herkunft zuzulegen und sich damit, wenn sie geschickt genug waren, den Zugang zu Kreisen zu verschaffen, die sie sonst niemals aufgenommen hätten, wurden echte Hochstapler beinahe immer als solche entlarvt. Charlotte hatte von einer englischen Lehrerin namens Anna Leonowens gehört, die im letzten Jahr abgereist war, nachdem sie mehr als fünf Jahre lang die Kinder des Königs unterrichtet hatte. Mrs. Leonowens, die sich in Begleitung ihres kleinen Sohnes Louis befand, hatte oft versucht, Eintritt in die höchsten gesellschaftlichen Kreise unter den britischen Konsulatsangehörigen zu erlangen, wobei sie sich der Geschichte von ihrem Offiziersgatten, Captain Leonowens bediente, mit dem sie in Asien gelebt hatte, bis er nach einer Tigerjagd in Singapur einem Sonnenstich erlegen war. Doch sie hatte niemanden täuschen können und sowohl der Konsularkreis als auch die Kaufleute ächteten sie, spotteten sogar hinter ihrem Rücken über ihre häufigen, wenn auch geringfügigen Verstöße gegen die Etikette. »Sie war genauso wenig eine Dame wie Daniel Defoes skandalöse Moll Flanders«, hatte ein junger britischer Attaché beobachtet. Auf der Suche nach Freunden, jedoch in der Überzeugung, etwas Besseres zu sein als die Ehefrauen der Schiffskapitäne, war Mrs. Leonowens schließlich genötigt, sich mit der Gesellschaft der amerikanischen protestantischen Missionare zufrieden zu geben, die es als ihre Christenpflicht betrachteten, jedermann mit offenen Armen aufzunehmen.

Charlotte kannte Annas Problem natürlich nicht aus eigener Anschauung. Da sie aus einer Familie mit einigem gesellschaftlichen Ansehen, wenn auch mit schwindenden Mitteln, stammte und mit ihrer Heirat nach allgemeiner Ansicht eine erstklassige Partie gemacht hatte, wurde sie von den Briten unbesehen als Dame eingestuft, als Mitglied des Landadels, dessen jüngere Söhne oft ins Ausland gingen, um dort ihr Glück zu machen, wie Edward es getan hatte.

Charlotte betrachtete es außerdem als Vorteil, in der Welt herumgekommen zu sein. Daran gewöhnt, dass die Dinge dort nicht so waren wie zu Hause, war sie in dieser Hinsicht nicht so zart besaitet wie die viktorianischen Damen, die unmittelbar aus ihrem englischen Salon in die Tropen kamen. Sie war durchaus in der Lage, die Röcke zu schürzen und sich den Weg über eine Straße zu bahnen, in der man bis zu den Knöcheln im Matsch versank, ohne einen Gedanken an die Schicklichkeit zu verschwenden, das hatte sie in der Umgebung der Goldfelder mehrmals bewiesen. Was diesen Punkt anging, wurde sie von den anderen Damen der feinen Gesellschaft in Bangkok bewundert, obwohl ein paar sie deswegen für ein wenig gewöhnlich hielten.

Zu ihrem Wohlbefinden trug nicht zuletzt die Tatsache bei, dass Edward zufriedener schien denn je. Er stellte keine wie auch immer gearteten Ansprüche an sie, gab sich jedoch meistens heiter und rücksichtsvoll. Dennoch merkte sie, dass er zuweilen distanziert und zerstreut wirkte, nachdenklicher als früher. Sie hatten inzwischen eine neue Hausangestellte, freundlicher und fügsamer als Kesri, obwohl Porntip, wie ihr Name lautete, kaum Englisch sprach und bei weitem nicht so tüchtig war.

Was sie dagegen schwer erträglich fand, war das Klima. Anfang März, einem Monat, der noch zur kühlen Jahreszeit gehörte, waren die Hitze und die Mücken kaum mehr auszuhalten. Die widerwärtigen Plagegeister waren überall, drangen sogar durch die Moskitonetze, die über ihr Bett gespannt waren, und stachen sie im Schlaf. Obwohl die Temperaturen in der kühlen Jahreszeit wesentlich angenehmer waren, vor allem am frühen Morgen und späten Abend, erreichten sie am Nachmittag dreißig Grad und mehr. Und es war ein solcher

Nachmittag, als sie nun auf dem Rasen ihres Hauses stand, in ein Gespräch mit Joseph vertieft.

»Erzählen Sie mir von sich, Mr. Shaw. Wie lange sind Sie schon hier?«

»Sechs Jahre, Mrs. Fairburn. Genauer gesagt seit 1862.«

»Sechs Jahre! Meine Güte! Haben Sie Neuseeland in der Zwischenzeit einen Besuch abgestattet? Ich nehme an, Ihre Familie lebt noch in Ihrer alten Heimat.«

»Ja, richtig. Doch ich war seither nicht mehr dort.«

Er hielt inne, als sei er nicht sicher, wie er fortfahren sollte.

Bildete sie es sich ein oder war seine Miene sehnsüchtig und bekümmert geworden?

»Sie waren vermutlich noch sehr jung, als Sie hierher kamen«, beeilte sie sich, die Stille zu überbrücken.

»Ich war einundzwanzig.«

»Es muss schwierig für Sie gewesen sein – alleine in einem fremden Land, ohne Frau an Ihrer Seite.«

Der Anflug eines Lächelns umspielte Josephs Lippen und sein Blick schweifte zum Himmel.

»Ich hatte Hilfe, Mrs. Fairburn.«

»Natürlich. Doch was hielten Ihre Eltern davon, als Sie es sich in den Kopf setzten, Missionar in Siam zu werden?«

»Eigentlich war es die Idee meines Vaters.« Ein Schatten fiel über sein Gesicht, der gleich darauf wieder verschwand. »Er gehört dem Klerus an, wissen Sie. Er ging mit meiner Mutter in den dreißiger Jahren als Missionar zu den Maori.«

»Wie gut, dass Sie die Familientradition fortsetzen und ebenfalls dem Ruf des Herrn gefolgt sind.«

»Das könnte man wohl sagen, doch so habe ich es bisher noch nie gesehen.«

Sie fand die Bemerkung seltsam, sie weckte ihre Neugierde und deshalb fuhr sie fort. »Warum ausgerechnet Siam? Warum hat Ihr Vater nicht darauf bestanden, dass Sie in Neuseeland arbeiten, an seiner Seite? Ich bin sicher, dass es dort für einen Missionar noch viel zu tun gibt. Oder in irgendeinem Land, das Ihrer Heimat näher ist?«

Joseph zögerte; als er antwortete, schien er seine Worte mit Bedacht auszuwählen. »Ich nehme an, er wollte mir beibringen, was… Demut ist. Ich glaube nicht, dass es uns hier gelingen wird, einen Großteil der Bevölkerung zu bekehren. Die Missionare im Südpazifik erzielen sagenhafte Erfolge, die Menschen sind dort beinahe geschlossen zum Christentum übergetreten. In Asien ist das nicht der Fall, bedauerlicherweise. Insofern ist unser Vorhaben schon von vornherein zum Scheitern verurteilt.« Er räusperte sich, war verlegen, sich so vorbehaltlos einer Frau anvertraut zu haben, die er kaum kannte. Doch er fühlte sich wohl in Charlottes Gesellschaft und fuhr fort. »Mein Vater lernte vor vielen Jahren in Amerika presbyterianische Missionare kennen, als er mit meiner Mutter Kalifornien besuchte, auf der Durchreise nach Hawaii. Sie gehörten zu den Ersten, die dort arbeiteten, doch dann wurden Missionare anderswo dringender gebraucht und da Neuseeland Teil des britischen Empire war, hielten sie es für ihre vaterländische Pflicht, ihre Zelte abzubrechen und die Reise fortzusetzen. Doch sie blieben in Verbindung mit ihren Freunden und konnten mir hier eine Stellung verschaffen. Sie waren herzensgute Menschen, leider sind beide im letzten Jahr der Cholera zum Opfer gefallen. Im Abstand von sechs Tagen. Hier wütete die Krankheit noch schlimmer und ich muss gestehen, dass ich mich ohne sie eine Weile verloren fühlte.«

»Ja, Mrs. Bradley erzählte mir, dass die Gemeinde seit ihrer Ankunft viele neue Mitglieder durch Krankheit verloren hat. Wussten Sie, dass ihr Mann seit 1835 hier ist?«, raunte sie ihm zu. »Seine erste Frau starb 1845 an Schwindsucht und so nahm er seine drei Kinder, ging wieder nach Amerika und kam 1850 mit ihr zurück. Er führte den ersten Impfstoff gegen Pocken und die erste Druckerpresse in Siam ein. Das hört sich so abenteuerlich an wie ein Roman, finden Sie nicht?« Sie hielt inne, leicht verlegen. »Verzeihen Sie, Mr. Shaw. Ich vergesse mich. Ich bin sicher, dass Sie das alles längst wissen. Und bestimmt haben Sie keine Zeit für solchen Unsinn wie Romane.«

Doch bevor er antworten konnte, entschuldigte sich Charlotte, da ein weiteres Paar angekommen war. Sie machte die Runde bei ihren Gästen, sorgte dafür, dass sie etwas Kühles zu trinken hatten, doch sie konnte nicht umhin, sich ihre Gedanken über Joseph zu machen. Sie fragte sich, warum er nie geheiratet hatte. Er war kein ausgesprochen gut aussehender Mann, jedoch groß und gerade gewachsen, mit einem intelligenten Gesicht. Statt eines Backenbarts trug er nur einen kleinen Schnauzbart und seine glatten braunen Haare waren nicht ordentlich geschnitten. Doch das schien den Eindruck der Ernsthaftigkeit und Rechtschaffenheit nur zu verstärken. Sie hatte das Gefühl, dass man ihm uneingeschränkt vertrauen konnte. Er würde einen wunderbaren Geistlichen abgeben, dachte sie, während sie gleichzeitig überlegte, warum er nicht zum Priester geweiht worden war.

Porntip kam eines Tages kurz nach der Gartenparty zu Charlotte und sagte in ihrem gebrochenen Englisch, das sie erlernt hatte, seit sie für die Familie arbeitete: »Madam, Freundin meine hat Baby. Du mitkommen?«

»Was fehlt ihr denn, Porntip?«, erwiderte Charlotte erstaunt, da Porntip noch nie mit einem solchen Ansinnen an sie herangetreten war.

»Sie nicht glücklich, Madam. Sie hat nicht Ehemann. Sie … ich weiß nicht, wie sagen … sie … *thöö ngao maak.* Nur sie.«

»Einsam? Ist sie einsam?«

»*Ka«,* pflichtete Porntip ihr bei.

»Sie hat doch Freunde, oder? Eine Familie?«

»Nicht Familie. Porntip einzige Freund.«

»Warum?«

»Baby *farang. Angrit.«*

»Armes Mädchen.« Nun begann sie zu verstehen. »Und dieser englische Kindsvater – hat er sie verlassen?«

Porntip sah verwirrt aus und Charlotte versuchte es noch einmal, mit einfacheren Worten. »Ist er weg? Mann weg?«

Die Hausangestellte nickte.

»Aha. Ich komme sofort. Wenn das Kind einen englischen Vater hat, handelt es sich um eine britische Angelegenheit. Wir werden ihn zwingen, sie mit Anstand zu behandeln.«

Doch sie führte ein Selbstgespräch. Porntip verstand nichts von dem, was sie sagte, außer, dass sie Charlottes Aufmerksamkeit gewonnen hatte und ihre Aufgabe fast erfüllt war.

Sie brachte Charlotte in ihrem Boot den Fluss hinunter und bald darauf erreichten sie ein schwimmendes Haus, das gepflegt und sauber wirkte, wie Charlotte feststellte. Durch die offene Eingangstür erspähte sie eine junge Frau, die mit dem Rücken zum *klong* auf dem Boden saß. Sie hielt ein Bündel in den Armen und wiegte es sanft hin und her.

Als Porntip und Charlotte aus dem *sampan* auf die Plattform des Hauses stiegen, drehte sich die Frau um, um sie zu begrüßen. Charlotte rang nach Luft, als sie sah, wer es war.

»Hallo, Madam«, sagte Kesri, die Augen niedergeschlagen, während sie fortfuhr, das kleine Bündel in ihren Armen zu wiegen.

»Kesri! Ich hatte keine Ahnung.«

»Nein, Madam.«

Charlotte kniete sich auf den Fußboden. »Kesri, ich bin gekommen, um dir zu helfen. Du musst dich nicht schämen.«

»Nein, Madam.«

»Bitte, lass mich dein Baby anschauen.« Plötzlich wurde sie von einer dumpfen Angst ergriffen.

Behutsam entfernte Kesri die Decken vom Gesicht ihrer Tochter und Charlotte sah das kleine Mädchen an, das friedlich schlief. Zuerst dachte sie, Porntip habe sich geirrt. Es war ein siamesisches Kind, ohne Zweifel. Zugegeben, die Kleine war nicht so dunkelhäutig wie die meisten Siamesen, doch sie war ja auch noch sehr jung und der Teint würde mit dem Alter vermutlich dunkler werden. Die Gesichtszüge waren eindeutig siamesisch: die kleine Stupsnase, die dunklen Brauen und Wimpern und der schwarze Flaum auf dem Kopf. Doch dann gähnte sie und öffnete die Augen und Charlotte stockte der Atem. Die Augen des Kindes waren smaragdgrün.

»Ein … ein hübsches Baby«, gelang es Charlotte zu sagen, während Angst und Hoffnungslosigkeit über sie hereinbrachen und ihr einen Stich in den Magen versetzten.

»Danke, Madam. Doch Vater nicht will.«

»Hat der Vater sie gesehen? Weiß er von ihr?«

»Ja, Madam. Er sehen, doch er Problem.«

Charlotte wusste, was Kesri meinte, und Kesri wusste, dass Charlotte das Schlimmste zu fürchten begann.

»Ist er bereits verheiratet, Kesri?«

»Ja, und er sagt, Frau nicht will andere Frau in Haus.«
»Wenn ich dir helfen soll, Kesri, musst du mir seinen Namen verraten.« Doch sie war wie betäubt; starr vor Angst angesichts der Möglichkeit – der Gewissheit –, dass Kesri ihren Verdacht bestätigen könnte.
Kesri deutete auf einen Stapel dreieckig geformter Kissen und Charlotte nahm ungelenk Platz, nicht daran gewöhnt, auf dem Fußboden zu sitzen. Kesri setzte sich mit dem Säugling neben sie und Charlotte bemerkte das silberne Medaillon, das sehr europäisch aussah. »Ein Geschenk vom Vater des Kindes?«, fragte sie. Doch Kesri wandte den Blick ab und schwieg. Charlotte ließ es dabei bewenden.
»Kesri, wann wurde das Kind geboren?«
»Zwei Monate, Madam.«
Sie rechnete zurück; Kesri war bereits im Haus gewesen, als sie das Kind empfangen hatte. Folglich konnte es nur eine Erklärung geben. Sie zitterte nun und ihre Stimme brach.
»War dieser … dieser Mann vielleicht einer unserer Freunde, der die Situation ausgenutzt hat …?« Sie klammerte sich an die trügerische Hoffnung und verstummte, als eine Welle der Übelkeit sie durchfuhr.
Sie erinnerte sich daran, wie Edward Kesri an jenem ersten Tag begrüßt hatte, erinnerte sich auch an andere Dinge; an die Blicke zwischen ihnen, an Kesris heimlichen Groll ihr gegenüber.
Sie war kreidebleich. »Kesri, sag mir seinen Namen, ich flehe dich an. Sag mir seinen Namen!« Sie flüsterte beinahe.
Kesri hob den Kopf und sah Charlotte unverhohlen in die Augen, das Kinn hoch erhoben.
»Sein Name Edward Fairburn. Das seine Tochter, Anchalee Kesri Fairburn.«

8. Kapitel

Es begann nur wenige Tage, nachdem sie Segel gesetzt hatten: Erbrechen, Durchfall, Muskelkrämpfe, ein überwältigendes Schwächegefühl. Sie wusste, dass sie die Cholera hatte, und während der Dampfsegler von Welle zu Welle stampfte, verließen sie die Kräfte. An Bord befand sich ein britischer Arzt, der nach acht Jahren Siam in die Heimat zurückkehrte, doch er konnte nicht mehr tun, als sie mit Alkohol abreiben und ihr ein wenig Opium verabreichen, um die Schmerzen zu lindern.

»Sie müssen versuchen, etwas zu trinken«, drängte er sie und hielt ihr einen Becher mit brackigem Wasser an die Lippen. Die einzige Alternative war Whisky, doch damit hatte er es bereits versucht. Er konnte nichts für sie tun. Nicht hier, inmitten der Weite des Ozeans, und in diesem fortgeschrittenen Stadium der Erkrankung.

Sie nahm einen Schluck, erbrach ihn jedoch prompt. Ihre gequälten Augen öffneten sich einen Augenblick, als der machtlose Doktor ihr behutsam die ausgetrockneten Lippen abtupfte. »Wo ist sie?«, flüsterte sie.

»Keine Sorge, sie befindet sich in guten Händen«, erwiderte er aufs Geratewohl, da er nichts über ihre Lebensumstände wusste. »Doch sie braucht Sie und Sie müssen sich um ihretwillen alle Mühe geben, gesund zu werden.«

Es war ein aussichtsloses Unterfangen, doch er wollte ihr in ihren letzten Stunden wenigstens ein wenig Freundlichkeit zuteil werden lassen.

»Ich werde sie nie wieder sehen.« Ihre Worte klangen schwach und sie hatte ihre gesamte Kraft aufbieten müssen, um sie sich abzuringen.

Dann drifteten ihre Gedanken zu jenem Tag zurück, als sie alles verloren hatte, was sie liebte …

Edward hatte gespürt, dass irgendetwas Schlimmes geschehen sein musste, als sie ohne anzuklopfen in sein Atelier stürmte. Störungen empfand er als Ärgernis, doch er hielt seinen Unmut wohlweislich im Zaum, als er die Wut und Anspannung auf ihrem Gesicht sah. Die Schraubverschlussgläser mit den Chemikalien schwankten auf den Tischen und Regalen, als sie die Tür hinter sich zuknallte.

Ihre Augen schwammen in Tränen, doch es gelang ihr, sich zur Ruhe zu zwingen. »Wir konntest du mir das antun, Edward? Ich bin empört. Wie konntest du nur?«

»Was denn? Was ist geschehen, um Himmels willen?«

Sie konnte ihre Worte nur wiederholen, lauter dieses Mal und innerlich zitternd, doch sie blickte ihn unverwandt an.

»Setz dich, Charlotte, du bist ja völlig hysterisch.«

»Ich bin nicht hysterisch.« Ihre Stimme war gefährlich kalt und leise, während sie mit den Zähnen knirschte, bemüht, ihre Fassung wiederzugewinnen.

»Dann sag mir wenigstens, was passiert ist.«

Doch er ahnte es bereits und fragte sich nur, wie sie es herausgefunden hatte.

»Ich weiß Bescheid, Edward. Ich habe sie besucht.«

»Wen hast du besucht, Liebes?«

»Wage nicht, mich so zu nennen! Es liegt doch wohl auf der Hand, dass ich nicht dein Liebes bin, oder?«

»Wovon redest du überhaupt?«

»Das weißt du verdammt genau.« Dieses Mal brüllte sie und es war das erste Mal, dass er sie fluchen hörte. »Ich habe Kesri besucht. Und das Kind. Dein Kind.«

Er holte tief Luft, dann setzte er sich. »Hat sie dir das erzählt? Dass es mein Kind ist?«

»Ja. Und ich glaube ihr. Das Kind hat deine Augen.« Sie blieb stehen, den Hut noch auf dem Kopf, da sie direkt von Kesris Hausboot kam.

»Es könnte jeder x-beliebige Ausländer sein. Grüne Augen sind keine Seltenheit. Diese Mädchen … du weißt doch, sie lügen, wenn sie den Mund aufmachen.«

»Der einzige Mensch, der hier lügt, bist du, Edward. Für mich besteht kein Zweifel daran, wer der Vater des Kindes ist.«

Er seufzte. Es hatte keinen Zweck, länger zu leugnen. »Wahrscheinlich hättest du es irgendwann sowieso erfahren, Charlotte.«
»Warum, Edward? Warum? In all den Jahren, die wir gemeinsam verbracht haben, warst du doch immer ein treuer Ehemann.« Sie blickte ihm in die Augen. »Dachte ich zumindest. Doch vielleicht habe ich mich getäuscht. Vielleicht betrügst du mich schon seit Jahren und ich war blind, wollte die Wahrheit nicht sehen.«
»Charlotte, ich schwöre dir, das war das erste und einzige Mal.«
»Ich weiß nicht, was ich dir nach alledem noch glauben kann, Edward. Nur eines möchte ich wissen: angenommen, das ist die Wahrheit, warum dann ausgerechnet jetzt? Warum mit dieser ... dieser Hausangestellten? Warum?«
»Erübrigt sich die Frage nicht?«
»Was meinst du damit?«
»Ich bin ein Mann, Charlotte, wie jeder andere, und kein Priester. Ich kann nicht enthaltsam leben. Ich brauche eine Frau.«
»Edward, du hast eine Frau, eine Ehefrau.«
»Eine Ehefrau? Nur dem Namen nach. Eine Frau, der ich nicht beiliegen kann, aus Angst vor den Folgen. Kesri hat sich mir gerne hingegeben, ohne Schuldgefühle, ohne Opfer zu bringen. Sie begehrte mich um meiner selbst willen. Für sie war es keine Pflicht.«
Es war immer, immer das Gleiche. Ihre ehelichen Probleme waren stets eine Folge einer einzigen Belastung, einer einzigen Enttäuschung, eines einzigen Schicksalsschlags, den Charlotte als ihr unendliches, persönliches Versagen betrachtete. Seine Worte trafen sie so tief, dass sie das Gefühl hatte, in Stücke gerissen zu werden. Nun herrschte nur noch Schweigen und er verspürte den vertrauten Anflug eines schlechten Gewissens, als sie entkräftet in einen Armsessel sank.

Sie waren nach der Hochzeit nur noch zwei Monate in England geblieben, bevor sie sich auf den Weg nach Kalifornien machten, wo der Goldrausch ausgebrochen war. Doch Edward war kein gewöhnlicher Goldsucher. Er war nicht auf das Geld angewiesen, das ihm ein Goldfund bringen würde. Was er brauchte, war das Abenteuer.
Er konnte den Gedanken nicht ertragen, in die Bank seines Vaters

einzutreten, wie seine Brüder; auch hatte er nicht den Wunsch, als Offizier in der Armee zu dienen, wie sein Vater vorgeschlagen hatte, als er ihm eröffnete, etwas von der Welt sehen zu wollen.
Charlotte war schwanger, als sie an Bord des Dampfers nach Kalifornien gingen, doch das hatte sie ihm vor der Abreise verschwiegen. Sie wollte nicht, dass er sich genötigt fühlte, seine Pläne ihretwegen zu verschieben. Doch er war hocherfreut, als sie es ihm sagte, am ersten Abend auf See, und alles ging gut, bis zwei Tage vor ihrer Ankunft in San Francisco.
Bei dem hohen Wellengang bot das Deck wenig Halt, doch an jenem Tag litt Charlotte so furchtbar unter der morgendlichen Übelkeit, dass sie ihn angefleht hatte, mit ihr einen Spaziergang an der frischen Luft zu machen. Plötzlich sackte das Schiff in ein Wellental hinab und sie wurden beide zu Boden geschleudert. Sie fiel mit ihrem ganzen Gewicht auf den Bauch und musste sich unverzüglich zu Bett begeben.
Am Nachmittag erwachte sie in einer Blutlache, von heftigen Bauchkrämpfen geschüttelt. Der Schiffsarzt bestätigte, was sie bereits ahnte. Sie hatte das Kind verloren.
Kaum war sie in San Francisco genesen, entdeckte sie, dass sie abermals schwanger war, doch im vierten Monat erlitt sie eine Fehlgeburt, während sich Edward weit entfernt auf den Goldfeldern befand. Sie weinte sich in den Schlaf und fühlte sich allein gelassen in ihrem Elend.
Edward hatte kein Glück mit seiner Goldsuche in Kalifornien, doch sie verfügten über ein beträchtliches Privatvermögen und es mangelte ihnen nie an Geld oder Komfort. Dann entdeckte er die Fotografie und hatte, nachdem er entsprechend in Kamera und Zubehör investiert hatte, beachtliche Erfolge zu verzeichnen, nicht zuletzt dank des stetigen Zustroms an Goldgräbern, die erpicht darauf waren, sich auf ihren Claims und mit ihrem Fund »knipsen« zu lassen. Zumindest hatte er eine natürliche Begabung bei sich entdeckt und obwohl sie nicht auf das Geld angewiesen waren, freute er sich, dass ihm dieses neue Wagnis sowohl innere Befriedung als auch ein Einkommen verschaffte, mit dem man sein Leben bestreiten konnte.
Nach der vierten Fehlgeburt wurde Charlotte dringend nahe gelegt,

auf weitere Schwangerschaften zu verzichten. Dennoch erlitt sie 1851 eine weitere Fehlgeburt während der Seereise nach Australien, auf den Spuren des Goldes. Das nächste Kind, ein Mädchen, trug sie bis zum Ende aus, doch es wurde tot geboren. Die Ehe, mit großer Beglückung und Leidenschaft begonnen, hatte sich für sie in ein Meer der Trübsal verwandelt, obwohl sie ihn immer noch von Herzen liebte. Sie wünschte sich verzweifelt, ihm ein Kind zu schenken, und hatte das Gefühl, ihn enttäuscht zu haben.

Erst dreizehn Jahre nach der Hochzeit, 1861 in Melbourne, brachte sie endlich Elizabeth zur Welt. Sobald sie wusste, dass sie guter Hoffnung war, hütete sie das Bett, entschlossen, dieses Kind nicht zu verlieren. Dort blieb sie bis zum Ende der Schwangerschaft und stand nie länger als eine halbe Stunde am Tag auf.

Als Elizabeth geboren wurde, schien ihre Ehe wieder harmonisch zu verlaufen. Beide fanden endlich die Erfüllung, die ihnen so lange versagt geblieben war. Doch sie wusste auch, dass sie es sich nicht mehr erlauben konnte, ein weiteres Mal schwanger zu werden. Sie fühlte sich ausgelaugt, körperlich und emotional, und obwohl sie erst einunddreißig Jahre alt war, wirkten Gesicht und Körper zehn Jahre älter.

Er hatte Verständnis, ohne Frage, und sie einigten sich darauf, dass er seine »ehelichen Rechte« nur einmal im Monat geltend machte, und jeden Monat betete sie, die Vereinigung möge ohne Folgen geblieben sein. Ihre Gebete wurden nicht immer erhört. 1866 wurde sie erneut schwanger und hütete strikt das Bett. Sie sah ihren Leib mit einer Mischung aus Freude und Angst schwellen, als die Monate ins Land gingen, und seine Stimme klang jeden Tag zutiefst besorgt, wenn er sich erkundigte, wie es ihr ging. In der fünfundzwanzigsten Schwangerschaftswoche setzten vorzeitig Wehen ein. Das Kind, ein Sohn, wurde tot geboren.

Das war das Ende ihrer körperlichen Beziehung. Er konnte den Gedanken nicht ertragen, ihr weitere Schwangerschaften zuzumuten, und sie sperrte sich sogar gegen seine tröstlichen Umarmungen, voller Gram und Bitterkeit über ihr vermeintliches Versagen als Ehefrau. Kurz darauf reiste er alleine nach England, vor allem, um ihr zu entfliehen, wie sie vermutete, und den Schuldgefühlen, die er jedes Mal empfand, wenn er die Kummerfalten und die Enttäuschung sah, die sich in ihr Gesicht eingegraben hatten. Dennoch verspürte sie das Bedürfnis, ihre Ehe zu retten und sich vielleicht in den mittleren Lebensjahren wieder näher zu kommen. Sie wollte seine Liebe und Achtung, nicht Schuldgefühle und Mitleid. Der Treueschwur bei der Trauung – In guten wie in schlechten Tagen – bedeutete ihr alles und sie war bereit, dafür ihr Leben aufs Spiel zu setzen.

Und nun, in der Stille des Ateliers, die in ihren Ohren widerhallte, konnte sie nicht aufhören, ihm weitere Fragen zu stellen. Sie musste wissen, warum. Sie sprach ruhig und vernünftig, hoffte auf eine Erklärung.

»Edward, ich habe mich dir vorbehaltlos angeboten. Ich war gewillt, das Risiko auf mich zu nehmen, wie du weißt. Unsere Ehe sollte harmonisch sein.«

»Und um welchen Preis?«, entgegnete er verbittert. »Glaubst du, ich hätte mir noch ins Gesicht sehen können, wenn du im Kindbett gestorben wärst, nur weil ich meine Triebe nicht zu zügeln vermochte? Ich wäre mir wie ein Mörder vorgekommen. Selbst wenn du eine weitere Fehlgeburt erleiden und überleben solltest, könnte ich es nicht ertragen, dir wieder so großes Leid zuzufügen.«

Tränen des Kummers und der Enttäuschung liefen über ihr Gesicht und sie brachte kein Wort über die Lippen.

Er nutzte die Gelegenheit, um es ihr zu erklären. »Charlotte, Liebling, verstehst du denn nicht? Diese Frau bedeutet mir nichts. Ich empfinde nicht das Gleiche für sie wie für dich. Ich liebe sie nicht, doch ich brauche sie und sie gibt sich damit zufrieden.«

»Sprich in meiner Gegenwart nicht von deiner Mätresse!« Wieder liefen die Tränen in ihrer tief verwurzelten, verzehrenden Wut und Ernüchterung.

»Charlotte, so etwas ist hier gang und gäbe.«

»Was sagst du da?«

»Du wärst überrascht, wie viele europäische Männer eine siamesische Mätresse haben. In den meisten Fällen wissen die Ehefrauen Bescheid. Sie geben ihnen die *Carte blanche*, wie man es hier nennt.«

Sie traute ihren Ohren nicht. »Das ist nicht recht, Edward. Das ist nicht recht. Das tun sie nicht aus freien Stücken. Sie lassen sich nur darauf ein, weil ihre Männer sie dazu nötigen. Nur weil du hier lebst, hast du noch lange keinen Freibrief, dich aufzuführen, als ...«

»Charlotte, begreifst du denn nicht, wie vernünftig das Arrangement wäre? Kesri hier zu haben würde unser Zusammenleben friedvoller, erfüllter machen. Du stündest nicht mehr unter Druck. Du hättest alle gesellschaftlichen Vorrechte, die der Status als meine Ehefrau mit sich bringt, doch ohne die ehelichen Pflichten, die dir so großen Kummer bereiten.«

Sie stand entrüstet auf, steif und unversöhnlich, und starrte ihn mehrere Sekunden schweigend an, bevor sie wieder das Wort ergriff. »Es ist weder ein gesellschaftliches Vorrecht noch eine Ehre, die Frau eines Mannes zu sein, der mich bittet, seine Mätresse zu akzeptieren. Ich habe dich geliebt, Edward, doch plötzlich bist du wie ein Fremder für mich. Mir ist, als wäre diese Liebe zerstört, erloschen, ein für alle Mal.«

»Du bist müde und überreizt, Charlotte. Warum gehst du nicht nach oben, um dich auszuruhen? Ich werde Porntip bitten, dir Tee zu bringen.«

»Ich will keinen Tee! Verstehst du nicht, Edward? Du kannst diese Geschichte nicht einfach unter den Tisch kehren. Es ist aus und vorbei!«, schrie sie.

»Was soll das heißen?«

»Das soll heißen, dass ich diese Frau nicht als deine Mätresse dulden kann und werde. Wie kommst du auf den Gedanken, dass ich so etwas tun würde? Du musst für den Unterhalt des Kindes sorgen, nehme ich an. Doch du wirst mir hoch und heilig versprechen, sie niemals wieder zu sehen.«

»Nein!« Nun war er wütend; er sprang auf und trat auf sie zu.

»Du hast kein Recht, mir irgendetwas zu verbieten.«

»Ich habe das Recht, dich darum zu bitten, es von dir zu verlangen. Ich bin deine Ehefrau, unser Bund wurde vor Gott geschlossen.

»Und als solche bist du mir Gehorsam schuldig.«

»Du wirst sie also nicht aufgeben?«

»Nein.«

»Dann ist unsere Ehe beendet, Edward. Ich werde mit dem nächsten Schiff nach England zurückkehren.«

Damit hatte er nicht gerechnet. »Charlotte, übereile nichts. Tu nichts, was du später bereuen könntest. Lass dir Zeit, um in Ruhe darüber nachzudenken. Bitte, Liebling, ich …«
»Ich brauche keine Bedenkzeit«, unterbrach sie ihn ungestüm. »Das ändert nichts an meiner Entscheidung. Ich kann und werde sie nicht akzeptieren, weder sie noch eine andere Frau. Es ist ohnehin höchste Zeit, dass Elizabeth eingeschult wird. Sie verwildert, läuft barfuß herum, spricht die halbe Zeit Siamesisch und klettert auf Bäume. In England wird sie eine angemessene Erziehung erhalten.«
»Du wirst Elizabeth nicht mitnehmen. Wenn du gehst, dann alleine.«
Diese Reaktion hatte sie nicht erwartet und nun war sie es, die sich überrumpelt fühlte.
»Du kannst mich nicht daran hindern, Edward.«
»Doch, das kann ich. Und das werde ich. Du bist eine Frau, die ihren Ehemann verlässt. Kein britisches Gericht würde dir das Sorgerecht für unsere Tochter überlassen. Elizabeth bleibt hier.«
»Und du bist ein Mann, der Ehebruch begeht«, konterte sie. »Was für ein Leben hätte sie hier, unter einem Dach mit einem Vater, dem es an jedweden moralischen Grundsätzen mangelt?«
»Ein besseres Leben als an der Seite einer Mutter, die ihren Mann verlassen hat.«
Nun war sie einer Panik nahe. Die Angst schlug wie eine Welle über ihr zusammen, als ihr bewusst wurde, dass sie Elizabeth verlieren würde. »Bitte, Edward«, sagte sie flehentlich, während ihre Augen erneut Tränen vergossen. »Ich habe nichts Unrechtes getan. Nicht das Geringste. Warum verletzt du mich?«
Doch er versuchte verzweifelt, sich nicht von den Schuldgefühlen beeinflussen zu lassen, die sie in ihm zu wecken versuchte. »Du bist es, die mich verletzt, Charlotte. Der Platz einer Ehefrau ist an der Seite ihres Mannes, er ist das Oberhaupt der Familie. Denke nur an die Schande, die du über mich bringst, wenn du mich verlässt.«
»Schande? Wie kannst du behaupten, ich würde Schande über dich bringen? Du hast Schande über dich selbst gebracht, genug für ein ganzes Leben. Du kannst meine Abwesenheit ja damit erklären, dass du sagst, ich habe aus gesundheitlichen Gründen nach England zurückkehren müssen. Mit der Zeit werden sie schon ein anderes Ge-

sprächsthema finden. Vielleicht die ehemalige Hausangestellte und ihr grünäugiges Kind.«

»Du bist eifersüchtig, das ist es. Du bist eifersüchtig, weil Kesri ein Kind bekommen hat und du nicht mehr …« Sobald ihm die Worte herausgerutscht waren, wünschte er sich, er könnte sie zurücknehmen.

»Du hast den Verstand verloren«, erwiderte sie, Entsetzen und Tränen zum Trotz. »Du verdienst nicht einmal eine Antwort.« Sie verließ den Raum, trat in das gleißende Licht des Nachmittags hinaus und ließ ihn in seinem Atelier allein.

Er verspürte schreckliche Schuldgefühle, wie ein nagender Schmerz tief in seinen Eingeweiden. So war es immer während ihrer Ehe gewesen. Würde es jemals aufhören? Würde er sich jemals von der Bürde ihres Kummers befreien können?

Es war Joseph Shaws freier Tag und er entspannte sich in einer Hängematte, die Somboon, sein Dienstbote, zwischen zwei schattigen Bäumen aufgespannt hatte. Er genoss diese Muße an seinen seltenen freien Tagen mehr und mehr, trotz der Angst, eines Tages könnte eine Schlange aus dem Geäst auf ihn herabfallen. Es gab viele Reptilien in der Gegend, einschließlich Kobras und riesige Pythonschlangen, die sich gerne an neugeborenen Hundewelpen gütlich taten.

Hier in der Abgeschiedenheit seines Gartens frönte Joseph einer Beschäftigung, die ihm ein wenig peinlich war, einer Beschäftigung, die von den strenger gläubigen Mitgliedern seiner Kirche vermutlich nicht aus vollem Herzen gebilligt würde. Er las Romane. George Eliots ausgezeichneter Band »Adam Bede«, die Geschichte einer einfachen jungen Frau, die sich dem Mann entfremdet, der sie wirklich liebt, weil sie einem anderen verfällt, den zu heiraten sie niemals hoffen darf, gefiel ihm besonders. Er hatte das Buch schon einmal gelesen, doch obwohl es inzwischen zehn Jahre alt war, hatte es nichts von seinem Reiz eingebüßt. Sein Vorrat an neuen Romanen war erschöpft und so las er zum zweiten Mal die besten seiner alten Romane, die er außer Sichtweite in einem Kabinettschrank aus Teakholz verwahrte, während er auf eine Lieferung aus England wartete.

Er hoffte, das nächste Paket möge ein neues Werk von Anthony Trollope enthalten. Bücher bewirkten, dass er die Traurigkeit und Einsamkeit der realen Welt vergessen und sich in einer Traumwelt verlieren konnte, an der er selbst keinen Anteil hatte und in der er folglich auch frei von Verfehlungen war.
Er war in das Buch vertieft, als Somboon neben ihm auftauchte und auf das Haus deutete.
»Sir, Mrs. Fairburn gekommen.«
Joseph sprach gut Siamesisch, doch Somboon wollte Englisch lernen, so dass sie sich stets dieser Sprache bedienten, es sei denn, Joseph musste ihm etwas Kompliziertes erklären.
Er war überrascht. »Mrs. Fairburn ist hier? Sie will zu mir?«
»*Khap.*« Somboon nickte. »Sie sagt, muss sprechen.«
»Natürlich, ich komme sofort. Bitte bring uns etwas Kühles zu trinken, Somboon.«
Während Somboon zum Haus zurücklief, legte Joseph das Buch vorsichtig in die Hängematte, nahm seinen Rock, der auf einem Nagel an einem der Bäume hing, und fuhr sich mit den Fingern rasch durch das Haar. Er eilte ins Haus und als er Charlotte im Salon begrüßte, merkte er sofort, wie verstört sie wirkte.
»Guten Tag, Mr. Shaw, ich wollte …« Sie war außer Atem. »Es tut mir Leid, bitte entschuldigen Sie die Störung.«
Er lächelte herzlich. »Ich bitte Sie. Sie sind jederzeit willkommen. Sie sehen ein wenig aufgelöst aus, Mrs. Fairburn, wenn Sie es mir nicht verübeln. Ohne Zweifel die Hitze. Ich habe Somboon gebeten, uns einen Krug Zitronenlimonade zu bringen.«
»Danke, sehr freundlich. Und Sie haben Recht, ich bin tatsächlich aufgelöst. Doch bedauerlicherweise liegt es nicht am Wetter, Mr. Shaw.«
»Kann ich Ihnen irgendwie behilflich sein, Mrs. Fairburn?«
»Ehrlich gestanden, Mr. Shaw, kann mir vermutlich nichts und niemand helfen. Doch ich muss mit jemandem reden. Und ich habe das Gefühl, dass ich Ihnen vertrauen kann.«
»Natürlich können Sie das. Bitte, lassen Sie sich Zeit.« Er nahm auf einem Stuhl gegenüber Platz. »Sie sehen blass aus. Es ist doch hoffentlich nichts mit Elizabeth?«

»Nein, nein, es ist nichts mit Elizabeth. Das heißt, nicht direkt. Es betrifft sie allerdings gleichermaßen.«
»Fahren Sie fort, Mrs. Fairburn. Was immer Ihnen Sorge bereitet, ich bin sicher, es gibt eine Lösung.«
»Genau das ist das Problem, Mr. Shaw. Es gibt keine Lösung.«
In Josephs Kopf schrillten die Alarmglocken. »Worum handelt es sich, Mrs. Fairburn? Mit Ihrer Gesundheit ist doch hoffentlich alles in Ordnung? Und Mr. Fairburn ist ebenfalls wohlauf?«
»O ja«, erwiderte sie zynisch. »Er erfreut sich bester Gesundheit.«
»Dann …?«
»Ich sehe keinen Sinn darin, Sie noch länger auf die Folter zu spannen, Mr. Shaw.« Sie zögerte, jedoch nur kurz. »Mein Mann hat eine Liebschaft mit einem siamesischen Mädchen.«
Joseph war nicht sonderlich überrascht. So etwas kam laufend vor und er wusste, dass einige Ehefrauen es sogar stillschweigend duldeten. Doch um Mrs. Fairburn, die eine so nette, anständige Person zu sein schien, tat es ihm Leid. »Sind Sie absolut sicher?«
»Ja, er hat es zugegeben. Noch schlimmer ist allerdings, dass die beiden ein Kind miteinander haben. Oder vielmehr hat sie ein Baby und behauptet, mein Mann sei der Vater. Und er leugnet es nicht. Er … er …« Ihre Stimme versagte und sie musste tief Luft holen, bevor sie fortfahren konnte, wobei sie sich mit einem Taschentuch die Augen betupfte. »Er weigert sich, die Affäre zu beenden. Er glaubte sogar, ich sei möglicherweise einverstanden, dass er die Beziehung fortsetzt.«
»Das wäre eine Abscheulichkeit sondergleichen, die man Ihnen zumuten würde.« Joseph hielt einen Moment inne, um nachzudenken. »Mrs. Fairburn, Ihr Mann ist kein Mitglied unserer Kirchengemeinde. Er hat nie an den Gottesdiensten teilgenommen, deshalb kann ich wenig dazu beitragen, um ihn zur Vernunft zu bringen, außer beten.«
»Mr. Shaw, ich bin nicht hergekommen, weil ich hoffte, dass Sie einschreiten würden. Sein Entschluss steht fest und ich bezweifle, dass irgendjemand ihn davon abbringen könnte. Er ist kein gläubiger Mensch, bedauerlicherweise. Ich wünsche ihm nichts Böses und möchte ihm keine Steine in den Weg legen. Er ist schließlich trotz alledem der Vater meiner Tochter. Doch ich kann die Ehe nicht auf-

rechterhalten. Das Einzige, was mir übrig bleibt, ist die schnellstmögliche Rückkehr nach England.«
»Mrs. Fairburn, offiziell darf ich nicht gutheißen, dass Sie Ihren Mann verlassen wollen, bitte verstehen Sie das. Doch unter uns gesagt: Ich habe vollstes Verständnis für Ihre Entscheidung. Gibt es nichts, was ich tun könnte, um Ihnen zu helfen?«
Seine Einfühlsamkeit rührte sie zu Tränen, doch dann holte sie tief Luft und nickte. »Es gibt da eine Sache, Mr. Shaw, die mir das Herz schwer macht, noch mehr als die Untreue meines Mannes. Er verbietet mir, Elizabeth nach England mitzunehmen. Er behauptet, da ich es sei, die ihn verlassen wolle, stünde ihm laut Gesetz das Sorgerecht für unsere Tochter zu.«
»Ich fürchte, dem ist so, Mrs. Fairburn. So ungerecht es auch erscheinen mag, solange Sie ihm seine ehebrecherische Beziehung nicht nachweisen können, steht es ihm frei, Elizabeth hier, in seiner Obhut, zu behalten.«
»Ach Mr. Shaw, ich mag gar nicht daran denken, wie sinnlos mein Leben ohne sie sein wird. Und dennoch, ich bin … ich bin nicht im Stande, zu bleiben. Und das werde ich auch nicht. Ich will nicht tatenlos zuschauen, wie sich mein Mann einen Harem zulegt. Und ich will genauso wenig, dass meine Tochter in einer Umgebung aufwächst, in der solche Unsitten geduldet werden. Den Fall vor ein öffentliches Gericht zu bringen, steht allerdings außer Frage.«
»Wohl wahr. Gibt es denn irgendetwas, was ich für Sie tun könnte?«
»Nur eines. Elizabeth schaut zu Ihnen auf. Sie hält Sie für einen wunderbaren Lehrer. Würden Sie … ein Auge auf sie haben? Von Zeit zu Zeit mit ihr reden, wie eine Art Pate? Es tut mir Leid, Sie um eine solche Gefälligkeit zu bitten, doch Sie sind der Einzige hier, dem ich vertrauen kann.«
»Es wird mir eine Ehre sein«, stimmte Joseph auf Anhieb zu. »Und sollte sie jemals Hilfe brauchen, aus welchem Grund auch immer, ich werde für sie da sein, keine Frage. Dessen dürfen Sie gewiss sein, Mrs. Fairburn. Darauf gebe ich Ihnen mein Wort.«

Charlotte saß mit Elizabeth in dem Schlafzimmer, das sie und Edward nur kurz geteilt hatten. Ein großer Überseekoffer lag geöffnet

auf dem Bett. Sie wusste, dass der kommende Tag der traurigste ihres Lebens sein würde, noch trostloser als viele andere. Ihre Ehe war vorbei und nun würde sie auch noch ihr einziges Kind verlieren.
»Warum musst du denn unbedingt nach England, Mami? Ich verstehe es nicht.«
»Liebling, ich habe es dir erklärt. Mit meiner Gesundheit steht es nicht zum Besten und ich muss in ein kühleres Klima zurück. Siam tut mir nicht gut und ich muss mich erholen.«
»Ist es wieder das Gleiche wie früher? Als meine Brüder und Schwestern in den Himmel gekommen sind?«
»Nicht ganz so, Elizabeth. Ich habe innerlich Schmerzen.«
»Wird es dir in England besser gehen?«
»Ich hoffe es, Liebes.«
»Warum kann ich nicht mitkommen?«
»Liebes, die Reise ist sehr lang. Und davon abgesehen musst du in die Schule.« Ihrer Tochter zuliebe drängte sie die Tränen zurück.
»Heißt das, du wirst lange wegbleiben, wie Vater?«
»Ja, Elizabeth. Vielleicht noch länger.«
Elizabeth begann zu schluchzen. Sie begriff es einfach nicht. Sie blickte Charlotte in die Augen. »Willst du mich nicht mehr haben, Mami?«
Die Tränen, gegen die sie den ganzen Tag angekämpft hatte, brachen sich schließlich doch noch ihre Bahn, rannen unaufhaltsam über ihr Gesicht. Sie drückte Elizabeth an sich. »Natürlich will ich dich noch haben, Liebling. Ich liebe dich mehr als alles in der Welt. Wenn du älter bist, wirst du verstehen, warum ich gehen musste.«
Am nächsten Tag stand Elizabeth mit ihrem Vater am Kai und winkte stumm, als ihre Mutter das Boot bestieg, das sie zu dem Schiff brachte, welches weit draußen vor Anker lag, zum Auslaufen bereit. Er winkte nicht und Elizabeth hoffte immer noch, das Boot würde aus welchem Grund auch immer genötigt sein, umzukehren. Doch es sollte nicht sein. Ihre Mutter war fort und Elizabeth dachte, sie würde nie erfahren, warum.

Der Kapitän hatte so etwas schon oft erlebt und kannte die vorgeschriebene Verfahrensweise. Sie war ihm in Fleisch und Blut übergegangen, doch leicht fiel sie ihm nie. Er griff nach dem Federhalter mit der Stahlspitze und begann zu schreiben.

Sie hatte nicht mit aller Kraft versucht, dagegen anzukämpfen. Sie war achtunddreißig Jahre alt und hatte ihren Lebenswillen verloren, als sie ihr einziges Kind in Bangkok zurückließ.

9. Kapitel

Jeden Tag wartete sie darauf, dass ihre Mutter wieder nach Hause kam. Könnte es nicht sein, dass sie bei ihrer Ankunft in Singapur beschloss, letztendlich doch nicht nach England weiterzufahren? Ihr Vater war neuerdings in sich gekehrt und würde ihr solche Fragen kaum beantworten. Wenn sie ihren ganzen Mut zusammennahm und ihn darauf ansprach, sagte er nur, sie solle bei Tisch schweigen oder sie solle aufhören, ihn damit zu behelligen.

Innerhalb einer Woche nach Charlottes Abreise kehrte Kesri mit dem Baby ins Haus zurück.

»Dies Anchalee. Deine Schwester«, sagte sie und reichte Elizabeth das Kind.

Elizabeth dachte angestrengt nach. »Meine Schwester?«

»*Tschai.* Deine Schwester. Wir zurück jetzt, leben bei euch.«

Elizabeth stutzte. »Wie kann Anchalee meine Schwester sein? Meine Mutter hatte kein Baby mehr. Und wenn, hätte sie es nicht dir überlassen.«

Kesris Miene verfinsterte sich und sie riss Anchalee an sich. »Ich reden mit dein Vater …« Wütend verließ sie den Raum, auf Siamesisch fluchend, so dass Elizabeth kein Wort verstand.

Elizabeth konnte sich nicht erklären, warum ihre Worte eine derartige Reaktion bei Kesri hervorriefen, denn wie konnte das Baby ihre Schwester sein? Es machte keinen Sinn. Doch es tat ihr trotzdem Leid und sie ging in die Küche, um sich zu entschuldigen. Dort traf sie nur das Dienstmädchen an.

»Porntip, wo ist Kesri?«

»Zimmer gehen«, erwiderte Porntip.

Elizabeth ging in Richtung Hintertür, die zu den Unterkünften der Dienstboten führte, doch Porntip schüttelte den Kopf und hielt sie zurück. »*Mai tschai, mai tschai.*« Sie deutete auf die Zimmerdecke.

Elizabeth lachte. »Dort wird sie nicht sein, wenn sie in ihr Zimmer gegangen ist, Porntip. Oben sind nur unsere Räume.«
Porntip sah sie an, beinahe mitleidig, und Elizabeth fragte sich, ob das Dienstmädchen sie überhaupt verstanden hatte.
Endlich nickte Porntip mit dem Kopf. »*Ka.*« Die Kleine würde bald von alleine dahinter kommen, dachte sie, und es war nicht ihre Aufgabe, ihr die Augen zu öffnen. Sie hätte ohnehin nicht gewusst, wie sie es auf Englisch erklären sollte.
Porntip hatte bereits festgestellt, dass Kesri sie anders behandelte als früher. Sie war keine Freundin mehr, der man Geheimnisse anvertraute, sondern eine Dienstmagd, der Kesri meinte, Befehle erteilen zu können. Porntip bedauerte inzwischen ihre Rolle in dem Ränkespiel. *Mem* Charlotte war freundlich und anspruchslos gewesen; Kesri würde nicht so großherzig sein, wie sie inzwischen erkannte hatte.
Elizabeth lief die Treppe hinauf, immer zwei Stufen auf einmal nehmend, und als sie durch die geöffnete Tür in das Schlafzimmer ihrer Eltern spähte, sperrte sie verblüfft den Mund auf. Kesri lag auf dem Bett, kitzelte Anchalee und kicherte. Sie hatte die Decken zurückgeschlagen und lag quer über dem Bett, auf Mamis weißen Leinenlaken.
Kesri sah hoch. »Ja, Elizabeth?«, fragte sie gereizt.
Elizabeth war sprachlos. Sie wusste nicht, was sie von dem Geschehen halten sollte, außer, dass es ihr ungehörig vorkam.
Kesri stand auf, ließ Anchalee juchzend auf dem Bett zurück und ging zur Frisierkommode hinüber. »Was du wollen, Elizabeth? Du sagen tut Leid? So sagen. Dann gehen.«
Sie nahm Charlottes silberne Bürste und begann, sich damit die Haare zu bürsten, während Elizabeth ihre Bewegungen stumm im Spiegel verfolgte. Als sie die Bürste weglegte, hatten sich mehrere kräftige schwarze Haare mit den hellbraunen von Charlotte vermischt. Elizabeth wusste, wie sehr ihre Mutter diese Bürste geliebt hatte. Sie gehörte zu einem Toilettennecessaire, ein Geschenk ihres Vaters zu Elizabeths Geburt, und sie wunderte sich, wieso ihre Mutter es nicht mitgenommen hatte.
Langsam zog Kesri den Stöpsel aus einem der kleinen farbigen Glas-

flakons und tupfte sich das Parfüm hinter die Ohren. Elizabeth war mit einem Mal elend zumute und sie floh aus dem Raum, rannte die Treppe hinunter und in den Vorgarten, wo sie sich in das hohe Gras neben den Zaun warf, schluchzte und sich nicht um die Schlangen scherte, die möglicherweise dort lauerten.

In diesem Zustand fand Joseph sie. Er richtete sie auf, kniete sich neben sie, so dass sich sein Kopf auf gleicher Höhe mit ihrem befand, und trocknete ihr die Augen mit einem großen weißen Taschentuch.

»Schsch, schsch. Was ist geschehen, Elizabeth?«

»Meine… Mutter… ist… fort«, stammelte sie, immer noch von Schluchzern geschüttelt.

»Ich weiß. Und du musst sehr tapfer sein. Denke einfach daran, dass sie dich liebt.«

»Dann… wäre… sie nicht… weggegangen.« Das Schluchzen verebbte, doch sie war immer noch aufgewühlt.

»Ich weiß, dass es dir schwer fällt, das Ganze zu verstehen, doch du musst dir vor Augen halten, dass sie dich liebt, und daran wird sich nichts ändern. Vielleicht lässt dich dein Vater nach England reisen, wenn du älter bist, dann kannst du sie besuchen.«

Seine Worte machten ihr Hoffnung. »Glauben Sie?«

»Warum fragst du ihn nicht? Dein Vater liebt dich sehr und ich bin sicher, er würde nicht wollen, dass du so unglücklich bist.«

Doch damit löste er nur eine weitere Tränenflut aus. »Nein, Mr. Shaw, er macht sich nichts aus mir. Immer, wenn ich von Mami rede, sagt er, ich soll still sein. Er will kein Wort über sie hören. Und außerdem…, und außerdem…«, sie sah ihn gramerfüllt an.

Er setzte sich neben sie auf den Rasen. »Was hast du auf dem Herzen, Kind?«

»Ich habe Kesri gesehen, in Mamis Schlafzimmer, sie lag auf ihrem Bett und hat ihre Haarbürste und ihr Parfüm benutzt.« Doch bevor sich Joseph eine tröstliche Antwort überlegen konnte, fuhr sie fort und erzählte ihm noch verstörendere Neuigkeiten, auf die er keine Antwort wusste. »Und sie hat mir erzählt, Mr. Shaw, dass ihr Baby meine Schwester ist. Ich verstehe das nicht. Ich weiß nicht, warum sie das gesagt hat. Das ist doch dummes Zeug, oder?«

Joseph beschloss, so schnell wie möglich mit Edward zu reden. Das

Kind war völlig verstört, wusste nicht mehr aus noch ein. Er stand auf und wischte sich das Gras von den Hosenbeinen. »Nun, Elizabeth, was hältst du davon, wenn wir ins Haus gehen und Tee trinken? Schließlich bin ich ja gekommen, um dir einen Besuch abzustatten.«
»Mir? Ich dachte, Sie wollten zu meinem Vater.«
»Nein, zu dir.«
Sie rang sich ein schwaches Lächeln ab. »Ich glaube, ich hatte noch nie Besuch.« Sie ergriff seine Hand, als sie ins Haus gingen, und bat Porntip, Tee zu bringen. »Ich habe Besuch«, verkündete sie bedeutungsvoll.
Sie nahmen im Empfangszimmer Platz und plauderten über ihre schulischen Fortschritte und die Fächer, die ihr am meisten Spaß machten. Als Porntip den Tee hereinbrachte, schenkte Elizabeth eigenhändig ein und sie setzten die Unterhaltung fort, wobei Joseph sorgfältig darauf achtete, dass Charlotte nicht erwähnt wurde.
Sie verstummten jäh, als Kesri mit Anchalee den Raum betrat. »*Sawadih kah,* Mr. Shaw«, begrüßte sie ihn, verwundert, dass er mit Elizabeth alleine war.
»*Sawadih kap*, Kesri. Wie geht es dir?« Er erinnerte sich an sie, kannte sie von der Missionsstation und von dem Fest im britischen Konsulat.
»Ich gut, Mr. Shaw. Dies Anchalee.« Sie hielt ihm das Baby zur Begutachtung entgegen.
Ihm blieb keine andere Wahl, als ihr das Kind abzunehmen, er stutzte, als er die smaragdgrünen Augen sah. Es war Edwards Kind, daran konnte es keinen Zweifel geben. »Sie ist sehr hübsch, Kesri.« Er behielt sie einen Moment auf dem Arm, dann gab er sie zurück.
»Du kommen Edward Besuch?«
»Nein, ich bin hier, um Elizabeth zu besuchen.«
Kesri lachte, um ihre Erschütterung zu verbergen. »Elizabeth? Sie ist doch nur Mädchen!« Die Situation hatte etwas Zweifelhaftes, was ihr nicht behagte.
»Ja, doch sie ist meine Schülerin. Und ihre Mutter bat mich vor der Abreise, von Zeit zu Zeit zu sehen, ob es ihr gut geht.«
Kesri warf ihm einen verschlagenen Blick zu. »Sie gut«, sagte sie mit

einer Endgültigkeit, die keinen Widerspruch duldete. »Ich sagen Edward, du kommen.« Dann verließ sie sang- und klanglos den Raum.

Elizabeth sah ihr nach. »Ich weiß nicht, warum sie so wütend auf mich ist«, flüsterte sie. »Ich glaube, sie kann mich nicht leiden.«

Wie konnte er einer Achtjährigen die Situation verständlich machen? Er fühlte sich dieser Aufgabe nicht gewachsen, wie er sich eingestehen musste, und außerdem war es nicht an ihm, sie zu übernehmen.

»Vielleicht sollte ich doch noch kurz mit deinem Vater reden, bevor ich gehe«, sagte er, als er sich erhob. Er schickte sie mit einem ihrer Schulbücher in den Garten, in der Hoffnung, es werde sie ablenken, zumindest für kurze Zeit, dann ging er ins Atelier hinaus, wo er Edward beim Reinigen seiner Ausrüstung und den Vorbereitungen für eine Familienporträt-Sitzung vorfand, die für später am Tag anberaumt war.

Edward begrüßte ihn jovial. »Was kann ich für Sie tun, Mr. Shaw? Sie wollten sich doch nicht etwa fotografieren lassen, oder?«

»Nein danke, Mr. Fairburn. Ich war gerade in der Gegend und da dachte ich, ich schaue auf einen Sprung vorbei. Elizabeth hat mich zu einer Tasse Tee eingeladen.«

»Wirklich? Sie wird eine richtige kleine Dame auf ihre alten Tage, finden Sie nicht?«

»In der Tat.« Joseph lachte höflich. »Kesri war auch da. Und das Kind.«

»Aha. Zweifellos sind Ihnen die Gerüchte zu Ohren gekommen und Sie wollten sich selber ein Bild machen«, erwiderte Edward, dessen gute Laune mit einem Schlag verflogen schien.

»Das ist nicht der Grund meines Kommens«, erwiderte Joseph hastig. »Ehrlich gesagt, hatte ich überhaupt nicht damit gerechnet, Kesri in Ihrem Haus vorzufinden.«

»Sie ist für mich inzwischen wie eine Ehefrau«, erwiderte Edward beiläufig, während er seine Vorbereitungen fortsetzte.

Joseph fühlte sich äußerst unwohl in seiner Haut. »Ihre … Ehefrau? Sie haben doch bereits eine, Mr. Fairburn.«

»Nicht hier, Mr. Shaw, hier habe ich keine. Es war Charlottes Entscheidung. Sie war es, die ihre Familie verlassen hat.«

»Sie haben ihr kaum eine andere Wahl gelassen.« Joseph war entsetzt über seine eigene Freimütigkeit.
»Und was für ein Interesse haben Sie an alldem?« Edward war nun sichtlich erzürnt.
»Ich bin nicht gekommen, um Ihnen eine Moralpredigt zu halten, Mr. Fairburn, falls Sie das meinen. Ich mache mir Sorgen um Elizabeth. Sie ist völlig durcheinander. Wussten Sie, dass Kesri ihr heute gesagt hat, Anchalee sei ihre Schwester?«
»Nein, ich hatte keine Ahnung.« Edward war erschrocken und die Bemerkung dämpfte seinen Zorn. »Das hätte sie nicht tun sollen. Noch nicht.«
»Mr. Fairburn, von irgendjemandem wird sie früher oder später die Wahrheit erfahren. Oder sie reimt sich das Ganze schließlich selbst zusammen. Ich weiß, dass es mich nichts angeht, und ich mische mich auch nicht gerne ein, doch sie fragt sich außerdem, was Kesri im Schlafzimmer ihrer Mutter zu suchen hat. Ich bin weit davon entfernt, Ihnen Ratschläge zu erteilen, was Sie Ihrer Tochter sagen sollten, Mr. Fairburn, doch ich denke, Sie werden bald mit ihr reden müssen.«
Edward ärgerte sich über die Einmischung und in noch größerem Maß über die Tatsache, dass der Mann kein Blatt vor den Mund genommen hatte. Doch er sah sich gezwungen einzulenken.
»Sie haben natürlich Recht.« Seufzend ließ er sich auf das Sofa fallen. Er deutete mit einer einladenden Geste auf den Armsessel und Joseph nahm gegenüber Platz.
»Ich wollte nicht, dass Charlotte abreist, wissen Sie, doch die Dinge standen nicht zum Besten zwischen uns, seit sie …«
In dem Augenblick klopfte Elizabeth kurz an die geöffnete Tür und trat ein.
»Elizabeth, du weißt, dass du mich nicht stören sollst, wenn ich arbeite …«
»Ja, Vater, es tut mir Leid. Doch ein Bote hat diesen Brief gebracht. Es steht ›Eilig‹ darauf. Ich glaube, er ist von Kapitän Orton, vom Schiff.« Sie reichte ihm den Umschlag.
»Schon gut, Kind. Danke. Ich frage mich, was mir Kapitän Orton so Dringendes mitzuteilen hat, dass es nicht bis zu seiner Rückkehr warten kann.«

»Vielleicht geht es um Mami«, sagte Elizabeth hoffnungsvoll. »Vielleicht kommt sie zurück.«
Edward antwortete nicht, er war sicher, das war nicht der Grund für den Brief. Sendschreiben dieser Art enthielten meistens schlechte Nachrichten.

20. April 1869

Sehr geehrter Mr. Fairburn,

ich bedaure zutiefst, Sie vom Tod Ihrer Frau Charlotte Fairburn in Kenntnis setzen zu müssen, die am 20. April 1869 um sechs Uhr morgens an Bord der Chao Phraya verstarb.
Kurz nachdem wir Segel gesetzt hatten, erkrankte Mrs. Fairburn an einem Fieber und unser Schiffsarzt, Dr. Matthews, stellte Cholera fest. Er bemühte sich Tag und Nacht, sie zu retten, doch vergebens. Mrs. Fairburn verschied friedlich im Schlafe und ihr wurde ein angemessenes christliches Begräbnis zuteil; ich selbst übernahm die Aufgabe, ein Gebet zu sprechen, gefolgt von einer Bestattung auf See. Bei meiner Rückkehr nach Bangkok werde ich Ihnen persönlich den Totenschein überbringen, ausgestellt von Dr. Matthews.
Ich möchte Ihnen und Ihrer Tochter Elizabeth mein Beileid aussprechen, Mr. Fairburn; Ihre liebe verschiedene Frau möge in Frieden ruhen.

Ihr ergebener
Kapitän Orton

Edward starrte wie vom Donner gerührt den Brief an, ohne den Sinn zu begreifen. Wortlos reichte er Joseph das Blatt.
»Vater, was ist?«, rief Elizabeth bang, als sie seine Miene sah. »Was ist passiert? Was machst du für ein Gesicht?«
Er fühlte sich wie betäubt, sein Blick wurde leer, schweifte in die Ferne. Einen Moment lang schien er nicht zu wissen, wo er sich befand.
Wie eine alte verblasste Fotografie hatte er das Bild einer jungen Frau

an ihrem Hochzeitstag vor sich, die ihm mit einem fröhlichen Lachen in die Augen blickte. Sie war jung, ihr Leben schien gerade erst anzufangen. Doch dann wurden die Kanten der Bilder braun und begannen sich einzurollen.

Elizabeth zupfte an seinem Ärmel. »Vater, sag mir, was in dem Brief steht«, rief sie voller Angst.

Joseph hatte das Schreiben inzwischen gelesen und war ebenfalls starr vor Entsetzen. Doch er wusste, er musste stark sein, Elizabeth zuliebe.

Edward richtete das Wort an ihn, mit unsicherer Stimme, als wäre er mit seinen Gedanken anderswo. »Sagen Sie es ihr, Mr. Shaw? Ich kann nicht.« Dann stand er auf, langsam wie ein alter Mann, und ging vom Atelier zum Haus hinüber.

»Mr. Shaw, sagen Sie es mir, bitte.« Elizabeth war den Tränen nahe. »Was ist passiert? Geht es um meine Mutter? Ist sie krank?«

»Ja, mein Kind, es geht um deine Mutter«, erwiderte Joseph tonlos. »Komm, wir setzen uns auf das Sofa und ich werde es dir so schonend wie möglich beibringen.«

Sie nahmen Platz und er betrachtete sie. Ihre grünen Augen blickten ihn furchtsam an.

»Elizabeth, deine Mutter ist von uns gegangen.«

»Das weiß ich, Mr. Shaw. Sie fährt nach England.«

»Nein, Elizabeth, leider nicht. Deine Mutter war sehr krank, doch nun hat sie ihren Frieden gefunden.«

»Sie kommt also zurück?«

»Nein.«

»Dann ist sie … ist sie …« Elizabeth brachte das Wort nicht über die Lippen, als sie endlich begriff.

»Es tut mir Leid, Elizabeth. Deine Mutter ist während der Schiffsreise gestorben, an einem Fieber.«

Sie machte sich nicht die Mühe, ihre Tränen wegzuwischen. »Das ist nicht wahr. Ich glaube Ihnen nicht. Meine Mutter kommt zurück. Sie kommt zurück.«

»Nein, mein Kind. So schrecklich es auch sein mag, sie ist von uns gegangen.«

»Wieso? Woran ist sie gestorben? Und wo ist sie jetzt?«, schluchzte

Elizabeth ungläubig, obwohl sie tief in ihrem Innern wusste, dass es stimmte.
»Wie ich schon sagte, ein Fieber. Wir wissen noch keine Einzelheiten, doch Kapitän Orton schrieb, dass sie nicht leiden musste.«
Er wusste, dass dies eine barmherzige Lüge war, dass der Kapitän ihnen die Schilderung ihrer Todesqualen ersparen wollte. Er hatte Menschen an Cholera sterben sehen, unter unvorstellbaren Schmerzen, erschöpft vom trockenen Würgen, wenn keine Flüssigkeit mehr im Körper war, die erbrochen werden konnte.
Die Cholera forderte zahllose Opfer in den Tropen: Missionare, Könige, Arme, Erwachsene, Kinder, Europäer und Siamesen gleichermaßen. Erst im Vorjahr hatte eine Epidemie in Bangkok gewütet und dieses Jahr standen die Dinge nicht viel besser, obwohl es hieß, das Jahr 1849 sei noch schlimmer gewesen. Elizabeth saß stumm und reglos da, während ihr die Tränen unaufhörlich über die Wangen strömten.

Kesri saß mit Anchalee im Kinderzimmer und wiegte sie in den Schlaf, als er den Flur entlangging. Selbst in diesem kurzen Augenblick sah sie, dass er Sorgen hatte. Als sie sicher sein konnte, dass die Kleine tief und fest schlief, folgte sie ihm lautlos ins Schlafzimmer und schlich auf leisen Sohlen zum Bett, auf dem er bäuchlings lag. Sanft begann sie, ihm den Rücken zu massieren, so wie es ihm immer gefallen hatte. Doch plötzlich, ohne Vorwarnung, richtete er sich auf und stieß sie grob beiseite.
»Kannst du mich denn nicht einmal in Ruhe lassen, Weib!«, schrie er erbost.
Sie erschrak und blickte ihn verwirrt an; es dauerte einen Moment, bis sie ihre Fassung wiedergewonnen hatte.
»Du wollen, ich gehe?«
»Geh, bleib, mach, was du willst. Nur stör mich nicht. Nicht heute.«
»Edward? Was geschehen?«
Er saß nun auf der Bettkante, den Kopf in die Hände gestützt. Er blickte sie abermals an, schweigend, doch sie verstand ihn auch ohne Worte. Sein Gesichtsausdruck verriet ihr, was sie wissen musste, und sie verließ den Raum ebenso lautlos, wie sie gekommen war.

Wieder im Kinderzimmer, legte sie sich neben Anchalee, einsam und besorgt. War er ihrer bereits überdrüssig? Was war, wenn er sie aus dem Haus wies? Hatte er eine andere kennen gelernt? Was sollte dann aus ihr und Anchalee werden? Und wie würde er auf ihre Neuigkeit reagieren?

Sie hatte vorgehabt, es ihm heute zu sagen, doch nun gelangte sie zu dem Schluss, dass es nicht ratsam war. Sie würde das Wohlergehen ihrer Tochter nicht gefährden, um keinen Preis der Welt.

10. Kapitel

Sie hatte bereits beschlossen, sich jemandem anzuvertrauen, irgendeinem Menschen, der ihr glauben und helfen würde. Vater war seit einigen Monaten schlecht gelaunt und sie hütete sich, ihn damit zu behelligen, aus Angst, ihn in Wut zu versetzen. Dazu gehörte neuerdings nicht viel. Wie dem auch sei, er schien jetzt ohnehin wenig Zeit für sie zu haben. Entweder war er unterwegs, um Aufnahmen zu machen, oder er verbrachte die meiste Zeit in seinem Atelier.

Wenige Tage nach dem Vorfall bot sich ihr eine Gelegenheit, Mr. Shaw einzuweihen, der sie besuchte, als Kesri gerade außer Haus war. Sie erzählte ihm, was sie beobachtet hatte.

»Nun, Elizabeth, das ist wirklich merkwürdig. Und du hast recht daran getan, es nicht für dich zu behalten. Ich kann mir beim besten Willen nicht vorstellen, was für ein Grund dahinter stecken sollte, du solltest dir deiner Sache allerdings absolut gewiss sein, bevor du solche Anschuldigungen erhebst. Verstehst du, was ich damit sagen will? Bist du sicher, dass du dich nicht getäuscht hast?«

»Ja, Mr. Shaw. Vater gibt ihr immer Geld, alles, was sie braucht.«

»Und du weißt ganz bestimmt, dass dieses Geld, das du bei ihr gesehen hast, nicht von ihm stammt?«

An diese Möglichkeit hatte sie nicht gedacht. »Nein«, erwiderte sie zögernd.

Sie überlegte kurz. »Sie hat versucht, es vor mir zu verstecken«, fiel ihr plötzlich wieder ein. »Ich glaube nicht, dass sie das getan hätte, wenn das Geld von Vater gewesen wäre. Und ich habe genau gesehen, dass sie die Silbersachen genommen hat und ohne sie zurückgekommen ist.«

»Ich hoffe, dass es dafür eine logische Erklärung gibt, Elizabeth. Ich denke, du musst deinem Vater mit den gleichen Worten erzählen, was du beobachtet hast. Er sollte es wissen.«

Sie schwieg und blickte ihn ängstlich an.

»Hast du Angst, es ihm zu sagen?«
Sie nickte. »Er wird wütend auf mich sein. Das weiß ich.«
»Möchtest du, dass ich mitkomme?«
Sie nickte abermals, unsicher, ob ihre Entscheidung richtig war, und gemeinsam gingen sie in Edwards Atelier.
Sie wiederholte wörtlich, was sie Joseph erzählt hatte, und ihr Vater reagierte genauso wie befürchtet. Er war bereits verärgert über Josephs abermalige Einmischung.
»Das glaube ich nicht, Mr. Shaw. Das sind Hirngespinste.«
»Ich denke nicht, Mr. Fairburn«, erwiderte Joseph unerschütterlich. »Vielleicht sollten Sie den Schrank mit dem Silber selber überprüfen.«
Edward zögerte, denn er war sich nicht sicher, was sich genau darin befand. Es gab so viele kleine Teile, dass er nicht sagen konnte, ob etwas fehlte. Charlotte hatte es gesammelt.
»Nein, das wäre übereilt. Warum sollte Kesri es nötig haben, unser Silber zu veräußern? Sie kann alles haben, was ihr Herz begehrt. Du solltest dich schämen, Elizabeth. Entweder saugst du dir diese Anschuldigungen mutwillig aus den Fingern oder deine lebhafte Fantasie spielt dir einen Streich.«
Inzwischen wünschte sie sich, sie hätte niemandem auch nur ein Wort verraten. »Ich habe es mit eigenen Augen gesehen«, erwiderte sie unglücklich.
»Ich glaube, dass sie die Wahrheit sagt«, ergriff Joseph ihre Partei. »Elizabeth ist kein Mädchen, das in einer solchen Situation lügen würde.«
»Danke, Mr. Shaw«, wies ihn Edward brüsk zurecht. »Doch ich glaube, ich werde mit dieser Sache nun durchaus alleine fertig.«
»Natürlich.« Joseph wandte sich an Elizabeth. »Du hast nichts zu befürchten, solange du die Wahrheit sagst.«
»Ja, Mr. Shaw. Danke, dass Sie mir geholfen haben.«
»Ich finde alleine hinaus.« Joseph nickte Edward flüchtig zu, bevor er ging.
»Du wirst mir einiges erklären müssen, junge Dame«, fuhr Edward sie an, als Joseph weg war. »Was ist nur in dich gefahren, jemandem derart nachzuspionieren?«
»Ich habe nicht spioniert, Vater! Dass ich sah, wie Kesri zum ersten

Mal die Silbersachen nahm, war Zufall. Sie bemerkte mich nicht, als sie hereinkam. Ich habe mich nicht versteckt, ich saß vorher schon dort und las. Ich hatte Angst, dass sie mich anschreien würde, wenn sie meine Anwesenheit entdeckte, also gab ich keinen Laut von mir.«

»Jemandem nachspionieren und anderen Leuten Geschichten erzählen ist ein unannehmbares Verhalten.«

»Es tut mir Leid, Vater. Ich wusste nicht, was ich tun sollte.«

»Du hättest besser daran getan, dich mit deiner Lektüre und deiner Handarbeit zu beschäftigen statt mit deiner Fantasie.«

»Es tut mir Leid«, wisperte sie erneut.

»Dann fort mit dir! Und ich will kein Wort mehr von Stehlen und Heimlichkeiten hören. Haben wir uns verstanden?«

»Ja, Vater.«

Sie ging in ihr Zimmer und legte sich aufs Bett, verstört und entrüstet. Sie hatte die Wahrheit gesagt und er hatte ihr nicht geglaubt.

Sie erinnerte sich noch lebhaft an den Nachmittag, als sie auf dem Fenstersitz im Empfangszimmer gesessen hatte, hinter den Vorhängen verborgen. Das war zwei Monate nach dem Erhalt der tragischen Nachricht über Charlotte gewesen und sie hatte die unabänderliche Tatsache akzeptiert, dass ihre Mutter nie mehr zurückkehren würde. Ihr Vater hatte sich in Arbeit gestürzt und sprach kaum mit ihr. Nur für Anchalee schien er Zeit zu haben, die inzwischen fünfeinhalb Monate alt war, ein hübsches Baby mit schwarzen, leicht gewellten Haaren, einer Haut, deren Tönung eine perfekt ausgewogene Mischung aus der Hautfarbe der Eltern darstellte, und verblüffenden smaragdgrünen Augen.

Während sie hinter den Vorhängen saß, dachte Elizabeth wieder einmal an den Tag, als der Vater ihr, weniger als eine Woche nach dem Erhalt der Nachricht von Charlottes Tod, erklärt hatte, Kesri sei nicht mehr ihre Hausangestellte.

»Was ist sie dann, Vater?«, hatte sie gefragt.

Ihr war aufgefallen, dass sich die Dinge verändert hatten, seit Kesri mit Anchalee zurückgekommen war, doch sie hatte noch nicht genau herausfinden können, auf welche Weise.

»Sie ist meine Frau, Elizabeth.«

»Vater, das geht doch gar nicht. Mutter ist deine Frau.«
Aus irgendeinem Grund hatte sie ihre Mutter nie mehr »Mami« genannt, seit sie tot war. Jedenfalls nicht in Gegenwart ihres Vaters.
»Elizabeth, deine Mutter ist tot und ich bin dadurch Witwer geworden. Weißt du, was das bedeutet?«
»Nein, Vater.«
»Das bedeutet, ich habe keine Frau mehr. Ich fühle mich einsam ohne Frau und Kesri und Anchalee brauchen uns. Fändest du es nicht schön, wenn sie bei uns blieben?«
»War Kesri deshalb in deinem Schlafzimmer und hat Mutters Sachen benutzt? Weil sie deine neue Frau sein wollte?«
»Richtig, Elizabeth. Und sie wird deine neue Mutter sein.«
Jetzt verstand sie, was es mit dem Baby auf sich hatte. »Hat sie deshalb gesagt, Anchalee sei meine Schwester? Weil sie dich heiraten wird, Vater?«
»So ist es. Und ich hoffe, du wirst Anchalee von nun an wie deine Schwester behandeln.«
Elizabeth stellte fest, dass es ihr eigentlich gefiel, eine Schwester zu haben, und sie musste zugeben, dass Kesri in letzter Zeit freundlicher geworden war. Sie schien Elizabeth mehr Vertrauen entgegenzubringen und erlaubte ihr, Anchalee zu hüten, an manchen Tagen sogar für mehrere Stunden.
Doch Elizabeths Erinnerungen an die Ereignisse der letzten Tage wurden jäh unterbrochen, als sie ein Geräusch auf der anderen Seite des Vorhangs vernahm. Jemand hatte den Raum betreten und als sie durch einen schmalen Spalt spähte, sah sie, dass es Kesri war. Sie wollte sich gerade bemerkbar machen, um sie zu überraschen, doch die Worte blieben ihr im Hals stecken.
Kesri ging lautlos zur »Krimskrams-Vitrine«, dem Kabinettschrank aus Rosenholz, in dem ihre Eltern Andenken und Schätze von ihren Reisen verwahrten, und nahm mehrere kleine Silbersachen heraus. Sie steckte sie in einen kleinen Sack, den sie bei sich trug, und spähte rasch um sich, bevor sie einen silbernen Kerzenhalter auswählte, der auf einem Büffet neben vielen anderen Ziergegenständen stand. Auch er verschwand in dem Sack und dann verließ sie auf leisen Sohlen den Raum.

Elizabeth traute ihren Augen nicht. Sie hörte die Haustür ins Schloss fallen und von ihrem Fenstersitz aus sah sie, wie Kesri den schmalen Weg entlangging, den Sack in der Hand. Sie wich zurück, in Richtung Vorhänge, in der Hoffnung, dass Kesri sich nicht umdrehte und sie entdeckte. Doch Kesri blickte nicht zurück, als sie zum Bootssteg eilte.

Elizabeth sprang auf und öffnete die Vorhänge mit einem Ruck, starrte verständnislos auf die leeren Stellen, an denen sich das Silber befunden hatte. Kesri hatte nicht viel genommen und sie war sicher, dass niemand den Unterschied bemerken würde. Nur warum? Die Silbersachen waren nicht angelaufen. Und wenn doch, hätte Porntip sie putzen können. Sie waren auch nicht zerbrochen oder reparaturbedürftig. Vielleicht wusste ihr Vater längst davon. Vielleicht hatte er sie gebeten, die Sachen irgendwo hinzubringen. Sie beschloss, ihm vorerst noch nichts zu sagen.

Vielleicht hatte sie es vergessen, weil sie zu dem Zeitpunkt schulfrei hatte – eine Folge der Choleraepidemie. In den beiden darauf folgenden Tagen war nichts mehr passiert. Kesri spielte mit Anchalee, putzte sich vor dem Spiegel der Frisierkommode heraus und probierte Kleider aus Charlottes Hinterlassenschaft an.

Elizabeth fand das merkwürdig. Die Kleider waren viel zu groß für Kesri, die sie ohne Unterröcke oder Unterwäsche trug, und sie war so gertenschlank, dass sie kein Korsett brauchte.

»Du gefallen Kleid?«, fragte Kesri eines Tages, als Elizabeth sie von der Tür des Schlafzimmers aus beobachtete. Sie wirbelte die Röcke um sich.

»Ist es nicht zu groß für dich?«, antwortete Elizabeth ehrlich.

Wie immer löste ihre Bemerkung Missmut bei Kesri aus. »Geh Küche, aufpassen Anchalee von Porntip. Ich ausgehen.«

Elizabeth tat, worum Kesri sie gebeten hatte, da sie sich wieder einmal eingeschüchtert fühlte, und sie freute sich stets darauf, Anchalee zu hüten. Während sie im Empfangszimmer saß und das Baby auf ihrem Schoß hüpfen ließ, lachend und kichernd, wurde ihr mit einem Mal alles klar. Als sie in die Augen des Kindes blickte und sah, wie grün sie waren, wurde ihr plötzlich bewusst, dass sie nur zwei weitere Menschen mit der gleichen Augenfarbe kannte, ihren Vater und sich selbst.

Sie hörte auf zu spielen und sann über die Ungereimtheit dieser Entdeckung nach, als Anchalee zu plärren begann. »Oh, tut mir Leid, Kleines.« Elizabeth drückte sie an sich. »Pst, pst, nicht weinen. Du bist wirklich meine Schwester, oder?«

Doch dann dachte sie eingehender darüber nach. Anchalee war geboren, bevor ihre Mutter starb; bevor sie nach England aufgebrochen war. Das hieß… nicht dieselbe Mutter? Doch all das ging über das Begriffsvermögen einer Achtjährigen hinaus.

Sie hörte, wie die vordere Eingangstür leise ins Schloss fiel, und als sie aus dem Fenster spähte, sah sie Kesri, nun in ihrem üblichen *panung*, die mit demselben kleinen Sack in der Hand den Weg hinuntereilte. Das weckte Erinnerungen und ihr Misstrauen erwachte erneut. Sie legte Anchalee auf den Fußboden, während sie zum Kabinettschrank ging und ihn flüchtig durchsuchte. Alles schien an seinem Platz zu sein, es sah nicht so aus, als sei etwas aus der »Krimskrams-Vitrine« entfernt worden.

Sie ging ins Esszimmer hinüber und sah im Geschirrschrank nach. Ein Staubrand markierte die Stelle, an der sich die Vorlegeplatte aus Silber befunden hatte. Sie glaubte sich zu erinnern, dass sie aus Melbourne stammte. Sie benutzten sie nicht oft, nur wenn eine große Anzahl von Gästen zum Abendessen geladen war, und sie würde nicht so schnell vermisst werden, vielleicht überhaupt nicht. Ihr Vater wusste vermutlich nicht einmal, was für Silber sie im Einzelnen besaßen.

Sie spielte mit Anchalee, bis die Kleine einschlief, und nach etwa einer Stunde hörte sie die Eingangstür und Kesris Schritte auf der Treppe. Sie beschloss, sie nach der silbernen Vorlegeplatte zu fragen. Behutsam legte sie Anchalee in die kleine Holzwiege zurück, die früher ihre eigene gewesen war, und stieg die Stufen zum Schlafzimmer ihrer Mutter hinauf, das es immer noch für sie war, obwohl Kesri es in Besitz genommen hatte.

Sie war dazu übergegangen, im Haus barfuß zu laufen, wie die Siamesen, so dass Kesri sie nicht kommen hörte. Als sie durch die offene Tür lugte, sah sie Kesri, die sich auf dem Bett ausruhte und Münzen aus einer kleinen Börse zählte. Für sie lag nun auf der Hand, was Kesri getan hatte.

Kesri blickte hoch, nicht gerade erfreut, sie zu sehen. »Was du willst, Elizabeth? Ich beschäftigt.« Hastig raffte sie das Geld zusammen und legte es in die Börse zurück. »Für was du mich anschauen, Elizabeth? Was ist?«

Sie konnte Elizabeths Namen immer noch nicht richtig aussprechen, manchmal klang er eher wie »Erisabet« und in diesem Augenblick hätte Elizabeth sie deswegen am liebsten geohrfeigt.

»Nichts, Kesri, tut mir Leid«, war alles, was sie herausbrachte.

Es tut mir Leid, dass mein Vater nicht weiß, dass du eine Diebin bist, dachte sie.

»Geh spielen Anchalee!«, fauchte Kesri.

»Sie schläft.«

Kesri hielt einen Moment inne. »Dann geh Porntip, soll machen *khao pat moo.* Ich Hunger.«

»Ja, Kesri.« Doch sie hatte das Gefühl, sich nicht von der Stelle bewegen zu können. Sie stand wie angewurzelt da und starrte die kleine Geldbörse an.

»*Bai, bai.*« Kesri bedeutete ihr mit einem ungeduldigen Winken, sich zu beeilen, und Elizabeth lief davon.

Sie grübelte den ganzen Nachmittag, dachte über die Gründe nach, warum Kesri das Silber gestohlen hatte und warum sie Geld brauchte, von dem ihr Vater nichts wusste. Was für ein Geheimnis verbarg sie vor ihm? Ihr gefiel nicht, was sie beobachtet hatte, und sie war überzeugt, dass es Unrecht war.

Edward erging es nicht anders. Er hoffte, die Angelegenheit auf sich beruhen lassen zu können, doch das Problem war, wie er widerstrebend zugeben musste, dass Elizabeths Enthüllung ihm große Sorge bereitete. Ihm wurde klar, dass er Kesri nicht ganz traute.

Was wusste er denn wirklich von ihr, außer, dass sie nach dem Tod ihrer Eltern in der Obhut von Missionaren aufgewachsen war? Sie hatte nie aus eigenem Antrieb mehr von sich erzählt und er hatte nie gefragt. Im Grunde führten sie selten ein ernsthaftes Gespräch miteinander. Ihre Beziehung beruhte auf sinnlichen Freuden und wenig mehr. Wenn er einmal, was selten der Fall war, eine tiefgründige Unterhaltung in Gang gebracht hatte, bei der es insbesondere um sie

selbst, ihre Familie oder ihre Vergangenheit ging, lächelte sie nur betörend, schlüpfte aus ihrem *panung* und das war das Ende.
Wenn er gründlich überlegte, musste er sich eingestehen, dass irgendetwas nicht stimmte. Ihm war aufgefallen, dass sie in letzter Zeit launisch und geistesabwesend war, mehr aß und zunahm. Als er wissen wollte, ob sie wieder ein Kind erwarte, hatte sie die Frage verneint und das Thema gewechselt.
Vielleicht hat sie einen Liebhaber, dachte er plötzlich, einer Panik nahe. Er wusste, dass die Siamesinnen die *farang*-Männer nicht reizvoll fanden, doch er hatte geglaubt, sie sei eine Ausnahme. Vielleicht war das ein Trugschluss. Vielleicht hatte sie es nur darauf abgesehen, ihm genug Geld aus der Tasche zu ziehen, um sich dann mit einem jungen siamesischen Liebhaber aus dem Staub zu machen. Er wusste, dass einige der siamesischen Mätressen sogar irgendwo einen Ehemann und Kinder hatten und die Ausländer lediglich als wertvolle Einnahmequelle betrachteten. Einige Selbstgerechte, vorwiegend Missionare oder verschmähte Ehefrauen, sahen darin eine gerechte Strafe für die ausländischen Männer, die siamesische Frauen benutzten, um ihre selbstsüchtige, sündhafte Lust zu befriedigen. Es gab nur einen Weg: Er musste handeln, um sich Gewissheit zu verschaffen.

11. Kapitel

Narong folgte in sicherem Abstand, nahm Zuflucht in Hauseingängen oder ging hinter den Karren der Straßenhändler in Deckung, sobald es den Anschein hatte, als wolle sie sich umschauen. Er sollte sie lediglich beschatten, unbemerkt, und seinem Auftraggeber berichten, wohin sie gegangen war und mit wem sie sich getroffen hatte. Er hatte die Anweisung, sich unter keinen Umständen erwischen zu lassen. Und dafür würde er sorgen. Vor allem bei der Aussicht auf einen zusätzlichen Monatslohn, wenn er den Auftrag erfolgreich erledigte.

Er folgte ihr tief in das Labyrinth von Chinatown, ein Viertel, das sie normalerweise nie betreten hätte, durch das Gewirr schmaler Gassen, in denen es von Menschen wimmelte, vorbei an winzigen Läden, die Arzneien, chinesische Seide, Nippsachen aller Art und religiöse Statuen feilboten. Sie kamen an Goldschmieden vorüber, in denen geschickte Handwerker Blattgold zu hauchdünnen eckigen Plättchen hämmerten und an Gläubige verkauften, die sie als Opfergaben in den buddhistischen Tempeln darbrachten, um »Verdienste zu erwerben«. Und sie kamen an Spielhöllen und Opiumhöhlen mit dunklen, verräucherten Innenräumen vorbei, deren nahezu geschlossene Türen von großen, grimmig dreinblickenden Chinesen bewacht wurden.

Als sie ihren Bestimmungsort erreichte, hielt sie nach links und rechts Ausschau, dann klopfte sie unauffällig an die Tür eines schmutzigen, heruntergekommenen Holzgebäudes. Sie wurde von einem Europäer oder Amerikaner geöffnet, was Narong überraschte, der sich nun an einem Stand herumtrieb, an dem Nudelsuppe verkauft wurde. Der Ausländer spähte ebenfalls argwöhnisch die Straße hinauf und hinunter, bevor er sie ins Haus zog und umgehend die Tür schloss.

Narong wusste nun, dass sie sich in Schwierigkeiten befand. Er konnte nicht mit Sicherheit sagen, welcher Art diese Schwierigkeiten waren, doch es gab nur wenige Möglichkeiten. Sie hatte bereits einen *farang*-Mann und brauchte folglich keinen weiteren, es sei denn, sie hatte beim Glücksspiel viel Geld verloren und keinen anderen Ausweg gesehen, als sich zu verkaufen, um ihre Schulden zu bezahlen. Doch das war unwahrscheinlich. Siamesische Männer waren unverbesserliche Spieler, die Frauen dagegen nur selten.

Narong bestellte eine Schale Nudelsuppe und setzte sich auf einen schmalen Holzstuhl direkt neben den Karren der Straßenhändlerin. Sein Vater war Chinese und Narong beherrschte die Sprache fließend.

»Wer ist dieser *farang*?«, fragte er die Standbesitzerin auf Kantonesisch und deutete auf das verwahrloste Gebäude.

»Wer will das wissen?« Die alte Frau beäugte ihn misstrauisch, während sie seine Suppe zubereitete.

Narong grinste und schwieg, bis er mit dem Essen fertig war; dabei behielt er ununterbrochen die Tür im Auge, für den Fall, dass sie es beim Aufbruch eilig hatte.

Als er zu der Händlerin ging, um zu bezahlen, fragte er abermals nach dem Fremden. Er streckte die Hand aus und die alte Hexe schielte gierig nach den Sechsecken und Scheiben aus weißem Porzellan, die mit chinesischen Schriftzeichen verziert waren. Es waren *pih*, die ursprünglich als Spielgeld für Glücksspiele hergestellt, in ganz Bangkok jedoch auch als gültige Währung benutzt wurden, in einem Wert, der für sie den Verdienst von drei Tagen oder mehr darstellte.

»Ich könnte es dir sagen, doch das muss ich mir erst überlegen«, hielt sie ihn hin, als habe sie nicht das geringste Interesse an der lächerlichen Summe, die er bot.

Narong griff tiefer in seine Tasche und holte einen weiteren *pih* hervor; der Verdienst eines weiteren Tages lag nun auf seiner nach oben gekehrten Handfläche.

»Er ist Arzt«, sagte sie und streckte den Arm aus, um ihm den *pih* aus der Hand zu nehmen.

Doch Narong war zu schnell für sie, seine Faust schloss sich um die Münze. »Was für eine Art Arzt?«

Nun war sie erregt und auf der Hut. »Wer will das wissen?«

»Ich, sonst niemand. Ich habe vielleicht eine Patientin für ihn.«

»Er ist sehr teuer.«
»Wieso? Was macht er denn? Ist er so etwas wie ein Zauberdoktor? Hat er mit der Geisterwelt zu tun?«
»Nein, mit der Zukunft.«
»Was soll das heißen? Was für eine Art Doktor ist er denn?«
»Sagen wir einfach, er nimmt sich der unerwünschten Kinder an.«
Narong verstand. Doch warum sollte sie einen solchen Arzt brauchen? Es sei denn, dachte er, sie hatte einen siamesischen Liebhaber, von dem sie ein Kind erwartete, und musste, da sie es schwerlich als Edwards Fleisch und Blut ausgeben konnte, eine Abtreibung vornehmen lassen.
Dennoch kümmerten ihn solche Angelegenheiten nicht wirklich und er verschwendete keinen weiteren Gedanken daran. Da seine Aufgabe erfüllt war, lockerte er seinen Griff und schüttete das Spielgeld in die ungeduldigen Hände der alten Frau. Er eilte auf schnellstem Weg zurück und freute sich auf seine eigene leicht verdiente Belohnung.

Als sie am Nachmittag nach Hause zurückkehrte, fand sie Edward im Empfangszimmer vor, alleine, er hatte offenbar auf sie gewartet. Seine Miene war grimmig und sie machte sich auf das Schlimmste gefasst.
»Wo warst du?«, herrschte er sie ohne Begrüßung an.
Sie fühlte sich schwach und benommen, wusste, dass die zusammengeknüllten Lappen zwischen ihren Beinen inzwischen vom Blut durchtränkt waren.
»Ich war Markt. Jetzt krank, *mai sabai.* Ich Bett gehen.« Sie mied seinen Blick, während sie sprach.
»Zuerst will ich wissen, wo du warst. Sag die Wahrheit, Kesri.« Seine Stimme war kalt und beherrscht.
Sie hatte ihn noch nie so erlebt und als sie in seine Augen blickte, erkannte sie, dass er Bescheid wusste. Ein Brausen erfüllte ihre Ohren, wie das Tosen der Brandung am Strand, und in ihrem Kopf raunte ihr eine Stimme, der sie nicht entgehen konnte, zu: »*Poo-Ying jai barb. Poo-Ying jai barb.* Böse Frau.«
»Jetzt rede endlich!«, brüllte er.

Sie konnte nicht antworten und dann, wie aus weiter Ferne, spürte sie, wie er ihre Schultern packte und ihren schmerzenden Körper schüttelte. Alles, was sich an Blut und Schuldgefühlen in ihr angesammelt hatte, schlug wie eine Welle über ihr zusammen und drohte sie zu ertränken, als sie in seinen Armen zusammensackte und besinnungslos zu Boden fiel.

Später saß er an ihrem Bett, hin- und hergerissen zwischen Wut, Verbitterung und Verwirrung.

Sie war blass und schwach, doch es ging ihr den Umständen entsprechend gut, hatte Dr. Bradley gemeint.

Er fühlte sich hintergangen. »Warum, Kesri? Warum hast du das getan? Warum hast du unserem Baby das angetan?«, rief er flehentlich. »Oder war es nicht mein Kind?«

Sie blickte ihn an, ihre dunklen Augen schwammen in Tränen. »*Tschai,* ja, ja… dein Baby, Edward«, flüsterte sie.

»Warum hast du es dann getan, in Gottes Namen? Eine Abtreibung in irgendeiner verdreckten Hinterhofküche? Du kannst von Glück sagen, dass du noch am Leben bist; kannst von Glück sagen, dass es diesem geldgierigen Quacksalber nicht gelungen ist, dich auch noch umzubringen.«

»Du nicht verstehen warum.« Sie versuchte, sich hinzusetzen, sank jedoch erschöpft in die Kissen zurück. Sie schloss die Augen und holte tief Luft.

»Früher ich haben nichts. Ich nicht wollen, Anchalee auch so. Mehr Baby machen Problem, und wenn Junge, du mehr lieben als Anchalee. Vielleicht du geben Sohn alles und Anchalee nichts.«

»Kesri, was du sagst, macht überhaupt keinen Sinn.« In seiner Stimme war kein Mitleid. »Es wäre trotzdem unser Kind gewesen und ich liebe alle meine Kinder gleichermaßen. Das hättest du wissen müssen. Es muss einen anderen Grund geben, einen glaubhaften. Welchen?«

Sie ließ den Kopf hängen. »Ich Angst, wenn andere Baby, ich nicht mehr schön für dich. Vielleicht du genug, du andere Frau. Dann mehr Kinder mit andere Frau und Anchalee nichts haben. Erst Elizabeth, dann vielleicht viele Söhne und Anchalee wie ich früher.«

Edward dachte an seine eigenen Brüder und wusste, dass ihre Worte ein Körnchen Wahrheit enthielten. Doch er konnte sich nicht damit abfinden, was sie getan hatte. Es war Mord. Eine Frau gehörte ihrem Ehemann und hatte nicht das Recht, sein Kind zu töten.

»Kesri, du hast mich belogen, hast mich in meinem eigenen Haus bestohlen und das Geld dazu benutzt, unser Kind umzubringen. Das ist unverzeihlich.«

»Bitte, Edward, ich alles tun. Ich mehr Baby haben.«

»Nein, Kesri, du kannst keine Kinder mehr bekommen. Dr. Bradley sagt, dass die Verletzungen zu schlimm waren.« Seine Wut war verraucht, er sah niedergeschlagen und erschöpft aus; dann stand er auf, und seine Worte klangen ruhig und bedächtig, als wolle er sich selbst bestätigen, dass dies der einzig gangbare Weg sei. »Zwischen uns beiden ist Schluss. Wir sind fertig miteinander, Kesri. Fertig, ein für alle Mal. Ich kann dich nicht mehr lieben. Du hast mein Kind umgebracht.« Tränen liefen über ihre Wangen, tropften auf das Kissen aus weißem Leinen. »Bitte, Edward, ich alles tun«, flehte sie. »Du nehmen mehr Frau, alles …«

»Nein, Kesri.« Er unterbrach sie, gestattete sich nicht, den gleichen Schuldgefühlen anheim zu fallen, die er gegenüber Charlotte empfunden hatte. »Ich will nichts mehr mit dir zu tun haben. Es tut mir Leid.« Er konnte ihr nicht länger vertrauen.

»Edward!« Weinend klammerte sie sich an ihn, mit kraftloser Hand. »Anchalee … wie ich sorgen Anchalee?«

Er starrte sie an und fragte sich, ob er sie jemals wirklich geliebt hatte. Es war nichts weiter als eine oberflächliche Beziehung gewesen, das wurde ihm nun klar.

»Du hast Recht«, sagte er schließlich. »Anchalee trifft keine Schuld. Sie ist meine Tochter und ich liebe sie. Nichts auf der Welt wird daran etwas ändern. Und sie ist britische Staatsbürgerin. Ich kann ihr nicht erlauben, dich zu begleiten. Du wirst sie in meiner Obhut lassen und es soll ihr an nichts fehlen. Das heißt, unter einer Bedingung: Du verlässt das Haus und kommst nie mehr wieder. Du wirst eine monatliche Summe erhalten, von der du deinen Lebensunterhalt bestreiten kannst. Ich will nicht, dass du Hunger leiden oder dich wieder als

Hausangestellte verdingen musst, doch du wirst weder Anchalee noch mich wiedersehen.«
Seine Worte prasselten erbarmungslos auf sie nieder und sie stöhnte auf vor Schmerz und Verzweiflung, während Tränen aus ihren Augen liefen, die sie in ihrer Qual fest geschlossen hatte.
Doch er ließ sich nicht erweichen. »Sobald du über den Berg bist, wirst du deine Sachen packen und gehen. Ich verwünsche den Tag, an dem ich Charlotte deinetwegen im Stich ließ«, fügte er hinzu, mehr zu sich selbst als für ihre Ohren bestimmt. Dann verließ er den Raum.
Ihr Kampfgeist war gebrochen. Am Ende ihrer Kräfte, unfruchtbar für alle Zeit und ohne einen Ort der Zuflucht, erkannte sie, dass diese eine Verfehlung sie alles gekostet hatte, was sie sich erträumt hatte und eine Zeit lang erreicht zu haben glaubte. Ein Fehlurteil mit schrecklichen Folgen. Das Spiel war aus.
In den nachfolgenden Tagen, während sie das Bett hütete und langsam wieder zu Kräften kam, sann sie über ihre Zukunft nach. Sie wünschte sich für ihre Tochter das Leben, das ihr selbst versagt geblieben war, doch gleichzeitig wurde sie von Rachegedanken verzehrt. Anchalee sollte schließlich die Wahrheit erfahren, schwor sie sich, sollte von Elizabeths Verrat erfahren, der bewirkt hatte dass sie mutterlos aufwuchs. Irgendwann würde der Tag kommen, an dem sie Elizabeth zutiefst verachten und alles daransetzen würde, ihr Leben zu zerstören, dafür würde sie sorgen.

Zwei Wochen nachdem Kesri das Haus verlassen hatte, beschloss er, es sei an der Zeit, Elizabeth nach England zu schicken. Sie beklagte sich bitterlich, als er ihr seine Entscheidung mitteilte.
»Vater, bitte schick mich nicht weg. Bitte.«
»Elizabeth, deine Mutter hatte Recht. Siam ist nichts für dich. Du musst eine Schule in England besuchen.«
»Doch es gefällt mir hier. Ich will nicht nach England. Ich war noch nie in England. Dann lass mich wenigstens in Australien zur Schule gehen, wenn du mich schon irgendwohin schicken musst.«
»Elizabeth, wir haben dort keine Verwandten oder Bekannten, die dich unter ihre Fittiche nehmen könnten, und alleine kannst du dort

nicht bleiben. In England kannst du bei deinen Großeltern wohnen, zumindest während der Ferien. Du wirst das beste Internat besuchen, das es gibt, und dort lernen, dich wie eine Dame zu benehmen. Es ist höchste Zeit, dass du aufhörst, wie eine kleine Wilde herumzulaufen.«

»Werde ich dich jemals wiedersehen?«, fragte sie bang, an ihre Mutter denkend. Sie war zu der Schlussfolgerung gelangt, dass die Menschen von langen Reisen nach Übersee nicht zurückkehrten. Und wenn doch, war alles plötzlich ganz anders.

»Natürlich, Kind. Eines Tages werde ich zweifellos meine Heimat besuchen. Und wenn deine Ausbildung beendet ist, darfst du gerne hierher zurückkommen, sofern du möchtest. Obwohl ich hoffe, dass Großmutter für dich bis dahin einen standesgemäßen jungen Mann zum Heiraten gefunden hat.«

Doch sie ließ sich nicht besänftigen und dachte nur, dass er sie loswerden wollte. Seit Kesri das Haus verlassen hatte, wechselte er mit kaum jemandem ein Wort. Es kam ihr so vor, als mache er sie für das Geschehene verantwortlich, und obwohl sie nicht wusste, was sich genau zugetragen hatte, spürte sie, dass es etwas Schreckliches war. Allmählich gelangte sie zu der Auffassung, dass es vielleicht besser gewesen wäre zu schweigen, als sie Kesri beim Diebstahl des Silbers beobachtet hatte.

»Wirst du Anchalee eines Tages ebenfalls fortschicken? Könnte sie nicht in das gleiche Internat kommen?«

»Wenn sie in England zur Schule gehen möchte, darf sie das natürlich. Doch wenn sie anfängt, hast du die Schule fast beendet. Und vergiss nicht, sie ist zur Hälfte Siamesin. Sie will vielleicht nicht dorthin.«

»Ich auch nicht. Ach bitte, Vater, ich verspreche, dass ich brav sein werde. Ich werde keine Widerworte geben. Ich werde fleißig sein in der Schule und in meinem Zimmer bleiben. Ich werde dich nicht stören. Es tut mir Leid, so Leid wegen des Silbers und wegen Kesri, ich hätte dir nie …«

»Genug jetzt, Elizabeth. Mein Entschluss steht fest. Du fährst und damit basta. Ich wünsche keine weiteren Diskussionen mehr.«

Und so fuhr sie ab, schon einen Monat später. Edward betraute eine

Miss Smith, eine Lehrerin, die nach England zurückkehrte, mit der Aufgabe, sie während der Reise zu beaufsichtigen.
Als Elizabeth auf Deck der Chao Phraya stand, winkte und Abschied von ihrem Vater und Siam nahm, versuchte sie, nicht daran zu denken, dass es Jahre dauern konnte, bis sie ihn wiedersah; sie versuchte, ihren Blick vor den hohen Kokospalmen zu verschließen, die sich sanft in der tropischen Brise wiegten, vor den fliegenden Händlern in ihren kleinen Booten, die unermüdlich auf dem Fluss hin und her fuhren, um ihre Waren feilzubieten, oder vor den nackten Kindern, die in dem schlammigen Wasser tauchten und schwammen. Sie verließ Bangkok als Kind und wusste, dass sie bei ihrer Rückkehr erwachsen sein würde.

Zweiter Teil

April 1882 bis November 1886

12. Kapitel

Sam balancierte »Abenteuer in Fernost« auf einer Hand, spürte das Gewicht des Buches, dann schlug er es abermals beim Vorwort auf. Er fragte sich, was sein Vater davon gehalten hätte. Er konnte sich vorstellen, wie er sagte: »Da du nun deine Reiselust befriedigt hast, mein Sohn, ist es an der Zeit, dir ein nettes Mädchen zu suchen und sie vor den Traualtar zu führen. Komm nach Hause und werde sesshaft. Ich habe hier ein gut gehendes kleines Geschäft. Nicht die schlechtesten Aussichten für dich …«

Sein Vater hatte nie etwas von dem Buch erfahren. Doch er hatte in den letzten zehn Jahren ohnehin wenig von seinem Sohn gehört. Sam hatte sein Zuhause noch als Halbwüchsiger verlassen und bedauerte nun, dass der Kontakt zu seinem Vater abgerissen war. Und nun war es zu spät. Er las nochmals die Einleitung.

Abenteuer in Fernost
Von Samuel Taylor II
Vorwort

Schon als kleiner Junge wusste ich, dass ein herkömmliches Leben nichts für mich war. Ich lag auf meinem schmalen Bett im Wohntrakt über dem Saloon meines Vaters, träumte von Abenteuern in fernen Ländern und einem Leben auf hoher See. Diese Abenteuerlust muss ich von meinem Vater geerbt haben, obwohl ihn die Leute weniger als Glücksritter, sondern vielmehr als zielstrebigen, rechtschaffenen, hart arbeitenden Mann kannten.

Samuel Taylor I verließ England 1848, um in Kalifornien Gold zu suchen. Er fand nicht die Reichtümer, nach denen er strebte, dafür allerdings eine wunderschöne mexikanische Señorita, die er heiratete, meine Mutter. Ich war erst zwei Jahre alt, als sie 1852 am Scharlachfieber starb. Die Wanderlust meines Vaters schien mit ihr gestorben zu sein, denn er betrachtete es von nun an als seine Pflicht, seinem Sohn ein richtiges Zuhause zu bieten. Er kaufte einen Saloon in der verschlafenen kleinen Ortschaft Los Angeles und wurde sesshaft.

Ich war ein fleißiger Schüler und lernte, mich meiner Haut zu wehren, wenn man mich als »dreckiges mexikanisches Halbblut« beschimpfte. Ich wurde von den Gästen fern gehalten, die in den Saloon kamen, um zu trinken, doch manchmal schlich ich abends die Treppe hinunter und setzte mich draußen vor die Hintertür des Lokals, um den Geschichten und Ruhmestaten zu lauschen, die sich die Männer erzählten. Meine Sehnsucht nach Abenteuern wuchs zusehends.

1865, während des Bürgerkrieges, gelang es mir schließlich, mich der Unionsarmee anzuschließen, was einiger Überredungskunst bedurfte. Ich machte ihnen weis, ich sei bereits achtzehn, doch bedauerlicherweise ergab sich General Lee am 9. April desselben Jahres General Grant, so dass ich die Front nie erreichte. Ich kehrte nach Hause zurück, arbeitete hart, sparte mein Geld und las jedes Reise- und Abenteuerbuch, dessen ich habhaft werden konnte. Als ich achtzehn wurde, sagte ich Kalifornien Lebewohl und seither habe ich die Welt bereist.

Dieses Buch ist das Ergebnis der letzten sieben Jahre, die ich auf Reisen durch Südostasien, in Fernost, verbrachte. In dieser Zeit verdiente ich meinen Lebensunterhalt überwiegend durch meine journalistische Tätigkeit für Publikationen in London, Europa und den Vereinigten Staaten von Amerika. Doch es gab viel mehr über meine Erfahrungen in fremden Ländern zu berichten und ich hoffe, dass ich meinen Lesern in diesem Band die Welt, die ich lieben lernte, ein wenig näher zu bringen vermag. Ich beginne mit der Stadt, die mich immer wieder in ihren Bann zog und vielleicht die fremdartigste aller Städte des Orients ist: Bangkok, Venedig des Ostens, die Stadt der Engel.

Samuel Taylor II
Bangkok 1881

Nach dem Tod seines Vaters gab es nichts mehr, was ihn in Kalifornien hielt, deshalb leitete er den Verkauf des Saloons in die Wege. Er wäre niemals dorthin zurückgekehrt. Er hatte sein Herz an Siam verloren.

Er lehnte sich in seinem Sessel zurück und seufzte. Sein Buch wurde

endlich veröffentlicht und er war überglücklich, dass in dieser Woche seine Autorenexemplare gekommen waren, pünktlich zu Bangkoks Hundertjahrfeier. Sein Verleger schrieb in dem Begleitbrief, dass er mit einem reißenden Absatz in New York und San Francisco und – zu einem späteren Zeitpunkt des Jahres – auch in Großbritannien rechne. Außerdem fragte er an, wie lange Sam brauchen würde, um einen zweiten Band mit Reiseerlebnissen zu schreiben.
Sein Verleger, mit dem ihn eine enge Beziehung verband, obwohl sie sich nie begegnet waren, hatte ein zusätzliches, persönlich gehaltenes Schreiben beigefügt: »… Falls Sie es nicht schon kennen, sollten Sie sich unbedingt Mr. Butlers neue Reiselektüre ›Die Alpen und Sanktuarien des Piemont‹ zu Gemüte führen«, schrieb Jonathan Taite. »Ich habe ein Exemplar beigelegt, da ich weiß, wie schwierig es ist, in Ihrem Teil der Welt englische Neuerscheinungen zu kaufen. Falls Sie in nächster Zeit einen Urlaub einplanen, würde ich mich freuen, Sie persönlich kennen zu lernen.«
Sam tippte auf seiner Schreibmaschine eine kurze Antwort an den Verleger. Er war inzwischen froh über das Hilfsmittel, obwohl er es anfangs einige Male verflucht hatte, weil es ein weiteres schweres Gepäckstück war, mit dem er sich auf seinen Reisen herumschlagen musste. Er hatte sich selbst beigebracht, die manuelle Remington and Sons zu bedienen, und es dauerte einige Zeit, bis er die seltsame Anordnung der Tasten beherrschte; sie war 1873 auf diese Weise festgelegt worden, um Buchstaben, die oft gemeinsam vorkamen, räumlich voneinander zu trennen und somit zu verhindern, dass sich die Typenhebel ineinander verhakten, wenn sie beim Schreiben die Walze anschlugen.
Er versiegelte das Schreiben in einem Umschlag und versah ihn mit der Anschrift in großen, gut lesbaren Druckbuchstaben. Das Postwesen war nicht besonders zuverlässig. Zuerst musste der Brief zum amerikanischen Konsulat gebracht werden, wo er von Hand frankiert wurde. Von dort aus wurde er nach Singapur transportiert und trat dann seinen umständlichen Weg nach New York an. Gerüchten zufolge sollte das Postwesen bald durch spezielle Briefmarken, die aus Singapur kamen, und mehr Postdampfer, die zwischen Europa, Nordamerika und Südostasien verkehrten, verbessert werden.

Doch im Moment konnte man nichts weiter tun, als das Beste zu hoffen.

Sam zog seinen Sportmantel an, verließ sein Zimmer im Oriental Hotel und ging zu Fuß zur nächsten Anlegestelle, um ein Wassertaxi herbeizuwinken, das ihn zum Konsulat brachte. Die Wegstrecke flussaufwärts war nur kurz und er bat den Bootsmann, auf ihn zu warten, um ihn wieder zurückzufahren.
Wie die meisten Fremden fand er das rege Treiben an den Flussufern faszinierend und als er nach der persönlichen Übergabe seines Briefes ins Oriental zurückkehrte, zündete er sich einen Stumpen an und lehnte sich gegen die Holzbrüstung. Er blickte zu dem schlichten, zweistöckigen Teakholzgebäude hinauf, das mehrere Veranden und ein Schindeldach besaß, wobei er sich fragte, ob er sich nicht vielleicht ein Quartier mit mehr Komfort suchen sollte. Als er sich umdrehte, staunte er wieder einmal beim Anblick des braunen Wassers zu seinen Füßen, dass die Fische bei all dem Unrat nicht nur überlebten, sondern sogar prächtig gediehen.
In geringer Entfernung von der Uferböschung trieb ein Hundekadaver vorbei, halb unter Wasser. Ganz in der Nähe sprangen Kinder ins Wasser, lachend und kreischend, und eine Frau hockte im Fersensitz auf den Stufen ihres Hausboots und benutzte den Fluss als Trog für die Wäsche der gesamten Familie. Auf dem Landungssteg saßen Männer in Grüppchen beisammen, rauchten und unterhielten sich und räudige Hunde streunten umher, auf der Suche nach Abfällen.
»Urlaub« hatte sein Verleger geschrieben. Ein Begriff, der ihm ebenso fremd erschien wie das Konzept, das sich dahinter verbarg. Er konnte sich nicht einmal vorstellen, was er während eines Urlaubs in Kalifornien anfangen sollte. Wahrscheinlich würde er den Verstand verlieren oder ein Trunkenbold werden, der nur noch fantasierte, wie die meisten anderen verkrachten Existenzen, die es dorthin verschlug. Nein, er hatte kein Bedürfnis, nach Hause zurückzukehren. Was er brauchte, entschied er, war ein wenig Abwechslung.
Heute wurde die Ankunft des Dampfers aus Singapur erwartet und die meisten europäischen Passagiere würden an dieser Anlegestelle

von Bord gehen. Sie zogen es in der Regel vor, sich im Oriental Hotel einzuquartieren, wegen der Nähe zum britischen Konsulat und der Lage direkt am Fluss, der eine kühle Brise versprach. Dazu kam, dass viele der langjährigen Residenten im Umkreis lebten und deshalb mit ihren Überseekoffern und Holztruhen hier ausstiegen.
Da seine Aufmerksamkeit jedoch bald einer schönen Siamesin galt, die nicht weit entfernt badete, von Kopf bis Fuß in einen *sarong* gehüllt, der eigens diesem Zweck diente, bemerkte er das erste Boot mit europäischen Passagieren erst, als es sich schon fast auf gleicher Höhe mit der Anlegestelle befand. Er erkannte den Mann und eines der Mädchen an Bord – Edward Fairburn, einer der wohlhabendsten Fotografen der Stadt, und seine Tochter, die von einer siamesischen Ehefrau stammte.
Wie lautete noch gleich der Name des Mädchens? Sie war vielleicht zwölf oder dreizehn, doch würde sie eines Tages gewiss jemandem das Herz brechen mit ihrer makellosen goldenen Haut und den umwerfenden grünen Augen. Doch selbst er zog eine Grenze bei einer Dreizehnjährigen. Ja, wenn sie fünfzehn oder sechzehn wäre …
Die andere junge Frau im Boot war ihm unbekannt. Sie saß zwischen Fairburn und seiner Tochter, ruhig und gelassen, obwohl ihr Blick hin und her eilte, als gelte es, eine vertraute Umgebung wiederzuentdecken, die sie lange nicht mehr gesehen hatte. Als sich das Boot dem Pier näherte, richtete sie das Wort an Edward. Erst da wurde ihm bewusst, dass es sich um seine andere Tochter handeln musste, von seiner ersten englischen Frau. Auch ihr Name fiel ihm nicht mehr ein, doch er betrachtete sie mit mehr als flüchtigem Interesse. Er schätzte sie auf Anfang zwanzig und wusste aus der Gerüchteküche der Ausländerkolonie vor Ort, dass sie bereits in jungen Jahren nach England in ein Internat geschickt worden war. Vielleicht hatte sie sich ja etwas zuschulden kommen lassen. Doch wenn er sie ansah, konnte er sich nicht vorstellen, dass die erstgeborene Miss Fairburn eines Fehlverhaltens fähig wäre.
Sie wirkte völlig unverdorben in ihrem hochgeschlossenen weißen Kleid, das altmodisch war im Vergleich zur Garderobe anderer junger Engländerinnen, die heutzutage bunte Farben bevorzugten. Sie hielt einen weißen Sonnenschirm mit rosafarbenem Besatz über den

Kopf und trug einen kleinen Hut, mit rosa und weißen Bändern unter dem Kinn befestigt.
Er fragte sich, wie es ihr gelungen sein mochte, dafür zu sorgen, dass ihr Kleid auf der langen Reise von Singapur so makellos geblieben war. Vermutlich hatte sie es in einem getrennten Behältnis aufbewahrt, eigens für die Ankunft. Er vermutete, dass sie ihren Vater lange nicht gesehen hatte, kein Wunder also, dass sie ihn beeindrucken wollte. Trotzdem sah sie aus, als sei sie von ihrer Großmutter eingekleidet worden, schlicht, ohne Raffinesse oder Kunstfertigkeit. Die Garderobe einer Jungfrau, dachte er, was sie mit Sicherheit noch war. Die Engländer pflegten ihre Töchter wie die Kronjuwelen oder ihren Augapfel zu hüten.
Als das Boot längsseits am Pier anlegte, sprang das jüngere Mädchen leichtfüßig auf den Landungssteg. Edward half seiner älteren Tochter, die langsam und vorsichtig ausstieg, aus dem Boot.
»Überall stehen neue Gebäude. Ich erkenne Bangkok kaum wieder!«, hörte Sam sie rufen, während sie sich umsah.
»Das stimmt«, pflichtete Edward ihr bei. »Doch du wirst dich bald wieder einleben. In Wirklichkeit hat sich nicht viel verändert.«
»Wenigstens gibt es das Oriental Hotel noch. An dieses Wahrzeichen erinnere ich mich gut.«
»Ja, es ist noch da.« Er blickte zu dem Gebäude empor, das dem Verfall preisgegeben war. »Obwohl eine Instandsetzung in größerem Ausmaß erforderlich wäre.«
Die Überseekoffer wurden entladen und als sich die drei näherten, fiel Sam auf, dass sie ziemlich groß war. Sie überragte die siamesischen Frauen, von denen die meisten kaum mehr als einen Meter fünfzig maßen, um einiges. Er nickte Edward einen Gruß zu und tippte an seinen Hut, eine Geste, die für die Mädchen bestimmt war.
»Tag, Mr. Fairburn … meine Damen.«
»Mr. Taylor.« Edward schüttelte kurz Sams ausgestreckte Hand. »Anchalee kennen Sie ja schon und das ist meine ältere Tochter, Miss Elizabeth Fairburn.«
Sie sah ihn an, dann wandte sie rasch den Blick ab und er lächelte insgeheim. Lag es an der Hitze – eine Folge der anstrengenden Reise – oder war sie vor Verlegenheit errötet? Als sie ihn durch die langen

Wimpern verstohlen musterte, war er verblüfft, dass sie die gleichen grünen Augen wie Anchalee hatte. Nicht umwerfend wie die ihrer jüngeren Schwester, sondern strahlend und tiefgründig.
»Sehr erfreut, Miss Fairburn. Wie ich hörte, waren Sie einige Zeit weg.«
»Ja, Mr. Taylor. Mehr als dreizehn Jahre, genauer gesagt.«
»Nun, darf ich davon ausgehen, dass Sie an einigen Festen anlässlich der Hundertjahrfeier teilnehmen werden?«
»Ich … ich bin mir nicht sicher.« Sie sah ihren Vater fragend an, bevor sie hinzufügte. »Vermutlich schon.«
Einen Moment lang herrschte Schweigen, bis Edward zum Aufbruch drängte. »Kommt, Elizabeth, Anchalee. Wenn Sie uns jetzt bitte entschuldigen wollen, Mr. Taylor.«
»Natürlich, Mr. Fairburn. Auf bald«, rief er ihr zu, als sie sich abwandte, wieder mit scharlachroten Wangen. Versonnen blickte er ihr nach, als Edward seine Töchter zur wartenden Kutsche eskortierte.
Eine Horde Rikscha-Fahrer, die ihren Standort am Landungssteg hatten und denen nicht entgangen sein konnte, dass die Fairburns ihr eigenes Transportmittel besaßen, versuchte mit einem verschmitzten Lachen, die Fremden gegen ein ansehnliches Entgelt in ihr Gefährt zu locken, um sie zu ihrem Bestimmungsort zu bringen. Edward winkte ab, setzte ihren Bemühungen gereizt ein Ende und Elizabeth spürte, dass Mr. Taylors Anwesenheit seinen Missmut erregt hatte.
Rikschas gab es seit 1871 in der Stadt und die chinesischen Betreiber, die Unternehmergeist besaßen, führten sie laufend aus anderen asiatischen Ländern ein, die britischen Kolonien Singapur und Hongkong eingeschlossen. In der Regel jedoch erst nachdem sie im Herkunftsland wegen ihres schadhaften Zustands aus dem Verkehr gezogen worden waren. In der New Road und den Seitenstraßen, die davon abzweigten, standen sie in großer Zahl zur Verfügung und die Siamesen hatten sich bald angewöhnt, dieses bequeme Transportmittel zu benutzen, selbst für sehr kurze Strecken. Sie wurden für alle möglichen Zwecke verwendet, um Haushaltsgerätschaften von einer Straße zur anderen zu befördern, oder Schweine und Geflügel zum Markt zu schaffen.

Ausländer machten in der Regel einen Bogen um die Rikschas, die meisten Residenten zogen es vor, in der eigenen Kutsche zu fahren. Die Anschaffung war zwar teuer, doch Arbeitskräfte waren über die Maßen billig, so dass sich nach der anfänglichen Investition in Pferde und Kutsche der Unterhalt einer eigenen Remise mit mehreren Bediensteten rechnete.

Edward hatte zwei Kutschen: die größere, die sie gerade bestiegen, bot vier Passagieren bequem Platz und hatte einen gesonderten Stauraum für das Gepäck; und eine Viktoria-Kutsche, einen leichten, zweisitzigen Wagen, der sich schon seit Jahren in seinem Besitz befand.

Sams Aufmerksamkeit galt indes nicht Kutschen oder Rikschas, als er ihre Abfahrt beobachtete. Er interessierte sich weit mehr für einen der Insassen des Gefährts, das sich nun in Bewegung setzte. Sie hatte ihn fasziniert. Ein Wort von einem Mann und es verschlug ihr die Sprache. Sein Jagdinstinkt war geweckt und er zweifelte keine Sekunde daran, dass er nicht umhin können würde, sie zu verführen.

Doch ihr Vater war ein Problem. Fairburn würde seiner Tochter niemals gestatten, die Bekanntschaft mit einem Reiseschriftsteller zu pflegen, der in einem Saloon aufgewachsen war und keinen festen Wohnsitz hatte, sondern in Hotels lebte und in dem Ruf stand, sein Junggesellendasein in vollen Zügen zu genießen. Sam hatte viele Frauen kennen gelernt, doch mit keiner war es ihm ernst gewesen. Keine hatte es geschafft, sein Augenmerk länger zu fesseln, als er brauchte, um sie in sein Bett zu bekommen. Und das dauerte normalerweise nicht lange. Die Tochter dieses Engländers zu erobern würde möglicherweise mehr Aufmerksamkeit und Mühe erfordern.

Die Geschichte mit ihrem Vater war seltsam, dachte er. Wenn man den Gerüchten Glauben schenken durfte, war Fairburn alles andere als ein Heiliger gewesen, als er in den 1860er Jahren nach Bangkok kam. Als seine Frau und Elizabeth eintrafen, hatte er sich bereits eine junge siamesische Mätresse zugelegt. Die Ehefrau entdeckte, dass die beiden eine Tochter hatten, weigerte sich, ihren Mann zu teilen, und verließ ihn – nur um auf der Rückreise nach England zu sterben. Hieß es zumindest.

Fairburn und seine siamesische Mätresse hatten danach offenbar einen furchtbaren Streit, der damit endete, dass er sie des Hauses verwies, die gemeinsame Tochter jedoch, Anchalee, in seiner Obhut behielt. Kurz darauf hatte er seine ältere Tochter nach England geschickt.

Niemand schien genau zu wissen, was aus seiner siamesischen Geliebten geworden war; man munkelte, sie sei ein Jahr später oder so gestorben.

Danach war Fairburn vermutlich von Schuldgefühlen übermannt gewesen. Vielleicht glaubte er, für den Tod beider Frauen verantwortlich zu sein, was indirekt auch zutreffen mochte. Wie immer die Wahrheit auch aussehen mochte, er hatte sich jedenfalls der Kirche zugewandt und zunehmend an den Aktivitäten der kleinen Gemeinde am Fluss teilgenommen, die von den amerikanischen protestantischen Missionaren geleitet wurde. Während dieser Zeit war er nur ein einziges Mal nach England zurückgekehrt und hatte Anchalee bis zu seiner Rückkehr in der Obhut einer Missionarsfamilie gelassen.

Sam kehrte in sein Hotelzimmer zurück, wo er sich an den Schreibtisch setzte und über das erste Kapitel seines neuen Buches nachsann. Er war zu dem Entschluss gekommen, ausschließlich über Siam zu schreiben. Zu diesem Zweck plante er, die gefahrvolle Reise in den Norden des Landes, nach Chiang Mai, zu unternehmen, mit überladenen Booten durch Wasserläufe, in denen es von Krokodilen wimmelte, und auf dem Elefantenrücken durch dichten Urwald, wo das Risiko groß war, von Tigern angegriffen zu werden, am Dschungelfieber zu erkranken oder dem Biss einer Giftschlange zu erliegen. Es war eine Expedition, die eine Strecke von insgesamt fünfhundert Meilen umfasste und viele Wochen, ja sogar mehrere Monate in Anspruch nehmen konnte.

Nur wenige Ausländer hatten sich bisher nach Chiang Mai vorgewagt und er war überzeugt, dass die Reise Stoff für eine Abenteuergeschichte ersten Ranges bieten würde. Außerdem gab es dort oben eine Reihe mutiger Missionare und Sams Freund Louis Leonowens war bereit, ihn zu begleiten.

Louis war in Bangkok aufgewachsen, als seine Mutter Anna im Kö-

nigspalast Englisch unterrichtete, doch dann hatte er das Land verlassen und einige Zeit auf den Goldfeldern Australiens verbracht, genau wie Edward. 1881, mit fünfundzwanzig, kehrte er nach Siam zurück und wurde Hauptmann in der Armee seines Jugendfreundes, König Chulalongkorn; momentan hielt er sich gerade wieder in Australien auf, um in New South Wales Pferde für Chulalongkorns Kavallerie zu kaufen.
Sam und Louis waren seit ihrer ersten Begegnung Freunde und Louis hatte ihm sogar einen Offiziersposten in der Armee angeboten. Sam musste zugeben, dass der großzügig bemessene Jahressold eine Versuchung darstellte.
»Doch ich muss dich leider enttäuschen«, hatte er seinem Freund schließlich erklärt. »Zu viel Drill, zu viel Kleinkrämerei, jeden Tag Uniform tragen und dann auch noch die Verantwortung für die Männer, die mir unterstellt sind. Das ist nichts für mich. Falls du in den Krieg ziehen solltest und einen Berichterstatter brauchst, werde ich der Erste sein, der sich freiwillig meldet.«
Sam spannte ein Blatt Papier in die Schreibmaschine und begann …

Erstes Kapitel: Bangkok

Ein großer Teil Asiens ist inzwischen weitgehend von westlichen Einflüssen geprägt oder verdorben, wie ich zu behaupten wage, so dass der wahre Abenteurer oftmals enttäuscht ist, wenn er einen Vorposten im Orient erreicht und dort viele der bekannten häuslichen Annehmlichkeiten vorfindet. Es gibt allerdings noch mindestens einen asiatischen Hafen, der von den Auswirkungen der kolonialen Invasion verschont blieb; eine letzte Bastion in Asien, unberührt, unangetastet und ganz sie selbst: Bangkok, die Hauptstadt Siams.
Es gibt keine Stadt, in der sich der Besucher aus dem Abendland so fremd fühlt, so andersartig und so überwältigt vom Fernen Osten mit all seiner tropischen, prickelnden Prachtentfaltung. Hier kann der Abenteurer …

Was kann er? Er stand vom Schreibtisch auf und ging zum Fenster. Die Verleger brannten darauf, umgehend ein neues Buch zu bekommen. Er hatte Notizen, die mindestens für das erste Kapitel über

Bangkok reichten, und für einige weitere über das Leben in Siam, über Sitten und Gebräuche. Er hatte während seines siebenjährigen Aufenthalts bereits einige der malerischen Küstenstriche im Süden des Landes besucht, doch der Löwenanteil des Buches würde ungeschrieben bleiben, bis er tiefer in das Hinterland vorgedrungen war. Als er aus dem Fenster sah und das geschäftige Treiben unter sich beobachtete, hatte er ihr Bild wieder vor Augen: das seidenweiche helle Haar, die grünen Augen, das weiße Kleid, die Hände in den weißen Handschuhen, die den gleichfarbigen Sonnenschirm hielten, und die makellose Haut, beinahe so weiß wie das Kleid, bis sie bei seinem ersten Blick errötete. Sie schien das genaue Gegenteil ihrer gleichermaßen schönen jüngeren Schwester zu sein. Und er wusste, dass er sie besitzen musste. Sobald sie nicht mehr diese Unschuld ausstrahlte, würde sie ihn nicht mehr interessieren, dessen war er sicher.
»Verdammt«, fluchte er mit zusammengebissenen Zähnen. Wie viele andere Schriftsteller glaubte auch er, jederzeit arbeiten zu können, wenn es erforderlich war, nicht lange nach einer Inspiration suchen zu müssen. Es gab nur wenige, sehr wenige Ablenkungen, die seinen Arbeitsfluss zum Stillstand bringen konnten, und nun hatte es ganz den Anschein, als sei sie eine von ihnen.
Das Zimmer engte ihn ein, selbst bei geöffnetem Fenster, und er spürte den ersten Anflug hämmernder Kopfschmerzen, von der Hitze verursacht. Um zu verhindern, dass sie schlimmer wurden, brauchte er frische Luft, einen Drink und Abwechslung. Er nahm seinen Rock von der Rückenlehne des Stuhls und schlang ihn über die Schulter.
Wenn er Glück hatte, konnte er vielleicht noch eine Einladung zu dem Ball ergattern, der anlässlich der Jahrhundertfeier im britischen Konsulat stattfand.

13. Kapitel

»Wer war der Mann, Vater?«, fragte sie betont beiläufig, als die Kutsche über die New Road zum Haus rumpelte.

»Ich habe ihn dir vorgestellt. Samuel Taylor.« Seine Antwort war knapp.

Ihr war klar, dass er den Mann nicht mochte, und sie wollte den Grund wissen. »Ja, nur wer ist er? Oder sollte ich sagen, was ist er von Beruf?«

»Journalist, glaube ich. Ziemlich bekannt in seinem Metier. Warum?«

»Ach, nur so, Vater. Ich war neugierig.«

»Ich werde dir sagen, wer und was er ist. Dieser Mann steht in dem Ruf, die Gesellschaft der jungen Damen von Bangkok – siamesische und europäische – wahllos zu genießen; du wirst dich von ihm fern halten. Er ist ein Schürzenjäger, der nichts als Ärger macht.«

Damit war ihre Neugierde befriedigt und die Warnung klang glaubhaft, wenn man vom ersten Eindruck ausging. Er war groß und breitschultrig, mit olivfarbener Haut. Seine unergründlichen Augen waren beinahe kohlschwarz und er trug seine welligen schwarzen Haare im Nacken länger als die meisten Männer. Es lagen Welten zwischen ihm und den faden Aristokraten, denen sie in England begegnet war, und sie hätte gerne etwas über seine Nationalität erfahren. Er hatte mit amerikanischem Akzent gesprochen, doch er sah nicht wie ein Amerikaner aus. Er war ein dunkler Typ, wenngleich mit Sicherheit kein Orientale. Er hatte etwas von einem Spanier oder vielleicht Italiener und sie fragte sich, ob er den Ball anlässlich der Hundertjahrfeier besuchen würde, hoffte plötzlich inständig, ihn dort wieder zu sehen.

»Und wie geht es James?« Ihr Vater wechselte hastig das Thema. Sie antwortete nicht. »Elizabeth?« Er stieß sie behutsam an, um sie aus ihren Tagträumen zu reißen.

»Tut mir Leid, Vater, ich war in Gedanken. Was sagtest du?«

»James.«

»James?«
»Ja, James. Dein Verlobter.«
»Natürlich. James. Entschuldige, so geistesabwesend kenne ich mich gar nicht. Das muss an der Hitze und der langen Reise liegen. James geht es gut, danke.«
»Steht der Termin für die Hochzeit schon fest?«
Doch bevor sie antworten konnte, hielt die Kutsche vor Edwards Haus, einem imposanten, zweistöckigen Gebäude im Kolonialstil, das unverzüglich ihre Aufmerksamkeit auf sich zog.
»Das ist ja prachtvoll, Vater. Deine Beschreibung wird ihm nicht gerecht, muss ich sagen.«
Das Haus, 1880 nach europäischem Muster erbaut, bestand ganz aus Teakholz; eine weiße Granittreppe führte zum Vordereingang und die Fenster waren mit grün gestrichenen Fensterläden versehen. Es wirkte solide und behaglich, mit fünf Schlafräumen im ersten Stock und einem Salon, einem Wohnzimmer, einem Billardzimmer und einem Speisezimmer zu ebener Erde. Wie in Siam üblich, befand sich die Küche außerhalb des Hauses, im Hinterhof neben den Unterkünften für die Dienstboten.
Verglichen mit den Lebensumständen eines Großteils der heimischen Bevölkerung, war es ein Palast. Elizabeth hatte schon bei der Fahrt flussaufwärts bemerkt, dass sich die Hausboote und heruntergekommenen Pfahlhütten an den Flussufern in all den Jahren ihrer Abwesenheit nicht verändert, sondern nur vermehrt hatten.
Ihr war außerdem aufgefallen, dass in manchen Gegenden viele Häuser ein Opfer der Flammen geworden und bis auf die Grundfesten niedergebrannt waren. Feuer brachen häufig aus und das Konzept einer Feuerwehr war unbekannt. Bei jeder größeren Feuersbrunst wurden Soldaten zum Löschen beordert, meistens kamen sie jedoch zu spät, um weitläufige Schäden zu verhindern. Da die Dächer aus Palmblättern bestanden, die trocken waren und wie Zunder brannten, griffen die Flammen rasch auf die umliegenden Häuser über und es kam vor, dass Hunderte von Menschen ihr Heim und ihre gesamte Habe binnen Minuten verloren.
Anchalee, die während der Fahrt kaum ein Wort gesagt hatte, sprang vor ihrer Schwester aus der Kutsche und eilte auf dem schmalen Weg

voran, erpicht darauf, ihr das Haus zu zeigen. Edward ging unterdessen in die Küche hinaus, um das Dienstmädchen zu bitten, Tee zu bereiten. Einen großen Teil des Mobiliars in den Räumen hatte Edward, keine Kosten scheuend, aus Europa importiert. Es gab einen Teetisch mit Marmorplatte und gedrechselten Beinen aus dunklem Holz, einen Stutzflügel, vergoldete italienische Spiegel, sieben verschieden geartete Tapeten aus England und sogar einen Billardtisch. Elizabeth war entzückt, im Salon die alte »Krimskrams-Vitrine« aus Rosenholz vorzufinden, die ihre Mutter früher so geliebt hatte; hinter den Glasscheiben waren noch immer dieselben Schätze zur Schau gestellt. »Ich wusste nicht, dass sie noch da ist. Wie schön.« Sie ließ ihre Finger liebevoll über das Holz gleiten.

Doch Anchalee würdigte die Vitrine keines Blickes. »Wir haben jede Menge neue Möbel aus England. Vater wird regelmäßig zum König bestellt, um Aufnahmen von der königlichen Familie zu machen, so dass er inzwischen sehr erfolgreich ist.«

»Ich nehme an, Seine Majestät ist inzwischen erwachsen. Bei meiner Abreise war er nicht viel älter als ein Kind.«

»Ja, und er hat schon viele eigene Kinder. Und viele Frauen.«

»Tatsächlich«, murmelte Elizabeth verdutzt. Sie hatte diesen Aspekt der Kultur fast vergessen und fragte sich, wie die siamesischen Frauen damit fertig wurden.

Anchalee erriet instinktiv, was Elizabeth dachte. »Behagt dir der Gedanke nicht?«

»Was für ein Gedanke?«

»Dass es in Siam ein Zeichen des gesellschaftlichen Ansehens ist, wenn ein Mann viele Ehefrauen hat.«

»Wie kannst du so etwas sagen? Ich bin sicher, dass es den betroffenen Frauen nicht gefällt.«

»Das stimmt nicht. Wenn dein Mann noch weitere Frauen hat, musst du selbst nicht so viel arbeiten.«

Elizabeth musste wider Willen lachen, belustigt über Anchalees Frühreife. »Das hast du bestimmt nicht in der Missionsschule gelernt. Ich vergesse manchmal, dass du nur zur Hälfte Engländerin bist.«

Dann merkte sie, wie taktlos ihre Worte klangen. »Oh, es tut mir Leid …«

Doch Anchalee schien nicht nachtragend zu sein, sie nahm Elizabeth sofort bei der Hand und führte sie aus dem Salon. »Komm mit nach oben, ich zeige dir dein Zimmer. Es ist das schönste im ganzen Haus und wir haben es die ganze Zeit für dich aufgehoben. Es hat einen herrlichen Blick auf den Fluss.«
Elizabeth lächelte. Sie hatte Anchalee nicht mehr gesehen, seit sie ein Baby war, mit Ausnahme der Fotografien, die Edward geschickt hatte, und es fiel ihr schwer zu glauben, dass die dunkelhäutige Dreizehnjährige tatsächlich ihre Schwester war. Mit einundzwanzig kam sich Elizabeth eher wie eine Tante oder ältere Cousine vor. Die einzige Ähnlichkeit zwischen ihnen beiden waren die grünen Augen, wobei sie ihre eigenen für nichts Besonderes hielt, während sie Anchalees außerordentlich exotisch fand.
Das Zimmer war wunderschön, wie Anchalee gesagt hatte, mit einem weißen Spitzenüberwurf auf dem Bett und zahllosen ringsum drapierten Moskitonetzen. Das Fenster, das zum Fluss hinausging, hatte eine Nische mit Sitzbank und der dunkle Teakholzfußboden war spiegelblank poliert. Es gab eine Frisierkommode mit einem großen ovalen Spiegel, auf der eine Waschschüssel und ein Krug aus feinstem Porzellan standen.
Elizabeth war begeistert. »Es ist perfekt, Anchalee. Hast du mir all die herrlichen Orchideen ins Zimmer gestellt?«
»Ja. Sie wachsen in unserem Garten.«
Elizabeth setzte sich auf die Bettkante und klopfte auf den Platz neben sich. »Komm her.« Sie ergriff Anchalees schmale Hände. »Ich habe dich so lange nicht mehr gesehen, Anchalee. Du erinnerst dich vielleicht nicht mehr, doch wir haben miteinander gespielt, als du klein warst. Du warst so hübsch und ich war von Anfang an ganz vernarrt in dich. Jetzt bist du schon fast eine junge Frau. Wir müssen aufpassen, die Männer werden bald in Scharen kommen, um dir den Hof zu machen.«
»Elizabeth, du bist so… von gestern.« Kichernd sprang Anchalee vom Bett. »Haben sie dir das in der Schule beigebracht? Ich hab schon einen Freund. Doch verrat mich nicht. Er ist Siamese und das würde Vater nicht gefallen.«
»Bist du sicher?«

»Ja. Er sagt, ich muss einen *farang* heiraten. Er scheint manchmal zu vergessen, wer ich bin.«
»Er ist nur um dein Wohl besorgt, Anchalee. Doch wie dem auch sei, du bist viel zu jung, um bei so ernsthaften Dingen mitreden zu können.«
»Viele siamesische Mädchen heiraten mit fünfzehn oder noch früher.«
»Du bist keine Siamesin, Anchalee.«
»Nein?«
»Nein. Dein Vater ist Engländer und du folglich auch.«
»Du hast natürlich Recht«, erwiderte sie leichthin und dann lächelte sie, wobei sie ihre kleinen, ebenmäßigen, strahlend weißen Zähne zeigte.
»Ich bin froh, dass du nicht diese grässliche Gewohnheit übernommen hast, Betelnüsse zu kauen«, sagte Elizabeth mit gespielter Strenge.
»Hätte ich schon, doch das kann ich Vater nicht antun. Das wäre sein Tod. Und außerdem, der König mag diesen Brauch nicht und die meisten jüngeren Leute haben ihn aufgegeben. Inzwischen sind weiße Zähne in Mode gekommen. Wie dem auch sei, du bist bestimmt müde. Ich lasse dich jetzt alleine, damit du dich ausruhen kannst. Bis dann, wir sehen uns beim Abendessen.«
Und damit hüpfte sie hinaus wie ein Kind und ließ die Tür offen.
Elizabeth saß am Fenster und sann über die Widersprüche nach, die sie bei ihrer jüngeren Schwester entdeckt hatte. Einerseits konnte sie reizend und sehr kindlich sein. Andrerseits wirkte sie auch ernst und altklug. Sie war sicher, dass Anchalee sie mit der Behauptung, sie habe einen Freund, nur aufziehen wollte. Mit Sicherheit war sie dafür noch viel zu jung.
Doch wie sollte sie Anchalee gute Ratschläge erteilen, wenn sie selbst kaum Kontakt zu Männern hatte. Zuerst hatte sie Privatunterricht im Haus ihrer Großmutter gehabt, bei einer »alten Jungfer« mittleren Alters, danach ein reines Mädchenpensionat besucht und ihre Ausbildung an einem Institut für höhere Töchter in der Schweiz abgeschlossen.
Ihre Großmutter hatte einen wunderbaren Ball für sie gegeben, als

sie mit achtzehn in die Gesellschaft eingeführt wurde, und anschließend hatte sie an einigen gesellschaftlichen Ereignissen teilgenommen, doch stets in Begleitung einer Anstandsdame. Alles spielte sich unter den Augen der Großmutter ab und die jungen Männer, die sie kennen lernte, waren furchtbar steif und förmlich. Bei einem dieser Bälle war sie Viscount James Claridge begegnet.

James, der den Titel seines Vaters geerbt hatte, hatte sich auf den ersten Blick in sie verliebt und sie nur wenige Monate später, als es ihnen gelungen war, sich für ein paar Minuten alleine in den Garten zu stehlen, auf Knien angefleht, seine Frau zu werden. Sie nahm seinen Antrag an. Schließlich hatten alle gesagt, er sei eine glänzende Partie! Und James besaß in der Tat alles, was sich eine Frau nur wünschen konnte. Er war groß, attraktiv, begütert und adelig. Er besaß Charme, Humor und betete sie an. Ihre Großeltern waren sehr angetan von ihm.

Die Festsetzung des Hochzeitstermins hatte sie jedoch immer wieder hinausgezögert, obwohl sie bereits seit einem halben Jahr inoffiziell miteinander verlobt waren.

»Es ist schwer zu erklären, James«, hatte sie ihn vertröstet. »Ich möchte dich heiraten, doch erst später. Ich muss nach Siam zurück.«

»Das verstehe ich, meine Liebe. Warum heiraten wir nicht und verbringen dort unsere Flitterwochen?«

Sein Vorschlag machte Sinn, wie immer, doch sie hatte trotzdem das Gefühl, es sei besser, noch zu warten.

»Frag mich nicht, warum, James, denn ich weiß es selbst nicht. Ich denke, dass ich alleine fahren sollte. Es kommt mir so vor, als hätte ich dort noch etwas zu erledigen. Ich muss dieses Kapitel meines Lebens abschließen und ich werde erst dann wirklich bereit sein, deine Frau zu werden, wenn ich mit mir selbst im Reinen bin. Kannst du das verstehen?«

»Nicht wirklich, doch wenn es dein Wunsch ist, so sei es drum. Wir heiraten gleich nach deiner Rückkehr.«

Sie küsste ihn dankbar auf die Wange. »Danke, James, du bist wunderbar.«

»Bleib nicht zu lange weg«, hatte er hinzugefügt, mit einem warnenden Unterton, den sie für einen Scherz gehalten hatte. »Ich bin dreißig und es ist an der Zeit für mich, zu heiraten. Mein Vater wird alt und er möchte seine Enkelkinder sehen, bevor er stirbt.«

»James, ich halte dich nicht«, hatte sie daraufhin gesagt. »Unsere Verlobung wurde noch nicht offiziell bekannt gegeben, nur unsere Familien wissen davon. Solltest du eine andere finden...« Und dann war sie abgereist, mit dem Versprechen, so oft wie möglich zu schreiben.

Zuerst hatte sie befürchtet, dass es ein Fehler war und sie ihre Abreise noch bedauern würde. Doch sie stellte mit Erleichterung fest, dass sie weder Heimweh nach England verspürte noch ihn vermisste. Das Gefühl der Freiheit, das sie empfunden hatte, sobald das Schiff ablegte, blieb und verließ sie kein einziges Mal. Zu ihrer eigenen Überraschung gelangte sie mehr und mehr zu der Überzeugung, dass sie ihn nie geliebt hatte. Und seit sie wieder in Bangkok war, kam es ihr wahrhaftig so vor, als sei sie nach Hause zurückgekehrt.

Obwohl sie nur kurze Zeit in Siam gelebt hatte, als Kind, hatte sie nie die warmen Winde, die Palmen, die sanftmütigen Menschen und die ungezwungene Lebensweise vergessen. Sie hatte sich stets wie eine Fremde in England gefühlt, als Gast auf dem weitläufigen, hochherrschaftlichen Anwesen ihrer Großeltern.

Als sie nun in ihrem neuen Schlafzimmer saß und ihren Erinnerungen nachhing, spürte sie, wie sie bei dem Gedanken an einen anderen Mann errötete. Sein dunkles, faszinierendes Erscheinungsbild und sein selbstbewusstes, lässiges Auftreten hatten sich in ihr Gedächtnis eingebrannt. Sie versuchte, sich abzulenken, indem sie Schubladen und Schränke öffnete, damit sie ihre Sachen gleich einräumen konnte, doch die Erinnerung ließ sie nicht los. Lächelnd nahm sie wieder auf dem weichen Bett Platz und lehnte sich zurück. Sie war zu Hause.

Sobald ihr Gepäck eintraf, suchte sie ihren neuen rosa Seidenrock und die dazugehörige Bluse und bat ein Dienstmädchen, beides zu bügeln, bevor sie sich frisch machte und zum Abendessen umzog. Edward und sie hatten sich viel zu erzählen. Sie hatte ihn seit seinem Besuch in England vor fünf Jahren nicht mehr gesehen.

»Du scheinst dich neuerdings sehr stark für die Kirche zu interessieren«, sagte sie später am Esstisch zu ihm, als Noi, das Hausmädchen, den ersten Gang auftrug, ein würziges Eintopfgericht aus Meeresfrüchten.

»So ist es. Überrascht dich das?«

»Ehrlich gestanden, Vater, ja. Früher hast du diese Leute immer als ›Wichtigtuer‹ bezeichnet, die sich in alles einmischen müssen, wenn ich mich recht erinnere.«

Er sah verlegen aus. »Ich habe erst zu einem späten Zeitpunkt meines Lebens die Segnungen der Kirche entdeckt, das ist richtig. Und nicht bevor mir einige bedauernswerte Fehler unterlaufen sind. Doch ich glaube, dass ich mich nun endlich auf dem richtigen Weg befinde.«

Elizabeth hustete und schnappte nach Luft angesichts des ungewohnten Geschmacks der Chilischoten.

Anchalee gelang es nur schwer, eine Lachsalve zu unterdrücken, hervorgerufen sowohl durch die Bemerkung ihres Vaters als auch durch die Reaktion ihrer Schwester auf das scharfe Gewürz.

»Das klingt ja so, als wolltest du gleich eine Predigt halten, Vater, hier im Esszimmer.«

»Werde nicht frech, junge Dame«, ermahnte er sie. Seine Worte waren harsch, doch sein Tonfall strafte sie Lügen. Elizabeth sah, dass er sie über alle Maßen liebte.

Anchalee lachte abermals, musste jedoch insgeheim zugeben, dass er zufriedener als früher war. Schon lange hatte sie ihn nachts im Schlaf nicht mehr aufschreien hören, wie er es jahrelang getan hatte.

»Und was ist aus Joseph Shaw geworden, Vater? Lebt er noch hier oder ist er nach Neuseeland zurückgekehrt, um dort seinen Ruhestand zu verbringen?«

»Ruhestand? Gütiger Himmel, nein, Elizabeth. Er ist jünger als ich. Er dürfte erst vierzig sein. Wie kommst du denn auf die Idee?«

Elizabeth lächelte. »Ist das nicht seltsam? Früher kam mir Mr. Shaw immer uralt vor. Doch damals kann er erst Ende zwanzig gewesen sein. Ich dachte, er müsse um die fünfzig sein, als ich sieben oder acht Jahre alt war. Er ist inzwischen bestimmt Familienvater.«

»Nein, er hat nie geheiratet. Doch er macht seine Arbeit sehr gut. Es ist ihm sogar gelungen, ein paar Schäfchen zu bekehren.«

»Ist er zum Priester geweiht worden?«
»Nein, er hat wohl aus irgendeinem Grund keinen Wert auf die Ordination gelegt. Dennoch gehört er zu den bedeutendsten Missionaren der Kirche und ist ein wunderbarer Lehrer. Die Einheimischen lieben ihn, auch wenn sie nicht zum christlichen Glauben übertreten wollen.«
»Sie wollen keine Christen werden, weil sie bereits Buddhisten sind«, warf Anchalee beiläufig ein. »Der Buddhismus ist eine viel ältere Religion als das Christentum.«
»Anchalee, nur weil der Buddhismus älter ist, heißt das noch lange nicht, dass er auch besser sein muss oder der einzige Weg, der zur Wahrheit führt.« Er schlug nach einer Mücke, die direkt vor seinem Gesicht herumschwirrte.
»Vater, du sagst immer, dass mit dem Alter die Weisheit kommt.«
Ihm fiel keine angemessene Antwort ein und deshalb nahm er zu seiner üblichen Schelte Zuflucht. »Meine liebe Anchalee, junge Damen sollten wissen, was sich gehört, und nur reden, wenn sie gefragt werden, vor allem bei Tisch, statt älteren und klügeren Menschen Widerworte zu geben.«
Anchalee, die in der Kunst geübt war, ihren Vater oder ihre Mitmenschen zur Weißglut zu treiben, lächelte nur, als die Dienstmädchen begannen, den Tisch abzuräumen und den Hauptgang aufzutragen: Roastbeef mit Yorkshirepudding und Erbsen, wie es sich gehörte.
Edward wischte sich den Schweiß von der Stirn und zerquetschte eine weitere Mücke auf seiner Hand. »Zum Henker damit! Wie ich hörte, gibt es hier eine amerikanische Familie, die tatsächlich ein mückenfreies Esszimmer besitzt. Sie haben spezielle Gitter vor sämtlichen Türen und Fenstern, die Luft hereinlassen, jedoch keine Mücken. Jetzt können sie endlich in Frieden speisen.«
»Nein, können sie nicht«, warf Anchalee ein. »Ihr Dienstmädchen kann nicht anständig kochen. Sie lässt dauernd das Fleisch anbrennen oder bringt das Gemüse halb roh auf den Tisch.«
»Anchalee, woher weißt du das alles?«, fragte er verärgert.
»Ich sperre eben meine Ohren auf«, erwiderte sie. »Und du vergisst, dass ich Siamesisch spreche. Ich verstehe den Klatsch, den sich die Dienstboten erzählen.«

»Du weißt viel zu viel für dein Alter, wenn du mich fragst. Und du solltest nicht auf das Gerede der Dienstboten hören. Vielleicht ist Elizabeth in der Lage, dir beizubringen, wie sich eine Dame benimmt. Ich habe es aufgegeben.«
Doch er war nicht wirklich wütend und Elizabeth merkte, dass Anchalee bis zum Ende der Mahlzeit verstohlen lächelte.
»Nun, meine Liebe«, fuhr Edward fort, an Elizabeth gewandt. »Wie lange hast du vor, bei uns zu bleiben?«
»Ich bin mir nicht sicher, Vater. Ich hatte mir keine bestimmte Zeit gesetzt.«
»Und was ist mit James? Ist er damit einverstanden?«
»Vater, noch ist James nicht mein Ehemann. Er hat in dieser Angelegenheit kein Mitspracherecht.«
»Er ist dein Verlobter. Gewiss …«
»Nicht offiziell, Vater. Das weißt du. Wir haben beschlossen, mit der Bekanntgabe bis zu meiner Rückkehr zu warten.«
»Warum schreibst du ihm nicht und lädst ihn ein, nach Siam zu kommen? Ihr könnt doch auch hier heiraten. Es wäre durchaus angemessen, wenn er seine Braut aus dem Haus ihres Vaters heimführt. Wir haben eine hübsche Kirche unten am Fluss, nicht weit von hier.«
»Nein, Vater, ich möchte lieber warten. Ehrlich gestanden, ich bin nicht sicher, ob ich bereit bin, James sofort zu heiraten.«
»Wie bitte? Du bist einundzwanzig, Kind. Du könntest schon ein oder zwei Jahre verheiratet sein. Und mir einen Enkel geschenkt haben. Ich begreife nicht, wozu die Wartezeit gut sein soll.« Er schüttelte verdrossen den Kopf.
»Ich kann es selbst nicht erklären, Vater. Ich kann nur sagen, dass der Zeitpunkt nicht der richtige war.«
»Nun, der junge Claridge scheint ein geduldiger Mann zu sein. Es gibt bestimmt viele Frauen, jüngere als du, wenn ich das hinzufügen darf, die liebend gerne den Erben eines Earl heiraten würden. Es wäre ein großer Fehler, wenn du ihn dir durch die Lappen gehen ließest.«
Elizabeth antwortete nicht, sondern lenkte die Unterhaltung auf weniger persönliche Themen. »Anchalee hat mir erzählt, dass König Chulalongkorn inzwischen die Herrschaft übernommen hat und fest im Sattel sitzt.«

Edward merkte, dass das Thema Heirat nicht mehr zur Debatte stand, und antwortete zögernd. »Ja, er vollbringt wahre Wunder für das Land. Er hat die Sklaverei abgeschafft und per Dekret verboten, dass sich seine Untertanen vor ranghöheren Personen auf den Boden werfen, um ihre Ehrerbietung zu erweisen, er selbst eingeschlossen. Leider ist dieser Brauch so tief verwurzelt, dass die meisten ihn immer noch praktizieren. Jedoch nicht bei offiziellen Anlässen in seiner Anwesenheit.«

»Es heißt auch, dass er irgendwann Europa besuchen will. In Batavia, Singapur, Indien und Burma war er bereits. Ich glaube, kein Siamese hat so viel von der Welt gesehen wie er. Vor ungefähr zwei Jahren war eine Reise nach Amerika und Europa geplant, doch sie wurde in letzter Minute abgesagt. Ich bin sicher, dass er sie irgendwann nachholen wird. In mancher Hinsicht ist er ein überaus fortschrittlicher Herrscher.«

Anchalee sah ihren Vater eindringlich an. »Nur in mancher Hinsicht, Vater?«

»Bedauerlicherweise ja. Wir hatten gehofft, dass er klar Stellung gegen die Polygamie beziehen würde. Doch ich fürchte, er ist in dieser Hinsicht genauso maßlos wie sein Vater. Er hat mindestens dreißig Frauen, manche behaupten, es wären sogar neunzig, und Kinder aller Art, wie du dir vorstellen kannst. Und einige seiner Ehefrauen sind seine Halbschwestern.«

»Vater, sie würden nur als alte Jungfern enden, wenn sie ihn nicht heiraten. Du weißt, dass Thai-Prinzessinnen nicht unter ihrem Stand heiraten dürfen. Und Leute, die behaupten, er hätte neunzig Ehefrauen, sind sowohl dumm als auch verlogen.«

»Anchalee, wie oft muss ich dich noch ermahnen, deine Zunge im Zaum zu halten? Vor allem bei Tisch. Wie dem auch sei, es ist ein abscheulicher Brauch«, fuhr er fort. »Der König gibt vor, ein moderner Herrscher zu sein, und trotzdem hält er an dieser … dieser Abartigkeit fest.«

»Ich wünschte, du würdest nicht so reden, Vater. Zumindest gehen wir Siamesen ehrlich mit solchen Dingen um. Wie viele Männer in England sind Heuchler, die eine rechtmäßige Ehefrau haben und sich insgeheim eine Geliebte halten – oder zwei! Und dieser Brauch soll in der Oberschicht besonders weit verbreitet sein.«

»Du bist Engländerin, junge Dame, und viel zu anmaßend für dein Alter.« Er seufzte und errötete leicht, spürte voller Unbehagen, dass die Unterhaltung eine Wende nahm, die ihm nur zu vertraut war. »Außerdem ist das kein Gesprächsstoff für dich.«

Doch sie gab nicht klein bei, wusste genau, wie weit sie ihn aus der Reserve locken konnte, ohne ihn zu erzürnen. »Es ist nur die Wahrheit. Und ich kenne einige Mitglieder deiner Kirche, die sich Thai-Mätressen halten, von denen ihre Ehefrauen nichts ahnen.«

Edward wurde rot. »Jetzt reicht es, Anchalee. Du spielst dich ständig auf, seit deine Schwester hier ist.«

Er fragte sich, ob sie die Wahrheit über ihre eigene Mutter kannte. Oder war dieses Gespräch reiner Zufall?

Elizabeth, die das Unbehagen ihres Vater spürte, wechselte wieder eilends das Thema. »Und was ist aus dem ehemaligen Regenten geworden? Mir fällt sein Name nicht mehr ein.«

Edward war erleichtert, die Hürde genommen zu haben. »Du meinst Chao Praya Sri Suriyawongse. Er übergab die Herrschaft im Jahr 1873, soweit ich mich erinnere. Doch er ist immer noch Erster Minister und hat, obwohl hochbetagt und nicht bei bester Gesundheit, nach wie vor großen Einfluss.«

»Ist eine der Königinnen nicht unlängst tödlich verunglückt?«, fragte Elizabeth, als sie sich von dem frischen Obst nahm, Ananas, Papaya und Malabaraäpfel, die Noi auf den Tisch gestellt hatte. Es war spannend zu erfahren, was sich während ihrer Abwesenheit in Siam zugetragen hatte.

»Das ist eine tragische Geschichte, die ich dir beim Kaffee erzählen werde«, sagte Edward und erhob sich.

Als alle drei in den bequemen, mit tiefen Polstern überzogenen Sesseln im Wohnzimmer Platz genommen hatten, trank Edward gedankenvoll seinen Kaffee und begann zu erzählen. »Königin Sunanda war die Lieblingsfrau des Königs und seine Halbschwester, wie ich hinzufügen möchte. Sie war erst einundzwanzig Jahre alt und hatte eine Tochter. Letztes Jahr erwartete sie das zweite Kind. Der ganze Hofstaat zog in den Sommerpalast um, der sich in Bang Pa-In befindet, und Königin Sunanda mit ihm. Eines Tages fuhr sie mit ihrer kleinen Tochter den Fluss entlang, als das Boot ohne Vorwarnung kenterte. Die Königin und das Kind ertranken.«

»Wie das?«, sagte Elizabeth. »Die Angehörigen der königlichen Familie unternehmen keinen Schritt alleine. Es müssen doch zahlreiche Diener dort gewesen sein.«

»Richtig«, bestätigte Edward. »Die sahen tatenlos zu, wie die beiden starben. Sie meinten, nichts für sie tun zu können.«

»Das verstehe ich nicht, Vater. Warum?«

»Das traurige Ergebnis eines weiteren barbarischen Brauches. Niemand half ihr, weil es gewöhnlichen Sterblichen verboten ist, Mitglieder der königlichen Familie zu berühren. Darauf steht die Todesstrafe.«

Anchalee warf ihm einen scharfen, missbilligenden Blick zu.

»Unter solchen Umständen wäre es doch sicher möglich gewesen, eine Ausnahme zu machen«, erwiderte Elizabeth ungläubig. »Oder jemand hätte ihr eine Leine zuwerfen können, damit sie von alleine ans rettende Ufer gelangte.«

»Nein, auch das ist gegen das Gesetz. Dem Bootsmann blieb keine andere Wahl, als wegzufahren. Und hätte ihr jemand eine Rettungsleine zugeworfen, wäre er mitsamt seiner ganzen Familie hingerichtet worden.«

Elizabeth war entgeistert. »Ich fasse es nicht, das ist ja absurd. Ich bin sicher, der König kann ein solches Gesetz nicht gutheißen.«

»Möglich«, stimmte Edward ihr zu. »Doch Gesetz ist Gesetz für das Volk und sie wagen nicht, gegen Regeln zu verstoßen, an deren Richtigkeit sie von Kindesbeinen an glauben.«

Anchalee hatte der Unterhaltung stumm gelauscht, doch nun ergriff sie das Wort. »Vater, dass es solche Gesetze gibt, hat seinen Grund, genau wie bei den englischen Gesetzen. Gewiss findet man auch in England Bestimmungen, die veraltet sind und keinen Sinn mehr machen. Es war sehr traurig, dass man die Königin sterben ließ, und ich bin sicher, der König hätte eine Begnadigung ausgesprochen, wenn jemand sie gerettet hätte. Doch ihr müsst bedenken, dass wir eine lange Geschichte haben und die Menschen schon in sehr jungen Jahren lernen, Ehrerbietung zu erweisen. Ihr könnt nicht erwarten, dass sie sich so schnell ändern. Sie glaubten, sie hätten keine andere Wahl.«

»Anchalee, du solltest nicht alles als persönliche Beleidigung auffassen. Und muss ich dich abermals daran erinnern, dass du in gleichem Maß Engländerin wie Siamesin bist? Oder sogar in noch höherem Maß.«

»Was mir ermöglicht, beide Seiten zu sehen«, erwiderte sie hartnäckig.

Alle verstummten und tranken ihren Kaffee, der aus der eleganten Silberkanne eingeschenkt wurde, an die sich Elizabeth noch aus ihrer Kindheit erinnerte. Als sie fertig war, stellte sie ihre Tasse hin, stand auf und sah ihren Vater und ihre Schwester lächelnd an.

»Jetzt merke ich die Strapazen der Reise doch. Ich denke, ich werde mich zurückziehen, wenn ihr nichts dagegen habt.«

»Natürlich nicht. Morgen beim Ball musst du in bester Verfassung sein. Alles, was in der Gesellschaft von Bangkok Rang und Namen hat, wird daran teilnehmen.«

»Ich finde es herrlich, wieder zu Hause zu sein.«

»Gute Nacht, Liebes. Und mit dem Aufstehen morgen früh hat es keine Eile. Noi wird dir etwas auf einem Tablett ans Bett bringen.«

14. Kapitel

Elizabeth spürte die Blicke aller Anwesenden auf sich, als sie am Arm ihres Vaters den Ballsaal betrat. Bei derartigen gesellschaftlichen Ereignissen fühlte sie sich in ihrem Element und obwohl sie von ihrem Wesen her scheu war, hatte sie gelernt, sich einen spektakulären Auftritt zu verschaffen und bei jedem Ball selbstsicher aufzutreten. Und heute Abend bot sie ein augenfälliges Erscheinungsbild, wie sie wusste.

Sie trug eine kostbare Robe aus blassem blaugrauem Satin, über der hohen Tournüre auf der Rückseite gerafft und zu einer kleinen Schleppe abfallend. Auf der Vorderseite war das Kleid über und über plissiert. Der Ausschnitt, ihr erstes weites und tiefes Dekolletee, das bis zum Brustansatz reichte, war für sie eine Neuerung der besonderen Art und es gefiel ihr, wie der zarte Teint an ihrem Hals dadurch zur Geltung kam. Es war das erste Kleid, das sie ohne Zustimmung ihrer Großmutter gekauft hatte, und sie kam sich verwegen und raffiniert darin vor, obwohl viele der anwesenden Frauen einen noch tieferen Ausschnitt gewählt hatten und manche der Fantasie kaum noch Spielraum ließen. Die langen Ärmel waren von mehrreihigen Spitzen gesäumt und sie trug eine eng anliegende, doppelreihige Perlenkette mit einer Amethyst-Schließe am Hals. Ihre Großmutter hatte ihr das Schmuckstück zu ihrem einundzwanzigsten Geburtstag geschenkt. Ihr feines hellbraunes Haar war zu einer kunstvollen Hochfrisur aufgesteckt, in die graue Satinbänder eingeflochten waren.

»Mr. Edward Fairburn und Miss Elizabeth Fairburn«, verkündete ein Page in einem *panung* aus purpurroter Seide und einer weißen Jacke mit funkelnden Goldknöpfen.

Eine junge Frau, unverheiratet und gerade erst eingetroffen, war in der Ausländerkolonie stets eine Quelle des Interesses, vor allem natürlich für die jungen ledigen Männer. Doch auch für die Frauen, die begierig darauf waren, einen Blick auf die neueste Mode aus England und den Vereinigten Staaten zu werfen, am lebenden Modell statt auf den Abbildungen von Illustrierten, die Monate alt waren. Elizabeth genoss die Aufmerksamkeit, doch plötzlich spürte sie, dass sie sich jemand anderem zuwandte. Stille senkte sich über den Raum, als hielten alle Anwesenden den Atem an, während der Page ankündigte: »Miss Anchalee Fairburn.«

Gebannt vom Glanz ihres eigenen großen Auftritts hatte Elizabeth beinahe vergessen, dass sich ihre Schwester unmittelbar hinter ihr befand. Und es lag auf der Hand, warum die anderen Gäste so hingerissen waren. Mit ihrem ersten Ballkleid hatte sich Anchalee in eine schöne, exotische Eurasierin verwandelt, bei deren Anblick das Herz jedes Mannes schneller schlug. Sie hatte sich für ein schlichtes, smaragdgrünes Taftkleid entschieden, mit einem eng anliegenden Mieder und einem bodenlangen, in Falten herabfallenden Rock. Ihre weiblichen Formen waren frühzeitig entwickelt und ihr Busen wurde noch durch die Wespentaille betont.

Doch es war vor allem ihr Gesicht, das die Aufmerksamkeit auf sich zog. Im Gegensatz zu allen anderen Frauen hatte sie ihre Haare nicht kunstvoll frisiert: sie fielen glatt, dunkel und üppig über ihre Schultern, bis zur Mitte des Rückens. Ihre makellose Haut brauchte weder Rouge noch Puder und ihre vollen Lippen hatten von Natur aus einen leicht rosigen Schimmer. Sogar im trüben Schein der Gaslampen funkelten ihre grünen Augen. Sie lächelte den Gästen zu und enthüllte dabei ihre schneeweißen ebenmäßigen Zähne. Ein bewunderndes Raunen ging durch den Raum und sie machte einen anmutigen Knicks, bevor sie sich ihrem Vater und ihrer Schwester zugesellte.

Edward hatte anfangs gezögert, ihr die Teilnahme am Ball zu gestatten, doch sie hatte gebettelt und ihn bedrängt, bis er schließlich nachgab. Nun fragte er sich, ob er wirklich gut daran getan hatte. Er war sich der Wirkung bewusst, die sie ausübte, und wollte den Reifeprozess nicht zusätzlich beschleunigen. Doch solange sie sich in seiner Begleitung befand, konnte er sie wenigstens im Auge behalten. Noi hatte durchblicken lassen, dass sie in seiner Abwesenheit manchmal Stunden außer Haus war, und er machte sich Sorgen, wo sie steckte und in welcher Gesellschaft sie sich befand.

Die Kapelle spielte den Eröffnungswalzer und Elizabeth tanzte mit ihrem Vater, während Anchalee vom Rande der Tanzfläche aus zusah. Binnen weniger Minuten forderte ein junger britischer Offizier sie zum Tanz auf und Elizabeth sah überrascht, wie anmutig und selbstbewusst sich ihre Schwester bewegte.

»Wer hat ihr beigebracht, Walzer zu tanzen?«, fragte sie ihren Vater.

»Eine Engländerin, die eine Tanzschule für junge Mädchen leitet. Ich dachte, es würde ihr gut tun, andere junge Frauen kennen zu lernen. Sie verbringt viel zu viel Zeit mit den Dienstboten und jedem, der Siamesisch mit ihr spricht.«

»Man käme nie auf die Idee, dass sie erst dreizehn ist«, flüsterte Elizabeth.

»Nein, und das macht mir Sorgen. In mancher Hinsicht wäre es am besten, sie jung zu verheiraten. Dann müsste ich mir ihretwegen nicht dauernd den Kopf zerbrechen.«

»Verheiraten! Sie ist noch ein Kind, Vater!«

»Ich weiß.« Er seufzte. »Doch einige siamesische Mädchen gehen auch heute noch blutjung in die Ehe. Man würde es nicht für unmoralisch halten, wenn sie mit, sagen wir fünfzehn, unter der Haube wäre.«

»Vermutlich hast du Recht. Selbst in England kommt es nicht gerade selten vor, dass Mädchen so jung verheiratet werden. Doch warum sich jemand wünschen könnte, die Freiheit so früh aufzugeben, ist mir ein Rätsel.«

Der Walzer endete und Elizabeth und Edward verließen die Tanzfläche, um etwas zu trinken. Sie sahen, dass Anchalees Kavalier durch einen gleichermaßen schneidigen jungen Mann abgelöst worden war, und Elizabeth fragte sich, was die beiden sagen würden, wenn sie wüssten, wie jung sie war.

Elizabeth nahm die Aufforderung des jungen Offiziers an, der ihre Halbschwester gerade seinem Kollegen überlassen hatte, doch sie wurden während des Tanzes unterbrochen, als jemand ihrem Partner auf die Schulter tippte, um ihn abzulösen. Elizabeth schwindelte und rang nach Luft, als sie erkannte, wer es war.

»Ich wusste, dass wir uns wieder sehen«, sagte er mit leiser Stimme, als er sie an sich zog – zu nahe für ihren Geschmack. Seine Hand schien sich durch den zarten Stoff auf ihrem Rücken zu brennen und ihr Herz hämmerte so laut, dass sie fürchtete, es müsste im ganzen Raum widerhallen.

»Sie sind bezaubernd, Elizabeth. Und heute Abend ganz besonders schön.«

Seine Worte überrumpelten sie. In der Regel fand sie die Gewohnheit der Amerikaner, jedermann gleich bei der ersten Begegnung mit dem Vornamen anzureden, unerzogen und abscheulich. Doch in seinem Fall schien sie angemessen. Sie war ohnehin nicht in der Lage, Einwände zu erheben, weil es ihr die Sprache verschlagen hatte. Sie konnte nur gebannt zu ihm aufschauen, in seine dunklen Augen, als er hoch über ihr aufragte.

Während sie tanzten, schien sich der Raum mit rasender Geschwindigkeit um sie zu drehen und er das Einzige auf der Welt zu sein, was zählte. Die Musik verblasste im Hintergrund, bis sie sich an einen fernen Ort versetzt fühlte, in ein nebelumwobenes Paradies.

Ein Lächeln stahl sich auf seine Lippen und sie sah die Fältchen an seinen Augenwinkeln, feine weiße Linien in seinem tief gebräunten Gesicht. Im Gegensatz zu allen anderen Männern im Raum war er glatt rasiert, ohne Schnurrbart oder Backenbart, was als hoffnungslos altmodisch galt. Doch ihr gefiel es. Die schwarzen Schatten auf seiner Oberlippe und rund um sein Kinn waren seltsam klar zu erkennen und sie stellte sich vor, wie rau sich seine Haut auf ihrer eigenen Haut anfühlen würde. Die Musik verklang und jäh wurde sie in die Wirklichkeit zurückgeholt.

»Danke für den Tanz. Bis später«, sagte er, als er sie an ihren Platz zurückbrachte. Und dann war er weg, genauso plötzlich, wie er aufgetaucht war.

Sie stand wie versteinert am Rande der Tanzfläche, wusste nicht, was sie davon halten sollte, und konnte sich keinen Reim darauf machen, warum er so schnell verschwunden war. Kein Mann hatte sie jemals so gleichgültig behandelt. Sie war nicht wütend, nur nachdenklich und grübelte darüber nach, warum ausgerechnet ihr so etwas passieren musste. Hatte das Zusammenspiel aus tropischer Nacht und einem einzigen Glas Champagner eine derart berauschende Wirkung?

»Elizabeth, da bist du ja.« Edward tauchte wieder auf. »Möchtest du ein Glas Champagner?«

Sie fühlte sich erhitzt, als sei sie bei einem verbotenen Vergnügen ertappt worden, was es in gewisser Hinsicht ja auch war. Sie nickte und er reichte ihr ein hohes, schlankes Kristallglas. Er trank nur noch selten Alkohol und zog frisch gepresste Säfte aus tropischen Früchten vor. »Amüsierst du dich?«

Sie nickte abermals. »Ja, natürlich, Vater.«

»Hast du jemand Interessanten kennen gelernt?«

»Ja… schon. Doch ich glaube, Anchalee schließt mehr Bekanntschaften als ich.«

Anchalee befand sich auf der gegenüberliegenden Seite des Ballsaals, umringt von einer Gruppe gut aussehender junger Männer, und nippte an einem Glas Champagner.

»Dieser kleine Teufelsbraten. Ich habe ihr ausdrücklich verboten, Champagner zu trinken. Dazu ist sie noch viel zu jung.«

»Anchalee scheint nicht der Meinung zu sein, für irgendetwas zu jung zu sein«, fügte sie hinzu und Edward sah sie fragend an.

»Ja, leider«, musste er widerwillig zugeben. »Sie gibt sich zwar gerne weltgewandt, in Wirklichkeit ist sie allerdings noch ziemlich unbedarft. Das macht mir Kummer, Elizabeth. Ich habe Angst, dass sie auf den erstbesten jungen Mann hereinfällt, der es auf sie abgesehen hat. Ein nicht eben hässliches Gesicht, ein paar geflüsterte Komplimente und schon könnte Anchalee in Versuchung geraten, sich… sich in ihr Unglück zu stürzen, sozusagen.«

Elizabeth errötete. Die Worte ihres Vaters hätten auch auf sie gemünzt sein können. Sie musste zur Vernunft kommen, was diesen Amerikaner anbelangte, denn sie war sich der magischen Anziehungskraft bewusst, die er auf sie ausübte. Wenn ihr ein einziger Tanz mit ihm bereits den Atem verschlug…

»Elizabeth?«

Sie war in Gedanken versunken und antwortete nicht gleich.

»Elizabeth! Warum leistest du deiner Schwester nicht Gesellschaft und verhinderst, dass sie sich ein weiteres Glas Champagner beschafft?«

Während sie sich ihren Weg zur anderen Seite des Ballsaals bahnte, suchte sie unwillkürlich die Tanzfläche mit den Augen ab und hielt Ausschau nach ihm. Sie sah ihn mit einer schönen blonden Frau tanzen, der jungen Gattin eines britischen Konsularbeamten. Er hatte sie genauso eng an sich gezogen, wie er es vorhin mit ihr gemacht hatte, und sein Lächeln war gleichermaßen verführerisch. Sie fragte sich, was der Ehemann von dem Auftritt halten mochte. Sam beugte sich zu ihr, um ihr etwas ins Ohr zu flüstern, woraufhin sie lachte und rot wurde. Die Eifersucht versetzte ihr einen Stich. Rasch wandte sie sich ab und setzte ihren Weg fort; wenn er mit jeder hübschen Frau auf diese Weise tanzte, dachte sie, konnte sie ihm nicht viel bedeuten. Er wechselte seine Partnerinnen offenbar nach Lust und Laune.

»Elizabeth!«, rief Anchalee. »Komm, ich möchte dir meine neuen Freunde vorstellen.«

Sie gesellte sich zu ihnen und nach der Begrüßung forderte einer der jungen Männer sie zum Tanzen auf. Sie tanzten, doch sowohl die Musik als auch der Mann waren eine Ablenkung, die sie nur verschwommen, wie aus weiter Ferne wahrnahm. Sie bewegte sich mechanisch, ihre Füße führten automatisch die richtigen Schritte aus, doch sie spähte ständig an ihrem Partner vorbei und versuchte, einen Blick auf ihn zu erhaschen. Und wieder entdeckte sie ihn mit einer anderen Frau, der lasziven, dunkelhaarigen Tochter eines portugiesischen Kaufmanns. Ihr eigener Partner lächelte höflich, als die Musik endete, doch er bemühte sich weder eine Unterhaltung anzuknüpfen noch forderte er sie ein zweites Mal zum Tanz auf. Plötzlich wurde ihr bewusst, wie ungehörig ihr Verhalten war, und sie hatte ein schlechtes Gewissen, weil sie ihm keinerlei Beachtung gezollt hatte. Doch er war der Einzige, dem an diesem Abend ihre Aufmerksamkeit galt, was sie lächerlich fand, denn er schien ihre Anwesenheit kaum zur Kenntnis zu nehmen. Nach nur einem Tanz mit ihm, einem atemberaubenden Tanz, war der Bann bereits gebrochen. Hatte er sie so schnell vergessen?

Der Gedanke quälte sie, denn sie würde den Rest des Abends dazu verurteilt sein, zuzuschauen, wie er mit sämtlichen jungen und weniger jungen Frauen im Saal tanzte.

»Elizabeth, fühlst du dich nicht gut?«, erkundigte sich Anchalee. »Du siehst blass aus.«

»Nein, keine Sorge, es geht mir gut, vielen Dank. Ich brauche nur frische Luft. Ich gehe kurz nach draußen, auf die Terrasse.«
»Soll ich mitkommen?«
»Nein danke. Es ist alles in Ordnung, wirklich. Bleib hier und amüsiere dich. Und Vater sagt, keinen Champagner mehr!«
Anchalee machte eine schuldbewusste Miene. »Oh, er hat es gemerkt, oder?«
»Ja, und es wäre besser, wenn du dich von jetzt ab tadellos benimmst, sonst gibt es Ärger.«
»Mit Vater werde ich schon fertig«, verkündete sie selbstbewusst.
»Das glaube ich dir aufs Wort.« Elizabeth hob wissend die Brauen, als sie zu der Glastür ging, die auf die Terrasse führte.

Draußen brannten flackernde Gaslampen und mehrere Paare standen eng beieinander, in ein trauliches Gespräch vertieft. Ihr Blick schweifte über die Gartenlandschaft, die mit heimischen und nicht heimischen Bäumen, Büschen und Blumen kunstvoll gestaltet war. Doch sie nahm sie kaum wahr. Was sie vor sich sah, war sein Gesicht und in ihrer Fantasie zeichnete sie die Konturen seiner breiten Stirn, die hohen Wangenknochen und den sinnlichen Mund nach.
Sie hatte nur wenige Minuten auf der Terrasse gestanden, als eine tiefe Stimme dicht hinter ihr ertönte.
»Nanu, schon genug vom Ball?«
Sie erschrak, wirbelte herum und blickte in dieselben dunklen Augen, an die sie soeben gedacht hatte. Sie erbleichte, dann errötete sie vor Verlegenheit bei dem Gedanken daran, was sie sich gerade erst ausgemalt hatte. »Ich … nein, Mr. Taylor«, stammelte sie. »Ich wollte nur frische Luft schnappen.« Sie versuchte zu lächeln und war sicher, dass er merkte, wie ihr Puls raste und ihr das Herz bis zum Hals schlug. Als er grinste, hatte sie das Gefühl, dass er jeden Gedanken zu lesen vermochte, der ihr durch den Kopf ging. »Für Sie Sam. Mr. Taylor war mein Vater.«
»War?«
Er lehnte sich neben sie an die Brüstung. »Er starb letztes Jahr in Kalifornien.«

»Oh, das tut mir Leid.« Sie schwieg einen Moment, den Blick gesenkt. »Und Ihre Mutter?«
»Sie starb, als ich zwei war. Ich bin also Waise«, scherzte er unbefangen.
Sie unterdrückte ein nervöses Auflachen, um Haltung bemüht. »Es muss sehr schwer für Sie gewesen sein, Ihre Mutter in so jungen Jahren zu verlieren.«
»Nicht wirklich. Ich kannte sie so gut wie gar nicht. Abgesehen davon war ich schon immer ein Mensch, der auf eigenen Füßen steht.«
Sie hätte ihm gerne von ihrer Mutter erzählt und wie sehr sie diese vermisst hatte, als sie starb. Doch sie befürchtete, dass es ihn nicht interessieren könnte. Beide schwiegen abermals und sie spürte ihr Herz hämmern. »Und Ihre Familie stammt aus Kalifornien?« gelang es ihr schließlich zu fragen.
»So ist es. Ich bin ein waschechter Los Angeleno. Meinen Vater zog es nach Kalifornien, um Gold zu suchen.«
»Was für ein merkwürdiger Zufall.« Sie freute sich, eine Gemeinsamkeit entdeckt zu haben. »Meinen auch.«
»Wurde er fündig?«
»Nein, er wurde Fotograf in Kalifornien, auf den Goldfeldern. Und jetzt … Sie kennen meinen Vater ja. Das hatte ich vergessen. Und was war mit Ihrem Vater, fand er Gold?«
»Nein. Doch er fand meine Mutter, einen Schatz, der größer war als alles Gold der Welt, wie er zu sagen pflegte. Er kam nie über ihren Verlust hinweg.«
Ihr Selbstvertrauen wuchs allmählich. »Seltsam … Sie sehen gar nicht wie ein Amerikaner aus.«
»Wie ein weißer Amerikaner, meinen Sie.«
»Nein, nein … es tut mir Leid! Das meinte ich nicht.« Sie zögerte, verlegen. »Es ist nur so, dass ich … nun, ich dachte, Ihr Vater sei Italiener … oder vielleicht Spanier.«
»Nein, er war Engländer.«
»Bitte verzeihen Sie, dass ich meine Nase in Dinge stecke, die mich nichts angehen. Sie müssen mich für taktlos halten.«
»Nicht im Geringsten. Und wenn Sie auf meine dunkle Hautfarbe

anspielen«, sagte er belustigt, »die habe ich von meiner Mutter geerbt. Sie war Mexikanerin.«
»Ach so.« Obwohl ihr jede diesbezügliche Absicht fern lag, war sie sicher, dass ihre Antwort in seinen Ohren verächtlich geklungen hatte. Tief beschämt, konnte sie ihm nicht in die Augen blicken.
»Spielt das eine Rolle für Sie?«
»Warum sollte es?« Sie bemühte sich, so beiläufig zu klingen, als sprächen sie über eine Belanglosigkeit.
»Keine Ahnung. Manche Leute halten nicht viel von Mischlingen.« Seine Worte hatten einen herausfordernden, sarkastischen Unterton, als stelle er sie auf die Probe.
Sie war verwirrt, doch dann fiel ihr ein, dass es darauf nur eine Antwort gab.
»Meine Schwester ist ein ... ein Mischling, wie Sie es nennen.«
»Natürlich, das hatte ich vergessen.« Er lächelte. »Genug davon. Jetzt sind Sie an der Reihe; erzählen Sie mir etwas von sich.«
Sie war erleichtert, dass sie in diesem Wortgefecht zumindest ein gewisses Maß an Würde bewahrt hatte. Doch sie fragte sich, ob er wirklich interessiert war, oder spielte er nur mit ihr?
»Da gibt es nicht viel zu erzählen. Ich bin in Australien geboren und kam als Kind mit meiner Mutter hierher, um wieder mit meinem Vater zusammen zu sein, den es nach Siam verschlagen hatte. Meine Mutter starb auf der Rückreise nach England und mein Vater schickte mich dort zur Schule. Die Ferien verbrachte ich bei meinen Großeltern in England. Und jetzt ... jetzt bin ich wieder hier, in Siam.«
»Aha, das erklärt alles«, sagte er grinsend.
»Was, Mr. Taylor?«
»Gestern, als ich Sie am Pier sah. Ihre Garderobe.«
Die Bemerkung war ihr etwas zu persönlich. »Ich weiß nicht, wovon Sie reden«, sagte sie kühl.
»Oh, damit wir uns nicht falsch verstehen, Schätzchen. Sie sahen bezaubernd aus, doch ...«
»Ja, Mr. Taylor?«, erwiderte sie so gelassen wie möglich, entrüstet über seine ungehörige Vertraulichkeit.
»Sie sahen aus, als wären Sie von Ihrer Großmutter eingekleidet worden.«

Sie wandte sich verlegen ab und blickte wieder auf den Garten hinaus.
»Sie haben Recht«, gab sie nach einer Minute des Schweigens beherrscht zu. »Meine Großmutter suchte immer meine Garderobe aus.«
»Nicht heute Abend.«
»Verzeihung?«
Sie fuhr beinahe aus der Haut, als seine warme Fingerspitze federleicht ihre Halslinie entlangstreifte, bis zum Ansatz ihrer Brüste.
»Das meine ich.«
Sie sah ihn stumm an, mit großen Augen, und spürte, wie ihr der kalte Schweiß am ganzen Körper ausbrach.
Dann wandte er seinen Blick wieder dem Garten jenseits der Terrasse zu. »Ich würde Sie gerne wieder sehen, Elizabeth.«
Sie fühlte sich elend und eine Hitze wallte in ihr auf, die ihr den Atem abschnürte. Sie holte tief Luft. »Das wird nicht möglich sein, Mr. Taylor.«
»Wollen Sie mich nicht wiedersehen?«
»Darum… darum geht es nicht, Mr. Taylor. Es ist nur so, dass… nun, es gibt da jemanden in England. Ich bin…«
»Ich sehe keinen Ehering.«
»Nein, ich bin nicht verheiratet. Doch…«
»Doch was?«
»Mein Vater würde es nicht gutheißen.«
»Dann sagen Sie es ihm nicht. Sie sind alt genug, um Ihre eigenen Entscheidungen zu treffen.«
Sie war sprachlos.
»Sie kommen also?«
Sie wusste, dass sie ihn wiedersehen musste, ohne Rücksicht auf die Folgen. »Einverstanden«, erwiderte sie überstürzt.
»Am besten in mein Hotel.«
Ihr stockte der Atem. »Mr. Taylor, das ist ein niederträchtiges Ansinnen! Sie wissen sehr gut, dass ich nie im Leben… Wirklich! Ich hätte gute Lust, meinen Vater von Ihrem… Ihrem…« Sie verstummte, als seine dunklen Augen sie nicht mehr losließen, als könnten sie geradewegs bis auf den Grund ihrer Seele blicken.

Die Andeutung eines Lächelns umspielte seine Mundwinkel. »Natürlich. Es tut mir Leid. Ich habe einen Freund, der ein Haus besitzt. Dort können wir uns treffen. Sagen wir Dienstagmittag, um eins?«
Sie traute ihren Ohren nicht, stellte jedoch fest, dass sie zustimmend nickte, als wäre sie in Trance. Sie wusste, dass sie sich auf ein gefährliches Spiel mit dem Feuer einließ, doch es gelang ihr nicht, der Versuchung zu widerstehen.
»Ich schreibe die Adresse auf und gebe sie Ihnen noch vor dem Ende des heutigen Abends.«
»Mein Vater ...«
»Ich werde vorsichtig sein. Vertrauen Sie mir.« Und dann verließ er sie, mit einem strahlenden Lächeln, und kehrte beschwingt in den Ballsaal zurück, zweifellos auf der Suche nach der Gesellschaft der nächsten schönen Frau auf der Tanzfläche.
Seine Abschiedsworte waren ihr ein Rätsel. Konnte sie ihm wirklich in jeder Hinsicht vertrauen? Ihr gesunder Menschenverstand sagte Nein, doch ihre brennende Haut verriet ihr, dass sie ihn wiedersehen wollte – musste.

»Wo warst du, um Himmels willen?«, fragte Edward bei ihrer Rückkehr besorgt.
»Oh ... draußen auf der Terrasse, Vater. Ich brauchte frische Luft.«
»Ich denke, wir werden in Kürze aufbrechen. Anchalee sollte nicht zu lange ausgehen.«
Sie war einer Panik nahe. Es war noch früh und sie hatte die Anschrift nicht. »Ach Vater. Können wir nicht noch ein wenig länger bleiben?«, bat sie. »Es ist schließlich der erste Abend, an dem ich ausgehe.«
Er lächelte und ihm wurde bewusst, wie sehr er sie all die Jahre vermisst hatte. »Also gut. Wir bleiben. Jedoch nicht mehr lange.«
Sie entschuldigte sich unter dem Vorwand, sich frisch machen zu wollen, und auf dem Rückweg durch den langen Korridor, der in den Ballsaal führte, sah sie ihn im Schatten auf einem der prachtvoll verzierten Teakholzsessel sitzen.
Als sie sich ihm näherte, erhob er sich galant. »Miss Fairburn«, sagte er, um der Form Genüge zu tun, da sich mehrere Leute in unmittelbarer Nähe befanden.

»Mr. Taylor«, erwiderte sie und als er dicht an ihr vorüberstreifte, spürte sie, wie ihr ein kleines Stück Papier in die Hand gedrückt wurde.

Sie hatte keine Zeit, das Billett in Augenschein zu nehmen; sie steckte es einfach in ihren Ärmel, um es später zu lesen.

15. Kapitel

Joseph begrüßte sie an der Tür seines zweistöckigen Hauses, desselben Hauses, das er seit seiner Ankunft in Bangkok bewohnte. Er war verblüfft, wie sehr sie sich verändert hatte. »Elizabeth, Sie sind ja richtig erwachsen geworden.« Lächelnd reichte er ihr die Hand.

»Mr. Shaw. Es ist lange her seit unserer letzten Begegnung.« Sie ergriff mit beiden Händen seine Hand.

»Mir kommt es vor, als sei es erst gestern gewesen, dass sie ein kleines Mädchen waren und mit gebrochenem Herzen im Gras lagen«, sagte er, als er durch das Vestibül voranging.

»Daran erinnern Sie sich noch?«

»Natürlich. Wie könnte ich das vergessen? Es war eine schwierige Zeit für Sie.«

»Danke für die Briefe, die Sie mir seit meiner Abreise geschrieben haben. Sie waren mir eine große Hilfe, wenn ich Heimweh hatte und meinen Vater vermisste.«

»War es schlimm?«, fragte er, als sie das Wohnzimmer betraten.

»Nach dem ersten Jahr wurde es besser. Ich gewöhnte mich daran. Alle waren sehr nett zu mir in England. Doch es war eine Welt für sich.«

»Und wie geht es Ihnen seit Ihrer Rückkehr?«

»Ich habe das Gefühl, wieder zu Hause zu sein.«

»Bitte nehmen Sie doch Platz.«

Josephs Dienstbote Simon brachte eine Kanne Tee auf einem Tablett herein und stellte sie auf dem Tisch ab. Im Milchkrug war Zucker, und die Milch von Josephs eigener Kuh befand sich in der Zuckerdose.

»Simon hat es immer noch nicht begriffen«, lachte Joseph vergnügt. »Doch er bemüht sich und ich bringe es nicht übers Herz, ihn ständig darauf hinzuweisen, was er falsch macht.«

Elizabeth sah ihn lächelnd an. Er war noch der gleiche liebenswerte und großzügige Mensch, den sie in Erinnerung hatte.
»Wie ist er an einen englischen Namen gekommen?«
»Ehrlich gestanden, ich musste Simon kaufen. Er war Sklave, wissen Sie«, fügte Joseph mit Abscheu hinzu. »Natürlich schenkte ich ihm umgehend die Freiheit und nun beschäftige ich ihn gegen ein Entgelt. Er wünschte sich einen christlichen Namen, als er getauft wurde.«
»Er ist Konvertit?«, fragte Elizabeth überrascht. Die Missionare hatten mit ihren Bekehrungsversuchen in Siam nach wie vor wenig Erfolg.
»Ja«, bestätigte Joseph stolz. »Mein erster. Im Verlauf der Jahre habe ich einige kommen und gehen sehen. Viele bekennen sich eine Zeit lang zum Christentum, dann kehren sie zum Buddhismus zurück. Simon ist geblieben.«
»Ihre Arbeit scheint immer noch mühselig zu sein.«
»Wie eh und je, fürchte ich. Ich frage mich allmählich, ob das Christentum in diesem Land überhaupt jemals Wurzeln fassen wird. Die Missionare in Neuseeland und Hawaii haben so gut wie alle Ureinwohner erfolgreich bekehrt. Hier können wir nicht einmal eine Hand voll geltend machen.« Er zuckte die Achseln. »Dennoch ist hier mein Zuhause, schon lange. Und ich werde die Arbeit im Weinberg des Herrn nicht aufgeben.«
»Fühlen Sie sich nie einsam?«, fragte sie, als Joseph Tee einschenkte. »Ich meine, so ganz alleine.«
»Sie meinen, ohne Frau?«, lächelte er.
»Ja, das meine ich.«
»Ich habe nie die richtige Frau gefunden, Elizabeth. Man kann nicht einfach beschließen, die nächstbeste zu heiraten.«
»Nein, vermutlich nicht. Vielleicht läuft Sie Ihnen ja doch noch über den Weg. Es eilt ja nicht.«
»Ich habe meine Arbeit, die mich ausfüllt.«
»Natürlich.«
»Und was ist mit Ihnen? Ich hörte, dass Sie verlobt sind.«
James. Sie wusste nicht mehr, was sie über ihn denken oder sagen sollte. Wie konnte sie eine Ehe mit diesem Mann in Betracht ziehen,

wenn sie sich unwiderstehlich zu einem anderen hingezogen fühlte?
»Wir haben unsere Verlobung noch nicht offiziell bekannt gegeben, Mr. Shaw.«
»Oh. Den Worten Ihres Vaters entnahm ich, dass Sie das Hochzeitsdatum bei Ihrer Rückkehr nach England festlegen wollen.«
»Ja, das hofft er.«
»Und Sie?«
»Um ehrlich zu sein, mein Entschluss, mich zu binden, steht noch nicht fest.«
Joseph hatte schon immer eine besondere Art gehabt, ihr auf den Zahn zu fühlen, doch erst als ihr die Worte über die Lippen kamen, merkte sie, dass sie ihre geheimsten Gedanken widerspiegelten. Doch es war die Wahrheit und sie wusste es, sobald sie ausgesprochen war. Sie hatte James kein Eheversprechen gegeben und war sich nicht sicher, ob sie das überhaupt noch wollte.
»Ich finde, dass ein solcher Schritt reiflich überlegt sein will. Und Sie sind weit gereist, um in Ruhe nachzudenken«, fügte er hinzu.
Sie lächelte verbindlich. Joseph konnte nicht wissen, wie weit er von der Wahrheit entfernt war, denn Bangkok war genau der Ort, an dem die innere Unruhe und Versuchung ihren Gipfel erreicht hatte. Sie hatte inzwischen entschieden, die Verabredung mit Sam nicht einzuhalten. In seiner Gegenwart konnte sie weder sich selbst noch ihm trauen; das ging nur zu deutlich aus der Art hervor, wie er sie ansah – oder vielmehr, wie er jede Frau ansah. Ihr Vater hatte Recht gehabt, sie vor ihm zu warnen.
»Elizabeth, ist alles in Ordnung mit Ihnen?«, fragte Joseph, als sie verstummte. »Sie wirken ein wenig abwesend.«
»Doch, doch, alles in Ordnung, danke«, erwiderte sie rasch. »Es tut mir Leid. Vermutlich bin ich immer noch erschöpft von der Reise. Und ich muss mich wieder an das Klima gewöhnen.«
»Natürlich. Die Hitze gehört zu den Dingen in Siam, die sich niemals ändern.«
»Bangkok hat sich in der Zwischenzeit sehr verändert. Trotzdem kommt es mir politisch noch immer ziemlich unabhängig vor.«
»Ja, in der Tat. Und das wird wohl auch so bleiben … solange es gelingt, die Briten und Franzosen in Schach zu halten.«

»Glauben Sie wirklich, es sei für Siam das Beste, seine Unabhängigkeit zu bewahren?«, fragte sie überrascht. Ihre Ausbildung in England hatte sie gelehrt, dass Kolonialismus und der Aufbau von Imperien eine glorreiche Errungenschaft des neunzehnten Jahrhunderts waren, die man nur begrüßen konnte.

»Ja, davon bin ich fest überzeugt«, erklärte Joseph mit Nachdruck. »Obwohl sich diese Ansicht in der hiesigen Ausländerkolonie keiner großen Beliebtheit erfreut. Natürlich würde ich eine Bekehrung der Bevölkerung zu unserer Kirche begrüßen, doch die Menschen hier widersetzen sich hartnäckig einem solchen Wandel. Es wird einige Zeit dauern, bis es so weit ist.«

Sie setzten die Unterhaltung fort und er erzählte ihr von Entwicklungen im Laufe der Jahre, von denen ihr Vater nichts wusste, und als sie ihren Tee ausgetrunken und der Gesprächsstoff erschöpft war, stand Elizabeth auf, um sich zu verabschieden.

»Vielen Dank für die Erfrischung, Mr. Shaw. Ich habe den Nachmittag sehr genossen.«

Joseph begleitete sie zur wartenden Kutsche. »Wir werden uns zweifellos am Sonntag in der Kirche sehen.«

»Dann bis Sonntag«, erwiderte sie lächelnd, als er ihr beim Einsteigen half.

Er blickte der Kutsche nach, bis sie der Sicht entschwunden war, und fand, dass sie sich in eine ungemein weltkluge junge Dame verwandelt hatte, die eine hervorragende Ehefrau für einen jungen Mann abgeben würde. Als er die Stufen zu seiner Veranda an der Vorderseite des Hauses erklomm, ging ihm der Gedanke durch den Kopf, dass sie zu der Art Frauen gehörte, die er vor fünfzehn Jahren hätte heiraten sollen, wenn er damals einer von ihrem Format begegnet wäre. Eine Ehefrau wäre ihm bei seiner Arbeit mit Sicherheit eine große Hilfe gewesen. Doch es hatte nicht sein sollen. Es war ein Kreuz, das ihm zu tragen auferlegt war; die gerechte Strafe für eine einzige Unbesonnenheit, begangen vor vielen Jahren.

Edward war weit davon entfernt, sich über Elizabeths Mitteilung zu freuen. Eine Tochter zu haben, die in eine Familie mit Adelstitel einheiratete, den ihr Mann erben würde, hätte ihm gut ins Konzept ge-

passt und ihm eine Fülle beruflicher Chancen eröffnet, sogar im fernen Siam.
Er dachte an die Geschichten, die er über Mr. Knox gehört hatte, der seine Beförderungen angeblich der Verwandtschaft mit Lord John Beresford und Lord Ranfurly in England verdankte. Knox war ursprünglich Soldat ohne diplomatische Schulung gewesen, er stieg zum britischen Generalkonsul in Siam auf und für seine Verdienste um das Vaterland wurde er sogar in den Ritterstand erhoben.
Auch Edwards Vater hatte von Königin Victoria den Ritterschlag erhalten und obwohl Edward den Titel in jüngeren Jahren als bedeutungslos abtat, hätte er nun selbst gerne einen gehabt – oder zumindest die Annehmlichkeiten und Beziehungen, die mit dieser Ehrung einhergingen. Wer weiß, welche Gelegenheiten sich aus Elizabeths Hochzeit mit James ergeben konnten? Und sie war seine letzte Hoffnung. Anchalee war die Schönheit in der Familie, ohne Zweifel, doch bei einem Mädchen, das zur Hälfte Siamesin war, stand eine Einheirat in die britische Hocharistokratie außer Frage. Daher setzte er seine ganzen Hoffnungen auf Elizabeths Ehe und war sicher, dass Seine Majestät ihm mehr Zeit und Glaubwürdigkeit zugestehen würde, sollte es zu dieser Verbindung kommen.
Obwohl Edward den König mehrmals mit verschiedenen Ehefrauen und Kindern fotografiert hatte und seine Dienste häufig bei offiziellen Empfängen in Anspruch genommen wurden, war er über den Status eines »Lakaien« nicht hinausgekommen. Er strebte danach, Zugang zum inneren Zirkel zu erhalten, vielleicht zum Sonderberater in irgendeiner Funktion oder zum einzigen königlichen Hoffotografen ernannt zu werden. Doch wie dem auch sei, in der Zwischenzeit würde er bestimmte Leute wissen lassen, wen seine Tochter zu heiraten gedachte. Der Name würde gewiss ins Gewicht fallen, vorausgesetzt, dass Elizabeth Vernunft annahm.

Anchalee hörte ihre Schwester in der Eingangshalle und sprach sie an, als sie gerade die Treppe hinaufzulaufen begann; sie blieb stehen.
»Wie war dein Ausflug?«
»Schön, Anchalee, danke. Doch ich bin ziemlich müde. Ich glaube, ich werde mich ein wenig hinlegen und ausruhen.« Sie bedachte An-

chalee mit einem matten Lächeln und schickte sich an weiterzugehen.

»Elizabeth? Stimmt etwas nicht? Du siehst so anders aus.«

Sie hielt abermals an und drehte sich um. »Nein, es ist alles in Ordnung.«

Doch Anchalee bemerkte die schwache Stimme und das angespannte, gezwungene Lächeln, das sich nicht in ihren Augen widerspiegelte. Ihre Miene wirkte aufgesetzt und ihr Blick strahlte nicht wie sonst, sondern war verhangen, als würde sie jeden Moment in Tränen ausbrechen.

»Ich bin nur erschöpft. Das muss an der Hitze liegen. Wir sehen uns beim Abendessen.« Und damit setzte sie ihren Weg fort.

Anchalee besaß die nahezu unheimliche Gabe, Menschen zu durchschauen, und wusste, dass Elizabeth nicht die Wahrheit gesagt hatte. Sie ging ihr nach, die Treppe hinauf, fand ihre Zimmertür jedoch verschlossen. Lautlos bückte sie sich, lauschte an der Tür und hörte ein unterdrücktes Schluchzen.

Drinnen lag Elizabeth auf ihrem Bett, das Gesicht im Kopfkissen vergraben. Sie war zutiefst verstört, doch wie sehr sie auch versuchte, zur Ruhe zu kommen, es gelang ihr nicht…

Es war ein Fehler gewesen, von dem Augenblick an, als sie das Billett im Konsulat angenommen hatte, bis zu dem Augenblick, als sie sich am Morgen an den Frühstückstisch gesetzt und gefragt hatte, ob sie am Nachmittag die Kutsche benutzen dürfe. Edward hatte nicht einmal von seiner Zeitung aufgeschaut – sie war Monate alt, jedoch britisch und ein seltener Luxus. »Natürlich«, hatte er zerstreut erwidert. »Noch mehr alte Freunde, die du wiedersehen möchtest?«

»Nein, ich würde nur gerne eine Spazierfahrt machen«, hatte sie gesagt. Und zu diesem Zeitpunkt war es sogar die Wahrheit gewesen. Hatte sie zumindest geglaubt.

Sie hatte immer noch nicht vor, die Verabredung einzuhalten, doch sie wollte aus dem Haus und mehr von der Stadt sehen, eine Zerstreuung, mit der sie sich von jedem Gedanken an ihn abzulenken glaubte, zumindest für eine Weile.

Die Macht und Anziehungskraft, die er auf sie ausübte, begann ihr zu widerstreben. Sie wollte ihn vergessen und stattdessen an James denken. Doch wenn sie sich das Gesicht ihres Verlobten vorstellte, war das Bild verschwommen. Sie konnte sich nicht einmal mehr an die Farbe seiner Augen erinnern.

Nach dem Mittagessen war sie in ihr Zimmer gegangen, um sich umzuziehen. Sie bat Noi, ihr Ausgehkleid aus blau-weiß gestreifter Baumwolle herauszulegen. Es war leicht und kühl, mit eng anliegenden langen Ärmeln, einem Rock, der in weichen Falten herabfiel, einem hautengen Mieder, einer Schleife am Stehkragen und einer Knopfreihe an der Vorderseite, die zu schließen das Dienstmädchen zehn Minuten brauchte, selbst mit dem Knopfschließer, den Elizabeth eigens aus England mitgebracht hatte, und eine dazu passende Husarenjacke, die ihr bis über die Hüften reichte.

Noi half ihr, die Haare in einer glatten Rolle auf dem Kopf festzustecken, und während sie sich ankleidete, musterte sie sich in dem Spiegel, in dem sie sich in voller Körpergröße betrachten konnte. Elegant, ja, und langweilig. Warum hatte sie ihrer Großmutter so lange gestattet, ihre Garderobe zu kaufen? Liebend gerne hätte sie die neuen, bunten Farben getragen, die jetzt in London als der letzte Schrei galten, doch ihre Kleidung war fast ausschließlich in altmodischen Pastelltönen gehalten, fliederfarben, rosa, blau oder schlicht weiß. Wie konnte sie erwarten, mit derart faden Kleidern seine Aufmerksamkeit zu fesseln? »Zum Teufel mit ihm!«, schimpfte sie laut. Was für eine Rolle spielte es, was er oder gleich welcher Mann von ihr hielt? Sie war mit James verlobt.

Sie nahm ihren weißen Sonnenschirm, steckte ein weißes Taschentuch mit Spitzenbesatz in ihren Ärmel und machte sich auf den Weg. Sie hatte einen kleinen Seidenbeutel mitgenommen, der ein paar Münzen und das Billett enthielt, auf das er die Adresse geschrieben hatte; nicht, dass sie es gebraucht hätte, denn sie hatte nicht vor, dorthin zu fahren.

Doch als sie in gemächlichem Tempo in dem leichten Zweisitzer dahinfuhren, konnte sie nicht umhin, an das Billett zu denken. Schließlich öffneten ihre Hände, als besäßen sie ein Eigenleben, die Kordel des kleinen Beutels und holten das durchscheinende Stück Papier heraus, auf das in aller Eile, nach den Tintenklecksen zu urteilen, die Adresse gekritzelt worden war.

Sie befand sich in einer Nebenstraße der New Road, ganz in der Nähe. Sie befürchtete, er könnte sie für ungezogen halten, wenn sie einfach nicht zur Verabredung erschien, was letztendlich das Vorrecht einer Dame war, und grübelte darüber nach, was er dann von ihr denken mochte. Er würde sich einfach der nächsten jungen Dame zuwenden, wenn sie kein Interesse zeigte. Vielleicht würde er der Liaison ohnehin keine große Bedeutung beimessen. Es war völlig abwegig, doch es bedrückte sie trotzdem, ihn sich mit einer anderen Frau vorzustellen, denn sie hatte schließlich ihre Chance gehabt und abgelehnt, sie zu ergreifen.

»Kutscher, wir kehren um. Fahren Sie bitte zurück«, rief sie und deutete auf den gleichen Weg, den sie gekommen waren, ohne lange zu überlegen. »Ich habe noch eine Verabredung, die ich einhalten muss«, sagte sie sich, als ihr Herz beängstigend zu pochen begann. Die Schweißperlen, die sich bereits auf ihrer Stirn gesammelt hatten, liefen an ihren Schläfen hinab und sie tupfte sie mit ihrem Taschentuch weg.

»*Leohw saai* – biegen Sie links ab«, rief sie, als sie die Seitenstraße erreichten, die ihrer Meinung nach die richtige Adresse war. Sie würde nur bis zur Haustür gehen und ihm sagen, dass sie die Verabredung nicht einhalten konnte. Sie würde sich entschuldigen, wie es sich gehörte, ohne das Haus zu betreten. Doch wenigstens würde sie ihn noch einmal sehen.

»Warten Sie hier auf mich«, bat sie den Kutscher, als sie vor dem Haus hielten, das hoffentlich das richtige war. Es glich im Stil dem Anwesen ihres Vaters, wirkte jedoch ziemlich vernachlässigt. Der Garten war verwildert, obwohl sie bemerkte, dass die Fenster im oberen Stock des Hauses weit geöffnet waren. Vielleicht hatten seine Freunde nicht lange darin gewohnt. Sie läutete, in der Erwartung, dass ihr ein Dienstmädchen öffnete, doch als die Tür aufging, stand Sam vor ihr, und sie wich überrascht zurück.

Er lächelte strahlend und seine dunklen Augen durchbohrten sie, während er sie von Kopf bis Fuß musterte. »Ich hatte mich schon gefragt, ob Sie es sich anders überlegt haben.« Er öffnete die Tür ein

Stück weiter und forderte sie mit einer Geste zum Eintreten auf, doch sie blieb stehen und sah ihn an, wieder einmal um Worte verlegen.

»Was ist? Bitte treten Sie ein.«

»Ich … ich kann nicht. Es tut mir Leid, ich …«

Er lächelte abermals. »Was ist los, Elizabeth? Haben Sie Angst vor mir?«

»Natürlich nicht«, erwiderte sie rasch, mit einem Mal verärgert über seinen anmaßenden Ton.

»Dann kommen Sie wenigstens herein, um eine Tasse Tee zu trinken. Hier sind wir ungestört. Es ist niemand da, nicht einmal die Dienstboten.«

Sie sah ihn verdutzt an, dann umwölkte sich ihre Miene. »Ich dachte, Sie sagten, Ihr Freund wohne hier.«

»Normalerweise schon, doch er hält sich zurzeit in Singapur auf. Er bat mich, in seinem Haus hin und wieder nach dem Rechten zu sehen, und genau das tue ich heute.«

Er streckte seine Hand aus, die sie ohne nachzudenken ergriff, und sie fand sich in der Eingangshalle wieder. Das Haus roch moderig.

»Es muss wieder einmal gründlich gelüftet werden, wie Sie sicher bemerkt haben. Bedauerlicherweise sind alle Möbelstücke mit Laken zugedeckt, mit Ausnahme des kleinen Zimmers direkt neben der Küche.«

Ihr wurde bewusst, dass er immer noch ihre Hand hielt, und sie entzog sie ihm. »Ich habe nicht vor zu bleiben, Mr. Taylor. Mein Kutscher wartet.«

»Dann soll er warten. Die Leute schlafen ohnehin gerne. Und mein Name ist Sam, Elizabeth, wie ich bereits sagte. Oder Samuel, wenn Sie es lieber formal mögen.«

Sie folgte ihm durch die dunkle Eingangshalle in einen kleinen, jedoch gemütlich eingerichten Raum, der ein Sofa und zwei Sessel, eine Anrichte und einen niedrigen, kunstvoll geschnitzten Teakholztisch im siamesischen Stil enthielt. Von Tee war weit und breit keine Spur zu entdecken.

Er bemerkte ihren Gesichtsausdruck, als sie den Raum in Augenschein nahm. »Sie haben Recht. Das mit dem Tee war leider geschwindelt. Es ist schwierig, Wasser zu kochen, wenn der Küchenherd nicht angezündet ist. Würden Sie stattdessen mit einem Glas süßen Sherrys vorlieb nehmen?«

»Gerne.«

Er schenkte ihr ein Glas aus einer Kristallkaraffe und für sich selbst einen Whisky aus einer anderen Karaffe ein, dann bot er ihr einen Teller mit kleinen Kuchen an. Sie griff zu, obwohl sie keinen Appetit hatte, doch sie war nicht geneigt, den Sherry zu trinken. Sie musste einen klaren Kopf behalten.

»Sie sehen aus, als fühlten Sie sich nicht wohl, Elizabeth«, sagte er in spöttischem Ton.

»So ist es«, erwiderte sie offen und setzte den Sherry ab, behielt jedoch den Kuchen in der Hand, da sie nicht wusste, was sie sonst damit tun sollte. Er hatte sich nicht die Mühe gemacht, Teller hinzustellen.

»Dazu besteht kein Grund. Meine Absichten sind dieses Mal rein platonisch.« Er nahm neben ihr auf dem Sofa Platz und sie fand seine Nähe schier überwältigend. Sie war drauf und dran, aufzuspringen und zur Kutsche zu laufen. Doch sie blieb wie angenagelt auf ihrem Platz sitzen, unfähig, ihren Blick zu lösen.

Sie hatte das dringende Bedürfnis, die Situation in den Griff zu bekommen, ein gewisses Maß an moralischer Stärke zu bekunden. »Ich finde diese … Zusammenkunft, oder wie man es nennen will, ziemlich ungewöhnlich, um einer Dame den Hof zu machen«, sagte sie streng.

»Vorsicht, Elizabeth. Ich höre geradezu die Warnungen Ihrer Großmutter. Die alte Dame hat Sie offenbar immer noch fest an der Kandare.«

Sie versteifte sich. »Ich wäre Ihnen sehr verbunden, wenn Sie nicht in dieser Weise von meiner Großmutter sprächen. Sie kennen sie ja nicht einmal.«

Er lachte. »Sie haben Recht, Schätzchen. Doch wenn ich Sie anschaue, kann ich sie mir lebhaft vorstellen.«

»Sie sind unverschämt, Mr. Taylor.«

»Tut mir Leid, das war nicht meine Absicht. Ich habe die meiste Zeit meines Lebens für mich selbst eintreten müssen und das hat mir eine scharfe Zunge verliehen. Was meinen Sie?« Doch bevor sie die Gelegenheit ergreifen und antworten konnte, fuhr er fort: »Und überhaupt, was bringt Sie auf den Gedanken, dass ich Ihnen den Hof mache, wie Sie es ausdrücken?«

»Es tut mir Leid, wenn ich Sie missverstanden habe, Mr. Taylor. Wenn ein Gentleman eine Dame bittet, sich auf diese Weise mit ihm zu treffen, schließe ich daraus, dass er … nun, dass er …« Sie wurde feuerrot, rang nach Worten.

»Sie als mögliche Ehefrau betrachtet?«, beendete er den Satz. »Verstehen Sie mich nicht falsch. Sie sind eine sehr reizvolle junge Frau. Den Hof mache ich allerdings niemandem. Ich will ganz offen sein. Ich bin nicht auf Brautschau. Das entspricht nicht meinen Absichten. Ich bedauere, es so drastisch ausdrücken zu müssen, doch ich möchte nicht, dass Sie sich falsche Hoffnungen machen. Wenngleich ich mir vorstellen könnte, dass mich irgendwann einmal eine Frau überzeugen wird, dass eine Ehe keine schlechte Idee ist.«

Schlagartig wurde ihr bewusst, wie leichtfertig ihr Benehmen war. Sie hatte sich mit einem Mann getroffen, der ihrem Vater missfiel, alleine, in einem fremden Haus. Und er hatte unverblümt zugegeben, dass er keine ehrenhaften Absichten hegte. Ganz zu schweigen davon, dass sie bereits einem anderen Mann versprochen war. Vermutlich hielt er sie für eine Närrin.

Sie stand abrupt auf und begann, Hut und Handschuhe anzuziehen, verzweifelt bemüht, wenigstens einen Rest ihrer Würde zu bewahren.

»In diesem Fall, Mr. Taylor, ist es Zeit für mich zu gehen«, erklärte sie spröde.

»Ich hoffe, ich habe Sie nicht beleidigt.« Er saß immer noch ungezwungen auf dem Sofa.

»Nicht im Geringsten. Ich bin nur froh, dass wir einander verstehen.«

»Was heißen soll?«

»Wie ich Ihnen bereits bei unserer letzten Begegnung sagte, bin ich verlobt. Sie sehen also, ich habe genauso wenig Interesse daran, mir den Hof machen zu lassen.«

Sie schickte sich zum Gehen an, doch er hatte die Beine ausgestreckt, versperrte ihr den Weg. »Gestatten Sie, Mr. Taylor.«

Er machte keine Anstalten, den Weg freizugeben. Ein Lächeln huschte über sein Gesicht, dann lachte er auf.

Sie versteifte sich abermals. »Wenn Sie mich komisch finden, Mr. Taylor, kann ich Ihnen versichern, dass dieses Gefühl nicht auf Gegenseitigkeit beruht.«
Doch er lachte nur erneut. »Nein, komisch finde ich Sie nicht gerade. Nur überaus tugendhaft«, fügte er in einem spöttischen Tonfall hinzu, den Akzent der britischen Oberklasse nachahmend. Doch bevor sie mit einer scharfen Entgegnung zu kontern vermochte, sprang er auf und stand dicht vor ihr. »Ich begleite Sie zur Tür.«
Sie wandte den Blick ab. »Vielen Dank, ich finde alleine hinaus.«
»Da bin ich mir sicher.«
Er stand da, rührte sich nicht vom Fleck, und sie hatte keine Ahnung, was sie jetzt tun oder sagen sollte. Und dann kam sein Kopf langsam näher, seine Arme umfassten sie, und bevor sie wusste, wie ihr geschah, war sein Mund auf ihren Lippen, hart, fordernd, schmerzhaft. Er hielt sie eisern im Griff und sie spürte, wie seine Zunge ihre Lippen auseinander drängte. Instinktiv schlang sie die Arme um seinen Hals und öffnete den Mund. Sie schloss die Augen und genau wie an dem Abend, als sie mit ihm getanzt hatte, überkam sie ein Gefühl der Unwirklichkeit. Doch als er seine Lippen löste und sie an sich presste, während ihr Kopf an seiner Brust ruhte, kam sie bald wieder zu Verstand. Was dachte sie sich nur dabei, einem buchstäblich Wildfremden solche intimen Freiheiten zu gestatten?
»Lassen Sie mich los«, verlangte sie, beinahe flüsternd. »Ich muss gehen.«
Er gab sie frei und sie stand neben ihm, wagte nicht, ihm noch einmal in die Augen zu blicken. Denn andernfalls wäre sie, wie sie befürchtete, nicht im Stande gewesen, sich von ihm loszureißen. »Ich muss jetzt gehen«, wiederholte sie abermals, glättete hastig ihren zerknautschten Rock und steckte ein paar Haarsträhnen fest, die sich bei der Umarmung gelöst hatten. Schweigend stand er neben ihr. »Wir werden uns nicht wiedersehen. Nicht so. Niemals mehr«, fügte sie hinzu, wagte jedoch immer noch nicht, ihn anzuschauen.
Dann drehte sie sich um und lief aus dem Raum, durch die Eingangshalle und zur wartenden Kutsche hinaus. Sam nahm gedankenvoll wieder Platz und schenkte sich einen zweiten Whisky ein. Sie

wird mir gehören, noch bevor ein weiterer Monat vergangen ist, dachte er bei sich.

Anchalee, die vor der Schlafzimmertür lauschte, war mehr als neugierig, ob sich ihre Schwester ihr anvertrauen würde. Sie richtete sich auf, strich sich die Röcke glatt und klopfte leise. Das Schluchzen verebbte und es trat eine lange Stille ein. Anchalee klopfte noch einmal.
»Wer ist da?«
»Nur ich. Kann ich hereinkommen?«
»Moment.« Eine weitere Pause trat ein, bevor Elizabeth sie aufforderte, einzutreten.
Anchalee öffnete die Tür; ihre Schwester saß vor der Frisierkommode und bürstete sich das Haar. Doch sie bemerkte, dass der Überwurf auf dem Bett an einer Seite zerwühlt aussah und Elizabeths Augen gerötet und geschwollen waren.
»Elizabeth, hast du geweint?«
»Nein, wie kommst du denn darauf?«, sagte sie und sah Anchalee im Spiegel an. »Die Luft draußen reizt meine Nase. Die reinste Plage.«
»Jetzt bist du ja drinnen.«
»Was?«
»Ich weiß, dass du geweint hast. Ich habe dich durch die Tür gehört.«
»Aha, jetzt spionierst du mir also schon nach?«
»Nein, ich war nur besorgt um dich. Was ist passiert?«
»Das sagte ich dir bereits, nichts. Ich habe nur … Heimweh. Ich vermisse England. Und James.«
»Ich glaube dir kein Wort.«
»Anchalee, bitte.«
»Es geht um einen Mann, oder? Bist du verliebt?«
»Wovon redest du? Das ist doch Unsinn. Verliebt in wen?«
»Das sehe ich an deinem Blick. Es ist Sam Taylor, oder? Du hast ihn heute besucht.«
Einen Moment lang stockte Elizabeths Haarbürste in der Luft, doch nur einen Moment. Dann fuhr sie fort, ihre Haare zu bürsten, jedoch schneller und härter als noch vor wenigen Sekunden.
»Ich weiß nicht, wovon du redest, Anchalee.«
»Doch, das weißt du sehr wohl. Ich habe mitbekommen, wie ihr

euch beim Ball angeschaut habt. Und ich habe dich mit ihm auf der Terrasse gesehen. Und danach hast du ihn in einem der Gänge getroffen.«

»Woher weißt du das alles? Du hast mir also doch nachspioniert, oder? Du kleiner Teufel.«

»Ich doch nicht. Ich sagte dir schon, ich habe dich im Gang gesehen. Du hast mich nicht bemerkt, weil du mir den Rücken zugewandt hattest. Du warst heute Nachmittag bei ihm, stimmt's?«

Elizabeth legte die Bürste beiseite. »Also gut, ich habe heute Nachmittag Tee mit ihm getrunken. So, jetzt weißt du es.«

Sie drehte dem Spiegelbild ihrer Schwester den Rücken zu und sah sie direkt an. »Und ja kein Sterbenswort zu Vater oder irgendjemandem, hörst du? Falls du etwas verrätst, werde ich alles leugnen, und wir beide waren die längste Zeit Freundinnen. Hast du verstanden?«

Anchalee war bestürzt über die Ernsthaftigkeit ihrer Schwester und schwieg einen Moment. »Natürlich erfährt niemand etwas von mir.« Dann fragte sie lächelnd: »Was ist denn wirklich passiert? Ich meine, abgesehen vom Tee.«

»Anchalee, jetzt reicht es. Ich mag deine Anspielungen nicht.«

»Es tut mir Leid. Doch ich weiß Bescheid.«

»Dann weißt du offenbar mehr als ich. Und es ist völlig unerheblich, denn ich werde Mr. Taylor ohnehin nicht wiedersehen.«

»War das seine Entscheidung?«

»Nein, meine. Er ist völlig unannehmbar.«

»Ich kann mir nicht vorstellen, dass er sich abwimmeln lässt, wenn es deine Entscheidung war.«

»Was soll denn das schon wieder heißen?«

»Ich habe so einiges über Sam Taylor gehört.«

»Es ist mir völlig egal, was du über ihn gehört hast, denn ich habe nicht das geringste Interesse an ihm. Und damit wäre das Thema beendet.«

»Die Hälfte der Frauen in der Stadt ist in ihn verliebt. Die andere Hälfte wurde wahrscheinlich schon von ihm abgelegt.«

»Anchalee, es ziemt sich nicht für eine junge Dame, über solche Dinge zu reden.«

»Es ist die Wahrheit. Du solltest vorsichtig bei ihm sein. Ich möchte nicht, dass du verletzt wirst.«
Insgeheim musste sie lachen. Anchalee war wirklich ein vorwitziger Fratz. Doch sie schmolz dahin, weil ihre kleine Schwester so besorgt um sie war. »Jetzt bekomme ich also schon von einer Dreizehnjährigen gute Ratschläge über Männer, oder?« Sie lächelte. »Anchalee, ich bin acht Jahre älter als du und weiß sehr wohl, wie ich mich im Umgang mit Männern zu verhalten habe. Und außerdem sagte ich bereits, die Sache ist vorbei. Trotzdem danke für deine Fürsorglichkeit. Ich bin sicher, du meinst es nur gut.«
»Keine Ursache.« Anchalee sprang mit kindlichem Übermut aus ihrem Sessel auf. »Bis dann, wir sehen uns beim Abendessen.«
Sie ging in ihr eigenes Zimmer und dachte geraume Zeit über Elizabeth und Sam nach. Sie erriet, womit er sie derart aus der Fassung gebracht hatte, war jedoch sicher, dass sich Elizabeth nicht so ohne weiteres einem Mann hingeben würde. Vermutlich hatte sie ihm nur einen Kuss gewährt, was genügte, um sie aus dem Gleichgewicht zu bringen. Trotz ihrer Jugend hatte Anchalee ein Gespür für die Heuchelei einer Gesellschaft entwickelt, die Männern alles erlaubte, Frauen jedoch als unmoralisch abstempelte, wenn sie sich die gleichen Recht herausnahmen. Das war eine Ungerechtigkeit und sie hatte sich oft gewünscht, ihre Mutter wäre noch am Leben, um ihr die Dinge zu erklären.
Sie wusste wenig über ihre Mutter, nur dass ihr Name Kesri lautete und sie schon vor Jahren gestorben war, kurz nach der Hochzeit mit Vater. Niemand sprach über sie oder sagte ihr, warum sie so jung sterben musste. Anchalee griff unter ihre Matratze und holte eine alte, brüchige Fotografie von einer schönen Siamesin hervor, die Haare auf dem Scheitel zu einem kunstvollen Knoten geschlungen, wie es früher der Brauch war.

Edward hatte mit Nachdruck behauptet, er besäße keine Fotografien von Kesri, doch sie wusste, es konnte nicht angehen, dass ein Fotograf keine Aufnahmen von seiner eigenen Frau gemacht hatte. Sie hatte ihn vor einiger Zeit gebeten, sich die Schachteln mit ihren Kinderbildern anschauen zu dürfen, in der Hoffnung, darunter wenigstens ein Bild ihrer Mutter zu entdecken – oder noch besser eines, auf dem sie beide zu sehen waren. Doch sie hatte nichts gefunden. Deshalb hatte sie bis zu dem Tag gewartet, als sie wusste, dass er nicht vor dem späten Abend nach Hause kommen würde, vielleicht sogar erst am nächsten Tag. Sie hatte sich in sein Schlafzimmer geschlichen, den Schlüssel zum Atelier in seiner Ankleidekommode gefunden und die Tür aufgesperrt.

Es hatte Stunden gedauert, die Schachteln mit den verstaubten alten Abzügen und fotografischen Platten zu durchsuchen. Es gab mehrere Fotografien von jungen Thai-Frauen, doch keines war auf der Rückseite gekennzeichnet. Als sie nahe daran war, aufzugeben, wurde sie fündig. Die Aufnahme bestand aus zwei Hälften, war in der Mitte durchgerissen, als ob jemand – er vermutlich – beschlossen hatte, sie wegzuwerfen. Auf der Rückseite einer der Hälften stand der Vermerk »Kesri, 1868« in der Handschrift ihres Vaters. Sie klebte die Fotografie sorgfältig zusammen und betrachtete zum ersten Mal das Gesicht ihrer Mutter.

Kesri war noch sehr jung, sie sah nicht älter aus als achtzehn, und außerdem schön, mit einem sinnlichen Mund und glatter, makelloser Haut. Doch ihre Augen hatten nichts Jugendliches mehr. Anchalee entdeckte Traurigkeit in ihnen, als hätte ihre Mutter während ihres kurzen Lebens viel gelitten. Ein Mann, dachte sie, würde nur ihre Schönheit sehen und nicht ihren Kummer.

Sie stellte sämtliche Schachteln gewissenhaft an ihren Platz zurück und brachte den Schlüssel wieder in Edwards Schlafzimmer. Sie achtete stets darauf, das Bild in ihrem Zimmer zu verstecken, da sie überzeugt war, dass ihr Vater wütend sein würde, wenn er wüsste, dass sie es besaß. Allem Anschein nach wollte er nicht an Kesri erinnert werden, er erwähnte sie nie und war fest entschlossen, Anchalee zu einer jungen Dame nach englischem Vorbild zu erziehen, ungeachtet dessen, dass sie zur Hälfte Siamesin war.

Doch trotz seiner Bemühungen, es zu unterbinden, hatte sie die siamesische Sprache im Handumdrehen gelernt und beherrschte sie inzwischen genauso fließend in Wort und Schrift wie Englisch. Sie war außerdem überzeugt, dass sie zu guter Letzt auf eigene Faust herausfinden würde, was mit ihrer Mutter geschehen war.

Während sie auf ihrem Bett lag und über die Vergangenheit nachsann, wurde ihr plötzlich klar, dass ihre Schwester möglicherweise die Einzige war, die ihr helfen konnte. Elizabeth war zwar erst acht gewesen, als sie Siam verließ, doch gewiss alt genug, um sich an Menschen und Ereignisse zu erinnern. Sie war zu Kesris Lebzeiten noch zu Hause gewesen und musste das eine oder andere wissen. Anchalee war jedoch gleichermaßen klar, dass sie umsichtig vorgehen musste. Aufgrund der Art, wie andere auf Fragen nach ihrer Mutter reagiert hatten, hütete sie sich davor, Nachforschungen anzustellen, bevor sie Elizabeths Freundschaft, Vertrauen und Loyalität gewonnen hatte. Vielleicht konnte sie aus dem Problem, das ihre Schwester mit Sam Taylor hatte, irgendwann einmal einen Vorteil für sich selbst ziehen, dachte sie.

Beim Abendessen war Elizabeth blass und in sich gekehrt und stocherte lustlos auf ihrem Teller herum.
»Elizabeth, fehlt dir etwas?«, erkundigte sich Edward besorgt. »Du isst ja gar nichts.«
»Nein, Vater, alles in Ordnung«, erwiderte sie leise, die Augen niedergeschlagen.
»Bist du krank?«
Sie sah ihn an. Es widerstrebte ihr zu lügen, doch sie konnte ihm keinesfalls die Wahrheit sagen. »Nein, es ist nur …«
»Sie ist gereizt worden«, sprang Anchalee in die Bresche. »Ich meine, ihre Atemwege, von der Luft, weil sie heute Nachmittag mit der Kutsche unterwegs war.«
»Ist das alles? Nun, wenn ich Arzt wäre, würde ich dir verordnen, früh schlafen zu gehen, junge Dame.«
Er wandte seine Aufmerksamkeit wieder seiner Mahlzeit zu und Anchalee blickte zu Elizabeth hinüber, die anerkennend lächelte.

28. April 1882

Liebe Marjorie,

wie lange scheint es her zu sein, seit ich dich das letzte Mal sah, auf dem Pier von Liverpool, wo du mir zum Abschied gewinkt hast? Ich bin erst seit zwei Wochen in Bangkok, doch inzwischen ist so viel geschehen, dass ich mir wünsche, ich hätte dich hier, um mit dir zu reden, meine liebste Freundin und Vertraute.

Die Stadt hat sich natürlich beträchtlich verändert und es gibt unzählige Modernisierungen, dank Seiner Majestät des Königs, der viele neuartige Ideen für die Entwicklung seines Landes hat. Derzeit herrscht hier besonders große Aufregung, weil Bangkok sein hundertjähriges Jubiläum begeht und viele gesellschaftliche Ereignisse im Zuge dieser historischen Begebenheit stattfinden. Am Tag nach meiner Ankunft nahmen wir an einem Ball teil und erst gestern besuchten wir die Siamesische Nationalausstellung. So prachtvolle Exponate suchen selbst in Europa ihresgleichen, erklären selbst die ausländischen Gäste einstimmig. Seine Majestät hat die Ausstellung ebenfalls mit seinem Besuch beehrt und als etwas Besonderes gelobt.

Doch nun, liebe Marjorie, muss ich dir unbedingt von einer anderen Sache erzählen, die sich zweifellos in den Monaten, bis dich der Brief erreicht, auf die eine oder andere Weise erledigt haben wird. Ich habe einen Mann kennen gelernt, Marjorie, keinen gewöhnlichen. Ich kann dein wissendes Lächeln geradezu vor mir sehen, doch ich glaube, dieser Mann hat meine Gefühle völlig überrannt, so dass ich an nichts anderes mehr denken kann. Ohne zu viel auszuplaudern, kann ich dir jetzt schon verraten, dass er Amerikaner, Schriftsteller und überdies der anmaßendste, unverschämteste und dennoch faszinierendste Mann ist, dem ich jemals begegnet bin. Erschwerend kommt hinzu, dass er nach meinem Dafürhalten keine ehrenhaften Absichten hat, was mich betrifft, zumindest bis jetzt. Ist das nicht aufregend?

Das Problem ist natürlich James. Vater betrachtet ihn als eine derart »gute Partie«, dass es ein echter Glücksfall wäre, wenn ich irgendwie aus dieser Verlobung herauskäme. Er ist sehr angetan von dem Gedanken, in die Hocharistokratie einzuheiraten, und von den Vortei-

len, die ihm eine solche Verbindung einbringen könnte. Was soll ich nur tun, Marjorie? Was soll ich nur tun? So etwas ist mir noch nie im Leben passiert.
Du wirst mich vermutlich für ziemlich freisinnig halten, weil ich ganz offen über diese Dinge spreche, und so werde ich dir jetzt lieber von meiner neuen Familie berichten, denn sie ist für mich beinahe eine neue Familie, da…

Sie schilderte ihrer alten Schulfreundin nun Anchalee, das Haus und die vielfarbigen tropischen Blumen, die im Garten wuchsen.
Sie hatte sich offenbar überraschend schnell von der gefühlsmäßigen Anspannung erholt, unter der sie noch wenige Stunden vorher gelitten hatte.

16. Kapitel

Wenige Wochen später, an einem schwülen Sonntagnachmittag, beschlossen Elizabeth und Anchalee, die Königlichen Gärten unweit des Großen Palastes zu besuchen, zu denen die Öffentlichkeit jede Woche einmal, an ebendiesem Tag, Zugang hatte. Die Hofmusikanten spielten auf, wie üblich, und man sah einen großen Teil der Ausländerkolonie Bangkoks in den weitläufigen, gepflegten Parkanlagen lustwandeln, wo die verschiedensten tropischen Pflanzenarten wuchsen, von denen manche als Seltenheit galten.

Es war ein allwöchentliches gesellschaftliches Ereignis, dem ganz Bangkok mit Freude entgegensah. Die Ausländer trafen sich dort, um Nachrichten und Klatsch auszutauschen oder mit dem siamesischen Adel Tennis und Krocket auf dem Rasen zu spielen, während das siamesische Volk die Gelegenheit nutzte, die seltsam anmutenden Fremden mit ihren absonderlichen Kleidern und Gewohnheiten zu begaffen.

»Machen wir einen Spaziergang durch den Bambusgarten?«, schlug Anchalee vor.

»Ja, gerne.« Elizabeth liebte die lange Allee aus hoch aufragenden Bambusgewächsen, von denen viele über dreißig Fuß maßen. An diesem Tag hatten sich nicht so viele Besucher wie sonst in den Gärten eingefunden, vielleicht weil die Regenzeit in diesem Jahr ohne Verzögerung eingetreten war und die Damen fürchteten, ihre langen Kleider in den plötzlich einsetzenden, sintflutartigen Regenfällen zu ruinieren.

Elizabeth und Anchalee waren hocherfreut, die dreihundert Fuß lange Allee für sich alleine zu haben. Sie hakten sich unter und schlenderten einträchtig nebeneinander her.

»Man hat das Gefühl, weit von der Stadt entfernt zu sein, findest du nicht?«, meinte Anchalee aufgeregt. »Als wären wir im Dschungel und müssten nach Tigern, wild gewordenen Elefanten und …«

Doch während sie sprach, merkte sie, dass ihre Schwester stehen blieb.

Elizabeth zerrte an Anchalees Arm. »Komm, lass uns zurückgehen.«

»Sei nicht albern, das sieht er doch.«

Sie widersetzte sich den Bemühungen ihrer Schwester, sie mit Gewalt zur Umkehr zu bewegen.

»Das ist mir egal, völlig egal«, erklärte Elizabeth eindringlich. »Bitte, Anchalee, ich ertrage es nicht, ihm jetzt zu begegnen.«

»Elizabeth, wenn wir umkehren, geht er doch in dieselbe Richtung; er wird uns mit Sicherheit einholen und begleiten wollen. Was wirst du ihm dann sagen? Wenn wir weitergehen, können wir ihm kurz zunicken und unseren Weg fortsetzen.«

»Du hast natürlich Recht«, räumte Elizabeth zögernd ein und Anchalee sah, dass ihre Schwester aschfahl geworden war. »Es wird sich wohl nicht vermeiden lassen, ein paar Worte mit ihm zu wechseln«, fuhr Elizabeth schicksalsergeben fort.

»Nein, das geht nicht. Es sei denn, du willst dich vor ihm lächerlich machen. Und das liegt dir gewiss fern.«

»Ganz und gar.« Sie holte tief Luft, als schicke sie sich zu einem Sprung in eiskaltes Wasser an.

»Aha, die Damen Fairburn.« Sam tippte an seinen Hut, als er sich näherte. »Ich fragte mich bereits, ob ich Ihnen beiden heute in die Arme laufen würde.« Er blieb unmittelbar vor ihnen stehen und versperrte ihnen den Weg.

»Wirklich?«, erwiderte Anchalee obenhin, weder eingeschüchtert noch verlegen.

Sam lächelte sie an und ihr wurde bewusst, wie unverhohlen er sie beide musterte. Elizabeth hatte kein Wort über die Lippen gebracht und Anchalee stieß sie unmerklich an.

»Ich nehme an, es geht Ihnen gut, Mr. Taylor?«, sagte Elizabeth, so kalt und hoheitsvoll, wie sie vermochte.

»Einfach vortrefflich, Miss Fairburn«, erwiderte er und beide bemerkten den leisen Spott, der in seiner Bemerkung mitschwang.

Elizabeth brachte die Begegnung zu einem raschen Ende. »Wir müssen weiter. Wenn Sie uns bitte entschuldigen wollen, Mr. Taylor.«

»Bis bald«, sagte Sam ungezwungen, ohne auch nur den Versuch zu

machen, sie aufzuhalten. Und mit weit ausholenden Schritten setzte er seinen Spaziergang in die entgegengesetzte Richtung fort.
»Siehst du, so schlimm war es doch gar nicht, oder?«
»Nein, Gott sei Dank. Du hattest Recht.«
»Mach dir keine Sorgen, du siehst ihn schon wieder«, fügte Anchalee hinzu. Ihre Schwester war so unverkennbar verliebt in diesen Mann, dass sie der Versuchung nicht widerstehen konnte, sie ein wenig zu necken.
»Genau das ist der springende Punkt, Anchalee. Ich will ihn nicht wiedersehen. Nie mehr.«
»Oh, und warum nicht?«
Elizabeth hatte immer noch nicht bemerkt, dass ihre Schwester sie aufzog. »Du bist erst dreizehn, Anchalee. Da kann man nicht erwarten, dass du solche Dinge verstehst. Der Umgang mit ihm ist einfach zu … zu gefährlich.«
»Gefährlich?«
»Ja. Er passt nicht im Geringsten zu mir, er käme niemals als Ehemann in Frage.«
»Du musst ihn ja nicht gleich heiraten. Nur weil du in ihn verliebt bist, heißt das noch lange nicht, dass die Hochzeitsglocken bald läuten müssen.«
»Ich bin nicht in ihn verliebt, Anchalee. Ich verachte ihn. Er verkörpert alle Eigenschaften, die ich an einem Mann verabscheue, und mehr.«
Anchalee lächelte still in sich hinein, bemüht, nicht in triumphierendes Gelächter auszubrechen. Sie freute sich diebisch darüber, dass es ihr gelungen war, Elizabeth aus dem Gleichgewicht zu bringen. Sie genoss die übertriebene Reaktion ihrer Schwester in vollen Zügen, da sie nur all das bestätigte, was Elizabeth geleugnet hatte.
»Und was seine Herkunft betrifft, so ist er absolut indiskutabel. Der Sohn eines Saloonbesitzers und einer Mexikanerin. Nein, er ist nicht standesgemäß, in keiner Beziehung. Eine Verbindung wäre völlig ausgeschlossen«, fuhr Elizabeth ungestüm fort.
Anchalee schwieg und Elizabeth merkte umgehend, wie plump ihre Bemerkung gewesen war. »Oh, es tut mir Leid, Anchalee. Ich wollte damit nicht sagen, er sei unwürdig, nur weil seine Mutter keine Engländerin war. Ich …«

»Schon gut«, unterbrach Anchalee sie lächelnd. »Ich weiß schon, was du meinst.«

Sie hätte gerne über ihre eigene Mutter gesprochen. Es lag ihr auf der Zunge, Elizabeth zu fragen, woran sie sich erinnerte, was für ein Mensch Kesri gewesen war. Doch sie hatte das Gefühl, der Zeitpunkt sei verfrüht. Und außerdem bestand die Gefahr, dass Elizabeth sagte, sie sei zu jung gewesen, um sich ihrer zu entsinnen. Damit wäre das Thema beendet und sie wäre der Wahrheit keinen Schritt näher gekommen.

Ein bedrückendes Schweigen lastete auf ihnen, als sie weitergingen, und als sie das Ende der Allee erreichten und sich wieder unter freiem Himmel befanden, sahen sie, dass dunkle Wolken aufgezogen waren.

»Vielleicht sollten wir zum Orchideenhaus gehen und uns unterstellen«, meinte Anchalee.

Elizabeth stimmte zu, sie hatte immer noch ein schlechtes Gewissen wegen ihrer taktlosen Bemerkung. Sie schlugen rasch die Richtung ein, in der sich das lange, zweistöckige Treibhaus befand, das Tausende von herrlichen Orchideen zu ebener Erde und viele weitere tropische Pflanzenarten in dem nach oben offenen ersten Stock beherbergte.

Während sie sich beeilten, das Gebäude trockenen Fußes zu erreichen, flammten zackenförmige Blitze am Himmel auf, begleitet von einem unheilvollen Grollen, Vorbote eines Donnerschlags, der nirgendwo außerhalb der Tropen eine vergleichbare Lautstärke besaß. Gleich darauf fielen die ersten Tropfen, jeder einzelne schwer, wenn er auf der Haut zerplatzte. Doch dank ihrer weisen Voraussicht schafften sie es gerade noch rechtzeitig, sich in Sicherheit zu bringen, bevor ein Platzregen einsetzte.

Im Orchideenhaus herrschten Hitze und hohe Luftfeuchtigkeit, doch es tropfte nur an wenigen Stellen durch das Dach, und so bot es ausreichenden Schutz. Sie waren nicht die Einzigen, die hier Zuflucht gesucht hatten, obwohl sich die Leute in dem mehr als zweihundert Fuß langen Gebäude ausreichend verteilten. Es war angefüllt mit Orchideen von jeder nur erdenklichen Farbe und Form. Einige, die von der Decke herabhingen, besaßen ein so langes, dichtes Wurzelgeflecht und eine solche Fülle von Blütenstielen, dass sie die einengenden Pflanzgefäße sprengten und die Sicht auf den Weg versperrten. Sie brauchten keine Erde, um zu wachsen, sondern gediehen allem Anschein nach allein durch die Feuchtigkeit. Anchalee machte sich wortlos davon, um das Gelände auf eigene Faust zu erkunden, und Elizabeth, in die Betrachtung der prachtvollen Blumen und Pflanzen versunken, merkte nicht, dass sie alleine war.

Während sie in der schwülen Luft weiterging und die zur Schau gestellte Vegetation bewunderte, spürte sie, wie ihr der Schweiß in Strömen den Rücken hinablief. Der Bereich, in den sie nun gelangte, war noch stärker überwuchert als der Rest. Ein großes Pflanzgefäß aus bemaltem Porzellan war umgefallen und die Pflanze mit dem dichten Blattwerk, die sich darin befand, versperrte den Weg vollends. Elizabeth lupfte den Rock bis über die Knöchel, um über die Hürde zu steigen, doch dabei verfing sich ihr Fuß an der Kante des Gefäßes und sie stolperte.

Sie wäre gefallen, hätten nicht plötzlich starke Arme sie von hinten gepackt und ihre Taille umschlungen. Sie gehörten nicht Anchalee und als sie an sich herabblickte, sah sie, dass es die Hände eines Mannes waren, die sie hielten. Sie ragten aus den Ärmeln eines Samtjacketts hervor.

Die Hände ließen sie auch dann nicht los, als sie ihr Gleichgewicht wiedergefunden hatte, und als sie sich langsam umdrehte, wurde ihr Mund trocken, denn sie sah, wer sie vor dem Sturz bewahrt hatte. Sie räusperte sich, doch ihre Stimme zitterte immer noch. »Mr. Taylor! Vielen Dank für Ihren Beistand. Wenn Sie jetzt bitte Ihre Arme von meiner Taille nehmen wollen. Wo ist meine Schwester?«

»Sie hat eine Freundin entdeckt und ist in diese Richtung gegangen.« Er deutete den Weg entlang, ließ sie jedoch nicht los. »Sie kommt bald zurück.«

»Ich muss zu ihr. Bitte lassen Sie mich los.«

»Nicht um alles in der Welt.« Er zog sie an sich.

Sie versuchte, sich aus seinen Armen zu befreien, doch er verstärkte nur den Griff. »Mr. Taylor, bitte. Lassen Sie mich sofort los. Man wird uns sehen und denken …« Sie stieß ihn kräftig gegen die Brust, versuchte abermals, sich ihm zu entziehen. »Mr. Taylor. Ihr Benehmen ist empörend. Lassen Sie mich auf der Stelle los.«

Doch er weigerte sich noch immer. »Niemand kann uns sehen. Und ich habe noch etwas zu erledigen, bevor ich Sie gehen lasse.« Und dann küsste er sie, leidenschaftlich und hungrig, ohne die mindeste Zurückhaltung.

Zuerst wehrte sie sich, presste ihre Lippen zusammen und trommelte mit den Fäusten gegen seine Brust. Doch nach und nach spürte sie, wie ihr Widerstand dahinschmolz. Ihre Knie waren so weich, dass sie fürchtete, sie würden nachgeben, und schließlich schmiegte sie sich in seine Arme und erlaubte ihm, sanft ihre Lippen zu öffnen, während sie vor Verlangen erbebte. Da wusste sie, dass sie ihm hoffnungslos verfallen war.

»Ich muss dich alleine treffen«, flüsterte er.

»Gut«, stimmte sie nach kurzem Nachdenken kampflos zu, die Angst vor Entdeckung war für den Augenblick vergessen.

»Ich sage dir Bescheid.«

»Wie sollen wir ein Treffen bewerkstelligen? Mein Vater …«

»Schsch«, unterbrach er sie. »Ist Anchalee vertrauenswürdig?«

»Ich denke schon.«

»Gut. Dann kann sie uns vielleicht helfen. Dein Vater hat gewiss nichts dagegen, wenn du in ihrer Begleitung ausgehst. Sobald ihr das Haus verlassen habt, können wir uns treffen.«

Das Geräusch von Schritten und Frauenstimmen, die sich unterhielten, drang zu ihnen herüber. Sie riss sich los und trat schuldbewusst beiseite, als zwei ältere Europäerinnen im Gänsemarsch an ihnen vorübergingen. Sie zitterte am ganzen Körper, als ihr bewusst wurde, dass sie um ein Haar in einer kompromittierenden Situation ertappt worden wäre. Die Frauen drehten sich beide um und warfen ihr einen strengen Blick zu, als wollten sie sagen: »Wo haben Sie Ihre Anstandsdame gelassen, junge Frau?«, bevor sie auf dem überwucherten Weg verschwanden.

»Auf bald«, sagte er und berührte kurz ihre Wange und jagte ihr damit einen Schauer über den Rücken. Dann machte er auf dem Absatz kehrt und war weg, ließ sie alleine zurück, immer noch zitternd.

Wenige Minuten später näherte sich Anchalee aus der entgegengesetzten Richtung.

»Tut mir Leid, Elizabeth. Ich hatte eine Schulfreundin entdeckt. Ich konnte dir nicht mehr Bescheid sagen, sondern musste mich sputen, sonst hätte ich sie verpasst. Ich hoffe, du hast dich nicht einsam gefühlt.«

Elizabeth fragte sich, ob Anchalee wusste, dass Sam da gewesen war; sie fragte sich sogar, ob sie das Treffen nicht irgendwie herbeigeführt hatte.

»Nicht im Geringsten«, erwiderte sie. »Ich habe an Mr. Taylor gedacht. Es gibt da etwas, was ich gerne mit dir besprechen würde.«

Er hatte sich schon seit Wochen unwohl gefühlt, doch er versuchte immer noch, die Symptome zu ignorieren. Insgeheim musste er sich jedoch eingestehen, dass es um seine Gesundheit seit Monaten nicht zum Besten stand. Er hatte seine allabendliche Pfeife aufgegeben und sich vergeblich einzureden versucht, dass die Atemnot und der hartnäckige Husten eine Folge des Rauchens waren. Er konzentrierte seine gesamte Energie auf die Arbeit, da er eine Ausstellung plante, bei der ausschließlich in Bangkok aufgenommene Fotografien gezeigt werden sollten. Das war ein seltenes Ereignis in Siam, für das man ihm königliche Protektion zugesichert hatte. Doch bevor es so weit war, musste er eine breit gefächerte Palette neuer Aufnahmen machen und die besten für die öffentliche Vorführung auswählen.

Trotz seiner ehrgeizigen Bestrebungen in jüngeren Jahren hatte Edward während seiner gesamten beruflichen Laufbahn nur eine einzige Ausstellung zustande gebracht. Sie war bescheiden, wenn auch ungemein erfolgreich gewesen, mit Fotografien von den Goldfeldern und aus Siam, doch sie hatte in Yorkshire stattgefunden, als er nach England gereist war, um Elizabeth zu besuchen. Vielleicht hatte er deshalb kurz mit dem Gedanken gespielt, in seine alte Heimat zurückzukehren und in London ein Fotoatelier zu eröffnen.

Bald war ihm allerdings klar geworden, wie töricht die Idee war. In den Augen seiner Brüder galt er immer noch als Versager, dessen sie sich schämten, und seine Eltern, die trotz ihres Alters noch rege am gesellschaftlichen Leben teilnahmen, hatten keinen Hehl daraus gemacht, dass seine Liaison in Siam, der »die andere Tochter« entsprungen war, sie kalt ließ.

Er gelangte alsbald zu dem Schluss, dass er in England völlig isoliert sein würde, und er hatte keine Lust, im Alter zu vereinsamen und sich mit Bedauern an die Zeit in den Tropen zu erinnern.

Deshalb war er nach Siam zurückgekehrt und hatte hart gearbeitet, um das weiträumige Anwesen unterhalten zu können, das er nun mit seinen Töchtern bewohnte, ohne sein Erbe in England in Anspruch nehmen zu müssen.

In den Augenblicken, wenn er wach im Bett lag und sich den Kopf zermarterte, während alle übrigen Mitglieder des Haushalts schliefen, ängstigte ihn die Gewissheit seines bevorstehenden Todes und er erinnerte sich an bestimmte Ereignisse aus der Vergangenheit, die er besser hätte ruhen lassen. Das Wichtigste war nun, die Vorbereitungen für die Ausstellung zum Abschluss zu bringen.

17. Kapitel

Die Nachricht traf in einem Umschlag ein, der an Anchalee adressiert war. Darin befand sich ein kleinerer Umschlag mit Elizabeths Namen und als Anchalee ihn ihrer Schwester brachte, riss diese ihn umgehend auf.

»Sei morgen Mittag gegen zwölf mit Anchalee am Anlegesteg des Oriental Hotels. Ein Bootsmann wird dich zum Treffpunkt bringen«, lautete die mit Schreibmaschine verfasste Botschaft.

Sie trug keine Unterschrift, doch sie wusste auch so, wer der Urheber war. Sie enthielt auch keinerlei Koseworte oder romantische Anwandlungen. Natürlich war es auf diese Weise sicherer.

Als Elizabeth sich ihre Hilfe zugesichert hatte, schien Anchalee hocherfreut zu sein. Doch nun war es ihre jüngere Schwester und nicht sie, die Zweifel wegen des Treffens hegte. »Bist du sicher, dass du dich darauf einlassen willst?«, fragte Anchalee.

»Natürlich bin ich mir sicher«, erwiderte Elizabeth vertrauensvoll. »Das ist der einzige Weg. Vielleicht wird er mich sogar bitten, seine Frau zu werden.«

Anchalee zuckte zurück und sah sie verwundert an. »Ich glaube nicht, dass ihm so etwas vorschwebt.«

»Was willst du damit sagen?« Elizabeth verspürte einen Anflug von Unbehagen, den sie zu verdrängen suchte.

»Nur, dass du vorsichtig sein sollst.«

»Du bist doch bei mir. Was soll mir da passieren?«

»Du hast Recht«, lächelte Anchalee. »Wir gehen hin. Und Vater wird keinen Verdacht schöpfen, wenn wir gemeinsam das Haus verlassen.«

Und so war es. Beim Abendessen erklärte Anchalee Edward, dass sie ihrer Schwester am folgenden Tag den Fluss und noch ein paar der berühmten Tempel Bangkoks zeigen wolle.

»Das ist eine gute Idee«, pflichtete Edward ihr bei. »Doch die Schule beginnt bald wieder, junge Dame. Das ist die letzte Ferienwoche, in der du mit Elizabeth herumstreunen kannst.«

Elizabeth machte es keinen Spaß, ihren Vater arglistig zu täuschen, und war dankbar für die plötzliche Besorgnis über Anchalees Erziehung.

Doch Anchalee war weit davon entfernt, sich von der Neuigkeit beeindrucken zu lassen. »Ich hatte gehofft, du würdest diese alberne alte Schule vergessen, Vater. Was soll ich da noch!«, jammerte sie.

»Unsinn, Kind. Deine Ausbildung ist noch lange nicht beendet. Ich bin kein Verfechter der altmodischen Idee, dass Frauen keine Schulbildung brauchen. Damit haben sie etwas, womit sie ihre Gedanken sinnvoll beschäftigen, statt fortwährend irgendwelche Torheiten auszuhecken. Von aufhören kann keine Rede sein, schlag dir das aus dem Kopf. Dazu bist du noch viel zu jung.«

»Zu jung, zu jung. Das höre ich dauernd«, schmollte Anchalee.

»Sei froh. Denn eines Tages wirst du zu alt sein.« Er brachte es einfach nicht übers Herz, sie ernsthaft zu ermahnen, wie dreist sie auch sein mochte, und Elizabeth begann allmählich, die fortwährenden Wortgefechte zu genießen.

Sie kleidete sich am nächsten Morgen mit großer Sorgfalt an und erklärte Noi, die ihr beim Schnüren des Korsetts geholfen hatte, dass sie den Rest alleine besorgen wolle. Sie genoss die Erfahrung, sich für ihn schön zu machen, stellte sie fest. Sie wünschte, sie hätte sich die Mühe gemacht, Mrs. Smythe, Anchalees Schneiderin, in ihrem Modeatelier aufzusuchen, doch so musste sie sich mit dem behelfen, was sie besaß.

Sie wählte ein Kleid aus changierender mattrosa Seide, über der Tournüre gerafft und in weichen Falten zu Boden fallend. Die Tournüre war, der neuen Mode entsprechend, hoch angesetzt, was Elizabeth besonders schmeichelhaft fand. Das Mieder wurde mit einer doppelten Knopfreihe geschlossen, hatte einen hohen Stehkragen und lange Ärmel mit Stulpen. Dazu trug sie weiße Seidenstrümpfe, rosa Seidenschuhe mit einem halbhohen Louis-Absatz und einen dazu passenden rosa Sonnenschirm. Ihr Korsett, das mit der weißen französischen Spitze, war das engste, das sie besaß: es sorgte für eine Wespentaille, die nicht mehr als neunzehn Inches maß. Die Garde-

robe wurde von einem winzigen Strohhut vervollständigt, mit Rosenblüten aus rosa Satin besetzt.
Kurz vor zwölf klopfte es an ihrer Tür und Anchalee trat ein, in einem schlichten weißen Kleid, in dem sie ihrem Alter entsprechend ausgesehen hätte, wenn nicht der tiefe, viereckige Ausschnitt gewesen wäre. Sie musterte Elizabeth. »Du siehst wunderbar aus. Was für ein ausgefallenes Kleid.«
»Ist es in Ordnung, was meinst du?« Neben Anchalee kam sie sich mit einem Mal herausgeputzt vor.
»Natürlich. Du scheinst immer zu wissen, was zu dir passt.«
Elizabeth wurde plötzlich von einem Schwindel erfasst und musste sich an der Kante ihrer Frisierkommode festhalten. »Ich kann nicht glauben, dass ich zu so etwas fähig bin. Das ist kein Traum, sondern Wirklichkeit, oder?«
»Nur, wenn wir jetzt gehen. Willst du es dir noch einmal überlegen?«
»Wenn ich auch nur eine Sekunde überlegen würde, Anchalee, würde ich so etwas nicht wagen. Das sieht mir überhaupt nicht ähnlich und verstößt gegen meine sämtlichen Prinzipien.«
»Wenn es um Leidenschaft geht, sollte man eine Ausnahme von der Regel machen«, meinte Anchalee altklug und es klang, als hätte sie ihre Weisheit einem Roman entlehnt. Dieses Mal traute sich Elizabeth indes nicht, gegen die Wortwahl ihrer Schwester Einwand zu erheben.
Der Bootsmann wartete bereits auf sie, wie in dem Billett angekündigt. Er machte gerade ein Nickerchen, was die Siamesen zu jeder Tageszeit konnten, sobald sich die Gelegenheit bot. Nachdem sie ihn aufgeweckt hatten, legten sie in dem bunt bemalten kleinen Schiff ab.
Sie fuhren stromaufwärts, in Richtung der alten Hauptstadt Ayutthaya, doch bevor sie die Umgebung von Bangkok verließen, bog der Bootsmann in eine Reihe schmaler *klongs* ab. Es war lange her, seit Elizabeth den letzten Ausflug auf den verschachtelten Wasserwegen unternommen hatte, die sie als kleines Mädchen stets verzaubert hatten.
Das Treiben war hier kaum minder rege als auf dem »Fluss der Könige«. Ihr Boot bahnte sich gemächlich seinen Weg durch die brau-

nen, trüben Wasserwege, vorbei an Bambus- und Strohhütten-Ansammlungen inmitten der dichten Vegetation, umwuchert von Kokospalmen-Gehölz, und immer befanden sie sich längsseits oder in Reichweite der hölzernen Hausboote, ein jedes mit einem eigenen Geisterhäuschen an der Vorderseite. Überall hingen farbenprächtige *panungs* und *sarongs* auf der Leine.

Viele *klong*-Bewohner nahmen gerade ihr Mittagsmahl ein, Schalen mit weißem Reis und Hühnercurry oder gebratenem Rindfleisch mit Chilisoße, während einige unverdrossen ihrem Tagewerk nachgingen, dessen Vielfalt grenzenlos war, und wieder andere in der Mittagshitze dösten. Überall tummelten sich scherzende Kinder im Wasser und die Affen tollten noch immer lärmend im Geäst der Bäume, obwohl Elizabeth sich zu erinnern glaubte, dass es in ihrer Kindheit mehr gewesen waren.

Die Sonne brannte vom Himmel herab und sie waren froh über den gestreiften Baldachin über ihren Köpfen, mit dem das Boot ausgestattet war. Er bot nur wenig Schutz vor der Hitze, doch dank des leichten Fahrtwindes, der ihnen das Gesicht kühlte, war die Unannehmlichkeit nicht allzu groß.

Als sie einen ruhigeren Abschnitt des *klong* erreichten, hielt der Bootsmann plötzlich inne und manövrierte sein Gefährt längsseits neben ein schmuckes Hausboot aus poliertem Teakholz. Eine Dienerin erschien und half ihnen beim Aussteigen. Gleich darauf fuhr der Bootsmann wieder seiner Wege. Elizabeth und Anchalee standen auf der hölzernen Veranda und die Welt schien stillzustehen: die einzigen Geräusche kamen vom Wasser, das gegen die Seiten des Bootes schwappte, und den tropischen Vögeln, die hoch droben in den Wipfeln der Kokospalmen schnatterten.

Die Frau ging auf die entgegengesetzte, dem Ufer zugewandte Seite des Bootes hinüber und Elizabeth fragte sich, ob Sam dort wartete oder ob er die Verabredung überhaupt einhalten würde. Die Stille war beängstigend und sie war einer Panik nahe bei dem Gedanken, was sie tun sollten, wenn er beschlossen hatte, nicht zu kommen. Doch dann ging die Tür des Wohnbereichs auf und er stand auf der Schwelle, nach siamesischer Art in *panung* und ein weißes Baumwollhemd gekleidet, das am Hals offen stand.

»Ich hatte gehofft, dass Sie kommen.«
»Das sagte ich Ihnen doch«, erwiderte sie nervös. Seine Aufmachung hatte sie zunächst erschreckt, doch nun fand sie diese sinnlich.
Die Frau erschien abermals und sprach leise Siamesisch mit Anchalee. Anchalee gesellte sich zu ihr, auf die andere Seite des Bootes, ließ Elizabeth mit ihm alleine. Er ging langsam auf sie zu und sie konnte ihre Augen nicht von ihm abwenden. Er streckte die Hand nach ihr aus und sie ergriff sie, ließ sich willenlos zur offenen Tür führen, in den dunklen Innenraum des Schiffes. Er schloss die Tür und sperrte hinter ihnen zu.

Er drehte abermals die Porträtaufnahme um und betrachtete das Antlitz der Frau, die er einst angebetet und danach so herzlos aus dem Haus gejagt hatte. Als er sie in Anchalees Zimmer entdeckt hatte, war er wütend gewesen, weil sie sich etwas angeeignet hatte, worauf sie kein Anrecht besaß. Doch dann erkannte er, wie selbstsüchtig er gewesen war. Anchalee hatte sehr wohl ein Anrecht auf Kesri, in gleichem, wenn nicht gar in höherem Maße als er, und er wusste, dass er seiner Tochter dieses Anrecht auf ihre Mutter verwehrt hatte. Er hatte nur durch Zufall herausgefunden, dass sie sich im Besitz der Aufnahme befand.
Als sie darum gebeten hatte, sich ihre Baby- und Kinderfotografien ausleihen zu dürfen, hatte er eingewilligt, unter der Bedingung, dass sie diese in tadellosem Zustand zurückgab. Das hatte sie natürlich nicht und er wusste, was mit den Aufnahmen über kurz oder lang passieren würde, wenn er sie nicht zurückforderte: sie würden Eselsohren bekommen, verstreut in ihrem Zimmer herumliegen, in die Ecke des Spiegelrahmens geklemmt oder als Lesezeichen benutzt werden. Er beschloss, ihr zu sagen, dass sie ihre Lieblingsaufnahmen behalten durfte, den Rest hingegen zurückgeben musste.
Doch eines Tages im Atelier war sein Blick auf eine Schachtel mit alten Abzügen gefallen, die er ausrangiert hatte, obwohl er sich nicht dazu durchringen konnte, sie wegzuwerfen. Er hatte sie seit Jahren nicht mehr in die Hand genommen, doch eine stand nicht genau an ihrem Platz. Das Dienstmädchen machte in diesem Bereich nur selten sauber und als er die Schachteln genauer in Augenschein nahm,

entdeckte er Fingerabdrücke in dem Staub, der sich auf den Deckeln angesammelt hatte. Jemand hatte sie unlängst geöffnet, dem Anschein nach Anchalee.

Sie hatte erst nach den Kinderbildern gefragt, als er ihr versichert hatte, es gäbe keine Aufnahmen von Kesri; vermutlich hatte sie gehofft, er habe wenigstens eine in den alten Schachteln übersehen. Noch wütender machte ihn, dass sie ohne seine Erlaubnis den Atelierschlüssel genommen hatte, um selbst nachzuschauen. Jeder im Haus wusste, wo er lag. Hatte sie das Gesuchte womöglich gefunden? Es war lange her, seit er Bilder von Kesri angesehen hatte, so dass er sich nicht einmal entsinnen konnte, ob er überhaupt welche aufbewahrt hatte. Er erinnerte sich nur noch, dass er an dem Tag, als sie das Haus verließ, in seinem Zorn mehrere fotografische Platten zerschmettert und die Abzüge zerfetzt und ins Feuer geworfen hatte. Alle, bis auf die letzte Aufnahme von ihr, obwohl er auch diese in seiner Entrüstung und Wut zerrissen hatte. Was hatte er damit gemacht? Hatte er sie in eine der Schachteln gelegt, wo Anchalee sie gefunden hatte? Spielte das eine Rolle? Irgendwie schon, und deshalb musste er es genau wissen. Außerdem verspürte er plötzlich das dringende Bedürfnis, Kesris Gesicht noch einmal zu sehen.

Er schloss das Atelier ab und ging zum Haus hinüber, in Anchalees Zimmer hinauf. Wo sollte er anfangen? Er zögerte, ihre Schränke und Schubladen zu durchwühlen, doch er vermutete, dass sich die Fotografie ohnehin in einem ihrer Bücher befand. Vielleicht in dem Gedichtband, in dem sie ständig schmökerte? Mit diesen lächerlichen romantischen Versen, die ihr völlig irreführende Vorstellungen und Flausen in den Kopf setzten?

Aha, da war es ja. Er zog das Buch aus dem Regal und schüttelte es leicht. Er hatte richtig getippt. Die Fotografie flatterte heraus und landete auf dem Holzfußboden. Das Gesicht, das er seit dreizehn Jahren nicht mehr gesehen hatte, war ihm zugewandt, die Augen erwiderten seinen Blick. Er starrte die Aufnahme an, dann drehte er sie um. Auf der Rückseite stand, in seiner eigenen Handschrift: »Kesri, 1868«.

Diese Entdeckung und Anchalees dumpfes Brüten, die regelmäßig wiederkehrenden Fragen und ihre gelegentlich zielgerichteten Bemerkungen waren es, die den Entschluss in ihm reifen ließen. Früher, als sie jünger gewesen war und nur kindliche Vergnügungen im Kopf hatte, hatte sie kein Interesse erkennen lassen, die Wahrheit über ihre Mutter zu erfahren. Mit zunehmender Reife mehrte sich jedoch auch ihre Wissbegierde.

Er hatte gehofft, ihre Neugierde mit den Kinderfotografien zu stillen, zumindest für eine Weile, bis sie älter und vielleicht besser in der Lage wäre, die Wahrheit zu verkraften, doch sie erwiesen sich nur noch als Ansporn. Die Situation war inzwischen an einem Punkt angelangt, an dem er sie nicht länger vertrösten konnte. Seither war sein Leben überschattet, da ihm seine Schuldgefühle auf Schritt und Tritt folgten.

Kesri war schön gewesen, unermüdlich und bereit, ihm jeden Wunsch von den Augen abzulesen. Doch dann fiel ihm wieder ein, wie schnöde sie sein Vertrauen missbraucht hatte. Gott hatte sie beide bestraft. Sie war verbannt worden, durfte ihr Kind nicht mehr sehen und er war gezwungen gewesen, all die Jahre mit Gewissensbissen zu leben, da sein Verhalten beiden Töchtern die Mutter geraubt hatte.

Und dann hatte Joseph Shaw ihm vor weniger als zwei Jahren erzählt, dass Kesri an Auszehrung gestorben war. Damals hatte er gedacht, das sei die Rache des Schicksals, weil sie ihr ungeborenes Kind getötet hatte. Doch nun zweifelte er an der Weisheit dieser Ansicht. Wenigstens hätte Anchalee die bedingungslose Liebe ihrer Mutter kennen gelernt, wenn er sie nicht aus dem Haus getrieben hätte.

Inzwischen erkannte er auch, dass es falsch gewesen war, jegliches Wissen über ihre Mutter von Anchalee fern zu halten. Wenn er jetzt auf sein Leben zurückblickte, wusste er tief in seinem Herzen, wie sehr er sich versündigt hatte, und fürchtete, er sei der Barmherzigkeit Gottes nicht würdig. Er konnte nur hoffen, dass seine täglichen Gebete ihn vor dem Höllenfeuer bewahren würden.

Er hielt inne, um in ein Taschentuch zu husten, neuerdings hatte er immer mehrere in seiner Tasche, dann legte er die abgegriffene Fotografie zurück und stellt das Buch wieder in das Regal. Er konnte Anchalee das Recht nicht länger verwehren, etwas über ihre Mutter zu erfahren.

Doch er wusste auch, dass er es nicht fertig bringen würde, über ihre Mutter zu sprechen. Die Vergangenheit war immer noch zu schmerzlich. Doch gab es zum Glück jemand anderen, der diese Aufgabe viel besser zu bewältigen vermochte.
Am Nachmittag stattete er Joseph einen Besuch ab. Es überraschte ihn stets aufs Neue, dass dieser Mann, den er einmal für einen Widersacher gehalten hatte, der seine Lebensweise missbilligte, ein guter Freund und Vertrauter geworden war.

»Sie stellt dauernd Fragen«, sagte er zu Joseph, als sie im Garten saßen und Zitronenlimonade tranken. »Ich kann sie nicht länger hinhalten.«
»Warum antworten Sie ihr nicht einfach?«, schlug Joseph vor. »Mit Einschränkungen, natürlich. Sie muss ja nicht jede Einzelheit erfahren.«
»Sie lässt nicht locker, will unbedingt mehr über ihre Mutter wissen«, seufzte er. »Bisher war ihr Leben unbeschwert, es fehlte ihr an nichts. Doch jetzt verspürt sie eine gewisse Leere, da bin ich mir sicher.« Er hielt inne, um einen Schluck Limonade zu trinken.
»Sie hat eine alte Fotografie von Kesri gefunden. Ich dachte, ich hätte alle vernichtet, diese war jedoch zerrissen und aus den Schnipseln zusammengeklebt. Sie muss irgendwie in eine meiner alten Schachteln geraten sein und sie hat sie gefunden.«
»Jedes Kind braucht eine Mutter, Edward. Und sie ist noch ein Kind, obwohl sie reif für ihr Alter wirkt.«
»Das vergisst man leicht. Ich führe das auf die Romane und Anthologien zurück, die sie dauernd verschlingt. Romantischer Unfug, der sie nur auf dumme Ideen bringt. Sie ist viel zu leicht zu beeindrucken. Romane lesen, eine höchst unziemliche Beschäftigung!«
Joseph errötete und wandte den Blick ab.
Edward schien es nicht zu bemerken. »Ich möchte nicht, dass sie mit dem Gefühl aufwächst, ich hätte ihr etwas vorenthalten, worauf sie ein Anrecht hat«, fuhr er fort. »Es stimmt, ich habe ihr sehr wenig über ihre Mutter erzählt, ich dachte, sie würde irgendwann aufgeben, Nachforschungen anzustellen.«
»Und was haben Sie jetzt vor?«

»Ich muss zugeben, ich hoffe, dass Sie mir in diesem Punkt helfen können. Es gelingt mir immer noch nicht, ohne Zorn und Schuldgefühle an ihre Mutter zu denken, geschweige denn, über sie zu sprechen. Ich muss zu meiner Schande gestehen, dass ich ihr nicht verzeihen kann, was sie getan hat. Und was ich ihr angetan habe, ist für mich genauso unverzeihlich. Ich weiß, sie war damals noch sehr jung, und manchmal denke ich, dass man sie nicht für das, was geschah, verantwortlich machen sollte. Trotzdem kann ich es einfach nicht vergessen. Ich kann nicht verzeihen, Joseph, und das ist eine schreckliche Sünde.«

»Viele von uns begehen in der Jugend Torheiten, die wir zeitlebens bereuen«, erwiderte Joseph ruhig.

»Deshalb muss ich Sie um eine Gefälligkeit bitten.«

»Gerne, wenn ich Ihnen helfen kann.«

»Würden Sie mit ihr sprechen? Ihr sagen, wie reizend ihre Mutter war, wie schön und wie sehr sie ihre Tochter geliebt hat? Bitte erwähnen Sie mit keinem Wort, was geschehen ist, den unseligen Vorfall, meine ich, der dazu führte, dass ich sie verstieß. Sagen Sie nur, dass es uns beiden unmöglich war, einträchtig miteinander zu leben, und dass wir zu dem Schluss gelangten, es sei besser, uns zu trennen, um Anchalees willen. Würden Sie das für mich tun, Joseph?«

Joseph dachte einen Augenblick über Edwards Bitte nach, dann nickte er. »Einverstanden, Edward. Bitte richten Sie ihr aus, sie möge morgen zu mir kommen.«

Edward dankte ihm und sie unterhielten sich eine Weile, bis er zu einer Porträtsitzung in sein Atelier zurückmusste.

Joseph blieb am Tisch in seinem Garten sitzen, nachdem Edward sich verabschiedet hatte, und entschied schließlich, dass es an der Zeit sei, Anchalee die Hinterlassenschaft ihrer Mutter zu übergeben. Obwohl es bis zu ihrem vierzehnten Geburtstag noch ein halbes Jahr hin war, hatte Kesri ihn ermächtigt, ihrer Tochter den Brief auch schon früher auszuhändigen, wann immer er es für notwendig oder angemessen erachtete.

Er ging nach oben in sein Arbeitszimmer und öffnete den Safe, wo er seine wenigen Wertsachen und Privatpapiere verwahrte. Dort lagen unter anderem seine Geburtsurkunde, seine Ernennungsurkunde als Lehrer und Missionar in Siam und das Bildnis einer jungen Frau, das nun, nach zwanzig Jahren, verblasst und vergilbt war. Die ersten fotografischen Verfahren hatten Aufnahmen von schlechter Qualität hervorgebracht, verglichen mit den heutigen, dachte er, dennoch war es ein wunderbares Bild. Sie war immer noch schön und hoheitsvoll mit ihren langen, dichten, gewellten Haaren und ihrem *moko*, der Gesichtstätowierung, die alle Maori-Frauen und Männer trugen. Einen Moment lang sann er darüber nach, was hätte sein können, sein sollen, was ihnen beiden jedoch versagt geblieben war.

Er legte das Bild beiseite und verdrängte die schmerzlichen Erinnerungen, die damit verknüpft waren; dann nahm er den großen Umschlag heraus, dessentwegen er gekommen war. Er war ebenfalls an den Kanten vergilbt, doch die Adresse, in der sorgfältigen Handschrift derer, die nicht an die englische Schreibweise gewöhnt sind, war immer noch deutlich lesbar.

Er erinnerte sich an den Tag vor mehr als zwölf Jahren, als Kesri mit dem Umschlag zu ihm gekommen war und er ihr den Text auf einem Blatt Papier vorgeschrieben hatte, »An Miss Anchalee Kesri Fairburn. Streng vertraulich. Im Todesfall der Empfängerin ist dieser Umschlag und sein Inhalt ungeöffnet zu vernichten.« Er hatte ihr versprochen, ihn niemals zu öffnen oder zu lesen, und es auch niemand anderem außer Anchalee zu gestatten. Und er hatte sein Wort gehalten. Es war an der Zeit, ihren letzten Wunsch zu erfüllen.

18. Kapitel

Es verschlug ihr beinahe die Sprache, als er ihr den Umschlag überreichte. »Ein Brief von meiner Mutter? Dann ist sie …«

»Nein, Anchalee, bedaure«, unterbrach er sie rasch. »Sie starb vor langer Zeit. In diesem Punkt hat man dir immer die Wahrheit gesagt.«

Sie drehte den Umschlag in ihren Händen hin und her, dann starrte sie die Handschrift an, berührte sie, zeichnete ihren Namen nach. Sie konnte nicht fassen, dass er von ihrer Mutter geschrieben worden war.

Sie war heute Morgen leicht verstimmt gewesen, als ihr Vater sie gebeten hatte, Mr. Shaw aufzusuchen, weil dieser etwas mit ihr zu besprechen habe. Sie war davon ausgegangen, dass er Mr. Shaw veranlasst hatte, ihr eine Predigt zu halten wegen irgendeiner Handlungsweise, die Edward »unangemessen für eine christliche junge Dame« fand, und hatte sich für eine weitschweifige Lektion gerüstet. Doch nun blickte sie ihn fassungslos an, die Augen weit aufgerissen.

»Bevor du ihn öffnest, muss ich dir erzählen, wie es dazu kam. Gestern war dein Vater bei mir, besorgt, weil du so viele Fragen über deine Mutter stellst. Ich habe keine Ahnung, warum ihn das plötzlich aus der Fassung bringt, schließlich ist das alles lange her, doch das ist nebensächlich. Er bat mich jedenfalls, dir etwas über deine Mutter zu erzählen. Er ist der Ansicht, dass du das Recht hast, mehr über sie zu erfahren, nun, da du älter bist.«

»Warum sagt er es mir nicht selbst, Mr. Shaw?«

»Die Erinnerung an deine Mutter ist immer noch sehr schmerzhaft für ihn, Anchalee. Das gilt auch für Elizabeths Mutter. Er war ziemlich aufgewühlt, als wir uns gestern darüber unterhielten, und zog es vor, dass ich mit dir spreche.«

»Weiß er von dem Brief?«

»Nein. Dein Vater und ich sind im Laufe der Jahre Freunde geworden, doch hier geht es um eine Frage der Ehre. Ich versprach deiner Mutter, mit niemandem darüber zu reden, außer mit dir, wenn die Zeit käme. Niemand kennt den Inhalt, von ihr selbst abgesehen. Nachdem du ihn gelesen hast, kannst du deinem Vater erzählen, was darin steht, oder es lassen, ganz wie es dir beliebt.«

Anchalee, die im Salon auf dem abgewetzten braunen Ledersofa saß, hing gebannt an seinen Lippen.

Er räusperte sich, bevor er fortfuhr. »Nun, ich weiß nicht genau, wo ich anfangen soll. Kesri, deine Mutter, war sehr jung, als sie deinem Vater begegnete. Niemand wusste etwas von ihrem Vorleben, außer, dass sie etwa eineinhalb Jahre in der Obhut amerikanischer protestantischer Missionare verbracht hatte, nachdem es ihr mit sechzehn irgendwie gelungen war, sich aus der Sklaverei freizukaufen. Bei ihnen lernte sie ein leidliches Englisch und sie galt als aufgeweckte, fleißige Schülerin, obwohl sie sich nie für eine religiöse Unterweisung interessiert hatte.

Da sie ein wenig Englisch sprach, wurde sie von einigen ausländischen Familien als Hausmädchen eingestellt. Sie arbeitete mehr oder weniger auf eigenständiger Basis und zeichnete sich trotz ihrer Jugend durch großen Einfallsreichtum aus. Bei einem Fest im britischen Konsulat, wo sie die Gäste bediente, begegnete sie deinem Vater.«

»Und dann?«

»Nun, sie wurde seine …« Er zögerte verlegen. »Ich muss leider gestehen, dass dein Vater zum damaligen Zeitpunkt noch mit Elizabeths Mutter verheiratet war, die in Australien lebte und erst später hierher kam. Als Charlotte, Elizabeths Mutter, dann nach England zurückkehrte, verstarb sie bedauerlicherweise auf See. Anschließend heirateten deine Mutter und dein Vater, obwohl sie sich nach buddhistischem Ritus trauen ließen und die Verbindung nie den Segen der Kirche erhielt.«

»Und danach wurde ich geboren?«

»Ja, du wurdest geboren. Und deine Eltern liebten sich sehr.«

»Warum hat sie mich dann verlassen?«

»Sie wollte nicht. Doch damals war es das Beste für alle.«

»Wie das?«

»Nun, deine Eltern stellten fest, dass sie … wie soll ich sagen … nicht zueinander passten. Sie kamen nicht mehr miteinander aus und beschlossen, es sei besser, sich ein für alle Mal zu trennen. Du musst dir vor Augen halten, dass es sehr schwierig für beide war, Anchalee. Sie stammten aus unterschiedlichen Kulturen und bisweilen fiel es ihnen nicht leicht, den anderen zu verstehen. Natürlich nicht nur im Hinblick auf die Gespräche, sondern auch, was die jeweilige Denkweise betraf.«

»Und was wurde aus ihr? Warum hat sie mich nie besucht?«

»Ungefähr ein halbes Jahr, nachdem sie gegangen war, erkrankte sie schwer an der Schwindsucht und da brachte sie mir diesen Brief. Sie wusste, dass sie sehr krank war, und bedauerlicherweise starb sie ein Jahr später. Man sagte mir, sie sei friedlich im Schlaf verschieden.«

»Man? Wer ist man?«

»Porntip, das Dienstmädchen, das früher für deine Familie arbeitete.«

»Ich erinnere mich an Porntip. Warum hat sie mir nie etwas erzählt? Warum hat sie mir das alles verschwiegen? Hat meine Mutter etwas Schreckliches angestellt? War sie eine … eine Verbrecherin? Oder geistesgestört?«

»Nein, nein, wo denkst du hin. Vermutlich beschlossen sie, es sei am besten, dir nichts zu sagen.«

»Sie meinen, Vater beschloss, es sei am besten«, erwiderte sie aufgebracht.

»Ja. Vielleicht wirst du in diesem Brief mehr über die Einzelheiten erfahren.«

»Mr. Shaw, Sie haben mir immer noch nicht gesagt, wie sie war.«

»Oh. Nun, sie hatte schwarze Haare, hoch droben auf dem Scheitel zu einem Knoten geschlungen, wie es damals Mode war …«

»Nein, nein, Mr. Shaw, nicht wie sie aussah. Ich habe eine Fotografie von ihr gesehen. Ich möchte wissen, was für ein Mensch sie war.«

»Leider kannte ich sie nicht persönlich, Anchalee. Deshalb kann ich dir die Frage nicht beantworten. Doch ich könnte mir vorstellen, dass sie sehr entschlossen und findig war. Ich erinnere mich kaum an sie aus der Zeit, als sie noch auf der Missionsstation lebte, und in der Öffentlichkeit wurde sie selten mit deinem Vater gesehen.«

»Schämte er sich ihretwegen?«
Er fühlte sich äußerst unbehaglich. »Nein, das war es nicht. Nur ... warum wartest du nicht, ob das aus ihrem Brief hervorgeht?«
Anchalee nickte. Sie vermutete, dass mehr hinter der Geschichte steckte, als Joseph ihr erzählte. »Und Elizabeth? Mochte sie meine Mutter? Ihre eigene Mutter war ja gestorben, also war es bestimmt schön, eine neue zu bekommen.«
»Elizabeth trauerte sehr um ihre Mutter und ich glaube, dass ihr zu wenig Zeit blieb, sich an den Gedanken zu gewöhnen, eine neue Mutter zu haben. Doch sie liebte dich, auf den ersten Blick. Sie trug dich den ganzen Tag herum.«
»Auch sie hat mich verlassen.«
»Sie wollte auch nicht weg. Doch dein Vater entschied, völlig zu Recht, dass sie in England, seiner Heimat, erzogen werden sollte.«
»Aha. Kannten Sie Elizabeths Mutter?«
»Ja, recht gut sogar.«
»Was für ein Mensch war sie?«
Joseph erinnerte sich lebhaft an die arme Charlotte und ihre flehentliche Bitte, gelegentlich nach ihrer Tochter zu schauen. »Mrs. Fairburn war eine anmutige, hochherzige Dame und es war eine schreckliche Tragödie, dass sie so früh verstarb.«
»Sie sagten, sie starb auf See.«
»Ja, während der Rückreise nach England.«
»Warum Rückreise? Wollte sie lange fortbleiben?«
»Nun, es hieß, der Aufenthalt in einem kühleren Klima sei aus gesundheitlichen Gründen dringend angeraten.«
»Ach so.« Anchalee verstummte einen Moment, bevor sie fragte: »Darf ich den Brief jetzt lesen?«
»Ja, das halte ich für eine gute Idee.« Joseph stand auf. »Doch zuerst muss ich dir noch etwas anderes geben.« Er griff in seine Tasche und zog ein kleines, in Papier gewickeltes Päckchen heraus, das er ihr reichte.
Wortlos nahm sie es entgegen und wickelte es geschwind aus. Es war ein silbernes Medaillon, alt und matt, für sie jedoch das Schönste auf der Welt, weil es Kesri gehört hatte. Sie öffnete die Schließe und ihr Blick fiel auf die beiden Miniaturen, die sich darin befanden: auf der

einen Seite war eine Aufnahme ihrer Mutter zu sehen, auf der anderen sie selbst als Baby. In einer Ecke von Kesris Fotografie steckte eine winzige Haarlocke. Tränen traten in Anchalees Augen, als sie die Silberkette über den Kopf streifte und das Medaillon unter ihr Kleid schob.

»Ich werde dich jetzt alleine lassen«, sagte Joseph taktvoll, als er den Raum verließ. »Ruf mich, wenn du fertig bist.«

Anchalee drehte abermals den Umschlag in ihren Händen hin und her. Seltsam, doch sie zögerte nun, ihn zu öffnen, und fürchtete sich vor dem, was er enthalten könnte. Es war ein Brief aus dem Grab, ein Vermächtnis. Darauf hatte sie all die Jahre gewartet, ohne es zu wissen. Sorgfältig schlitzte sie die Kante des Umschlags mit Josephs silbernem Brieföffner auf und zog einen dicken Packen Blätter hervor, beschrieben mit den vertrauten siamesischen Schriftzeichen. Auf der ersten Seite stand »10. Januar 2412 nach buddhistischer Zeitrechnung, 1870 nach dem christlichen Kalender, in Krung Thep«, wie der siamesische Name von Bangkok lautete. Sie faltete die Seiten auseinander und breitete sie auf dem Schreibtisch aus. Sie war froh, dass ihre Mutter auf Siamesisch geschrieben und darauf verzichtet hatte, den Brief ins Englische übersetzen zu lassen. Denn tief in ihrem Innern fühlte sich Anchalee als Siamesin und nicht als Europäerin, und sie wollte mit ihrer Mutter in einer Sprache Kontakt haben, die sie immer als ihre Muttersprache empfunden hatte.

Während sie zu lesen begann, stellte sie sich vor, wie ihre Mutter den Brief vor vielen Jahren in demselben Raum versiegelt hatte. Sie spürte Kesris Gegenwart so übermächtig, dass sie das Gefühl hatte, die Worte nicht zu lesen, sondern aus ihrem Munde zu hören.

Sie brauchte lange, um den Brief zu lesen, immer wieder musste sie innehalten, um die Tränen zu trocknen, die ihr über die Wangen liefen, und als sie fertig war, blickte sie von den Seiten auf, wie betäubt und ihre Tränen versiegten. Sie saß lange reglos da und starrte die Seiten an, die Worte hallten in ihr nach. Dann presste sie den Brief an ihre Brust, umklammerte ihn mit weißen Knöcheln. »Und ich dachte immer, du wärst meine Freundin«, schrie sie auf.

Zuerst dachte Joseph, der draußen vor der Tür stand, Anchalee hätte ihn gerufen, doch er merkte schnell, dass er sich getäuscht hatte.

Er konnte nicht länger warten. Anfang Oktober setzte Edward seinen Plan in die Tat um, nachdem seine Tochter ihm mehrfach versichert hatte, wenn auch schwach, dass sie nach wie vor beabsichtige, James Claridge zu heiraten. Er wollte die Ausstellung zu Beginn des neuen Jahres anberaumen und hoffte, dass sein Schreiben an den König von Erfolg gekrönt sein würde.

19. Kapitel

Die morgendliche Übelkeit, die leichte Zunahme des Taillenumfangs, die weichen, schwellenden Brüste und das Ausbleiben ihrer monatlichen Blutung – all das sagte ihr, dass ihr Verhalten nicht ohne Folgen geblieben war. Sie hatte schon seit einiger Zeit den Verdacht und ihn merkwürdigerweise bisweilen sogar begrüßt, in der Hoffnung, damit seine Hand zu erzwingen; ihm den Heiratsantrag zu entlocken, den sie sich so verzweifelt wünschte.

Es war September gewesen, als sie sich ihm zum ersten Mal hingegeben hatte, obwohl sie sich schon vorher sehr nahe gekommen waren, in seinem geliehenen Hausboot auf dem *klong*. Seither hatte sie sich davongestohlen, stets mit Anchalee als Anstandsdame, wann immer sie konnte, jedoch mindestens zwei oder drei Mal in der Woche. Die Ironie an der Sache war, dass sie vorschützen musste, ihn nur flüchtig zu kennen, als Mr. Taylor, den amerikanischen Schriftsteller, wenn sie sich bei gesellschaftlichen Anlässen begegneten.

Doch nun verspürte sie einen ersten Anflug von Angst, als sie der Realität ihrer Situation ins Auge sehen musste, ohne ihre romantischen Ideale. Doch es war Liebe, auf seiner Seite in gleichem Maß wie auf ihrer, zumindest versuchte sie sich das einzureden. Auf dem Höhepunkt ihrer Leidenschaft sagte er ihr, wie sehr er sie liebte, wie sehr er sich wünschte, bei ihr zu sein, und wie sehr er sich nach ihr sehnte, wenn sie gegangen war. Von Heirat war nicht die Rede, doch sie hatte das Gefühl, das sei nur eine Sache der Zeit. Er war vollauf damit beschäftigt, ein weiteres Buch über Siam zu schreiben, und musste seine Termine einhalten. Sobald er sein Manuskript abgeschickt hatte, würde er gewiss um ihre Hand anhalten, und sie würde seinen Antrag annehmen, ungeachtet dessen, was ihr Vater davon hielt oder wie sehr er sich dagegen sperrte. Sie würde selbst dann seine Frau werden, wenn Edward es ihr verbot. Dass sie sein Kind erwartete, würde lediglich bedeuten, dass die Hochzeit früher stattfinden musste, noch vor Beendigung des Buches. Sie würde ihm auch als Ehefrau alle Zeit zum Schreiben lassen, die er brauchte. Sie war durchaus im Stande, sich tagsüber alleine zu beschäftigen, und schließlich würde sie zu viel damit zu tun haben, das Kind zu betreuen, um sich den Kopf darüber zu zerbrechen, wie viele Stunden er an seiner Schreibmaschine verbrachte.

James würde sie das Herz brechen, doch sie beschloss, ihm baldmöglichst zu schreiben, um die Verbindung zu beenden. Ihre Schuldgefühle ließen ihr keine Ruhe, doch sie hatte keine andere Wahl. Edward würde aus allen Wolken fallen. Er setzte ihr ständig zu, endlich das Hochzeitsdatum festzulegen, und sie hielt ihn jedes Mal hin, bestürzt über ihre eigene Unfähigkeit, ihm die Wahrheit zu sagen: dass sie nicht die Absicht hatte, James zu heiraten oder nach England zurückzukehren.

Sie nahm sich vor, Sam beim nächsten Treffen von der Neuigkeit in Kenntnis zu setzen, und betete insgeheim, er möge nicht wütend sein. Sie hatte weder gewagt, Anchalee in das Geheimnis einzuweihen, noch hatte sie Marjorie geschrieben, da sie es für das Beste hielt, die Last alleine zu tragen. Außerdem wusste Anchalee vermutlich nicht, was während ihrer heimlichen Zusammenkünfte mit Sam wirklich passierte. Sie hatte ihrer kleinen Schwester lediglich gesagt, dass sie sich unterhielten und Tee miteinander tranken. Sie bezweifelte, dass Anchalee ihr glaubte, doch das Mädchen hatte auch nie etwas Gegenteiliges verlauten lassen.

Sie spürte abermals, wie eine Welle der Übelkeit sie übermannte, und lief zur Schüssel, die auf dem Waschtisch stand. Sie erbrach heftig, just in dem Moment, als es leise an der Tür klopfte. Anchalee öffnete die Tür und trat ein.

»Ich muss etwas Falsches gegessen haben«, sagte Elizabeth und wischte sich den Mund mit einem Handtuch ab. Sie war blass und zittrig.

Anchalee starrte sie an.

»Ich rufe das Dienstmädchen«, sagte sie beherrscht, nach einer Minute oder zwei.

Joseph war überrascht, als es nachmittags an seiner Tür klopfte und Anchalee alleine auf der Schwelle stand.

»Ich freue mich, dich zu sehen, Anchalee. Komm herein. Was kann ich für dich tun? Geht es um die Schule? Oder um den Brief?«
Sie blickte sich wachsam um, als erwarte sie, Spione zu entdecken, dann sagte sie mit leiser Stimme: »Nein, Mr. Shaw. Elizabeth hat mich mit einem Auftrag zu Ihnen geschickt. Sie sagt, die Angelegenheit sei ziemlich heikel.«
»In diesem Fall gehen wir besser in mein Arbeitszimmer.« Er war erstaunt. »Wie wäre es mit einer Tasse Tee?«
»Nein danke, Mr. Shaw. Ich muss so schnell wie möglich nach Hause zurück.«
»Natürlich.« Er führte sie in sein Arbeitszimmer, das angefüllt war mit dicken religiösen Wälzern und einer Auswahl der neuesten Romane, unter anderem von Henry James, Thomas Hardy und George Meredith. Seine Sammlung war im Laufe der Zeit gewachsen und er sah keine Notwendigkeit mehr, seine Bücher zu verstecken, wenn ihn Gemeindemitglieder zu Hause besuchten. Außerdem waren es inzwischen so viele, dass ein solches Unterfangen ohnehin zum Scheitern verurteilt gewesen wäre.
Als sie Platz genommen hatten, er an seinem Schreibtisch und Anchalee in einem Ledersessel gegenüber, zog sie einen Umschlag aus einer Tasche hervor, die sich in ihrer Husarenjacke verbarg, und reichte ihn Joseph.
»Das ist ein Brief von Elizabeth. Sie meinte, er bedürfe keiner weiteren Erklärung, falls Sie trotzdem Fragen hätten, solle ich sie beantworten.«
»Warum ist sie nicht selbst gekommen?«, fragte er, zunehmend überrascht.
»Es ist ihr peinlich. Und … es steht alles in dem Brief, Mr. Shaw.«
Joseph setzte seine Brille auf und öffnete den weißen Umschlag.

15. November 1882

Lieber Mr. Shaw,

wir kennen einander seit Jahren und Sie waren mir immer ein guter Freund, genau wie meiner Mutter vor mir. Deshalb bitte ich Sie um Ihre Hilfe in einer höchst schmerzvollen Angelegenheit, die ich Ihnen wegen ihrer heiklen Natur lieber in diesem Brief schildern möchte, statt sie persönlich zu besprechen. Sie betrifft mich selbst und einen Gentleman, mit dem ich bekannt bin, Mr. Samuel Taylor. Mr. Taylor und ich treffen uns seit einiger Zeit heimlich, mit meiner Schwester Anchalee als Anstandsdame. Obwohl sich nichts Ungebührliches zugetragen hat, weiß ich, dass mein lieber Vater diese Zusammenkünfte nicht billigen und erwarten würde, dass ich Mr. Taylor wegen meiner Unbesonnenheit, wie er es nennen würde, umgehend heirate.

Ich schäme mich, die Wahrheit zu gestehen, Mr. Shaw, doch ich habe inzwischen festgestellt, dass meine anfänglichen Empfindungen für Mr. Taylor merklich abgekühlt sind und ich ihn nicht länger für einen geeigneten Bewerber halte. Ich möchte indes seine Gefühle nicht verletzen, da ich sicher bin, dass er tiefe Zuneigung für mich empfindet und sehr bald um meine Hand anzuhalten plant.

Falls Sie eine Möglichkeit sehen, mir dabei zu helfen, mich ohne sein Wissen aus dieser unseligen Verstrickung zu befreien, wäre ich Ihnen auf immer dankbar. Worum ich Sie bitte, Mr. Shaw, ist, dass Sie Mr. Taylor vielleicht überreden könnten, Bangkok für einige Zeit zu verlassen.

Wie ich hörte, suchen Sie eine Eskorte, um Vorräte zur Missionsstation nach Chiang Mai zu schaffen. Ich weiß, dass Mr. Taylor sehr interessiert daran ist, den Norden des Landes zu bereisen, um mehr Material für sein Buch über Siam zu erhalten. Ich bin sicher, man könnte ihn überzeugen, sich dieser Expedition anzuschließen, die dem Vernehmen nach bald aufbrechen wird. Da wir uns nicht in der Öffentlichkeit treffen können, müsste er mir dann nur eine kurze Mitteilung zukommen lassen, dass er einige Monate fort sein wird.

Ich glaube, dass ich dank dieser zeitlichen und räumlichen Trennung

nach seiner Rückkehr gewappnet wäre, alle Annäherungsversuche zurückzuweisen, ohne Peinlichkeiten für die eine oder andere Seite. Mein lieber Mr. Shaw, ich bedaure zutiefst, Ihnen eine solche Unannehmlichkeit aufzubürden, doch es gibt niemanden, dem ich mich so bedingungslos anvertrauen könnte. Es steht Ihnen frei, in dieser Angelegenheit offen mit meiner Schwester zu sprechen, da sie über alle Geschehnisse im Bilde ist und auch um meine Absicht weiß, diese ungebührliche Liaison zu beenden.
Wie Sie sich vielleicht denken können, möchte ich Sie bitten, den Brief gegenüber Mr. Taylor keinesfalls zu erwähnen. Da ich diese Angelegenheit als ungemein beschämend und peinlich empfinde, würde ich es außerdem zu schätzen wissen, wenn Sie diesen Brief weder in meiner Gegenwart noch vor einer anderen Person jemals zur Sprache bringen würden.

Ihre aufrichtige und ergebene Freundin
Elizabeth Fairburn

Er las den Brief zwei Mal, bevor er seine Brille abnahm und sie ins Etui zurücklegte. »Die arme Elizabeth hat sich in eine vertrackte Situation gebracht. Ich hoffe, dass er ihr nicht … zu nahe getreten ist, sozusagen.«
»Soweit ich weiß, nicht«, schwindelte Anchalee. Sie hatte Elizabeths Märchen über das Geschehen bei den heimlichen Treffen nicht eine Minute geglaubt.
»In diesem Fall werde ich mein Möglichstes tun, um die Bitte zu erfüllen. Ich bin ebenfalls der Meinung, dass es das Beste sein wird, Mr. Taylor von ihr fern zu halten. Obwohl es über mein Begriffsvermögen hinausgeht, warum sie überhaupt zugestimmt hat, sich mit ihm zu treffen. Er ist, wie sie sagt, ein höchst unpassender Umgang.«
»Sie werden ihr also helfen, Mr. Shaw?«
»Selbstverständlich. Ich werde mein Möglichstes tun, wie ich bereits sagte. Wie soll ich ihr mitteilen, ob es mir gelungen ist?«
»Das wird nicht nötig sein«, erwiderte Anchalee. »Die Expedition bricht doch in Kürze auf, oder?«

»Ja, das Anliegen kam gerade noch rechtzeitig. Höchstwahrscheinlich wird übermorgen alles zum Aufbruch bereit sein, spätestens binnen drei Tagen.«

»Wenn Sie also innerhalb der nächsten beiden Tage einen Brief mit einer entsprechenden Mitteilung von ihm erhält, weiß sie, dass Sie Erfolg hatten. Wenn nicht, kann sie daraus schließen, dass er sich noch in Bangkok befindet. Wie Sie sich vorstellen können, brennt sie darauf, die Angelegenheit so schnell wie möglich hinter sich zu bringen. Und sie möchte nie wieder daran erinnert werden.«

»Ich verstehe. Sie hat mein Wort, dass ich kein Wort darüber verlieren werde, auch nicht im Gespräch mit ihr.«

»Danke, Mr. Shaw. Sie wird Ihre Diskretion sehr zu schätzen wissen.«

An jenem Tag traf ein Brief aus England für Elizabeth ein und es war einer, den sie kaum zu öffnen wagte. Er war von James und sie war überzeugt, dass er sie drängen würde, zurückzukehren, damit sie endlich das Hochzeitsdatum festlegen konnten.

Nach allem, was ihr in den letzten Monaten widerfahren war, hatte sie selten an ihn gedacht, geschweige denn, ihm geschrieben. Sie würde ihm umgehend antworten und ihm so schonend wie möglich beibringen müssen, dass aus der Heirat nichts werden konnte. Schließlich nahm sie das Papiermesser und öffnete den Umschlag, in dem sich ein einziges Blatt Papier befand. Die Nachricht hatte länger als vier Monate gebraucht, um Siam zu erreichen.

7. Juli 1882

Meine liebe Elizabeth,

zwar bist du noch nicht lange weg, doch es kommt mir wie eine Ewigkeit vor. Seit deiner Abreise ist viel geschehen und ich habe die unangenehme Pflicht, dich von diesen Begebenheiten in Kenntnis zu setzen.

Es fällt mir nicht leicht, dir zu schreiben, Elizabeth, deshalb werde ich ohne Umschweife zum Punkt kommen. Ich habe mich in Lady Cynthia Asquith-Brown verliebt und wir wollen Anfang des nächs-

ten Jahres heiraten. Wir ergänzen uns hervorragend, als wären wir füreinander bestimmt.
Elizabeth, du weißt, dass ich dich stets in liebevollster Erinnerung behalten werde und dich niemals in irgendeiner Weise verletzen wollte. Doch mein Gefühl sagt mir, dass diese Nachricht, mehr noch als alles andere, eine Erleichterung für dich sein könnte. Die Wahrheit ist, dass es für mich an der Zeit ist, in den Ehestand zu treten, und ich möchte diesen Schritt nicht länger aufschieben. Mein Vater erfreut sich nicht gerade bester Gesundheit, wie du weißt, und er hat nur einen einzigen Wunsch, mich verheiratet und mit einer eigenen Familie zu sehen, bevor er das Zeitliche segnet.
Ich hoffe aufrichtig, dass die Neuigkeit dich nicht zu sehr erschüttert, und verbleibe, in liebevoller Zuneigung

Dein treuer Freund
James T. Claridge

Langsam ließ sie den Brief auf die Frisierkommode sinken und als seine Worte in ihr Bewusstsein eindrangen, lächelte sie, zum ersten Mal seit Tagen. Nun galt es nur noch ein Glückwunschschreiben an Braut und Bräutigam zu schicken und die Sache war beendet. Erleichtert seufzte sie auf. Vielleicht würde sich doch noch alles zum Guten fügen. Vielleicht konnten Sam und sie umgehend heiraten, und mit der Zeit würden die Leute schon aufhören nachzurechnen, wie viele Monate zwischen der Hochzeit und der Geburt des Kindes lagen. Ihr Vater würde keine andere Wahl haben, als die Situation zu akzeptieren, da James die Verlobung gelöst hatte und nicht sie.

Sam ging rastlos in seinem Zimmer auf und ab, darüber nachsinnend, wie Elizabeth reagieren würde, wenn sie den Brief erhielt. Sie würde enttäuscht sein über seine Abreise, doch die Gelegenheit war zu günstig, um sie sich entgehen zu lassen. Wie Joseph Shaw erklärt hatte, bestand seine einzige Aufgabe darin, zu gewährleisten, dass die Vorräte die Missionarsfamilien in Chiang Mai erreichten, und es stand ihm frei, während der gesamten Wegstrecke zu schreiben. Sie würde ihm den idealen Stoff für sein Buch liefern.

Sie liebte ihn, so viel stand fest. Sie gehörte nicht zu den Frauen, die sich leichtfertig auf eine intime Beziehung einließen, und er war ihr erster Mann gewesen. Auch er musste zugeben, dass sie ihm mehr bedeutete als jede andere Frau vor ihr. Seit sie sich am Anlegeplatz des Oriental Hotels zum ersten Mal begegnet waren, hatte er gespürt, dass sie etwas Besonderes hatte, selbst wenn er nicht genau sagen konnte, was. Sie war nicht die schönste Frau, die er kannte, und auch nicht die geistreichste oder die beste Geliebte. In dieser Hinsicht hatte sie nicht die geringsten Erfahrungen besessen, was im Allgemeinen nicht gerade das war, was ihm bei Frauen gefiel. Dennoch war er versessen auf sie und stellte fest, dass er sich nach ihr sehnte, sobald sie getrennt waren.

Er hatte nie etwas Ähnliches empfunden und das beunruhigte ihn ohnegleichen. Er fragte sich, ob er sich vielleicht in sie verliebt hatte. Wenn er sie bitten würde, seine Frau zu werden, würde sie seinen Antrag zweifellos annehmen, mit oder ohne Zustimmung ihres Vaters, und er wusste, dass sie eine hingebungsvolle und treue Ehefrau abgeben würde. Doch er brauchte Zeit für sich alleine, um sich seiner Gefühle absolut sicher zu sein. Dass er solche Vorstellungen auch nur in Erwägung zog, war fremd für ihn.

Wie konnte ihr das passieren? Die Worte in seiner kurzen Mitteilung hallten in ihrem Kopf nach, wieder und wieder. »Bis zu meiner Rückkehr kann es sechs Monate dauern … sechs Monate …«

»O Gott, steh mir bei!«, rief sie laut, warf sich aufs Bett und vergrub ihren Kopf in den Kissen. Niemand durfte von ihrem Zustand erfahren, das war undenkbar, obwohl sie ihn nicht mehr lange verbergen konnte. Ihr Leben war ruiniert und sie brach abermals in ersticktes Schluchzen aus.

Natürlich wusste sie, dass es Abtreibungen gab, und nahm an, dass man sie in irgendeiner finsteren Gasse von Bangkok vornehmen lassen konnte, genau wie in England. Doch sie hatte so viele grauenvolle Geschichten und Gerüchte hinter vorgehaltener Hand gehört, von verunreinigten Instrumenten oder so schweren Verletzungen, dass die Frauen verbluteten oder nach der Prozedur mit an Sicherheit grenzender Wahrscheinlichkeit nie wieder Kinder bekommen konnten, dass sie Angst hatte, diese Möglichkeit auch nur in Erwägung zu ziehen.

Wie sollte es weitergehen? Sie musste es ihrem Vater irgendwann sagen und er würde sie vermutlich wegschicken und darauf drängen, das Kind zur Adoption freizugeben, damit es in einer christlichen Familie aufwuchs, vielleicht bei Missionaren. Sie würde nach der Geburt zurückkehren und gesundheitliche Gründe für ihre lange Abwesenheit vorschützen. Niemand würde ihr die Geschichte glauben und den Gedanken an eine Ehe konnte sie sich aus dem Kopf schlagen. Das Beste, worauf sie hoffen konnte, war, Gouvernante zu werden und die Kinder einer anderen Familie großzuziehen.

Sie wagte kaum, sich die Reaktion ihres Vaters vorzustellen. Er würde ihr nie wieder vertrauen, würde sie nie mehr mit dem gleichen liebevollen Stolz betrachten. Er war bereits über die geplatzte Hochzeit mit James enttäuscht und hatte tagelang nicht mehr mit ihr geredet, als er davon erfuhr. Und nun würde er entdecken müssen, dass sie das uneheliche Kind eines Mannes erwartete, den er verachtete. Einen Bastard. Das Wort hallte in ihren Ohren nach, denn genau das würde ihr Kind sein.

Die ganze nächste Woche sann sie verzweifelt und in tiefstem Elend darüber nach, was aus ihr werden sollte. Als sie der Lösung nach sieben Tagen noch keinen Schritt näher gekommen war, blieb ihr nur eines übrig.

Joseph fand sie in der Kirche. Sie trug ein dunkles Kleid und kauerte in einer der Bänke, die Bibel umklammernd, die Augen geschlossen. Zunächst wagte er nicht, sie zu stören, während er lautlos seinen Pflichten nachging und alles für die Abendmesse des Geistlichen vorbereitete. Schließlich öffnete sie die Augen und wischte sie verstohlen mit einem durchnässten Taschentuch ab. Ihr Gesicht war kreidebleich und dunkle Schatten lagen unter ihren Augen.

Besorgt näherte er sich ihr. »Elizabeth, was ist geschehen, um Himmels willen?«

Sie wich seinem Blick aus und wollte sagen »Nichts, danke, Mr. Shaw, es ist alles in Ordnung«. Doch sie brachte kein Wort über die

Lippen. Stattdessen sank sie wieder auf der Holzbank zusammen, während die Tränen unaufhaltsam über ihre Wangen liefen.
Joseph setzte sich kurzerhand neben sie und nahm ihre Hand. »Elizabeth, was ist mit Ihnen? Irgendetwas Schreckliches muss geschehen sein. Bitte, Sie müssen es mir sagen.«
Er war nicht nur betroffen, sondern auch ratlos. Sam war abgereist, sollte sie da nicht froh sein?
Sie fuhr fort zu schluchzen. »Ich … ich kann einfach nicht, Mr. Shaw. Ich kann es Ihnen nicht sagen.«
»Jetzt kommen Sie. So schlimm wird es nicht sein. Sie haben mir früher auch immer Ihre Probleme anvertraut. Für alles gibt es eine Lösung, dessen bin ich mir sicher.«
Sie war verdutzt, doch dann schloss sie, er müsse auf ihre Kindheit und das Problem mit Kesri anspielen. »Mr. Shaw, ich kann es Ihnen wirklich nicht sagen. Ich … wage mir nicht einmal vorzustellen, was Sie von mir denken könnten.«
»Meine Liebe, ich würde niemals schlecht von Ihnen denken. Und um was es auch gehen mag, ich bin sicher, dass ich Ihnen irgendwie helfen kann. Kommen Sie, wir gehen zu mir nach Hause. Eine Tasse Tee wird Ihnen gut tun und Sie werden sich gleich besser fühlen. Oder vielleicht brauchen Sie etwas Stärkeres, einen Sherry? Sie wissen, dass ich keinen Alkohol trinke, doch in besonderen Fällen, zu medizinischen Zwecken …« Er erhob sich. »Sie haben Recht getan, hierher zu kommen, um sich der göttlichen Führung anzuvertrauen«, fuhr er fort. »Im Augenblick könnte jedoch ein wenig irdischer Beistand nicht schaden.«
Sie nickte, trocknete abermals ihre Augen und nahm sein Angebot an. Er war vermutlich der einzige Mensch, der ihr helfen konnte. Es gab niemanden, an den sie sich sonst wenden konnte. Im Haus angekommen, schenkte er ihr in seinem Arbeitszimmer ein Glas Sherry ein, das sie in einem Zug leerte. Es schien sie zu beruhigen und obwohl sie immer noch blass war, hatte sie ihre Fassung wiedergewonnen und schien entschlossen zu sein, jeden Rat anzunehmen, den er ihr erteilte. Doch zuerst musste sie sich ihm offenbaren.
»Ich fürchte, ich habe mich seit einiger Zeit verändert; ich bin nicht mehr das kleine Mädchen, das Sie kannten«, begann sie. Sie sprach

langsam und wohlüberlegt und er sah, dass es schmerzvoll für sie war, die Worte auszusprechen. »Ich habe mich in schlimmster Weise entehrt.«

»Hat das etwas zu tun mit…«

»Ja«, unterbrach sie ihn, bevor er den Satz beenden konnte. »Die Ursache des Problems ist ein Mann. Oder vielmehr meine eigene Torheit, eine Folge meiner… gefühlsmäßigen Reaktion auf diesen Mann.«

»Sind Sie krank, Elizabeth?«

»Nicht wirklich, obwohl ich mich so fühle. Die Wahrheit ist, ich bin…«

Sie brach abermals zusammen, unfähig, das Wort auszusprechen.

Endlich begriff er und er wusste, dass sie in dem Brief gelogen hatte. Doch es widerstrebte ihm, ihr Vorwürfe zu machen oder selbstgerecht zu werden. Er wollte ihr nur helfen und sein Herz flog ihr zu.

»Elizabeth, ich verstehe, wie schwierig es für Sie ist, darüber zu sprechen. Doch Sie müssen meine Frage beantworten. Sind Sie guter Hoffnung?«, fragte er sanft.

Sie blickte zu ihm auf, die Augen voller Tränen, und er hätte sie gerne in die Arme genommen, um sie zu trösten, sie aus ihrer Not zu erlösen. Sie nickte, dann barg sie den Kopf in den Händen und schaukelte hin und her wie ein verängstigtes Kind.

Da er nicht wusste, was er sonst tun sollte, setzte er sich neben sie auf das Sofa und legte die Arme um sie. Sie weinte sich an seiner Schulter aus, bis ihre Tränen versiegt waren. Er fühlte sich mitschuldig an ihrem Kummer. Schließlich war er es, der Sam in den Norden des Landes geschickt hatte, wenn auch auf ihre Bitte hin. Trotzdem war er nach wie vor der Meinung, auch wenn es gegen die Lehren der Kirche verstieß, dass eine Ehe mit Sam Taylor für sie nicht die beste Lösung gewesen wäre. Der Mann war ein Schuft, ein Schwerenöter, der sie am Ende nur verletzt und verlassen hätte.

Als das Schluchzen nachließ und die Tränen endlich versiegten, hob er sanft ihr Kinn, so dass sie ihn anblicken musste, und strich ihr das Haar zurück.

»So ist es besser. Sie dürfen nicht mehr weinen. Ich werde alles tun, um Ihnen zu helfen, Elizabeth«, versprach er ihr, mit mehr Zuver-

sicht als er wirklich empfand. »Was ich nicht verstehe, ist der Grund für den Brief.«
Sie dachte, er habe irgendwie von dem Brief erfahren, den sie von Sam erhalten hatte.
»Er wusste zu dem Zeitpunkt nichts von meinem Zustand. Sonst hätte er sich nie einverstanden erklärt, die Reise anzutreten. Ich bin sicher, er hätte mich geheiratet, Mr. Shaw. Doch nun werden mindestens sechs Monate bis zu seiner Rückkehr vergehen und es ist… ist undenkbar, dass ich hier, in meinem Zustand, auf ihn warte. Ich weiß nicht, was ich tun soll.«
»Bedauerlicherweise trifft mich eine Mitschuld«, seufzte er.
»Wie das?«
»Sie wissen ja, ich war derjenige, der Mr. Taylor vorschlug, sich der Expedition anzuschließen. Wenn ich früher von Ihrem Zustand erfahren hätte, hätte ich seine Abreise verhindert.«
Sie wunderte sich, wieso er meinte, dass sie davon wusste. Sam hatte nichts dergleichen in seinem Brief erwähnt, doch sie war zu erregt, um lange über solche Nebensächlichkeiten nachzudenken.
»Bitte machen Sie sich keine Vorwürfe, Mr. Shaw. Ich habe mir das Ganze selber zuzuschreiben. Der einzige Mensch, der Schuld daran hat, bin ich.«
Sie schwiegen eine Weile, dann ergriff Joseph wieder das Wort. »Ich denke, Sie sollten im Moment noch nichts darüber verlauten lassen, Elizabeth. Ihr Vater wird es natürlich irgendwann erfahren müssen. Wenn Sie mir Zeit geben, Ihre Situation zu überdenken, fällt mir vielleicht doch noch ein Ausweg ein.«
Sie bezweifelte, dass es irgendetwas gab, das sie retten konnte. Sie musste sich wohl oder übel in ihr Schicksal fügen, dankte ihm jedoch trotzdem für seine Anteilnahme.
Als sie gegangen war, konnte Joseph seine Aufmerksamkeit auf nichts anderes mehr richten. Es gab eine Lösung, doch der Gedanke würde sie vermutlich dermaßen erschrecken, dass er nicht wusste, ob er einen solchen Vorschlag auch nur auszusprechen wagte.

Es war eine absolut brillante Idee und Edward wünschte, er wäre selbst darauf gekommen. Er beabsichtigte jedoch nicht, sich durch die Frage nach den »Urheberrechten« von seinem Vorhaben abbringen zu lassen. Der Deutsche Helmut Klein hatte die Vorzugsbehandlung ranghoher Gönner genossen und mehrere Ausstellungen über die Bühne gebracht, die in aller Munde waren; außerdem war er zehn Jahre jünger als Edward. Klein hatte noch genug Zeit, sich einen Namen zu machen, im Gegensatz zu Edward. Seine Hoffnungen waren am Boden zerstört, als Elizabeth ihm eröffnete, dass aus der Heirat mit James nichts würde. Doch nun bot sich ihm eine einmalige Chance und er war entschlossen, sie zu nutzen, bevor Klein ihm zuvorkam.

20. Kapitel

Ein Schuss und es war vorbei. Das riesige Raubtier lag zuckend zu Sams Füßen, dann war es still. Es hatte ihn am Flussufer überrascht, nicht mehr als eine halbe Tagesreise von Chiang Mai entfernt, und er zitterte noch immer bei dem Gedanken, dem Tod so nahe gewesen zu sein wie noch nie.

Sie hatten das Boot verlassen, um ihr Lager an einer Stelle aufzuschlagen, wo der Bambusdschungel nahezu an das Wasser grenzte. Er war auf einem holperigen Pfad in das Dickicht hineingegangen und hatte die Axtmarkierungen im dichten Unterholz bemerkt, wo sich andere Reisende einen Weg in das Labyrinth gebahnt hatten, vielleicht, um Zelte für die Nacht aufzustellen oder nach wild wachsenden Früchten Ausschau zu halten.

Zum Glück fand die Expedition in der kühlen Jahreszeit statt und der kleinen Truppe, bestehend aus ihm selbst, zwei englischen Abenteurern und zwanzig siamesischen Trägern, die außerdem als bewaffnete Eskorte dienten, waren die Fieberschübe während der Monsunzeit und die unerträglichen Temperaturen in der heißen Jahreszeit erspart geblieben. Die Hitze war immer noch unerträglich für Europäer, obwohl es oben im Gebirge kühler wurde, vor allem nachts.

Schlangen und streunende Elefanten stellten eine fortwährende Bedrohung dar, doch am meisten gefürchtet war der Tiger, der sich mit tödlicher Lautlosigkeit anpirschte. Ein unachtsamer Expeditionsteilnehmer konnte übel zugerichtet oder verschleppt werden, bevor er auch nur die Chance hatte, zur Waffe zu greifen. Sam hatte dies mehrmals während seiner Reisen miterlebt und er hatte einmal die Geschichte von einem Tiger gehört, der zwei Siamesen gleichzeitig gepackt und mitgeschleift hatte.

Dennoch war er der Überzeugung gewesen, dass ihm so etwas niemals passieren würde, und er konnte nur von Glück sagen, dass ein erschrockener Affe, der sich selbst als Beute des Tigers wähnte, kreischend auf einen Baum floh. Als Sam herumwirbelte, die Waffe im Anschlag, näherte sich die Raubkatze bereits lautlos. Sie war nur noch einen Steinwurf entfernt und hätte innerhalb der nächsten Sekunde zum Sprung angesetzt und ihm das Lebenslicht ausgeblasen. Der erste Schuss, direkt zwischen die Augen, streckte das riesige Tier nieder. Beim zweiten Schuss prallte die Kugel von seinem Kopf ab, doch es war ohnehin auf der Stelle tot gewesen. Er war froh, dass er gut in Form war und seine Schießkünste durch Übung bewahrt hatte, und über das schwere Gewehr, das er bei derartigen Expeditionen stets bei sich trug. Die Winchester 1876, Kaliber .45/70, war die modernste für amerikanische Großwildjäger erhältliche Waffe und wog mehr als viereinhalb Kilo. Sie besaß eine Reichweite von bis zu fünfundfünfzig Metern und konnte einen angreifenden Büffel zur Strecke bringen. Sie hatte ihm mehr als einmal das Leben gerettet.

»Guter Schuss, Mann! Eine Trophäe für den heimischen Herd, richtig?« Beim Widerhall des Schusses, den einer seiner Begleiter abgegeben hatte, kam Terence McConnel aus dem Camp gelaufen. Ihm folgte der zweite Engländer, Sir Horatio Noone, ein Gentleman und Abenteurer, der reichlich verstimmt war, dass er den Tiger nicht selbst erlegt hatte. Beide trugen das bevorzugte Jagdgewehr der Engländer, eine doppelläufige Elefantenbüchse, Kaliber .50, die sich großer Beliebtheit erfreute, weil sie bei Ladehemmung aus dem zweiten Lauf feuerte.

Obwohl er eine Sportwaffe besaß, war Sam kein Freizeitjäger. Zielübungen, Selbstverteidigung und Nahrungsbeschaffung, falls unabdingbar, waren Grund genug für ihn, sie bei sich zu tragen. Und er mochte die beiden prahlerischen Engländer nicht. »Eine Trophäe?«, sagte er. »Mitnichten. Ich möchte nicht, dass jemand meint, ich hätte zum Spaß einen Tiger erlegt. Sie dürfen sich gerne bedienen, wenn Sie möchten.«

»Grundanständig von Ihnen, altes Haus.« Noone trat zum Kadaver und stellte in Siegerpose seinen Fuß darauf. »Sie sind also kein Jäger, oder?«

»Wie ich bereits sagte, ich schieße nicht zum Spaß.«

Noone gelangte zu dem Schluss, dass sein amerikanischer Reisegefährte ihm nicht nur ein Rätsel, sondern nachgerade ein seltsamer

Vogel war. Dass ein Mann offen seine Bedenken gegen die Jagd äußerte, kam höchst selten vor. Nicht, dass er Sam für einen Feigling hielt. Er hatte bereits hinlänglich das Gegenteil bewiesen.
Als sie das Lager errichtet und das Feuer in Gang gebracht hatten, füllte Sam einen Topf mit Flusswasser und stellte ihn auf die Flammen. Als es kochte, goss er es in den Lauf seiner Winchester. Die Gewehrpatronen waren eine großartige neue Errungenschaft, doch beim Abfeuern entstand Pulverqualm, der den Lauf mit Ruß füllte. Der Zünder des Knallquecksilbers im hinteren Teil der Patrone führte leicht zu Korrosionen, deshalb war es angeraten, den Lauf in regelmäßigen Abständen mit heißem Wasser durchzuspülen. Anschließend nahm Sam einen zusammenlegbaren Putzstock, mit einer Schlinge für den ölgetränkten Lappen zum Reinigen des Gewehres am Ende, und ließ ihn im Schaft auf und ab gleiten.
Der Reinigungsprozess hatte etwas ungemein Beruhigendes und bisweilen gefiel ihm das Ritual besser als die Notwendigkeit, das Gewehr zu benutzen. Mit einem Lappen putzte er auch noch seinen Colt Army-Revolver Modell 1878 mit mechanischem Doppelabzug, der mit einem .45 Kaliber und seinem leichten Gewicht geeigneter war, Menschen als Großwild den Garaus zu machen.
Die meistverwendete Waffe in seinem persönlichen Arsenal war jedoch sein Bowiemesser, eine Variante des schottischen Dolchklappmessers, mit einer fünfundzwanzig Zentimeter langen Klinge und beidseitig geschliffener Spitze. Es war die schnellste und wirksamste Art, mit einer Schlange fertig zu werden, die sich zu nahe heranwagte, oder mit einem Wegelagerer, der im Hinterhalt lauerte, da die Waffe lautlos war und seine Spießgesellen nicht auf den Plan rief. Sam fuhr mit dem Finger über die Klinge, die scharf wie eine Rasierklinge war. Er pflegte sie nachts neben sich zu legen, in Reichweite seiner rechten Hand.
Später, als die anderen bereits in ihren Schlafsäcken schnarchten und die siamesischen Wächter in kleinen Grüppchen zusammenhockten, rauchten und eine Sicherheitskette um das Lager bildeten, saß Sam, in Gedanken versunken, mit seinem in Leder gebundenen Notizbuch im Feuerschein und schrieb hin und wieder ein paar Zeilen. Der Brief musste geschrieben werden. Er duldete keinen Aufschub bis zu seiner Rückkehr nach Bangkok, denn er befürchtete, dass sie möglicher-

weise nicht so lange warten würde. Ihm blieb keine andere Wahl, als das Risiko eines unzuverlässigen Postdienstes einzugehen und einen Dorfbewohner gut dafür zu bezahlen, dass er den Brief nach Chiang Mai brachte, in der Hoffnung, dass er Bangkok vor ihm erreichte.

20. November 1882

Liebe Elizabeth,

bitte verzeih mir, dass ich Bangkok so plötzlich verlassen habe, ohne meine Absichten dir gegenüber auch nur anzudeuten. Die Wahrheit ist, dass mir meine Gedanken selbst erst bewusst geworden sind, seit ich mich auf die Expedition begeben habe.
Elizabeth, ich möchte aufrichtig sein, wenn du gestattest. Mir war bis zu meiner Abreise nicht klar, wie sehr ich deine Gesellschaft genieße und brauche, denn nun habe ich Angst, dich zu verlieren. Ich weiß nicht, ob das mit dem Dschungel zu tun hat, der mich zu dieser Erklärung veranlasst, oder damit, dass ich um Haaresbreite dem Tod entronnen bin. Es war nur meiner Glückssträhne zu verdanken, dass ich nicht von einem Tiger in den Wald verschleppt und gefressen wurde. Es gelang mir, das Untier zu erschießen, bevor es mich in die Fänge bekam, und vermutlich hat mich dieser Zwischenfall an meine Sterblichkeit erinnert und daran, dass ich kein junger Mann mehr bin. Ich habe das dreißigste Lebensjahr überschritten, Elizabeth, und sehne mich mit einem Mal nach Sesshaftigkeit, nach einem »häuslichen Herd«, wenn du so willst, um die Worte zu zitieren, die ich heute aus dem Munde eines anderen Mannes hörte.
Ich wäre sehr glücklich, wenn du dich entschließen könntest, diesen Traum mit mir zu teilen.
Was ich meine, Elizabeth, wenn du mir meine Kühnheit verzeihst (deretwegen du mich so oft gescholten hast), ist, dass ich bei meiner Rückkehr nach Bangkok um die Erlaubnis bitten möchte, bei deinem Vater um deine Hand anzuhalten. Bis dahin, mein Liebling, gib auf dich Acht und denke nur an meine Rückkehr.

Dein Verehrer
Samuel Taylor II

Sie nahm die Kutsche und fuhr umgehend los, als Joseph sie zehn Tage später bat, zu ihm zu kommen. Es waren die längsten zehn Tage ihres Lebens gewesen. Mehrmals war sie versucht gewesen, ihn aufzusuchen und anzuflehen, etwas zu unternehmen, gleich was. Sie hatte sogar in Betracht gezogen, sich an einen Engelmacher zu wenden. Und sie hatte gebetet, sie möge das ungeborene Kind verlieren.

Josephs Blick war strahlend und zugleich nervös. Er hatte lange und angestrengt über seinen Vorschlag nachgedacht und um göttliche Führung gebetet. Er zweifelte immer noch, ob es die vernünftigste Lösung war oder der lächerlichste Einfall, den er jemals gehabt hatte. Er bat Elizabeth, neben ihm auf dem Sofa Platz zu nehmen. Während sie seiner Aufforderung folgte, sah sie ihn flehentlich an.

»Mr. Shaw, ich weiß nicht mehr aus noch ein. Ich habe auf ein Wunder gehofft, mir sogar gewünscht, das Kind zu verlieren. Ich habe auch geträumt, Mr. Taylor sei möglicherweise bestrebt, früher als geplant von seiner Expedition zurückzukehren und …«

Joseph schüttelte den Kopf. »Nein, leider nicht, Elizabeth. Und ich muss Sie noch einmal darauf hinweisen, dass Sie sich Samuel Taylor aus dem Kopf schlagen sollten. Er steckt irgendwo im Dschungel, monatelang von jeglichem Kontakt mit der Außenwelt abgeschnitten. Die Lösung Ihres Problems liegt nicht bei ihm.«

Seine Stimme klang zuversichtlich, ganz der Schullehrer, der er war, doch er spürte das leichte Zittern seiner Hände und wusste, dass er im Grunde nur hinauszögerte, was er ihr wirklich zu sagen hatte.

Sie ließ den Kopf hängen und er wollte sie nicht länger auf die Folter spannen. Er beschloss, ihr die entscheidende Frage zu stellen, selbst auf die Gefahr hin, dass sie sein Ansinnen absurd fand.

»Es gibt eine Lösung«, fuhr er fort, seine Worte sorgfältig wählend. »Eine, die Ihren guten Ruf und Ihre Würde wahren und gewährleisten würde, dass Ihr Kind ehelich geboren wird.«

»Ich bezweifle sehr, dass irgendetwas mich jetzt noch retten könnte, doch ich werde Ihren Vorschlag, wie immer er auch geartet sein mag, in Betracht ziehen, Mr. Shaw.«

»Bitte, Elizabeth, nennen Sie mich Joseph. Wir kennen uns schon lange.«

»Ja, das stimmt... Joseph. Ich bin Ihnen sehr dankbar. Also, was schlagen Sie vor?«
Er spürte, wie sein Mund trocken wurde und sein Herz raste. Er hoffte vor allem, dass er sie weder erschrecken noch beleidigen würde. Er hatte die Möglichkeit, dass sie zustimmte, nicht ernsthaft in Erwägung gezogen. Er beschloss, unverblümt mit der Sprache herauszurücken und die Sache hier und jetzt hinter sich zu bringen.
»Elizabeth, würden Sie... würden Sie eine Ehe mit mir in Betracht ziehen?«
Verblüfft und sprachlos konnte sie ihn nur anstarren. Dann schlug sie die Augen nieder, mit offenem Mund.
Er hatte das Gefühl, einen schrecklichen Fehler begangen zu haben. Eine Erklärung war unerlässlich und er sah sich gezwungen fortzufahren. »Der große Altersunterschied ist mir durchaus bewusst, Elizabeth. Ich bin vierzig und Sie...«
»Einundzwanzig.« Sie verstummte, immer noch völlig perplex.
»Trotzdem, meine Liebe, obwohl ich weder jung noch abenteuerlustig oder gut aussehend bin, glaube ich, dass ich Ihnen ein guter Ehemann wäre. Das Kind würde ich wie mein eigenes aufziehen und ich schwöre Ihnen, dass ich es nie als etwas anderes behandeln oder gering achten würde. Wenn wir rasch heiraten, bleibt genug Zeit, um zu erklären, es sei eine Frühgeburt. Die Leute werden natürlich reden, sollen sie doch. Irgendwann werden sie die Geschichte vergessen.«
»Joseph..., eine Heirat kann doch nicht nur aus Gründen der Zweckdienlichkeit erfolgen. Es muss doch auch eine tiefe Zuneigung vorhanden sein, beträchtliche Gefühle...«
»Elizabeth, ich empfinde tiefe Zuneigung für Sie. Und seit einiger Zeit habe ich festgestellt, dass ich mehr und mehr an Sie denke. Ich gestehe, der Gedanke an eine Heirat wäre mir vorher nicht gekommen, weil ich dachte, dass Sie nie jemanden wie mich in Erwägung ziehen würden.«
Er hielt inne, überzeugt, die Situation nur noch schlimmer zu machen. »Vielleicht wäre es besser gewesen, Ihnen die Frage gar nicht erst zu stellen. Ich habe mich vergessen. Bitte verzeihen Sie mir. Es war ein furchtbarer Irrtum.«

»Joseph, ich empfinde ebenfalls tiefe Zuneigung für Sie, obwohl der Gedanke an eine Heirat auch mir nicht einmal im Entferntesten gekommen wäre.«
»Natürlich«, erwiderte er ruhig.
Sie wandte sich ab. Tränen brannten in ihren Augen. »Ich schäme mich so sehr. Ich bin eine gefallene Frau. Ich habe einem anderen Mann angehört und verdiene es nicht, Ihre Frau zu sein. Die Frau gleich welchen Mannes.«
»Ich weiß, das war ein Schock für Sie, Elizabeth, und ich spüre, dass Sie mich abweisen wollen, nur…«
Sie versuchte, ihn zu unterbrechen, ihn mit einer einfühlsamen Bemerkung zu beschwichtigen, doch er hob die Hand und gebot ihr zu schweigen. »Bitte erlauben Sie mir zu sagen, dass auch ich etwas zu beichten habe. Sie könnten gleichermaßen von mir behaupten, dass ich ein gefallener Mann bin.«
Sie sah ihn überrascht an, nicht sicher, worauf er hinauswollte.
»Es gibt etwas, was Sie wissen sollten, Elizabeth, bevor… bevor Sie meinen Antrag ablehnen«, fuhr er bekümmert fort.
Wieder versuchte sie ihn zu unterbrechen, doch er gebot ihr abermals zu schweigen.
»Ich habe seit zwanzig Jahren nicht mehr darüber gesprochen, obwohl ich jeden Tag daran gedacht habe. Falls Sie doch beschließen, meine Frau zu werden, was ich sehr hoffe, sollten Sie alles über mich erfahren. Zwischen uns sollte es keine Geheimnisse geben.«
»Ich höre«, sagte sie gespannt.
»Wie Sie wissen, wuchs ich in Neuseeland auf. Meine Eltern kamen als Missionare dorthin und ich wurde dort geboren. Ich verspürte nie die Berufung, der Kirche selbst zu dienen, stand jedoch fest im Glauben und besuchte immer den Gottesdienst. Eigentlich wollte ich Schriftsteller werden und nach England gehen, um dort an der Universität zu studieren. Doch es sollte nicht sein. Ich freundete mich mit einer jungen Maori, der Tochter eines Häuptlings, deren Familie vor langer Zeit zum christlichen Glauben übergetreten war, an; wir sahen uns regelmäßig in der Kirche…«
»Joseph, wenn es Ihnen schwer fällt, darüber zu sprechen, fühlen Sie sich bitte nicht dazu verpflichtet.«

»Nein, meine Liebe. So schmerzvoll es auch sein mag, ich möchte es loswerden. Ich habe bisher mit niemandem darüber gesprochen und es ist an der Zeit. Ihr Name war Aroha, was »Liebe« in der Maori-Sprache bedeutet, und ich verliebte mich in sie, obwohl ich wusste, dass weder mein Vater noch ihr Vater einer Ehe zustimmen würden. Nun… unsere Beziehung wurde entdeckt, von meinem tiefgläubigen Vater, unter den schlimmsten Umständen, die man sich nur vorstellen kann, und er hat mir nie verziehen. Ich erhalte zwei Mal im Jahr eine kleine finanzielle Zuwendung von ihm, doch nie einen Brief. Meine Mutter schickt jedes Jahr eine Weihnachtskarte, ihre Korrespondenz ist immer sehr förmlich und steif, als genüge sie lediglich einer Pflicht.«

»Und was geschah mit Aroha?«, fragte sie, tief berührt von seiner Geschichte.

»Aroha erwartete unser Kind, als ich gezwungen wurde, Neuseeland zu verlassen. Nicht einmal dann wollte mein Vater etwas von Heirat hören, und ich hatte nicht den Mut, mit ihr durchzubrennen. Sie schickten mich hierher, um Missionar zu werden und für meine Sünden zu büßen.

Ich schrieb Aroha anfangs jede Woche, monatelang, erhielt jedoch nie eine Antwort. Schließlich erreichte mich ein Brief von ihrer Schwester, die die Missionsschule besucht hatte; sie teilte mir mit, dass Aroha im Kindbett gestorben sei und dass das Baby, ein Mädchen, tot geboren wurde. Sie bat mich, nie wieder Kontakt mit ihrer Familie aufzunehmen; sie hatten dem Christentum abgeschworen und waren zu den *marae* ihres Stammes zurückgekehrt.«

Elizabeth sah Tränen in seinen Augen, als er seine Geschichte beendete. »Es tut mir so Leid, Joseph«, flüsterte sie. »Sie haben schrecklich gelitten.«

»Nicht so wie sie. Und seither fühle ich mich für ihren Tod verantwortlich. Deshalb habe ich mich nie um die Priesterweihe bemüht. Ich habe mich nicht würdig gefühlt.«

»Und vorher wollten Sie nie Missionar werden?«

»Nein, damals nicht. Ich war sicher, ein solches Leben sei nicht nach meinem Geschmack. Erst als ich akzeptieren musste, dass Aroha und ich niemals ein Paar sein würden, lernte ich meine Arbeit lieben. Ich

merkte, dass sie mir Erfüllung schenkte. Sie ist viel mehr als eine Buße für mich geworden und dafür bin ich dankbar.«
Er wartete nun auf ihre Antwort. Sie holte tief Luft, ging zum Fenster und blickte in den Garten hinaus. Gewiss, der Altersunterschied war groß, doch viele Frauen heirateten Männer, die zwanzig Jahre älter waren. Und sie kannte Joseph als guten, sanften Menschen, der zu seinem Wort stehen und ihr Kind wie sein eigenes behandeln würde. Und welche Wahlmöglichkeiten blieben ihr schließlich? Ein uneheliches Kind zur Welt zu bringen, einen Bastard, und es zur Adoption freizugeben, um danach nie mehr die Chance zu haben, einen anständigen Mann zu finden, der sie heiraten wollte? Trotz ihrer Zuversicht glaubte sie in ihrem tiefsten Innern, dass Sam sie nicht wirklich zur Frau wollte. Sonst wäre er nicht so bereitwillig gegangen. Doch dessen ungeachtet war sie nicht sicher, ob eine Ehe mit Joseph wirklich die Lösung ihres Problems war.
Er begann sich wieder zu entschuldigen, dass er auch nur in Betracht gezogen hatte, ihr einen Antrag zu machen, doch dieses Mal brachte sie ihn zum Schweigen.
»Joseph, ich bin Ihnen zutiefst dankbar, mehr, als ich sagen kann, und Ihr Angebot ist mehr, als ich verdiene. Doch ich muss zugeben, dass es mich überrascht hat, und ich brauche Zeit, um in Ruhe darüber nachzudenken. Bitte erlauben Sie mir, mich jetzt zu verabschieden, und ich verspreche, Ihnen meine Antwort so bald wie möglich mitzuteilen.«
Einen Moment lang saß er schweigend da.
»Natürlich, ich verstehe. Bitte nehmen Sie sich die Zeit, die Sie brauchen, und ich werde Ihre Antwort akzeptieren, wie auch immer sie ausfallen mag. Ich hoffe nur, dass ich Ihnen nicht zu nahe getreten bin.«
Er schwieg abermals, als sie ihm dankte und den Raum verließ, während sie immer noch mit dem Taschentuch ihre Tränen abwischte.

Am nächsten Morgen übergab Sam den versiegelten Brief einem der siamesischen Träger, der aus einem nahe gelegenen Dorf stammte und sich stets, soweit er es zu beurteilen vermochte, als zuverlässig und vertrauenswürdig erwiesen hatte. Er sah ihm nach, als der Mann

im Dschungel verschwand, in der Annahme, er werde ein Stück flussabwärts ein Floß mieten.
Der Bote lief jedoch zu Fuß den Weg entlang, und als er außer Sichtweite war, warf er den Brief in das Unterholz, steckte die Münzen des »Khun Gun«, wie die Männer Sam in Anspielung auf sein Ehrfurcht gebietendes Gewehr genannt hatten, in die eigene Tasche und eilte in sein Dorf, zufrieden mit sich selbst. Er hatte seine Frauen zwei Jahre lang nicht gesehen und hatte das Nomadenleben und die Plackerei für die weißen Männer satt, die ihn mit einem Hungerlohn abspeisten. Mit dem Geld, das Sam ihm gegeben hatte, konnte er sich ein paar Stück Vieh kaufen und vielleicht reichte es sogar, sein Glück als Händler zu versuchen. Es wäre Verschwendung, davon eine Fähre zu bezahlen. Schließlich handelte es sich ja nur um einen Brief. Der Mann konnte jederzeit einen neuen schreiben.

Es hätte zur Katastrophe kommen können, mit peinlichen Anschuldigungen. Doch es war gut gegangen. Er hatte alles auf eine Karte gesetzt, doch erst nachdem das Schreiben abgeschickt war, wurde ihm vollends bewusst, was er getan hatte. Er hoffte, dass Helmut Klein zu betrunken gewesen war, um sich an das abendliche Gespräch in der Bar des United Club zu erinnern, bei dem er seine Idee ausgeplaudert hatte.
Klein war an jenem Abend seiner Sinne schon nicht mehr mächtig gewesen und ein paar Gläser Schnaps, von Edward spendiert, hatten gereicht, um ihm die Zunge zu lösen. Und nun schien es, als habe sich die Fantasie des Königs an Edwards Idee, ihm Unterricht im Fotografieren zu erteilen, entzündet: er hatte ihn in seine neue Residenz, den Chakri Maha Prasad, auf dem Gelände des Großen Königspalastes eingeladen, um mit der Unterweisung zu beginnen.
Der Palast war erst in diesem Jahr, anlässlich der Hundertjahrfeier Bangkoks, fertig gestellt worden und Edward hatte bisher noch keinen Zugang zu den Privatgemächern des Königs erhalten, obwohl er im Verlauf des Jahres Mitglieder der königlichen Familie bei verschiedenen Anlässen fotografiert hatte und zu Lustbarkeiten in den weitläufigen Audienzhallen geladen war.
Es war ein riesiges, imposantes Gebäude. Da König Chulalongkorn

als Bewunderer der europäischen Kultur galt, war es überwiegend im Stil der italienischen Renaissance errichtet, obwohl der Entwurf von einem britischen Architekten stammte. Das Dach entsprach jedoch, im Gegensatz zu Bauwerken, die man in Europa sah, der siamesischen Tradition: es bestand aus stufenförmig angeordneten orangefarbenen, grünen und gelben Ziegeln, die drei goldene Türme stützten.
Der prachtvollste Raum war der große Thronsaal, der erlesene Kristalllüster, Marmor- und Goldintarsien und einen kostbaren neunstufigen, weiß-goldenen Baldachin in Form einer Pagode über dem Thron enthielt.
Edward fand den Pomp und das strenge Zeremoniell, das für den Empfang ausländischer Gesandter und der in Siam lebenden Ausländer vorgeschrieben war, ziemlich ermüdend. Was ihn interessierte, war, zu erfahren, wie der König wirklich lebte, und sich einen Namen als persönlicher Fotograf Seiner Majestät zu machen. Zu diesem Zwecke hatte er ein Schreiben mit dem Angebot verfasst, ihm Fotografieunterricht zu erteilen.
Ursprünglich hatte er sich von der Verlobung seiner Tochter mit Viscount James Claridge eine gewisse Hebelwirkung versprochen, um die Aufmerksamkeit Seiner Majestät zu wecken. Er hoffte, dass dieser vielleicht in Erwägung ziehen könnte, den bevorstehenden Hochzeitsempfang mit seiner Gegenwart zu beehren. Schließlich war Claridge entfernt mit Königin Victoria verwandt und sein Vater verkehrte bei Hofe, in allerhöchsten Kreisen.
Es war für Edward ein Schock, als Elizabeth ihm von James' Brief erzählte. Doch wenigstens hatte sie die Verlobung nicht gelöst, wie befürchtet, sondern James. Edward konnte ihm nicht einmal einen Vorwurf machen; ein Mann in seiner Stellung brauchte eine Frau und Elizabeth befand sich am anderen Ende der Welt.

Ihm schwirrte immer noch der Kopf vom Gewicht der Worte.
»Ist das Ihr Ernst, Joseph? Weiß Elizabeth davon?«
»Ja natürlich.« Joseph lächelte. »Sie nimmt meinen Antrag mit Freuden an, Ihr Einverständnis vorausgesetzt, versteht sich.«
Edward war verblüfft. »Wann ist das alles passiert? Ich habe gar nicht bemerkt, dass sich da eine … eine romantische Beziehung anbahnte.«

»Elizabeth und ich standen uns schon immer … ziemlich nahe und seit ihrer Rückkehr wurden wir uns unserer wahren Gefühle füreinander bewusst, wenn auch sehr plötzlich, wie ich gestehen muss. Gestern bat ich sie, mich zu heiraten und heute Morgen willigte sie ein. Deshalb habe ich Sie nun aufgesucht.«

»Großer Gott! Es tut mir Leid, Joseph. Ich wollte nicht unhöflich sein. Das Ganze kommt nur ziemlich überraschend. Unerwartet. Ich meine … ich habe keine Einwände, nehme ich an, wenn es Elizabeths Wunsch ist. Ich meine, wenn es euer beider Wunsch ist.«

Elizabeth, die an der Tür des Salons gelauscht hatte, betrat nun den Raum. »Das ist es, Vater. Wir möchten nur so bald wie möglich heiraten, nicht wahr, Joseph?«

»Ja, so bald wie möglich, zumal wir uns auf eine Trauung und einen Empfang im engsten Familienkreis geeinigt haben.«

Es dauerte, bis Edward, der wie vom Donner gerührt in einem Armsessel saß, zu antworten vermochte.

»Da euer Entschluss festzustehen scheint, muss ich euch wohl meinen Segen geben«, sagte er schließlich. Und dann schlug er gedankenverloren vor, das neue Jahr sei vielleicht eine gute Zeit, um zu heiraten.

Elizabeth warf Joseph einen raschen Blick zu.

»Ein noch früheres Datum wäre uns lieber«, erklärte er. »Genauer gesagt, sobald das Aufgebot bestellt ist.«

»Keiner von uns beiden legt Wert auf eine große Hochzeit«, fügte Elizabeth hinzu. »Nur einen kleinen Empfang, hier zu Hause.«

Edward war nun vollends konfus. »Natürlich, Liebes. Ich selbst halte auch nicht viel von einer langen Verlobungszeit. Das Aufgebot wird üblicherweise an drei aufeinander folgenden Sonntagen ausgehängt und ich nehme an, dass ihr in der Woche danach heiraten könnt.«

»Danke, Vater.« Elizabeth küsste ihn auf die Wange.

Endlich gelang es Edward, seine Gedanken zu ordnen. »Meine Liebe, würdest du uns jetzt bitte entschuldigen?«, sagte er, an Elizabeth gewandt. »Es gibt da noch ein paar Dinge, über die Joseph und ich sprechen müssen.«

Sie lächelte erleichtert. »Natürlich. Wir sehen uns heute Abend, Joseph.«

Als sie gegangen war, bat Edward Joseph, Platz zu nehmen.
»Es tut mir Leid, Joseph, doch ich muss Sie das fragen. Ist Elizabeth …?«
»Ich gebe Ihnen mein Wort, dass nichts Ehrenrühriges zwischen Elizabeth und mir geschehen ist«, versicherte Joseph.
Edward lehnte sich erleichtert in seinem Sessel zurück.
»Natürlich. Ich weiß nicht, wie ich so etwas von Ihnen denken konnte. Bitte vergessen Sie, dass ich Ihnen diese Frage gestellt habe.«

Von der ersten Unterrichtsstunde an fühlte sich König Chulalongkorn von der sanften Kunst der Fotografie verzaubert und seine wache Intelligenz und schöpferische Fantasie bewirkten, dass er die grundlegenden Lektionen wesentlich schneller beherrschte, als es Edward früher gelungen war, wie sich dieser eingestehen musste. Nach nur wenigen Wochen stellte der König bereits seine eigenen Abzüge in einer Dunkelkammer her, die er in seinem neuen Palast eingerichtet hatte.
Im Verlauf des Unterrichts gestattete er Edward, ihn in seinen Privatgemächern zu fotografieren, alleine und mit Familienangehörigen, wie er zu Abend speiste, mit seinen Kindern spielte und eine Zigarre rauchte. Edward war hellauf begeistert. Das war der Gipfel seiner beruflichen Laufbahn und er hoffte, der König möge ihm erlauben, die Fotografien im Rahmen einer Ausstellung zu zeigen, die er eigens zu diesem Zweck plante.
Mehr als alles andere hoffte Edward jedoch, dass seine Gesundheit ihm gestatten möge, das erforderliche Arbeitspensum zu bewältigen und das Ereignis zu organisieren.

21. Kapitel

Zugegeben, es fehlte die Leidenschaft. Sie spürte nie, wie sich ihr Puls beschleunigte, wenn sie ihn sah, doch sie mochte und bewunderte ihn grenzenlos und sie war überzeugt, dass sie glücklich mit ihm werden konnte. Abgesehen davon hatte sie keine andere Wahl gehabt.

Sie konnte kaum glauben, dass sie wirklich verheiratet waren. Es war alles so schnell gegangen. Die Trauung am Morgen und danach der Empfang im Garten ihres Elternhauses. Am frühen Nachmittag hatten sie sich zu seinem Heim begeben, das nun auch das ihre war, ein Gedanke, an den sie sich erst gewöhnen musste. Sie verbrachten einen kurzweiligen Nachmittag im Garten, unterhielten sich angeregt und tauschten ihre Ansichten über alle möglichen Dinge aus, angefangen mit Fragen der Ernährung bis hin zu Mr. Darwins Buch »Die Entstehung der Arten durch natürliche Zuchtwahl«, das seit seiner Veröffentlichung im Jahre 1859 eine Glaubenskrise hervorgerufen hatte, da nun viele Menschen begannen, die Allmacht Gottes, ja sogar seine Existenz, in Frage zu stellen.

Später schien es, als mache Joseph im Schatten der Bäume ein Nickerchen, doch sie fragte sich, ob er wirklich schlief; vielleicht hatte der Trubel ihn genauso mitgenommen und das Bedürfnis geweckt, eine Zeit lang ungestört darüber nachzudenken.

Als sie die Formalitäten des Tages noch einmal Revue passieren ließ, kam ihr das Ganze fremd und unwirklich vor, als sei es einer anderen passiert. Anchalees Worte hallten noch in ihr nach. »Herzlichen Glückwunsch, Mrs. Shaw«, hatte sie gesagt und einen Moment lang hatte sie nicht begriffen, dass ihre Schwester mit ihr sprach. Ihr eigener Hochzeitstag kam ihr vor, als läse sie etwas über die Vermählung einer anderen x-beliebigen Frau in der Zeitung:

Die Trauung von Elizabeth Ann Fairburn, Tochter von Edward Fairburn, New Road, Bangkok, und Mr. Joseph Peter Shaw, Missionar und

Lehrer, fand heute in der protestantischen Kirche von Yannawa statt, gefolgt von einem Empfang im Hause des Brautvaters, zu dem vierzig Gäste geladen waren, Familienangehörige und Freunde. Brautjungfer war die Halbschwester der Braut, Miss Anchalee Fairburn, Brautführer der Freund des Bräutigams, Mr. John A. Eakin, Lehrer am King's College.
Die Braut trug ein weißes Satinkleid mit gerüschtem Rock, der ein Unterkleid mit Falten enthüllte, von einer Krinoline in Form gehalten, was dem Ensemble einen traditionellen Anstrich verlieh. Ein langer Schleier und Orchideen im Haar waren der einzige Schmuck, abgesehen von dem schlichten Goldreif, der ihr während der Trauung von ihrem Mann angesteckt wurde. Die Brautjungfer trug ein grünes Satinkleid in ähnlichem Stil wie die Braut, jedoch ohne Krinoline. Die Garderobe wurde von der Bangkoker Näherin Mrs. G.E. Smythe gefertigt, eine Glanzleistung in der kurzen Zeit, die ihr bis zur Hochzeit verblieb.
Die offiziellen Hochzeitsfotografien wurden nach der Trauung, die um 10:30 Uhr begann, von Mr. Fairburn höchstselbst im eigenen Atelier gemacht; danach wurde unter einem großen Zelt im Garten ein erlesenes Mittagsmahl serviert. Dem Empfang war ein ungewöhnlich lauer Tag beschert, selbst für Bangkok und die kühle Jahreszeit, da die Temperaturen nie mehr als 25 Grad erreichten. Kurz nachdem Braut und Bräutigam um 14:30 Uhr gemeinsam die dreistöckige Hochzeitstorte angeschnitten hatten, brachen sie in der Kutsche zum Haus des Bräutigams auf.
Elizabeth wurde von Simons Ankunft aus ihren Tagträumen gerissen, der ankündigte, dass im Esszimmer ein leichtes Abendessen angerichtet sei. Sie nahmen einander gegenüber Platz und tauschten Höflichkeiten aus. Doch es fiel ihnen schwer, sich auf die Unterhaltung zu konzentrieren oder auf die zarten gedünsteten Fischfilets und den gedämpfen Reis, und das war den beiden bewußt.
Nach dem Essen erklärte Elizabeth, sie werde sich zur Ruhe begeben; sie hoffte, er würde nicht merken, dass sie errötete, als sie den Tisch verließ. Er sagte, er käme bald nach. Sie zog ein weites langes Nachthemd aus weißer Baumwolle an, gerafft und mit Biesen, die ihren inzwischen leicht gewölbten Bauch kaschierten. Die Schwangerschaft war auch der Grund, warum sie die altmodische Krinoline für ihr

Brautkleid gewählt hatte. Ihr war vorher nie aufgefallen, wie unvorteilhaft dieser Stil wirkte, und nun war sie froh, nach oben gehen und eines ihrer üblichen Kleider anziehen zu können, sobald sie ihr neues Heim erreicht hatte.

Sie bürstete ihre Haare und stellte zum ersten Mal fest, wie lang sie in den acht Monaten seit ihrer Rückkehr nach Bangkok geworden waren. Unglaublich, wie viel Zeit vergangen war. Es kam ihr wie ein ganzes Leben vor. Und nun war sie hier, schwanger, mit einem Mann verheiratet, der nicht der Vater ihres Kindes war und den sie, nicht einmal im Entferntesten, als Ehemann in Erwägung gezogen hätte.

Sie dachte an Sam und seine Rückkehr nach Bangkok. Was würde er von der Ehe und dem Kind halten? Sie betete, um seiner selbst willen, doch auch ihretwegen und Josephs wegen, dass es mit ihrer hellen Haut zur Welt kommen möge. Sie fragte sich, wie sie der Erinnerungen Herr werden sollte, wenn sie jeden Tag das Spiegelbild eines anderen vor Augen hätte.

Hätte er sie geheiratet, wenn er davon gewusst hätte? Sie hätte es gerne geglaubt, doch ihr Verstand sagte ihr, dass er nicht der Mensch war, der mit Frau und Kind belastet sein wollte. Warum war sie nur so töricht gewesen? Warum hatte sie ihm nicht mehr Widerstand geleistet? Weil sie ihn geliebt hatte. Blind vor Liebe war sie gewesen. Von einer Leidenschaft besessen, die man nur einmal im Leben erfährt.

Die Tür ging auf und Joseph trat ein. Sie saß an der Frisierkommode und fuhr fort, ihre Haare zu bürsten. Sie hoffte, dass die langen, rhythmischen Bewegungen ihre Nerven beruhigten.

»Meine Liebe, ich verstehe, dass du in deinem Zustand…«, begann er verlegen. »Ich meine, dass du vielleicht lieber alleine schläfst. Wenn du möchtest, ziehe ich bis nach der Geburt des Kindes ins Gästezimmer.«

Sie war verblüfft über seine Offenheit, als ihr bewusst wurde, worauf er anspielte. »Nein, Joseph«, erwiderte sie mit Nachdruck. »Du bist mein Mann. Natürlich möchte ich, dass du im gleichen Raum schläfst. Du hast mir das Leben gerettet. Ich bin dir unendlich dankbar…«

Er setzte sich auf die Bettkante. »Ich hoffe, unsere Ehe kann sich irgendwann auf mehr als Dankbarkeit stützen. Du schuldest mir nichts, Elizabeth. Ich kann nicht vergessen, dass ich es war, der diesen Schritt für dich unabdingbar gemacht hat. Selbst wenn es auf deine Bitte hin geschah… Wenn ich von deinem Zustand gewusst hätte, als ich dein Schreiben erhielt, hätte ich ihn niemals weggeschickt.«

Sie runzelte die Stirn, legte die Bürste beiseite und drehte sich zu ihm um.

»Mein Schreiben? Ich verstehe nicht …«

»Ich weiß, du hast mich gebeten, den Brief nie wieder zu erwähnen, und ich kann mir vorstellen, wie schmerzhaft es für dich sein muss, doch wir sind nun Mann und Frau und sollten aufrichtig zueinander sein.«

»Was für ein Brief, Joseph?«

»Der Brief, den Anchalee mir von dir gebracht hat… in dem du erklärst, dass du dich… dass du dich seinem Einfluss entziehen willst…«

Seine Worte waren für sie ein Rätsel. Worauf wollte er hinaus? Sie wusste von keinem Brief, den Anchalee ihm überbringen sollte.

»Hast du ihn noch?«, fragte sie mit einer dunklen Vorahnung.

»Selbstverständlich. In meinem Schreibtisch eingeschlossen.«

»Joseph, könnte ich ihn mir noch einmal ansehen?« Als sie seine besorgte Miene bemerkte, fügte sie hinzu: »Ich war völlig verwirrt zu dem Zeitpunkt, verstehst du. Ich kann mich kaum entsinnen, was darin steht.«

»Natürlich. Einen Moment.«

Er kehrte gleich darauf zurück und reichte ihr einen weißen Umschlag.

Sie schlug die Seiten auf, legte sie vor sich auf die Frisierkommode und sah sofort, dass es nicht ihre Handschrift war. Sie wandte sich ab, während sie die Zeilen mit wachsendem Unglauben las.

In ihrem Namen stand dort geschrieben, dass sie Sam »nicht länger für einen standesgemäßen Bewerber« hielt und Joseph um Hilfe bat, sich »aus dieser unseligen Verstrickung zu befreien«. Und dann die aufschlussreichsten Worte von allen: »Es steht Ihnen frei, in dieser Angelegenheit offen mit meiner Schwester zu sprechen, da sie über alle Geschehnisse im Bilde ist und auch um meine Absicht weiß, diese ungebührliche Liaison zu beenden.«

Ihr wurde klar, was geschehen war. Anchalee, ihre eigene Schwester, hatte den Plan geschmiedet, ihr Leben zu zerstören; sie hatte den Vater ihres Kindes fortgeschickt. Anchalee musste erraten haben, wie es um sie bestellt war, an dem Tag, als sie Zeugin ihrer morgendlichen Übelkeit geworden war; an einem Morgen, der ihr eine Ewigkeit her zu sein schien.

Doch warum? Was hatte sie getan, dass ihre Schwester sie derart hasste? Oder hatte Anchalee gar nicht geahnt, dass Elizabeth ein Kind erwartete, und im vermeintlich besten Interesse ihrer Schwester gehandelt?

Der Brief änderte alles. Denn Sam wollte sie nicht verlassen, wie Elizabeth nun klar wurde, und wenn er es nicht getan hätte, dann hätte sie ihm von ihrer Schwangerschaft erzählen können und er wäre nun ihr Mann.

Sie spürte Josephs Hand auf ihrer Schulter.

»Ist alles in Ordnung?«

Sie brachte es nicht über sich, ihm die Wahrheit zu sagen. Sie konnte ihm nicht enthüllen, dass alles auf einem schrecklichen Irrtum beruhte. Dass sie sich von ganzem Herzen gewünscht hatte, Sam zu heiraten, schon vor ihrer Schwangerschaft. Sie würde nicht zulassen, dass Joseph verletzt wurde, nachdem er so selbstlos gehandelt hatte. Das wäre grausam gewesen. Was geschehen war, ließ sich ohnehin nicht mehr rückgängig machen. Er durfte nie erfahren, dass der Brief eine Fälschung war. Das andere Problem, nachzuforschen, warum ihre Schwester sich so verhalten hatte, konnte warten. Doch sie schwor sich, irgendwann die Wahrheit herauszufinden. Sie versuchte zu lächeln, ihren Schock und ihre Qual zu verbergen, als sie sich umdrehte und ihren Mann ansah. »Es tut mir Leid, Joseph. Du musst mich für sonderbar halten. Ich nehme an, es ist mein Zustand, er bringt es mit sich, dass ich manchmal völlig geistesabwesend bin.«

»Ja, natürlich.« Seine Stimme klang unsicher. »Vergiss, was war, Elizabeth. Lass die Vergangenheit ruhen und schlag ein neues Kapitel auf. Wir gehören jetzt zusammen und ich werde dir immer zur Seite stehen. Das weißt du.«

Keiner von beiden sprach ein Wort, als sie langsam aufstand und zu ihm ging. Dann küsste er sie zärtlich und schloss sie in seine Arme. Sie vergrub ihren Kopf an seinem Hals, fühlte sich sicher und geborgen, wie immer in seiner Gegenwart.

»Du bist schön, Elizabeth«, sagte er. »Ich habe dich noch nie mit offenen Haaren gesehen, außer als kleines Mädchen. Doch das kommt mir nun vor, als wäre es in einem anderen Leben gewesen.«

Er geleitete sie zu dem Himmelbett mit den aufgespannten Moskitonetzen und der Daunensteppdecke und sie setzten sich Seite an Seite. Er drehte sich um, sah sie fragend an und sie lächelte ihm ermutigend zu. Dann schlug er die Decke zurück und löschte die Lampe neben dem Bett.

22. Kapitel

König Chulalongkorn genoss seine neue Freizeitbeschäftigung in solchem Maße, dass seine Familie und seine Untertanen bald daran gewöhnt waren, ihn auf Schritt und Tritt mit einer Kamera zu sehen. Und er fand zahlreiche willige Motive in seinen Kindern, die ihrem Vater bisweilen hinter den seidenen Vorhängen auflauerten, ihm den Weg versperrten und forderten, fotografiert zu werden. Es sollte eine lebenslange Passion werden.

Edward Fairburn bereitete ihm gleichwohl Kopfzerbrechen. Er war ein geduldiger und verbindlicher Lehrer, doch in Gegenwart des Königs gab sich jedermann geduldig und verbindlich, das bedeutete an sich noch gar nichts. Chulalongkorn traute dem Mann einfach nicht. Er hatte etwas an sich, das in ihm den Verdacht aufkeimen ließ, hinter der Fassade des Ehrenmannes verberge sich ein ausgekochter Halunke. Diskrete Nachforschungen wurden angestellt, wobei Seine Majestät das Augenmerk vor allem auf eine Geschichte richtete, die ihm berichtet wurde; sie betraf einen allseits bekannten Rivalen von Mr. Fairburn namens Helmut Klein.

Die Schmerzensschreie hallten im ganzen Haus wider, einige schrill und durchdringend, andere zu einem leisen Stöhnen abklingend, und die eindringliche Stimme des Arztes war zu hören, der hinter der geschlossenen Tür auf sie einredete. Joseph lief draußen auf dem Gang hin und her, die Ohren gespitzt, und fürchtete, das Martyrium werde nie ein Ende nehmen.

Es war drei Uhr nachts und sie lag seit elf Uhr morgens in den Wehen. Irgendwann war der Doktor erschienen, vor etwa fünf Stunden, um ihm mitzuteilen, dass es eine lange Nacht werden würde und es vielleicht am besten sei, wenn er einen Spaziergang mache. Doch er sah sich außerstande, sie alleine zu lassen. Er hatte nicht geahnt, dass die Geburt eines Kindes mit so quälender Langsamkeit vonstatten ging, und als sich die Stunden hinzogen, dachte er immer wieder an eine andere Frau, die vor langer Zeit ohne ihn verblutet war. Es kam ihm ungerecht vor, dass die Frau dem Mann auf diese Weise Kinder gebären musste.

Er blieb abrupt stehen, als die Schreie endeten. Die Stille ängstigte ihn in gewisser Hinsicht noch mehr und ihm wurde eiskalt, als er sich fragte, ob sie die Tortur überlebt hatte oder ob auch sie ihr zum Opfer gefallen war. Sie hatte ihm in dem halben Jahr seit der Hochzeit so große Erfüllung gebracht, dass er sich ein Leben ohne sie nicht mehr vorstellen konnte. Schließlich wurde die Stille vom Schrei des Kindes unterbrochen und kurz danach ging die Schlafzimmertür auf.

Dr. Newhaven stand vor ihm und lächelte, ein Bündel im Arm, das in eine Decke gewickelt war. »Ihr Sohn, Mr. Shaw.«

Behutsam nahm Joseph den Säugling entgegen und betrachtete das winzige rote Gesicht, die geschlossenen Augen und das schwarze Haarbüschel auf dem Scheitel des Kopfes. Er empfand auf Anhieb Liebe und eine unverbrüchliche Bindung zu diesem Kind, dem Sohn, der nicht sein eigener war. Dann blickte er den Arzt an, mit einem Mal besorgt. »Meine Frau…«

Dr. Newhaven lächelte beschwichtigend. »Alles in Ordnung, Mr. Shaw, alles in Ordnung. Sie ist noch schwach und hat viel Blut verloren, doch alles, was sie braucht, ist Ruhe. Sie ist noch wach. Warum gehen Sie nicht mit dem Kind zu ihr?«

Er erschrak zu Tode, als er sie kreidebleich und erschöpft vorfand. Doch sie lächelte, als er den abgedunkelten Raum betrat, sich neben sie auf das Bett setzte und ihre Hand nahm. Sie ermüdete rasch, doch bevor sie einschlief, flüsterte sie ihm noch zu: »Er ist dein Sohn, Joseph.«

»Für mich wird er nie etwas anderes sein. Ich liebe ihn bereits.«

»Er soll Joseph heißen. Joseph Edward Shaw.«

Es war aus und vorbei. Sechs Monate Arbeit, alles umsonst. Der König verweigerte ihm die Erlaubnis, die Fotografien auszustellen, die er in den Privatgemächern des Palastes aufgenommen hatte.

Obwohl sich das Arrangement zur beidseitigen Zufriedenheit zu entwickeln schien, hatte Seine Majestät den Unterricht nach drei Monaten unverhofft gestrichen. Edward vermutete, dass wichtigere Staatsangelegenheiten die Aufmerksamkeit des Königs forderten und die Lektionen wieder aufgenommen würden, sobald Seine Majestät seinem Hobby mehr Zeit widmen konnte.

Doch in den folgenden drei Monaten wurde er nicht mehr an den Hof gerufen und als er Seiner Majestät einen Brief schrieb, in dem er sich mit gesetzten Worten nach dem Befinden seiner Familie erkundigte und einen Austausch ihres fotografischen Wissens vorschlug, wurde ihm keine Antwort zuteil. Aus irgendeinem Grund, den er nicht kannte, war er in Ungnade gefallen.

Eines Tages traf ein offizielles Schreiben ein, überbracht von einem Lakaien niederen Ranges, in dem Seine Majestät ihn davon in Kenntnis setzte, dass alle Fotografien, die in seinen Privatgemächern entstanden waren, unveröffentlicht bleiben mussten und die Erlaubnis, sie auszustellen, aus Gründen der Sicherheit des Palastes null und nichtig sei.

Kurz darauf hörte er, dass Klein zum offiziellen königlichen Hoffotografen ernannt worden war und die informellen Fotografielektionen des Königs übernommen hatte.

Es klopfte heftig an der Haustür und Anchalee beeilte sich, zu öffnen und dem Dienstmädchen zuvorzukommen. Sie langweilte sich und ein Besucher, gleich welcher, war eine willkommene Abwechslung, selbst wenn es Elizabeth und ihr verzogener Fratz sein sollten. Ihre Schwester behauptete, der Kleine, inzwischen drei Monate alt, sage bereits »Mama«, doch Anchalee konnte nur ganz gewöhnliche Babylaute erkennen.

Als sie die Tür öffnete, wäre sie um ein Haar zurückgewichen, so perplex war sie. Doch dann fühlte sie sich angenehm überrascht. Wer weiß, vielleicht würde sich der Tag letztendlich doch nicht als so öde erweisen, dachte sie, als sie ihn mit einem strahlenden Lächeln begrüßte. »Hallo, Mr. Taylor. Wir dachten schon, Sie hätten sich im Dschungel hoffnungslos verirrt.«

Sam verschwendete keine Zeit mit dem Austausch von Höflichkeiten. »Ist dein Vater zu Hause, Anchalee?«

»Nein, bedaure.«
»Gut. Dann sag Elizabeth, dass ich sie sprechen möchte.«
»Kommen Sie bitte herein.« Sie lächelte einladend, öffnete die Tür ein Stück weiter und trat beiseite, um ihm den Weg ins Vestibül freizugeben. Die Abwechslung versprach noch amüsanter zu werden, als sie angenommen hatte.
Er nahm den Hut ab und betrat vor ihr den Salon, als befände er sich in seinem eigenen Haus.
»Sie sehen aus, als kämen Sie direkt vom Boot.«
»Du liegst gar nicht so falsch«, erwiderte er und wandte sich zu ihr um. »Bin heute Morgen erst angekommen. Übrigens, wie geht es deiner Schwester?«
»Ausgezeichnet. Sie sagt, sie sei noch nie so glücklich gewesen.« In ihrer Stimme schwang unverkennbare Schadenfreude mit, als sie ihn ins Empfangszimmer führte.
»Tatsächlich? Nun, wir werden sehen. Bitte sie doch herunter, ja – oder soll ich hinaufgehen und sie selbst holen?«
»Das hätte wenig Zweck. Sie ist nicht hier.«
»Verflixt, ich hatte gehofft, sie gleich zu sehen. Wann kommt sie nach Hause?«
»Sie ist zu Hause.« Das Spiel machte ihr ungeheuren Spaß. Auf diesen Augenblick hatte sie lange gewartet.
»Du sagtest doch, dass sie ausgegangen ist.«
»Nein, ich sagte, dass sie nicht hier ist.«
Er war nicht belustigt. »Sollte das ein Versuch sein, mir die Zeit mit solchen Scherzen zu vertreiben, Anchalee, dann muss ich dir sagen, dass ich gut darauf verzichten kann. Das ist doch das Haus der Fairburns, oder?«
»Ja. Doch Elizabeth ist keine Fairburn mehr und sie wohnt auch nicht mehr hier«, fügte sie hinzu, um ihm einen Anhaltspunkt zu geben.
»Was soll das heißen?«, erwiderte er scharf, verwundert und verärgert über ihre Dreistigkeit.
»Ich meine, dass sie keinen Grund sah, auf Sie zu warten.« Anchalee machte auf dem Absatz kehrt und ließ sich auf das Sofa fallen. »Sie hat kurz nach Ihrer Abreise Joseph Shaw geheiratet.«

Ihre Worte hatten die gewünschte Wirkung. Zum ersten Mal verlor Sam die Fassung.

»Joseph Shaw? Den Missionar? Den Lehrer?«

»Genau den. Und sie haben inzwischen ein Kind. Einen kleinen Jungen.« Sie hielt kurz inne. »Er kam zu früh zur Welt.«

Er setzte sich auf einen der Sessel und fragte sich verzweifelt, ob sie sich auf seine Kosten einen Scherz erlaubte. Überrascht hätte es ihn nicht.

»Das kann nicht sein. Willst du mich auf den Arm nehmen?«

»Sie können jeden fragen, wenn Sie mir nicht glauben. Wir konnten es selbst kaum fassen, als sie mit der Neuigkeit herausrückte. Doch die beiden sind der Meinung, dass sie großes Glück hatten. Das Baby war nicht untergewichtig, obwohl es viel zu früh geboren wurde.«

Er sah sie argwöhnisch an. »In Ordnung, kleines Fräulein, du hattest deinen Spaß. Und jetzt sag mir, wo sie steckt.«

Sie ging zur Anrichte hinüber und kehrte mit zwei gerahmten Bildern zurück und reichte ihm das erste. »Überzeugen Sie sich selbst. Hier ist ihr Hochzeitsfoto.«

Er musterte es kurz, doch sein Augenmerk wurde umgehend auf die zweite Aufnahme gelenkt, die sie ihm reichte, Elizabeth mit dem Säugling im Taufkleid.

»Ist das … besagter Sohn?«

»Ja, das ist Joe.«

»Wann wurde er geboren?«

»Vor drei Monaten, am 30. Juni. Nur sieben Monate nach der Hochzeit. Ein Wunder, dass er nicht gestorben ist.«

Sie weidete sich an Sams Qualen und zögerte nicht, ihm den Todesstoß zu versetzen. »Trotzdem finde ich es irgendwie seltsam, Elizabeth hat grüne Augen und Joseph hellblaue, doch Joes sind dunkelbraun.«

»Und was denkst du?«

»Worüber?«

»Glaubst du, dass es eine Frühgeburt war?«

»Natürlich. Warum sollte ich nicht?«

Sam zuckte die Achseln. »Das war es dann wohl.«

»Was war was?«

»Anchalee, stellst du die Geduld eines Mannes immer so hart auf die Probe?«
»Aha, endlich merken Sie, dass es mich auch noch gibt. Und was Ihre Frage betrifft, ja, normalerweise schon.«
Er nahm seinen Hut. »Richte Mrs. Shaw meine besten Grüße aus, wenn du sie das nächste Mal siehst.«
»Mache ich. Darauf können Sie sich verlassen.«
»Ich finde selbst hinaus.«
Als er gegangen war, dachte sie lächelnd, dass er eigentlich ein recht gut aussehender Mann war.

Er kam am nächsten Tag wieder, bevor sie Gelegenheit gehabt hatte, Elizabeth seine Grüße auszurichten. Eine weitere Pflicht, auf die sie sich unbändig freute. Sie gingen abermals ins Empfangszimmer und sie schenkte ihm einen Whisky aus dem Kabinettschrank ihres Vaters ein. Vermutlich hatte er das Haus beobachtet, denn kaum hatte Edward es am Morgen verlassen, um einen fotografischen Auftrag zu erledigen, war er auf der Türschwelle erschienen.
»Ich möchte dich um eine Gefälligkeit bitten, Anchalee.«
Sie reichte ihm das Glas und nahm ihm gegenüber auf dem Sofa Platz. »Eine Gefälligkeit, Mr. Taylor?«
»Sam für meine Freunde, Anchalee.«
»Bin ich denn ein Freund … Sam?«
»Natürlich. Und du könntest dich noch unentbehrlicher machen, wenn du mir helfen würdest.« Er trank einen Schluck Whisky, lehnte sich im Sessel zurück und musterte sie eindringlich.
»Ich nehme an, es geht um Elizabeth«, erwiderte sie mit einem Seufzer, der gelangweilt klang.
»Ja, in der Tat. Ich möchte, dass du ein Treffen arrangierst, am besten so, als wäre die Begegnung rein zufällig.«
Sie blickte ihn an und er glaubte, den Anflug eines hämischen Lächelns in ihrer Miene zu entdecken.
»Sie ist jetzt eine verheiratete Frau, deshalb wird sie gewiss nicht einverstanden sein, Sie wiederzusehen«, warf sie ein, wobei sie umgehend überlegte, wie sich ein solches Treffen am besten zuwege bringen ließ.

»Ich weiß, dass sie verheiratet ist, ich muss sie trotzdem sehen. Ich bin ihr zumindest eine Erklärung schuldig, warum ich so lange weg war. Wirst du mir helfen?«
Sie tat, als müsste sie gründlich über sein Ansinnen nachdenken, als brächte er sie damit in eine furchtbare Zwangslage, und nachdem einige Minuten verstrichen waren, stimmte sie zu. »Einverstanden.«
»Gut. Wo können wir uns treffen?«
»Warum nicht hier? Dann schöpft sie keinen Verdacht. Sie besucht mich jeden Freitagnachmittag und bleibt bis zum Abend.«
»Ist dein Vater während dieser Besuche zu Hause?«
»Er kommt nicht vor drei. Er isst freitags immer mit seinen alten Freunden zu Mittag.«
»Wunderbar. Ich könnte so tun, als sei ich gekommen, um mit deinem Vater zu sprechen, unter dem Vorwand, dass ich einen Auftrag für ihn habe, Fotografien für mein neues Buch. Und bitte sie, den Jungen mitzubringen.«
»Den hat sie immer dabei. Warum?«
»Anchalee«, seufzte er belustigt. »Du stellst zu viele Fragen für dein Alter; schließlich bist du noch ein Kind.«
»Ich bin kein Kind«, protestierte sie. »Ich werde in etwas mehr als drei Monaten fünfzehn.«
Er lachte. »Nun, junge Dame, und ich werde diesen Monat dreiunddreißig, und aus dieser Warte ist jemand mit fünfzehn noch ein Kind.«
Sie schmollte, weil er es geschafft hatte, sie aus dem Gleichgewicht zu bringen. Sie würde ihn zu gegebener Zeit eines Besseren belehren, sie konnte warten.

Elizabeths heimliche Nachforschungen hatten nicht das Geringste ergeben. Neun Monate lang, seit sie von der Existenz des gefälschten Briefs wusste, hatte sie sich den Grund für Anchalees Hinterhältigkeit zusammenzureimen versucht. Sie konnte ihre Schwester natürlich nicht offen darauf ansprechen, sonst hätte sie Lunte gerochen, und auf ihre vorsichtigen Andeutungen hatte sie nur vage Antworten erhalten.
Einmal, als sie Anchalee gefragt hatte, was sie über Elizabeths und

ihre eigene Mutter wusste, hatte ihre Schwester sie durchdringend angesehen, doch nur einen Augenblick. Dann hatte sie gelächelt und achselzuckend gemeint, es sei besser, die Vergangenheit ruhen zu lassen.

Auf den ersten Blick war Elizabeth die perfekte Ehefrau und Mutter. Joseph und sie verband eine liebevolle Beziehung und sie sorgte dafür, dass der Haushalt reibungslos lief. Sie weigerte sich, eine Kinderfrau für das Baby einzustellen, und zog es vor, ihm ihre ganze Zeit zu widmen. Oft konnte sie nicht umhin, forschend das Gesicht ihres Sohnes zu betrachten, sie war sich der Tatsache bewusst, dass er das Ebenbild seines Vaters war.

Joseph war ein guter Ehemann, der beste, den sich eine Frau wünschen konnte, und er verzichtete zum Glück darauf, seine ehelichen Rechte geltend zu machen. Während er schlief, lag sie Nacht für Nacht hellwach neben ihm, glühend vor Zorn und dann wieder eiskalt, weil sie immer noch nicht fassen konnte, wie übel ihr mitgespielt worden war. Dennoch besuchte sie einmal in der Woche ihre Schwester, um ihre heimlichen Nachforschungen fortzusetzen.

Am Freitag kam Elizabeth wie üblich mit Joe, der lächelte und fröhlich krähte, als er seiner Tante ansichtig wurde. Er hatte offenbar eine besondere Zuneigung zu Anchalee gefasst, wenngleich sie nicht verstehen konnte, warum. Sie ermutigte ihn nie dazu.

Elizabeth schob den hübschen englischen Kinderwagen ins Empfangszimmer und glättete Joes gesteppte Decke mit der englischen Stickerei, die ihrer Mutter gehört hatte und mit der sie selbst als Baby zugedeckt worden war.

»So wie der Himmel aussieht, haben wir es gerade noch rechtzeitig geschafft, bevor es zu regnen beginnt«, sagte Elizabeth. Die Monsunzeit hatte wieder eingesetzt und fast jeden Tag gingen Wolkenbrüche nieder.

Nachdem es ihr gelungen war, Joe zum Einschlafen zu bringen, nahmen sie mit einem Glas Sherry im Empfangszimmer Platz, als es an der Tür klopfte.

»Erwartest du noch einen weiteren Gast zum Essen?«

»Nein. Vater sagte, dass vielleicht jemand wegen einer fotografischen Sitzung vorbeischauen würde.« Anchalee stand auf, um die Tür zu öffnen, und Elizabeth hörte sie im Vestibül reden.

»Oh, Sie sind es. Treten Sie doch bitte ein. Elizabeth wird Ihnen Guten Tag sagen wollen.«

Elizabeth erhob sich und drehte sich um, um den Besucher zu begrüßen; sie erschrak, als sie ihn erkannte, und konnte sich nur mit Mühe aufrecht halten. Sie hatte das Gefühl, als würden ihre Beine unter ihr nachgeben.

Er stand auf der Schwelle, dann trat er näher. »Hallo, Elizabeth. Es ist lange her.«

»Sam … Mr. Taylor. Ich hatte nicht erwartet, Sie wiederzusehen …«

»Zweifellos«, schnitt er ihr brüsk das Wort ab. »Ich bin gerade erst aus Chiang Mai zurückgekehrt.«

»Ich werde mal nachsehen, ob das Mittagessen bald fertig ist«, sagte Anchalee munter und lächelte, als sie hinausging.

Elizabeth nahm wieder Platz und hielt sich vor Augen, dass es nichts gab, weswegen sie sich vor ihm schämen oder fürchten musste. Schließlich war er es gewesen, der sie verlassen hatte. Einen Moment lang herrschte Schweigen, bevor sie das Wort ergriff. »Du bist ohne jede Vorwarnung gegangen«, erinnerte sie ihn kühl.

Er setzte sich; ihre Worte schienen ihn kaum zu entwaffnen, obwohl in seiner Stimme ein Anflug von Reue mitschwang.

»Ich habe dir einen Brief geschickt.«

»Einen Brief!« Sie lehnte sich auf dem Sofa zurück. »Sehr freundlich von dir, doch nicht so ganz das, was ich erwartet hätte.«

»Mir blieb keine andere Wahl. Du weißt, dass es unmöglich war, dich hier aufzusuchen.«

»Wenn es jetzt geht, warum nicht auch damals?«

»Das ist unfair«, protestierte er. »Abgesehen davon war nichts zwischen uns ausgesprochen und ich sagte, wir würden uns wiedersehen, gleich nach meiner Rückkehr. Ich habe dir ja meine Absichten in meinem nächsten Brief erklärt. War ich es dir nicht wert zu warten?«

»Von welchem Brief redest du?«

»Von dem Brief, den ich dir während der Expedition schrieb, er

müsste dir von Chiang Mai aus zugestellt worden sein. Du hast ihn doch erhalten, oder?«
Sie zuckte die Achseln. »Ich habe keine Ahnung, von welchem Brief du sprichst. Ich kenne nur die wenigen, vage gehaltenen Zeilen, mit denen du mich davon in Kenntnis gesetzt hast, dass du abgereist bist und mich meinem Schicksal … Wie dem auch sei, es spielt keine Rolle mehr.«
Doch er hörte ihr schon nicht mehr zu, war mit seinen Gedanken woanders. »Verdammter Kerl!«, fluchte er laut. »Zur Hölle mit ihm! Herrgott im Himmel, kann man denn niemandem mehr trauen? Ich hätte es wissen müssen«, fügte er hinzu, scheinbar an sich selbst gerichtet.
Mit einem Mal wurde ihm bewusst, wo er sich befand, und als er ihre besorgte Miene sah, ging er zum Sofa hinüber und nahm neben ihr Platz. Einen flüchtigen Augenblick lang dachte sie, er würde ihre Hände ergreifen, doch er tat es nicht.
»Es tut mir Leid, Elizabeth. Entschuldige meinen Ausbruch.«
Er sah sie an und wieder spürte sie seine magische Anziehungskraft. Sie brannte darauf, ihm die Wahrheit zu sagen; brannte darauf, ihm zu sagen, dass sie mit Hilfe einer arglistigen Täuschung ein für alle Mal voneinander getrennt worden waren. Doch sie wusste, dass sie sich diesen Wunsch versagen musste. Von nun an würde ihre Beziehung erzwungenermaßen formal und distanziert sein; eine Fassade, um ihre wahren Gefühle und die Tragödie zu verbergen, dass sie gezwungen worden waren, ein Leben ohne einander zu führen.
Er hatte von seinen »Absichten« gesprochen. Sie zweifelte inzwischen nicht mehr daran, dass er ihr einen Antrag gemacht hätte, wenn er geahnt hätte, dass sie ein Kind von ihm erwartete. Die Frage war nur, hätte sie auf ihn gewartet, hätte sie die Kraft dazu besessen in ihrem Zustand, auch wenn sie gewusst hätte, dass er nach seiner Rückkehr um ihre Hand anhalten würde? Hätte sie der engstirnigen Gesellschaft getrotzt und einen Bastard zur Welt gebracht, sich als Dirne beschimpfen lassen, wenn es bedeutet hätte, ihn eines Tages zurückzubekommen?
Nein. Ihr wurde schmerzlich bewusst, dass sie diesen Weg des Widerstands niemals gewählt hätte. Dazu fehlte ihr der Mut und sie musste

sich beschämt eingestehen, dass gesellschaftliche Gepflogenheiten letztendlich schwerer wogen als ihre Liebe zu ihm.

Sie wusste, dass sie einen Schlussstrich ziehen musste. »Bitte, Sam. Ich halte es für das Beste, wenn du gehst. Ich habe einen furchtbaren Fehler begangen und die Chance erhalten, ein neues Leben zu beginnen. Ich bin glücklich mit Joseph, zweifellos bist du ja bereits über unsere Heirat im Bilde.«

»Ja. Nur warum, Elizabeth?«

Sie bemühte sich, seinem Blick standzuhalten. »Weil … weil ich ihn liebe.«

»Das glaube ich dir nicht.«

»Es ist die Wahrheit. Und es ist mir völlig egal, ob du mir glaubst oder nicht.«

Plötzlich bemerkte er den Kinderwagen in der Ecke des Raumes und sie sah hilflos zu, wie er aufstand und hinüberging.

Sie versuchte, ihn aufzuhalten. »Er schläft. Bitte störe ihn nicht.«

Er betrachtete das schlafende Kind, sah die geschlossenen Augen und die schwarzen, wuscheligen Haare. »Ziemlich dunkel der Kleine, findest du nicht?«

Sie hörte die Bitterkeit in seinen Worten und war sicher, dass er die Wahrheit ahnte. Sie spürte, wie ihre Hände zitterten. Sie hielt sie in ihrem Schoß umklammert.

»Das ist nur Babyflaum. Wenn er ausgeht und die endgültigen Haare nachwachsen, werden sie heller.«

»Was du nicht sagst.« Langsam näherte er sich dem Sofa und stand vor ihr. »Kannst du mir schwören, ohne jeden Zweifel, dass er Josephs Sohn ist?«

Sie blickte ihn an, zögerte für den Bruchteil von Sekunden, doch dann erklärte sie mit Nachdruck: »Ja, Sam. Er ist Josephs Sohn.«

Er sah ihr unverwandt in die Augen und sie erwiderte seinen Blick, ohne mit der Wimper zu zucken, voller Angst, dass er sie durchschauen würde.

»Dann gibt es nichts mehr zu reden zwischen uns«, befand er endlich.

Langsam nickte sie, blickte immer noch in die braunen Augen, in die sie sich einst verliebt hatte. Sie wusste, dass sie ihn immer noch liebte, dass ein Teil von ihr ihn immer lieben würde, doch nun war es hoffnungslos und sie betete, dass sie ihr Geheimnis mit ins Grab nehmen würde.

Wortlos drehte er sich um und ging davon; sie hörte, wie die Haustür geöffnet wurde und ins Schloss fiel, und danach seine Schritte, die allmählich verhallten. Sie saß reglos da, wie versteinert, bis Anchalee wieder auftauchte.

»Ist Sam schon weg?«, fragte sie, sichtbar enttäuscht.

»Wusstest du, dass er kommt?« Elizabeths Frage klang gereizt und argwöhnisch.

»Natürlich nicht.« Anchalee hielt inne, spürte Elizabeths Unmut. »Es tut mir Leid. Ich hätte ihn nicht hereinbitten sollen«, sagte sie, als sei ihr diese Erkenntnis gerade erst gekommen. »Ich dachte, es macht dir nichts mehr aus, ich meine, nachdem du verheiratet bist.«

»Wieso ausmachen? Natürlich macht es mir nichts aus. Es ist mir egal.« Elizabeth wandte den Blick betont gleichgültig ab. Sie hoffte, sie hatte sich nicht anmerken lassen, wie aufgewühlt sie war.

Elizabeth war einsilbig während des Abendessens. Sie sah blass aus und stocherte auf ihrem Teller herum.

»Keinen Hunger?«, fragte Joseph.

»Nur müde, das ist alles.« Sie legte Messer und Gabel hin. »Joseph, sei bitte ehrlich … bist du … bist du glücklich mit mir?«

Seine Augen weiteten sich überrascht. »Elizabeth, was für eine sonderbare Frage. Natürlich. Das weißt du doch. Ich könnte nicht glücklicher sein.«

Sie schien sich zu entspannen, dann holte sie tief Luft.

»Joseph, es gibt da etwas, was dich vielleicht noch glücklicher machen könnte.«

Er sah sie verständnislos an.

»Ein Kind, Joseph, unser eigenes. Deines und meines.«

»Wir haben doch schon …«

»Joseph, ich erwarte ein Baby.«

»Du meinst …«

Sie lächelte unter Tränen. »Ja, ich bin guter Hoffnung. Ist das nicht wunderbar?«

Es war nicht das einzige Mal, dass sie Sam in jener Woche sah. Ein paar Tage später stand er vor ihrer eigenen Haustür und sie war einer Panik nahe, als Simon ihn hereinbat. Ihre Frage erübrigte sich, denn ihr Gesichtsausdruck sagte ihm alles.

»Keine Angst«, kam er ihr zuvor, in seiner beherrschten, beinahe anmaßenden Art, die ihr so vertraut war. »Ich will zu deinem Mann. Wegen der Exkursion nach Chiang Mai. Ich muss ihm meinen Bericht abliefern.«

»Oh, natürlich.« Sie hätte fast vergessen, dass seine Teilnahme an der Expedition auf Josephs Betreiben erfolgt war. »Ich hole ihn.«

»Nicht nötig.« Er hob beschwichtigend die Hand. »Der Diener ist bereits unterwegs.«

»Dann nimm bitte so lange Platz.«

»Wo ist der Kleine?«

»Joe schläft in seinem Zimmer«, antwortete sie, den Namen des Kindes betonend.

In dem Moment betrat Joseph den Raum. Er und Sam tauschten Begrüßungsfloskeln aus, die gezwungen wirkten und kaum mehr beinhalteten als die Notwendigkeit, die Gegenwart des anderen zur Kenntnis zu nehmen, und Elizabeth spürte die Spannung, die unter der Oberfläche schlummerte. Sie entschuldigte sich hastig und fragte sich, was ihr Mann wohl empfinden mochte.

Joseph führte Sam in sein Arbeitszimmer und nahm hinter dem Schreibtisch Platz. Sam setzte sich in den Ledersessel gegenüber, während Joseph ihn musterte und sich bang fragte, was er zu Elizabeth gesagt haben mochte. Er war außerdem ein wenig verstimmt, weil Sam unangemeldet in seinem Haus erschienen war.

»Ich nehme an, die Exkursion war ein Erfolg, Mr. Taylor.«

Sam fragte sich, wie viel Joseph von seiner Affäre mit Elizabeth wusste. Hatte er ihn vorsätzlich in den Norden des Landes geschickt, um freie Bahn bei ihr zu haben und sie selbst heiraten zu können?

»Ein voller Erfolg, Mr. Shaw. Ihre Leute dort oben sind nun bestens versorgt.«

»Ich bin Ihnen sehr dankbar. Die ganze Mission ist Ihnen zu Dank verpflichtet. Ihr Honorar werden Sie wie vereinbart erhalten. Gibt es noch andere Dinge bezüglich Ihrer Reise zu besprechen?«

»Die Missionarsfamilien haben mir einen Postsack mitgegeben, den ich für sie weiterleiten sollte. Ich habe ihn bereits zum Konsulat gebracht.« Er holte ein Kuvert aus seiner Innentasche, das an Joseph adressiert war, und reichte es ihm. »Den Rest finden Sie in meinem Bericht.«

»Danke. Ein schriftlicher Bericht wird eine große Hilfe sein.«

Sam stand auf und schickte sich zum Gehen an. »Bevor ich es vergesse, meinen Glückwunsch zur Hochzeit«, sagte er verbindlich. »Und zur Geburt Ihres Sohnes.«

»Oh, danke. Beide Ereignisse waren wirklich ein großes Glück für mich.« Dann wechselte Joseph eilends das Thema. »Eine Frage noch: Würden Sie auch für künftige Exkursionen in den Norden zur Verfügung stehen?«

»Nur dann, wenn Sie meine Dienste erst zu einem späteren Zeitpunkt benötigen.«

»Oh?«

»Ich werde in Kürze in den Norden zurückkehren, vermutlich für längere Zeit. Ich schließe mich einer Regierungsexpedition an, die damit betraut ist, die siamesischen Grenzen zu vermessen. Wäre sogar möglich, dass ich mich im Teakholzhandel umsehe, wenn ich dort oben bin, und in die Borneo Company einsteige.«

Letzteres war ein risikoreiches Wagnis, das er nicht einzugehen gedachte, sondern nur erwähnt hatte, um Joseph zu einer Reaktion zu veranlassen. Die offenkundige Erleichterung bei der Aussicht, seinen Nebenbuhler loszuwerden, sagte Sam mehr als genug.

»Aha.« Joseph lächelte, zum ersten Mal. »Nun, in diesem Fall wünsche ich Ihnen *bon voyage,* Mr. Taylor.«

Sam nickte und erklärte, er finde alleine hinaus; er ließ Joseph in der Hoffnung zurück, dass diese neue Expedition lange dauern möge, wenn nicht gar für immer.

Sie fühlte sich ungewöhnlich matt, als sie auf der Fensterbank im Empfangszimmer Platz nahm, um sich auszuruhen, und er fragte, ob er nicht lieber bei ihr bleiben solle. Doch sie lehnte ab und bat ihn, wie geplant an seiner Missionssitzung teilzunehmen. Außerdem litt sie unter krampfartigen Rückenschmerzen. Sie konnte von Glück sagen, dass ihr bei dieser Schwangerschaft die morgendliche Übelkeit erspart geblieben war, und deshalb konnte sie sich nicht erklären, warum sie sich so schlecht fühlte. Sie hatte die ersten drei Monate überstanden und nach menschlichem Ermessen sollte es ihr nun eigentlich gut gehen.

Doch ihre heitere Miene beschwichtigte ihn und er küsste sie zum Abschied und versprach, rechtzeitig zum Abendessen, das sie früh einnehmen wollten, zurück zu sein. Sie blieb noch eine Weile sitzen, bevor sie nach oben ging, als das schmerzhafte Ziehen im Bauch stärker wurde.

Als er um vier Uhr zurückkam, wirkte das Haus unnatürlich still. Dann fiel ihm ein, dass Simon heute Nachmittag freihatte und die einzige weitere Bedienstete, die als Köchin und Haushälterin zugleich diente, in der Küche beschäftigt sein würde, die sich in einem gesonderten Trakt hinter dem Haus befand.

Elizabeth war nicht im Empfangszimmer und er dachte, sie habe sich vor dem Abendessen noch ein Weilchen hingelegt. Er hatte richtig vermutet. Als er die Treppe hinaufging und das Schlafzimmer betrat, sah er sie auf dem Bett liegen, friedlich schlummernd. Überrascht stellte er fest, dass sie offenbar zu müde gewesen war, um ihr Kleid auszuziehen. Er setzte sich auf die Bettkante und strich ihr die Haarsträhnen zurück, die ihr ins Gesicht gefallen waren, wobei er merkte, dass sich ihre Stirn klamm anfühlte und ihre Haut mit einem Schweißfilm überzogen war. Sie atmete flach und schnell, und sie lag völlig reglos da.

»Elizabeth?«, flüsterte er, plötzlich von Angst ergriffen. »Elizabeth, wach auf! Was ist mit dir?«

Da er dachte, seine Fantasie spiele ihm nur einen Streich, dass sie nur schwitzte, weil sie voll angekleidet war, beschloss er, wenigstens Rock und Bluse zu lockern. Behutsam drehte er sie auf die Seite, um sich ans Werk zu machen, und erschrak. Nach Luft ringend, sprang er auf. Die Rückseite ihrer Kleidung und die Steppdecke waren voller Blut. Sie schlief nicht, sondern war besinnungslos, und er wusste, das Kind war verloren.

23. Kapitel

Chiang Mai, Rose des Nordens

Chiang Mai ist die Metropole von Nordsiam oder Lan Na, wie das alte Königreich genannt wurde, und von historischen Festungsmauern umgeben, die aus dem dreizehnten Jahrhundert stammen. Die Stadt mit ihren breiten Straßen und Hunderten von prachtvoll geschmückten Tempeln zählt ungefähr fünftausend Einwohner. Das Volk in diesem Teil Siams betrachtet sich als Laoten.

Die Stadt wurde am Ufer des Mae Ping Flusses erbaut, auf fruchtbarem Boden, umgeben von Bergen und Wäldern. Sie war so lange von Bangkok isoliert, dass den Bewohnern von Chiang Mai kaum bewusst ist, dass eine Landeshauptstadt existiert. Die Region wurde früher von eigenen Herrschern regiert und im Verlauf der Geschichte überwiegend als autonom erachtet. Bangkok spielt keine Rolle im Leben dieser Menschen, was verständlich ist, wenn man bedenkt, dass die Entfernung vierhundert Meilen beträgt und die Wegstrecke zu den unwirtlichsten gehört, die ich kenne.

Es gibt noch keine Eisenbahn, keine Telegraphenverbindung und keinen verlässlichen Postdienst zwischen Chiang Mai und Bangkok (eine Telegraphenleitung zwischen Bangkok und Saigon in Kotschinchina wurde, nachdem die französische Regierung großen Druck ausgeübt hatte, am 16. Juli 1883 eröffnet). Da die Modernisierung für König Chulalongkorn einen hohen Stellenwert einnimmt, werden sich hier jedoch rasch Veränderungen anbahnen. Damit wird das Land natürlich einen großen Fortschritt erzielen, doch im Verlauf des Wandels auch einen Teil seines unverwechselbaren Charakters verlieren, der vor allem in Chiang Mai in provinzieller Beschaulichkeit wurzelt. Es ist dieser unverwechselbare, einzigartige, atemberaubende Charakter, den ich im Zuge meiner Reisen entdeckt habe, und ich möchte meinen Beitrag leisten, ihn im Kleinen zu erhalten, indem ich meinen Lesern schildere, wie es hier 1884 ist und nie wieder sein wird.

Er sehnte sich nach Chiang Mai zurück. Er war neun Monate dort gewesen, so lange er es wagte, und er wusste, sein Verleger in New York würde inzwischen händeringend auf das nächste Kapitel warten. Bei seiner Rückkehr nach Bangkok hatte er mehrere Monate alte Briefe von ihm vorgefunden. In jedem waren die hervorragenden Verkaufszahlen seines letzten Buches erwähnt und die dringliche Bitte, neues Material zu schicken, solange sein Name den Lesern noch geläufig sei.

Es würde einige Zeit dauern, bis er genug geschrieben hatte, dass es für ein neues Buch reichte, doch in der Zwischenzeit würde sein Verleger für jedes neue Kapital dankbar sein und die Gemeinschaftsrechte an Zeitungen und Zeitschriften in Amerika und Großbritannien verkaufen, was beiden ein stetiges Einkommen sicherte. Das Gesamtwerk würde dann vielleicht in optisch ansprechender, ledergebundener Buchform erscheinen.

Er war in den zwei Wochen seit seiner Rückkehr gut vorangekommen. Es gab natürlich einiges, worüber er nicht schreiben konnte, um das christliche Feingefühl nicht zu verletzen. Er war sich bewusst, dass die meisten Leser in Amerika und Großbritannien so manche seiner Aktivitäten zutiefst missbilligen würden. Als bekannter Schriftsteller, dessen Werke oft als Serien in Familienmagazinen erschienen, musste er Rücksicht auf diese Leserschaft nehmen, wenn er auch weiterhin jedes Vierteljahr seine nicht unbeträchtlichen Autorenhonorare erhalten wollte.

Er legte die Blätter beiseite und lehnte sich in seinem Sessel zurück, so dass das Leder quietschte. Es war noch früh am Abend in dem heruntergekommenen Oriental Hotel, doch er hörte den schottischen Matrosen, der auf einem Handelsschiff fuhr, im benachbarten Zimmer bereits vor sich hin singen, während er sich mit klirrender Flasche den nächsten Whisky einschenkte.

Das Oriental stand unter der Leitung eines ehemaligen Seemanns und zog somit Matrosen an, die durch Mund-zu-Mund-Propaganda davon erfahren hatten, vielleicht an einem weit entfernten Ort wie der Karibikküste. Es hatte eine wechselvolle Geschichte hinter sich und in Anbetracht seines heutigen Zustands konnte Sam sich nicht vorstellen, dass es die Zeiten noch lange überdauern würde. Das ursprüngliche Hotel war 1865 bis auf die Grundfesten niedergebrannt und das derzeitige Gebäude war ein zweigeschossiger, rechteckiger Klotz mit Veranden auf beiden Ebenen und einer Außentreppe, dessen Gestaltung sich vor allem am Nutzen ausrichtete.

Im Zuge seiner vergeblichen Bemühungen, häuslich zu werden, hatte Sam schließlich darauf verzichtet, Hausboote oder Häuser anzumieten. Das Bedürfnis nach Sesshaftigkeit war ihm genauso schnell wieder abhanden gekommen, wie es sich seiner bemächtigt hatte. Vielleicht war es ohnehin nur einer Laune entsprungen, geboren aus der Sehnsucht nach einer bestimmten Frau. Inzwischen wollte er jederzeit bereit für das nächste Abenteuer sein, denn er fürchtete, wenn er sich zu lange an einen Ort band, vor allem an Bangkok, würde er nur noch an sie denken und an seine Torheit, die dazu geführt hatte, dass er sie verloren hatte.

Nicht, dass die Erinnerung an sie ihn an der Suche nach neuen Eroberungen gehindert hätte. Es hatte viele gegeben und er hatte seine Lust an Frauen gestillt, wo und wann immer er das Bedürfnis danach verspürte. In der Ausländerkolonie wimmelte es von übersättigten Ehefrauen, die für ein wenig Abwechslung in ihrem langweiligen Leben dankbar waren, ganz zu schweigen von den Töchtern der Missionare und den feingliedrigen Siamesinnen. Überall im Land hatte man ihm Töchter für eine Nacht oder für immer angeboten, ganz nach Belieben, und er hatte nicht Nein gesagt. Doch eine Nacht oder eine Woche genügten fast immer, bevor er ihrer überdrüssig wurde und sich dem nächsten Abenteuer zuwandte. Einmal hatte er sogar ein Mädchen beim Glücksspiel im Haus des Provinzgouverneurs von Chiang Mai, Chao Luang Intanon, gewonnen.

Er wandte sich wieder den Blättern seines Manuskripts zu und las weiter, den Füllfederhalter mit der goldenen Spitze in der Hand, um Korrekturen anzubringen.

Die Expedition brach am 16. Januar 1884 auf, ein Glückstag, wie die Astrologen König Chulalongkorns errechnet hatten. Mit von der Partie waren Louis Leonowens, der englische Befehlshaber der königlichen Kavallerie, der Landvermesser James McCarthy, ein Engländer, der von der indischen Regierung zur Verfügung gestellt wurde und erst im Novem-

ber des vergangenen Jahres eine dreijährige Vermessungstätigkeit im siamesischen Dschungel beendet hatte, und meine Wenigkeit, mit keinem besonderen Talent ausgestattet, außer der Fähigkeit, die Reise für die Nachwelt aufzuzeichnen.

Während der gefährlichen Expedition in den Nordosten des Landes sollte McCarthy mit einem Stab aus sieben jungen siamesischen Landvermessern und George Bush, dem einundzwanzigjährigen Sohn des Bangkoker Hafenmeisters, die Grenzen des siamesischen und französischen Territoriums kartografisch erfassen. Für die Siamesen war das eine wichtige Aufgabe im Hinblick auf die nationale Sicherheit und Diplomatie und ein Maßstab für den Respekt, den man McCarthy und Leonowens in einem Land entgegenbrachte, das einst für sein notorisches Misstrauen gegenüber Ausländern bekannt war.

Unsere Route wurde nicht zuletzt durch Stämme wie die kriegerischen Haw-Invasoren aus Yunnan in China gefahrvoll – und Leonowens hatte Order, die Landvermesser zu schützen, indem er die Haw vertrieb oder notfalls eliminierte. Zur Unterstützung stellte Seine Majestät zweihundert Infanteristen unter sein Kommando. Leider war von Anfang an offensichtlich, sogar für jemanden wie mich, der keinen geschulten Blick für militärische Disziplin hatte, dass die meisten dieser Männer völlig nutzlos sein würden, falls es zu einem Kampf kommen sollte. Leonowens hatte sie nicht selbst ausgebildet und konnte nicht ergründen, welcher Art ihre Ausbildung war, doch gewiss hatte sie nichts mit der Kriegskunst zu tun. Sie schienen sich nur auf die Kunst des Schlafens, Essens und Glücksspiels zu verstehen.

Sam lächelte, als er sich an Leonowens Miene erinnerte, der beschlossen hatte, die Moral seiner Truppe durch Schießübungen zu stärken. Zu diesem Zeitpunkt hatten sie mehrere Bergdörfer des Meo-Stammes hinter Nong Khai passiert und waren in Richtung Chiang Khan unterwegs, um die Haw zu verfolgen, die angeblich nur zwei Tagesmärsche vor ihnen waren …

… Doch der Anblick der geplünderten Tempel und niedergebrannten Häuser und die Geschichten über gnadenlos niedergemetzelte Dorfbewohner, Männer, Frauen und Kinder, hatten die Männer dermaßen in

Angst und Schrecken versetzt, dass sie beim leisesten Geräusch ohne ihre Waffen in den Wald flohen. Ein solches Verhalten war in ihren Augen weder feige noch kleinmütig, sondern eine Frage des gesunden Menschenverstandes. Die meisten hatten Frauen und Kinder zu Hause. Siamesische Familien stehen sich sehr nahe und Männer und Frauen sind ihren Nachkommen gleichermaßen zugetan, so dass sie nicht die Absicht hatten, ihr Leben aufs Spiel zu setzen, um ihrer Vaterlandspflicht zu genügen.

Also wurden Schießübungen anberaumt, die sich als Katastrophe erwiesen. Leonowens war zunächst entrüstet und dann völlig fassungslos, als er die traurige Tatsache entdecken musste, dass die meisten Männer noch nie eine Waffe abgefeuert hatten. Als er es ihnen zeigte und gleich mit dem meisterhaften ersten Schuss ins Schwarze traf, warf sich das Gros der Männer auf den Boden, zu Tode erschrocken über den Knall. Angewidert zog er sich in sein Zelt zurück.

Später wählte er die besten Männer aus, etwa dreißig, die zumindest schon einmal mit einer Waffe geschossen hatten, und befahl den restlichen hundertsiebzig, zu packen und in der laotischen Provinz Luang Prabang auf sie zu warten.

Auch Sam hatte gezögert, in die Kampfhandlungen hineingezogen zu werden. Er hätte sie lieber hoch droben von einem Hügel aus beobachtet und seine Eindrücke für dramatische Abschnitte in seinem Buch festgehalten, doch die Rolle des passiven Berichterstatters war nicht immer möglich; es lag auf der Hand, dass Leonowens jede Hilfe gebrauchen konnte, derer er habhaft werden konnte.

Wir, Leonowens, ich selbst und das Fähnlein der dreißig Aufrechten, die ihm bedingungslos folgten, waren sicher, dass es bald zu Kampfhandlungen kommen würde. Die Haw waren uns weniger als zwei Stunden voraus und wir holten rapide auf. McCarthy setzte dessen ungeachtet seine Vermessungsarbeiten in aller Ruhe fort. Er benutzte unser Camp als Basislager, verschwand allerdings oft tagelang mit seiner kleinen Mannschaft und sprach nach seiner Rückkehr selten über etwas anderes als das Wetter oder welche Vögel und anderen Tiere er unterwegs gesehen hatte. Ich kenne keinen Mann, der so geeignet für seine Aufgabe war, so enthusiastisch und so ungerührt von den unzähligen körperlichen Beschwernissen des tropischen Dschungels. Ich könnte sie notfalls einige Monate ertragen, doch McCarthy hatte sie drei Jahre in Folge auf sich genommen, ohne das Bedürfnis nach Tuchfühlung mit der Zivilisation erkennen zu lassen.

Bisher war es uns weitgehend gelungen, einen Kampf Mann gegen Mann zu vermeiden, denn angesichts unserer begrenzten Optionen hinsichtlich Menschen und Material hatte Leonowens entschieden, es sei das Beste, sich auf Einschüchterungstaktiken zu verlassen und die Marodeure, so weit möglich, über die Grenze zurückzutreiben. Sie wurden jedoch zunehmend misstrauisch, was unsere tatsächliche Truppenstärke betraf, wie wir bald merkten, und eines Nachts verließ eine kleine Vorhut das Lager, einen halben Tagesmarsch nördlich, und drang in unser Dschungelbiwak ein. Drei von ihnen robbten an unseren Wachposten vorbei mit der Absicht, uns im Schlaf den Garaus zu machen.

Leonowens, der nur zwei Fuß von mir entfernt auf seiner Matte schlief, besaß jedoch einen sechsten Sinn, was solche Dinge betraf. Just in dem Moment, als zwei von ihnen sich anschlichen, der eine, um ihn zu erwürgen, der andere, um mich zu erdrosseln, sprang er auf, die Pistole entsichert, feuerte einen Schuss ab und verwundete den Angreifer tödlich, bevor sich der andere umdrehen konnte. Gleichzeitig hatte ich mein Bowie-Messer gepackt und rammte es dem Mann tief in die Brust. Seine Augen weiteten sich vor Grauen, als er dem Tod entgegensah. Er fiel zuerst auf die Knie und dann, ein grauenhafter Anblick, auf die Brust, aus der noch das Messer ragte. Er war innerhalb von Sekunden tot. Dem Dritten im Bunde gelang es zu entkommen, als er den Schuss und das Stöhnen des Mannes hörte, den ich erstochen hatte, er verschwand im Dschungel. Seine Flucht war ein Pech für uns, denn er würde bei seiner Rückkehr berichten können, dass wir nur ein versprengter Haufen waren und keine ganze Armee, wie unser Gegner geglaubt hatte.

Nach diesem Zwischenfall wurde beschlossen, den Gegner zu zermürben und danach in einen offenen Kampf zu verwickeln. In den nächsten beiden Tagen setzten wir mit unseren Elefanten den Weg durch den Dschungel fort, den die Haw mit angespitztem Bambus gespickt hatten. Einige Soldaten, die in diese Fallen gerieten, zogen sich schwere Verletzungen an den Füßen zu, was unseren Vormarsch beträchtlich verlangsamte.

Auch unsere Elefanten waren zu schwer beladen und erschöpft und das Überqueren der Reisfelder wurde zu einer Nervenzerreißprobe. Die Männer mussten eine Art Bambusmatte für die Elefanten flechten, um sie auf die andere Seite zu bringen. Leonowens und ich hielten das Unterfangen zunächst für hoffnungslos, doch diese geniale Erfindung funktionierte hervorragend.
Wir überwanden eine Bergkette mit dichtem Dschungel und als wir die Stadt Muang Ngan erreichten, fanden wir sie menschenleer vor, mit Ausnahme eines kleinen Jungen, der sich, vor Angst schlotternd, unter Schweinekadavern zu verstecken suchte. Sobald wir ihm versichert hatten, dass wir zu den Mannen des Königs gehörten und ihm kein Leid zufügen würden, erzählte er uns, dass die meisten Dorfbewohner aus Angst vor den herannahenden Haw geflohen waren und der Rest getötet wurde, seine Eltern eingeschlossen, deren übel zugerichtete Leichen Seite an Seite außerhalb ihrer elenden Behausung lagen.
Der Junge hatte versucht, wegzulaufen, sich jedoch den Knöchel verstaucht und sich in einem großen Wasserbottich verstecken müssen, bis die Eindringlinge weitergezogen waren. Überraschenderweise sprach er Französisch und wir erfuhren, dass zwei Ausländer, die in der Stadt gelebt hatten, französische Missionare, entkommen waren. Der Junge sah sterbenselend aus, als wir aufbrachen, und er flehte uns an, ihn mitzunehmen. Leonowens war einverstanden und er begleitete die Truppe als eine Art Maskottchen.
Der erwartete Kampf fand in dieser Zeit nicht statt. Die Haws hatten offenbar beschlossen, eine offene Auseinandersetzung zu vermeiden, und kleine Gruppen gebildet, die auf ihren schnellen Ponys den Rückzug über die Grenzen antraten. In der Zwischenzeit schickten wir, in Ta Tom angekommen, die Elefanten ohne uns nach Nwang Kai zurück. Sie hatten ihre Aufgabe erfüllt und waren nun eher eine Last als eine Hilfe für uns. Da wir das Gros des schweren Proviants, den wir mitführten, als da waren Dosen mit Kondensmilch, Kaffee, Kekse und Pökelfleisch, verbraucht hatten, reisten wir nun mit vergleichsweise leichtem Marschgepäck und waren nicht mehr in gleichem Maße auf die Elefanten als Träger angewiesen.
Abgesehen von unseren Waffen, die am meisten wogen, trug jeder Mann Schlafmatte, Kissen, Moskitonetz und eine zusätzliche Decke für die

kühlen Nächte im Norden in seinem Segeltuchtornister. Dazu kam ein kleines Zelt, obwohl wir dieses nur bei Regen benutzten, eine Lampe mit einem Vorrat an Öl, Kerzen, eine Reiseapotheke, bestehend aus Verbandmaterial, Chinin und Fruchtsalz gegen Magenverstimmungen, und eine Garnitur Kleider zum Wechseln, geeignet für die Stadt oder eine gemischte Gesellschaft, in der sich auch Frauen befanden. Leonowens und ich hatten außerdem Wasserfilter mitgenommen und benutzten sie gewissenhaft, obwohl die Siamesen nichts dabei zu finden schienen, direkt aus den Flüssen zu trinken.

In Bangkok war inzwischen hinreichend bekannt, dass Leonowens ein Held war, der es geschafft hatte, die Haw aus Siam zu vertreiben. Nach seinem Erfolg kehrte er umgehend nach Bangkok zurück, um Caroline Knox zu heiraten, die Tochter des britischen Konsuls Knox. Die Vermählung fand am 29. August 1884 statt.
Für die Stadtbewohner hatte die Expedition, dank ihrer wiederholten Nacherzählung, den Charakter eines ruhmreichen Abenteuers angenommen. Doch Sam wusste, wie gefahrvoll sie gewesen war, und er hatte mehrmals um sein Leben gefürchtet, sei es, dass er den Haw in die Hände fiel, oder in Folge von Krankheit oder Unfall.

Die tückischen Strudel in den Wassern des Mekong hatten eines Nachts zu einem Zusammenstoß von Leonowens' und McCarthys Booten geführt. Sie hatten die Anker ausgeworfen und beschlossen, in den Booten zu schlafen, als McCarthy plötzlich aufwachte und feststellen musste, dass sich das Heck von Leonowens' Boot gedreht und sein eigenes gerammt hatte. Es war nicht leicht, die beiden Boote anschließend zu trennen, um zu verhindern, dass sie leckschlugen und mit Mann und Maus untergingen.
Außerdem hatten sie feststellen müssen, als Leonowens' Männer in Luang Prabang wieder zum Rest der Truppe stießen, dass die meisten von ihnen mit Dschungelfieber daniederlagen, das sie sich aus dem Sumpf unmittelbar neben ihrem Lager zugezogen hatten. McCarthy und die Mehrzahl seiner Mitarbeiter erkrankten ebenfalls, obwohl Leonowens sie umgehend in ein höher gelegenes Gebiet umsiedelte, und mit dem jungen George Bush hatte man den ersten Toten zu beklagen. Der uner-

schütterliche McCarthy überwand alle diese Schwierigkeiten mit seiner zupackenden Art, er gab nur wenig Bemerkungen ab und war wie immer erpicht darauf, mit seiner Arbeit weiterzumachen.

Als Leonowens nach Bangkok zurückkehrte und der beharrliche McCarthy plante, seine Vermessungstätigkeit in diesem Gebiet trotz der beginnenden Regenzeit fortzusetzen, beschloss Sam, sich wieder nach Chiang Mai zu begeben. Ohne den zeitweiligen Nervenkitzel des militärischen Einsatzes fand er die anstrengenden täglichen Kletterpartien, eine Begleiterscheinung der kartografischen Aufzeichnungen, ziemlich monoton. Er brauchte ein Bad, einen starken Drink und eine Frau – und das nicht unbedingt in dieser Reihenfolge.

Mit der Unterzeichnung des neuen Abkommens im Jahre 1883 war in Chiang Mai ein britisches Vizekonsulat errichtet und Mr. Edward Gould, ein Veteran, der elf Dienstjahre in Bangkok verbracht hatte, mit der leitenden Position betraut worden; er traf im Mai 1884 auf diesem britischen Außenposten im Norden des Landes ein. Ich kannte Gould oberflächlich und beschloss daher, ihm einen Besuch abzustatten und zu sehen, wie er sich eingelebt hatte.

Sam lächelte abermals. Er hatte Gould nie gemocht oder auch nur in irgendeiner Weise bewundert, was mit Sicherheit auf Gegenseitigkeit beruhte. Sam fand den hoch gewachsenen, hageren Sohn eines britischen Pastors anmaßend, unbeugsam und besessen von seiner eigenen Wichtigkeit. Und Gould fand ihn vermutlich lasziv, undiszipliniert und viel zu dunkelhäutig für seinen Geschmack. Gould war in seinen Augen ein Dummkopf und Langweiler. Nach monatelangen Entbehrungen im Dschungel wünschte sich Sam jedoch ein wenig Belustigung und zu beobachten, wie Gould sich zur Zielscheibe des Spotts machte, versprach amüsant zu werden.

Doch zuerst beschloss ich, den Provinzgouverneur aufzusuchen, oder vielmehr den Fürsten von Chiang Mai, um ihm meine Aufwartung zu machen. Ich hatte Chao Luang Intanon bei meinem letzten Aufenthalt

in der Stadt kennen gelernt und wir hatten uns außerordentlich gut verstanden. Er ist ein Mensch mit einem vielschichtigen Charakter und außerdem ein ausgezeichneter Gastgeber, und ich hatte das Vergnügen, einige Abende in seinem Haus zu verbringen. Er ließ stets eine Fülle von Leckerbissen auftischen und zur Unterhaltung der Gäste wurden klassische siamesische Tänze, deren Einzigartigkeit und anmutige Schönheit im ganzen Orient ihresgleichen suchen, und eine eigenartige, siamesische Form des Boxkampfes dargeboten, bei dem die Kontrahenten nicht nur ihre Fäuste, sondern auch Beine, Füße und Ellenbogen einsetzen dürfen, um den Gegner zu besiegen.
Der Fürst residiert mit mehreren Ehefrauen in einem Palast, der prachtvoll mit erlesenen Lüstern, vergoldeten Wandschirmen und Sesseln mit Seidendraperien ausgestattet ist, obwohl die Siamesen selten auf Sesseln westlicher Machart sitzen. Sie ziehen es vor, auf den Fersen zu hocken oder auf dem Fußboden zu knien. Das hängt nicht zuletzt damit zusammen, dass Personen von niederem Rang stets darauf achten müssen, dass sich ihr Kopf tiefer befindet als der älterer und ranghöherer Anwesender. In den Häusern wohlhabender Siamesen gibt es oft Empfangsräume, die im westlichen Stil eingerichtet und ausschließlich Besuchern aus dem Westen vorbehalten sind. Sie befinden sich immer an der Stirnseite des Hauses und werden nur selten benutzt; in den Räumlichkeiten, die sich daran anschließen und von den Siamesen bewohnt werden, findet man eine traditionellere Kulisse vor.

Sam hatte das Gefühl, dass zwischen ihm und dem Fürsten eine Art Seelenverwandtschaft bestand. Das, was er als »mehrere Ehefrauen« bezeichnet hatte, war in Wirklichkeit ein ganzer Harem mit schönen Konkubinen, dem die Ehefrau Nummer eins, Chao Radchabut, vorstand, vor der die anderen Frauen großen Respekt zu haben schienen. Die Abendunterhaltung begann mit siamesischen Boxkämpfen, bei denen die Gäste eifrig Wetten abschlossen. Bei den klassischen Tanzvorführungen schätzte Sam den Anblick der zierlichen, reizvollen Frauen, von denen manche aus dem nahe gelegenen Burma und Laos stammten, in höherem Maße als die Kunst an sich.
Der Fürst ließ keinen Zweifel offen, dass Sam unter den Frauen wählen dürfe, auch mehrere gleichzeitig, wenn es sein Wunsch war. Er

hatte das Angebot angenommen, wobei er bei einer Gelegenheit mehrere vergnügliche frühe Morgenstunden in Gesellschaft siebzehnjähriger burmesischer Zwillinge verbrachte. Erst als sie zu plappern und ihm in gebrochenem Siamesisch Fragen zu stellen begannen, wurde er ihrer überdrüssig und schickte sie weg.

Die eigentliche Zerstreuung dieser Abende begann indes erst nach den Tanz- und Boxvorführungen, wenn die siamesischen Adeligen und begüterten Gäste zu den Würfelspielen übergingen. Die Spiele dauerten bis zum Morgengrauen an, da die Adeligen über scheinbar unerschöpfliche Bargeldreserven verfügten, die von den Bediensteten, die den Spielern die ganze Nacht hindurch jeden Wunsch von den Augen ablasen, regelmäßig aus einem geheimen Versteck aufgefüllt wurden.

Die Siamesen trinken in der Regel nicht viel Alkohol, obwohl sie einen starken Reiswein herstellen, samshu *genannt, der eine verheerende Wirkung auf alle haben kann, die nicht daran gewöhnt sind. Ich hatte immer angenommen, dass die Menschen in dieser Region viel Tee trinken, da ich in den umliegenden Bergen zahlreiche Landstriche mit Teestrauchgewächsen sah. McCarthy klärte mich jedoch auf, dass der Tee, der hier wächst, teils wild, teils von Menschenhand angebaut, nicht getrunken, sondern vielmehr gekaut wird, ähnlich wie Kautabak in den Vereinigten Staaten oder Betelnuss in anderen Regionen Siams. Die Teeblätter werden gepflückt, gedämpft und gerollt und zum Fermentieren mit Salz in der Erde vergraben. Ein solcher »Teeziegel« kann den ganzen Tag gekaut werden und ist allem Anschein nach ein hervorragendes Stimulans.*

Es war ein aufregendes Abenteuer gewesen, besser als alles, was er in Romanen gelesen hatte, und es gab immer noch viel, über das sich zu schreiben lohnte. Dennoch hatte er das Gefühl, dass etwas Wichtiges in seinem Leben fehlte. Er musste wieder die wahre Seele eines Abenteurers entdecken, doch das konnte ihm nur gelingen, wenn er sich mit der Ursache seines Tiefpunkts befasste: mit Elizabeth und dem Kind – seinem Kind, wie ihm seine innere Stimme sagte.

24. Kapitel

Er musterte sie mit einem Gefühl, das Begierde nahe kam, und er wusste, dass er sich strikt im Zaum halten musste, um zu verhindern, dass er im Lauf des Abends eine Unbesonnenheit beging. Sie reifte zu einer sinnlichen jungen Frau heran und er konnte die Augen nur schwer von ihr abwenden.

»Kaum zu glauben, wie erwachsen du geworden bist, Anchalee. Du siehst fünf Jahre älter aus.«

»Nein, nur ein Jahr. Ich werde in wenigen Monaten sechzehn.«

Sie ging zum Kabinettschrank ihres Vaters. »Darf ich Ihnen etwas zu trinken anbieten, Mr. Taylor? Scotch?«

»Ja, du darfst. Und du weißt, dass ich für dich nicht Mr. Taylor bin. Sam genügt.«

Er sah sie immer noch mit einem lüsternen Blick an, während sie ihm einen großzügig bemessenen Whisky und für sich selbst einen Sherry einschenkte.

»Nun, wie ist es dir in der Zeit ergangen, als ich weg war, Anchalee? Oder muss ich dich jetzt Miss Fairburn nennen, wo du so erwachsen geworden bist?«

»Anchalee reicht.« Sie reichte ihm sein Glas. »Wir Siamesen machen uns nicht viel aus Nachnamen. Diese zusätzliche Angabe zur Person ist für uns noch zu neu.«

Er lachte. »Ich würde gerne hören, was dein Vater dazu sagt. Du betrachtest dich also als Siamesin und nicht als Britin?«, fügte er scherzhaft hinzu.

Sie runzelte die Stirn. »Ich wurde hier geboren. Und in meinen Adern fließt genauso viel Thai-Blut wie britisches Blut. Ja, ich fühle mich als Siamesin.« Sie war ernsthaft verärgert und bedachte ihn mit einem verächtlichen Blick, als sie neben ihm auf dem Sofa Platz nahm.

Ihr tief ausgeschnittenes grünes Seidenkleid enthüllte ihren schwellenden Busen und sie spürte, wie seine Blicke über ihren Körper glitten. Er war lange mit einer reinen Männergesellschaft unterwegs gewesen und sie wusste, wie groß ihre Macht über ihn sein konnte. Sie plante, sie zu nutzen.

Er lehnte sich zurück und ließ den Arm auf der Rückenlehne des Sofas ruhen. Trotz ihrer selbstbewussten, zur Schau gestellten Reife, die so leicht zu durchschauen war wie das Glas in seiner Hand, schwante ihm, dass diese Nuss härter zu knacken sein würde als ihre ältere Halbschwester. Es gab nur eine Möglichkeit, sich Gewissheit zu verschaffen.

»Ein ziemlich gewagtes Dekolletee für ein Küken wie dich«, sagte er anzüglich.

Sie zeichnete mit ihrem feingliedrigen Finger langsam die Halslinie nach, die nur dazu diente, die Wölbung oberhalb des Mieders zu betonen, und er wusste, dass sie ihn mit ihrer kindlichen Unschuld zum Narren hielt.

Sie sah ihn an und seine Augen folgten ihr gebannt, als sie ihre Rundungen prüfend in Augenschein nahm. »Ich musste das Mieder oben weiter und in der Taille enger machen lassen, doch ansonsten passte es wie angegossen.«

Ihre Garderobe interessierte ihn nicht im Mindesten. Sein Blick verweilte immer noch auf ihren Brüsten und er stellte sie sich ganz ohne Kleidung vor.

Als sich ihre Blicke trafen, riss er sich zusammen.

»Und … Elizabeth? Ist sie … ist sie wieder guter Hoffnung?«

»Ja. Das Kind ist im Mai fällig, meint sie. Ich finde es sehr mutig von ihr, dass sie es noch einmal versucht.«

»Warum?«

»Sie hat das letzte Kind verloren. Kurz nach Ihrer Abreise. Joseph und sie waren am Boden zerstört. Sie wünscht sich sehnlich eine große Familie.«

»Richte ihr bitte aus, dass es mir Leid tut. Sind die beiden glücklich miteinander?«

»Sehr, sagt sie.«

»Und das Kind, der Junge?«

»Dem kleinen Joe geht es gut. Er kann schon laufen. Und er ist seinem Vater wie aus dem Gesicht geschnitten.« Sie wandte den Blick ab, täuschte Zerstreutheit vor.

Sam schwieg, dann nahm er eine weniger kompromittierende Stellung auf dem Sofa ein, rückte von Anchalee ab, um zu vermeiden, dass Edward beim Betreten des Raumes die glühende Aufmerksamkeit bemerkte, die Sam seiner Tochter entgegenbrachte.

»Da wir gerade von Vätern sprechen, wo steckt deiner?«

»Oh, er muss jeden Augenblick herunterkommen. Das Dienstmädchen hat ihm Bescheid gesagt, dass Sie da sind. Es wird ihn sehr interessieren, mehr über Ihre Abenteuer zu erfahren. Obwohl er mit Sicherheit nicht alle Einzelheiten zu hören bekommt, oder täusche ich mich?«

»Und was für Einzelheiten wären das nach deiner Ansicht, junge Dame?«

»Sie wissen schon, alles, was nicht als passendes Thema für eine untadelige Unterhaltung gilt. Vor allem solche, die das schwache Geschlecht betreffen.« Sie hob die Brauen und sah ihn mit wissender Miene an, womit sie den letzten Satz noch betonte.

Er brach abermals in schallendes Gelächter aus. »Du hast es offenbar faustdick hinter den Ohren, junge Dame. Jemand sollte dir beibringen, deine Zunge im Zaum zu halten.«

»Das habe ich bereits versucht«, sagte Edward jovial, als er mit weit ausholenden Schritten den Raum betrat. »Doch mir war nicht viel Erfolg beschieden.«

Sam stand auf und sie schüttelten sich zur Begrüßung die Hände.

»Anchalee, warum hast du mir nicht gesagt, dass Mr. Taylor gekommen ist?«

Sie warf Sam einen schelmischen Blick aus dem Augenwinkel zu. »Ich hatte das Dienstmädchen gebeten, dir Bescheid zu sagen. Sie muss es vergessen haben.«

Edward bemerkte das Glas Sherry auf dem Tisch neben ihr. »Du weißt, was ich davon halte, wenn du ohne meine Erlaubnis Alkohol trinkst. Du darfst einem Gast ein Glas einschenken, dir allerdings nicht. Dazu bist du noch viel zu jung.«

»Vater, ich habe keinen Tropfen getrunken. Ich habe nur so getan als ob, um den Schein zu wahren.«

»Mag sein, doch es ziemt sich trotzdem nicht für ein junges Mädchen, sich einen Sherry zu nehmen, gleich ob es ihn trinkt oder

nicht. Das kannst du machen, wenn du verheiratet bist oder zwanzig.«
»Vater, ich bin kein Kind mehr. Ich bin fast erwachsen«, schmollte sie.
»Ja genau, fast. Genau dessen bin ich mir bewusst.«
Sam lächelte während des Wortgefechts still vor sich hin, setzte jedoch schnell eine ernste Miene auf, als Edward sich an ihn wandte, um sich dafür zu entschuldigen. Als sie ins Esszimmer gingen, sah er sie an und drohte ihr in gespielter Missbilligung mit dem Finger, doch sie tat sein Schmunzeln mit einem finsteren Blick ab.

Während des Abendessens unterhielten sich die beiden Männer angeregt über den Norden und ihre jeweiligen Abenteuer in verschiedenen Teilen der Erde. Anchalee langweilten die Männergespräche und sie musste mehr als einmal ein Gähnen unterdrücken. Sie war den ganzen Abend kaum zu Wort gekommen. Erst als die Mahlzeit vorüber war, richtete Edward das Wort an sie, und auch nur, um ihr zu sagen, dass er sich mit Sam in sein Arbeitszimmer zurückziehen werde, um den Abend bei einem Cognac und einer Zigarre zu beschließen. Sein Husten schien sich in letzter Zeit gebessert zu haben und er war zu seiner alten Gewohnheit zurückgekehrt, sich nach dem Abendessen hin und wieder eine Zigarre anzustecken.
Dann hatte er auch noch die Unverfrorenheit besessen, ihr vorzuschlagen, sich mit einer Näharbeit ins Empfangszimmer zu setzen, und hatte, zu ihrem Leidwesen, hinzugefügt: »Vielleicht möchtest du ja lieber gleich zu Bett gehen.«
Sie hatte ihn mit einem spöttischen Lächeln angesehen. »Ich gehe ins Empfangszimmer, Vater. Um zu lesen. Etwas Interessantes.«
Eine halbe Stunde später saß sie mit hochgezogenen Beinen auf der Fensterbank des Empfangszimmers, in einen Roman vertieft, den sie von Elizabeth ausgeliehen hatte. Edward beharrte auf seiner Ansicht, dass Romane keine geeignete Lektüre für junge Mädchen seien und sie nur in ihren törichten romantischen Vorstellungen ermutigten, doch sie setzte sich darüber hinweg, wie gewöhnlich. Joseph besaß eine hervorragende Sammlung und Elizabeth hatte ihr erlaubt, sich zu nehmen, was ihr gefiel. Dieser Roman, ein neuer über Piraten und

Abenteuer auf hoher See, war eine Klasse für sich und trug den Titel »Die Schatzinsel«; ihr Vater hätte ihn für besonders unpassend gehalten – wahrscheinlich nur, um einen Vorwand zu haben, sie maßregeln zu können, dachte sie.

»Ich dachte, Abenteuergeschichten langweilen dich.« Beim Klang seiner Stimme direkt neben ihr schreckte sie hoch.

»Und ich dachte, Sie rauchen Zigarren oder dergleichen mit meinem Vater.«

»Ich bat ihn, mich einen Moment zu entschuldigen; ich suche die Toilette.«

»Hier ist sie nicht, wie Sie sehen, oder?«, erwiderte sie herausfordernd, in der – zutreffenden – Annahme, dass er den Vorwand benutzt hatte, um mit ihr alleine zu sein.

»Egal. Ich wollte dich etwas fragen.«

Sie sah ihn durch ihre langen Wimpern an. An diesem Abend ging kein Lüftchen und sie spürte, wie eine Schweißperle an ihrer Schläfe hinablief.

»Und was?«

»Es geht um Elizabeth.«

»Aha, um sie.« Sie hatte gemeint, Fortschritte zu erzielen, und machte sich gar nicht erst die Mühe, ihre Enttäuschung zu verbergen.

»Ja. Könntest du ein weiteres Treffen arrangieren? Ich muss sie etwas fragen.«

»Ich könnte schon. Doch wozu soll das gut sein? Sie würde sich ohnehin weigern zu kommen.«

»Woher willst du das wissen?«

»Ich habe sie bereits gefragt. Ich erwähnte, dass Sie von Chiang Mai zurück sind, und wollte wissen, ob sie möchte, dass ich ein Treffen arrangiere. Sie sagte Nein. Ganz unmissverständlich Nein. Sie erklärte sogar ausdrücklich, dass sie Sie niemals wiedersehen will.« Sie blickte ihm freimütig in die Augen, um jeden Zweifel, dass sie die Wahrheit sagte, bei ihm zu zerstreuen.

Er seufzte. »Vermutlich ist es so das Beste.«

»Sie ist wirklich glücklich verheiratet. Ich kann Ihnen nur raten, die Vergangenheit zu vergessen, sie zu vergessen. Sie wollen ihr doch schließlich keinen Ärger machen, oder?«

Er unterdrückte ein Lachen, für den Fall, dass Edward ihn im Arbeitszimmer hörte. »Und was weißt du von solchen Dingen?«
»Mehr als Sie denken.« Sie wandte sich wieder ihrem Buch zu, als sei er damit entlassen.
Er ließ seinen Blick abermals über sie gleiten, dann nahm er auf dem Sofa Platz und lockerte seinen Kragen. »Wie alt bist du gleich wieder?«
Sie mied seinen Blick. »Das sagte ich Ihnen bereits, fünfzehn. In wenigen Monaten werde ich sechzehn.«
»Eine Fünfzehnjährige, die für fünfundzwanzig durchgehen könnte«, spottete er, wohl wissend, dass er nicht weit von der Wahrheit entfernt war. Es fiel ihm immer schwerer zu leugnen, dass er sie begehrte.
»Wird sich mein Vater nicht wundern, wo Sie bleiben?«, sagte sie abweisend.
»Was glaubst du, was er sagen würde, wenn er wüsste, dass ich hier bei dir bin?«
»Er würde mich wahrscheinlich ausschelten, weil ich Sie vom rechten Weg abgebracht habe.«
Am liebsten wäre er in schallendes Gelächter ausgebrochen, doch es gelang ihm, sich dieses zu verkneifen, als er aufstand, um ins Arbeitszimmer zurückzukehren. Er fand ihre Schlagfertigkeit beinahe ebenso reizvoll wie ihre grazile und dennoch weiblich gerundete Gestalt.
»Vielleicht sehen wir uns am Wochenende in den Königsgärten«, fügte er mit einer Stimme hinzu, in der die Andeutung eines Vorschlags mitschwang.
»Vielleicht. Doch ich würde nicht damit rechnen.«
»Wer rechnet denn damit?«, entgegnete er, als er grinsend den Raum verließ.
Sie lächelte stillvergnügt in sich hinein. Es war letztendlich einfacher gewesen, als sie gedacht hatte.

Rein körperlich schien er sich erholt zu haben. Der kratzende Husten und die Schwächeanfälle ließen nach und er führte sie auf eine vorübergehende Unpässlichkeit zurück. Vielleicht war die Sorge schuld daran, die mit dem Scheitern der ehrgeizigen Bestrebungen bei seiner

fotografischen Arbeit einhergingen, und die Angst, irgendwann entlarvt zu werden. Er war sicher, dass der König von seinem Betrug wusste, für den er sich mittlerweile mehr als schämte. Er musste sich damit abfinden, dass sich seine diesbezüglichen Hoffnungen wohl nie mehr verwirklichen ließen, und beschloss, sich nur noch seiner Familie zu widmen. Da Elizabeth glücklich verheiratet war und er in Anchalee eine gewitzte und ebenbürtige Gegnerin gefunden hatte, konnte er eigentlich rundum zufrieden sein.
Die Geschäfte gingen in letzter Zeit nicht mehr so gut und ihm fiel auf, dass einige Angehörige der Ausländerkolonie, von denen er annahm, dass sie ihn ohnehin nie gemocht hatten, ihn verächtlich musterten, geringschätzige Bemerkungen machten oder ihm die kalte Schulter zeigten. Er wusste, dass er ein Unrecht begangen hatte, doch er brachte es nicht über sich, es einzugestehen oder Klein aufzusuchen und sich bei ihm zu entschuldigen. Und so lagerte er die einzigartigen Fotografien von König Chulalongkorn sorgfältig ein; er wusste, dass sie zu seinen eigenen Lebzeiten der Öffentlichkeit nicht mehr zugänglich sein würden, doch vielleicht würden seine Nachkommen Verwendung für sie finden.

Er schlenderte zum Orchideenhaus hinüber und sie entdeckte ihn, bevor er sie bemerkte. Eine bessere Chance würde sich nicht bieten. Sie wandte sich ihrem Vater zu, der mit einem Bekannten plauderte, einem englischen Geschäftsmann, der ihm fotografisches Zubehör lieferte.
»Vater, ich möchte mir das Orchideenhaus anschauen.«
»Natürlich, meine Liebe. Einen Moment noch.«
»Vater, ich bin durchaus in der Lage, alleine zu gehen. Warum bleibst du nicht hier und unterhältst dich mit Mr. Brightman? Ich bin bald wieder da.«
Er nickte zustimmend und wandte sich wieder seinem Geschäftsfreund zu, während sie in Richtung des Gewächshauses eilte.
Im Innern war es schwül und sie hätte gerne Schuhe und Strümpfe ausgezogen, um barfuß zu gehen. Die englische Kleidung, die gerade in Mode war, kam ihr lächerlich vor. Sie war unbequem und völlig ungeeignet für Siam. Wenn ich verheiratet bin, dachte sie, werde ich

nur das anziehen, was mir gefällt, und mich nicht »wie eine junge Dame« kleiden, wie es Vater will. Vielleicht würde sie im Haus sogar splitterfasernackt herumlaufen. Sie war sicher, dass ihr Mann keinen Anstoß daran nehmen würde.

Sie überlegte, auf welcher Etage er sich befinden mochte. Vermutlich im oberen Stock, der kein Dach hatte und daher kühler war, weil frische Luft hineingelangte. Sie hatte richtig getippt. Er saß in der Mitte des Gewächshauses auf einer schmiedeeisernen Bank für zwei Personen und zog seinen Bowler, als sie langsam näher kam.

»So ein Zufall, dass wir uns hier begegnen.« Er lächelte wissend.

Ihr schlichtes dunkelblaues Kleid aus changierender Seide klebte inzwischen an ihrem Körper. Doch auch ohne die starke Luftfeuchtigkeit hätte es jede Rundung ihrer Brüste und Hüften hervorgehoben. Seiner Aufmerksamkeit entging dies nicht.

»Warum setzen Sie sich nicht, um sich abzukühlen?«

Sie nahm auf der Bank Platz, wobei sie eine Spur weniger Abstand zu ihm hielt, als tugendhaft gewesen wäre, und er nahm den Duft von Rosenwasser und etwas Süßlicherem auf ihrer feuchten Haut wahr.

»Ich bin nicht gekommen, weil Sie hier sind. Vater wollte unbedingt einen Ausflug mit mir machen.«

»Und dann sind Sie mir ins Gewächshaus gefolgt?«, fragte er belustigt.

»Natürlich nicht. Warum sollte ich den Wunsch haben, Ihnen zu folgen?«

Er lächelte nur und musterte unumwunden ihre umwerfenden grünen Augen.

»Wie um alles in der Welt bist du mit solchen Augen zur Welt gekommen?«

Sie erwiderte seinen Blick, ohne rot zu werden oder die Augen abzuwenden. »Eine kleine Aufmerksamkeit meines Vaters. Oder sollten Sie das nicht bemerkt haben?«

»Ich kann nicht behaupten, dass mich Edwards Augenfarbe jemals fasziniert hat.« Er beugte sich zu ihr. »Wenn wir uns jetzt nicht an einem Ort befänden, an dem uns jeder sehen kann, würde ich mich genötigt fühlen, dich zu küssen«, fügte er mit leiser Stimme hinzu.

Sie ließ den Blick schweifen, als sei sie völlig uninteressiert. »Ich sehe hier niemanden.«

»Soll das eine Herausforderung sein?« Er ließ seinen Blick schweifen, dann richtete er ihn wieder auf sie und grinste.
»Mitnichten. Ich habe nicht das geringste Bedürfnis, mich von einem so alten Mann küssen zu lassen.«
»Alt! Hüte deine Zunge, junge Dame. Sonst erteile ich dir eine Lektion, die du nie mehr vergisst.« Blitzschnell packte er ihre beiden Handgelenke, zog sie in seine Arme und küsste sie hart auf den Mund. Sie schmiegte sich nur eine Sekunde an ihn, dann riss sie sich los und stand auf.
»Wenn Sie mich jetzt bitte entschuldigen«, sagte sie brüsk. »Diese Lektion habe ich bereits gelernt. Sie werden mit meinem Vater sprechen müssen, wenn Sie mich wiedersehen wollen. Leben Sie wohl.« Und mit einem hoheitsvollen Kopfnicken stolzierte sie davon. Belustigt blieb er sitzen und sann darüber nach, warum er sie so hemmungslos begehrte.
Er hatte sie nie als mögliche Eroberung betrachtet, erst seit jüngster Zeit. Sie war immer die kleine Schwester für ihn gewesen, von einnehmendem Wesen und zweifellos hübsch, doch viel zu jung, um für eine romantische Beziehung in Betracht zu kommen. Doch nun, wie man nur allzu deutlich sah, war sie eine Frau in beinahe jeder Hinsicht, mit Ausnahme der Lebensjahre. Und auch das war kein Hinderungsgrund, denn sie würde bald sechzehn sein und damit ein Alter erreichen, in dem viele Mädchen heirateten.
Elizabeth war für ihn verloren und er war überzeugt, dass sie ihren ehelichen Treueschwur ernst nahm. Sie würde Joseph niemals verlassen. Trotzdem war sie die Frau, von der er träumte. Noch im vergangenen Jahr, als er weg gewesen war, hatte er im Grunde nur an sie gedacht und gehofft, dass sie nach seiner Rückkehr wie durch ein Wunder frei sein würde.
Seine Gedanken kehrten zu Anchalee zurück. Sie war jung und ungezähmt, doch Herausforderungen wie diese hatte er noch immer gemeistert, wie er erst unlängst bestätigt hatte. Seine Abenteuerlust hatte nicht nachgelassen und die Aussicht auf eine gefährliche Liebschaft erregte ihn. Sie stellte einen Reiz dar, dem er nicht zu widerstehen vermochte. Sie hatte sich erdreistet, ihn zu provozieren, und er war sicher, sie zähmen zu können.

25. Kapitel

Elizabeth spürte ein Rauschen in den Ohren, als die Beine unter ihr nachgaben und der Raum in Dunkelheit versank. Das Nächste, was sie wahrnahm, war, dass sie auf der Couch lag, während Joseph ihr Luft zufächelte und sie mit Riechsalz zu beleben versuchte.

»Elizabeth, alles in Ordnung? Soll ich den Arzt rufen?«

»Nein, nein, es geht schon wieder, wirklich. Es ist nur … es ist nur mein Zustand. Er bringt hin und wieder Schwindelanfälle mit sich, ohne besonderen Grund.« Sie war im fünften Monat schwanger, man konnte es sehen, obwohl ihr Kleid weit geschnitten war.

»Du solltest dich noch eine Weile ausruhen. Es reicht, wenn wir in einer Stunde aufbrechen«, schlug Joseph vor.

Sie fühlte sich immer noch leicht benommen und versuchte sich zu erinnern, was passiert war, bevor sie ohnmächtig geworden war. Es war Anchalees sechzehnter Geburtstag, der 10. Januar 1885. Es hatte ein Festmahl gegeben, Kuchen, Kerzen und … dann fiel ihr alles wieder ein, wie ein Schauermärchen, und ihr wurde bewusst, dass sie Glückwünsche vortäuschen musste, um den Schein zu wahren.

Am liebsten hätte sie herausgeschrien, dass sie inzwischen die Wahrheit kannte, dass ihre Schwester es schon immer auf Sam abgesehen und seit Jahren Pläne geschmiedet hatte, ihr den Mann auszuspannen und ihn selbst zu heiraten. Doch sie wusste, dass sie kein Wort verlauten lassen würde, weil sie sonst zu viele Menschen verletzt hätte, die es nicht verdienten.

Ihr Vater ahnte nichts von ihrer Beziehung zu Sam, und wie viel Kummer würde es Joseph bereiten, seinen Nebenbuhler ständig in der Nähe zu haben? Sie wollte nur noch nach Hause, doch sie konnte nicht zum Aufbruch drängen, ohne den Verdacht ihres Vaters zu erregen. Oder Anchalees, genauer gesagt. Was hätte sie auch sagen sollen?

Anchalee scheuchte die Männer aus dem Raum. »Geht Billard spielen und lasst der armen Elizabeth ein bisschen Ruhe und Frieden.«

Als sie gegangen waren, setzte sie sich neben ihre Schwester und wischte ihr mit einem feuchten Tuch über die Stirn. »Ich hoffe, dass es nicht die angekündigte Verlobung war, die dich so aufgeregt hat«, kam sie ihr zuvor.

Elizabeth rang sich ein Lächeln ab. »Natürlich nicht. Warum sollte sie? Unsere … Freundschaft … bestand vor langer Zeit. Und sie war ohnehin kaum von Belang.«

»Ich befürchtete schon, dass du vielleicht noch immer …«

»Das war vor mehr als zwei Jahren, Anchalee. Ich bin inzwischen Ehefrau und Mutter und ich liebe meinen Mann. Sam bedeutet mir nichts, weder so noch so.«

»Dann macht es dir also nichts aus?«

»Selbstverständlich nicht.« Es gelang ihr, zu lächeln und den Aufruhr der Gefühle, Schock, Fassungslosigkeit, Wut und das Gefühl, verraten worden zu sein, hinter der Maske des Gleichmuts zu verbergen. Sie würde Anchalee niemals die Genugtuung gönnen, sich an ihrem Kummer zu weiden. Sie fragte sich, warum sie den Grund für die Intrigen ihrer Schwester nicht schon früher erkannt hatte. »Wann soll die Hochzeit stattfinden?«

»Am 20. Februar. Und da du mir schon so großmütig Glück gewünscht hast – würdest du meine Brautführerin sein?«

Das war zu viel verlangt. Diese Aufgabe konnte sie nicht übernehmen und sie musste sich schleunigst eine Entschuldigung einfallen lassen. »Es … es ist mir natürlich eine Ehre. Doch in meinem Zustand kann ich nicht für meine Gesundheit garantieren und ich möchte dir keinesfalls den Tag verderben. Es wäre besser, wenn du dir jemand anderen suchst.«

Anchalee seufzte. »Es gibt niemanden, den ich lieber hätte als dich. Du bist nicht nur meine Schwester, sondern auch meine allerbeste Freundin.«

Im Billardzimmer unterhielten sich Joseph und Edward über dasselbe Thema.

»Bist du sicher, dass er der Richtige für Anchalee ist?« Joseph brachte seinen Queue in Position und versenkte eine weitere Elfenbeinkugel.

»Nein, ganz und gar nicht. Doch du weißt ja, wie störrisch Anchalee sein kann, wenn sie sich etwas in den Kopf gesetzt hat. Ihr Disziplin beizubringen ist beinahe unmöglich. Ein Charakterzug, den sie mit Sicherheit von ihrer Mutter geerbt hat. Als Sam bei mir um ihre Hand anhielt, Joseph, besaß sie die Stirn, mir zu drohen, mit ihm durchbrennen oder, schlimmer noch, ohne den Segen der Kirche mit ihm zusammenleben, wenn ich nicht in die Heirat einwillige. Es ist ihr anscheinend völlig egal, was die englische Gesellschaft von ihr denkt. Mir blieb keine andere Wahl, als meine Zustimmung zu geben.«

Joseph hielt einen Moment inne und dachte nach, bevor er zum nächsten Stoß ansetzte. »Ich muss zugeben, dass sie starrköpfig ist und möglicherweise auch ein wenig leichtfertig. Doch sie sieht glücklich aus. Trotzdem sollte man bedenken, dass die Gefühle bei einem so jungen Menschen wankelmütig sein können.«

»In der Tat.« Edward nippte an seinem Portwein. »Wenigstens ist sie dann unter der Haube und ich muss mir ihretwegen nicht mehr den Kopf zerbrechen. Und selbst wenn ich Sam nicht vorbehaltlos billige, ist er zumindest achtzehn Jahre älter als sie. Sie braucht einen Mann mit Erfahrung. Ein jüngerer könnte sie nicht in Schach halten, fürchte ich.«

»Ich habe nicht den Eindruck, als gehörte er zu den Männern, die bereit sind, Verantwortung zu übernehmen. Wo steckt er heute Abend überhaupt? Man sollte doch meinen, dass er als frisch Verlobter bei der Geburtstagsfeier seiner Zukünftigen anwesend ist.«

»Wohl wahr. Doch Anchalee hat ihm offensichtlich gesagt, er müsse sich nicht gezwungen fühlen zu kommen. Abendessen im trauten Kreis der Familie scheinen ihn nicht sonderlich zu interessieren. Und sie meinte, er habe an seinem Manuskript zu arbeiten.«

Josephs Miene war skeptisch, als Edward fortfuhr.

»Ich muss zugeben, dass ich ihn früher für einen Taugenichts hielt. Doch seit einiger Zeit kenne ich ihn besser. Er ist ein begabter Schriftsteller und mehr als verwegen, doch das scheint lediglich eine Folge seiner Abenteuerlust zu sein.« Er lachte vor sich hin. »Ich wage zu behaupten, dass ich manchmal Züge von mir selbst in jüngeren Jahren an ihm entdecke. Der Mann, der Anchalees Aufmerksamkeit

derart lange fesselt, muss schon etwas Besonderes sein und ich denke, die beiden sind sich vom Charakter her ähnlich. Und ich bin sicher, dass er ihr genug zu bieten hat, um sie zu halten.«
»Vielleicht ist es am besten so«, schloss Joseph, als er den Billardtisch für die nächste Runde vorbereitete. Edward deutete seinen angespannten Blick fälschlicherweise als Konzentration auf das Spiel und Wirkung des Portweins am Nachmittag. Joseph trank selten Alkohol, doch er hatte sich bereits vier Gläser genehmigt.

Der alte Seebär aus dem benachbarten Zimmer war letztendlich kein übler Geselle, dachte Sam verschwommen. Die beiden saßen auf ihren Hockern an der Bar des United Club und Sam hatte ihm nach dem zehnten Whisky, in angeschlagenem Zustand erzählt, er feiere gerade seine Verlobung.
»Ha, darauf müschen wir noch ein heben, Junge!«, hatte der alte Seemann genuschelt und »zwei große Doppelte!« bestellt.
»Un ja nich mit Wasser panschen oder sonne Tricks«, hatte er dem Barmixer eingeschärft. »Ehe! Is ne feine Sache.«
Sam nickte heftig. »Sind Sie verheiratet, Jock?«
»Ha, mich kricht keine dazu, in so ne Falle zu tappen.« Er beugte sich zu Sam und sah ihn mit zusammengekniffenen Augen an. »Liebsu sie, Mann?«
»Nein. Ich liebe eine andere.«
»Ha! Dann is gut, Junge«, polterte Jock. »Sie kricht wenichstens nich das Beste von dir. Darauf müschen wir noch ein trinken!«
Zwei Stunden später waren die Dinge für Sam noch weniger klar. Er entschuldigte sich und überließ Jock, der den Eindruck machte, als sei er nüchterner geworden, der Gesellschaft eines anderen hart gesottenen Trinkers, den sie an der Bar kennen gelernt hatten. Sam wankte zu einer Rikscha hinaus, die draußen wartete, und stolperte kurz danach die Treppenstufen zu seinem Zimmer im Oriental Hotel hinauf. Am nächsten Morgen sollte er sich nicht erinnern, wie er dorthin gelangt war.
Doch zu diesem Zeitpunkt konnte er nur noch an sie denken. Als er in seinem trunkenen Zustand versuchte, sich ihr Gesicht vorzustellen, wurde ihm klar, dass er sie enttäuscht hatte und wahrscheinlich

nie wieder besitzen würde. Er probierte mehrmals vergebens, den Schlüssel ins Schloss zu stecken, dann drehte er sich zur Treppe um und erbrach sich über das Geländer.

20. Februar 1885

Liebe Marjorie,

heute heiratet meine Schwester Anchalee und ich war genötigt, meinen Zustand als Ausrede zu benutzen, um nicht an der Zeremonie teilzunehmen. Während ich dir diesen Brief schreibe, findet die Trauung statt. Anchalee war natürlich enttäuscht, als ich Unwohlsein vorschützte, doch ich habe das Gefühl, dass ich das nicht durchstehe, auch wenn es mir gesundheitlich einigermaßen gut geht, und ich möchte ihr den Tag nicht verderben. Ich werde dir gleich alles erklären, Marjorie, doch zuerst wirst du wissen wollen, was sie trug. Da ich mich unmittelbar vor dem Aufbruch zur Kirche von ihr verabschiedet habe, muss ich zugeben, dass sie als Braut einfach umwerfend aussah. Das Kleid war aus weißer Seide mit gerade geschnittenem Rock, einer großen Schleife im Rücken, einem eng anliegenden Mieder mit Stehkragen, bis obenhin geknöpft, und Keulenärmeln. Der einzige Schmuck war ein schlichter weißer Tüllschleier und ihr Brautstrauß bestand aus weißen Orchideen. Wir hinken euch natürlich weit hinterher, wenn uns die Nachrichten von der neuesten Mode erreichen, doch wir tun unser Bestes.

Und nun zu meiner Erklärung, Marjorie. Ich muss dir gestehen, meine Liebe, dass der Mann, den sie heiratet, Samuel Taylor ist, derselbe, von dem ich dir vor einiger Zeit in Zusammenhang mit mir selbst schrieb. Ich muss dir auch gestehen, dass es mir vor Kummer fast das Herz gebrochen hat, als Anchalee ihre Verlobung ankündigte; und ich bin immer noch nicht darüber hinweg.

Wie du dich vielleicht erinnerst, Marjorie, hatte er eine lange Expedition in den Norden Siams unternommen und da ich mich von ihm verlassen wähnte, wurde ich Josephs Frau. Ich kann immer noch nicht fassen, dass er nach seiner Rückkehr ausgerechnet meine Schwester heiraten wollte.

Alle sagen, dass die beiden ein wunderbares Paar abgeben, und ich bin die Letzte, die sich eine Bemerkung über den Altersunterschied zwischen den beiden erlauben sollte, da mein Mann ebenfalls wesentlich älter ist als ich.
Wir beten weiterhin um ein glückliches Ereignis um den April herum …

Sie legte den Füllfederhalter hin und wünschte, sie könnte Marjorie die Wahrheit schreiben. Sie hatte ihrer Freundin erzählt, dass sie Joseph zwar aus Verzweiflung über den vermeintlichen Bruch geheiratet hatte, ihn jedoch nichtsdestoweniger innig liebe. Sie hatte mit keiner Silbe erwähnt, dass sie zu dem Zeitpunkt ein Kind von Sam erwartete, sie wusste allerdings, dass Marjorie in einem persönlichen Gespräch ihr Geheimnis schon nach kürzester Zeit entdeckt hätte. Sie konnte ihr nichts verraten und Marjorie war nun selbst verheiratet, möglicherweise ebenfalls schwanger. Sie faltete die Blätter zusammen und schob sie in ihre Schreibmappe. Sie würde den Brief an einem anderen Tag beenden müssen, denn die Hochzeitsgesellschaft mit ihren vierzig Gästen würde bald zurückkehren und sie musste sich nach unten begeben, zumindest, wenn die Hochzeitstorte angeschnitten wurde.
Ihre Schwangerschaft hatte ihr auch eine willkommene Entschuldigung geboten, sich den Hochzeitsvorbereitungen fern zu halten. Sie war froh, dass es ihr gelungen war, Sam während der vergangenen Wochen bis zum heutigen Tag aus dem Weg zu gehen. Sie wusste nicht mehr, was sie für ihn empfand. Sie hatte Joseph von Herzen lieben gelernt, sie schätzte seine Freundlichkeit, seine Sanftmut und die Tatsache, dass er ihr Kind wie sein eigenes behandelte, doch der Ehe mangelte es an Leidenschaft. Und sie fragte sich immer wieder, wie Sam sich verhalten hätte, wenn er vor seiner Abreise nach Chiang Mai von ihrem Zustand gewusst hätte.
Sie lag auf dem Bett im Gästezimmer, bei geschlossenen Fensterläden, und sah auf die Uhr, die ihr sagte, dass sie mittlerweile Mann und Frau waren. Körperlich fehlte ihr nichts. Die Schwangerschaft war wesentlich problemloser verlaufen als die letzte und nun, im

sechsten Monat, war sie zuversichtlich, dass ihr eine Fehlgeburt erspart bleiben würde. Sie betete, dass sie letztlich nicht doch die Schwäche ihrer Mutter geerbt hatte.

Als sie hörte, wie die Hochzeitsgesellschaft das Haus betrat, setzte sie sich im Bett auf. Es hatte keinen Zweck, es noch länger hinauszuschieben. Sie würde ihr neues türkisfarbenes Seidenkleid anziehen und dem glücklichen Paar ihre Glückwünsche aussprechen. Und von nun an würde sie jedes Mal, wenn sie ihren Vater besuchte, Gefahr laufen, ihm zu begegnen, denn er und Anchalee sollten bei ihm wohnen, bis sie ein eigenes Haus erbaut hatten.

Es gelang ihr irgendwie, die Gesellschaft der anderen zu ertragen und ihre Gefühle in Schach zu halten. Sie war erleichtert, dass sie den Schein zu wahren vermochte. Doch sie war nicht fähig, Sam mit dem gleichen Mut entgegenzutreten. Sie gratulierte ihm nur kurz und versuchte gar nicht erst, über diese Höflichkeitsfloskel hinaus das Wort an ihn zu richten. Und wenn ihr Blick ihn im Laufe des Nachmittags flüchtig streifte, eine dunkle Gestalt in schwarzem Cut und grau gestreiften Hosen, wandte sie sich jedes Mal rasch ab, um jemanden ins Gespräch zu ziehen oder dafür zu sorgen, dass Getränke nachgeschenkt wurden.

Einmal, als es den Anschein hatte, als wolle er sich zu ihr gesellen, machte sie Anstalten, Zuflucht im Badezimmer zu suchen. Doch es sollte nicht nötig sein, denn in dem Moment eilte sein Trauzeuge Louis Leonowens, der selbst gerade erst den Bund fürs Leben geschlossen hatte und bester Laune war, zu ihrer Rettung herbei, indem er seinem Freund auf den Rücken klopfte, ihm ein Glas Champagner in die Hand drückte und einen weiteren Toast ausbrachte.

Elizabeth nutzte die Gelegenheit, um sich davonzustehlen, die Treppe hinauf zu ihrem Mädchenzimmer, wo sie wartete, bis Joseph zum Aufbruch bereit war.

Sie beendete den Brief an Marjorie nie. Am nächsten Tag zerriss sie ihn, obwohl sie wusste, dass sie ihr nicht so bald schreiben würde. Sie hatte das Gefühl, ihre langjährige Freundin zu belügen, und hielt es für besser, sich in Schweigen zu hüllen.

Es war eine drückend heiße Aprilnacht und sie erwachte schweißgebadet. Wie in der letzten Nacht und in der Nacht davor betete sie um den Schutz ihres ungeborenen Kindes. Denn in der vergangenen Woche hatte sie keine Bewegungen mehr gespürt. Doch das Kind musste jeden Tag kommen, und da die Schwangerschaft ohne Komplikationen verlaufen war, hatte sie Joseph nichts gesagt, um ihn nicht unnötig zu beunruhigen. Sie hatte auch Anchalee nicht erschrecken wollen, die selbst ein Kind erwartete.

Ihr Rücken schmerzte und sogar im Liegen fand sie keine bequeme Stellung mehr. Die heiße Jahreszeit hatte sie ihrer Energie beraubt und eine Erholungspause von den unerträglichen Temperaturen war nicht in Sicht. Selbst in der Nacht fielen sie selten unter 28 Grad.

Neuerdings hatte sie sich manchmal gewünscht, sie könnte nach England zurückkehren. Denn trotz ihrer anfänglichen Begeisterung, wieder in Siam zu leben, erkannte sie mit Bitterkeit, dass ihr die letzten drei Jahre viel Kummer und wenig Glück gebracht hatten. Zugegeben, es gab Joseph, doch wären die Umständen anders gewesen, hätte sie ihn nie geheiratet. Und als James' Frau wäre ihr Leben völlig anders verlaufen. Es hätte keine Schuldgefühle gegeben und keinen Joseph. Doch auch keinen Joe – und das konnte nicht ihr Wunsch sein.

Sie richtete sich auf und griff nach dem Glas mit dem abgekochten Wasser, das neben ihrem Bett stand; als die erste starke Wehe sie erfasste, rutschte ihr das Glas aus der Hand, fiel zu Boden und zersprang auf dem polierten Holz in Scherben.

Joseph fuhr mit einem Ruck hoch. »Elizabeth, was ist?«

»Ich glaube, du solltest Simon nach dem Doktor schicken. Das Baby kommt.«

Zwölf Stunden später, während er im Gang wartete, wurde Joseph an die letzte Entbindung erinnert, als Joe zur Welt kam. Auch damals war Elizabeths Stöhnen jäh verstummt. Danach hatte er den Schrei des Neugeborenen vernommen. Doch nun hörte er nichts. Vielleicht lag sie immer noch in den Wehen oder war ohnmächtig geworden. Er betete, dass sie nicht das gleiche Schicksal wie viele andere Frauen im Kindbett erleiden möge.

Dr. Newhaven, blass und erschöpft, trat kurz nach Eintreten der Stille auf den Gang hinaus, sich die Hände an einem Handtuch abtrocknend. Joseph eilte auf die offene Tür zu, doch der Doktor schloss sie hinter sich und bedeutete ihm, zu warten.

»Mrs. Shaws Zustand ist zufrieden stellend«, klärte er Joseph auf, bevor dieser eine Frage stellen konnte. »Vierzehn Tage Ruhe sollten reichen, bis sie wieder auf dem Damm ist.«

»Und das Kind ...« Joseph verstummte, als er die mitleidige Miene des Arztes bemerkte.

»Bedauere, Mr. Shaw. Es war eine Totgeburt. Ich konnte nichts tun. Ein kleines Mädchen.«

Joseph ließ den Kopf hängen und fragte sich voller Kummer, warum ihm ein weiteres unschuldiges Lebewesen genommen wurde. Als er das Schlafzimmer betrat, lag Elizabeth, von Kissen gestützt, im Bett, ihr Gesicht ausdruckslos und schneeweiß. Sie öffnete die Augen und sah ihn mit verhangenem Blick an, als er sich neben sie auf die Bettkante setzte. »Es tut mir Leid«, flüsterte sie schwach. »Unendlich Leid.«

Er brachte es nicht fertig, das winzige, in eine Decke gewickelte Bündel im Kinderbettchen anzusehen. Doch er musste stark sein. Er nahm ihre kalten, trockenen Hände in seine.

»Mach dir keine Vorwürfe. Der Doktor meint, dagegen sei man machtlos.«

»Nein, es ist meine Schuld. Bei meiner Mutter war es das Gleiche. Deshalb war ich ihr einziges Kind. Der Doktor sagt, ich hätte die Schwäche höchstwahrscheinlich von ihr geerbt.«

»Dann dürfen wir keine weiteren Kinder mehr bekommen.«

»Nein, Joseph, nein! Ich möchte dir Kinder schenken, mehr als alles in der Welt.«

»Wenn ich wählen müsste, hätte ich lieber dich als zehn Kinder. Ich werde dein Leben nicht wieder in Gefahr bringen. Abgesehen davon haben wir ein wohlgeratenes Kind. Das ist mehr als genug.«

»Joseph, er ist nicht dein ...« Sie biss sich auf die Zunge, um nicht noch mehr Schaden mit ihren Worten anzurichten.

Joseph legte den Finger an ihre Lippen. »Ich könnte kein Kind mehr lieben als Joe. Er ist unser Sohn, deiner und meiner. Und das ist alles, was zählt.«

»Du bist ein so gütiger Mensch, Joseph«, flüsterte sie.
»Lass uns mit dem zufrieden sein, was wir haben. Mit Joe. Von nun an werden wir außerordentlich vorsichtig sein. Du weißt, was ich meine.«

An einem Tag im Dezember, in der windigen kühlen Jahreszeit, brachte Anchalee nach einer leichten Entbindung, die nur sechs Stunden dauerte, ihr erstes Kind zur Welt. Es war ein Mädchen, sieben Pfund schwer, mit roten Pausbacken und einem dunklen Haarbüschel auf dem Scheitel. Sie nannten sie Kesri, nach ihrer Großmutter mütterlicherseits.

26. Kapitel

Nervös zerknüllte sie das Taschentuch in ihren Händen, als die Kutsche über die New Road zu Edwards Haus fuhr, wo das Weihnachtsfest mit einem gemeinsamen Mittagsmahl begangen wurde. Bei diesem Anlass gab es keinen Vorwand, fern zu bleiben, und abgesehen davon war sie es Joe schuldig, den Tag im Kreise seiner Familie zu verbringen. Mit zweieinhalb Jahren war er zum ersten Mal alt genug, Weihnachten bewusst mitzuerleben.

Seit der Hochzeit im Februar hatte sie Sam oder Anchalee nur selten zu Gesicht bekommen und das galt auch für ihren Vater. Edwards Gesundheit hatte sich mittlerweile erheblich verschlechtert, so dass er kaum noch ausging, sondern Besucher und Kunden zu Hause empfing. Obwohl er noch vor wenigen Jahren große Hoffnungen in seine Arbeit gesetzt hatte, schien er nun jedes Interesse daran verloren zu haben. Vermutlich lag es an seiner angegriffenen Gesundheit. Eine Zeit lang schien sich der Husten zu bessern, doch nach der Hochzeit war er wieder aufgetreten, schlimmer als zuvor, obwohl er mit Nachdruck erklärte, er biete keinen Anlass zur Besorgnis.

Und dann war da noch die kleine Charlotte, die sie am selben Tag getauft und zu Grabe getragen hatten. Mit der Geburt von Anchalees Tochter vor gerade mal vierzehn Tagen war die Trauer über den Verlust ihrer eigenen Kinder zurückgekehrt. Sie hatte das Baby noch nicht gesehen. Sie hatte sich stets eine Ausrede einfallen lassen, sich mit einer Erkältung entschuldigt und vorgeschützt, sie wolle Anchalee oder die kleine Kesri nicht anstecken. Ihr Erscheinen beim Weihnachtsfest konnte sie allerdings nicht umgehen.

Während sie die New Road entlangzockelten, fuhr der Kutscher mit einem Mal an den Straßenrand, sprang vom Bock und kauerte sich nieder. Alle Siamesen in Sichtweite hatten das Gleiche getan.

»Der König!«, rief Joseph aufgeregt. Er öffnete die Tür und half Elizabeth beim Aussteigen, dann nahm er den kleinen Joe auf den Arm, während sie in ehrerbietiger Haltung dastanden und die Szene beobachteten.

Die *barouche* des Königs, von sechs Pferden gezogen, näherte sich. Ihr schloss sich eine Prozession von Reitern an, gefolgt von den Kutschen seiner Ehefrauen und Kinder. Es war ungewöhnlich für den Monarchen, sich so früh am Tag seinem Volk zu zeigen, dachte Joseph. Wie viele wohlhabende Siamesen verließ er nur selten vor dem späten Nachmittag das Haus, wenn die Hitze des Tages nachzulassen begann. Joseph vermutete, dass er die Ausfahrt zu so früher Stunde anberaumt hatte, weil Weihnachten war; Seine Majestät wollte damit offenbar einem Tag die Ehre erweisen, der im Leben seiner ausländischen Freunde eine wichtige Rolle spielte. Hochrangige Mitglieder des diplomatischen Korps waren am Abend sogar zu einem Festbankett im Palast eingeladen.

Als der König vorüberfuhr, verneigten sich Elizabeth und Joseph, wobei ihnen nicht entging, dass sich in der viersitzigen Kutsche auch mehrere seiner älteren Söhne befanden. Es dauerte eine volle Viertelstunde, bis die königliche Prozession an ihnen vorüber war, und erst, als er sich dessen vergewissert hatte, sprang der Kutscher wieder auf den Bock und die Fahrt konnte weitergehen.

Anchalee führte sie beflissen ins Wohnzimmer, wo Weihnachtsschmuck aufgehängt war, den sie in einer alten Schachtel in den Wandschränken unter der Treppe gefunden hatte. Elizabeth erinnerte sich vage an die Papierschlangen und Nippsachen aus Melbourne, die vor langer Zeit mit ihnen auf dem Schiff hierher gekommen sein mussten. Merkwürdige Dinge haben wir nach Siam gebracht, dachte sie.

Edward saß in einem Sessel unweit des Fensters, stand jedoch nicht auf, um sie zu begrüßen. Elizabeth erschrak, als sie sah, wie mager er geworden war und wie fahl seine Haut aussah. Er war erst siebenundfünfzig, sah jedoch zehn Jahre älter aus. Seine Stimme war allerdings noch die gleiche und er strahlte, als er seinen Enkel sah. Kesri schlief in ihrem Bettchen im hinteren Teil des Hauses: Die Dienstboten behielten sie im Auge, während sie das Weihnachtsessen zubereiteten.

Joe lief zu seinem Großvater, kletterte auf seine Knie und sie spielten miteinander. Kurz darauf begann Edward zu husten. Der Anfall war so schwer, dass Elizabeth sich genötigt sah, ihm Joe abzunehmen. Anchalee kam eilends in den Raum zurück, ein Glas Whisky in der Hand. Der Husten ließ nach und Edward legte sein Taschentuch beiseite, bemüht, seine Kinder den blutigen Auswurf nicht sehen zu lassen, der sich darin befand.

»Hast du einen Arzt wegen des Hustens konsultiert?« Elizabeth machte sich große Sorgen. »Er ist nicht besser geworden.«

»Mir fehlt nichts weiter«, erwiderte er mit gespielter Achtlosigkeit. »Nur eine kleine Erkältung, die ich einfach nicht loswerde.« Nach dem Whisky schien es ihm besser zu gehen und sein Gesicht nahm wieder Farbe an.

Dann betrat Sam den Raum und falls Elizabeth Spannungen zwischen ihnen erwartet hatte, so blieben diese aus. Er schüttelte Joseph die Hand und kniete sich hin, um Joe zu begrüßen. Ihr stockte beinahe der Atem, als sie die beiden so nahe beisammen sah. Die Ähnlichkeit war beängstigend und sie war überzeugt, dass jeder der Anwesenden auf den ersten Blick erkannte, dass sie Vater und Sohn waren. Sie hatten die gleichen schwarzen, welligen Haare und dunkelbraunen Augen, die gleiche olivfarbene Haut und das gleiche verschmitzte Lächeln. Edward war offenbar der Einzige, der nichts ahnte. Sie hätte schwören mögen, dass Anchalee und Sam bestätigt sahen, was klar auf der Hand lag. Doch am meisten Sorgen machte ihr der Gedanke, dass ihr Vater etwas merken könnte – und dass es durch den Schock mit seiner Gesundheit weiter bergab gehen würde. Sam stand auf und schenkte Champagner ein, gekühlt auf Eis, das eigens aus Singapur eingeführt worden war. Er machte einen rundum zufriedenen Eindruck und sie konnte kaum glauben, dass dieser Mann, der Vater ihres Sohnes, einst ihr Geliebter gewesen war. Während sie sich unterhielten und Champagner tranken, ertappte sie sich dabei, dass sie ihn verstohlen musterte. Als er ihren Blick erwiderte, errötete sie, einen Moment lang unfähig, ihre Augen von ihm zu lösen. Sie kannte ihn gut, diesen Blick, wenn er ihr in die Augen sah und den Kopf zur Seite neigte und er verriet ihr, dass er nicht vergessen hatte. Er versetzte sie in Unruhe und sie zwang sich, den Blick abzuwenden, fürchtete, dass er die Sehnsucht in ihren Augen erkannt hatte. Es durfte keine Geheimnisse zwischen ihnen geben. Er zeigte großes Interesse an Joe und sie war überzeugt, dass er die Wahrheit erriet. Jeder, der sie auch nur halbwegs vermutete, hätte seinen Verdacht beim Anblick des Jungen bestätigt gefunden. Dann betrat das Dienstmädchen den Salon und verkündete auf Siamesisch, es sei angerichtet. Elizabeth stellte mit Unbehagen fest, dass sie bei Tisch ihm gegenübersaß. Doch die Bitte, den Platz zu tauschen, hätte nur Argwohn erregt. Sie rührte die herzhafte Gemüsesuppe, die es als ersten Gang gab, kaum an und trug wenig zur Unterhaltung bei. Als alle fertig waren und sogar Joe aufgegessen hatte, legte sie den Löffel hin.

»Du hast ja kaum etwas gegessen, Elizabeth. Fühlst du dich nicht wohl?«, fragte Edward. Er sah wesentlich munterer als bei ihrer Ankunft aus.

»Nein, es ist nichts. Die Suppe schmeckt köstlich.« Sie bemühte sich, zwei weitere Löffel voll zu essen.

»Ich bringe Noi gerade bei, mehr englische Gerichte zu kochen«, sagte Anchalee. »Die siamesische Küche mit ihren Chilies scheint Vater in letzter Zeit nicht mehr zu bekommen.«

»Unsinn!«, sagte Edward ungehalten. »Sie behandelt mich wie ein Wickelkind.«

Elizabeth lächelte ihn liebevoll an, froh darüber, dass er den Bann gebrochen hatte. Sie war dankbar für alles, was ihre Gedanken von dem Mann ablenkte, der ihr gegenübersaß. Der Hauptgang war ein Schlemmermahl, mit Schweinebraten, Rindfleisch, Ente und einem riesigen Fisch, gefüllt, gebacken und im Ganzen serviert. Das Summen der Unterhaltung füllte den Raum und Elizabeth zwang sich, zu essen, um die Aufmerksamkeit nicht abermals auf sich zu lenken. Sie schmeckte kaum, was sie zu sich nahm. Flambierter Pudding und eine Vanillecreme folgten als Dessert und dann begaben sie sich in den Salon, wo Kaffee, frisches Obst und Portwein kredenzt wurden. Die Tropen waren nicht der richtige Ort für so schwer verdauliche Speisen, doch niemand konnte leugnen, dass es ein ausgezeichnetes englisches Essen gewesen war. Und es wäre ein Sakrileg gewesen, Weihnachten nicht mit einer traditionellen Mahlzeit zu feiern. Die

Männer lockerten den Kragen und krempelten die Ärmel hoch. Der kleine Joe hatte zu viele Pralinen gegessen und sich beim Öffnen seiner Geschenke derart verausgabt, dass er auf der Fensterbank eingeschlafen war.

Während sie Kaffee tranken, wurde Edward plötzlich von einem weiteren Anfall heimgesucht. Sein Gesicht wurde rot und er litt unter Atemnot. Sein Zustand hatte sich in den letzten Wochen verschlimmert, die Anfälle traten immer häufiger auf. Das Gefühl des Unbehagens wurde übermächtig und beeinträchtigte die Atmosphäre im Raum. Anchalee hielt ein Glas Portwein an seine Lippen. Sie wagte kaum, darüber nachzudenken, was das zu bedeuten hatte. Wieder versuchte er, seinen Zustand herunterzuspielen, und griff nach einer Serviette, die er sich vor den Mund hielt. Doch als der Hustenkrampf nachließ, war er einem Zusammenbruch nahe und sank erschöpft im Sessel zurück, wobei die Serviette zu Boden fiel. Elizabeth eilte herbei, um sie aufzuheben, und ihr stockte der Atem. Schweigend hielt sie Anchalee die Serviette hin. Alle verstummten, mit Ausnahme von Joe, der aufgewacht war und weinte.

»Vater, warum hast du uns nichts davon erzählt?«, brach Elizabeth das Schweigen.

»Es geht mir gleich besser … nur noch eine Minute.« Sein Kinn war mit Blutflecken gesprenkelt.

»Ich hatte keine Ahnung, dass es so schlimm um ihn steht«, sagte Anchalee.

»Ich wollte euch nicht beunruhigen«, fuhr Edward fort. »Der Arzt sagt, man kann nichts machen. Nur das Beste hoffen.« Er setzte sich aufrecht hin und lächelte. »Warum die langen Gesichter? Es ist Weihnachten, lasst uns das Fest genießen.« Er erklärte noch einmal mit Nachdruck, dass es ihm gut gehe und er sich jedes Getue um ihn verbitte; dann nahm er den weinenden Joe auf den Schoß und beruhigte seinen Enkel.

Elizabeth schenkte Kaffee nach und versuchte sich einzureden, dass es sich schlimmstenfalls um eine Brustfellentzündung handeln konnte, mit der er sich abfinden musste, bis sie von alleine vorübergehen und er genesen würde. Doch tief in ihrem Innern befürchtete sie, dass sie sich etwas vormachte. Sie wusste, was die Symptome zu

bedeuten hatten. Er litt an Schwindsucht, die ihn schließlich das Leben kosten würde, wie viele andere.
Der Tag schien ihn angestrengt zu haben, denn er beschloss, zu Hause zu bleiben, statt mit dem Rest der Familie am Nachmittag die Weihnachtsmesse zu besuchen. Er bestand darauf, dass sie ohne ihn gingen, und erklärte mit Nachdruck, er könne durchaus alleine zurechtkommen. Doch Elizabeth war gleichermaßen entschlossen, bei ihm zu bleiben.
Stille kehrte ein, als die anderen zur Kutsche gegangen waren, und sie saß da und unterhielt sich eine Weile mit ihm, bis er müde wurde. Sie brachte ihn in sein Schlafzimmer, damit er ein Nickerchen machen konnte, schloss die Vorhänge und versprach, in einer halben Stunde wieder nach ihm zu sehen.
Zurück im Salon beschloss sie, dass ein Nachmittagsschlaf ihr ebenfalls gut tun würde. Sie legte sich auf die Chaiselongue, doch just in dem Moment, als ihr die Augen zufielen, schreckte ein Geräusch an der Tür sie auf.
»Lass nur, Noi, du kannst das Geschirr später abräumen«, rief sie, da sie dachte, es sei das Dienstmädchen.
»Ich glaube, das lasse ich lieber«, sagte er scherzhaft, im Türrahmen lehnend.
Sie sprang auf, mit einem Schlag hellwach. »Ich dachte, du wärst in der Kirche. Hast du etwas vergessen?«
»Du weißt, dass ich kein Kirchgänger bin. Ich habe den anderen gesagt, dass ich nach dem üppigen Weihnachtsessen einen ausgedehnten Verdauungsspaziergang brauche.«
Verlegen glättete sie ihre Röcke und nahm wieder Platz. »Aha. Und was hat Anchalee dazu gesagt?«
Langsam ging er zu einem der Armsessel hinüber.
»Sie weiß, dass ich nicht religiös bin. Ich würde während der Messe ohnehin nur unruhig werden und das Weite suchen. Sie legt keinen Wert darauf, vor den Augen der ganzen Gemeinde von einem Heiden wie mir bloßgestellt zu werden. Und außerdem geht sie selbst auch nur deinem Vater zuliebe hin.«
»Wie nett von ihr«, erwiderte Elizabeth herablassend. Sie wurde langsam unruhig, weil ihr mit einem Mal bewusst wurde, dass sie abge-

sehen von ihrem Vater, der oben schlief, und den Hausangestellten, die vermutlich ebenfalls ein Nickerchen machten, alleine mit ihm im Haus war.

»Der Junge ist gewachsen«, wechselte er plötzlich das Thema. »Warum hast du ihn Joe genannt?«

Sie hatte die Frage erwartet. »Das ist der Name seines Vaters, weshalb sonst.«

»Sollte der Junge dann nicht Sam heißen?«

Sie empfand seine Worte wie einen Schlag ins Gesicht und hatte das Gefühl, als ob ihre Sünden so schwer auf ihr lasteten, dass sie ihr die Luft abschnürten.

»Was? Wie kommst du darauf?«

»Elizabeth, gib es zu. Er ist mein Sohn. Er ist mir wie aus dem Gesicht geschnitten, das sieht jeder. Die Geschichte von der Frühgeburt ist blanker Unfug.«

»Wie kannst du so etwas sagen? Das ist nicht wahr.« Sie war verzweifelt, einer Panik nahe. »In Josephs Familie gibt es dunkelhäutige Vorfahren… Maori, genauer gesagt. Deshalb ist Joe dunkel. Und meine Urgroßmutter hatte ebenfalls pechschwarzes Haar und olivfarbene Haut.«

Er stand auf und kam auf sie zu. »Lüg mich nicht an, Elizabeth. Wir beide kennen die Wahrheit.«

Tränen brannten hinter ihren Lidern. »Sam, hab Mitleid, siehst du denn nicht, was du anrichtest? Der Kummer, den du verursachen würdest? Er ist Josephs Sohn. Joseph ist der einzige Vater, den er kennt. Etwas anderes einzugestehen wäre… unermesslich grausam. Damit wäre niemandem gedient. Lass die Vergangenheit ruhen.« Sie spürte, wie ihr ein Schluchzen die Kehle zuschnürte. »Mehr kann ich dazu nicht sagen.«

Sie barg das Gesicht in den Händen und plötzlich kniete er neben ihr, nahm sanft ihre Hände und zwang sie, ihn anzusehen.

»Wenn ich es nur gewusst hätte. Wenn du es mir nur gesagt hättest. Ich hätte…«

»Bitte nicht! Was geschehen ist, ist geschehen. Wir können es nicht mehr ändern. Siehst du das nicht? Ich liebe meinen Mann, ich schwöre es dir. Es gibt keinen besseren Menschen auf der ganzen

Welt. Und du bist mit meiner Halbschwester verheiratet. Wir müssen Abstand voneinander halten, ein für alle Mal.«

»Das geht nicht. Ich bin dein Schwager. Können wir nicht wenigstens aufrichtig miteinander sein? Ich will dir Joe nicht wegnehmen oder jemandem Kummer zufügen. Ich weiß, dass Joseph ein guter Vater ist, und ich akzeptiere es. Ich bin damit zufrieden, ihn aufwachsen zu sehen, auch wenn er mich nur als Onkel betrachtet. Doch bitte, Elizabeth, ich muss wissen, ob Joe mein Sohn ist. Ich verspreche dir, dass ich das Thema nie wieder erwähne, wenn es dein Wunsch ist.«

Seine Stimme klang ernst und sie gab nach. »Es… Es stimmt, Sam. Joe ist dein Sohn. Und Joseph weiß es.«

»Warum hast du mir nicht gesagt, dass du ein Kind erwartest, Elizabeth? Ich kann nicht begreifen…«

Sollte sie ihm die Wahrheit sagen? Dass ihre Schwester, seine Frau, geplant hatte, sie auseinander zu bringen, damit sie ihn selbst heiraten konnte? Doch wem würde es nutzen, wenn sie ihm die Augen öffnete? Nichts würde sich ändern. Sie waren beide verheiratet; es galt, an die Kinder zu denken, die keinerlei Schuld traf; und an ihren Vater, der krank war und durch eine solche Familienkrise nicht zusätzlich belastet werden durfte. Sie würde Sam mit einer Halbwahrheit abspeisen.

»Du warst weg, bevor ich es dir sagen konnte, und es bestand keine Möglichkeit, Verbindung mit dir aufzunehmen, wie du weißt. Die Schande, ein uneheliches Kind zur Welt zu bringen, hätte ich nicht überlebt. Ich konnte den Gedanken nicht ertragen, dass mein Kind ein Bastard sein würde – und ich eine gefallene Frau. Als Joseph mir einen Heiratsantrag machte, fiel ich aus allen Wolken, genau wie du, nach deiner Rückkehr.« Sie hielt inne, um ein Taschentuch aus ihrem Ärmel zu ziehen und ihre Tränen zu trocknen. »Doch das war der einzige Ausweg. Ich hatte keine andere Wahl. Ich musste den Antrag annehmen.«

»Ich verstehe. Die größte Ironie war, dass ich beschlossen hatte, dich sofort nach meiner Rückkehr zu bitten, meine Frau zu werden.« Er setzte sich neben sie. »Ob wir einander jemals verzeihen können, Elizabeth?«

»Verzeihen? Es gibt nichts zu verzeihen. Wir sind beide verantwortlich für das, was geschehen ist. Wir sind einfach ein Opfer der Umstände.« Und »der üblen Machenschaften von Anchalee«, hätte sie gerne hinzugefügt.

Sie hielt inne. »Doch allein ... allein zu wissen, dass du ... dass du bereit gewesen wärst ... ist mir ein Trost. Ich bin sicher, wir können jetzt, wo wir Verwandte sind, gut miteinander auskommen, vielleicht sogar Freunde sein.«

»Du in deiner Ehe und ich in meiner?«

»So muss es sein, Sam«, flüsterte sie. »Ich denke, du solltest jetzt deinen Spaziergang machen. Die anderen werden bald zurück sein, und wer weiß, falls uns die Dienstmädchen zusammen gesehen haben ...«

Er nahm ein letztes Mal ihre Hand und hielt sie einen Moment, bevor er sich wortlos umdrehte. Sie stand auf und ging zum Fenster, als er das Haus verließ.

27. Kapitel

Es war ein umfangreiches Dokument, in Siamesisch verfasst und, dem dünnen, vergilbten Papier nach zu urteilen, ziemlich alt. Der Mädchenname seiner Frau stand auf dem Umschlag, in kindlicher Handschrift, und zuerst dachte er, es handle sich um den Brief einer Jugendfreundin oder dergleichen, den sie aufgehoben hatte. Hätte er ihn anderswo entdeckt, wäre er vermutlich achtlos darüber hinweggegangen, ohne das Bedürfnis, zu erfahren, was darin stand; er hatte ihn jedoch nicht dort gefunden, wo man solche Andenken üblicherweise erwartete, nämlich in der mit bunten Bändern verschnürten Schachtel, in der sie ihre übrige Korrespondenz verwahrte. Der Umschlag war ganz offensichtlich versteckt worden, an einem Ort, an dem zu suchen ihm niemals eingefallen wäre; er war sicher, dass er wichtig war, etwas enthielt, was sie vor ihm verbergen wollte. Doch warum? Er wusste fast alles von ihr, was es zu wissen gab, das nahm er zumindest an. Sie war blutjung gewesen und hatte im Haus ihres Vaters gelebt, als er sie kennen lernte, wo sie bis zur Hochzeit blieb. Was für Geheimnisse konnte sie haben? Sie hatte stets eine lebhafte Fantasie gehabt, wenn nicht gar unreif und kindlich, und hatte sich von den Liebesromanen, die sie las, beeinflussen lassen. Doch seines Wissens führte sie weder ein Tagebuch noch schien sie überhaupt interessiert, selbst zu schreiben.

Seit einiger Zeit war ihm jedoch eine Veränderung an ihr aufgefallen. Sie hatte begonnen, Kesri wie eine Glucke zu umhegen, hatte stundenlang Siamesisch mit ihr gesprochen und ihr Kinderreime beizubringen versucht, die sie noch gar nicht verstehen konnte. Außerdem verbrachte sie Stunden vor dem kleinen buddhistischen Hausaltar, den sie unbedingt in ihrem Ankleidezimmer errichten wollte. Edward wäre enttäuscht gewesen, wenn auch nicht überrascht, denn er hatte sich die größte Mühe gegeben, ihr eine christliche Erziehung angedeihen zu lassen.

Doch ihr Vater verließ inzwischen nur noch selten sein Zimmer und seit Anchalee ihrem eigenen Haushalt vorstand, konnte sie nach eigenem Gutdünken schalten und walten, wie sie Sam gegenüber betont hatte. Wenn sie nicht mit Kesri beschäftigt war, zündete sie oft Räucherwerk an, um Buddha ihre Huldigung zu erweisen. Sam hielt sich kaum für einen frommen Christen und es war ihm egal, welchem Glauben seine Frau anhing, doch es beunruhigte ihn, dass sie so viel Zeit alleine verbrachte.

Eines Tages war er wesentlich früher als sonst nach Hause gekommen. Er war im United Club, wo er mit Leonowens verabredet war, der ihm bei einem guten Tropfen von seinem neuesten abenteuerlichen Vorhaben erzählen wollte. Louis war aus den Diensten des Königs ausgeschieden, um Handelsbeauftragter der Borneo Company in Raheng und Paknampho zu werden. Obwohl inzwischen im Abstand von vierzehn Tagen die Post zwischen Chiang Mai und Bangkok, via Moulmein, befördert wurde und ein Telegraphendienst zwischen beiden via Raheng bestand, ließ Louis es sich nicht nehmen, in regelmäßigen Abständen in die Landeshauptstadt zu kommen, um dringliche Angelegenheiten persönlich zu erledigen.

Leonowens war Ende 1884 kurz nach Bangkok zurückgekehrt, um seinen Jugendfreund, König Rama V., um die Genehmigung für die Nutzung eines Teakholzwaldes zu ersuchen, den Mee Tuen, den er unmittelbar oberhalb von Raheng entdeckt hatte. Die Genehmigung wurde ihm erteilt und Leonowens war der erste Ausländer, der einen Wald in Siam pachtete. Andere folgten bald darauf seinem Beispiel. Doch Louis hatte an jenem Tag keine Zeit, er war atemlos und aufgeregt in den United Club gekommen. »Man hat mir für heute Nachmittag eine Audienz gewährt, Taylor«, sagte er und schlug seinem Freund auf den Rücken. »Ich muss gleich wieder los. Ich kann zu der Verabredung mit Seiner Majestät schließlich nicht zu spät kommen, oder? Besuch uns doch mal in Raheng!«

Sam lächelte nachsichtig, als Louis nach nur einem Glas auf die Schnelle zu seiner Audienz aufbrach; schließlich war es ein König, der ihm bei seinem Freund den Rang abgelaufen hatte. Er aß an jenem Tag alleine zu Mittag, leerte seinen Whisky und kehrte nach Hause zurück, um Anchalee zu überraschen. Vielleicht konnte er sie

ja für ein Stelldichein am Nachmittag erwärmen. Anchalee hatte, wofür er äußerst dankbar war, sexuelle Gelüste, die nicht im Mindesten dem viktorianischen Zeitgeist entsprachen, und er hatte es bisher kein einziges Mal für nötig befunden, sein Vergnügen anderweitig zu suchen. Wenigstens in diesem Punkt hatte sich nichts geändert, auch nach Kesris Geburt, und es wunderte ihn immer wieder, dass es ihm gelungen war, ihr treu zu bleiben.
Leise schloss er die Haustür auf, da er wusste, dass die Hausangestellten um diese Zeit ein Nickerchen machten. Mit etwas Glück war Anchalee auch schon im Bett, um Mittagsruhe zu halten. Sie schlief immer nackt und er lockerte in freudiger Erwartung seinen Kragen, als er die Treppe hinaufstieg. Doch im Gang angekommen, hörte er ihre Stimme, leise und gedämpft. Er würde warten müssen, bis Kesri eingeschlafen war, dachte er, doch als er einen Blick in das Kinderzimmer warf, lag seine Tochter bereits in ihrem Bettchen. Mit wem redete sie? Er stieß die Tür zum Schlafzimmer auf und sah, dass die Tür zu ihrem Ankleidezimmer geschlossen war. Er hörte sie immer noch reden, konnte jedoch nur Bruchstücke des einen oder anderen Satzes verstehen. »Ich werde dich nicht enttäuschen«, hörte er und »… für das, was sie getan hat … das verspreche ich dir«.
Ihm ging flüchtig der Gedanke durch den Kopf, dass sie vielleicht eine Affäre hatte; dass sich seine Frau mit einem anderen Mann hinter der Tür vergnügte. Um sich Gewissheit zu verschaffen, blieb ihm nichts anderes übrig, als durch das Schlüsselloch zu spähen.
Er war erleichtert, außer ihr niemanden im Raum zu entdecken, runzelte jedoch die Stirn, als er sah, was sie tat. Sie kniete vor dem Schrein, einen dicken Briefumschlag an ihre Brust gepresst … und war tränenüberströmt, was ihr überhaupt nicht ähnlich sah.
Dann stand sie auf, hob die Buddha-Statue hoch und steckte den Umschlag in den Hohlraum des Fußes, bevor sie das Standbild sorgfältig an seinen Platz zurückstellte. Danach kniete sie abermals vor dem Schrein nieder, legte die Hände zusammengefaltet an die Stirn und verneigte sich drei Mal bis zum Boden.
Er verließ eilends den Raum und ging nach unten.
Zwanzig Minuten später traf sie ihn im Wohnzimmer an, er las Zei-

tung und rauchte eine Zigarette. Sie bediente sich aus seinem silbernen Etui und zündete sich ebenfalls eine Zigarette an.
»Dein Vater würde nicht billigen, dass du rauchst«, scherzte er.
»Für den Fall, dass du es noch nicht bemerkt haben solltest, ich bin nicht mehr Papis kleines Mädchen«, entgegnete sie, setzte sich auf sein Knie und blies ihm den Rauch ins Gesicht.
Sie trug nur einen *sarong* aus hauchdünner Seide, der an einer Seite auseinander klaffte und ihre Brust enthüllte, die schwer war von der Milch. Er umkreiste mit den Fingerspitzen ihre Warze, die sofort reagierte. Sie stand auf, ließ das Kleidungsstück in Wellen auf ihre Füße fallen. Sie ist prachtvoll gewachsen, dachte er, und der leicht gerundete Bauch, eine Folge der noch nicht lange zurückliegenden Geburt, steigerte noch sein Verlangen. Sie drehte sich um und verließ den Raum und er folgte ihr gleich darauf; das Spiel war ihm bestens vertraut und er fragte sich, wo er sie dieses Mal finden würde. Sie bevorzugte selten das Bett, wenn sie sich liebten, und machte sich oft einen Spaß daraus, seine Erregung noch zu steigern, indem sie sich versteckte.
Ein paar Minuten später fand er sie, es war nie sehr schwierig, auf einem Schrankkoffer im Stauraum unter der Treppe. Sie lag auf dem Bauch, das lange Haar reichte bis zum Boden. Sie tat, als sei sie in ein Buch vertieft. Als er eintrat, warf sie ihm einen flüchtigen Blick von der Seite zu.
»Willst du etwas, Samuel?«
»Du weißt genau, was ich will, du Schlange.« Grinsend öffnete er seine Hose, ohne sich die Mühe zu machen, sie auszuziehen.
Die andere Sache hatte er nicht vergessen, doch das konnte warten.

Eine Woche später, unfähig, sich noch länger zu beherrschen, hatte er sie zur Rede gestellt. Sie stand auf der einen Seite des Schlafzimmers, die Fäuste vor Wut geballt, er auf der anderen, den Stapel Blätter in der Hand. Sie mussten ihre Stimmen dämpfen, weil sich Edward und die Bediensteten unten befanden.
»Und was gibt dir das Recht, meine persönlichen Papiere zu durchsuchen und dir Dinge anzueignen, die mir gehören, das Einzige, was

mir von meiner Mutter geblieben ist?«, zischte sie. »Du widerwärtiges Ekel, ich hasse dich!«
»Du hast mich offenbar nicht aus Liebe geheiratet, Anchalee.«
»Was weißt du schon von Liebe!«
»Nicht so viel wie du über Hass und Rache, wir mir scheint.«
»Du weißt nicht, was du redest.«
»Ich habe genug Beweise.« Er wedelte mit den Seiten vor ihrer Nase herum.
»Woher willst du wissen, was drinsteht? Der Brief ist in Siamesisch geschrieben, eine Sprache, für die du nicht die geringste Begabung mitbringst«, fauchte sie.
»Ich habe ihn mir übersetzen lassen. Und der Übersetzer hat ausgezeichnete Arbeit geleistet. Es ist der letzte Wunsch deiner Mutter auf dem Totenbett, dass du Elizabeth irgendein vermeintliches Unrecht heimzahlen sollst! Die Wahnvorstellungen einer Verrückten!«
»Wie kannst du es wagen, so von meiner Mutter zu sprechen! Elizabeth hat ihr Leben ruiniert, Elizabeth ist schuld an ihrem Tod.«
»Und deshalb hast du mich geheiratet, in der Hoffnung, dass sie sich vor Eifersucht verzehrt.«
»Richtig. Und du bist Joes Vater, oder?«
Sam sah sie verblüfft an. »Woher weißt du das? Soweit mir bekannt ist, wurde Joseph Shaw als Vater auf der Geburtsurkunde genannt.«
»Na und? Das hat nichts zu bedeuten«, konterte sie. »Mir kannst du nichts vormachen. Ich bin nicht so einfältig, wie du offenbar glaubst. Du bist der Vater des Kindes. Jeder, der Augen im Kopf hat, kann das auf den ersten Blick erkennen. Joseph weiß auch Bescheid, jeder weiß es. Jeder, außer meinem Vater, und ich bin sicher, ihn würde der Schlag treffen, wenn er es wüsste. Vielleicht wäre Elizabeth dann endlich zufrieden … wenn sie meinen Vater und meine Mutter umgebracht hat. Am liebsten wäre ihr vermutlich, ich würde ebenfalls tot umfallen, damit sie dich wiederhaben kann. Du wärst sicher nicht abgeneigt, oder?«
Er trat drohend auf sie zu und packte sie am Arm. »Du kleines Miststück. Bilde dir ja nicht ein, du könntest mich zum Narren halten, denn da täuschst du dich gewaltig; diesen Triumph wirst du nicht erleben.«

»Lass mich los, du tust mir weh!«, stöhnte sie mit zusammengebissenen Zähnen.

»Erst hörst du mir zu. Eines möchte ich klarstellen, ich habe nicht in deinen Sachen herumgeschnüffelt. Ich habe Besseres zu tun. Ich bin durch Zufall auf den Brief gestoßen.«

»Durch Zufall? Da, wo ich ihn aufbewahrt hatte? Und er ist an mich gerichtet, mein Name steht auf dem Umschlag, nicht deiner.« Sie riss sich los. »Hast du mir nachspioniert, du widerlicher Voyeur? Kannst du mich nicht eine Minute in Ruhe lassen?«

»Es ist an der Zeit, dass du anfängst, mir mehr Respekt entgegenzubringen. Ich bin dein Mann – oder solltest du das vergessen haben?«

»Wie könnte ich, du beweist es mir ja oft genug!«, sagte sie höhnisch.

»Trotzdem geht dich das nichts an. Das ist eine Sache zwischen Elizabeth und mir. Oder bedeutet sie dir immer noch mehr, als du zuzugeben wagst? Ich habe bemerkt, wie du sie anschaust.«

»Das geht dich nichts an. Und überhaupt, dein Plan hatte nicht die erhoffte Wirkung. Elizabeth ist glücklich, sie liebt Joseph. Und er ist ihr ein besserer Ehemann, als ich es jemals gewesen wäre.«

Ihre Augen verengten sich. »Ja, nur warte, bis sie entdeckt, warum sie nicht mit dir verheiratet ist.«

»Was soll das heißen?«

»Die Heirat mit Joseph war ebenfalls eine Folge meines Plans.« Sie hatte es nur noch darauf abgesehen, ihn zu verletzen, und legte eine kurze Pause ein, während sie sich auf die Kante des Stuhls setzte, der unmittelbar neben der Tür stand. Sie war gerüstet, das Weite zu suchen, für den Fall, dass er handgreiflich wurde.

»Ich habe Joseph einen Brief von ihr gebracht, gefälscht natürlich, mit der Bitte, dich irgendwie zur Abreise zu bewegen und ihr die Peinlichkeit zu ersparen, dir persönlich den Laufpass zu geben.«

»Du hast was getan?«

»Du hast mich sehr gut verstanden.« Sie hatte ihn noch nie so erzürnt gesehen. Sein Blick war drohend und sie wusste nicht, wie er reagieren würde. »Joseph schickte dich nach Chiang Mai, um dich loszuwerden. Und sie dachte, du hättest sie sitzen gelassen – schwanger und unverheiratet. Bis Joseph den guten Samariter spielte und sie selbst zur Frau nahm. Das war allerdings nicht eingeplant.«

»Wusstest du, dass sie ein Kind erwartet?« Seine Stimme war gefährlich leise.

Sie stand nun neben der Tür, hoch aufgerichtet, mit verächtlicher Miene. »Ja.«

»Du widerst mich an. Und so etwas ist mit Elizabeth verwandt! Wenn ich daran denke, dass sie dich liebt, dir vertraut…«

»Wie du siehst, bin ich es, die am Ende triumphiert.«

»Darauf würde ich mich nicht verlassen. Du hast Elizabeth bestraft, doch wenigstens führt sie eine liebevolle Ehe. Auf dich wartet dagegen eine lebenslange Strafe, eine lieblose Ehe, die du noch bedauern wirst.«

»Unsinn, ich lasse mich von dir scheiden.«

»Das kannst du nicht. Nicht ohne meine Zustimmung und die wirst du nie erhalten.«

»Ein siamesisches Gericht wird die Scheidung verfügen, mit oder ohne deine Zustimmung.«

»Das ist ein Irrtum«, erwiderte er ruhig. »Du bildest dir gerne ein, du wärst Siamesin, Anchalee, doch in den Augen des Gesetzes bist du durch die Heirat mit mir amerikanische Staatsbürgerin. Und davor warst du britische Staatsbürgerin. Die siamesischen Gesetze gelten nicht für dich. Das war schon immer so. Eine schmerzliche Wahrheit, oder?«

Er warf den Brief ihrer Mutter auf den Boden und eilte an ihr vorbei aus dem Raum, ließ sie mit dem Gefühl zurück, als läge ihr ein Stein im Magen.

Benommen nahm sie wieder Platz. Was am meisten schmerzte, war die Erkenntnis, dass sie sich gar nicht von ihm scheiden lassen wollte, selbst wenn es möglich gewesen wäre. Das war doppelt bitter, weil er ihr viel bedeutete und sie nun wusste, dass er nie das Gleiche für sie empfinden würde wie für Elizabeth.

Während sie wie betäubt dasaß und die Blätter anstarrte, die auf dem Boden verstreut lagen, sann sie über ihre Zukunft nach. Er würde bei ihr bleiben, die Ehe würde nur noch auf dem Papier bestehen, denn sie würde nie wieder mit ihm schlafen. Er würde schon noch merken, wie unversöhnlich ihr eigener Hass und Abscheu sein konnten. Sie beschloss, ihn wieder in Elizabeths Arme zu treiben. Man würde ja sehen, was geschah, wenn Joseph entdeckte, dass seine Frau eine Liebschaft mit ihrem Schwager hatte, dem Vater ihres Sohnes.

Sie ging ins Kinderzimmer, wo Kesri tief und fest schlief. Sie berührte ihre winzige Hand und strich ihr sanft über die weiche, flaumige Wange.

Eine Woche später, an einem Samstagnachmittag, waren sie bei den Shaws zum Tee und zu einer Partie Krocket auf dem Rasen eingeladen. Um den Schein zu wahren, kamen sie überein, sich so zu verhalten, als sei nichts geschehen. Sam war zu der Überzeugung gelangt, dass Elizabeth nicht damit gedient sei, wenn sie vom Verrat ihrer Schwester erfuhr. Er warnte Anchalee jedoch, dass er sie genau beobachten würde, um zu verhindern, dass sie Elizabeth weiteren Schaden zufügte.

Die Schwestern hatten im Schatten Platz genommen, Anchalee hatte Kesri auf dem Arm und Elizabeth versuchte, Joe im Auge zu behalten. Es gab Schlangen im hohen Gras am Rande des Anwesens und er hatte noch nicht gelernt, dass es besser war, ihnen aus dem Wege zu gehen. Elizabeth hatte ihn einmal dabei ertappt, wie er mit einem Stock nach einer Schlange stieß, und er konnte von Glück sagen, dass sie nicht zu den giftigen Arten gehörte. Die siamesischen Kobras waren weit verbreitet und wenn Joe im Garten spielte, hatte Elizabeth ständig Angst, er könne gebissen werden.

»Die Mücken sind dieses Jahr eine Plage«, sagte sie zu Anchalee, während sie sich am Knöchel kratzte. Beide waren schon mehrfach gestochen worden. »Sie stechen sogar durch meine Strümpfe. Ich kann mich erinnern, dass meine Mutter immer mit einer großen Papiertüte dasaß, die sie sich um die Beine gewickelt hatte. Vielleicht sollte ich diese Gewohnheit wieder aufnehmen.«

Anchalee antwortete nicht und Elizabeth argwöhnte, dass sie sich mit Sam gestritten hatte.

»Anchalee, stimmt etwas nicht?«

Elizabeth war es endlich gelungen, sich damit auszusöhnen, dass Anchalee ihr Sam abspenstig gemacht hatte. Das Gespräch am ersten Weihnachtstag war eine Erleichterung für sie gewesen und sie hatte beschlossen, sich die größte Mühe zu geben, ihre Beziehung zu Anchalee wieder zu kitten.

Doch ihre jüngere Schwester wirkte zerstreut und apathisch.

»Anchalee?«

»Oh, es ist nichts, nicht das Geringste.«

»Ich hatte den Eindruck, dass du mit deinen Gedanken woanders bist.«

Anchalee lächelte, jedoch ohne jede Wärme. »Mutter zu sein ist anstrengend. Ich hätte nicht gedacht, dass mich diese Aufgabe dermaßen fordert.«

»Mach dir deswegen keine Sorgen. Es ist keineswegs ungewöhnlich, dass man sich nach der Geburt ausgelaugt fühlt. Männer verstehen einfach nicht, warum wir so empfinden. Sei froh, dass du so ein hübsches Mädchen hast. Und über kurz oder lang wird das nächste unterwegs sein.«

Anchalee nickte nur, ohne zu antworten oder auch nur zu lächeln. Es war unwahrscheinlich, dass sie ein weiteres Kind von Sam haben würde, dachte sie bitter, da sie nicht einmal mehr im selben Zimmer schliefen. Plötzlich kam ihr ein Gedanke. Vielleicht würde Elizabeth ein Kind von ihm bekommen, wenn sie ihre Affäre wieder aufleben ließen. Und dass es dazu kommen würde, war nur eine Frage der Zeit, so viel stand fest. Das erkannte sie allein an den Blicken, mit denen sie sich ansahen. Der Gedanke rüttelte sie aus ihrer Lethargie auf und Elizabeth dachte irrtümlicherweise, ihr Lächeln sei ein Zeichen dafür, dass sich ihre Laune gebessert hatte.

Er würde bald sterben, das wusste er, auch wenn er noch nicht bereit war. Er hatte sich immer vorgestellt, dass er uralt werden, auf ein langes, ereignisreiches Leben zurückblicken und seinen Enkelkindern Geschichten aus dem alten Siam erzählen würde. Doch mit dieser vermaledeiten, verfrühten Gebrechlichkeit zu einem Zeitpunkt seines Lebens, an dem er noch vital und kraftvoll sein sollte, hatte er nicht gerechnet.

Er kam sich beklagenswert vor in seinen Pantoffeln, nicht einmal mehr in der Lage, seine Pfeife zu rauchen. Obwohl er wie ein kränkelnder alter Großvater aussah, war er tief in seinem Innern der abenteuerlustige junge Fotograf geblieben, der das ganze Leben noch vor sich hatte. Doch die Zeit lief ihm davon. Seit sich sein Zustand rapide verschlechterte, hatte er viel nachgedacht und die nötigen Vorkehrungen getroffen, so dass seine Angelegenheiten geordnet waren. Dafür hatte er gesorgt, mit Mr. Harbecks Hilfe.

Seine Töchter meinten, er bekäme nicht mehr richtig mit, was in seiner Umgebung vorging. Doch er hatte in den letzten Monaten mehr über seine Familie erfahren als während der Jahre, in denen er geistig und körperlich noch voll auf der Höhe gewesen war. Seine Sinne hatten sich allem Anschein nach geschärft und er hatte mehr auf Gesten, Mimik und die unausgesprochenen Empfindungen geachtet, die hinter den Worten zum Ausdruck kamen.

Vermutlich war er sein Leben lang ein oberflächlicher Mensch gewesen und so würde man sich seiner erinnern. Bis vor kurzem hatte er nicht das geringste Bedürfnis verspürt, sein Leben oder seine Verhaltensweisen und ihre Folgen genauer unter die Lupe zu nehmen. Doch nun, seit er mehr Zeit zum Nachdenken hatte, als ihm lieb war, sah er die Dinge klarer.

Er erkannte beispielsweise einen Hang zur Bosheit bei seiner jüngeren Tochter, wo er vorher nur mädchenhafte Mutwilligkeit gesehen hatte. Er erkannte das Gefühl des Verlustes bei seiner älteren Tochter und er sah, wie sein Enkel Joe zum Ebenbild seines Vaters heranwuchs – Sam.

O ja, er wusste, dass Sam Joes Vater war. Ohne dass sie etwas davon ahnten. Es war eines der ersten Dinge gewesen, die ihm klar geworden waren. Wenn man mehr Zeit zum Hinschauen und Grübeln hatte als für andere Dinge, blieb es nicht aus, dass man irgendwann die richtigen Schlussfolgerungen zog.

Solche Probleme beunruhigten ihn jedoch nicht über Gebühr. Es war Aufgabe der unmittelbar Betroffenen und seiner künftigen Nachfahren, etwas dagegen zu tun. Ganz zu schweigen von den Sünden der Väter, dachte er trocken. Denn er hatte gesündigt, das war ihm inzwischen bewusst.

Es lag nicht in seiner Natur zu bereuen, doch nun, da er sein Ende vor sich sah, hatte er das Bedürfnis zu beichten. Er brauchte die Absolution; er wollte diese Welt in dem Wissen verlassen, dass er seine Verfehlungen eingestanden hatte. Und wenn auch nur, um sein Gewissen zu besänftigen, doch Seelenfrieden zu finden würde eine Wohltat sein.

28. Kapitel

Es hatte angefangen. Sie sah es an ihren verstohlenen Blicken, wenn die beiden Familien beisammen waren; an der Art, wie sich ihre Finger berührten und verweilten, wenn er ihr ein Glas reichte. Was sie nicht wusste, was sie jedoch überrascht hätte, war, wie plötzlich alles gekommen war. Angefangen hatte es beim Konsulatsball, kurz nachdem sie den Nachmittag im Garten der Shaws verbracht und sich über Mücken und Schlangen beklagt hatten. Sie hatte einen Vorwand gefunden, dem Ball fern zu bleiben, Sam jedoch ermutigt, daran teilzunehmen.

Als Elizabeth ihn beim Ball begrüßte, war sie nervös gewesen. Doch während Joseph sich am anderen Ende des Raumes befand, in ein Gespräch mit Freunden vertieft, hatte er sie zum Tanzen aufgefordert und bevor sie antworten konnte, zur Tanzfläche geführt. Seine Arme umfingen sie, zum ersten Mal seit mehr als drei Jahren. »Du bist genauso schön wie früher«, flüsterte er.

Und sie war in der Tat eine strahlende Erscheinung. Die eng anliegende, rosafarbene Satinrobe betonte ihre Figur, die mit fünfundzwanzig reizvolle weibliche Rundungen aufwies. Ihre Haare waren zu einer lockeren Rolle hochgesteckt und sie trug eine doppelreihige Perlenkette und lange weiße Handschuhe.

Während sie tanzten und er sie enger an sich zog, dachte sie daran, wie viel geschehen war, seit sie zum ersten Mal miteinander getanzt hatten. Es schien eine Ewigkeit her zu sein. Einen Moment lang gab sie sich dem Gefühl hin, das noch genauso war wie damals. Doch Joseph war nicht weit weg und beobachtete wahrscheinlich jede ihrer Bewegungen. Sie rückte von ihm ab, doch er presste sie wieder an sich und flüsterte, er müsse sie außerhalb des Ballsaales sehen.

»Ich denke, darauf sollte ich gar nicht erst antworten.« Sie löste sich von ihm und kehrte zu Joseph zurück. Doch wenige Augenblicke später entschuldigte sie sich und eilte durch den langen Korridor zum Waschraum der Damen. Nur betrat sie diesen nicht, sondern ging weiter, bis sie an einen Alkoven gelangte, der sich hinter einem Vorhang verbarg. Sie trat ein und schloss den Vorhang mit klopfendem Herzen, fliegendem Atem und zitternden Händen. Sie wusste genau, wohin das alles führen würde.

Wenige Sekunden später wurde der Vorhang aufgerissen und umgehend wieder geschlossen. Wortlos nahm er sie in seine Arme, küsste sie lang und inbrünstig. Sie machte keine Anstalten, sich von ihm zu lösen. Dann glitt er hinter sie und ließ, während er ihren Nacken küsste, seine Hände von der Taille zu ihren Brüsten wandern, um sie zu liebkosen.

Er sehnte sich danach, ihre nackte Haut statt des dünnen Stoffes des engen Kleides zu berühren, doch er spürte die Wärme ihres Körpers durch ihn hindurch, als sie ihm den Rücken entgegenwölbte. Sosehr ihn auch danach verlangte, es war unmöglich, sie in dem winzigen Raum zu entkleiden. Sanft drückte er sie auf den gepolsterten Sitz hinunter und kniete sich zwischen ihre Beine, als er ihre Röcke hob und ihre seidigen, milchweißen Schenkel küsste.

Ich darf es nicht zulassen, ermahnte sie sich immer wieder, doch ihr schwanden die Sinne, als er sie zärtlich und intim streichelte, ohne dass sie Gegenwehr vortäuschte oder Widerstand leistete. Sie ließ sich in die Kissen zurückfallen und die Welt ringsum versank, es gab nur noch ihn.

Als sie später in den Ballsaal zurückkehrte, bemerkte Joseph den Schweißfilm auf ihrer Stirn. Sie sah sich genötigt, zu schwindeln, als er Besorgnis über ihre lange Abwesenheit äußerte und sich erkundigte, ob sie sich unwohl fühle.

»Tut mir Leid. Ich bin Caroline Hooper im Waschraum über den Weg gelaufen, und du weißt ja, sie redet wie ein Wasserfall. Ich habe es einfach nicht geschafft, mich loszueisen.«

Es stimmte, dass sie Mrs. Hooper begegnet war, jedoch in der Damengarderobe, und sie hatte auch nicht länger als zwei Minuten mit der Frau geredet. In dem Moment war Sam mit einer schönen jungen Frau am Arm an ihnen vorbeigegangen, der Tochter eines Seekapitäns.

»Ich glaube, ich bin wirklich ein wenig müde, Joseph«, sagte sie plötzlich. »Wenn es dir nichts ausmacht, würde ich doch gerne nach Hause gehen.«

Anchalee kannte diese Einzelheiten nicht. Sie wusste nur, dass irgendwann zwischen Februar und April, dem gegenwärtigen Monat, aus den beiden wieder ein Paar geworden war. Doch sosehr sie auch wünschte, Unfrieden zwischen den beiden zu stiften und den endgültigen Bruch herbeizuführen, der nie wieder zu kitten sein würde, ihr waren die Hände gebunden, solange Edward lebte. Er war immer gut zu ihr gewesen und sie liebte ihn aufrichtig. Er sollte in Frieden sterben – und er war bereits vom Tod gezeichnet, wie alle wussten.

Die Schwindsucht war in den vier Monaten seit Weihnachten schlimmer geworden. Die Hustenanfälle traten immer häufiger auf und der blutige Auswurf auf den Laken und Taschentüchern mehrte sich. Er war die meiste Zeit ans Bett gefesselt, obwohl sie ihn ein- oder zweimal in der Woche an das Fenster in seinem Zimmer setzte, so dass er den Garten betrachten konnte, der ihm stets große Freude bereitet hatte. Seine Haare waren schlohweiß geworden und das Sprechen fiel ihm schwer. Er sah aus, als wäre er um zwanzig Jahre gealtert. Doch er beklagte sich nie und eines Tages, am Fenster, hatte er ihr gestanden: »Ich hatte ein gutes Leben, Anchalee. Ich habe Liebe und Glück kennen gelernt. Ich wünschte nur, deine Mutter wäre jetzt hier. Ich bedaure …« Der Rest des Satzes war in einem Hustenkrampf untergegangen und sie hatte ihn wieder ins Bett bringen müssen. Als er verebbte, war er zu erschöpft, um zu sprechen.

April war der schlimmste Monat im Jahr und die sengende Hitze zehrte zusätzlich an seinen Kräften. Er hatte keinen Appetit mehr und nahm nur ein wenig verdünnte Hühnerbrühe oder ein paar Löffel Reis zu sich. Eines Morgens fand Anchalee ihn tot in seinem Bett vor. Er wirkte friedlich und gelassen. Neben ihm lag ein angefangener Brief, in schwacher, zittriger Handschrift. Er begann mit den Worten »Meine Lieben, urteilt nicht zu streng über mich, weil …«, dann brach er ab. Entweder hatte er innegehalten, um zu überlegen, oder er war in dem Augenblick für immer von ihnen gegangen. Vielleicht hatte er etwas über ihre Mutter schreiben wollen und über Elizabeths. Sie zerriss das Blatt und warf es weg.

Sie saß über eine Stunde in dem Sessel neben seinem Bett und starrte die Wände an. Während ihrer Kindheit, die in Jahren bemessen nicht lange her war, hatte es nur Edward und sie gegeben. Bis zu Elizabeths Rückkehr. Und nun war Elizabeth, von den Kindern abgesehen, die einzige Verwandte, die ihr geblieben war. Mit Edward hatte sie das letzte Bindeglied zu ihrer Mutter verloren, auch wenn er nie über sie gesprochen hatte. Sie war erst siebzehn, fühlte sich jedoch bedeutend älter. So war es immer gewesen. Und mit dem Tod ihres Vaters schien es, als lasse sie die Kindheit ein für alle Mal hinter sich.

Die Beisetzung fand wenige Tage später statt. Joseph hielt die Trauerrede und Sam besuchte zum ersten Mal seit seiner Hochzeit mit Anchalee vor vierzehn Monaten wieder eine Kirche – und zum zweiten Mal seit seiner Kindheit. Sie standen getrennt voneinander, boten sich gegenseitig keinen Trost. Elizabeth hatte sich an Josephs tröstliche Hand geklammert.

Er hatte ein Testament hinterlassen, das sein Anwalt am selben Nachmittag eröffnen würde. Elizabeth hätte es vorgezogen, damit zu warten. Es kam ihr so endgültig vor. Dennoch, Anchalee hatte zugestimmt, dass Mr. Harbeck unmittelbar nach dem Leichenschmaus den letzten Willen verlesen sollte. Elizabeth konnte sich nicht vorstellen, dass er mehr beinhaltete als Verfügungen, die das Haus und seine persönliche Habe betrafen. Er hatte ihres Wissens keine Vermögenswerte besessen, abgesehen von seinem Fotoatelier, das zunehmend schlechter gegangen war und vor seinem Tod so gut wie gar keine Einnahmen mehr zu verzeichnen hatte.

Als sie auf dem Sofa im Salon saß, eine Tasse Tee trank und der gedämpften Unterhaltung ringsum lauschte, fing sie Sams Blick auf. Er sah rasch zur Tür hinüber und sie wusste, was die Aufforderung zu bedeuten hatte. Trotz ihrer Trauer spürte sie, wie das Blut bei dem Gedanken an ihn schneller durch ihre Adern strömte. Dann wallten Schuldgefühle in ihr auf. Wie konnte sie an dem Tag, an dem sie ihren Vater zu Grabe getragen hatten, an so etwas denken? Doch sie sehnte sich nach ihm, sehnte sich danach, der Trauergesellschaft zu entfliehen.

Er hatte den Raum bereits verlassen, offenbar überzeugt, dass sie ihm in das Atelier folgen würde, das seit mehr als einem halben Jahr nicht mehr von ihrem Vater benutzt worden und zu einem der Zufluchtsorte geworden war, an denen sie sich heimlich trafen. Sie entschuldigte sich bei Joseph unter dem Vorwand, sie müsse frische Luft schnappen, und als er sich erbot, sie zu begleiten, erklärte sie hastig und mit Nachdruck, dass sie lieber alleine sein wolle.
Anchalee beobachtete von der anderen Seite des überfüllten Raumes, wie sich zuerst ihr Mann und dann ihre Schwester zur Hintertür hinausschlichen. Besaß Elizabeth keinen Funken Schamgefühl? Musste sie selbst die Beisetzung ihres Vaters mit ihrer Untreue entweihen?
Sam wartete in der Dunkelkammer des Ateliers auf sie und sie sperrte die Tür mit dem Ersatzschlüssel auf, den sie unter einem Stein im Garten zu verstecken pflegten. Zwanzig Minuten später, sie wagten nicht, diese Grenze zu überschreiten, kehrte Sam ins Haus zurück, unbemerkt, wie er glaubte, während Elizabeth im Garten sitzen blieb und auf den Fluss hinausblickte.
Wie immer, wenn sie mit ihm zusammen gewesen war, quälten sie hinterher die schlimmsten Schuldgefühle und die bange Frage, wie lange sie Joseph noch hinters Licht führen konnte. Sie hatte um die Willenskraft gebetet, Sam zu widerstehen, ihm zu sagen, dass es aufhören müsse, doch jedes Mal, wenn er sie berührte, schwand ihre Entschlossenheit. Sie wusste, dass ihr Verhalten unverzeihlich war, doch sie kam nicht dagegen an, obwohl sie spürte, dass sie immer tiefer in den Sog von Lug und Trug geriet.
Anchalee gegenüber hatte sie gleichwohl kein schlechtes Gewissen. Obwohl bemüht, einen Schlussstrich unter die Vergangenheit zu ziehen, war sie mit dem Beginn der Affäre wieder daran erinnert worden, was sie ihrer Schwester wegen verloren hatte. Sie hatte sogar versucht, das Thema mit Sam zu erörtern, doch er hatte den Finger an ihre Lippen gelegt, während er mit der anderen Hand ihren Rücken streichelte, und die Leidenschaft hatte wieder einmal jeden Gedanken in ihr ausgelöscht.
Joseph fand sie alleine auf der schmalen, schmiedeeisernen Bank. Er setzte sich neben sie und nahm ihre Hand. Sie sagte seinen Namen, als wollte sie ihm etwas erzählen, und er wandte sich ihr zu. Doch

kaum hatte sie begonnen, verließ sie der Mut auch schon wieder und sie erklärte, es sei nichts von Belang.
Manchmal war der Drang, ihm alles zu beichten, übermächtig, allerdings fand sie nie die Kraft, die Worte über die Lippen zu bringen. Sie wusste, dass sie sein Ein und Alles war und dass er am Boden zerstört sein würde, wenn er von ihrem Ehebruch erfuhr. Wo hätte sie beginnen sollen? Und was im Einzelnen gestehen? Sie hatte sich den genauen Wortlaut nie zurechtgelegt. Sie wusste nur, dass ihre Scham- und Schuldgefühle nach dem heutigen Stelldichein noch größer geworden waren. Sie musste die Geschichte beenden. Joseph war ein herzensguter Mensch und hatte den Schlag nicht verdient, den sie ihm versetzen würde, wenn er die Affäre entdeckte.
Anchalee rief sie vom Fenster aus zu Tisch. Joseph stand auf und wischte sich mit dem Handrücken die Hose ab. Sie war mit Laub und Zweigen von den Bäumen bedeckt. Der Garten war während Edwards letzten Wochen verwildert und vernachlässigt worden. Er bot ihr seinen Arm und sie kehrte mit ihm ins Haus zurück. Dort nahmen sie weitere Beileidsbekundungen von den zahlreichen Trauergästen entgegen, die sich eingefunden hatten, um ihrem Vater das letzte Geleit zu geben.
Die Gäste verabschiedeten sich kurz nach dem Mittagessen und Elizabeth, Anchalee, Sam und Joseph warteten im Esszimmer auf den Anwalt. Mr. Harbeck traf um Punkt zwei Uhr ein. Er brachte sein Bedauern über Edwards Tod zum Ausdruck, setzte seine goldgeränderte Brille auf und begann, das vor ihm liegende Dokument vorzulesen.
Der erste Teil des Testaments war klar und unmissverständlich. Das Haus mitsamt Mobiliar, die persönlichen Besitztümer von Elizabeths Mutter ausgenommen, gingen an Anchalee. Elizabeth erhielt die entsprechende Geldsumme als Gegenwert und sollte alles von Charlottes Hinterlassenschaft nehmen, was ihr gefiel. Außerdem gab es mehrere kleine Legate für Freunde und langjährige Hausangestellte.
Mr. Harbeck fuhr fort. »Der Rest meines Nachlasses, der überwiegend aus Barvermögen besteht, geht zu gleichen Teilen an meine Enkelkinder Joseph Edward Shaw und Kesri Taylor und soll bis zum jeweiligen Erreichen des einundzwanzigsten Lebensjahres oder bis zur Heirat, je nachdem, was zuerst erfolgt, in einem Treuhandfonds an-

gelegt werden. Für den traurigen Fall, dass einer von beiden vor Erlangen der Volljährigkeit stirbt, soll der Anteil einer Wohltätigkeitsorganisation zugeführt werden, die von der Mutter oder einem Vormund des oder der Verblichenen benannt wird.« Er setzte seine Brille ab und blickte hoch. »Noch Fragen?«

Anchalee meldete sich zu Wort. »Ja, Mr. Harbeck. Wie hoch ist die Summe, die für die Enkelkinder in einem Treuhandfonds angelegt werden soll? Ich kann mir nicht vorstellen, dass mein Vater große Bargeldreserven hatte.«

»Im Gegenteil, Mrs. Taylor. Mr. Fairburn war ein äußerst wohlhabender Mann. Zumal er es vorzog, von den Einnahmen seines Fotoateliers zu leben, statt sein Erbe aufzubrauchen.«

Die Anwesenden, die am Tisch saßen, tauschten verwunderte Blicke aus. »Sein Erbe?«, fuhr Anchalee fort. »Sein Vater starb vor Jahren und seine Mutter letztes Jahr. Ich dachte, sie hätten nicht viel hinterlassen außer dem Herrenhaus in England, doch seine Brüder haben sich stets geweigert, es zu verkaufen.«

»Das Erbe stammt nicht von seinen Eltern, Mrs. Taylor, sondern von seinen Großeltern. Als sie in den 1860er Jahren starben, hinterließen sie ein beträchtliches Vermögen, das sie nicht den Kindern, sondern den Enkelkindern vermachten, genau wie Ihr Vater. Ich glaube, er lebte damals in Australien und fuhr nach England, um die Hinterlassenschaft zu regeln.«

»Ich erinnere mich!«, rief Elizabeth. »Jetzt begreife ich, warum er abreiste und so lange weg war.«

»Sehen Sie«, sagte Mr. Harbeck und räusperte sich. »Und er hat das Geld zeitlebens nicht angetastet. Wie Sie wissen, war er kein überspannter Mann. Er zog es vor, für seinen Lebensunterhalt zu arbeiten und zu vergessen, dass er wohlhabend war und es eigentlich nicht nötig gehabt hätte.«

»Wie hoch ist also die Summe, um die es hier geht, Mr. Harbeck?«, fragte Anchalee abermals.

Der Anwalt räusperte sich erneut, sichtlich verlegen. Es behagte ihm nicht, Klienten zu überrumpeln, selbst wenn es sich um gute Nachrichten handelte. »Annähernd dreihunderttausend Pfund, Madam.«

Allen stockte der Atem.

»Das bedeutet, dass Joe und Kesri je einhundertfünfzigtausend Pfund erben!«, bemerkte Elizabeth fast unhörbar.
»Nein, Mrs. Shaw«, verbesserte sie der Anwalt, noch verlegener. »Ich meinte, dreihunderttausend Pfund für jedes Enkelkind.« Die Anwesenden schwiegen, völlig benommen.
»Hinzu kommen die laufenden Zinsen, die bis zur Volljährigkeit anfallen, zwanzig Jahre und acht Monate in Miss Taylors Fall, achtzehn Jahre und zwei Monate bei Master Shaw; sie werden das Kapital nicht nur beträchtlich mehren, sondern es sogar noch übersteigen.«
Er fuhr fort, während die anderen sprachlos zuhörten. »Diese Verfügung ist jedoch an eine Bedingung geknüpft. Jedes Enkelkind muss sich zum entsprechenden Zeitpunkt nach London begeben, in die Kanzlei von Harbeck & Sons, um das Erbe anzutreten. Mr. Fairburn hat nicht gestattet, dass die Mittel von England nach Übersee transferiert werden, außer durch den Empfänger persönlich.«
Die Familienmitglieder blickten ihn fragend an. Hatte die Sache also doch einen Haken?
»Das ist die einzige Bedingung«, verkündete Mr. Harbeck als Erwiderung auf ihre unausgesprochene Frage. »Mr. Fairburn war nach meiner Überzeugung interessiert daran, dass seine Enkelkinder etwas über ihre Wurzeln erfahren; dass sie England besuchen und wenn auch nur ein einziges Mal in ihrem Leben.«
Da die Testamentseröffnung damit beendet zu sein schien, begannen alle, aufgeregt durcheinander zu reden. Mr. Harbeck räusperte sich abermals und sie sahen ihn noch einmal erwartungsvoll an.
»Es gibt noch eine allerletzte Verfügung, eine Art Zusatzklausel, streng vertraulich, bedauerlicherweise.«
»Eine was?«, fragte Sam.
»Sie ist ausschließlich für die Ohren von Mrs. Elizabeth Shaw bestimmt und ich muss die übrigen Anwesenden leider bitten, den Raum zu verlassen.«
Wieder trat ein benommenes Schweigen ein und schließlich standen die anderen von ihren Stühlen auf und begaben sich nach draußen. Mr. Harbeck schloss die Tür hinter ihnen, kehrte zu Elizabeth zurück und blickte sie über den Rand seiner Brille an. »Ich nehme an, Sie finden das ziemlich ungewöhnlich, Mrs. Shaw«, meinte er ruhig.

»Gelinde gesagt, Mr. Harbeck.«
»Ja, natürlich. Doch leider steht es mir nicht frei, Ihnen heute sehr viel mehr zu verraten.«
»Worum geht es denn überhaupt?«
»Nun, diese Zusatzklausel ist in einem kurzen Brief von Ihrem Vater enthalten, der an Sie gerichtet ist; vielleicht sollten Sie ihn zuerst einmal selbst lesen.« Er öffnete einen versiegelten Umschlag, der an die Rückseite des Testaments geheftet war, und reichte ihr ein einzelnes Blatt Papier, datiert am 31. Oktober 1885, ein halbes Jahr zuvor.

Meine liebe Elizabeth,

ich schreibe dir diesen Brief in dem Wissen, dass ich bald sterben werde. Und obwohl du inzwischen um meine Krankheit weißt, sehe ich mich gezwungen, dir den Ernst meines Zustands in Anbetracht deines derzeitigen Zustands so lange wie möglich zu verhehlen …

Sie hielt inne und holte tief Luft. Nachdem er diesen letzten Brief geschrieben hatte, hatte sie wieder eine Totgeburt erlitten. Seine Enttäuschung war gewiss groß gewesen. Zuerst hatte seine Frau und danach seine Tochter seine Hoffnungen auf weitere Kinder und Enkelkinder zerschlagen. Sie war nur froh, dass er nie erfahren hatte, wie tief sie gesunken war. Sie las weiter.

Dass du diesen Brief nun in deinen Händen hältst, bedeutet, dass ich nicht mehr unter den Lebenden weile, doch weine nicht um mich, mein Kind, denn mein Leben war erfüllt und meine Kinder und Enkelkinder haben mir mehr Freude gemacht, als ich verdiene.
Elizabeth, ich möchte dir versichern, dass ich deine liebe Mutter niemals vergessen habe. Sie war die erste und trotz allem die einzige wahre Liebe meines Lebens. Ich kann auch nicht vergessen, dass ich sie durch meine Selbstsucht gezwungen habe, uns zu verlassen, letzten Endes für immer. Ich hatte stets das Gefühl, dass ich dir dadurch

etwas Kostbares vorenthalten habe, das sich durch nichts ersetzen lässt; das gilt auch für die Entscheidung, dich nach England zu schicken. Obwohl ich weiß, dass deine Großmutter ihr Bestes getan hat, erkenne ich nun, dass dir die tiefe, unvergängliche Liebe deiner Mutter durch meine Schuld versagt blieb.

Elizabeth, meine Liebe, das ist nicht das Einzige, was mich verfolgt. In den letzten Monaten hatte ich viel Zeit, um über die Fehler nachzudenken, die ich im Leben gemacht habe, und ich muss dir nun die Gründe darlegen, warum ich Australien Anfang 1867 so abrupt verließ, auf Nimmerwiedersehen, wie sich herausstellen sollte, und nach England reiste. Sie bewogen mich auch, das Wagnis auf mich zu nehmen und in Siam ein neues Leben zu beginnen, in einem Land, das heute deine Heimat ist.

Du weißt ja, dass der Hauptgrund für die Rückkehr die Regelung dringlicher Finanzangelegenheiten war, das Erbe meiner Großeltern, wie du inzwischen erfahren hast. Ich war verständlicherweise erpicht darauf, dafür zu sorgen, dass meine Brüder keine Gelegenheit bekamen, mich um meinen Anteil zu bringen. Ein weiterer Grund, muss ich dir gestehen, war der Wunsch, zumindest für eine Weile der außerordentlich schwierigen Ehe mit deiner Mutter zu entfliehen; einer Ehe, die angefüllt war mit Schuldgefühlen und Enttäuschung. Wie du beizeiten selbst entdecken wirst, Elizabeth, gibt es jedoch noch einen anderen Grund, der mich zwang, deine Mutter und dich in Melbourne alleine zu lassen. Es handelt sich um eine Hinterlassenschaft in Form eines Paketes, das ich seit 1867 in einem Banktresor in England deponiert habe (nicht in der Bank meines Vaters und meiner Brüder, wie du verstehen wirst).

Es ist der Inbegriff all meiner Verfehlungen und Missetaten. Und da es für mich so viele schlimme Erinnerungen repräsentiert, habe ich all die Jahre um eine Möglichkeit gebetet, Abhilfe zu schaffen, damit sich das Böse letztendlich doch noch in etwas Gutes verkehrt. Ich habe Mr. Harbeck ermächtigt, seine Hauptniederlassung in London von meinem Ableben zu benachrichtigen und dafür zu sorgen, dass dir das Paket zugestellt wird. Du wirst wissen, wie du mein letztes Vermächtnis erfüllen kannst, meine Tochter, dessen bin ich mir sicher. Ich bitte dich nur, bis zum richtigen Zeitpunkt Stillschweigen über diese Angelegenheit zu bewahren, und du wirst wissen, wann dieser gekommen ist.

Dein Dich liebender Vater
Edward

Sie drehte das Blatt um, in der Hoffnung, weitere Anweisungen zu erhalten, die sie sich wünschte und sogar dringend brauchte. Doch sie fand nichts dergleichen.
»Mr. Harbeck, Sie müssen mir sofort erzählen, was es mit dem Paket auf sich hat. Der Gedanke erschreckt mich zu Tode. Was könnte es enthalten?«
»Ich bedaure, Mrs. Shaw. Ich habe einen Eid abgelegt, das Wenige, was ich weiß, vertraulich zu behandeln. Mr. Fairburn wollte diese Angelegenheit auf seine eigene Weise regeln. Ich fürchte, Sie müssen sich gedulden, bis das Paket eintrifft. Es wird Ihnen per Schiff zugeschickt, wenn ich recht verstanden habe, und dürfte inzwischen bereits unterwegs sein.«
Er erhob sich, schob die Papiere in seinen Aktenordner und verstaute sie in einer abgegriffenen braunen Ledermappe, an deren Ecke in kleinen goldenen Lettern »Harbeck & Sons, 1820« eingeprägt war.
»Ich melde mich bald wieder. Einen guten Tag wünsche ich Ihnen, Mrs. Shaw.«
Nachdem sie den Anwalt hinausbegleitet hatte, gesellte sie sich mit aschfahlem Gesicht zu den anderen in den Salon.
»Nun?«, fragte Anchalee aufgeregt. »Worin besteht das große Geheimnis?«
»Eine … eine Familienangelegenheit«, stammelte sie.
»Ich gehöre zur Familie.«
»Nein, sie hat mit meiner Mutter und mir zu tun. Es ist genauer gesagt nur ein Brief. Nichts, was für jemand anderen von Interesse sein könnte.«
Ihre Antwort war derart vage und sie wirkte so aufgewühlt, dass niemand sie drängte, mehr zu verraten. Und sie gelobte sich zu schweigen, bis sie selbst mehr wusste.

29. Kapitel

Anchalee sah keinen Grund, die Sache noch länger hinauszuzögern. Solange ihr Vater am Leben gewesen und bevor sein Testament eröffnet worden war, hatte sie befürchtet, er könnte sie oder Kesri enterben, wenn er die Wahrheit entdeckte. Nicht, dass sie auch nur die leiseste Ahnung von dem Vermögen gehabt hätte, das ihr Vater besaß. Das war für alle eine echte Überraschung gewesen. Doch seit Edward nicht mehr unter ihnen weilte und Kesris Erbe gesichert war, galt es zu handeln.

Dennoch, eine Sache störte sie. Sie mochte Joseph sehr. Er war immer freundlich zu ihr gewesen und zu ihrer Mutter und sie bedauerte, was sie ihm antun musste. Doch sie rechtfertigte ihre Entscheidung, indem sie sich einredete, es sei ihre Pflicht, ihm die Wahrheit zu sagen. Er hatte ein Recht darauf, es zu erfahren.

Sie suchte ihn drei Wochen nach dem Begräbnis auf, an einem Tag, an dem sie alleine sein würden, wie sie wusste. Es war ein Donnerstagnachmittag, an dem Elizabeth immer außer Haus war und in der Library Association half, die 1969 von einer Gruppe amerikanischer Frauen in Bangkok gegründet und zu einer wichtigen Bezugsquelle für englische Bücher geworden war.

Der Ausdruck der Verwunderung, des Unglaubens und der abgrundtiefen Verzweiflung auf seinem Gesicht war etwas, woran sie sich für den Rest ihres Lebens erinnern würde. Einen Moment lang schwankte sie in ihrem Entschluss, als er sie mit kaum hörbarer Stimme bat, zu wiederholen, was sie gesagt hatte. Ihre Worte hatten ihn tief getroffen und einen Moment lang zog sie die Möglichkeit in Betracht, ihm zu sagen, sie habe sich getäuscht; es sei nicht so gemeint gewesen.

»Joseph, ich glaube, dass Sam und Elizabeth eine unangemessene Beziehung zueinander haben. Eine Affäre, mit anderen Worten.«

»Wie das …? Seit wann? Das kann nicht sein!«

»Das dachte ich zuerst auch, Joseph. Doch du musst mir glauben. Es ist so, wie ich sage. Es gibt nichts in meinem Leben, dessen ich mir sicherer bin und was ich als schändlicher empfinde. Ich kann die Wahrheit nicht länger leugnen noch habe ich das Recht, sie dir vorzuenthalten.«

Langsam, wie von einem Schwächeanfall übermannt, ließ sie sich auf einen Sessel im Empfangszimmer sinken, wo das Gespräch stattfand.

»Bist du absolut sicher, Anchalee?«, erwiderte er leise, besiegt. »Ein Irrtum wäre schrecklich …«

»Ich irre mich nicht, Joseph. Denk an meine Worte. Ich verlange nur, dass du Elizabeth zur Rede stellst, genau wie ich Sam zur Rede stellen werde. Dann kannst du dir selbst ein Bild machen.«

»Wie konnte das geschehen? Ich … ich habe ihr vertraut. Habe ihr uneingeschränkt vertraut …« Er hielt mitten im Satz inne, seine Stimme brach.

»Ich bin sicher, du möchtest nichts über die widerwärtigen Einzelheiten erfahren, doch sie haben sich heimlich getroffen …«

Joseph gebot ihr mit einer Geste zu schweigen und schüttelte langsam den Kopf. »Du hast Recht, Anchalee, ich will die Einzelheiten nicht wissen. Doch sag mir eines. Woher bist du dir deiner Sache so sicher?«

»Mein Mann hat es mir selbst erzählt«, log sie.

»Warum sollte er das tun?«

Ihre Augen füllten sich wie auf Stichwort mit Tränen. »Wir hatten einen schrecklichen Streit, Joseph. Ich hatte ihn schon eine Zeit lang im Verdacht, eine Affäre zu haben, doch ich war bereit, ihm zu verzeihen … vor allem, wenn er mir versichert hätte, dass sie ihm nichts bedeutete. Seit ich Mutter bin, kann ich nicht … nun, ich kann mich seiner nicht so annehmen wie früher. Verzeih mir, wenn ich so offen darüber spreche. Ich dachte, vielleicht fühlt er sich einsam.

Joseph, bei einem kleinen Seitensprung mit einem Dienstmädchen hätte ich ein Auge zugedrückt oder bei einer verheirateten Frau, die ich nicht kenne. Doch meine eigene Schwester! Er prahlte richtig mit seiner Eroberung. Er behauptete sogar – ich kann es immer noch nicht glauben, vielleicht war er nur wütend – er behauptete, er habe mich nur geheiratet, um den Kontakt zu Elizabeth nicht zu verlieren!

Kannst du dir das vorstellen?« Sie tat, als tupfe sie sich mit dem Taschentuch die Augen ab. »Von Scheidung kann keine Rede sein, Joseph. Das wäre für die beiden eine Ermunterung, der ich keinen Vorschub leisten würde. Doch ich betrachte es als meine Christenpflicht, dich aufzuklären, schließlich bist du mein Schwager.«
»Und was jetzt? Was sollen wir tun?«
»Das überlasse ich dir. Doch es darf nicht so weitergehen.«
»Natürlich nicht.«
»Es tut mir Leid, dass ausgerechnet ich die Überbringerin so schmerzlicher Nachrichten bin. Soll ich noch eine Weile bei dir bleiben?« Sie hatte nun wirklich ein schlechtes Gewissen, als sie seinen Schmerz sah, doch sie hatte ja nicht gelogen, was die Affäre betraf.
»Nein, danke«, antwortete er wie in Trance. »Ich möchte alleine sein. Das war ein schrecklicher Schock für mich.«
Als sie gegangen war, saß Joseph reglos da, den Kopf in den Händen vergraben. War es ein Fehler gewesen, Elizabeth zu heiraten? Er hatte alles getan, was in seiner Macht stand, um sie glücklich zu machen, doch offenbar war das nicht genug. Plötzlich flammte Wut in ihm auf. Zur Hölle mit dem Kerl. Er riss die Vase aus geschliffenem Kristall vom Tisch, die mit purpurfarbenen Orchideen gefüllt war, und schmetterte sie mit voller Wucht gegen die Wand. Anchalee hörte das Glas splittern, als sie die Haustür hinter sich schloss. Dann kniete er sich auf den Boden und weinte.

Aus Angst vor peinlichen Fragen beschloss sie, jemand anderen als Dr. Newhaven zu konsultieren, den Hausarzt, der ihr dringend nahe gelegt hatte, kein weiteres Kind mehr zu bekommen. Dr. Daniels, ein Amerikaner, der die Familie nicht kannte, hatte sich gerade erst in Bangkok niedergelassen und Diskretion war das Wichtigste. Falls es sich um einen falschen Alarm handelte, waren Gerüchte über eine vermeintliche Schwangerschaft unwahrscheinlicher. Doch sie erwartete das Schlimmste und ihre Befürchtungen wurden nun bestätigt.
»Ich gratuliere. Sie erwarten ein Kind«, erklärte der Doktor gut gelaunt.
Sie spürte, wie die Angst mit eiskalter Hand nach ihr griff, und wenn

sie gestanden hätte, wäre sie vermutlich in Ohnmacht gefallen. »Wievielter Monat?«, gelang es ihr zu fragen, wobei ihr übel wurde.
»Vierzehnte Woche, soweit ich feststellen kann. Vielleicht etwas mehr, vielleicht etwas weniger. Gab es früher Komplikationen? Sie sagten, dass Sie bereits einen Sohn haben.«
Sie blieb ihm die Antwort schuldig. Es war zu spät, um Joseph dazu zu bringen, von seinen ehelichen Rechten Gebrauch zu machen und auch dieses Kind als das seine auszugeben.
»Mrs. Shaw? Fühlen Sie sich nicht wohl?«
Sie riss sich zusammen und versuchte, sich den Anschein zu geben, als sei alles in bester Ordnung. »Doch, doch, Doktor. Mir geht es gut. Was sagten Sie?«
»Ich wollte wissen, ob es während der ersten Schwangerschaft Komplikationen gab.«
»Oh … nein, nein. Alles völlig normal.« Sie hatte ihm nichts von den anderen Schwangerschaften erzählt.
»Gut. Dann können Sie davon ausgehen, dass Ihr Kind im November geboren wird, Mrs. Shaw.«
Sie bedankte sich und sagte kraftlos, sie werde in einem Monat wiederkommen, während sie bereits verzweifelt nach Lügen und Ausflüchten suchte. Es war eine Ironie des Schicksals, dass Sam und sie die Affäre inzwischen beendet hatten. Doch vermutlich war sie gleich am Anfang schwanger geworden.

Nach der Beisetzung hatten sie sich nur noch ein einziges Mal in dem alten Atelier getroffen.
»Was wir tun ist nicht recht, Sam«, hatte sie gesagt. »Mir graut vor mir selbst. Diesen … diesen Begierden nachzugeben ist eine Sünde.«
Zuerst hatte er sie umzustimmen versucht, doch seine Bemühungen waren halbherzig. Auch ihm war bewusst, dass die Sache ein Ende haben musste. »Du hast Recht. Ich wusste im Grunde, dass es nicht von Dauer sein kann. Unsere Beziehung ist zu stark, zu gefährlich.«
»Sam, wir sind beide nicht frei, wir dürfen unserer Leidenschaft nicht nachgeben. Das führt zu nichts, außer ins Verderben. Und Joseph …«
»Sag nichts mehr.« Er wandte sich mit einer ungeduldigen Geste ab. »Ich verstehe dich völlig.« Dann war er gegangen.

In den drei Wochen seit ihrer letzten Begegnung hatte sie sich wie gelähmt gefühlt, als wäre sie in einen bodenlosen Abgrund gestürzt. Und in diesen Wochen der Benommenheit und Verwirrung war ihr der Verdacht gekommen, doch sie hatte die Wahrheit nicht einmal sich selbst eingestehen können. Sie hatte das Ausbleiben ihrer monatlichen Regel sogar auf die Trauer um den Tod ihres Vaters zurückgeführt. Außerdem war ihr Zyklus nie regelmäßig gewesen.
Doch nun hatte sich der Verdacht bestätigt. Welche Möglichkeiten blieben ihr? Es Sam sagen und sich mit ihm davonmachen? Würde er seine Frau und seine Tochter verlassen wegen eines ungeborenen Kindes, das höchstwahrscheinlich noch im Mutterleib sterben würde? Die Schwangerschaft zu beenden stand außer Frage, der Gedanke war noch beängstigender, als Joseph die Wahrheit zu sagen.
Noch nie hatte ihr vor etwas so gegraut, doch sie erkannte, dass es keine andere Lösung gab. Sie musste mit ihm reden und die Konsequenzen auf sich nehmen. Er war ein Mensch, der keiner Fliege etwas zuleide tun konnte, und würde nicht tätlich gegen sie werden, in dieser Hinsicht hatte sie nichts zu befürchten. Doch ihr Verrat würde sein Leben und das Vertrauen zerstören, das er in sie gesetzt hatte.
Ihre Ehe würde zerbrechen, denn er würde ihr nie verzeihen, so viel war gewiss. Sie konnte ihre eigene Dummheit nicht mehr begreifen; wieso hatte sie die möglichen Folgen ihrer Affäre nie in Betracht gezogen? Es erboste sie gleichermaßen, dass sie Sams wegen so blind gewesen war, nicht nur ein Mal, sondern zwei Mal.
Viel zu früh hielt die Kutsche vor dem Haus, zögernd stieg sie aus und ging den Weg entlang. Binnen weniger Minuten würde sich ihr Leben von Grund auf und unwiderruflich verändern.
Vielleicht konnte sie das Geständnis noch hinauszögern. Einen Tag? Eine Stunde? Ein paar Minuten, bevor das Damoklesschwert über ihrem Haupt niederging? Doch durch den Aufschub war nichts gewonnen.
Als Joseph die Tür öffnete, war sie so sehr mit ihrem eigenen Elend beschäftigt, dass sie den Ausdruck der Qual auf seinem Gesicht nicht bemerkte. Andernfalls hätte sie auf Anhieb Bescheid gewusst. Er folgte ihr ins Empfangszimmer und sie drehte sich zu ihm um, ohne

Hut oder Handschuhe abzulegen. Sie hatte Tränen in den Augen, als sie sich für das rüstete, was gesagt werden musste.
»Joseph, ich muss dir etwas …« Doch die Worte erstarben, als er sie mit der Aufforderung unterbrach, Platz zu nehmen, bevor sie überhaupt angefangen hatte.
Sie tat wie geheißen und als sie ihn anblickte, entdeckte sie in seinem Gesicht etwas, was sie nie zuvor bei ihm gesehen hatte: Trostlosigkeit, abgrundtiefe Traurigkeit und vor allem Verzweiflung; es spiegelte die Gefühle eines Mannes wider, der von dem Menschen, den er am meisten liebt, verraten wurde.
»Mein Gott, du weißt es schon«, flüsterte sie und überlegte fieberhaft, wie er es herausgefunden haben mochte.
Er nickte und sah sie an. »Anchalee war heute Nachmittag bei mir. Sie weiß ebenfalls Bescheid. Er hat es zugegeben und sie hat es mir gesagt.«
»Joseph, ich schwöre dir, es ist vorbei«, sagte sie flehentlich, wobei ihr mit einem Mal bewusst wurde, dass er nur von der Affäre sprach. Das Schlimmste stand ihr noch bevor und sie brach in Tränen aus. »Ich flehe dich an, mir zu glauben. Ich liebe dich, ich liebe dich.«
Sie glitt vom Sofa auf die Knie und packte mit beiden Händen seine Hosenbeine. Er riss sich los und wich zurück, während sie reglos auf dem Boden verharrte und ihn mit einem herzzerreißenden Blick ansah.
»Wie konntest du mir das antun – uns beiden, Elizabeth?«
Tränen strömten über ihr Gesicht. Sie lag wie ein Häufchen Elend auf dem Boden und hieb mit geballten Fäusten darauf ein. »Ich weiß es nicht, ich weiß es nicht«, stöhnte sie. »Ich bete zu Gott, dass er mich niederstreckt, mich straft, denn es gibt keine größere Sünde.«
Für Joseph war die Tragödie am allerschlimmsten. Er hatte sie den Klauen des Teufels entrissen, nur um zusehen zu müssen, wie sie ihm wieder anheim fiel. Traf ihn nicht auch ein gewisses Maß an Schuld, weil er die Gefahr nicht vorausgesehen hatte?
»Steh auf, Elizabeth«, sagte er und half ihr, aufzustehen und sich auf das Sofa zu setzen.
Sie versuchte, ihre Fassung wiederzugewinnen, doch sie konnte das Schluchzen nicht unterdrücken, das ihren Körper schüttelte. Ihr Ge-

sicht war aschfahl und die Angst verzehrte sie. »Es gibt noch etwas, was du nicht weißt, Joseph. Was niemand weiß…«
»Ich habe Anchalee bereits gesagt, dass ich keinen Wert darauf lege, Einzelheiten zu erfahren.«
»Du musst es wissen.« Sie zwang sich fortzufahren. Sie würde ihm das Schlimmste beichten und ihm trotzdem verhehlen, dass sie nur wegen des gefälschten Briefes von Anchalee verheiratet waren. Das konnte sie ihm nicht antun. Sie rang nach Worten, hatte das Gefühl, als wären ihre Lippen zusammengeschweißt.
»Ich erwarte ein Kind von ihm.« Sie senkte den Kopf, während ihre Tränen auf den Boden tropften.
Josephs Beine schienen ihren Dienst zu versagen, er sank langsam in einen Sessel und barg den Kopf in den Händen. Sein Aufschrei »Nein!« war kaum mehr als ein ersticktes Stöhnen. Dann trat Stille ein. Seine Stimme klang mechanisch, als sie ihm wieder gehorchte. Er fühlte sich wie betäubt, bar jeder Empfindung. »Elizabeth, das könnte deinen Tod bedeuten. Bist du sicher?«
»Ja. Ich komme gerade von einer Untersuchung«, erwiderte sie unter Tränen. »Ein neuer Arzt. Er… Sam… weiß nichts«, fügte sie hastig hinzu.
»Wann ist es so weit?«
»Im November. Joseph… ich werde weggehen. Ich will keine Schande über dich bringen. Es ist Gottes Strafe und ich muss sie alleine auf mich nehmen. Ich möchte dir meinen Anblick nicht länger zumuten. Ich packe sofort meine Sachen. Ich kann nach England zurückkehren. Joe nehme ich mit.«
»Elizabeth, ich kann das Ganze nicht so schnell überdenken. Und ich kann auch nicht einfach so tun, als sei nichts geschehen. Doch ich werde um die Kraft beten zu verzeihen. Gott ist der Einzige, dem es zusteht, zu richten.« Dann sah er sie abermals verständnislos an. »Warum? Warum in Gottes Namen hast du das getan?«
»Joseph, ich kann es mir selbst nicht erklären. Ich wusste, dass es falsch war, ich wusste, was ich tat… und war blind für alles andere.«
»Kannst du dir vorstellen, wie viel Kummer und Leid du angerichtet hast? Die Scham, die ich empfinde, das Gefühl des Versagens? Ja, denn es ist auch mein Versagen. Ich war ebenfalls blind.« Es war, als

führe er ein Selbstgespräch, und sie wagte es nicht, ihn zu unterbrechen.

»In den vergangenen Stunden habe ich mich gefragt, warum ich dich geheiratet habe. Zuerst sagte ich mir, ich hätte es deinetwegen getan. Vor langer Zeit hatte ich deiner Mutter versprochen, ein Auge auf dich zu haben. Ich redete mir ein, es sei ein Akt christlicher Nächstenliebe, den guten Ruf einer Frau zu retten, sie vor der Schande zu bewahren.

Doch jetzt erkenne ich, dass ich mir selbst etwas vorgemacht habe. Ich tat es meinetwegen. Wegen der Schuldgefühle, die ich tief in meinem Innersten empfinde. Und weil ich mich danach sehnte, ein Leben wie andere Männer zu führen. Ich bildete mir ein, mir als Retter in der Not deine Treue und Loyalität erkaufen zu können. Das war ein Irrtum.«

Sie erkannte, dass ihr Verhalten seinen Glauben an die Menschheit zerstört hatte. »Wie soll es mit uns weitergehen, Joseph?«

Er sah sie mit leerem Blick an. »Ich weiß es nicht. Ich muss um Führung und Anleitung bitten. Ich denke, es wäre besser, wenn wir uns eine Weile trennen.«

Sie stand auf. »Ich packe meine Koffer.«

»Nein, wohin könntest du gehen? Eine Frau und ein Kind alleine, das geht nicht. Die Leute werden reden und das ist das Letzte, was ich möchte.« Er zuckte hilflos die Schultern und verstummte, ein gebrochener Mann.

Sie sah ihm nach, als er schwerfällig den Raum verließ. Er war gegangen und sie hätte es ihm nicht verdenken können, wenn er nie mehr zurückkam.

Joseph ging die New Road entlang, zum Fluss im Yannawa-Distrikt hinunter, wo sich das protestantische Gotteshaus befand und wo er sicher Reverend McFarland antreffen würde. Es war dieselbe Kirche, in der er Elizabeth dreieinhalb Jahre zuvor Trost zugesprochen hatte. Europäer gingen selten zu Fuß, da sie, mit Straßenstaub bedeckt oder mit Schlamm aus den zahlreichen Pfützen bespritzt, an ihrem Bestimmungsort angekommen wären. Ein Spaziergang war unbequem und lästig, da es überall Schlaglöcher gab, und so viele Vehikel, leichte zweisitzige Kutschen, motorisierte Dreirad-Rikschas, von Menschenhand gezogene Rikschas und die Karren mit den Speisen der fliegenden Händler, die kreuz und quer über die Fahrbahn fuhren.

Doch das machte Joseph nichts aus und er winkte ab, wenn die verwirrten Rikschamänner neben ihm hielten und munter riefen »*Bai nai*?« – wohin des Weges? Joseph hatte entschieden, wohin sein Weg führen würde, und zwar weiter, als jeder Rikschamann ihn bringen konnte.

Reverend McFarland hatte ihn seit einiger Zeit gedrängt, die amerikanische Missionsstation in Phetchaburi zu besuchen. »Ruhig und friedvoll«, hatte er von seiner langjährigen alten Heimatstadt gesagt und Joseph hatte das Gefühl, dieser idyllische Ort könne ein Refugium sein, um Linderung von seinen Qualen zu finden.

Der Reverend sah, dass Joseph unter einer schweren seelischen Belastung stand, stellte jedoch keine weiteren Fragen, als dieser ihm seinen Wunsch mitteilte, umgehend nach Phetchaburi aufzubrechen. Er leitete alles Nötige in die Wege und erbot sich, während seiner Abwesenheit den Unterricht des jüngeren Mannes am King's College zu übernehmen. Reverend McFarland war Rektor des College, das 1878 in Nantha Uthayan Garden, Suan Anan-Distrikt, in Klong Mon, für die Söhne der Adeligen gegründet worden war, doch er arbeitete nur stundenweise im Internat. Er hatte nicht zu viel Zeit außerhalb seiner Heimatstadt verbringen und seine Aufgaben als Lehrer mit anderen Missionarspflichten in der Kirche in Einklang bringen wollen.

Der soeben erst in Phetchaburi eingetroffene Reverend W.G. McClure und seine Frau würden für die Gesellschaft dankbar sein, versicherte der Reverend Joseph. »Vielleicht gefällt es Ihnen dort ja so gut, dass Sie eine Weile bleiben möchten«, fügte er hoffnungsvoll hinzu.

Es war kein Problem, fähige junge Missionare für Bangkok zu gewinnen, doch Männer zu finden, die bereit waren, die Arbeit der Kirche an irgendeinem Außenposten im Dschungel zu übernehmen, wo man nur selten Europäer zu Gesicht bekam, stand auf einem anderen Blatt. Viele Missionare hielten es nicht lange an solch entlegenen Orten aus. Sie trafen voller Begeisterung und Idealismus ein, um sich binnen zwei Jahren versetzen zu lassen, sobald die Härten und Widrigkeiten des Lebens ihren Tribut forderten.

Phetchaburi war nicht völlig abgeschottet und die Mission hatte ehrgeizige Pläne mit dieser Außenstation. Die Stadt, hundert Meilen südwestlich von Bangkok gelegen, erfreute sich bei Ausländern und Siamesen gleichermaßen zunehmender Beliebtheit als Erholungsort, weil sie die Möglichkeit bot, die Sinne neu zu beleben und sowohl die frische Luft als auch die gemächlichere Gangart des Lebens zu genießen. Der König selbst hatte dort eine Sommerresidenz, wo er mit seinem Hofstaat einen Teil der heißen Jahreszeiten verbrachte.

Joseph war der einzige Passagier auf dem geräumigen Hausboot, was ihm nur recht war, da er fand, dass er in seinem derzeitigen Zustand kein angenehmer Gesellschafter gewesen wäre. Die sechs Bootsmänner ruderten die ganze Nacht und zu seiner eigenen Überraschung schlief Joseph tief und fest. Als er morgens aufwachte, aß er nur ein wenig gedämpften Reis und verzichtete auf das Hühnercurry mit Fischsoße, das ihm von der Mannschaft angeboten wurde. Grund dafür war nicht etwa, dass sein Magen die scharf gewürzten siamesischen Speisen nicht vertragen hätte, seine Konstitution war im Lauf der Jahre erstaunlich widerstandsfähig geworden, sondern dass es ihm an Appetit mangelte. Trotz der körperlichen und gefühlsmäßigen Leere, die er empfand, würde er durch das Fasten einen klaren Kopf bekommen, dachte er.

Während sie den Fluss entlangfuhren, gelang es ihm hin und wieder, seinen Kummer zu verdrängen, wenn er die gelassene Heiterkeit des Lebens betrachtete, das sich ringsum abspielte. Sie kamen an Männern in Fischerbooten vorbei, an Kindern, die im Wasser tollten, und Müttern, die ihre Wäsche wuschen – das alles kam ihm so einfach und unbeschwert vor.

Ein großer weißer Vogel schien das Boot zu begleiten, der sich jedes Mal, wenn er davonflog, mit einem heiseren »ark, ark« von Baum zu Baum schwang. Jenseits des Flusses meinte er Reisfelder zu entdecken, von einem intensiv leuchtenden Grün, dass es beinahe un-

natürlich wirkte, und dann und wann konnte er eine kleine strohgedeckte Hütte auf Pfählen ausmachen.
Als er in den frühen Abendstunden des zweiten Tages Phetchaburi erreichte, fand Joseph zu seinem Erstaunen eine richtige Kleinstadt mit zwanzigtausend Einwohnern vor, mit einer Reihe doppelstöckiger Backsteinhäuser, einer begrünten Hauptverkehrsstraße, einem weitläufigen Markt und zahlreichen glitzernden Tempeln. Der prächtige Königspalast, erbaut von König Mongkut, befand sich auf einem Hügel hoch über der Ortschaft.
Die einzigen Ausländer waren die beiden Missionarsfamilien und Reverend McClure freute sich in der Tat, Joseph zu begrüßen und ihm die Kirche zu zeigen. »Wir könnten einen tüchtigen Lehrer wie Sie gut gebrauchen, Mr. Shaw«, sagte er. »Und die Gesellschaft Ihrer Familie wäre ebenfalls ein Gewinn.«

Als Joseph am dritten Morgen seines Aufenthalts erwachte, fühlte er sich wie neugeboren, als wäre zumindest ein Teil der Bürde von seinen Schultern genommen. Er wusste nun, was er zu tun hatte, und es gab kein Zurück. Es war an der Zeit, nach Bangkok zurückzukehren und die notwendigen Vorbereitungen zu treffen. Wenn Phetchaburi nur weiter weg wäre, dachte er, als das Hausboot ablegte und seine neuen Freunde ihm von der Anlegestelle nachwinkten.
Sie saßen sich wie Fremde im Empfangszimmer gegenüber, steif und unpersönlich, als er nach Hause zurückkehrte. Sie hatte seit seiner Abreise vor einer Woche keine Nachricht von ihm erhalten und befürchtet, nie wieder von ihm zu hören.
Er wirkte wie ausgewechselt, war allem Anschein nach kein besiegter, gebrochener Mann mehr. Er trug den Kopf hoch und sprach mit fester, unerschütterlicher Stimme. »Seit mehr als drei Jahren warst du mein Ein und Alles, Elizabeth. Du und später Joe. Es fiel mir nicht schwer, zu akzeptieren, dass es vor unserer Heirat einen anderen Mann in deinem Leben gab. Wie du weißt, befanden wir uns beide in einer ähnlichen Situation und ich kann nicht mit zweierlei Maß messen und dich für ein Fehlverhalten verurteilen, wenn ich selbst nicht ohne Fehl und Tadel bin. Doch wir beide hatten offenbar keine Ahnung, wie das Leben manchmal spielt. Ich dachte, du hättest die

gleiche schreckliche Lektion gelernt wie ich. Ich halte mich nicht für einen harschen, unversöhnlichen Menschen. Das entspricht nicht meinem Naturell. Doch diese… Situation war eine Prüfung für mich, die schlimmste, die ich je erlebt habe…«

»Das verstehe ich sehr gut, Joseph. Und ich würde nie wagen, dich noch einmal zu bitten…«

»Lass mich ausreden. Ich will dich nicht verstoßen, Elizabeth. Du bist meine Frau und ich werde zu dir stehen, trotz alledem. Wir werden gemeinsam um Vergebung bitten und beten, um dein Leben und das Leben des unschuldigen Kindes. Das ist alles, was ich verlange. Wenn es am Leben bleibt, werde ich es wie mein eigenes annehmen, genau wie Joe. Mir ist klar geworden, dass ich dich noch immer liebe, trotz allem, was geschehen ist. Ich… ich könnte nicht weiterleben ohne dich.«

»Das ist mehr, als ich verdiene.« Sie begann zu weinen, wagte kaum zu glauben, dass er bei ihr bleiben wollte. »Doch wie soll es weitergehen, Joseph, wenn wir den beiden auf Schritt und Tritt begegnen?«

»Abwarten«, erwiderte er schlicht und verließ ohne weitere Erklärung den Raum.

Er hatte Reverend McFarland einen Vorschlag zu machen.

Joseph war mehr als überrascht, als er von Sam eine Nachricht mit der Bitte erhielt, ihn im United Club zu treffen. Er verspürte nicht den geringsten Wunsch, den Mann zu sehen, doch dann willigte er widerstrebend ein. Je früher die Aussprache stattfand, desto besser. Der United Club gefiel ihm genauso wenig. Er besuchte ihn nur selten und wenn, dann nur, um sich in die ausländischen Zeitungen zu vertiefen, die auf den langen Tischen des Leseraums im ersten Stock lagen.

Joseph traf als Erster ein, nahm an einem kleinen Holztisch neben der Tür Platz und bestellte eine Limonade an der Bar. Er stand weder auf, als Sam eintrat, noch erwiderte er seinen Gruß, sondern deutete nur mit einem Kopfnicken auf den Stuhl gegenüber. Sam verstand Josephs Verbitterung.

Eine Kellnerin brachte Joseph die Limonade und nahm Sams Bestellung auf, einen Gin Tonic. Als sie gegangen war, blickte Joseph

Sam unvermittelt an. »Ich weiß alles. Alles, einschließlich der Tatsache, dass Sie Joes Vater sind.« Als Sam schwieg, fuhr er fort: »Sie haben Elizabeth verführt, als sie ein junges, unschuldiges Ding war…«
»Moment«, unterbrach Sam ihn. »Dazu gehören zwei, Joseph. Ich habe Elizabeth nie zu etwas gezwungen, weder damals noch heute. Ich wollte sie heiraten. Ich wusste nicht, dass sie ein Kind erwartete, und als ich zurückkam, war sie Ihre Frau. Ich war äußerst verwundert, gelinde ausgedrückt.«
»Ich behaupte nicht, dass sie keine Mitschuld trifft. Doch Sie waren älter, weltläufiger. Und jetzt… nun, ich nehme an, es ist nicht das erste Mal, dass Sie sich einem aufgebrachten Ehemann gegenüber sehen. Doch sie ist die Schwester Ihrer Frau.« Er räusperte sich, dann wechselte er das Thema. »Ich bin nicht hier, um mich mit Ihnen über die Vergangenheit zu unterhalten. Was für einen Grund hatten Sie, mich heute hierher zu bestellen?«
»Ich wollte Ihnen etwas sagen, eigentlich etwas zeigen, wovon Sie Kenntnis haben sollten. Oder vielmehr haben Sie ein Recht darauf, es zu erfahren.« Er hielt einen Moment inne. »Wissen Sie, dass Elizabeth und ich übereingekommen sind, endgültig einen Schlussstrich unter unsere… uns nicht mehr zu sehen?«
»Und wussten Sie, dass meine Frau abermals ein Kind von Ihnen erwartet?«
Sam schnappte nach Luft. »Was?«
»Ist Ihnen auch klar, dass eine weitere Schwangerschaft Elizabeth das Leben kosten kann, von dem ungeborenen Kind ganz zu schweigen?«
»Nein, sie hat mir kein Wort gesagt. Ich wusste, dass sie Probleme gehabt hatte, jedoch nicht, wie schwerwiegend sie waren.« Seine Stimme klang erstickt.
Joseph war dagegen angespannt und zornig. »Erkennen Sie jetzt, was Sie angerichtet haben? Ihre Liebelei fordert einen hohen Preis, wie immer bei solchen Dingen.«
»Elizabeth ist – war – keine ›Liebelei‹ für mich«, entgegnete Sam hastig. »Ich sagte Ihnen bereits, ich wollte sie heiraten. Ich habe sie geliebt, um Gottes willen.«
»Hüten Sie Ihre gotteslästerliche Zunge.« Josephs Empörung wuchs,

doch gelang es ihm, sich zu beherrschen und seine Lautstärke zu dämpfen. »Ich hatte gehofft, dass Sie beabsichtigen, die Angelegenheit so zu regeln, wie es unter zivilisierten Menschen üblich ist.«

»Man kann mir alles Mögliche vorwerfen, doch wenn sich hier jemand am Tisch wie ein zivilisierter Mensch benimmt, dann bin ich das doch wohl.«

Zum Teufel mit diesem Kerl! Selbst jetzt konnte er sich seine Ironie und seinen Spott nicht verkneifen. Der Mann hatte einfach kein Gewissen. »Elizabeth war nicht mehr so angetan von Ihnen, als sie Joe erwartete. Sie war es, die mich bat, Sie wegzuschicken. Sie schrieb mir, dass sie sich nichts mehr aus Ihren Aufmerksamkeiten mache, und flehte mich an, einzuschreiten.«

Sam beugte sich über den Tisch. »Mir scheint, Sie wissen trotzdem nicht alles.«

»Was soll das heißen?«

»Dieser Brief wurde von Anchalee gefälscht. Er stammt nicht von Elizabeth und sie weiß bis zum heutigen Tage nicht, dass es ihn gibt. Anchalee wollte mich aus dem Weg haben und von Elizabeth trennen.«

»Was?« Joseph schlug mit der Hand so laut auf den Tisch, dass sich mehrere Leute an der Bar umdrehten. Seine Stimme wurde leise, war kaum mehr als ein Flüstern. »Das ist absurd. Das macht doch überhaupt keinen Sinn. Wie können Sie so etwas behaupten?«

»Weil es die Wahrheit ist. Fragen Sie Anchalee selbst, wenn Sie mir nicht glauben. Sie war es, die Ihnen den Brief damals brachte, richtig?«

»Nun, ja. Doch das heißt noch lange nicht … Was für einen Grund sollte sie für ein solches Intrigenspiel haben?«

»Ich fürchte, Anchalee ist nicht das, was sie scheint, Joseph. Beileibe nicht.« Er lehnte sich in seinem Stuhl zurück. »Sie ist kein braves kleines Mädchen. Sie ist eine Frau, getrieben von einem Hass, der eine Generation früher gesät wurde; sie führt einen Rachefeldzug gegen Elizabeth, als Vergeltung für ein Jahre zurückliegendes, vermeintliches Unrecht.«

Joseph hatte in seinem ganzen Leben nie etwas so Aberwitziges gehört. Doch dann erinnerte er sich an die Hochzeitsnacht und wie verstört Elizabeth gewesen war, als sie ihn bat, den Brief zu sehen, den sie dann gelesen hatte, als sei es das erste Mal. Und das war es ja

auch. Sie hatte sich vermutlich zusammengereimt, was geschehen war, jedoch kein Wort verlauten lassen. War er der Einzige, der nicht Bescheid wusste? Er saß stumm da und wartete darauf, was Sam ihm sonst noch eröffnen würde.
»Wissen Sie von dem Brief, den ihre Mutter ihr geschrieben hat?«
»Ja. Ich habe ihn ihr selbst gegeben. Kesri vertraute ihn mir vor ihrem Tod zu treuen Händen an.«
»Kennen Sie auch den Inhalt dieses Briefes?«
»Natürlich nicht. Das Schreiben betraf nicht mich, sondern war ausschließlich an ihre Tochter gerichtet.«
Sam nahm einen Stapel Blätter aus seiner Rocktasche und legte sie vor Joseph auf den Tisch.
»Dann schlage ich vor, dass Sie die englische Übersetzung dieses Briefes lesen und selbst entscheiden, wie weit er Sie betrifft – oder vielmehr Elizabeth. Ich lasse Sie so lange allein und nehmen Sie sich ruhig Zeit. Ich denke, Sie werden sie brauchen.« Dann nahm er sein Glas und ging in den Garten hinaus, wo er sich eine Zigarette anzündete und zu den Tennisspielern auf den Plätzen des Clubs hinübersah. Er war tief beunruhigt über Elizabeths Schwangerschaft.
Joseph fühlte sich unwohl angesichts des Gedankens, den Brief zu lesen, doch seine Neugierde ließ ihm keine Ruhe. Er musste unbedingt wissen, was er enthielt und was Sam meinte. Er war immer der Annahme gewesen, Anchalee sei ein unkompliziertes junges Mädchen, wenn auch ein wenig kapriziös, wenngleich es ihn erschüttert hatte, als sie ihre Verlobung mit Sam bekannt gab. Er nahm die Seiten in die Hand und begann zu lesen.

10. Januar 1870
nach buddhistischer Zeitrechnung 2412

Meine liebste Tochter,

ich hatte stets gehofft, dich wiederzusehen, zu dir zurückzukehren, wenn du älter und in der Lage sein würdest, dir ein eigenes Urteil über mich zu bilden. Es wäre ein großes Glück gewesen, dich zu einer schönen jungen Frau heranwachsen zu sehen, die du nun gewiss bist. Leider habe ich unlängst erfahren, dass mein Leben bald zu Ende sein wird.

Trauere nicht um mich, Anchalee, denn du weißt, dass ich in ein besseres Leben wiedergeboren werde. Ich bedaure nur, dass ich dich nicht mehr wiedersehen werde. Deshalb habe ich dir diesen Brief geschrieben, an deinem ersten Geburtstag, denn es ist mir verwehrt, dir selbst zu sagen, was du wissen solltest und was dir niemand sonst erzählen wird.

Vielleicht kennst du nicht einmal meinen Namen oder andere Einzelheiten aus meinem Leben. Du wirst vermutlich nur das wissen, was dein Vater dir über mich erzählt hat, was so gut wie nichts sein könnte. Doch ich vertraue darauf, dass Joseph Shaw zu seinem Wort steht und dir diesen Brief ungeöffnet überreichen wird. Ich bitte dich, den Inhalt niemandem zu zeigen, sondern zu tun, was du für notwendig hältst.

Selbst wenn dein Vater dir alles über mich erzählt haben sollte, woran er sich erinnert, gibt es Dinge, von denen er nichts weiß. Ich werde dir alles erklären, was mich betrifft, so aufrichtig ich vermag, so dass du dir wirklich ein Bild machen kannst, wer deine Mutter war.

Nun, da ich diesen Brief schreibe, bin ich annähernd zwanzig Jahre alt und mein Mann Edward Fairburn hat mir verboten, dich jemals wiederzusehen. Das ist die Strafe, die ich für etwas bezahlen muss, was ich getan habe; in den Augen deines Vaters war es ein Verbrechen, in meinen jedoch eine Entscheidung, die ich aus Liebe zu dir traf. Du wirst früh genug herausfinden, um was es dabei ging. Doch ich möchte am Anfang beginnen, lange bevor ich deinem Vater begegnete.

Ich wurde im Februar des Jahres 2392 nach buddhistischer Zeitrechnung (1850 nach christlicher Zeitrechnung) geboren. Das genaue Datum ist mir unbekannt, da die Register in jener Zeit nicht gewissenhaft geführt wurden und meine Eltern weder lesen noch schreiben konnten. Sie waren Leibeigene einer reichen Familie in Krung Thep (Bangkok) und es mag sein, dass sich Angaben über mein Geburtsdatum in ihren Unterlagen befinden, ich weiß es nicht. In den letzten Jahren beschloss ich, meinen Geburtstag am 1. Februar zu begehen.

Ich wurde in der Sklaverei geboren, war jedoch im Gegensatz zu meinen Eltern fest entschlossen, diesem jämmerlichen Dasein zu entfliehen. Ich wäre lieber gestorben, als anderen Menschen ein Leben lang auf den leisesten Wink zur Verfügung zu stehen.
Als ich ungefähr zwölf war, merkte ich, dass die Männer mich plötzlich mit anderen Augen betrachteten als im Jahr zuvor. Ich reifte heran und entwickelte früh die Körperform einer Frau. Ich war größer als die meisten Mädchen meines Alters, hatte vollere Brüste und eine makellose Haut, die nicht von den Pockennarben gezeichnet war, die viele entstellten. Zu den Männern, die auf mich aufmerksam wurden, gehörte auch der neunzehnjährige Sohn meines Herrn. Er hatte bereits drei Ehefrauen und etliche Kinder, doch ich spürte dennoch seine Blicke auf mir, wenn er das Haus seines Vaters betrat, was häufig vorkam, da er auf demselben Anwesen wohnte.
Ich überlegte, dass dieser Mann mir vielleicht irgendwie helfen könnte, und deshalb begann ich, ihm schöne Augen zu machen, jedoch so, dass es niemand merkte. Wenn ich ihm ein Glas Wasser einschenkte, beugte ich mich näher zu ihm als schicklich, so dass ihn meine Brüste streiften. Ich begriff nicht richtig, was ich tat, doch es missfiel mir auch nicht, wie sich seine Haut auf meiner anfühlte. Ich lächelte ihn scheu an und senkte den Blick, sobald ich seiner ansichtig wurde.
Eines Tages, als ich im *klong* die Wäsche wusch, wurde ich plötzlich von hinten gepackt und in das Gebüsch am Ufer gezerrt. Eine Hand presste sich auf meinen Mund und ich war überzeugt, dass ich ermordet werden sollte. Doch als ich mich umdrehen durfte, sah ich, dass er es war. Er lachte und ich tat so, als mache mir das Ganze ebenfalls Spaß. Was dann geschah, war meine erste Erfahrung mit einem Mann, und ich schloss ganz fest die Augen und gab auch dann keinen Laut von mir, als der Schmerz einsetzte.
Als er fertig war, sagte er, er werde nach mir schicken, wenn ich ihn in seinem Haus besuchen sollte. Er wollte wissen, ob er seinen Vater bitten sollte, mich ihm zu schenken. Von Heirat war natürlich keine Rede und ich wusste, dass ich eine Sklavin bleiben würde. Doch ich spürte, dass ich eine gewisse Macht über ihn besaß, solange er betört von mir war, und dass seine erste Frau sehr eifersüchtig reagierte. Ich

hatte gesehen, wie sie mich bisweilen beobachtete, als sie das Interesse ihres Mannes für mich bemerkte, und wusste, dass es ihr nicht gefiel. Es war ihr egal, wie viele Frauen, Sklavinnen oder Konkubinen er hatte, solange keine so schön war wie sie. Doch ich war schöner und außerdem drei Jahre jünger als sie und deshalb sah sie eine Bedrohung in mir.

Ich sagte ihm, ich wolle seiner ersten Frau nicht missfallen und dass es besser wäre, sich heimlich zu treffen. Ich war einverstanden, mit ihm zu schlafen, wann immer ihm der Sinn danach stand, und er war einverstanden, mich für meine Dienste zu bezahlen. Sein Sklave rief mich zu ihm, gleich ob am Tag oder in der Nacht, und ich beklagte mich nie. Der Sohn war kein schlechter Mensch, obwohl er hohe Ansprüche an mich stellte, und ich arbeitete hart, um mein Geld zu verdienen. Nach und nach wurden wir sogar Freunde und er gestand mir, dass Sklaven seiner Meinung nach eine faire Chance erhalten sollten, sich ihre Freiheit zu erkaufen. Er genoss meine Gesellschaft drei Jahre und in dieser Zeit gebar ich ihm zwei Söhne, die beide im Abstand von einem Jahr an der Cholera starben, noch im Säuglingsalter.

Als ich fünfzehn und für seinen Geschmack zu alt wurde, kam ein neues Sklavenmädchen ins Haus. Sie war dreizehn und er war auf der Stelle in sie vernarrt. Er teilte mir mit, dass er meine Dienste nicht länger benötige, was mir nichts ausmachte, denn ich hatte inzwischen genug Geld, um mich bei meinem Herrn freizukaufen. Wie meine Söhne, waren auch meine Eltern im Jahr zuvor an der Cholera gestorben, deshalb stand es mir frei zu gehen, wohin auch immer, denn ich trug für niemanden Verantwortung. Doch ich hatte keine Möglichkeit, meinen Lebensunterhalt zu verdienen, außer als Bettlerin oder Konkubine, und nach beidem stand mir nicht der Sinn. Ich war immer noch sehr schön und hatte straffe, jugendliche Formen, obwohl ich zwei Kinder geboren hatte. Ich träumte davon, die erste Frau eines begüterten Mannes zu werden, wusste jedoch, dass ich als ehemalige Sklavin, die bereits Kinder gehabt hatte, bestenfalls hoffen durfte, eine von vielen Nebenfrauen zu werden, solange ich noch jung und begehrenswert war.

Doch dann bot sich mir eine andere, einmalige Chance. In dem

Elendsviertel, in dem ich lebte, am Fluss unweit des Hafens, hörte ich von den weißhäutigen *farang*, die allesamt als reich galten und so viel Geld besaßen, dass sie alles kaufen konnten, was ihr Herz begehrte. Ich hatte diese merkwürdigen Wesen auf den Märkten gesehen. Sie trieften stets vor Schweiß und unterhielten sich mit lauter Stimme in ihren hässlichen Sprachen.

Einige Frauen aus dem Elendsviertel, in dem ich lebte, erzählten mir, dass die *farang*-Männer siamesische Frauen liebten und manchmal sogar geheiratet hätten. Die *farang*-Männer besaßen nur eine Ehefrau, die ganz alleine über sämtliche Reichtümer und die Aufmerksamkeit ihres Mannes verfügte. Natürlich hatten sie Konkubinen, doch meistens wurden diese versteckt gehalten und ihnen wurde weder Ehre noch Achtung zuteil. Das klang alles sehr seltsam und ich fragte mich, ob es nicht zu anstrengend sei, die alleinige Ehefrau eines *farang* zu werden, ohne weitere Ehefrauen, mit denen man die Bürde teilen könnte. Doch das konnte mich nicht abschrecken.

Ich beschloss, dass der einzige Weg, mir ein besseres Leben zu schaffen, darin bestand, einen dieser *farang* kennen zu lernen. Zugegeben, sie waren hässlich, doch ich hätte lieber einen hässlichen, wohlhabenden *farang* geheiratet als einen gut aussehenden siamesischen Habenichts. Ich gelangte zu dem Schluss, solche Männer könne man am besten kennen lernen, wenn man mehr über sie und ihre Sprache in Erfahrung brachte. Damals waren, wie verlautet, nur der König und einige wenige Adelige in der Lage, sich mit ihnen zu unterhalten. Ich war sicher, dass es nicht leicht werden würde, doch ich hatte gehört, dass die *farang*-Missionare hin und wieder ehemalige Sklaven aufnahmen und ihnen eine Ausbildung angedeihen ließen.

Eines Tages bestieg ich mein kleines Boot, meine einzige Habe, allerdings so alt und morsch, dass es jederzeit unterzugehen drohte, und paddelte stromaufwärts, bis ich zur amerikanischen Missionsstation gelangte. Ich versteckte mein Boot unter der Anlegestelle und tauchte auf ihrer Schwelle auf, erklärte, ich hätte mein ganzes Geld verbraucht, um mich aus der Sklaverei freizukaufen, und hätte keine Bleibe.

Die Missionare versuchten immer, jungen Leuten wie mir zu helfen, weil sie sich vorstellten, sie könnten sich mit ihrer Mildtätigkeit die Bekehrung zu ihrer Religion erkaufen. Die meisten Siamesen, die zu ihrem Glauben übertraten, erkannten später ihre Torheit und kehrten zum Buddhismus zurück.

Die Missionare waren sehr seltsam, noch seltsamer war jedoch ihre Religion. Einige durften nicht heiraten, andere schon. Mir kam das alles zunächst ziemlich verwirrend und zu lächerlich vor, um es ernst zu nehmen. Dennoch blieb ich achtzehn Monate bei ihnen und während dieser Zeit gab ich mir die größte Mühe, Englisch zu lernen. In Wort und Schrift. Noch wichtiger war, dass ich Siamesisch lesen und schreiben lernte, und ich entdeckte, dass ich eine rasche Auffassungsgabe besaß.

Ich arbeitete als Dienstmädchen in der Missionsstation, wenn Besucher kamen, für freie Kost und Logis. Anfangs hoffte ich, einen der jungen Missionare zu heiraten, entdeckte jedoch bald, dass sie nur an einer Ehe mit einer Christin interessiert waren, und ich brachte es nicht fertig, ihren Glauben anzunehmen. Er war zu seltsam und ich konnte nicht übertreten, nicht einmal zum Schein. Ich begegnete Joseph Shaw in der Missionsstation, obwohl ich mir nicht vorstellen kann, dass er sich daran erinnert.

Die einzige Möglichkeit für eine Frau wie mich, eine bezahlte Tätigkeit zu finden, bestand darin, als Hausangestellte unterzukommen, doch ich wusste, dass es mir dabei kaum besser als einer Sklavin ergehen würde. Deshalb kam ich auf eine Idee, die damals nur wenige Siamesinnen, falls überhaupt, gehabt hatten: Ich verdingte mich als Aushilfe in fremden Haushalten, wenn dort zusätzliches Personal für Galadiners und Feste benötigt wurde. Normalerweise liehen sich die Leute das Personal ihrer Freunde für solche Veranstaltungen aus und die Dienstboten selbst hatten keinen Nutzen davon. Doch dank meines neuen Plans war ich mein eigener Herr und je mehr ich arbeitete, desto mehr Geld verdiente ich.

Die Nachfrage war groß, als die Ausländer merkten, dass ich ein paar Brocken Englisch verstand. Ich verstand mich aufs Kochen und brauchte keine Übersetzung für die Zubereitung ihrer Gerichte, die ich mir schnell merkte, obwohl sie seltsam waren und das Essen nach nichts schmeckte. Ich half abends oft bei Bällen und Banketten aus, doch auch tagsüber, wenn sich Frauen zum Lunch, Tee oder Kartenspielen trafen. Ich wohnte nach wie in meiner schäbigen Hütte im

Elendsviertel, doch ich sparte den Hungerlohn, den sie mir zahlten, und hoffte, dass es nicht mehr lange dauern würde, bis ich einen Mann fand, der mir ein besseres Leben zu bieten vermochte.
Monate vergingen und obwohl ich wusste, dass ich immer noch schön war, und großen Wert auf mein Äußeres legte, schien mich niemand zu beachten. Die *farang* zu bedienen wurde mir langsam ein Gräuel. Dann, eines Abends im britischen Konsulat, sah ich Edward, deinen Vater, und ich glaube, er verliebte sich auf den ersten Blick in mich. Wir verbrachten die Nacht zusammen, wie Ehemann und Ehefrau, und ein paar Wochen später, als er ein Haus gemietet hatte, zog ich zu ihm.
Das Haus kam mir wie ein Palast vor. Zum ersten Mal schlief ich in einem Bett und zum ersten Mal musste ich nicht von Sonnenaufgang bis Sonnenuntergang für fremde Leute arbeiten. Ich kochte und putzte für Edward, doch am Abend speisten wir zusammen. Er versprach, bald ein Dienstmädchen einzustellen, damit ich nicht länger die Hausarbeit verrichten musste.
Dann traf seine Frau Charlotte mit ihrer Tochter Elizabeth aus Australien ein und mein Leben veränderte sich von Grund auf. Ich hatte von Anfang an gewusst, dass es Charlotte gab, und mich damit abgefunden, dass sie die erste Frau sein würde. Ich hatte nichts gegen sie, doch als sie kam, behandelte sie mich wie eine Sklavin und kommandierte mich von morgens bis abends herum. Und was das Schlimmste war, ich bekam kein eigenes Zimmer im ersten Stock, wie ich gedacht hatte, sondern wurde in die Unterkünfte für das Gesinde geschickt und musste das Dienstmädchen spielen.
Edward schämte sich meiner und hatte Charlotte verschwiegen, wer ich war. Manchmal kam er nachts in mein Zimmer, doch er verließ mich, sobald er seine Gelüste gestillt hatte, und ich schlief alleine auf einer Bettrolle, die auf dem harten Fußboden lag. Elizabeth, die Tochter, wurde wie eine Prinzessin behandelt, und auch sie erteilte mir Anweisungen – sie, die mir als Frau ihres Vaters eigentlich Respekt geschuldet hätte. Von einem Jungen hätte ich ein solches Verhalten noch hingenommen, schließlich müssen Mütter ihren eigenen Söhnen und den Söhnen ihres Mannes von anderen Ehefrauen gehorchen, allerdings nicht von ihr.

Als ich entdeckte, dass ich ein Kind von Edward erwartete, war ich sehr aufgeregt. Er würde sich gewiss über die Neuigkeit freuen und mich wieder in meine alten Rechte einsetzen, dachte ich. Schließlich verweigerte sich Charlotte ihm, was grausam war, und wollte kein weiteres Kind. Doch er reagierte völlig anders als erwartet. Er befahl mir, mein Bündel zu schnüren und das Haus zu verlassen. Er versprach, für mich und das Kind zu sorgen, doch ich durfte keinen Fuß mehr über seine Schwelle setzen. Ich war also schwanger, ohne Ehemann, und trotzdem hatte ich ein sorgenfreies Leben und ein Hausboot auf dem Fluss. Doch ich fühlte mich einsam, schrecklich alleine. Als das Kind zur Welt kam, du, Anchalee, mein Liebling, spotteten meine Freunde über deine Nase und deine grünen Augen. Doch ich achtete nicht auf sie und fand dich wunderschön. Ich liebte dich vom ersten Augenblick an, als ich dich in meinen Armen hielt, und gelobte mir, dass dein Leben besser sein sollte als meines; dass du alles haben solltest, was mir versagt geblieben war; und dass es dir an nichts mangeln sollte. Es musste mir gelingen, uns beiden wieder Zugang zu Edwards Haus zu verschaffen.
Er besuchte uns regelmäßig, ich erzählte ihm allerdings nichts von meinen heimlichen Hoffnungen. Sein neues Dienstmädchen, Porntip, war mit mir befreundet und ich wusste, dass sie mir helfen würde. Charlotte wusste immer noch nichts von mir oder dir und deshalb beschloss ich, es sei an der Zeit, dass sie es erfuhr. Ich bat Porntip, Charlotte zu mir zu bringen, und sagte ihr, dass Edward der Vater meines Kindes sei. Sie fiel fast in Ohnmacht vor Schrecken und befahl Porntip, sie nach Hause zu bringen. Kurze Zeit später kehrte sie nach England zurück und ich zog wieder in Edwards Haus.
Mein Glück wäre vollkommen gewesen, wenn Elizabeth nicht gewesen wäre, die ihre Mutter nicht begleitet hatte. Elizabeth war verwöhnt und schlecht erzogen. Sie hatte mich nie akzeptiert, doch ich erkannte erst, als es zu spät war, wie sehr sie mich hasste. Charlotte hatte ihr vermutlich aufgetragen, mir nachzuspionieren, was sie auch dann noch tat, als die Neuigkeit eintraf, dass ihre Mutter während der Seereise gestorben war.
Ich hatte Charlotte nichts Böses gewünscht, war jedoch auch nicht sonderlich traurig, dass sie nie mehr zurückkommen würde. Eliza-

beth war eifersüchtig auf die Zuneigung, die mir ihr Vater entgegenbrachte, und wollte sich meiner entledigen. Obwohl sie noch ein Kind war, hatte sie bereits ein durchtriebenes, verschlossenes Wesen. Eines Tages spionierte sie mir nach, verborgen hinter den Vorhängen im Empfangszimmer, als ich gerade einen kleinen silbernen Gegenstand aus einem Kabinettschrank nahm. Sie sah auch, wie ich mir kurz danach ein weiteres Stück aneignete, und beschloss, ihrem Vater zu sagen, ich hätte ihn bestohlen.

Du fragst dich vielleicht, mein Liebling, wozu ich das Silber brauchte. Die Wahrheit ist, ich benötigte Geld, von dem Edward nichts wissen sollte. Ich erwartete abermals ein Kind und hatte große Angst, dass er wieder in Wut geraten würde, wie beim ersten Mal. Außerdem fürchtete ich, dass er sich eine neue Frau nehmen würde, wenn ich während der Schwangerschaft meine Schönheit einbüßte, und dann wäre mein Platz im Haus und deiner verloren gewesen. Ich wollte, dass du alles hast, was dein Herz begehrt. Du solltest nicht mit einer Vielzahl von Brüdern und Schwestern teilen müssen. Da ich seine grausame Reaktion auf meine erste Schwangerschaft kannte, wollte ich nicht abermals sein Missfallen erregen und deine Zukunft gefährden. Das musste ich um jeden Preis verhindern. Deshalb hatte ich keine andere Wahl, als das ungeborene Leben zu vernichten.

Ich hatte von einem *farang*-Doktor gehört, der heimlich eine Praxis in Chinatown betrieb, wo er solche Eingriffe durchführte. Er war teuer und verlangte vorher sein Geld. Ich brachte das Silber zu einem Pfandleiher in Chinatown und ich schwöre, ich hätte es so bald wie möglich wieder ausgelöst.

In der Zwischenzeit erzählte Elizabeth Joseph Shaw, was sie beobachtet hatte, und beide gingen zu Edward. Ich mache Mr. Joseph keinen Vorwurf, er konnte nicht anders handeln. Edward ließ mich von seinem Gehilfen beschatten und entdeckte, was ich getan hatte. Er sagte, dass er mir nie verzeihen würde, dass er mich nicht mehr liebe und dass ich gehen müsse, dieses Mal für immer. Er bestand darauf, dich zu behalten, Anchalee, und erklärte, dass er dich standesgemäß erziehen und es dir an nichts mangeln würde. Ich hatte keine andere Wahl. Ich stimmte schweren Herzens zu. Und so schnürte ich mein Bündel. Die seltsamen Kleider, die ich manchmal trug, als ich noch

Edwards Frau gewesen war, waren mir nicht mehr von Nutzen, doch ich behielt sie, genau wie das kleine silberne Medaillon, das er mir geschenkt hatte, als wir uns kennen lernten. Ich möchte, dass du es erhältst, und habe Mr. Joseph gebeten, es dir zusammen mit diesem Brief zu übergeben.

Während ich diese Worte schreibe, frage ich mich, wie du wohl aussehen wirst, wenn du erwachsen bist und diese Zeilen liest. Ich werde dann nicht mehr da sein, denn bei mir wurde eine tödliche Krankheit festgestellt. Ein *farang*-Doktor, ein Missionar, der so freundlich war mich zu behandeln, erklärte mir, dass man sie Schwindsucht nennt und dass ich nur noch ein Jahr, allerhöchstens zwei zu leben habe. Ich weiß, ich werde dich nie wiedersehen, meine kleine Tochter; ich werde nie sehen, wie du heranwächst, heiratest und eigene Kinder haben wirst. Es bricht mir das Herz, in dieser Gewissheit zu sterben. Doch ich werde durch dich weiterleben, meine liebe Anchalee. Ich bitte dich nur um eines: sorge dafür, dass meine Kämpfe und mein Tod nicht umsonst waren.

Elizabeth muss für ihren Verrat büßen; für ihre Grausamkeit mir gegenüber; und dafür, dass sie dich deiner Mutter beraubt hat. Nur du kannst entscheiden, wie diese Strafe beschaffen sein könnte. Sie hat großes Leid verursacht und deshalb sollte ihr nicht gestattet sein, selbst glücklich zu werden. Um deiner armen Mutter willen, die schon lange tot sein wird, wenn du diese Zeilen liest, bitte ich dich, daran zu denken, was geschehen ist und nie zu vergessen, dass es deine Schwester Elizabeth war, die unsere lebenslange Trennung bewirkt hat.

Als Sam in die Bar zurückkehrte, starrte Joseph zum Fenster hinaus. Wortlos gab er ihm die Blätter zurück.

»Sie sehen also, Joseph, zu dem Zeitpunkt, als Sie Elizabeth heirateten, liebte sie mich noch.« Joseph blickte ihn durchdringend an und Sam fuhr fort. »Doch darum geht es nicht. Wir sprachen über Anchalee. Sie hatte einen Entschluss gefasst, Joseph, und so machte sie sich daran, mich zu heiraten und Elizabeth zu verletzen, indem sie ihr den Mann ausspannte, der ihr Geliebter gewesen war.

Anchalee wusste von Anfang an, dass ich Joes Vater bin, und nach unserer Hochzeit rechnete sie sich aus, dass wenn sie Elizabeth und mich ständig in Kontakt brachte, die alte Leidenschaft wieder aufleben würde. Ihre Rechnung ging auf, wie Sie inzwischen wissen, und Anchalee wählte einen günstigen Zeitpunkt, um Ihnen die Augen zu öffnen; sie dachte wohl, dass Sie sich von Elizabeth trennen würden, und war sich andererseits sicher, dass sie mich nie gehen lassen würde. Anchalees Plan war einfach, Joseph; Elizabeth sollte am Ende alleine sein, von allen verlassen.«

Er hielt inne, um sich die nächste Zigarette anzuzünden. »Sie ist hinterhältig und ein teuflisches kleines Miststück, Joseph, glauben Sie mir. Das ist Wahnsinn. Ein absurder Rachefeldzug wegen einer uralten Geschichte, die sich wahrscheinlich nie so zugetragen hat. Die Anschuldigungen in dem Brief beruhen nach meiner Ansicht auf reiner Einbildung. Oder auf einem Missverständnis von Anchalees Mutter. Elizabeth war damals erst acht oder neun! Wie könnte ein Kind in dem Alter so gerissen und rachsüchtig sein? Da ich den Brief gelesen und Anchalee inzwischen durchschaut habe, liegt der Fall für mich klar auf der Hand: Hier zeigt sich einmal mehr, dass der Apfel nicht weit vom Stamm fällt. Mutter und Tochter sind gleichermaßen unberechenbar, eifersüchtig und boshaft.«

Sam trank einen Schluck Whisky, nahm einen Zug von seiner Zigarette und lehnte sich zurück. Er schien sich beruhigt zu haben. »Wie auch immer, Anchalee erkannte jedenfalls bald, dass ihr Plan fehlgeschlagen war, weil Elizabeth Sie liebt, wirklich und wahrhaftig.« Joseph hob den Blick. »Sie war – und ist – glücklich mit Ihnen, Joseph. Und Sie haben ihr mehr Zufriedenheit geschenkt, als ich jemals gekonnt hätte. Ihr Entschluss, Elizabeth die Treue zu halten, komme, was da wolle, hat sich zu Ihren Gunsten ausgewirkt. Ob ich unter ähnlichen Umständen genauso gehandelt hätte, kann ich nicht sagen.« Er hielt inne. »Und das Kind …?«

»Wird natürlich wie mein eigenes aufwachsen.«

»Natürlich«, sagte Sam mit einem Anflug von Bitterkeit. »Ich weiß, was ich angerichtet habe, Joseph, und es ist nicht meine Art, um Mitleid zu buhlen, das ich nicht verdiene. Für mich ist es eine Ironie des Schicksals, dass ich auch dieses Mal wieder der Verlierer bin.«

»Inwiefern?«

»Ich habe eine Frau, die mich verachtet, während die Frau, die ich liebe, unser Sohn und unser ungeborenes Kind einem anderen Mann gehören. Vermutlich werden Sie mir gleich sagen, das sei Gottes Strafe für meine Sünden.«
»So in der Art«, erwiderte Joseph. Einen Moment lang empfand er beinahe Mitleid mit dem Mann, doch er besann sich eines Besseren.
»Wie soll es jetzt weitergehen?«, fragte Sam.
Joseph war immer noch benommen von den Enthüllungen und brauchte Zeit zum Nachdenken. Er war mehr denn je überzeugt, dass sein Plan die einzige Lösung war.
Er blickte Sam offen an. »Ich denke, dass unsere Familien unter diesen Umständen ein für alle Mal getrennte Wege gehen sollten. Wir müssen um die Stärke beten, einander zu verzeihen, den Kontakt aufrechtzuerhalten ist jedoch unmöglich. Eine räumliche Trennung wäre für alle das Beste.«
Sam zögerte, doch dann nickte er. »Ich schätze, anders geht es nicht. Elizabeth beharrt darauf, ihre Ehe zu retten, Joseph.« Seufzend zuckte er die Achseln. »Doch wie soll das gehen? Die Welt ist klein für die Ausländer, die in Bangkok leben. Es wäre schwierig, uns gegenseitig aus dem Weg zu gehen, es sei denn, wir werden Einsiedler.«
»Genau das ist der Punkt. Und ich habe auch schon eine Lösung.«

»Warum hast du mir nichts gesagt?«
»Ich wollte dich schonen.«
»Mich schonen? Wenn du mir nur erzählt hättest, dass der Brief nicht von dir stammt! Wenn du mir nur vertraut hättest...«
»Joseph, es war unsere Hochzeitsnacht.«
»Umso mehr ein Grund, aufrichtig zu sein, mir Vertrauen zu schenken. Ich hätte deshalb nicht schlecht von dir gedacht.«
»Ich glaubte, es sei zu spät; der Schaden war bereits angerichtet, ihr Plan aufgegangen. Was hätte das noch genutzt?«
»Vielleicht wäre es mir möglich gewesen, zu helfen, irgendetwas zu tun. Und wer weiß, unter Umständen hätte sich alles andere vermeiden lassen.«
»Ich kann es immer noch nicht glauben. Dass sie das alles geplant und dich als eine Art Faustpfand benutzt hat...«

Trotz des Kummers angesichts ihrer Affäre hatte Joseph Mitleid mit ihr. »Wenn sie nicht gewesen wäre, hättest du Sam geheiratet.«

»Dann muss ich mich bei Anchalee bedanken. Ich habe wahre Liebe und eine Güte bei dir gefunden, Joseph, die mir bei ihm versagt geblieben wäre. Das weiß ich nun.«

Er schlug die Augen nieder, überzeugt, dass sie den Weg gemeinsam fortsetzen konnten. »Wir werden die beiden nicht wiedersehen. Es gibt keine andere Möglichkeit.«

Ihre Augen füllten sich mit Tränen, doch sie nickte zustimmend. Was er ihr über Anchalee erzählt hatte, war für sie immer noch unfassbar. Und dennoch, sie musste mit ihrer Schwester ins Reine kommen.

18. Mai 1886

Liebe Anchalee,

ich kann immer noch nicht begreifen, was Joseph mir erzählt hat, doch er ist ein Mann, der nie die Unwahrheit sagen würde, also muss ich ihm wohl glauben. Ich habe auf eine persönliche Aussprache verzichtet, weil ich nicht sicher war, ob du mich anhören würdest, doch bitte, ich flehe dich an, lies diesen Brief zu Ende, bevor du ihn wegwirfst.

Anchalee, was deine Mutter in ihrem Brief über mich schrieb, entspricht einfach nicht den Tatsachen und du musst mir glauben, wenn ich dir sage, dass ich ihr nie schaden wollte. Ich behaupte keineswegs, dass sie gelogen hat. Vermutlich war Kesri überzeugt, dass sich die Dinge damals so zugetragen haben, doch ich fürchte, dass ihre Deutung auf einem Missverständnis beruht.

Ich gebe dir mein Wort, dass es nie meine Absicht war, Kesri nachzuspionieren. Was ich an jenem Tage beobachtete, war reiner Zufall: ich befand mich auf der Fensterbank hinter den Vorhängen und las, als deine Mutter den Raum betrat. Ich wollte mich bemerkbar machen, doch als ich sah, wie sie das Silber nahm, hatte ich Angst, dass sie mich entdecken und ausschelten würde. Wir kannten uns kaum und ich fürchtete mich oft vor ihren Launen. Ich gebe zu, dass ich ihr nicht traute, doch ich war ein Kind, Anchalee; ich hatte nichts Böses im Sinn.

Ich gestehe auch, dass ich nach dem Tod meiner Mutter glaubte, Kesri sei zum Teil dafür verantwortlich. Charlotte war zwar weit von Siam entfernt, als der Tod sie ereilte, doch sie war nur deiner Mutter wegen abgereist. Ich zog daraus die kindliche Schlussfolgerung, dass sie niemals auf diesem Schiff gestorben wäre, wenn sie sich nicht gezwungen gesehen hätte, nach England zurückzukehren.
Anchalee, meine Mutter liebte Vater sehr und machte seinetwegen die Hölle durch. Sie erlitt mehrere Fehlgeburten, die ihr Kummer und Schmerz brachten, doch sie »verweigerte« sich ihm nicht, wie der Brief andeutet. Sie war wie ich, Anchalee. Die Ärzte hatten ihr gesagt, dass sie keine weiteren Kinder mehr bekommen dürfe. Vater bangte um ihr Leben, genau wie sie. Und dann begegnete er Kesri, willig, jung und schön.
Du musst wissen, dass Charlotte Wertvorstellungen hatte, die für eine Frau im Viktorianischen Zeitalter typisch waren. Sie war zutiefst entsetzt, als sie von Vaters Beziehung zu deiner Mutter erfuhr. Und als er sich weigerte, Kesri aufzugeben, konnte sie einen solchen Verrat, wie sie es sah, nicht ertragen. Sie räumte freiwillig das Feld, verbittert, jedoch mit Würde. Sie hätte nie wieder geheiratet, weil eine Scheidung für sie nicht in Frage gekommen wäre, und hätte den Rest ihres Lebens alleine verbracht, trotz Ehemann und Tochter in Übersee.
Wir haben beide unsere Mutter verloren, Anchalee, beide auf tragische Weise, und beide starben viel zu früh.
Vielleicht überrascht es dich, dass ich von dem gefälschten Brief wusste, der Joseph veranlassen sollte, Sam wegzuschicken und somit unsere Heirat zu unterbinden. Ich sah ihn in unserer Hochzeitsnacht und mir wurde auf Anhieb klar, was geschehen war. Als deine Verlobung bekannt gegeben wurde, glaubte ich, dass du es mit deinem Plan ausschließlich darauf abgesehen hättest, Sam für dich zu gewinnen. Das an sich war schlimm genug, doch ich hatte keine Ahnung, dass sich dahinter weit mehr verbarg.
Du hast mir Unrecht getan und mich sehr verletzt, Anchalee, doch wie kann ich dir die Schuld geben, wenn ich selbst nicht ohne Schuld bin? Ich schäme mich so sehr für mein Verhalten, dass ich mir manchmal wünsche, die Erde möge sich auftun und mich verschlingen.

Ich werde es mir nie verzeihen. Es ist das letzte Mal, dass ich dir schreibe, doch ich hoffe, dass du eines Tages Frieden in deinem Leben finden wirst. Es ist das Beste, worauf wir beide, du und ich, hoffen können.

Deine Schwester
Elizabeth Ann Shaw

Anchalee faltete den Brief zusammen und empfand eine nie da gewesene Leere. Das Gefühl der Befriedigung und des Erfolges stellte sich nicht ein. Und wenn sie an Elizabeth dachte, die Sams Kind erwartete, griff die Eifersucht mit eiskalter Hand nach ihr. Sie war machtlos dagegen, doch ihr war bewusst geworden, dass ihr mehr an ihm lag, als sie geglaubt hatte. Angesicht der drohenden Gefahr, ihn zu verlieren, weil er sie verabscheute, begehrte sie ihn sogar mehr als je zuvor. Mit Tränen in den Augen blickte sie zum Fenster hinaus. »Ich habe mich in ihn verliebt«, stöhnte sie. »Und er wird mich nie so lieben wie sie.«
Nach allem, was sie selbst getan hatte, konnte sie Elizabeth nicht hassen. Doch die Kluft zwischen ihnen war zu tief, um sie zu überbrücken. Sie war angefüllt mit zu viel Kummer, Betrug und Treulosigkeit. Sie würden sich wie Fremde begegnen und so musste es bleiben.

30. Kapitel

2. Juni 1886

Lieber Mr. Shaw,

dieses Schreiben ist eine offizielle Bestätigung Ihrer Berufung an die presbyterianische Missionsstation in Chiang Mai, Nordsiam. Wie besprochen und vereinbart, werden Sie Bangkok verlassen, sobald Mrs. Shaw in der Lage ist zu reisen, höchstwahrscheinlich Ende November oder Anfang Dezember.

Die Reise ist, wie Sie wissen, unabsehbar und kann bis zu drei Monaten oder länger in Anspruch nehmen. Man kann allerdings davon ausgehen, dass Sie um diese Jahreszeit etwa zwei Monate dauern wird, den Fluss entlang und per Elefant. Dr. und Mrs. McGilvary erwarten Sie zu Beginn des neuen Jahres.

Ich möchte Ihnen, Mr. Shaw, ein persönliches Lob aussprechen für die beherzte Geste, sich in unserer abgelegensten Missionsstation niederzulassen.

Ihre Fähigkeiten als Lehrer werden für die dortige Gemeinde von unermesslichem Nutzen sein. Lassen Sie mich jedoch abermals zum Ausdruck bringen, wie sehr wir hier in Bangkok Ihren einfühlsamen Umgang mit unseren Studenten vermissen werden, ganz zu schweigen von den hervorragenden Bibellesungen, die Sie jeden Sonntag in der Kirche gehalten haben. Ich wünsche Ihnen eine gute Reise. Gott befohlen.

Ihr
Rev. S.G. McFarland,
Rektor,
King's College

Elizabeth erhob keine Einwände gegen die Übersiedlung nach Chiang Mai, sondern hielt es für das Beste und überdies für eine Möglichkeit, Buße zu tun. Joseph hatte damit jedoch keineswegs eine Strafe beabsichtigt. Er sah darin den einzigen Weg, den Zusammenhalt seiner Familie zu gewährleisten.
Er hatte zunächst umgehend aufbrechen wollen, doch er sah ein, dass die Reise für eine Frau, die guter Hoffnung war, noch mehr Gefahren barg. Und bei Elizabeths zarter Konstitution hätte er damit unter Umständen ihren Tod heraufbeschworen. Es war sicherer, bis zur Entbindung in etwa fünf Monaten in Bangkok zu bleiben. Er würde wie gewohnt seiner Arbeit nachgehen, während Elizabeth mit Joe zu Hause blieb, Kräfte sammelte und sich für die Strapazen rüstete, die vor ihr lagen. Im August schickten sie einen Teil ihres Mobiliars voraus, damit es bei der Ankunft in ihrem Haus in Chiang Mai bereitstand.
Joseph hatte beschlossen, in den Norden zu ziehen, gleich was auch geschehen mochte, selbst wenn Elizabeth, was Gott verhüten möge, im Kindbett starb. Für den Fall, dass diese Befürchtung eintraf, würde er mit Joe alleine übersiedeln und versuchen, den Jungen liebevoll großzuziehen und ihm Vater und Mutter zu ersetzen. Ein zweites Mal zu heiraten kam für ihn nicht in Frage.
Bis zu den Ereignissen, die sich unlängst zugetragen hatten, war es ihm leicht gefallen zu vergessen, dass Joe nicht sein leiblicher Sohn war. Der Wink des Schicksals bestärkte ihn sogar noch in seinem Bemühen, den Jungen zu lieben wie sein eigen Fleisch und Blut und ihm niemals vorzuhalten, wer sein Vater war. Doch er entdeckte hin und wieder bereits einen Charakterzug in den Augen des Jungen, der ihn zutiefst beunruhigte: eine Entschlossenheit, die an Halsstarrigkeit grenzte, eine störrische Ader, die er von Sam Taylor geerbt haben musste.
Joseph hatte keine Angst vor der Reise nach Chiang Mai, obwohl die Gefahren in Bangkok allgemein bekannt waren: Dschungelfieber, Giftschlangen und wild gewordene Elefanten, Banditen und Flusspiraten, die keine Skrupel hatten, eine ganze Familie nur wegen einer goldenen Uhr niederzumetzeln. Doch er war fest überzeugt, dass Gottes Wille geschehen würde, und wenn es ihnen bestimmt sein

sollte, die Reise unbeschadet zu überstehen, würde ihnen diese Gnade vergönnt sein. Abgesehen davon hatte ihn die Arbeit der Missionsstation in Chiang Mai, die 1867 von den McGilvarys eröffnet worden war, schon lange brennend interessiert. Er war Dr. McGilvary zwei Mal in Bangkok begegnet, 1873 und 1881. Die Erfahrungen des Mannes hatten ihn fasziniert und sein Mut hatte ihn inspiriert. Doch es wäre in seinen Augen nicht fair gewesen, Elizabeth gleich nach der Heirat von Bangkok und ihrer Familie zu trennen, vor allem, nachdem sie im Rahmen ihrer schulischen Ausbildung in England so lange weg gewesen war. Also hatte er sein Interesse für sich behalten.

Zumindest mussten sie nicht das Gleiche erdulden, was Pioniere wie die McGilvarys bei ihrer ersten Reise in den Norden erwartete. Dr. McGilvary hatte ihm erzählt, welche Zustände in Chiang Mai herrschten, als er dort 1867 mit seiner Frau Sophia und den beiden Kindern eintraf. In Folge eines Missverständnisses mit dem Provinzgouverneur von Chiang Mai mussten sie nach der viermonatigen Reise bei ihrer Ankunft entdecken, dass ihnen weder das versprochene Land noch das geschlagene Holz für die Errichtung eines eigenen Hauses zur Verfügung gestellt werden sollte. Sie waren gezwungen, ein ganzes Jahr lang in einer öffentlichen *sala* zu kampieren, wobei sie auf Schritt und Tritt von den faszinierten Einheimischen beobachtet wurden, die noch nie Europäer gesehen hatten.

»Ich kann Ihnen versichern, dass sie genauso große Angst vor uns hatten wie wir vor ihnen«, hatte Dr. McGilvary erzählt, als er vor einigen Jahren die Missionszentrale in Bangkok besucht hatte. »Zuerst hielten sie uns vermutlich für böse Geister, denn wir bekamen mit, wie Mütter ihre Kinder warnten, sich von uns fern zu halten, sonst würden sie gefressen! Schließlich akzeptierten sie jedoch unsere Anwesenheit, vor allem, als sie sahen, wie wirksam unsere Arzneimittel waren. Einige begannen sogar, Geschmack an unseren Bibellesungen zu finden. Unsere ersten Konvertiten stammten aus dieser Zeit, ein Jahr, an das ich mit Freuden zurückdenke, trotz aller Härten.«

Nach einem Jahr erhielten die McGilvarys endlich Baumaterial für ein Haus, doch bestand es überwiegend aus Bambus und mehr als

drei Jahre mussten sie mit der zweiten Missionarsfamilie, den Wilsons, die im Februar 1868 dazustießen, in behelfsmäßigen Unterkünften hausen, die wenig Schutz vor den Elementen boten.
Nun wohnten sie mit allen Bequemlichkeiten in schmucken Teakholz-Häusern und Joseph war eine ähnliche Bleibe für seine eigene Familie in Aussicht gestellt worden. Das Edikt von 1878, das allen Bewohnern des Landes Glaubensfreiheit zusicherte und vom siamesischen Hochkommissar Phya Thep Worachun im Namen des Königs von Siam erlassen wurde, gewährleistete, dass die Christen ihre Religion ausüben durften, einschließlich der Befolgung des Gebotes, den Sonntag zu heiligen, ohne Schikanen oder Verfolgung gewärtigen zu müssen.
Doch zuerst mussten sie die Geburt abwarten. Joseph ertappte sich anfangs bei dem heimlichen Wunsch, sie möge das Kind auf natürliche Weise verlieren. Damit wäre ihre Gesundheit weniger bedroht. Er hatte sich deswegen streng ermahnt und für die Seele des armen Kindes gebetet, doch der Gedanke verfolgte ihn hartnäckig. Das Leben würde ohne die tägliche Erinnerung an ihre Untreue beträchtlich leichter sein. Er konnte vergeben, doch nur schwer vergessen. Bisweilen suchten ihn Schreckensbilder heim, wie sie in seinen Armen lag, und er versuchte verzweifelt, sie auszublenden.
Er stürzte sich in Arbeit, mehr als je zuvor, und übernahm zusätzliche Aufgaben in den Elendsvierteln der Stadt, wo er den Kindern Lesen beibrachte. Er hatte die siamesische Sprache gelernt, was viel Fleiß und Geduld erforderte, doch beides hatte sich im Lauf der Jahre ausgezahlt. Er sprach sie inzwischen fließend und seine Kenntnisse im Lesen und Schreiben waren mehr als angemessen. Das kam ihm bei seiner Arbeit in den Elendsvierteln sehr zugute, denn die Kinder der Armen hatten keine Verwendung für eine Fremdsprache, da sie keinen Umgang mit wohlhabenden Ausländern pflegen würden. Es war besser, dass sie in ihrer Muttersprache lesen und schreiben lernten.
König Chulalongkorn hatte Europa bereist und war vom dortigen Bildungsstand beeindruckt gewesen. Er hatte große Anstrengungen unternommen, entsprechende Reformen in Siam durchzuführen. Um 1880 war ein Bildungsministerium ins Leben gerufen worden

und die Elementarschulen in Bangkok hatten mittlerweile mehrere Tausend Schüler.

Doch für die Kinder der Armen bestand keine Aussicht, jemals eine Schule zu besuchen. Die meisten waren gezwungen, einen eigenen Beitrag zum Einkommen der Familie zu leisten, wenn sie essen wollten, und diese Kinder hoffte Joseph mit seiner Tätigkeit zu erreichen. Ihr Los stand in krassem Gegensatz zum Leben der prachtvoll gekleideten Söhne aus adeligem Haus, die er zu unterrichten gewöhnt war.

Er stellte fest, dass die Kinder aus den Elendsvierteln eine schnelle Auffassungsgabe besaßen und wissbegierig waren. Sobald er eine Decke auf dem staubigen Boden ausbreitete, scharten sie sich um ihn. Es gab nicht genug Stifte und Papier für alle, doch diejenigen, die leer ausgingen, waren zufrieden damit, die siamesischen Buchstaben mit den Fingern in den Staub zu malen. Sie liebten die Geschichten aus den Büchern, die er von der Schule auslieh, zumeist Sagen und Märchen aus aller Welt, und sogar die Eltern rückten näher heran, um zuzuhören, wenn sie Zeit hatten.

Mitte Oktober, als Elizabeths Leib geschwollen und sie ziemlich unbeweglich war, traf überraschend eine schwere Holzkiste aus England ein. Sie hatte in dem Trubel, der nach Edwards Tod über die Familie hereingebrochen war, die letzte, geheime Verfügung ihres Vaters ganz vergessen. Wieder überkam sie ein ungutes Gefühl und sie wusste nicht, ob sie den Nachlass willkommen heißen oder sich wünschen sollte, er wäre für immer auf den Meeresgrund verbannt.

Die Kiste hatte die Ausmaße einer großen Hutschachtel, war jedoch außergewöhnlich schwer; auf ihre Bitte hin hatten das Dienstmädchen und der Botenjunge sie auf den Fußboden ihres Salons neben der Chaiselongue gestellt, auf der sie ruhte, und geöffnet. Zögernd hob sie nun den Deckel und sah ein eingewickeltes Paket und einen Briefumschlag darin. Sie beschloss, zuerst den Umschlag zu öffnen.

Zum dritten Mal in ihrer Ehe wünschte sich Joseph nichts sehnlicher als das Ende der Schmerzensschreie herbei. Die Wehen hatten drei Wochen zu früh eingesetzt und auch dieses Mal war die Geburt nicht leichter als sonst.

Wieder hörten die Schmerzensschreie mit einem Schlag auf, doch dieses Mal wurde die Stille vom schwachen Brüllen eines Säuglings durchbrochen.

»Gott sei Dank!«, rief Joseph erleichtert, doch gleich darauf fragte er sich beunruhigt, warum er jetzt keinen Laut mehr hörte, weder von Elizabeth noch von dem Kind, und warum es so lange dauerte, bis der Arzt auf der Schwelle erschien. Nervös ging er hin und her und betete um ihr Leben.

Als Dr. Newhaven schließlich eine halbe Stunde später herauskam, nahm er die Antwort auf die Frage vorweg, die Joseph nicht zu stellen wagte.

»Ihre Frau wird sich wieder erholen«, sagte er und Joseph seufzte erleichtert. »Sie hat viel Blut verloren, doch es geht ihr den Umständen entsprechend gut.«

»Und das Kind, Doktor?«

»Es war ein Mädchen, Joseph.«

»War? Ich hörte einen Schrei.«

»Es tut mir Leid. Ich habe alles getan, was in meiner Macht stand, um das Kind zu retten. Nach dem ersten Schrei hörte es einfach auf zu atmen.«

Der Arzt, ein Freund der Familie, nahm seine Brille ab und rieb sich mit dem Handrücken die müden Augen. Er legte Joseph die Hand auf die Schulter und sagte schlicht: »Es tut mir sehr Leid.«

Elizabeth lag mit geöffneten Augen da und starrte ins Leere. Neben ihr, in dem kleinen Bettchen, das Joseph gezimmert hatte befand sich ein winziges Bündel, mit einem sauberen weißen Kopfkissenbezug zugedeckt.

»Vielleicht ist es das Beste«, flüsterte sie.

»Es ist Gottes Wille«, erwiderte er. Doch als er ihre ausdruckslose Miene sah, wusste er, dass er diese Worte für den Rest seines Lebens bedauern würde.

Als sie erwachte, versuchte sie sich hinzusetzen und verrenkte sich den Hals, um einen Blick auf das Bettchen neben dem Fenster zu erhaschen. Es war leer und das Moskitonetz, die Spitzendecke und der weiße Kopfkissenbezug waren entfernt. Wohin hatte man ihr totes

Kind geschafft? Sie hörte laute Stimmen im Haus, Stimmen, die aufgebracht klangen.
Langsam und unter Schmerzen rappelte sie sich hoch und stand auf.
»In Gottes Namen, finden Sie nicht, dass Sie genug angerichtet haben?«
»Ich muss zu ihr. Sonst könnte ich mich selbst nicht mehr ertragen. Haben Sie denn keinen Funken Mitgefühl?«
»Wie können Sie es wagen, von Mitgefühl zu sprechen?«
»Um Himmels willen, es ist mein Kind, das gestorben ist.«
Joseph war, als hätte er einen Messerstich erhalten. Der Geruch nach schalem Whisky in Sams Atem durchdrang den Raum, was ihn in Josephs Augen noch widerwärtiger machte.
»Wie können Sie es wagen, in diesem Zustand in mein Haus einzudringen, Sie Trunkenbold! Sie ekeln mich an. Sie taugen nicht zum Vater, geschweige denn zum Ehemann. Sie haben ihr Leben zerstört, Taylor. Und damit auch meines und das unseres Sohnes.«
»Ihres Sohnes?«
»Ja, meines Sohn. Sie mögen ihn gezeugt haben, Sie Teufel, doch ich bin sein Vater. Und nun hinaus mit Ihnen!«
Sam trat wie ein Bittsteller mit erhobenen Händen einen Schritt auf Joseph zu. »Lassen Sie mich nur eine Minute zu ihr. Geben Sie mir wenigstens die Gelegenheit, ihr zu sagen, wie Leid es mir tut…«
Elizabeth erschien genau in dem Moment auf der Türschwelle, als Sam rückwärts taumelte und zu Boden fiel.
»Joseph, was ist los? Was ist geschehen?«
Zum ersten Mal in seinem Leben hatte Joseph ein anderes menschliches Wesen geschlagen. Die Gefühle, die Sam in ihm entfacht hatte, aufgestaute Wut, Erbitterung und Schmach, brachen auf wie ein Eitergeschwür. Und Sam, in seiner Trunkenheit ohnehin schon unsicher auf den Beinen, war umgefallen wie eine Fliege.
Verständnislos starrte Joseph zuerst den bewusstlosen Mann und danach seine Frau in ihrem weißen Nachthemd an, deren Silhouette sich im Türrahmen abzeichnete.
»Mein Gott, Joseph, was hast du getan! Was hast du getan! Du hast ihn umgebracht!«
Doch Sam kam rasch wieder zu sich und lachte, als er sich hochrap-

pelte, es war ein kehliges, bitteres Lachen, an das sich Joseph und Elizabeth noch jahrelang erinnern sollten. Er spürte, wie der erste Blutschwall aus seiner gebrochenen Nase schoss, zog ein Taschentuch heraus und presste es gegen sein Gesicht. Sein Lachen erstarb und sein Mund war schmerzverzerrt, als er taumelnd zur Tür ging, wobei er sich ein letztes Mal umdrehte und sagte: »Alle Achtung, Joseph. Das war schon lange fällig.«

10. November 1886

Lieber Sam,

ich weiß nicht recht, wie ich diesen Brief beginnen soll, außer, dass ich Lebewohl sagen möchte. Joseph bedauert den gestrigen Vorfall und schämt sich seines Ausbruchs. Doch du hättest nicht kommen sollen. Meine einzige Hoffnung ist, dass es dir gelingt, die Vergangenheit ruhen zu lassen und das Leben mit deiner Familie fortzusetzen, wie wir es auch müssen.

Wir werden in Kürze zur Missionsstation in Chiang Mai aufbrechen. Ich weiß, dass du mehrfach in dieser Stadt warst und sie sehr liebst, doch ich bitte dich inständig, ich beschwöre dich, nicht dorthin zurückzukehren. Bitte fordere das Schicksal nicht heraus. Es würde alles nur noch schlimmer machen.

Ich habe gehört, was du zu Joseph über das Kind gesagt hast, und ich gestehe, dass ich dir solche väterlichen Gefühle nicht zugetraut hätte. Ich hätte es besser wissen müssen, denn trotz deiner rauen Schale weiß ich, dass du ein Mann mit Tiefgang und einem weichen Kern bist. Und deshalb schreibe ich dir, ohne Josephs Wissen, wegen Joe. Joseph hat Recht, wenn er sagt, dass er der einzige Vater ist, den Joe kennt und kennen wird, doch es lässt sich nicht leugnen, dass du sein leiblicher Vater bist und ich es mehr als grausam fände, wenn du nichts über sein weiteres Leben erfahren würdest. Ich kann dir indes nicht erlauben, Auskünfte von uns einzufordern oder zu sehen, wie er heranwächst.

Deshalb habe ich mir folgende Lösung überlegt: Ich werde dir immer gegen Ende des Jahres schreiben und seine Entwicklungsfortschritte

schildern. Ich werde den Brief in einem Umschlag abschicken, der als Absender den fiktiven Namen Mr. Dian Cecht trägt, eines Geschäftsfreundes aus Chiang Mai. Die Ironie, die sich dahinter verbirgt, wird dir nicht entgehen, wenn ich dir sage, dass er der irische Gott der Heilkunst ist. Wie du siehst, war der Besuch einer britischen Schule nicht ganz umsonst!
Ich bitte dich nur um eines. Bitte vernichte diesen Brief, sobald du ihn gelesen hast, denn er würde nur dem Zweck dienen, uns eines Unrechts zu bezichtigen, sollte er jemals entdeckt werden. Die Korrespondenz des Mr. Cecht, die unter einem Deckmantel erfolgt, wird unverfänglich erscheinen, doch du wirst ihre Bedeutung erkennen. Du kannst sie aufbewahren oder vernichten, ganz wie es dir beliebt. Das ist alles, Sam. Bitte versuche nicht, von dir aus Verbindung aufzunehmen oder auf meine Briefe zu antworten.

Elizabeth Ann Shaw

Dritter Teil

Februar 1904 bis Mai 1905

31. Kapitel

Das moderne Bangkok
von Samuel Taylor
Fotografien von Kesri Taylor und Edward Fairburn

Prolog

Ausländer nannten Bangkok noch zu Recht das »Venedig des Ostens«, als ich dort in den 1870er Jahren eintraf. Heute, im Jahre 1904, konzentriert sich das Alltagsleben der Stadt allerdings in gleichem Maß auf die Straßen wie auf den Fluss. Doch es ist nach wie vor der mächtige Maenam Chao Phraya, der »Fluss der Könige«, der Siams Hauptstadt ihren Charakter, Zauber und Esprit verleiht. Und nur dieser Fluss bietet einen Zugang zum Rest des Landes, denn über Bangkok hinaus gibt es keine befestigten Straßen.

In nur dreißig Jahren hat sich Bangkok von einer mittelalterlichen Stadt, die in ihrer Entwicklung den Vereinigten Staaten und England um einige hundert Jahre hinterherhinkte, in eine moderne Metropole verwandelt, die sich rüstet, den Anschluss an die Welt des zwanzigsten Jahrhunderts zu finden. Es gibt Straßen und Eisenbahnen, elektrische Straßenbahnen und elektrisches Licht, Telefone und einen Telegraphendienst, eine verlässliche Post, einen täglichen Dampfschiffsverkehr nach Singapur und Hongkong und eine der besten Pferderennbahnen in ganz Fernost. Außerdem findet man hier drei Banken, mehrere hervorragende Hotels unter europäischer Leitung, ein französisches Krankenhaus, ein britisches Privatsanatorium und eine Vielzahl europäischer, britischer und amerikanischer Ärzte.

Offiziell hat die Stadt annähernd fünfhunderttausend Einwohner, einschließlich der acht- oder neunhundert Europäer und Amerikaner, oder »farang«, wie sie von den Siamesen genannt werden. Noch vor einem Jahrzehnt gab das Postverzeichnis die Bevölkerung der Stadt mit ein-

hundertneunundsechzigtausend an, davon dreihundert Residenten aus dem Westen. Neben den amtlich registrierten Bewohnern gibt es viele tausend mehr, die in den Behelfsunterkünften der Slums leben und daher nicht von Statistiken gleich welcher Art erfasst werden.
Die Ausländer, die hierher kommen, haben sich seit meiner Ankunft, als die Modernisierung noch in den Kinderschuhen steckte, verändert. Damals gab es viele, die genau wie ich darauf bedacht waren, Abenteuer zu erleben, eine fremde Kultur kennen zu lernen und ein Land zu bereisen, das nur wenige weiße Männer zu Gesicht bekommen hatten. Heute trifft man hier hauptsächlich Geschäftsleute und Diplomaten an. Die Missionare sind noch da, doch trotz ihrer heldenhaften Bemühungen über weite Strecken des letzten Jahrhunderts, die Siamesen zum Christentum zu bekehren, haben nur wenige dem Buddhismus abgeschworen. Die Konvertiten sind überwiegend Chinesen und keine gebürtigen Siamesen.
Mit großer Befriedigung stelle ich jedoch fest, dass Bangkok trotz aller Veränderungen, Umbrüche, Fortschritte und seiner Öffnung gegenüber der Außenwelt noch genauso exotisch, so durch und durch siamesisch ist wie immer.

Samuel Taylor
Bangkok 1904

Bevor er das erste Kapitel der endgültigen Fassung seines neuen Buches noch einmal durchlesen konnte, wurde er von einem Klopfen an der Tür seines Arbeitszimmers unterbrochen. Kesri trat mit einem Stapel Fotografien ein, manche waren bereits 1868 aufgenommen, und legte sie ihrem Vater auf den Schreibtisch. »Hier, die letzten Bangkok-Abzüge von Großvater.«
»Danke. Wie kommst du mit deiner eigenen Arbeit voran?«
»Ich muss heute noch die Bilder entwickeln, die ich zuletzt aufgenommen habe. Morgen sind sie fertig, dann kannst du sie haben.«
Sie lächelte ihn über den Schreibtisch hinweg an und er staunte wieder einmal über seine schöne Tochter, die sein ganzer Stolz war.
Ihre langen schwarzen Haare fielen über ihre Schultern herab und sie hatte den dunklen Teint ihres Vaters und ihrer Mutter geerbt. Sie war gertenschlank, um einiges größer als siamesische Frauen – und die

meisten siamesischen Männer – und von einer Statur, die eher europäisch als siamesisch anmutete, mit langen Beinen und schmaler Taille. Ihre großen Augen waren leicht geschlitzt wie die ihrer Mutter, doch das Faszinierende an ihnen war, dass es oft schien, als wechselten sie je nach Licht oder Stimmungslage die Farbe, von geheimnisvollem Jadegrün bis zu klarem Honigbraun. Sie hatte viel von der Schönheit ihrer Mutter geerbt, doch wo Anchalee gekünstelt und raffiniert gewesen war, besaß Kesri eine Schlichtheit und kindliche Unschuld, die ihre Mutter nie besessen hatte.

»Woran denkst du?«, fragte sie.

»An deine Mutter. Wie sehr du ihr gleichst – und auch wieder nicht.«

»Es kommt mir überhaupt nicht so vor, als sei es schon ein Jahr her. Wenn ich das Hause betrete, bilde ich mir immer noch ein, dass sie da ist, sich für einen Ball ankleidet oder sich vergewissert, dass der Tisch für die Abendeinladung richtig gedeckt ist.«

»Sie liebte Gesellschaften. Schon immer, seit unserer ersten Begegnung. Damals war sie erst dreizehn.«

Kesri saß auf der Kante seines Schreibtisches, erpicht darauf, mehr zu hören. Sie fand es herrlich, wenn er in Erinnerungen an die alten Zeiten schwelgte.

»Und in dem Alter durfte sie schon einen Ball besuchen? Wie hat sie es geschafft, von Großvater die Erlaubnis zu bekommen?«

»Wenn sich deine Mutter etwas in den Kopf gesetzt hatte, bekam sie es auch. Sie wollte unbedingt an einem Ball teilnehmen und setzte Edward zu, und ließ sich nicht mit einem Nein abspeisen.«

»Sie muss ziemlich reif für ihr Alter gewesen sein.«

»Wohl wahr. Und ich bin froh, dass du in dieser Hinsicht deiner Mutter nicht ähnlich bist.«

»Seltsam, in meiner Erinnerung ist sie immer glücklich und heiter, für irgendein Fest wunderschön hergerichtet, mit ihrem funkelnden Schmuck und ihren prachtvollen Abendroben. Der Krankheit kann ich mich eigentlich nicht mehr so richtig entsinnen.«

»Sie wollte sie nicht wahrhaben. Ihre Mutter und ihr Vater waren daran gestorben. Sie hatte Großvater bis zu seinem Tod gepflegt, wusste also genau, was auf sie zukam. So lange durchzuhalten kostete sie ungeheure Kraft.« Als er aufblickte, sah er Tränen in Kesris Augen.

»Sie würde nicht wollen, dass wir traurig sind, Liebes.«
Sie rang sich ein Lächeln ab. »Übrigens, für dich ist ein Brief gekommen, aus dem Norden. Von Mr. Cecht.« Sie zog einen Umschlag unter dem Stapel von Abzügen hervor und reichte ihn ihrem Vater. »Ich habe den Namen sofort wiedererkannt. Merkwürdig, findest du nicht? Dabei schreibt er so selten. Und besucht hat er uns auch noch nie, oder? Als Geschäftsmann hat er doch bestimmt von Zeit zu Zeit in Bangkok zu tun.«
»Nicht dass ich wüsste. Er macht sich wohl nichts aus dem Stadtleben. Zieht es vor, seine Geschäfte im Hinterland zu tätigen.«
»Also dann, ich mache mich mal wieder an die Entwicklung meiner Bilder.«
Er wartete, bis sie die Tür hinter sich geschlossen hatte, bevor er den Brief aufriss. Er hatte seit Dezember nichts mehr von Elizabeth gehört und hoffte, dass er keine schlechten Nachrichten enthielt. Es gab inzwischen einen zuverlässigen Postdienst, sowohl innerhalb des Landes als auch nach Übersee, und es kam selten vor, dass Briefe verloren gingen. Der vierzehntägige Postverkehr zwischen Bangkok und Chiang Mai war bereits im Oktober 1885 eingerichtet worden. Damals war der Weg lang und beschwerlich gewesen, so dass die Post nicht immer und wenn, dann oft mit großer Verzögerung eintraf, da die Zusteller am Ende der Strecke zu Fuß den Dschungel durchqueren mussten, um die entlegene Stadt im Norden zu erreichen.
Mit dem Beginn des Eisenbahnbaus im Jahre 1891 hatte sich der Postdienst von Jahr zu Jahr verbessert. Die erste Bahnlinie zwischen Bangkok und Paknam war 1983 eröffnet worden; im Nordosten hatte man Korat erreicht; und eine Gleisstrecke wurde stetig in Richtung Norden, nach Chiang Mai verlegt. Sam hatte eine Vorliebe für solche Fakten und Zahlen und er gab sich große Mühe, sie während seiner Reisetätigkeit gewissenhaft aufzuzeichnen. Doch neuerdings hatte seine Abenteuerlust ein wenig nachgelassen, seine Reisen waren seltener geworden und erfolgten in größeren Abständen.
Dennoch hatte er eine Möglichkeit gefunden, sie auf einer anderen Ebene fortzusetzen und gleichzeitig seinen schöpferischen und emotionalen Bedürfnissen freien Lauf zu lassen, als Verfasser von Abenteuerromanen. Seine Bücher, mit ihrem Protagonisten Thomas

Yearby und seinen Reisen durch Asien und den pazifischen Raum, stützten sich ausschließlich auf seine eigenen Erfahrungen und waren bereits auf zehn Bände angewachsen. Jedes neue Werk wurde von den britischen und nordamerikanischen Lesern, die es nach spannenden und gleichzeitig wahren Abenteuerberichten dürstete, sehnlich erwartet.
Er war enttäuscht, als er in dem Umschlag nur ein einziges dünnes Blatt mit einem einzigen handgeschriebenen Absatz fand.

1. Februar 1904

Lieber Mr. Taylor,

ich möchte Sie lediglich davon in Kenntnis setzen, dass unser geschätzter Kollege Mr. J. Ende Februar in Bangkok Station machen wird. Er beabsichtigt, entgegen unserem Rat, einige Zeit in der Landeshauptstadt zu verbringen, bevor er seine Heimreise fortsetzt. Er ist gleichwohl informiert, welchen Umgang er dort meiden sollte, und wir hoffen inständig, dass er von unerwünschten Annäherungsversuchen gewisser Personen verschont bleiben wird, die ungebeten Einfluss auf ihn ausüben könnten.
Als Kollege, der Ihre Interessen verfolgt, Sir, verbleibe ich mit freundlichen Grüßen,

D. Cecht, Esquire.

Hatte sie nach so vielen Jahren immer noch Angst vor seinem Einfluss? Was glaubte sie, was er tun würde? Er fragte sich, wie er sich tatsächlich verhalten würde, wenn er sich von Angesicht zu Angesicht seinem Sohn gegenüber sähe, den er nicht kannte und den er nicht einmal erkennen würde? Wünschte er sich überhaupt eine solche Begegnung? Er hatte Kesri und sie war sein ganzer Stolz. Er hatte im Lauf der Zeit entdeckt, dass es ihm gefiel, Vater zu sein, und dass er ein guter Vater war.
Doch um der Wahrheit die Ehre zu geben – er war neugierig. Joe war inzwischen ein Mann und er hätte seine Entwicklung gerne miter-

lebt. Doch er musste auch zugeben, dass er ihn nach all den Jahren wie einen Fremden betrachtete und keine Ahnung hatte, was er ihm sagen würde, falls sich ihre Wege jemals kreuzen sollten.
Elizabeth hatte Wort gehalten und ihn im Laufe der Zeit regelmäßig ins Bild gesetzt, doch nun, da Joe im Juni einundzwanzig und damit volljährig sein würde, würde sie ihm vermutlich nicht mehr schreiben. In seiner Vorstellung war sie immer noch die Frau, die er in der Jugend gekannt hatte, und er dachte selten daran, dass sie inzwischen dreiundvierzig war. Nach Jahrzehnten in den Tropen, wo die Sonne nicht sonderlich freundlich mit heller Haut umging, würde sie ihrem Alter entsprechend oder sogar älter aussehen.
Er verwahrte den Brief bei den anderen in der untersten Schublade seines Schreibtisches und verspürte das Bedürfnis, den Stapel in die Hand zu nehmen und durchzublättern. Einige hoben sich vom Umfang merklich von den anderen ab; das waren diejenigen, die Meilensteine im Leben des Jungen beschrieben. Doch es stand nie ein Wort über sie selbst darin. Sie verriet mit keiner Silbe, was sie wirklich empfand, wie sie die Situation meisterte, ob sie glücklich war oder ob sie überhaupt jemals an ihn dachte.

1. Dezember 1890

Lieber Mr. Taylor,

es könnte Sie interessieren, zu erfahren, dass mein junger Schützling, Mr. J., in Kürze nach England geschickt werden soll, um eine breit gefächerte, freisinnige Erziehung und Ausbildung zu erhalten. In seinem jugendlichen Alter, in dem man leicht zu beeinflussen ist, halten meine Geschäftspartner und ich es für das Beste, obwohl wir ihn und sein liebenswertes Wesen vermissen werden.
Wir sind zu der Ansicht gelangt, dass Harrow ein überaus geeignetes Internat ist, und werden seine Fortschritte mit gespannter Erwartung verfolgen. Wir hoffen, dass Mr. J. seine Studien anschließend in Oxford oder Cambridge fortsetzen wird, vielleicht in Hinblick auf die Möglichkeit, zu einem späteren Zeitpunkt unserer Organisation beizutreten. Es wird außerdem von ungeheurem Vorteil für den jungen

Mann sein, umgeben von Verwandten in der Heimat aufzuwachsen und annehmbaren Umgang zu finden, da uns der mögliche Einfluss bestimmter Personen in unserer Wahlheimat Sorge bereitet.
Wir setzen unsere Arbeit im Norden unverdrossen fort, doch es hat nicht den Anschein, als ob sie von großem Erfolg gekrönt sei. Dennoch, Beharrlichkeit ist alles. Ich hoffe, Ihre Familie ist wohlauf. Mit den besten Grüßen und Wünschen für das kommende Weihnachtsfest

verbleibe ich
Ihr Dian Cecht

1. Dezember 1895
Oriental Hotel, Bangkok

Lieber Mr. Taylor,

wenn Sie diese Zeilen lesen, werde ich mich bereits auf dem Weg nach England befinden, zum ersten Mal seit dreizehn Jahren. Da meine Mutter unlängst verstarb, kehre ich in die Heimat zurück, um den Nachlass zu regeln und gleichzeitig unseren jungen Freund zu besuchen, der seit fünf Jahren dort weilt und sich nach Siam sehnt. Er ist in einem Alter, in dem er glaubt, besser zu wissen, was gut für ihn ist, doch wir sind nach wie vor der Meinung, dass England der geeignete Aufenthaltsort für ihn ist, bis er die Volljährigkeit erreicht hat und selbst entscheiden kann, welchen Weg er einschlagen will. Er ist ein begabter Schüler, gleichwohl ein Träumer, der sich rasch langweilt oder ablenken lässt und zudem außerstande ist, lange an einem Ort zu verweilen, wie man aus seinem Schulzeugnis ersehen kann. Er ist, möchte ich behaupten, in dieser Hinsicht ganz der Vater und ich denke, Sie haben die Bekanntschaft jenes Herrn bei der einen oder anderen Gelegenheit gemacht.
Bitte verzeihen Sie, Sir, dass ich Sie nicht früher von meinem Aufenthalt in Bangkok informiert habe. Vielleicht denken Sie, es hätte angesichts eines solchen Ereignisses möglich sein müssen, uns zu einem kurzen persönlichen Gespräch zu treffen. Doch da mir der Kummer über den Tod meiner Mutter noch immer gewärtig ist, ge-

nau wie unsere letzte geschäftliche Zusammenkunft, werden Sie meine Zurückhaltung zu schätzen wissen.

Ihr
D. Cecht

1. Dezember 1901

Lieber Mr. Taylor,

ich möchte Sie von Mr. J.s erfolgreichem Abschluss am Harrow-College und der Annahme an der Oxford University für das kommende akademische Jahr in Kenntnis setzen, wo er sich auf unseren Rat hin mit der klassischen Philologie befassen wird, ein angemessenes Studium für einen jungen Gentleman, wie wir finden. Danach steht es ihm frei, ein berufsbezogenes Studium zu beginnen, vielleicht Theologie, wie wir hoffen, um später in den Dienst der Kirche einzutreten. Zum Glück zeigt er bisher keine Neigung, zu heiraten, was wir für verfrüht halten würden.

Ihr
D. Cecht

15. März 1903

Lieber Mr. Taylor,

bitte nehmen Sie mein aufrichtiges Beileid zum Ableben Ihrer Frau entgegen. Es tut mir so Leid. Ich hätte sie gerne noch einmal gesehen.

Ihre Freundin
Elizabeth

Sam lächelte über diesen letzten Brief, trotz der traurigen Erinnerungen. In ihrem Kummer über Anchalees Tod hatte sie vergessen, mit ihrem »Pseudonym« zu unterschreiben. Vielleicht wäre es besser gewesen, ihn nicht aufzuheben, doch er war tief berührt, weil sie zum ersten Mal etwas über ihre Gefühle offenbart hatte.

Dieses kurze Kondolenzschreiben war bis zum heutigen Tage der einzige Brief, den er seit ihrem letzten von 1901 erhalten hatte. Wahrscheinlich hatte sie in der »Bangkok Times« vom Ableben ihrer Schwester gelesen, mehrere Wochen nach Erscheinen der Todesanzeige, als die Zeitung Chiang Mai erreicht hatte. Es musste schrecklich sein, die Neuigkeit auf diese Weise zu erfahren. Er hätte sie ihr gerne selbst mitgeteilt, doch sie hatte ihm strikt verboten, jemals wieder Kontakt zu ihr aufzunehmen, und er wollte schlussendlich nicht riskieren, dass die Verbindung zu ihr, wie lose auch immer, endgültig abbrach. Er fragte sich, ob sie an der Beisetzung teilgenommen hätte, wenn sie in Bangkok gewesen wäre.
Gedanken an Anchalee drängten sich ihm auf. Nach den Turbulenzen, die beide Familien auseinander gerissen hatten, schien sie endlich zur Ruhe zu kommen. Sie vergaß ihren Rachefeldzug gegen ihre Schwester und Elizabeths Name wurde in ihrem Haus für lange Zeit nicht mehr erwähnt. Und obwohl sie weiter unter einem Dach wohnten, führte jeder sein eigenes Leben. Für die nächsten drei Jahre hatten sie getrennte Schlafzimmer. Sie hatte sich ihm mehr als einmal zu nähern versucht, doch er hatte sie stets zurückgewiesen, immer noch wütend darüber, was sie Elizabeth angetan hatte, und wütend auf sich selbst. Er fand vorübergehend Trost in kurzen, diskreten Affären mit verheirateten Frauen, bei denen sie ein Auge zudrückte, und im Lauf der Zeit verebbte sein Zorn, bis er schließlich verraucht war. Die Kameradschaft, die sich zwischen ihnen entwickelte, entsprang dem einfachen Bedürfnis, ihre gemeinsame Tochter großzuziehen.
Und dann, an einem Abend im Jahre 1890, zog sie einfach wieder in sein Schlafzimmer ein, ohne Erklärung oder Entschuldigung. Und er forderte sie nicht zum Gehen auf. Von dem Tag an lebten sie wieder wie ein Ehepaar und stellten fest, dass ihre Beziehung letztendlich doch eine Zukunft hatte, auch wenn sie betonte, dass sie keine weiteren Kinder mehr wolle. Sich Sorgen um Kesri zu machen reiche ihr, sagte sie, und sie waren vorsichtig.
Sam stürzte sich immer noch von Zeit zu Zeit in kurze, leidenschaftliche Affären, doch als sich das alte Jahrhundert dem Ende zuneigte, schien er den Geschmack an solchen romantischen Verwick-

lungen zu verlieren. Er gelangte zu der Erkenntnis, dass er etwas suchte, was es nicht gab, eine zweite Elizabeth, und dass es besser war, das Glück dort zu finden, wo es ihm möglich war, nämlich in seinen eigenen vier Wänden.

Die letzten vier Jahre waren die besten gewesen. Sie wuchsen zusammen und wurden wahre Freunde, obwohl sie die ersten gemeinsamen Schreckensjahre nie mehr erwähnten. Bis sie ihm, als sie eines Abends im Bett lagen, gestand, wie sie sich in ihn verliebt hatte, als sie ihre Intrigen gegen Elizabeth spann. »Ich erkannte meine Liebe zu dir nicht, weil ich von meiner lächerlichen Obsession verblendet war. Und als mir endlich ein Licht aufging, war es fast zu spät. Es hat lange gedauert, dich zurückzuerobern.« Er hatte sie an sich gedrückt und zum ersten Mal das Gefühl gehabt, sie so zu lieben wie ein Mann seine Frau lieben sollte.

Sie musste zu dem Zeitpunkt bereits von ihrer Krankheit gewusst haben, denn kurze Zeit später waren die Anzeichen unverkennbar. Er hatte zu ihr gefunden, nur um sie auf grausame, schmerzvolle Weise an den Tod zu verlieren. Er hatte aufrichtig um sie getrauert und um die vergeudeten Jahre. Das Haus war leer ohne sie.

Doch er musste an Kesri denken. Das scheue Mädchen erblühte innerhalb eines Jahres zu einer reizvollen jungen Frau und talentierten Fotografin. Sie hatte sich für diese Kunst interessiert, seit sie den Schlüssel zum versperrten Atelier ihres Großvaters gefunden hatte. Doch seine alten Kameras waren schwer, kompliziert zu bedienen und durch technisch fortschrittlichere Erfindungen längst überholt. Sam freute sich über ihr Interesse und suchte das Fotostudio von Mr. J. Antonio Charoen Krung an der New Road gegenüber der Banque de l'Indochine auf. Dort erstand er eine neue Boxkamera, mitsamt Zubehör, einem Vorrat an Filmen und einem Leitfaden über die Techniken der Fotografie und Entwicklung von Aufnahmen, die er ihr zum sechzehnten Geburtstag schenkte.

Sie beherrschte die Grundlagen binnen kürzester Zeit, experimentierte im Handumdrehen mit eigenen neuartigen künstlerischen Interpretationen und suchte ihrerseits Mr. Antonio in seinem Studio auf, um das Gelernte mit ihm zu erörtern. Ihre Bilder waren so brillant, dass Sam einige von ihnen in seinem neuen Buch über Siam verwenden wollte, gemeinsam mit den historischen Fotografien, die Edward aufgenommen hatte. Vermutlich war es das erste Mal, dass Werke von einem Mann und seiner Enkelin in einem Band gezeigt wurden.

Sie hatte keine Erinnerung an ihren Großvater, da sie noch ein Baby gewesen war, als er starb, doch sie hatte das Gefühl, ihn durch seine Pionierarbeit zu kennen, die sie uneingeschränkt bewunderte. Einige der Fotografien aus dem alten Siam sollten noch etliche Jahre in Büchern erscheinen und in Museen ausgestellt werden. Sie füllten Kiste um Kiste, um nach und nach alle Fotografien zu katalogisieren und zu archivieren. Sie hatte sogar ein Bild vom Vater des Königs, König Maha Mongkut, gefunden, das 1868 in Hua Wan aufgenommen wurde. Ihr Großvater war offenbar auf Einladung des Monarchen mit einem großen Tross dorthin gereist, um die Sonnenfinsternis zu beobachten. Es war eine der letzten Fotografien, die vor dem Tod des alten Königs entstanden.

Sam nahm die Fotos in die Hand und betrachtete sie flüchtig. Sie hatte ein gutes Auge für reizvolle Motive und nur die für seine Zwecke tauglichsten Bilder ausgewählt. Als er darüber nachzudenken begann, welche er nehmen oder weglassen sollte, klopfte es und sie kam noch einmal herein, ein weiteres Foto in der Hand.

»Eins vergessen?«

»Nein, die Aufnahme eignet sich nicht für das Buch, doch ich würde trotzdem gerne wissen, wer das ist.«

Sie hielt ihm eine verblasste Fotografie entgegen und er erkannte die abgelichtete Person auf Anhieb.

»Sie ist sehr schön. Wer ist sie, Vater?«

Sam starrte das Bild von der jungen Elizabeth an; einundzwanzig war sie damals gewesen, erstaunlich ausgeglichen für ihr Alter, und er erinnerte sich noch lebhaft an sie. So hatte sie ausgesehen, als er ihr das erste Mal begegnet war; mit hoch erhobenem Kopf, doch kindlich staunendem Blick.

»Weißt du nicht mehr, wer das ist?«, hakte Kesri nach.

»Doch. Deine Tante Elizabeth.«

»Aha, diejenige, die nicht erwähnt werden darf.« Sie fragte sich erneut, warum er immer abgeblockt hatte, sobald die Sprache auf sie

kam. »Was ist damals wirklich passiert, Vater? Warum erzählst du es mir nicht?«
Sam seufzte. »Es ist eine komplizierte Geschichte, wie ich dir bereits erklärt habe, und ich denke nicht, dass sie von Belang für dich ist.«
»Es sind meine Verwandten, die einzigen, von denen ich weiß. Oder vielmehr nichts weiß. Sie kommen doch bestimmt hin und wieder nach Bangkok. Und ich würde sie liebend gerne besuchen. Das wäre ein richtiges Abenteuer. Denk doch nur an die fotografischen Möglichkeiten! Was war denn nur zwischen euch? So schlimm kann es doch gar nicht gewesen sein!«
Er tat, als würde er sich mit seinen Papieren beschäftigen, und erwiderte betont nachlässig: »Es war nichts weiter… eine Sache zwischen deiner Mutter und Tante Elizabeth. Und, wie ich bereits sagte, nichts, was für dich von Belang wäre.«
»Das ist doch Ewigkeiten her. Es muss passiert sein, als ich noch ein Baby war, weil ich mich nicht entsinnen kann, Tante Elizabeth, Onkel Joseph oder Vetter Joe jemals gesehen zu haben. Und Mutter ist tot. Warum soll ich sie nicht kennen lernen, wenn dieser Streit für mich nicht von Belang ist? Findest du nicht, dass die Familienfehde lang genug besteht?«
»Von Familienfehde kann keine Rede sein, Kesri. Es ist nur besser, die Sache auf sich beruhen zu lassen.«
»Tante Elizabeth ist nicht einmal zu Mutters Beerdigung gekommen.«
»Es gibt vieles, was du nicht weißt, doch das ist lange her. Glaube mir, es ist besser, die Vergangenheit ruhen zu lassen.«
»Und was ist, wenn ich ihnen bei irgendeiner Gesellschaft begegne? Zufällig, meine ich. Das könnte durchaus passieren. Bei einem Gartenfest des Königs beispielsweise. Wer weiß, wann sie eine Einladung erhalten und beschließen, dort aufzukreuzen. Die Leute würden es ziemlich merkwürdig finden, wenn ich so täte, als würde ich meine eigene Familie nicht kennen. Schließlich kennt hier jeder jeden, das weißt du. Sie würden sich hinter meinem Rücken das Maul zerreißen. Das wäre ungeheuer peinlich, Vater.«
Das alles lag so lange zurück, dass sich nur wenige Angehörige der Ausländerkolonie daran erinnerten. Die Leute kamen und gingen und hatten schon vor langer Zeit aufgehört, über das Zerwürfnis in

der Familie zu munkeln oder Mutmaßungen über die Ursache anzustellen. Es gab neue und aufregendere Skandale, die jüngere, frisch eingetroffene Schönheiten betrafen.
Dennoch dachte Sam über ihre Worte nach und begriff, dass sie Recht hatte. Er verstand ihr Bedürfnis, akzeptiert zu werden und ihre eigene Identität zu finden, da sie sich weder der einen noch der anderen Welt voll zugehörig fühlte, eine überaus verwirrende Erfahrung in ihrem Alter.
Er glaubte nicht, dass Elizabeth oder Joseph jemals in Betracht ziehen würden, Bangkok zu besuchen, doch plötzlich fiel ihm ein, dass Joe kommen würde, und zwar sehr bald, wenn er nicht schon da war. Er konnte nur hoffen, dass sie ihm nicht über den Weg lief. Er konnte ihr nicht die Wahrheit sagen, denn sonst würde sie sich zweifellos auf die Suche nach ihm machen, mit oder ohne seine Zustimmung.
»Mag sein«, räumte er endlich ein. »Du musst natürlich die Regel der Höflichkeit wahren. Dann wirst du ihnen keinen Grund zum Klatschen liefern. Doch solltest du jemals einem von ihnen begegnen, auch wenn es unwahrscheinlich ist, lässt du dich bitte nicht mit ihnen auf ein Gespräch ein, Kesri.«
»Auf ein Gespräch einlassen? Vater, ich bezweifle, dass ich sie überhaupt erkennen würde. Bitte erlaube mir, wenigstens zu sagen, wer ich bin, falls ich sie kennen lernen sollte!«
Sie sollte Rechtswissenschaft studieren, dachte er, denn sie hatte, wie ein geschickter Anwalt, jedes Argument der Gegenpartei entkräftet.
»Ich nehme an, damit würdest du keinen großen Schaden anrichten – jedoch nur, um den Schein zu wahren. Ich kann dem Gedanken nicht viel abgewinnen. Und erwarte nicht von ihnen, dass sie den Kontakt ermutigen.«
Sie küsste ihn auf die Wange und entschwand. »Ich muss zur Anprobe für mein neues Ballkleid«, rief sie beim Hinausgehen. »Du erinnerst dich? Für das Fest nächste Woche.«
Er saß lange da, als sie gegangen war, und betrachtete die Fotografie der jungen Frau, die nicht viel älter als seine Tochter gewesen war, als er sie kennen gelernt hatte.
Er hätte gerne gewusst, wie sie heute aussah. Er versuchte, sich die Falten und Formen einer reifen Frau auszumalen, die sie inzwischen

war, doch es gelang ihm nicht. Er sah sie immer nur als strahlende junge Frau vor sich.

Er zündete seinen Stumpen an und ging zum Fenster, blickte auf den gepflegten Garten hinab und fragte sich, ob er sie jemals wiedersehen oder mit ihr sprechen würde. Anchalee war überzeugt davon gewesen. Ihre letzten Worte auf dem Sterbebett, als sie immer schwächer wurde, hatten ihrer Schwester gegolten. »Sag Elizabeth … dass … dass sie … Recht hatte. Sag ihr, dass unsere Mütter …«

Doch sie war gestorben, bevor sie den Satz beenden konnte, und Sam grübelte immer noch darüber nach, was sie ihm sagen wollte.

In der Zwischenzeit probierte Kesri in Mrs. Smythes Schneiderei, die nun unter der Leitung ihrer siamesischen Schwiegertochter stand, das weiße hochgeschlossene Kleid an und betrachtete zufrieden ihr Erscheinungsbild in dem dreiseitigen Spiegel. Sie hoffte nur, dass ihr Vater nicht wütend sein würde.

Das Gartenfest stand unter dem Motto Viktorianische Epoche und die Gäste waren aufgefordert, in Kostümen des ausgehenden letzten Jahrhunderts zu erscheinen. Sie hatte dieses herrliche alte Ballkleid ihrer Mutter gefunden und beschlossen, dass es wie gemacht für den Anlass war. An manchen Stellen mussten die Nähte ausgelassen werden, doch ansonsten passte es wie angegossen. Einige der Gäste, Neuankömmlinge in Siam, mussten sich Kostüme nach den alten Vorlagen anfertigen lassen, und Kesri war stolz, ein Original tragen zu können.

Mutter muss ziemlich jung gewesen sein, als sie es trug, dachte Kesri; vielleicht stammte es aus der Zeit, als sie ihren ersten Ball besucht hatte. Der Saum reichte vermutlich bis zum Boden, denn es besaß genau die richtige Länge für sie selbst und reichte ihr bis zu den Schuhspitzen, und ihre Mutter war kleiner gewesen.

Sie hatte außerdem einen passenden weißen Sonnenschirm mit rosa Besatz in der Kleiderkiste entdeckt; nur der Hut fehlte, um das Ensemble zu vervollständigen. Doch Mrs. Smythes Schwiegertochter hatte Abhilfe gewusst und ihr einen Hut im Viktorianischen Stil angefertigt, der ihr Gesicht anmutig einrahmte, mit Bändern, die unter dem Kinn befestigt wurden, weißen Seidenrosen und kleinen Schleifen.

An dem Samstag, als das Fest stattfand, kleidete sich Kesri sorgfältig an und bat das Dienstmädchen, ihr dabei zu helfen, die langen dunklen Haare unter dem Hut festzustecken. Sie wünschte, sie hätte Locken oder Wellen gehabt, wie ihre Freundin Janie. Ihre Haare waren völlig glatt und mussten mittels zahlreicher Haarnadeln gebändigt werden, damit die Frisur hielt. Sie waren der größte Verdruss in ihrem Leben, denn sie hatte zwar das glatte Haar der Siamesinnen geerbt, doch es war nicht dick und kräftig wie bei ihnen, sondern fein, brüchig und schwer zu frisieren. Dennoch gelang es ihr mit Nois Unterstützung und als sie einen Schritt zurücktrat, um sich in voller Länge im Spiegel zu betrachten, lächelte sie zufrieden.
»Ich sehe wirklich so aus wie die Frauen im letzten Jahrhundert, findest du nicht?«, fragte sie auf Siamesisch. Anchalee hatte verlangt, dass ihre Tochter fließend Englisch und Siamesisch sprach.
»Genau so, Miss Kesri. Ihr Vater wird stolz sein, Sie zu begleiten.«
Noi fühlte sich in Kesris Gesellschaft wesentlich wohler als früher in Anchalees. Sie war ein junges Mädchen gewesen, als sie 1879 für die Fairburns zu arbeiten begann. Inzwischen war sie eine Frau mittleren Alters und Kesri behandelte sie mit Freundlichkeit und Respekt, beinahe wie eine ältere Freundin. Sie ermutigte sie, ihre Meinung zu sagen und sich nicht vor ihr zu verbeugen oder vor ihr auf dem Boden zu knien. Noi liebte sie dafür, achtete jedoch ihrerseits darauf, es Kesri gegenüber niemals an Respekt fehlen zu lassen. Es fiel ihr nicht schwer, darauf zu achten, dass sich ihr Kopf stets unterhalb von Kesris befand, denn die Herrin des Hauses war ein gutes Stück größer als die Dienerin.
»Erinnerst du dich, wann Mutter dieses Kleid getragen hat?«, fragte Kesri. »Es muss bei einem wichtigen Anlass gewesen sein.«
Noi tat, als sei sie vollauf damit beschäftigt, das Dekolletee zurechtzurücken. Sie hätte ihr sagen können, dass dieses Kleid nie ihrer Mutter gehört hatte. Sie wollte nicht lügen, brachte es jedoch auch nicht übers Herz, ihr die Wahrheit zu sagen. »Tut mir Leid, Miss Kesri, ich kann mich nicht erinnern, es jemals bei Ihrer Mutter gesehen zu haben. Doch ich werde alt und vergesslich.«
»Unsinn, Noi. Du sieht mit jedem Tag jünger aus.« Dann eilte sie hinaus wie ein Wirbelwind, die Treppe hinunter und in den Salon,

wo Sam bereits wartete. Er hatte für das Ereignis einen alten Cut aus der Mottenkiste geholt und der Rock, die Weste und die gestreiften Hosen saßen kaum enger als vor zwanzig Jahren.

»Da bin ich, Vater.«

Er war wie gelähmt bei ihrem Anblick. Sie sah bezaubernd aus, doch es war nicht der Stolz auf sie, der ihm die Sprache verschlug. Irgendetwas an dem weißen Ballkleid weckte sein Unbehagen, rührte Erinnerungen auf wie ein machtvoller Strudel. Wo hatte er das Kleid schon einmal gesehen?

»Ich wollte dich überraschen, Vater.«

»Womit?«

Sie drehte sich langsam um die eigene Achse. »Erkennst du es nicht? Es ist ein altes Kleid von Mutter. Doch es musste kaum geändert werden. Ist es nicht perfekt?«

Ein Bild, seit langem vergessen, doch immer noch teuer, nahm langsam Formen an. Kein Bild von Anchalee, dessen war er sicher. »Wo hast du es gefunden?«

»In einer alten Truhe im Atelier. Der Deckel war völlig verstaubt, als sei er seit zwanzig Jahren nicht mehr geöffnet worden.«

Mit einem Mal hatte er das Bild wieder klar vor Augen. Die junge Frau im weißen Kleid, in einem Boot auf dem Fluss, mit ihrem Vater und ihrer kleinen Schwester. Elizabeth, als er ihr das erste Mal begegnet war. Das betörend unschuldige Mädchen, das sie war, bevor sie seine Geliebte wurde. Sie hatte das Kleid an jenem Tag getragen, ohne Frage. Sie hatte es vermutlich vor vielen Jahren in der Truhe verstaut und zurückgelassen, als sie in Josephs Haus gezogen war.

Kesri hörte auf, sich zu drehen, und bemerkte den Blick ihres Vaters, der in die Ferne gerichtet war. »Was hast du, Vater? Gefällt es dir nicht?«

Er brachte es nicht über sich, sie zu enttäuschen. »Doch, doch. Es ist nur … es weckt Erinnerungen.«

»Du bist böse auf mich, weil ich dich nicht um Erlaubnis gefragt habe.«

»Nein. Du siehst wunderbar aus. Und jetzt komm, wir müssen los. Du willst doch all die jungen Männer nicht warten lassen, oder?«

32. Kapitel

Sie beobachtete ihn verstohlen und versuchte, sich seinem Kreis unbemerkt zu nähern. Sie war entschlossen herauszufinden, wer er war und wie sie seine Bekanntschaft machen konnte, ohne allzu viel Interesse zu zeigen.

Als sie nur noch wenige Schritte von ihm entfernt war und sich mit Janie unterhielt, sah er zufällig in ihre Richtung und ihre Blicke trafen sich. Sie konnte die Augen nicht abwenden, als er zunächst ein Lächeln andeutete und dann die Stirn runzelte, weil ihm wohl bewusst wurde, dass sie sich nicht kannten. Sie drehte sich eilends um, mit brennenden Wangen, verlegen, dass er sie ertappt hatte. Sie schätzte ihn auf zwanzig oder etwas älter und er war attraktiv, auf eine Weise, wie es ihr Vater gewesen sein musste, als er in diesem Alter war.

Das Gartenfest auf dem Gelände der Vimanmek Mansion, der prachtvollen neuen Teakholz-Residenz des Königs im Dusit Park, fand einfach deshalb statt, weil man die letzten Tage der kühlen Jahreszeit nutzen wollte, solange die Temperaturen noch erträglich waren. In der heißen Jahreszeit fanden die meisten Ausländer die Hitze und die hohe Luftfeuchtigkeit zu ermattend, um sich lange im Freien aufzuhalten.

Sämtliche Ausländer in der Stadt schienen eingeladen zu sein. Der König war ungemein großzügig und gastfreundlich: Er bat seine Hofbeamten, die ausländischen Gesandtschaften von dem Fest in Kenntnis zu setzen und die Zusammenstellung der Gästeliste ihrem eigenen Gutdünken zu überlassen. Folglich gab sich bei diesen Zusammenkünften eine kunterbunt gemischte Gästeschar aus siamesischen Adeligen und Armeeoffizieren, ausländischen Konsularbeamten, dänischen Angehörigen der siamesischen Flotte, Reisenden, Ärzten, Regierungsberatern, Missionaren, Schuldirektoren, Richtern und Industriekapitänen ein Stelldichein. Auch der eine oder andere Unternehmer oder Teakholzhändler, der aus geschäftlichen Gründen oder zur Entspannung in der Stadt weilte, bevor er wieder in den Norden des Landes zurückkehrte, erschien zu diesen Festlichkeiten. Der König, die Erste Königin und einige ihrer Kinder machten die Runde unter den Gästen, als wären sie ein Teil des gemeinen Fußvolks. Es ging zwanglos zu und Seine Majestät neigte dazu, einem ausländischen Freund zuzuwinken oder sich zu ihm zu gesellen, um mit ihm zu plaudern.

Die Hofbeamten und andere Mitglieder des Hofstaats waren entnervt, oft sogar entrüstet über die laxe Handhabung des Protokolls, da sie nicht wussten, ob sie ihrem Monarchen auf dem Fuße folgen oder sich in gebührender Entfernung halten sollten. Der königliche Schirmträger hatte bisweilen seine liebe Not, mit seinem Souverän Schritt zu halten, und seine Seelenqualen wurden offenkundig, wenn es den Sonnenstrahlen unvermeidlich gelang, auf das königliche Antlitz zu fallen.

Königin Saowapa war trotz ihrer Körpergröße von weniger als eineinhalb Metern eine Achtung gebietende Gestalt und viele Gäste waren gleichermaßen erpicht darauf, mit ihr zu sprechen wie mit dem König selbst. Sie wurde 1878 mit ihm vermählt, als sie gerade sechzehn war, und hatte ihm neun Kinder geboren, das letzte im Jahre 1893. Zwei Jahre später wurde sie in den Rang der Ersten Königin erhoben und ihr ältester Sohn, Prinz Vajiravudh, zum Thronfolger ernannt. In jungen Jahren von außergewöhnlicher Schönheit, war sie noch immer attraktiv, obwohl sie die meisten Menschen durch eine Aura der Autorität in ihren Bann zog.

Es war allgemein bekannt, dass sie das Ohr des Königs besaß, und ihr war zu verdanken, dass den Frauen bei Hofe inzwischen gestattet war, sich bei festlichen Anlässen unter die ausländischen Gäste zu mischen. Vor ihrer Zeit waren sie weitgehend vom gesellschaftlichen Leben ausgeschlossen, obwohl sich einige Veteranen noch an die Tage des Königs Mongkut und die Sonnenfinsternis in Hua Wan erinnerten, als einige seiner Gefährtinnen an den Festlichkeiten teilnahmen.

Heutzutage waren die Kurtisanen bei vielen königlichen Lustbarkeiten anwesend, Picknicks im Landesinneren, Ausflüge zum Palast in Bang Pa-In und Segeln auf der königlichen Yacht eingeschlossen. Der König hatte sogar Königin Saowapa zur Regentin ernannt, während er sich 1897 in Europa aufhielt. Sie war die erste Frau, die eine so hohe Stellung in Siam bekleidete.

Doch Kesri interessierte sich nicht für die königlichen Exkursionen. Sie merkte nicht einmal, dass sich Seine Majestät ihrem Vater und seiner Gruppe zugesellte, die in einiger Entfernung stand. Und ihre Aufmerksamkeit war schon seit längerem von der Unterhaltung mit ihrer Freundin abgeschweift.

»Kesri. Hörst du mir überhaupt zu?« Janie stieß sie mit dem Ellenbogen an. »Oder bist du zu sehr damit beschäftigt, dem Romeo dort drüben schöne Augen zu machen?«

»Was? Ich weiß nicht, wovon du sprichst, Janie.« Sie war bestürzt, dass ihr Verhalten so offensichtlich gewesen war.

»Und ob du das weißt.« Janie kicherte. »Und schau bloß nicht hin, er kommt auf uns zu.«

»Er tut was?«

»Bis gleich.« Janie schickte sich mit einem breiten Lächeln zum Gehen an. »Ich hole uns ein Glas Punsch.«

»Janie, warte. Du kannst nicht…«

Doch sie war bereits unterwegs und gleich darauf stand der junge Mann vor Kesri. Seine Augen waren von einem umwerfenden Grün und nicht braun, wie sie gedacht hatte.

Er streckte die Hand aus. »Ich glaube, wir wurden noch nicht vorgestellt. Ich bin Joseph Shaw. Alle nennen mich Joe.«

»Ach du meine Güte«, entfuhr es ihr, als sie einen Schritt zurücktrat und seine Hand losließ. »Dann bin ich… deine Cousine, Kesri Taylor.«

Er schwieg einen Moment, während er die Neuigkeit verdaute.

»Endlich lernen wir uns kennen.«

Sie begann sich zu entspannen. »Ich finde es erstaunlich, dass wir uns noch nie begegnet sind. Ich weiß, du lebst in Chiang Mai, doch du warst sicher hin und wieder in Bangkok.«

»Dafür gibt es eine einfache Erklärung.« Er grinste. »Ich war seit Jahren nicht mehr in Siam. Ich wurde schon als kleiner Junge in ein Internat nach England geschickt und anschließend habe ich in Oxford studiert, Philologie. Ein Jahr lang, dann hat es mir gereicht. Ich fand das Ganze… zu trocken, ohne praktischen Nutzen. Deshalb

pausiere ich ein Jahr, um herauszufinden, was ich wirklich gerne machen möchte. Es erübrigt sich wohl zu erwähnen, dass meine Mutter nicht besonders glücklich über diese Entscheidung war.«
»Und dein Vater, Onkel Joseph?«
»Mein Vater? Der ist eine Seele von einem Menschen. Meinte, es sei meine Entscheidung und er sei mit allem zufrieden, Hauptsache, dass es mich glücklich macht. Er hofft trotzdem, dass ich nächstes Jahr nach Oxford zurückgehe.« Er rückte näher zu ihr und fügte mit Verschwörermiene hinzu: »Ehrlich gesagt würde er es vermutlich lieber sehen, wenn ich Geistlicher würde. Oder zumindest Missionar, wie er.« Er lachte und sie sah, es bestand nicht die leiseste Chance, dass dieser Wunsch in Erfüllung ging.
»Und was willst du? Nach Oxford zurück?«
»Ich denke schon. Ich würde eigentlich gerne Anwalt werden. Etwas Nützliches tun. Vielleicht sogar eines Tages nach Siam zurückkehren, um beim Aufbau einer eigenen juristischen Fakultät zu helfen.«
Janie kam mit dem Punsch, doch als sie sah, dass sich die beiden angeregt miteinander unterhielten, ging sie weiter, um mit anderen Freunden zu plaudern, wobei sie dachte, dass es Kesri gar nicht ähnlich sah, sich sonderlich für Männer zu interessieren. Das Fotografieren ging ihr normalerweise vor, heute hatte sie allerdings keine Kamera dabei.
»Und was ist mir dir, Kesri?«, fragte Joe. »Ich habe von meinen Eltern sehr wenig über dich erfahren, wie du dir vorstellen kannst.«
»Da gibt es nicht viel zu erzählen. Ich bin hier unterrichtet worden, überwiegend von Privatlehrern, was ziemlich langweilig war, und jetzt helfe ich meinem Vater bei seinen Büchern.«
»Aha. Bist du Schriftstellerin?«
»Nein, es geht um einen Bildband: ich fotografiere, der Text ist von ihm.«
»Nicht nur schön, sondern auch talentiert.« Er lachte und sie wurde rot. »War unser Großvater nicht Fotograf?«
»Ja, ich benutze sein altes Atelier. Alle seine Fotografien sind noch dort. Ich wünschte, du könntest sie sehen.«
»Ich kann mir nicht vorstellen, dass in absehbarer Zukunft die Chance auf eine Versöhnung unserer Familien besteht.«

»Weißt du eigentlich, was damals genau passiert ist? Ich sterbe vor Neugierde.«
»Nicht wirklich. Meine Eltern haben mir kaum etwas darüber erzählt, außer, dass irgendetwas zwischen meiner Mutter und deiner Mutter vorgefallen sein muss.«
»Mein Vater redet auch nicht darüber. Es muss etwas Schreckliches gewesen sein, wenn es eine Familie so lange entzweit.«
»Keine Ahnung. Manche Familienfehden ziehen sich so lange hin, dass am Schluss niemand mehr weiß, worum es bei dem Streit eigentlich ging, doch das ändert nichts daran, dass sie sich hassen. Wie die Montagues und die Capulets.«
Sie lächelte verlegen. »Janie meinte gerade, dass … ach, egal, ›Romeo und Julia‹ ist jedenfalls mein Lieblingsstück.«
»Kesri, versprich mir, dass wir diese Fehde beenden. Dass wir beide sie zumindest nicht fortsetzen.«
»Wunderbar! Das ist ganz in meinem Sinne. Damit die Montagues und die Capulets wieder auf freundschaftlichem Fuß miteinander verkehren können.«
»Besiegelt mit einem Kuss«, sagte er und bevor sie ihn daran hindern konnte, hatte er ihre Hand genommen und an seine Lippen gedrückt.
Statt sie wegzuziehen, sah sie ihn an und staunte wieder, wie grün seine Augen waren.
»Tut mir Leid. Du musst mich für ziemlich ungehobelt halten.« Er gab ihre Hand frei, da er fürchtete, sie verärgert zu haben.
»Nein, es ist nur … du hast die gleichen Augen wie meine Mutter.«
»Nein, ich habe die gleichen Augen wie meine Mutter.«
»Dann hatten ihre Augen wahrscheinlich die gleiche Farbe. Ein Erbe unseres Großvaters, nehme ich an. Ich habe ein Foto deiner Mutter gefunden, als junges Mädchen. Sie ist schön.«
»Ja, doch ich habe gehört – wenn auch nicht von meinen Eltern, wie du dir denken kannst –, deine Mutter sei die wahre Schönheit in der Familie gewesen.«
»Sie war wirklich schön, sogar dann noch, als sie schon krank war und es mit ihr zu Ende ging.«
»Es tut mir Leid, dass sie gestorben ist.«

»Es war unfair. Sie war noch so jung, erst vierunddreißig.«
»Ich erinnere mich verschwommen daran, dass wir euch besucht haben, als ich noch klein war. Die Person, an die ich mich am besten entsinne, ist merkwürdigerweise dein Vater, Onkel Sam. Ich weiß nicht, warum, doch ich habe sein Gesicht immer noch deutlich vor Augen.«
»Er hat sich kaum verändert. Ein bisschen grau an den Schläfen, ein paar Falten mehr im Gesicht… Ich finde, dass er immer noch der attraktivste Mann der Welt ist.«
Joe tat, als sei er enttäuscht. »Bist du sicher?«
»Na ja, vielleicht gibt es den einen oder anderen, der es mit ihm aufnehmen könnte«, sagte sie scherzhaft. »Da wir gerade von meinem Vater sprechen, er ist hier irgendwo. Sobald ich ihn sehe, muss ich dich verlassen. Ich kann mir nicht vorstellen, dass er Wert darauf legt, deine Bekanntschaft zu machen. Und da wir gerade beim Thema Eltern sind, solltest du nicht auf dem Weg nach Chiang Mai sein, zu deinen Eltern?«
»Schon. Doch ich musste meinen Aufenthalt in Bangkok zwangsläufig verlängern. Bis ich mich auskuriert habe von einem leichten Anfall von Dschungelfieber.«
Sie sah ihn besorgt an. »O nein…«
Er lächelte. »Nicht sehr schlimm und es geht mir bereits besser, würde ich sagen. Ich leide seit meiner Kindheit daran und die Anfälle treten von Zeit zu Zeit immer wieder einmal auf. Das Klima, nehme ich an. Wie auch immer, der Arzt meinte jedenfalls, es sei ratsam, mir noch ein paar Wochen Ruhe zu gönnen, bevor ich in den Norden aufbreche.«
Joe wurde ernst. »Kesri, besteht die Möglichkeit, dich wiederzusehen? Ich meine, alleine? Ohne dass meine Eltern oder dein Vater etwas davon erfahren. Ich werde noch eine Zeit lang in Bangkok bleiben, bis der Doktor sagt, dass ich reisen kann.«
Sie erschrak und war plötzlich nervös. Doch sie wünschte sich gleichfalls, ihn wiederzusehen, mehr als alles in der Welt.
»Ich… ich weiß nicht.« Sie war nicht sicher, wie sich ein solches Vorhaben bewerkstelligen ließ. »Es wäre schön. Doch mir fällt nichts ein.«

»Denk nach, Kesri, bitte. Ich bin fest entschlossen, zu verhindern, dass dieser Zwist zwischen den Eltern unserer Freundschaft im Wege steht. Das wäre lächerlich.«
»Mein Entschluss steht ebenfalls fest. Doch ich weiß nicht…« Ihre Augen leuchteten auf. »Ich habe keine Ahnung, ob es klappt, doch… du könntest in mein Atelier kommen.«
»In dein Atelier? Das ist bei dir zu Hause, oder? Ich würde nicht mal durch die Eingangstür kommen.«
»Musst du auch nicht. Es gibt einen Hintereingang, vom *sai* hinter dem Haus. Dort kannst du unbemerkt rein und raus. Und dort sind wir ungestört, vor allem, wenn ich ein Schild an die Tür hänge, dass ich in der Dunkelkammer bin. Ich könnte dir Großvaters Fotos zeigen.«
Joe dachte einen Moment nach, dann nickte er. »Warum nicht! Abenteuer geben dem Leben erst die richtige Würze, oder?«
»Am besten wäre Mittwochnachmittag«, schlug sie beherzt vor. »Vater ist an dem Tag meistens außer Haus. Ich beschreibe dir, wie du hinkommst…«
In der Zwischenzeit stand Sam auf der anderen Seite des Rasens und spähte durch die Menschenmenge hindurch zu Kesri hinüber, die sich gerade mit einem jungen Mann unterhielt. Er konnte nicht erkennen, wer es war, da er Sam den Rücken zugewandt hatte, doch er sah, wie Kesri lachte und unbeschwert plauderte, als würde sie ihn seit geraumer Zeit kennen.
Das Gespräch dauerte schon eine ganze Weile und Sam hätte sich gerne entschuldigt und zu ihr gesellt, um den jungen Mann kennen zu lernen. Das war allerdings ausgeschlossen angesichts der Umstände. Der König befand sich immer noch in seinem Gesprächskreis und es wäre undenkbar gewesen, sich mit einer Entschuldigung zu entfernen.
Kurz darauf beobachtete er, wie sich Kesri und der junge Mann trennten. Sie lächelte und der junge Mann küsste ihr kurz die Hand, bevor er sich, in einiger Entfernung, einer anderen Gruppe von Bekannten zugesellte. Der König verabschiedete sich nun ebenfalls und setzte seine Runde fort.
Kesri seufzte erleichtert auf, dass Joe gegangen war, als sie ihren Vater

auf sich zukommen sah. Als er wissen wollte, wer ihr Bekannter sei, erwiderte sie ausweichend: »Spionierst du mir nach, Vater?«
»Natürlich. Mein Beschützerinstinkt wird geweckt, wenn ich sehe, dass sich meine Tochter so offensichtlich für einen jungen Mann interessiert. Was Ernstes?«
»Wie kommst du denn darauf? Ich habe ihn gerade erst kennen gelernt.« Sie wechselte rasch das Thema und versuchte krampfhaft zu verhindern, dass ihr Gesicht glühend rot wurde. »He, ich wette, dass ich dich beim Krocket schlage.«
»Du? Eine halbe Portion wie du bildet sich ein, sie könnte den Krocketmeister von Bangkok schlagen? Das werden wir ja sehen, junge Dame.«
Aus sicherer Entfernung beobachtete Joe, wie die beiden Arm in Arm davonschlenderten. Sam war groß und muskulös und er ließ keinen Zweifel offen, dass es der Gesundheit zuträglicher war, ihm nicht in die Quere zu kommen.
Doch Joe war nie jemandem wie Kesri begegnet. Die Mädchen, die er in England gekannt hatte, waren entweder verarmte Snobs aus der Oberschicht, die sich einen gut betuchten, standesgemäßen Junggesellen angeln wollten, oder Blaustrümpfe, die ihre Nase in Bücher steckten und um jeden Preis beweisen wollten, dass Frauen den Männern gleichrangig waren. Seine wenigen intimen Erfahrungen hatten ihm lediglich eine flüchtige Befriedigung verschafft und er hatte schnell das Interesse verloren. Alle schienen es auf Heirat oder Geld abgesehen zu haben, oder beides.
Sie war anders. Ihre Persönlichkeit faszinierte ihn sogar noch mehr als ihr äußeres Erscheinungsbild, was seltsam war, denn sie war eine außergewöhnlich schöne junge Frau. Seit er ihr begegnet war, wollte er nur noch in ihrer Nähe sein.

Es war zwei Uhr am Mittwochnachmittag und sie lief seit Schlag zwölf im Atelier hin und her. Sie hatten keine Zeit ausgemacht, weil er nicht sagen konnte, wann die Besprechung zu Ende sein würde, bei der es um den Transport von Vorräten für die Missionsstation in Chiang Mai ging.
Seit dem Gartenfest war er ihr nicht mehr aus dem Kopf gegangen.

Er hatte versprochen zu kommen, doch vielleicht hatte er seine Meinung geändert und beschlossen, dass sich das Risiko letztendlich nicht lohnte? Ihre Gefühle waren in Aufruhr. Nie zuvor hatte sie so etwas erlebt. Sie fühlte sich nicht nur zu ihm hingezogen: Da war mehr, mehr, als sie zu ergründen vermochte. War es Liebe auf den ersten Blick? Was für eine Ironie des Schicksals, dass er ausgerechnet der Mensch war, von dem sie sich auf Wunsch ihres Vaters unbedingt fern halten sollte.

Es klopfte leise und zögernd an der Tür und sie beeilte sich mit klopfendem Herzen zu öffnen. Sie zog ihn herein und schloss die Tür, dann blickten sie sich verlegen an, weil sie zum ersten Mal alleine waren. Alles konnte geschehen und niemand würde es erfahren.

Doch Joe war außer sich vor Sorge, dass Sam hereinplatzen könnte. »Er würde Zetermordio schreien, wenn er dich hier alleine mit einem Mann fände. Ich müsste mir eine Erklärung ausdenken und …«

»Sag doch einfach, du bist ein Kunde und wegen Porträtaufnahmen hier.«

»Du hast Kunden?«

»Vielleicht bald. Du könntest mein erster sein.«

Die Vorhänge waren geschlossen und Kerzen brannten auf dem alten Holztisch. Beflissen schenkte sie Zitronenlimonade ein, stellte einen Teller mit kleinen weichen Brötchen und Marmelade hin und bald verschwand die Anspannung, als sie gemeinsam auf dem Sofa saßen und die alten Fotografien anschauten. Sie lachten und unterhielten sich wie langjährige Freunde und es kam ihnen vor, als würden sie sich durch und durch kennen.

Als es an der Zeit war zu gehen, weil Sam bald nach Hause kommen würde, waren sie sich nicht mehr fremd. Als er sich verabschiedete, hielt er ihre Hand und sie wünschte sich, er würde sie nie wieder loslassen.

Danach besuchte er sie, so oft es ging. Er kam heimlich und auf leisen Sohlen durch den rückwärtigen *soi,* als wäre er auf der Flucht, obwohl sie versicherte, dass ihr Vater außer Haus war und ihn ohnehin nicht erkennen würde. Doch Joe war nicht restlos überzeugt und lebte in der ständigen Angst vor Entdeckung.

Natürlich konnte sie der Versuchung nicht widerstehen, ihn zu fotografieren, und er half ihr beim Entwickeln der Bilder in der Dunkelkammer. Er hätte solche Gelegenheiten nutzen und sich an sie heranmachen können, doch er war stets der perfekte Gentleman.
Kesri ahnte nichts, doch Noi hatte mehrmals beobachtet, wie Joe über den Weg hinter dem Haus ins Atelier geeilt war und erst nach Stunden wieder auftauchte. Sie sah Kesri an den Augen an, dass sie verliebt war, doch sie war ihrer Herrin treu ergeben und erzählte niemandem von den Treffen.

Auch Sam bemerkte die verräterischen Anzeichen. Es lag auf der Hand, dass seine Tochter verliebt war. Nur, in wen? Er hatte sie immer zu Tanzveranstaltungen oder anderen gesellschaftlichen Ereignissen begleitet und nicht den Eindruck gehabt, dass sie einen bestimmten jungen Mann bevorzugte. Trotz der großen Schar von Verehrern schien sie keinerlei Anstalten zu machen, einen von ihnen zu ermutigen. Und den Rest der Zeit verbrachte sie alleine in ihrem Atelier.
Vielleicht waren ihre Gefühle ja auch einseitig und wurden nicht erwidert; möglich, dass sie lediglich von jemandem träumte, der ihr begegnet war. Doch ihr Verhalten und ihr Blick waren untypisch für ein junges Mädchen, das einer Schwärmerei nachhing, die harmlos war und zu nichts führte. Er kannte die Frauen gut genug, um aus ihrem Verhalten zu schließen, dass sie keinen Liebeskummer hatte, sondern guter Dinge und ihrer Empfindungen sicher war.
Es bestand natürlich die Möglichkeit, sie direkt zu fragen, und vielleicht wartete sie sogar darauf. Wenn sich die beiden wirklich liebten und der junge Mann angemessen war, würde er keine Einwände erheben. Im Dezember würde sie neunzehn werden, ein Alter, in dem die meisten jungen Frauen an Heirat dachten, und Anchalee war bei ihrer Hochzeit erst sechzehn gewesen. Er beschloss, einen passenden Moment abzuwarten und sie vorsichtig darauf anzusprechen, ob es etwas gab, was sie ihm erzählen wollte.

Wenn er die Stufen zu schnell erklomm, war er schon auf dem ersten Treppenabsatz außer Atem. Manchmal verspürte er ein Engegefühl in der Brust, als ob ihn eine eiserne Faust zu zermalmen drohte.

Er hatte niemandem davon erzählt und kam seinen tagtäglichen Pflichten nach, so gut es ging.
Er war inzwischen zweiundsechzig, hatte mehr als vierzig Jahre seines Lebens in den Tropen verbracht und das Glück gehabt, von schweren Krankheiten wie Schwindsucht, Dschungelfieber oder Cholera verschont geblieben zu sein, die viele seiner Freunde dahingerafft hatten. Einige Missionare waren ertrunken und wieder andere chronisch erkrankt und aufgrund ihres Leidens ans Haus gefesselt. Viele lebten über lange Zeiträume von ihren Familien getrennt, wenn die Frauen am Ende ihrer Kräfte waren und mit ihren Kindern in die Heimat zurückkehren mussten. Einige sahen ihre Männer nie wieder.
Er konnte von Glück sagen, dass er und seine Familie gesund und munter waren. Sie hatten darauf geachtet, dass Elizabeth nie wieder Gefahr lief, schwanger zu werden, und zugegebenermaßen fehlte ihm seit einiger Zeit sowieso die Kraft für regelmäßige intime Beziehungen mit seiner Frau. Doch es schien ihr nichts auszumachen.
Er konnte auch sein großes Vorbild, Reverend McGilvary, nicht mehr auf seinen Exkursionen ins Landesinnere begleiten, obwohl dieser gut vierzehn Jahre mehr auf dem Buckel hatte. Der alte Mann war eine Legende in Nordsiam, bekannt für seine Dschungelexpeditionen auf einem riesigen Elefanten. Damit hatte er Zugang zu entlegenen Ansiedlungen erhalten, in denen man noch nie einen Europäer gesehen hatte. Joseph hatte ihn und seine gleichermaßen abenteuerlustige Tochter Cornelia 1890 auf einer einundachtzig Tage währenden Reise begleitet, die sie zuerst nach Lampang und Phrae führte, südöstlich von Chiang Mai, wo der Reverend einen siamesischen Konvertiten taufte. Dann ging es nach Nan, in das abgeschiedene Chiang Khong und weiter nach Norden bis Chiang Sen. Zum Schluss schlugen sie wieder die südliche Richtung ein, wo er in Chiang Rai eine neue Kirchengemeinde gründete. McGilvary war überall beliebt und seine Elefantenprozession wurde sowohl gefürchtet als auch bewundert und hatte schon des Öfteren dazu beigetragen, Wegelagerer in die Flucht zu schlagen, die nicht lange fackelten, wenn es galt, Reisende auszurauben und umzubringen.
An der Expedition 1891 nach Burma hatte Joseph nicht teilgenom-

men, was er immer noch bedauerte, weil der Reverend geplant hatte, von dort aus nach Muang Sing in Laos weiterzureisen. Diese Etappe wurde jedoch gestrichen, als Josephs Urlaubsvertretung, Mr. Phraner, ernsthaft erkrankte. Außerdem hieß es, dass Banditen ihr Unwesen in den Dschungeln trieben, die vor ihnen lagen, und so kehrten sie um.

Joseph war auch nicht in der Lage, McGilvary 1893 auf seiner fünfmonatigen Exkursion nach Yunnan in China zu begleiten, weil er in der Missionsstation in Chiang Mai gebraucht wurde. Doch er war bei der Reise 1897 nach Muang Sing dabei, in deren Verlauf der Reverend, wie gewöhnlich, die Heilige Schrift verteilte und den Menschen in ihrer Muttersprache das Wort Gottes verkündete.

Nach 1898, mit siebzig, beendete McGilvary seine ausgedehnten Bekehrungsreisen, als die französische Regierung ihm schließlich die Erlaubnis verweigerte, seine Missionstätigkeit in Laos fortzusetzen. Er war zutiefst enttäuscht, besuchte jedoch weiterhin Dörfer in ganz Nordsiam und Joseph war oft ein williger Begleiter.

Joseph liebte nichts mehr, als abends um ein Lagerfeuer an den Ufern des Ping oder Kok Flusses zu sitzen und den Erzählungen des alten Mannes zu lauschen. Allerdings schwelgten sie nicht nur in der Vergangenheit. McGilvary war immer noch voller Tatendrang und hatte viele Pläne für die Zukunft.

Joseph, der sich nie für einen Abenteurer gehalten hatte, stellte erstaunt fest, dass er während dieser Expeditionen nie besorgt oder ängstlich war. Wenn es ihm beschieden war, Räubern, Dschungelfieber oder einem Tiger zum Opfer zu fallen, würde Gottes Wille geschehen. Seinem Schicksal entkam man nicht, davon war er überzeugt. Doch er hatte das Gefühl, dass Gott noch zu viel mit ihm vorhatte.

Vor eineinhalb Jahren war er jedoch so erschöpft wie nie zuvor von einer Rundreise durch die Dörfer zurückgekehrt. »Ich weiß nicht, was mit mir los ist«, hatte er zu Elizabeth gesagt. »Ich fühle mich nicht richtig krank, doch auch nicht ganz gesund. Und dieses Kribbeln in den Beinen …«

Lächelnd nahm sie seine Hände. »Joseph, mach dir keine Sorgen. Es ist nichts, da bin ich mir sicher. Du wirst … du wirst nur langsam alt, mein Lieber. Du bist nicht mehr vierzig oder fünfzig. Du solltest dir nicht mehr so viel zumuten wie ein junger Mann.«

»Reverend McGilvary…«

»… ist für mich das reinste Wunder. Du musst dir nicht beweisen, dass du es mit ihm aufnehmen kannst. Jeder Mensch altert zu seiner Zeit, Joseph, und, ehrlich gestanden, ich habe mir schon mehrmals gedacht, dass du seit einiger Zeit erschöpft aussiehst. Was du brauchst, ist vor allem Ruhe. Vielleicht… vielleicht sollten wir nach Hause fahren, um Joe zu besuchen. Du hast nie Urlaub gemacht, kein einziges Mal in all den Jahren.«

»Nach Hause? Elizabeth, ich war noch nie in meinem ganzen Leben in England. Von Zuhause kann keine Rede sein. Das einzige Zuhause, das ich habe, ist Siam. Nein, nein, ich werde hier gebraucht. Fahr du alleine, wenn es dir ein Bedürfnis ist, meine Liebe.«

Nun, im April 1904, wusste er, dass Reisen für ihn der Vergangenheit angehörten. Er konnte sich nicht mehr dazu aufraffen, vor allem während der Hitze, die ihm unerträglicher vorkam als jemals zuvor. Er war glücklich in Chiang Mai, seit dem Augenblick ihrer Ankunft. Hier hatte er eine Chance erhalten – die dritte, genauer gesagt –, noch einmal ganz von vorne anzufangen, weit weg von den unschönen Begebenheiten in Bangkok. Er unterrichtete nach wie vor an der Missionsschule und half bei den vielen administrativen Aufgaben der Kirche. Er plante, in drei oder vier Jahren in den Ruhestand zu gehen.

Elizabeth hatte das Thema eines gemeinsamen Besuchs in England abermals angeschnitten und am Ende hatte er sich einverstanden erklärt, obwohl er dem Gedanken wenig abgewinnen konnte. Sie hatte viel ertragen müssen, ihm die besten Jahre ihres Lebens geschenkt und mit großer Hingabe an den wohltätigen Werken der Mission mitgewirkt, in einer Zeit, in der die meisten jungen Frauen ihrer Gesellschaftsschicht dem Müßiggang frönten. Sie verdiente mehr Bequemlichkeit. Und sobald er im Ruhestand war, würde er traurig und nutzlos in einem Schaukelstuhl in Chiang Mai sitzen, während andere, jüngere Missionare die Arbeit übernahmen, die er liebte.

Nach Neuseeland zog ihn nichts mehr und deshalb erübrigte sich die Frage, ob er in seine alte Heimat zurückkehren wollte. Seine Eltern waren, verbittert über die »Jugendsünde« ihres einzigen Kindes, vor vielen Jahren gestorben. Sie hatten ihm nichts hinterlassen, sondern ihre gesamte irdische Habe der Kirche vermacht. Nicht, dass er sich gewünscht oder erwartet hätte, Geld zu erben. Doch es wäre schön gewesen, ein paar Familienerinnerungen zu erhalten oder sogar eines der meisterhaft geschnitzten Möbelstücke aus dem fünfunddreißigtausend Jahre alten, heimischen *kauri*-Holz, die er noch aus seiner Kindheit kannte.

33. Kapitel

Zwei Wochen lang war er ein Gentleman gewesen, in jeder Hinsicht. Er hatte nicht einmal den Versuch gemacht, sie zu küssen. Vielleicht war sein Vorschlag, trotz ihrer wachsenden Liebe zu ihm, deshalb ein Schock für sie.

»Heiraten? Ich bin sprachlos. Das geht doch nicht. Die Familie …«

»Psst.« Er schloss sie in die Arme. Er küsste ihre Augenlider und ihre Nasenspitze. »Liebst du mich denn nicht so sehr wie ich dich?«

»Doch. Seit dem ersten Augenblick. Es kommt mir vor, als wären wir füreinander bestimmt. Wir gehören zusammen. Du verstehst mich, auch ohne Worte, weißt immer, was ich denke und empfinde.«

»Dann heirate mich.«

»Was ist mit der Familie? Vater würde nie seine Einwilligung geben.«

»Woher weißt du das?«

»Weil ich seine Einstellung zu deinen Eltern kenne. Weil er mir eingeschärft hat, mich von dir fern zu halten. Und deine Frau zu werden, das würde er mir nie erlauben.«

»Von dem, was du über ihn erzählt hast, sollte man eigentlich meinen, dass er ein ganz vernünftiger Mann ist. Wenn du ihm erklärst, dass du mich liebst und die Familienfehde uns nicht interessiert, dass wir einen Schlussstrich unter die Vergangenheit ziehen wollen, gleich ob es den anderen passt oder nicht, wird er mit Sicherheit einverstanden sein. Sobald wir einundzwanzig sind, kann uns sowieso niemand daran hindern.«

»Bis ich einundzwanzig bin, dauert es noch fast drei Jahre.«

»Nicht bei mir. Ich werde in drei Monaten einundzwanzig. Dann bin ich erwachsen und kann tun und lassen, was ich will.«

»Ich weiß nicht, ob ich es ertragen könnte, mich über den Willen meines Vaters hinwegzusetzen. Ich möchte ihm nicht wehtun. Wir haben uns immer wunderbar verstanden.«

Er strich ihr über das lange, glatte Haar und wischte ihr eine Träne

von der Wange. »Ich weiß. Nicht weinen, Liebling. Er wird dich anhören und dir seinen Segen geben, nachdem du ihm alles erklärt hast.«
»Und was ist mit deinen Eltern? Was werden sie sagen?«
»Ich hätte auch gerne ihren Segen. Doch Vater ist stur. Obwohl er von Vergebung redet, glaube ich nicht, dass er sich selbst immer an das hält, was er predigt. Allerdings hat Mutter manchmal bis zu einem gewissen Grad Einfluss auf ihn. Vielleicht sollte ich sie zuerst einweihen und bitten, bei ihm ein gutes Wort für mich einzulegen.«
»Bist du sicher, dass wir nicht zu jung sind? Und was ist mit Oxford?«
»Komm mit mir nach England. Dank meines Erbes werden wir keine finanziellen Sorgen haben, ob mit oder ohne Einwilligung unserer Eltern.«
»Und mein Erbe ist genauso groß wie deines. Perfekt. Dem Himmel sei Dank für Großvater.«
»Es spielt keine Rolle. Ich würde dich auch so heiraten. Selbst wenn wir völlig mittellos wären und von unseren Eltern enterbt würden. Verstehst du? Du bist das Wichtigste in meinem Leben. Oxford, meine berufliche Laufbahn, nicht einmal meine Eltern haben Vorrang vor dir. Ich liebe dich, Kesri.«
Dann küsste er sie, auf andere Weise als sonst, und sie reagierte, als seine Hand ihre Brust berührte. Sie spürte eine Hitzewelle an ihrer Wirbelsäule aufsteigen und gab sich dieser lustvollen Empfindung hin, als sie in seine Arme sank. Da sie keinen Einwand geltend machte, hob er ihren Rock und liebkoste ihren Schenkel in den seidenen Strümpfen. Dann glitten seine Finger bis zu der Stelle, an der ihr Strumpf endete und ihre Haut begann, und gemeinsam sanken sie auf den Boden.

Die ersten Fotos von Joe waren Porträtaufnahmen, für die er posiert hatte, und sie hatte sie an einer Wäscheleine im ganzen Raum festgeklemmt, bemüht, das beste auszuwählen, um es zu vergrößern und zu rahmen. Er wollte es bei seiner Rückkehr nach Chiang Mai seiner Mutter schenken und somit das Gespräch über sie in Gang bringen. Als sie einen Schritt zurücktrat, klopfte es an der Ateliertür. Obwohl sie nicht verabredet waren, nahm sie an, dass er beschlossen hatte, sie zu überraschen, und lief zur Tür, um zu öffnen. Als sie sah, wer auf

der Schwelle stand, traf sie beinahe der Schlag. »Oh ... Vater Mit dir hatte ich nicht gerechnet.«
»Das sehe ich. Doch offenbar hast du jemand anderen erwartet.« Lächelnd betrat er das Atelier, bevor sie ihn mit einem Vorwand daran hindern konnte.
»Und das ist er, ohne Zweifel.« Er ging von einem Foto zum nächsten, betrachtete sie genau, während Kesri den Atem anhielt. Der junge Mann kam ihm irgendwie vertraut vor, doch Sam wusste mit Sicherheit, dass er ihn nicht kannte. Was die Gesichtszüge betraf, stellte er jedoch eine gewisse Ähnlichkeit mit sich selbst fest. Er dachte flüchtig an Joe, doch dann verwarf er die Vorstellung. Sie waren sich mit Sicherheit nicht begegnet. »Das ist also dein Verehrer.«
»Mein wer, Vater?« Sie tat überrascht, verriet sich jedoch sofort, als Sam schwieg und sie unaufgefordert erklärte: »Ich habe keine Ahnung, wie du auf die Idee kommst. Er ist nichts weiter als ein Kunde, der bei mir ein Porträtfoto für seine Mutter bestellt hat, das ist alles. Sie sind ganz gut geworden, findest du nicht?«
Er lachte. »Du bist keine gute Lügnerin, meine Liebe. Und außerdem besteht überhaupt kein Anlass für deine Geheimniskrämerei. Der junge Mann wirkt doch ganz passabel. Warum erzählst du mir nicht von ihm?«
Er betrachtete eines der Fotos genauer. Er war sich immer noch sicher, ihn schon einmal gesehen zu haben, konnte sich jedoch nicht erinnern, wo. Er fragte sich abermals, wie ihm die Beziehung entgangen sein konnte, die sich zwischen den beiden angebahnt hatte. Er schaute sich ein anderes Porträtfoto an, das einzige, auf dem er lächelte, und hatte das dringende Bedürfnis, seinen Namen zu erfahren.
Sie schenkte ihm ein Glas Limonade ein und überlegte nervös, was sie jetzt sagen oder tun sollte. Nach kurzem Nachdenken gelangte sie zu dem Schluss, dass sie es nicht vor ihm geheim halten konnte. Er ahnte etwas und sie würde es ihm irgendwann ohnehin sagen müssen.
»Warum setzt du dich nicht, Vater, und dann reden wir.«
Er trank einen Schluck und wartete, dass sie anfing.
»Du hast Recht. Er ist jemand, den ich sehr mag. Wir sind uns erst vor wenigen Wochen begegnet, doch haben wir beide das Gefühl, als würden wir uns schon ein Leben lang kennen.«

»Liebst du ihn, mein Schatz?«
Verlegen senkte sie den Blick. »Ja, Vater.«
»Und empfindet er das Gleiche für dich?«
»Ja. Er hat es mir oft gesagt. Er hat … er hat mich gebeten, seine Frau zu werden.«
»Kesri, warum habe ich ihn dann noch nicht kennen gelernt? Warum ist er nicht ins Haus gekommen und hat um deine Hand angehalten, wie es sich gehört? Ich weiß nicht einmal, wer er ist.« Er hielt inne, wartete auf eine Antwort, doch sie blieb stumm. »Wer ist er, Kesri? Warum zögerst du, es mir zu sagen?«
Sie mied seinen Blick, starrte auf ihre Hände im Schoß.
»Weil ich … ich meine, er ist …«
Plötzlich befürchtete er das Schlimmste. »Er hat dich hoffentlich nicht in Schwierigkeiten gebracht, Kesri? Du bist doch nicht …?«
Sie verkrampfte sich. »Nein, Vater, nichts dergleichen.« Sie betete insgeheim, dass es stimmte.
»Da bin ich erleichtert. Und jetzt sag mir seinen Namen, Schatz.«
Wieder trat Schweigen ein. »Ich habe Angst«, sagte sie schließlich kleinlaut. »Du wirst ihn nicht mögen. Und du wirst deine Zustimmung nicht geben.«
»Kesri, ich kenne ihn nicht einmal. Wie kann ich da sagen, ob ich ihn mag oder einer Heirat zustimme beziehungsweise meine Zustimmung verweigere?«
»Wegen … wegen seiner Familie.«
»Sind es rechtschaffene Leute?«
Sie nickte.
»Dann werde ich sicher nichts gegen sie einzuwenden haben. Es spielt keine Rolle, wenn es sich nicht um Briten oder Amerikaner handelt, sondern um Siamesen, falls es das ist, was dir Kopfzerbrechen bereitet. Denk an deine eigene Mutter, Kesri. Und an meine Mutter.«
»Die Eltern sind Briten.«
»Wo liegt dann das Problem? Also, raus mit der Sprache, wer ist es?«
»Es ist … es ist …« Sie schluckte. »Es ist mein Cousin, Joe Shaw.« Sie biss sich nervös auf die Lippe und sah ihn an.
Er wurde aschfahl. Er sah aus wie jemand, vor dem sich, bevor der Tod eintritt, noch einmal das ganze Leben im Bruchteil einer Se-

kunde abspult. Und so war es auch in Wirklichkeit gewesen: Er hatte das Gesicht auf dem Foto erkannt, weil es sein Ebenbild war. Seine Tochter wollte seinen Sohn heiraten, ihren Halbbruder, sein eigen Fleisch und Blut. Keiner von beiden ahnte etwas davon oder konnte sich die Folgen vorstellen. Es wäre Inzest, wenn es nicht bereits dazu gekommen war. Nicht auszudenken!

»Ich wusste, dass du wütend sein würdest, doch …«

Seine Stimme klang flehentlich. »Das kann nicht dein Ernst sein, Kesri. Sag mir, dass es nicht dein Ernst ist.« Nicht einmal in seinen schlimmsten Albträumen hätte er sich vorstellen können, dass so etwas passierte.

»Vater, es ist mein Ernst. Mir war klar, dass du meine Wahl nicht billigen würdest. Es tut mir Leid, dass ich dich hintergangen habe.«

»Hintergangen?«, fragte er beherrscht, immer noch benommen vom Schock, doch nicht im Stande, ihr die wahren Gründe für sein Entsetzen zu offenbaren. Jetzt erinnerte er sich plötzlich wieder daran, den jungen Mann beim Gartenfest gesehen zu haben.

»Kesri, du kennst meine Einstellung. Wie konntest du mir das antun? Wie konntest du dir das antun? Er ist dein Cousin. Ein Cousin ersten Grades, wohlgemerkt.«

»Heutzutage heiraten viele Verwandte ersten Grades, Vater. Das ist doch keine Schande. Und Joe und ich haben entschieden, dass diese Familienfehde töricht ist. Sie geht uns nichts an. Damit muss Schluss sein. Das alles ist vor langer Zeit passiert. Wie kannst du heute noch daran festhalten?«

»Es gibt eine Menge Dinge, die du nicht weißt, Kesri. Und die ich dir nicht erzählen kann.«

»Was soll das Ganze denn?« Sie schluckte die Tränen hinunter. »Es ist nicht fair, dass Joe und ich für etwas büßen müssen, was sich vor zwanzig Jahren zwischen Mutter und Tante Elizabeth zugetragen hat.«

»Es ging nicht nur um die beiden, Kesri. Es betraf uns alle. Du musst mir glauben. Du kannst und du wirst Joe nicht heiraten. Schlag dir das aus dem Kopf. Das ist mein letztes Wort.«

Tränen des Zorns liefen ihr über die Wangen. »Ich dachte, du verstehst mich. Ich dachte, mit dir kann man vernünftig reden. Und

dass du mein Glück willst. Begreifst du denn nicht? Ich liebe Joe und er liebt mich. Wir …«
»Nein!« Sam sprang auf. »Ich verbiete dir, ihn jemals wiederzusehen, hörst du? Du wirst ihn weder sehen noch mit ihm sprechen und heiraten wirst du ihn nur über meine Leiche. Habe ich mich klar ausgedrückt?«, brüllte er in seiner Verzweiflung.
»Ich denke nicht daran!«, schrie sie und sprang ebenfalls auf. »Ich gebe ihn nicht auf, niemals, hörst du? Ich liebe ihn, ich liebe ihn.«
Er packte sie an den Handgelenken, bevor sie aus dem Atelier flüchten konnte. »Kesri, zwing mich nicht, zu härteren Mitteln zu greifen. Wenn du nicht versprichst, diese Geschichte auf der Stelle zu beenden, schicke ich dich für den Rest der Schulzeit nach Europa und in der Zwischenzeit werde ich deine Ehe mit dem nächstbesten Mann arrangieren, so dass dein Erbe in seinen Besitz übergeht.«
Er hätte sich nie vorgestellt, dass er jemals so mit ihr reden und sie einschüchtern würde, und er hasste sich selbst dafür. Er liebte sie über alles, doch diese Situation würde in einer Katastrophe enden. Das musste er verhindern.
»Das würdest du doch nicht wirklich tun, oder? Wie kannst du mir drohen? Das ist doch nicht dein Ernst, oder?« Sie war entsetzt, hatte solche Worte noch nie von ihm gehört.
»Es war mir nie im Leben so ernst. Denk an meine Worte, Kesri. Das ist keine leere Drohung. Das ist ein Gelöbnis.«
Sie riss sich los und sah ihn verächtlich an. »Du würdest es wirklich tun, richtig? Du würdest mein Leben ruinieren, nur um diesen lächerlichen Familienzwist aufrechtzuerhalten, der weder etwas mit Joe noch mit mir zu tun hat.« Sie drehte sich um und rannte zur Tür. »Das werde ich dir nie verzeihen. Niemals!«
Er atmete tief ein und aus und versuchte, sich zu beruhigen; er musste seine ganze Kraft aufbieten, um die Fotos nicht in Fetzen zu reißen. Doch dann stellte er fest, dass er die Aufnahmen wider Willen anstarrte, unfähig, seinen Blick von dem Sohn zu lösen, den er nie kennen gelernt hatte, der seine dunklen, welligen Haare und den gleichen Ausdruck in den Augen besaß. Doch da war auch noch etwas anderes: ein Zug um den Mund, der von Mitgefühl zeugte, und eine bestimmte Kopfhaltung. Das hat er von seiner Mutter ge-

erbt, dachte Sam, und dann fragte er sich, ob sie jemals an ihn gedacht hatte und ob sie die leiseste Ahnung hatte, in welche Verstrickung ihrer beider Sohn unwissentlich geraten war. Hatte er ihr womöglich von seiner Heiratsabsicht geschrieben?

Kesri hatte Recht, was die Fehde betraf, doch was hätte er ihr sonst sagen können? Die Wahrheit würde verheerende Folgen zeitigen. Besser, dass seine Tochter ihn verabscheute, als gebrandmarkt zu sein für ihr ganzes Leben, wenn sie die Wahrheit erfuhr. Wenn er ein Wiedersehen mit Joe verhindern konnte, würde sie ihren Liebeskummer irgendwann überwinden. Sie war jung und die Zeit heilt bekanntlich alle Wunden – bald würde sie ihn vergessen haben.

Wenigstens war sie nicht schwanger, folglich hatte er vermutlich keine sexuellen Annäherungsversuche gemacht. Er hatte es nicht fertig gebracht, sie offen danach zu fragen, allein der Gedanke war ihm unerträglich. Da sie ihn noch nie belogen hatte, nahm er das Wort seiner Tochter für bare Münze, selbst nach ihrem Betrug.

Das war ein Fehler. Denn in ihrem Zimmer, wo sie sich aufs Bett geworfen hatte, plante sie bereits das nächste Stelldichein, überlegte, wie sie ihn weiterhin sehen konnte, ohne dass ihr Vater etwas merkte. Sie würden ein sicheres Versteck finden müssen, da er nun wusste, wie Joe aussah.

Sie wünschte, ihr Vater hätte ein Telefon legen lassen, dann hätte sie ihn anrufen und eine Nachricht in der Missionsstation hinterlassen können, in der er wohnte. Die ersten Fernsprechgeräte waren vor achtzehn Jahren in Bangkok aufgetaucht und inzwischen besaßen viele einen Anschluss, vor allem in der Ausländerkolonie. Sam fand diese Einrichtung indes mehr als nutzlos, weil die Verbindungen ständig gestört waren, vor allem während der Regenzeit; er behauptete, wenn man erst ein Telefon besaß, sei man bald davon abhängig, doch in Bangkok würde es ohnehin die meiste Zeit außer Betrieb sein.

Sie ließ ihn hastig ein und sperrte die Tür zu, als er am nächsten Tag ins Atelier kam. »Ist dir jemand gefolgt?«

»Mir gefolgt?«, fragte er verdutzt. »Natürlich nicht. Warum?«

»Vater weiß Bescheid. Ich musste es ihm sagen. Er hat die Fotos gesehen und mir verboten, dich wiederzusehen.«

»Mein Gott, glaubst du, er beobachtet dich?«
»Vermutlich nicht. Wahrscheinlich sind wir hier sicher. Joe, er hat gesagt, dass er mich nach Europa schickt, wenn ich mich weiterhin mit dir treffe. Er meint es ernst. Das ist keine leere Drohung.«
»Ich gehe davon aus, dass er nicht sonderlich erfreut war, als er erfuhr, wer ich bin.«
»Er war nicht einmal bereit, mich anzuhören, geschweige denn, in Ruhe darüber zu reden. Meine Gefühle haben ihn nicht interessiert. Ich dachte, er würde mich schlagen. Ich liebe dich, Joe.« Mit Tränen in den Augen ließ sie sich auf das Sofa fallen. »Ich weiß nicht, was wir tun sollen.«
Er nahm neben ihr Platz und legte seinen Arm um sie. »Es wird alles gut. Wir brennen einfach durch.«
»Durchbrennen!« Sie traute ihren Ohren nicht.
»Ich habe mir alles genau überlegt. Du weißt, dass ich im Juni Geburtstag habe und persönlich in der Londoner Anwaltskanzlei erscheinen muss, um mein Erbe antreten zu können? Du übrigens auch, wenn es bei dir so weit ist. Ich werde meinen Eltern sagen, dass ich nach England muss, was ja nicht einmal gelogen ist. Ich werde ihnen sagen, dass ich an die Universität zurückkehre und deshalb bald aufbrechen will, was einleuchtet. Ich erwähne nur nicht, dass ich dich mitnehme. Ich muss natürlich zuerst nach Chiang Mai. Doch das dauert nicht lange.«
»Joe, das kann nicht dein Ernst sein. Das klappt nie und es ist nicht recht.«
»Kesri, höre mir zu. Wir werden den Kapitän des Schiffes bitten, uns zu trauen, sobald wir auf See sind. Er wird sich nicht weigern, wenn wir ihm erzählen, dass wir bereits zusammenleben und ein Kind erwarten. Er wird es sogar als seine moralische Pflicht betrachten, unserer Bitte stattzugeben. Bevor wir wieder einen Fuß an Land setzen, wirst du Mrs. Shaw sein und niemand kann etwas dagegen unternehmen.«
Wie konnte sie ein solches Vorhaben auch nur in Erwägung ziehen? Der Gedanke, ihren Vater zu verlassen und in ein unbekanntes Land zu gehen, erschreckte sie. Siam war alles, was sie kannte.

34. Kapitel

Er arbeitete an diesem Tag daheim und war alleine im Haus, mit Ausnahme von Simon, der nach all den Jahren immer noch in ihren Diensten war. Elizabeth hatte sich mit Freundinnen zum Bridge getroffen. Es kam selten vor, dass sie nachmittags nicht irgendeiner ehrenamtlichen Tätigkeit für einen guten Zweck nachging, sondern einer der wenigen Freizeitbeschäftigungen, die ihr Spaß machten. Simon steckte den Kopf zur Tür herein, um ihm mitzuteilen, dass er Besorgungen machen müsse, und wenn Joseph etwas brauche, solle er Kob rufen, die seit zehn Jahren Simons Frau und als Dienstmädchen angestellt war. Kob war gerade in ihren eigenen vier Wänden beschäftigt, in der Bambushütte, die Joseph an der Rückseite des Hauses errichtet hatte, und kümmerte sich um ihre fünf Kinder. Als Simons Familie im Lauf der Zeit gewachsen war, waren die Dienstboten-Unterkünfte viel zu klein geworden.

Joseph streckte die Arme aus und blickte auf den stillen Garten, der sich in seiner ganzen Pracht hinter den Fenstern entfaltete. Die Bananenstauden trugen schwer an ihren Früchten, die Kob als besonderen Leckerbissen für die Kinder mit Limonensaft und Sesamsamen zu frittieren pflegte. Malven rankten sich an den Hecken empor und auf den Böschungen wuchsen niedrige Sträucher mit orangefarbenen Blüten.

Er beschloss, sich noch ein wenig hinzulegen, bevor Elizabeth um fünf Uhr zurückkehrte. Müde erhob er sich von seinem Schreibtisch und trat auf den Gang hinaus, um die Treppe hinaufzusteigen. Er fühlte sich ungewöhnlich kraftlos und musste auf halber Strecke stehen bleiben, um Atem zu schöpfen. Vielleicht sollte er Dr. McGilvary um ein Stärkungsmittel bitten, dachte er, doch das hatte bis morgen Zeit.

Als er fast oben war, griff er sich mit einem Mal an die Brust. Der Schmerz war noch stechender als sonst und das Engegefühl schnürte ihm den Atem ab. Er griff nach dem Geländer, als Stütze bei der Bewältigung der letzten Stufe, doch er strauchelte und merkte, dass er sich nicht halten konnte – alles schien sich im Zeitlupentempo abzuspielen. Sein Arm reagierte nicht, als er sich nach vorne warf, um abermals nach dem Geländer zu greifen, und dann fiel er auf die harten Holzstufen, überschlug sich wieder und wieder, rollte immer weiter hinab, eine Ewigkeit, wie es schien, bis die Welt in Dunkelheit versank.

Als Elizabeth zwei Stunden später zurückkehrte, sah sie, dass Simon, Kob und die Kinder eng zusammengedrängt auf der Veranda kauerten und stumm auf sie warteten. Sie argwöhnte sofort, dass etwas nicht stimmte und eilte zum Haus. »Um Gottes willen, was ist passiert, Simon?«

»Madam, der Herr… er krank, krank. Doktor jetzt bei ihm.«

Sie lief ins Haus und als sie seinen Namen rief, erschien Dr. McKean, ein Amerikaner, der in der Nähe lebte, oben auf der Treppe.

»Doktor, was ist passiert? Was ist mit Joseph? Hat er sich verletzt?«

Seine Miene verriet ihr, dass es ernst war. »Wir gehen besser in den Empfangsraum, Mrs. Shaw. Ich fürchte, ich habe schlechte Nachrichten für Sie.«

Sie setzte sich mit den schlimmsten Vorahnungen auf das alte Polstersofa.

Der Arzt nahm seine Brille ab und nahm ihr gegenüber Platz. »Mrs. Shaw, ich bedaure sehr, Ihnen mitteilen zu müssen, dass Mr. Shaw heute Nachmittag verschieden ist. Es war das Herz, soweit ich sagen kann. Es hörte einfach auf zu schlagen. Er musste nicht lange leiden, Mrs. Shaw. Simon fand ihn am Fuß der Treppe. Er muss während des Anfalls hinuntergefallen sein.«

Sie sah ihn mit glasigen Augen an, im Schock. »Konnten Sie… konnten Sie nichts mehr tun?«

»Er war leider bereits tot, als Simon ihn fand. Wenn das Herz aussetzt, sind wir machtlos. Mein aufrichtiges Beileid, Mrs. Shaw. Kann ich noch irgendetwas für Sie tun?«

»Nein. Nein danke, Doktor. Ist er… ist Joseph oben?« Ihre Stimme klang ruhig und gefasst.

Er nickte. »Möchten Sie ihn sehen?«
»Ja. Ich denke, ich würde lieber alleine hinaufgehen, danke.«
Als sie den Raum betrat, war ihr erster Gedanke, dass sich der Arzt getäuscht haben müsse. Joseph lag mit einer so friedvollen Miene auf dem Bett, dass es aussah, als schliefe er. Sie beugte sich zu ihm herab, berührte seine Wange und küsste seine Lippen. Doch er war bereits kalt. Er war viel älter als sie gewesen und sie hatte stets befürchtet, dass er vor ihr sterben könnte. Trotzdem war er noch verhältnismäßig jung und sie hätte sich nie vorgestellt, so früh Witwe zu werden. Joe hatte geschrieben, dass er in Bangkok angekommen sei und in Kürze nach Chiang Mai weiterreisen werde, doch so bald wie möglich nach England zurückkehren wolle. Der Gedanke, dass sie dann ganz alleine sein würde, erschreckte sie.
Sie betrachtete abermals das Gesicht ihres Mannes, der ihr so lieb und teuer gewesen war, und die Vergangenheit holte sie wieder ein und quälte sie.
»Ach, Joseph, ich habe dir so viel Schlimmes angetan. Ich habe dich verletzt und dir großen Kummer zugefügt«, stammelte sie unter Tränen. »Trotzdem hast du mir immer verziehen und mich geliebt.«
Dann legte sie ihren Hut ab, zog die Schuhe aus und legte sich ein letztes Mal neben ihn auf das Bett. Ein letztes Mal, bevor sie ihn in der warmen Erde seiner Wahlheimat begruben.

Am Tag der Beisetzung war es drückend heiß, kein Lüftchen regte sich und keine einzige Wolke stand am Himmel. Während der Zeremonie fanden die meisten der mehr als hundert Trauergäste Schutz unter den Bäumen, doch Elizabeth stand reglos in der prallen Sonne und sah zu, wie der Sarg in die Erde hinabgesenkt wurde. Sie trat an den Rand der Gruft und ließ die einzelne weiße Orchidee aus dem Garten, den er so geliebt hatte, aus ihren Fingern gleiten. Dann führte Mrs. McGilvary sie weg zu der wartenden Kutsche.

Sie hatte einen Tag nach Josephs Tod ein Telegramm an Joe zur Missionsstation in Bangkok geschickt und Joe war am nächsten Morgen in aller Frühe aufgebrochen, obwohl er wusste, dass er die Beerdigung versäumen würde. In der sengenden Hitze, die um diese Jah-

reszeit herrschte, mussten die Toten so schnell wie möglich bestattet werden. Obwohl sich das Reisen in Siam merklich verbessert hatte, brauchte Joe immer noch zwei Wochen, um nach Chiang Mai zu gelangen.
Kesri erhielt eine hastig hingekritzelte Mitteilung, die von einem Boten überbracht wurde, der die Anweisung hatte, sie persönlich zu überreichen, und nur ihr. Darin hieß es: »Mein Liebling, es ist etwas Schreckliches geschehen, was unser Vorhaben möglicherweise verzögert. Ich erhielt ein Telegramm mit der Nachricht, dass mein Vater gestorben ist, und meine Mutter ist natürlich untröstlich. Ich muss unverzüglich nach Chiang Mai und es könnte sein, dass sie mich eine Weile braucht. Ansonsten hat sich nichts geändert. Ich liebe dich. Warte auf mich. In Liebe, Joe.«
Tränen traten in ihre Augen, als sie seine Nachricht las. Sie wäre gerne bei ihm gewesen, um ihn zu trösten und in die Arme zu nehmen. Die Mitteilung las sich beinahe nüchtern, doch sie wusste, wie sehr er seinen Vater geliebt und respektiert hatte, dass er zu ihm aufgesehen hatte. Auch er würde am Boden zerstört sein.

»Ich bleibe bei dir, Mutter, so lange du mich brauchst«, versprach er, als sie sich umarmten. »Die Reise nach England kann warten.«
Sie lächelte dankbar. Er war schon immer ein Sohn gewesen, wie man ihn sich nur wünschen konnte, und war auch jetzt für sie da, er enttäuschte sie nie. Sie war stolz auf ihn.
»Ich habe beschlossen, nach Bangkok zurückzukehren«, eröffnete sie ihm. »Hier hält mich nichts mehr. Und zu gegebener Zeit werde ich nach England zurückkehren und mich zur Ruhe setzen. Doch bis dahin wartet einiges an Arbeit auf mich. Dein Vater hatte sich noch viel vorgenommen und ich werde einen Teil seiner Aufgaben für die Mission übernehmen, etwa ein Jahr lang oder so, bis ich mich an den Gedanken gewöhnt habe, alleine zu sein. In Bangkok wird mir das leichter fallen, denke ich.«
Selbst der Gedanke, Sam wiederzusehen, zufällig oder auch nicht, kümmerte sie nicht mehr. Sie war es Leid, vor ihrer Vergangenheit davonzulaufen.
Joe pflichtete ihr bei. »Mutter, das ist eine wunderbare Idee. Für dich

ist es am besten. Und du wirst nicht alleine sein. Ich bleibe mit dir in Bangkok, so lange wie nötig.«
Sie lächelte, zum ersten Mal seit Josephs Tod. »Unsinn, mein Junge. Du musst dein eigenes Leben leben. Schieb es meinetwegen nicht auf die lange Bank.«

In der Zeitung stand eine Todesanzeige und sie erzählte ihrem Vater beim Frühstück davon.
»Ich habe es gestern schon erfahren«, sagte er, ohne den Blick von dem Brief seines Verlegers zu heben, den er gerade las.
»Du wusstest es und hast mir nichts gesagt?«
»Es betrifft dich nicht«, erwiderte er kalt, ohne jede weitere Bemerkung. Er konnte ihr schließlich nicht erzählen, dass er ein Telegramm von Elizabeth erhalten hatte.
Wenn du wüsstest, dachte sie. Doch nun konnten sie nicht zum geplanten Zeitpunkt nach England reisen. Sie hatte bereits angefangen, in ihrem Atelier einen Schrankkoffer zu packen, den sie schnellstens wieder auspacken musste, damit er nicht entdeckt wurde. Dann kam ihr ein anderer Gedanke. Joe hatte gesagt, sein Vater sei derjenige, der sich ihrer Heirat am meisten widersetzen würde. Nach seinem Tod würde sich seine Mutter vielleicht eher umstimmen lassen. Möglich, dass Tante Elizabeth wenigstens einverstanden war, auch wenn ihr Vater hartnäckig Widerstand leistete.
In Chiang Mai war Joe zu der gleichen Schlussfolgerung gelangt. Er beschloss, seiner Mutter reinen Wein einzuschenken, in der Hoffnung, dass sie Sam vielleicht überzeugen könnte, sobald sie in Bangkok waren. Doch Elizabeth reagierte genauso wie Kesris Vater.
Als Joe ihr von seinen Absichten erzählte, wurde Elizabeth leichenblass und schlug die Hände vors Gesicht. »Joe, das ist ein Albtraum. Ich muss mich verhört haben. Bitte sag mir, dass es nicht wahr ist.«
Joe war gleichermaßen entsetzt über ihre Reaktion. »Nein, Mutter, du hast dich nicht verhört.« Er versuchte, Ruhe zu bewahren, wobei ihm mit wachsender Besorgnis bewusst wurde, dass es sich bei dem Geheimnis, wie immer es auch geartet sein mochte, um etwas Schwerwiegendes handeln musste. »Ich liebe sie von ganzem Herzen und niemand bringt mich von dem Entschluss ab, sie zu heiraten. Ich

weiß von der Familienfehde und sie ist mir egal. Sie ist uns beiden egal.«
»Es gibt keine Fehde.« Sie hatte ihre Hände so fest im Schoß verschränkt, dass sich die Nägel in die Handballen bohrten. »Du hast keine Ahnung; du weißt nicht, was passiert ist.«
»Dann sag es mir. Das ist beinahe zwanzig Jahre her, Mutter. Um Himmels willen, so schlimm kann es doch nicht sein!«
»Ich kann es dir nicht erzählen. Ich kann nicht… nicht jetzt. Bitte glaube mir, wenn ich dir sage, dass du Kesri unter gar keinen Umständen heiraten darfst.«
»Bitte, Mutter, hör mich an. Warum müssen Kesri und ich für etwas büßen, was sich vor so langer Zeit zugetragen hat? Ich dachte, du würdest mich verstehen.«
Wieder barg sie den Kopf verzweifelt in ihren Händen. »Ach, Joe, ich verstehe dich nur zu gut.«
»Wirst du wenigstens mit Onkel Sam darüber sprechen, wenn wir nach Bangkok zurückkehren? Ihm sagen, wie sehr ich Kesri liebe und dass ich sie glücklich machen werde, wenn er mir die Chance gibt. Wirst du mit ihm reden?«
Langsam hob sie wieder den Kopf und sah ihn an. »Gut, einverstanden. Ich denke, es wird sich nicht vermeiden lassen. Mir scheint, die Sache ist weit genug gegangen und es gibt keine andere Wahl.«

In Bangkok angekommen, verschwendete Elizabeth keine Zeit. Als sie die Formalitäten im Oriental Hotel erledigt und sich nach der langen Reise in ihrem Zimmer frisch gemacht hatte, begab sie sich direkt in die Höhle des Löwen. Sie hatte Kesri geschrieben, nicht Sam.
Kesri hatte schon seit mehr als einer Stunde am Fenster des Empfangszimmers Ausschau nach ihr gehalten und als sie ihre Tante endlich den Weg heraufkommen sah, erkannte sie sie auf Anhieb anhand der Fotografie. Sie war älter geworden, war jedoch noch von der gleichen erlesenen Schönheit, die sie in ihrer Jugend ausgezeichnet hatte. Sie besaß eine Art reifen Schmelz, der sich mit dem Alter noch erhöht hatte.
Kesri öffnete die Tür und war plötzlich nervös, als sie die ersten Worte an sie richtete. »Tante Elizabeth. Bitte tritt ein.«

Elizabeth, die einer Panik nahe war angesichts des bevorstehenden Wiedersehens mit Sam nach annähernd zwanzig Jahren, hatte sich nie als Tante gefühlt. Schließlich war sie nie als solche angesprochen worden, weder schriftlich noch in einem persönlichen Gespräch, und hatte Kesri nie kennen gelernt. Die hübsche, nichts ahnende junge Frau hatte große Ähnlichkeit mit ihrer Mutter, dachte sie, doch ihre Gesichtszüge wiesen auch eine Sanftmut und Lieblichkeit auf, die Anchalee nie besessen hatte.

Obwohl sie gekommen war, um dafür zu sorgen, dass ihr Sohn Kesri nie wiedersah, womit sie dem Mädchen das Herz brechen würde, lächelte sie ihre Nichte mit aufrichtiger Wärme an. Sie reichte ihr die Hand, als sie eintrat, und sie umarmten sich flüchtig. »Kesri, wie hübsch du bist. Und wie schön, dich nach so vielen Jahren wieder zu sehen. Du weißt ja, dass ich mit deinem Vater sprechen muss. Sag ihm doch bitte, dass ich da bin.«

»Wo ist Joe?«

»Er muss einiges in der Missionsstation klären in Zusammenhang mit seinem Vater, bevor er nach England zurückkehrt.«

Sie wollte sichergehen, dass die beiden möglichst getrennt blieben, und hatte Joe gebeten, Josephs Nachlass zu regeln. Damit war er bis zu seiner Abreise in ein paar Tagen voll ausgelastet.

Kesri führte Elizabeth in den Salon, dann ging sie nach oben und klopfte an die Tür von Sams Arbeitszimmer, bevor sie eintrat. »Vater, du hast Besuch.«

Er blickte von dem Roman auf, an dem er gerade arbeitete. »Ich erwarte niemanden. Wer ist es denn?«

»Jemand, den du kennst. Tante Elizabeth.«

»Elizabeth … hier?«

»Ja, Vater. Sie wartet im Salon.«

Sein Gesicht glich der unbewegten Oberfläche eines Sees, hinter der sich ein Mahlstrom an Gefühlen verbarg. Sie konnte sich beim besten Willen nicht vorstellen, was in ihm vorging, doch sie erkannte an seinem Schweigen, dass die Nachricht ihn zutiefst aufgewühlt hatte. Als er endlich sprach, klang seine Stimme ungewöhnlich beklommen. »Kesri, würdest du so nett sein und … würdest du sie bitte nach oben führen? Und sag Noi, dass sie uns Tee bringen soll.«

»Ja, Vater.« Hastig verließ sie den Raum.
Er wartete, saß wie angewurzelt da. Es war fast achtzehn Jahre her, seit sie zum letzten Mal miteinander gesprochen hatten, und nun war sie hier. Was sollte er ihr sagen?
Gleich darauf klopfte es abermals und dann stand sie vor ihm. Auf den ersten Blick sah sie noch genauso aus wie bei ihrer letzten Begegnung. Doch dann bemerkte er die feinen Linien, die sich um ihren Mund eingegraben hatten, die kaum sichtbaren Ringe unter ihren Augen und die bleichen Wangen, die früher rosig gewesen waren. Er stand auf und ging auf sie zu, er näherte sich ihr bis auf Armeslänge, dann blieb er stehen.
Sie sah, dass er sich kaum verändert hatte. Er war so attraktiv wie eh und je, das dunkle Haar immer noch voll und wellig, nur an den Schläfen ein wenig ergraut. Doch der Abenteurer mit den flammenden Augen der Jugend war mit dreiundfünfzig sanfter geworden. Er sah ausgeglichen, gesetzt und zufrieden aus, als interessiere es ihn nicht mehr, die verschlungenen Pfade der Welt mit seiner Energie zu verbrennen.
Sie schwiegen lange, bis sie als Erste das Wort ergriff. »Ich musste kommen, Sam.«
»Josephs Tod muss ein schwerer Schlag für dich sein«, erwiderte er rasch. »Es tut mir Leid.«
»Danke. Und ich habe von Anchalees Tod erfahren. Ich wäre gerne zu ihrer Beisetzung gekommen.«
»Ja, ich weiß. Doch bitte, nimm Platz.« Er deutete auf das Ledersofa neben dem Fenster. »Es ist lange her, Elizabeth. Ich bin überrascht. Ich hatte keine Ahnung, dass du in Bangkok bist.«
»Für mich ist es immer noch unfassbar, Sam. Doch ich habe Chiang Mai verlassen, für immer. Es gibt nichts mehr, was mich dort hält seit Josephs Tod. Ich bin im Oriental abgestiegen, bis ich eine geeignete Bleibe gefunden habe. Joe wohnt in der Missionsstation.«
»Ja, natürlich. Und was hat dich zu deinem heutigen Besuch bewogen?«
»Ich fürchte, ich kann dir die Antwort nicht ersparen«, sagte sie zögernd. »Joe. Und Kesri.«
»Das dachte ich mir schon.« Er seufzte, dann hob er den Finger an die Lippen und deutete mit dem Kopf zur Tür.

Sie verstand, was er meinte. »Sam, es ist eine Katastrophe. Sie glauben wirklich, sie könnten heiraten, und sind fest entschlossen, sich über alle Widerstände hinwegzusetzen.«
»Nicht mehr. Kesri hat mir ihr Wort gegeben, dass sie ihn nie wiedersehen wird.«
»Trotzdem scheint das nichts an ihren Gefühlen oder Plänen geändert zu haben.«
Er war erschüttert, dass Kesri sich über sein Verbot hinwegsetzte, und erst jetzt wurde ihm klar, dass die Beziehung zwischen den beiden noch ernster war, als er gedacht hatte.
»Hast du Joe gesagt, dass daraus nichts wird?«
»Natürlich.«
»Hast du ihm auch gesagt, warum?« Er beugte sich in seinem Sessel zu ihr herüber.
»Nein, ich konnte nicht.«
»Ich habe es Kesri auch nicht sagen können.«
»Wir müssen ihnen reinen Wein einschenken, Sam. Wir müssen.«
»Warum? Es sollte reichen, wenn wir ihnen keine Gelegenheit mehr geben, sich zu sehen, und die Einwilligung zur Heirat verweigern.«
»Sam, ich habe Angst, dass sie etwas Unbedachtes tun, dass sie miteinander durchbrennen.«
Diese Möglichkeit war ihm noch gar nicht in den Sinn gekommen.
»Die Ehe wäre ungültig. Sie sind Bruder und Schwester, um Himmels willen.«
»Das weiß doch niemand außer uns. Offiziell, in den Augen des Gesetzes, sind sie Cousin und Cousine und zwischen Verwandten ersten Grades ist die Eheschließung nicht verboten. Die Möglichkeit besteht durchaus. Wir können das Risiko nicht eingehen, dass sie ohne unsere Zustimmung heiraten, Sam. Ist dir schon einmal der Gedanke gekommen, dass sie von ihrem eigenen Halbbruder ein Kind bekommen könnte?«
Er schüttelte den Kopf. »Ich habe sie gefragt. Es gab keinen… sexuellen Kontakt. Ich muss ihr das glauben.«
»Mag sein, doch wenn sie miteinander durchbrennen, sind wir nicht da, um es zu verhindern. Und dann könnte es zu spät sein.«
Er dachte nach, dann sah er sie wieder an und gab sich geschlagen.

»Du hast Recht, Elizabeth, es gibt keinen anderen Ausweg. Wir müssen es ihnen sagen. Noch heute.«
Elizabeth hatte Angst, was das Geständnis bei Joe bewirken könnte. Wenn er im gleichen Atemzug erfahren musste, dass die Frau, die er liebte, seine Halbschwester war und der Mann, den er sein Leben lang für seinen Vater gehalten hatte, in Wirklichkeit sein Stiefvater war. Sie wünschte, Joseph wäre noch am Leben, um ihr mit Rat und Tat zur Seite zu stehen. Doch andererseits war sie auch wieder froh, dass ihm Joes Reaktion auf den wahren Sachverhalt erspart bleiben würde.
»Wir hätten es ihnen wahrscheinlich schon längst sagen sollen«, meinte Sam. »Schließlich kommt es nicht selten vor, wie Kesri meinte, dass sich Cousins und Cousinen ineinander verlieben und heiraten.«
»Wir haben ja nicht einmal gewusst, dass sie sich kennen.«
»Richtig, doch es war frommer Selbstbetrug, zu glauben, dass sie sich nie begegnen würden. Die Ausländerkolonie ist klein, das reinste Dorf. Man kann nur schwer jemandem aus dem Weg gehen, auch wenn man wollte. Und selbst dann, wenn man weit entfernt wohnt, kommt man hin und wieder, zumindest für kurze Zeit, nach Bangkok.«
»Du hast Recht. Doch für Vorwürfe ist es jetzt zu spät.«
Sie stand auf und ging zum Fenster. »Es … es ist schön, dich wiederzusehen, Sam. Trotz der Umstände.« Dann blickte sie ihn offen an. »Damit hätte ich nie gerechnet. Nicht auf diese Weise …«
Er ging zu ihr und nahm ihre Hände. »Die Menschen, die wir verletzt hätten, wenn wir auch nur einen Hauch Freundschaft aufrechterhalten hätten, sind von uns gegangen. Unglücklicherweise. Wir können uns gegenseitig helfen, diesen Umbruch in unserem Leben zu bewältigen. Und danach …«
»Und danach?« Sie erkannte mit einem Schlag, dass er immer noch Macht über sie besaß und dass ihre Gefühle für ihn noch nicht erloschen waren, ungeachtet der Geschehnisse, und obwohl sie ihn manchmal verachtet und versucht hatte, ihn aus ihrer Erinnerung zu verdrängen.
»Danach können wir Freunde sein, hoffe ich.« Er gab ihre Hände frei.

Sie schlug die Augen nieder. »Das hoffe ich auch.«
»Es wird für Joe ein furchtbarer Schock sein. Zu erfahren, dass Joseph nicht sein Vater war.«
Elizabeth blickte wieder hoch, Tränen brannten hinter ihren Augenlidern. »Ach, Sam, du kannst dir nicht vorstellen, wie sehr Joe ihn liebte und verehrte. Und Joseph hat Joe geliebt, von Kindesbeinen an, und nicht ein einziges Mal erwähnt oder auch nur darauf angespielt, dass er nicht sein Sohn war. Sie waren wie Vater und Sohn, in jeder Beziehung. Wenn er die Wahrheit erfährt, wird das ein schwerer Schlag für ihn sein. An ein und demselben Tag verliert er die Frau, die er heiraten will, und seine eigene Identität. Ganz zu schweigen von dem Bild, das er sich von seiner Mutter gemacht hat. Was wird er von mir denken?«
»Warte, Elizabeth. Es gibt eine andere Möglichkeit. Eine Möglichkeit, bei der wir Joe die Wahrheit ersparen können. Vielleicht wäre das die Lösung, vorausgesetzt, dass du einverstanden bist und dein Scherflein beiträgst.«
Er bedeutete ihr mit einer Geste, wieder Platz zu nehmen, und sie tat wie geheißen, darauf bedacht, jeden Vorschlag in Betracht zu ziehen, der den Schmerz zu verringern versprach, den sie ihrem einzigen Kind zufügen musste.

35. Kapitel

Kesri hatte natürlich an der Tür gelauscht, sobald Elizabeth das Arbeitszimmer betreten und sie hinter sich zugemacht hatte. Es gelang ihr allerdings nicht, etwas von der Unterhaltung aufzuschnappen. Das Teakholz war dick und massiv und sie hatten leise geredet, eben weil sie wussten, dass sie draußen die Ohren spitzte.

Als sie von ihrem Vater hereingerufen wurde und das Arbeitszimmer betrat, saß er mit Tante Elizabeth einträchtig auf dem Sofa. Doch jede Hoffnung, dass die beiden nachgeben würden, schwand dahin, als sie die grimmige Miene ihres Vaters bemerkte.

»Setz dich, Kesri. Wir müssen mit dir reden. Über etwas, das deine Gefühle für Joe verändern wird.«

Verdutzt nahm sie auf einem Sessel gegenüber Platz. »Nichts kann meine Gefühle verändern«, entgegnete sie mit Nachdruck. »Ich liebe ihn und er liebt mich. So einfach ist das. So einfach, wie es ist, wenn sich zwei Menschen ineinander verlieben.«

»Sich verlieben ist selten einfach, Kesri.«

»Warum? Warum könnt ihr nicht akzeptieren, was geschehen ist, und eure alte Feindschaft begraben?«

Sam warf Elizabeth einen raschen Blick zu. Sie nickte beinahe unmerklich. »Zwischen deiner Tante und mir besteht keine Feindschaft. Weder jetzt noch früher, wie du gleich sehen wirst.«

Kesri blickte mit zunehmender Verwunderung von einem zum anderen. »Ich verstehe nicht. Warum …«

Elizabeth stand auf. »Ich glaube, dieses Gespräch solltet ihr beide alleine fortsetzen, unter vier Augen. Ich bin hier, Kesri, um dir zu sagen, dass du gut daran tätest, deinem Vater aufs Wort zu glauben und zu gehorchen. Du wirst schmerzliche Dinge erfahren, doch er kann sie dir nicht ersparen, denn sie betreffen deine Zukunft und Joes. Und sie betreffen die Vergangenheit.« Sie hielt inne. »Ich werde jetzt gehen. Lass nur, ich finde alleine hinaus.« Sie bedeutete Sam, der Anstalten machte, aufzustehen, sitzen zu bleiben. »Und bitte Sam, wegen Anchalee… wenn ich irgendwie helfen kann…« Ihre Stimme brach, dann drehte sie sich um, verließ den Raum und zog leise die Tür hinter sich zu.

»Vater, ist etwas mit Joe?« Sie sah ihn bang an.

»Nein, Kesri. Mit Joe ist alles in Ordnung. Doch wir müssen über die Liebe sprechen, die du für ihn zu empfinden glaubst und dass du ihn heiraten willst.«

»Das glaube ich nicht, Vater. Das weiß ich«, erwiderte sie, langsam die Geduld mit ihm verlierend. »Meine Empfindungen für Joe sind tief und echt und nichts, was du sagst, kann daran etwas ändern. Selbst wenn du mir erzählen würdest, er wäre ein Mörder oder gleich was.« Sie war rot vor Zorn, empört über sein Unvermögen, sie wie eine Erwachsene zu behandeln. Gleichzeitig hatte sie Angst davor, was er ihr enthüllen würde. Unsicher, ob sie seine Worte schon verkraften konnte, suchte sie ihr Heil in der Flucht.

»Ich habe genug von deinen Vorschriften. Ich werde ihn heiraten und es ist mir egal, was du sagst.«

Bevor er sie aufzuhalten vermochte, war sie aus dem Raum gestürmt. Sie knallte ihre Zimmertür zu und setzte sich aufs Bett, zitternd vor Wut. Wie konnte sie es ihm nur begreiflich machen? Sie hatte ihn nie so unnachgiebig erlebt, vor allem, wenn es um sie ging. Doch in diesem Fall schien sein Entschluss unwiderruflich zu sein. Sie dachte an Joe und sehnte sich nach ihm. Seit sie ihn das letzte Mal gesehen hatte, war so viel Zeit vergangen und sie verspürte das dringende Bedürfnis nach seiner Nähe.

Sie dachte wieder an ihr letztes Beisammensein. Was zwischen ihnen passiert war, kam ihr völlig natürlich vor, und sie empfand keinerlei Schuldgefühle. Die Vorstellung, wie er jede Handbreit ihres Körpers erkundet hatte, ließ sie immer noch erbeben. Als er zum ersten Mal in sie eindrang, hatte sie nur daran gedacht, dass sie ihr ganzes Leben mit diesem Mann verbringen wollte, und es wäre ihr egal gewesen, wenn sie zu dem Zeitpunkt ein Kind gezeugt hätten. Doch wie die Dinge nun standen, war sie froh, dass dem nicht so war. Dennoch sehnte sie sich danach, ihn wieder in sich zu spüren, geborgen in seiner Umarmung, von der sie sich wünschte, sie möge nie mehr enden.

Ihre Gedanken wurden von einem Hämmern an der Tür unterbrochen und Sam trat ein, ohne darauf zu warten, dass sie ihn hereinbat. Er stand offenbar unter großer Anspannung. »Kesri, bitte, du musst mir zuhören.«

Sie hasste es, ihm zu trotzen und wehzutun, doch sie konnte nicht klein beigeben. »Es hat keinen Zweck, Vater. Mein Entschluss steht fest. Mit oder ohne deinen Segen. Es ist mir egal, was du sagst.«

»Auch wenn ich dir sage, dass Joe dein Bruder ist?«, erwiderte er beherrscht.

Sie zuckte zusammen und erstarrte zur Salzsäule. Fassungslosigkeit, Grauen und Ungläubigkeit standen ihr ins Gesicht geschrieben. »Mein was?«, flüsterte sie schließlich.

Sie erhob sich und ging auf ihn zu, starrte ihn an, als spräche er in fremden Zungen. Der Schock saß tief und sie zitterte. »Was soll das heißen, mein Bruder? Was soll das heißen?«, rief sie, von Angst überwältigt.

Als er sie bat, sich wieder hinzusetzen, blieb sie stehen, unfähig, sich vom Fleck zu rühren. Er nahm sie sanft bei den Schultern, führte sie zum Bett zurück und nahm neben ihr auf der Kante Platz.

»Kesri, der Grund, warum ich strikt gegen eine Verbindung zwischen Joe und dir bin und sie als grauenvoll empfinde, ist nicht der, dass ich mit Joe oder seinen Eltern auf Kriegsfuß stünde. Es geht darum, dass eine solche Beziehung zwischen euch beiden nicht sein darf. Vor langer Zeit standen Elizabeth und ich… uns sehr nahe. Wir waren ein Liebespaar. Bevor ich deine Mutter näher kennen lernte…«

Ihr Gesicht glich einer Totenmaske; ihr Blick war wild und ungläubig.

»Kesri, deine Tante und ich liebten uns und ich wollte sie heiraten. Doch dann wurde ich kurzerhand abberufen, zur Teilnahme an einer Expedition in den Norden des Landes, und bei meiner Rückkehr war sie bereits Josephs Frau. Die beiden hatten inzwischen einen Sohn bekommen, der zu früh zur Welt kam, wie es hieß. Ich war misstrauisch und entdeckte die Wahrheit, als der Junge noch klein war. Es war mein Kind, das Elizabeth erwartet hatte, als sie Joseph heiratete. Sie dachte, ich hätte sie verlassen, was mir jedoch fern lag. Es war ein furchtbares Missverständnis. Tatsächlich ist noch mehr vorgefallen, doch ich… Wie dem auch sei, Joseph erklärte sich großherzig bereit, sie zur Frau zu nehmen und das Kind wie sein eigenes großzuziehen, um ihren guten Ruf zu schützen. Ich kenne keinen Menschen, der so selbstlos gehandelt hätte.«

Kesri saß reglos da. »Und das Kind. Das Kind war Joe?«, sagte sie tonlos und mit einer Stimme, die fremd klang.

»Ja. Das Kind war Joe. Ich bin sein Vater, Kesri. Und er ist dein Halbbruder. Er weiß nichts von alledem, Liebes. Er glaubt noch immer, dass Joseph sein Vater ist … vielmehr war. Es wäre ein schrecklicher Schlag für ihn, wenn er die Wahrheit herausfände.«

»Der König ist mit mehreren seiner Halbschwestern verheiratet.«

»Wie bitte?«

Sie warf ihm einen verschwommenen Blick zu. »König Chulalongkorn hat einige seiner Halbschwestern zur Frau genommen. Das war bei den siamesischen Königen schon immer so, weil es nicht genug ebenbürtige Frauen zum Heiraten gab.« Sie war ruhig, bemüht, einen klaren Gedanken zu fassen.

Sam wusste, dass sie einen Schock erlitten hatte. Die Wahrheit zu erfahren war traumatisch gewesen und er verstand ihre Qualen. Er durfte ihre Worte, eine erste Schreckreaktion, nicht auf die Goldwaage legen, doch er durfte auch nicht vergessen, dass sie zu einem Viertel Siamesin war. Obwohl sie eine überwiegend westliche Erziehung genossen hatte, war sie von ihrem Geburtsland, seiner Kultur und seinen Sitten und Gebräuchen, die sich beträchtlich von seinen eigenen unterschieden, zweifellos in hohem Maß beeinflusst worden. Vielleicht war die Geschwisterehe für sie nicht ganz das Gleiche.

Er schloss sie in seine Arme. »Ich denke, das steht auf einem anderen Blatt, Liebes«, sagte er mitfühlend. »Es tut mir Leid, dass ich es dir sagen musste. Doch du wirst nun einsehen, warum nichts daraus werden kann.«

»Warum zum Teufel hast du es mir nicht früher gesagt, Vater?«, brach es aus ihr heraus. »Ach, Vater, entschuldige, ich weiß, ich weiß. Ich habe es nicht so gemeint. Ich kann meinen eigenen Bruder nicht heiraten.«

»Es wäre besser gewesen. Das ist mir inzwischen auch bewusst. Doch mir war bis heute nicht klar, wie weit die Beziehung zwischen euch gediehen war.«

»Weiß Joe es schon?«
Wie vermutet, hatte sie ihm vorher nicht richtig zugehört. »Es gibt da noch eine Sache, über die ich mit dir sprechen möchte, Kesri. Wenn Joe die Wahrheit entdecken würde, wäre das … Kesri, er darf es nie erfahren. Ich bitte dich inständig, dich daran zu halten, und Elizabeth auch. Tu es Joe zuliebe.«
Als er sie später alleine ließ, war sie immer noch untröstlich. Sie hatte das Gesicht in den Kissen vergraben, ließ ihren Tränen freien Lauf und es gab nichts, was er tun oder sagen konnte, um ihren Kummer zu lindern oder ihn auch nur in seiner ganzen Tiefe zu ermessen. Er beschloss, sie ihrem Schmerz zu überlassen, bis sie sich in den Schlaf geweint hatte, und sie so bald wie möglich von Bangkok wegzuschicken, noch am gleichen Tag, wie er hoffte, damit Joe keine Gelegenheit erhielt, sie wiederzusehen.

15. Mai 1904

Mein liebster Joe,

du wirst inzwischen gemerkt haben, dass wir uns heute nicht sehen werden. Ich bin zu dem Entschluss gekommen, nicht mit dir durchzubrennen. Nachdem ich meine Seele erforscht habe, um meinen wahren Gefühlen auf die Spur zu kommen, bin ich nun über jeden Zweifel erhaben, dass ich nicht deine Frau werden kann, weder jetzt noch in Zukunft. Es tut mir Leid, doch ich musste feststellen, dass meine Liebe dafür nicht ausreicht. Ich mag dich als Mensch, den ich respektiere und bewundere, als Cousin, der mir ans Herz gewachsen ist, doch nicht so, wie man einen Ehemann lieben sollte. An unseren Plänen festzuhalten, nur um zu meinem Wort zu stehen, würde bedeuten, unser Leben auf einer Lüge aufzubauen, und das könnte ich dir nicht antun.
Ich weiß, wie sehr dich dieser Brief verletzen wird und dass du an meinen Worten zweifeln oder versuchen könntest herzukommen, um mich umzustimmen. Bitte tu es nicht, wenn dir wirklich etwas an mir liegt. Mein Entschluss steht fest und der Versuch, sofort wieder Verbindung aufzunehmen, würde uns beiden nur noch mehr

Kummer bereiten. Es hätte ohnehin keinen Zweck, denn wenn du diese Zeilen liest, werde ich bereits fern von Bangkok sein. Ich kann dir nicht sagen, wo, und es wäre müßig, mich zu suchen. Es tut mir aufrichtig Leid, dass ich dir so viel Kummer verursacht habe.
Bitte, Joe, fahre wie vorgesehen nach England, auch ohne mich. Schau nicht zurück und wünsche dir nicht, was nicht sein kann. Richte deinen Blick auf den neuen Lebensabschnitt, der vor dir liegt, und das Glück, das du gewiss finden wirst. Es wäre schön, wenn wir irgendwann einmal Freunde werden könnten, wie es sich für Verwandte gehört. Ich gebe dir mein Wort, dass diese Entscheidung ausschließlich meine eigene ist, auf meinen wahren Empfindungen beruht und nichts mit dem Einfluss meines Vaters zu tun hat.

Deine Cousine
Kesri Taylor, die dir sehr zugetan ist

Sie versiegelte den Brief und gab ihn ihrem Vater. Er würde zu gegebener Zeit einen Boten damit zu dem Treffpunkt schicken, den sie mit Joe ausgemacht hatte, und dem Jungen einschärfen: »Er ist für Mr. Joe Shaw bestimmt, händige ihn nur persönlich aus.«
Es war der schwerste Schritt in ihrem ganzen Leben gewesen ihm zu schreiben. Er würde völlig außer sich sein, doch sie hoffte, dass ihre Worte überzeugend genug waren, um ihn zu bewegen, alleine nach England zu reisen. Nun, da der Schritt getan war, hatte sie das Gefühl, als sei eine Last von ihren Schultern genommen. Sie hatte Joe aufrichtig geliebt. Sie hatte aufrichtige Leidenschaft für ihn empfunden. Doch diese Empfindungen waren ihr mit einem Schlag genommen worden, so plötzlich, dass sie sich fragte, ob sie überhaupt existiert hatten.
Die Verstrickungen, in die sie unwissentlich geraten waren, erfüllten sie mit Kummer und Sorge. Die Erinnerungen quälten sie und sie unterdrückte sie rasch. Alles in allem hatte sie noch Glück gehabt. Die Vorstellung, was gewesen wäre, wenn sie ein Kind von ihm empfangen hätte, bereitete ihr Höllenqualen.
Seit sie die Wahrheit kannte, trauerte sie nur wenig um die verlorene Liebe, sie war vor allem untröstlich wegen des Kummers, den er emp-

finden würde. Es war richtig gewesen, ihm die volle, schreckliche Wahrheit zu ersparen. Dann würde er vielleicht irgendwann den Wunsch haben, ihre Freundschaft zu suchen, unbelastet von peinlichen Erinnerungen.

Sie vermisste ihn jetzt schon und wusste mit Sicherheit, dass sie in absehbarer Zukunft keine romantischen Gefühle mehr entwickeln konnte, für niemanden. Sie waren ein zu hoher Preis, wenn man bedachte, welche Folgen sich daraus für Tante Elizabeth, Onkel Joseph und ihren eigenen Vater ergeben hatten, und noch in der nachfolgenden Generation, für sie selbst und Joe. Das war es nicht wert. Es war besser, einen anderen Sinn im Leben zu suchen, dachte sie, eine nützliche Beschäftigung oder ein lohnendes Ziel, das ihr Seelenfrieden bescherte. Keine Romanze, die in einem Scherbenhaufen endete und alle Beteiligten zerstörte.

Endlich hatte sie das Geheimnis entdeckt, das ihr Vater ihr jahrelang vorenthalten hatte. Doch zu welchem Preis?

Schon am Tag nach ihrer Ankunft in Bangkok und obwohl sie alle Hände voll damit zu tun hatte, Joe mit irgendwelchen Belanglosigkeiten zu beschäftigen, gelang es ihr, ein Haus an der Sapatum Road unweit der belgischen Enklave zu finden. Dies stellte kein Problem dar, denn sie hatte als junges Mädchen Französisch gelernt und war vielen französischen Missionaren in Nordsiam begegnet. Sie freute sich über jede Gelegenheit, ihre Sprachkenntnisse aufzufrischen.

Das Haus, ein bescheidenes, zweistöckiges Holzgebäude, besaß mit Latten versehene Fenster und eine Veranda, die von ihren Vorgängern angebaut worden war, einem belgischen Rechtswissenschaftler, der zum Beraterstab des siamesischen Justizministers gehörte, und seiner Frau.

Im Laufe der Jahre hatte Elizabeth eine eindrucksvolle Sammlung kunsthandwerklicher Objekte aus Nordsiam zusammengetragen. Dazu gehörten lackierte und mit Blattgold verzierte Gefäße, Seidenstoffe in leuchtenden Farben und Mustern und Papierschirme mit zarter Bemalung. Für ihre Schätze hatte sie stets eine schmuckvolle Verwendung gefunden, so dass das Haus binnen weniger Tage anheimelnd wirkte. Ihre Hausangestellten waren abermals mit ihnen umgezogen und Simon war froh, wieder in Bangkok zu sein, und auch Kob freute sich darauf, in der Stadt zu leben, wo sie ihren Kindern mehr Ausbildungs- und Arbeitschancen bieten konnte

Joe fragte sich, ob es ihr ernst war mit dem Wunsch, eines Tages nach England zurückzukehren. Er staunte über ihre innere Stärke, über ihre Fähigkeit, sich nach Josephs Tod ein neues Leben aufzubauen. Sie wirkte nach wie vor still und in sich gekehrt, doch das war zu erwarten.

Es wunderte ihn auch, dass sie nach ihrer Aussprache mit Sam die Beziehung zu Kesri mit keinem Wort mehr erwähnt hatte, doch vermutlich gingen ihr andere Dinge im Kopf herum.

Leider hatte dieses Gespräch mit seinem Onkel weder sie noch ihn, wie sie sagte, umstimmen können, so dass er sich jeden weiteren Kommentar erspart und an seinem ursprünglichen Vorhaben festgehalten hatte, mit seiner Liebsten durchzubrennen.

Er hatte Kesri eine Weile nicht mehr gesehen, ging allerdings davon aus, dass die Flucht, wie sie sie vor seiner Abreise nach Chiang Mai vereinbart und in weiteren heimlichen Botschaften bestätigt hatten, wie geplant vonstatten gehen würde. In nur wenigen Tagen würden sie sich auf dem Weg nach England befinden. Seine Mutter, überzeugt, er wolle schnellstens zurück, um sein Studium wieder aufzunehmen, hatte ihm versichert, dass sie alleine zurechtkommen würde und seine Anwesenheit nicht länger erforderlich sei. Eines war sicher: Vor vollendete Tatsachen gestellt, würde beiden Familien gar nichts anderes übrig bleiben, als die Heirat zu akzeptieren. Und sobald das erste Enkelkind da war, konnten sowohl seine Mutter als auch Onkel Sam ihren Segen nicht länger verweigern. Es dauerte nicht mehr lange, bis sie als seine frisch gebackene Ehefrau jeden Abend neben ihm liegen würde. Und wer weiß, vielleicht würde der Nachwuchs bereits unterwegs sein, wenn sie in England eintrafen.

Er ahnte nicht, dass die Botschaften, die er ihr bei seiner Rückkehr nach Bangkok geschickt hatte, von Sam abgefangen worden waren. Sie hätten sie ohnehin nicht erreicht, denn sie hielt sich bei Freunden der Familie in Bang Pa-In auf.

Elizabeth betrat eines Nachmittags unaufgefordert sein Zimmer und schnalzte missbilligend mit der Zunge, als sie sah, was er in seinen

Überseekoffer packte. Sie verscheuchte ihn. »Joe, das hättest du Kob überlassen sollen. Bei dir ist Hopfen und Malz verloren. Wo bist du in letzter Zeit mit deinen Gedanken? So kann man doch diese Koffer nicht packen! Alles, was zerbrechlich ist, wird in tausend Scherben zerspringen, und die Kleidungsstücke werden völlig zerknittert sein. Geh und hol Kob, ja? Überlass das lieber uns beiden.«

Joe wartete am Kai, bereit, das Boot zu besteigen, das sie zum Schiff hinausbringen würde. Er hatte sich zu Hause von seiner Mutter verabschiedet, unter dem Vorwand, es sei gewiss leichter für sie, wenn sie nicht mitkam, um Lebewohl zu sagen. Zu seiner Überraschung hatte sie keine Einwände erhoben.
Kesri kam spät, doch noch bestand kein Grund zur Unruhe. Vielleicht hatte sie Schwierigkeiten, sich aus dem Haus zu stehlen, oder ihr Vater trödelte, bevor er in seinen Club ging. Bis zur Abfahrt des Schiffes blieb noch genug Zeit. Das Gepäck war mit Sicherheit nicht die Ursache des Problems. Sie hatte sich einverstanden erklärt, nur eine kleine Reisetasche statt eines Schrankkoffers zu packen, um bei den Dienstboten jeden Verdacht zu vermeiden, wenn sie das Haus verließ. Er würde ihr in Singapur genug zum Anziehen kaufen, dass es fürs Erste reichte, und wenn sie in England waren, eine ganze Ausstattung, als Entschädigung dafür, dass sie keine Hochzeit mit allem Drum und Dran gehabt hatten. Geld war kein Problem. Seine Hand glitt abermals über seine Jackentasche, um sich zu vergewissern, dass sich der schmale Goldreif darin befand, den er für sie gekauft hatte.
Eine Stunde später war sie immer noch nicht in Sicht. Die Zeit wurde langsam knapp, das Boot wartete darauf, abzulegen. Mit wachsender Unruhe ging er auf dem Pier hin und her.

Der Junge rannte auf Joe zu, drückte ihm den Brief in die Hand und war wieder verschwunden. Joe befand sich inzwischen in heller Aufregung. Die letzten Passagiere gingen soeben an Bord des Dampfers und wenn Kesri nicht binnen weniger Minuten auftauchte, würde er ohne sie abfahren. Er riss den Brief auf und las, während der Bootsmann ihn nochmals drängte, sich zu beeilen.
Er überflog den Brief, fassungslos. Sollte das ein Schabernack sein?

Versteckte sie sich irgendwo und würde im nächsten Moment auftauchen, ihn umarmen und über den gelungenen Scherz lachen? Doch damit Scherze zu treiben sah ihr nicht ähnlich. Es wäre zu grausam gewesen.
Als er den Brief ein zweites Mal las, so langsam, dass er jedes Wort wie einen Messerstich empfand, dämmerte ihm, dass es sich nicht um einen Scherz handelte. Es war ihre Handschrift, keine Fälschung. Sie würde nicht kommen und ihm sank das Herz. Mit hängenden Schultern, Kehle und Brust wie zugeschnürt, stand er da. Er hatte das Gefühl, als verließe ihn jeder Funke Leben.
Der Bootsmann mahnte ihn ein letztes Mal zur Eile und Joe war unschlüssig. Er konnte sie nicht zwingen, seine Frau zu werden, konnte sie nicht zwingen, ihn zu lieben. Sie war noch sehr jung. Hatte er die Tiefe ihrer Gefühle überschätzt? Hatte er eine Reife in ihr gesehen, die nur in seiner Fantasie existierte? Vermutlich war es ihr letztendlich doch nicht gelungen, sich dem Verbot ihres Vaters zu widersetzen.
Nun geriet der Bootsmann in helle Aufregung. Er sprang auf den Anleger und zupfte Joe am Ärmel, flehte ihn an, endlich einzusteigen. Joe warf einen letzten Blick auf die Tempel der Stadt; in die Richtung, in der sie sich nun befand. Er drehte sich um und sah zu dem Dampfer hinüber, der in der Mitte des Chao Phraya vor Anker lag. Dann sprang er in das wartende Boot und kurze Zeit später ging er an Bord des Schiffes, eilte schnurstracks in seine Kabine und verriegelte die Tür.
Er konnte Siam nicht ausmachen, als das Schiff ablegte, und durch den Schleier von Tränen kaum der Wahrheit ins Auge sehen, dass sie für ihn verloren war.

36. Kapitel

Sam ging Elizabeth in das Empfangszimmer voran. »Ich habe dich seit Weihnachten nicht mehr gesehen, das ist annähernd zwei Monate her. Warum besuchst du mich nicht öfter?«

Lächelnd zuckte sie die Achseln. »Ich habe viel mehr zu tun, als ich dachte, seit Joe weg ist.« Sie legte ihre Handschuhe und den Hut, der eine breite Krempe hatte, wie es neuerdings Mode war, ab und legte sie neben sich auf das Sofa. Sam schenkte ihr einen Sherry ein und sie tauschten Neuigkeiten über verschiedene Bekannte aus.

»Und wie geht es Kesri?«, fragte Elizabeth. »Wie ich hörte, engagiert sie sich sehr stark für wohltätige Zwecke.«

»Für sie ist das inzwischen eine Vollzeit-Beschäftigung geworden. Dabei ist die Arbeit kein Zuckerschlecken für ein junges Mädchen. Doch sie ist glücklich, sich nützlich machen zu können, und ich freue mich für sie. Sie hat noch Zeit genug, einen Ehemann zu finden.«

»Gibt es keinen jungen Mann in ihrem Leben?«

»Nichts dergleichen. Oh, sie hat viele Verehrer, doch das Interesse ist einseitig.«

»Das wird sich schon noch ändern, wenn der Richtige kommt. Schließlich ist sie erst neunzehn und keine alte Schachtel. Die Paare heiraten heute viel später. Mach dir keine Sorgen. Lass ihr die Freiheit, so lange sie währt.«

»Du hast Recht, das ist wirklich kein Grund, sich den Kopf zu zerbrechen. Und wie geht es Joe? Macht er gute Fortschritte in Oxford?«

»Hervorragende. Das ist auch der Grund meines heutigen Besuches.«

»Aha.« Erst jetzt fiel ihm auf, dass ihre Augen vor Glück strahlten.

»Ich habe einen Brief von ihm erhalten, mit der freudigen Nachricht, dass er sich verlobt hat.«

»Wunderbar. Also scheint er die… Enttäuschung letztes Jahr wirklich überwunden zu haben.«
»Das hat er mir zumindest versichert – und er ist sehr verliebt. Miss Victoria Crossley heißt die Glückliche. Eine Frau, die studiert, man stelle sich das vor!«
»Interessant. Und was für ein Fach?«
»Medizin. Du siehst, Sam, wir Frauen schließen langsam zu euch Männern auf. Schau dir nur Kesri und ihre Fotografie an!«
Er lächelte. »Und wann soll die Hochzeit sein?«
»Im August, vor Beginn des neuen Studienjahrs. Und genau das ist der Punkt, über den ich mit dir sprechen wollte. Joe möchte dich einladen.«
Sie holte ein beschriebenes Blatt Papier aus ihrer Handtasche und faltete es auseinander. »Onkel Sam ist mein nächster männlicher Anverwandter und es wäre mir eine Ehre, wenn er dich anlässlich der Trauung nach England begleiten würde.«
Sie sah hoch und blickte ihn gespannt an. »Er weiß natürlich nichts, Sam. Doch offenbar hat er uns verziehen, dass wir Widerstand gegen… Nun, du weißt schon…« Ihre Stimme verklang, als sie auf Sams Antwort wartete.
Er musste nicht lange überlegen. »Natürlich komme ich gerne. Und ich freue mich, mit dir zusammen zu reisen, Elizabeth. Vielleicht springt sogar eine Geschichte dabei heraus. Man kann ja nie wissen, was alles so passiert.«
Durch seine Anwesenheit bei der Hochzeit konnte er Vaterstelle an Joe vertreten, ohne dass dieser etwas über die wahre Natur ihrer Beziehung erfuhr. Als Vaterersatz betrachtet zu werden war eine Ironie des Schicksals, die Sam nicht entging.
»Es scheint so, als ob sich doch noch alles zum Besten fügt«, sagte sie.
»Hoffe ich zumindest.«
»Ich auch. Doch um die Geschichte zu einem glücklichen Ende zu bringen, fehlt noch etwas.«
»Und das wäre?«
»Das sage ich dir auf dem Schiff.«
Sie schwieg, doch auch sie war zu dem Entschluss gelangt, die Vergangenheit ein für alle Mal zu begraben. Dieses Gespräch hatte sie

endgültig überzeugt. Es würde ein Akt der Befreiung sein, ein letzter Hemmschuh in ihrem Leben als unabhängige Frau und das Ende aller Schuldgefühle, Kümmernisse und selbst auferlegten Verantwortung.

Indischer Ozean, Mai 1905

Sie hatte sich schon seit Jahren nicht mehr so entspannt und umsorgt gefühlt. Die neuen Ozeanriesen boten jeden erdenklichen Luxus. Das Innere des Schiffes war mit dunklem, auf Hochglanz poliertem Mahagoni vertäfelt, mit zarten weiß-goldenen Abschlussleisten an Wänden und Decken und elektrischer Beleuchtung auf Schritt und Tritt. Eine majestätische Kuppel aus getöntem Glas ragte mehr als dreißig Fuß über beiden Schiffsdecks auf und es gab einen eleganten Salon mit geschnitzten Wandpaneelen aus indischem Satin und Zedernholz und einen offenen Kamin mit prachtvollem Sims. Ihre mit allem Komfort ausgestattete Kabine, direkt neben Sams, war eine Suite, aus Wohnzimmer und Schlafzimmer bestehend, alles wie in einem sündhaft teuren Luxushotel – was es im Grunde ja war.
Zum ersten Mal in ihrem Leben entspann sich eine angenehme freundschaftliche Beziehung zwischen ihnen. Sie entdeckte eine einfühlsame, fürsorgliche Seite bei ihm, von deren Existenz sie nichts geahnt hatte. Und er lernte ihre rasche Auffassungsgabe schätzen, die ihm entgangen war, als sie noch ein Liebespaar gewesen waren. Jeden Abend speisten sie zusammen, gingen auf dem Promenadendeck spazieren, sagten sich dann mit einem sanften Händedruck Gute Nacht und zogen sich in ihre jeweilige Kabine zurück. Sie schuldete es Josephs Andenken, zu vergessen, was vor langer Zeit zwischen Sam und ihr gewesen war, versuchte sie sich immer wieder einzureden. Doch es gelang ihr nicht.
Eines Abends, nach einer köstlichen Mahlzeit, als sich Sam von seiner charmantesten Seite gezeigt hatte und sie länger als sonst bei einem zusätzlichen Glas Wein zusammengeblieben waren, stellte sie fest, dass sie nicht einschlafen konnte. Als ihr endlich die Augen zufielen, träumte sie von ihm. Sie befanden sich gemeinsam in einem

Hausboot auf dem Chao Phraya und ließen sich treiben, ohne Blick dafür, wohin die Reise ging. Plötzlich flimmerte das Lichtermeer Londons vor ihnen auf und er drehte sich zu ihr um und lächelte, wobei sich die Fältchen in seinen Augenwinkeln vertieften. Er streckte die Arme nach ihr aus und sie schmiegte sich an ihn und dann begann er, sie langsam zu entkleiden, Stück für Stück, auf dem offenen Deck des Bootes.

Sie wachte auf, zitternd und bebend, trotz der Schweißperlen auf ihrer Stirn. Sie begehrte ihn noch immer, nach mehr als zwei Jahrzehnten, und sehnte sich danach, ihn neben sich zu spüren. Sie erkannte, dass sie sogar während ihrer Ehe immer einen Teil ihrer selbst zurückgehalten hatte. Das war der Teil, der ihm gehört hatte, und nur ihm. Sie bedauerte ihre Affäre zutiefst, sie war ein Fehltritt gewesen, der nichts als Schaden angerichtet hatte, in jeder Hinsicht und für alle Betroffenen. Doch ihre Gefühle für ihn hatten sich nicht verändert, wie sie sich nun eingestehen musste.

Am folgenden Abend kleidete sie sich mit noch größerer Sorgfalt an und wählte ein schulterfreies weißes Seidenkleid. Sie lächelte vor sich hin, als sie sich vorstellte, wie entsetzt ihre Großmutter bei dem Anblick wäre. »Eine Dame macht sich nicht zur Sklavin der Mode«, hatte sie immer gepredigt. »Lass den Ausschnitt nie tiefer rutschen, nur weil alle anderen es tun. Das passt nicht zu dir.«

Möglich, dass es damals nicht zu ihr passte, doch heute sehr wohl. Außerdem war sie erwachsen und hatte sich das Recht verdient, anzuziehen, was ihr gefiel. Sie war schließlich ihr eigener Herr und ihre Augen strahlten Selbstvertrauen aus. Ihre Haare waren lose hochgesteckt und sie trug weiße Handschuhe, die bis zu den Ellenbogen reichten, an den schlanken Armen. Bei gedämpftem Licht konnte sie gut für dreißig durchgehen. Sie war immer noch gertenschlank, hatte ein glattes Gesicht mit nur wenigen kleinen Fältchen und die dunklen Augenringe und das verhärmte Aussehen des letzten Jahres gehörten der Vergangenheit an.

Als er ihr in der Lobby entgegenging, schweifte sein Blick über ihre Gestalt und verweilte bei ihren nackten Schultern. Sie spürte, dass sie errötete, und war aufgeregt, beinahe so wie beim ersten Mal vor vielen Jahren. Nach dem Abendessen tanzten sie und als sie seine warme

Hand auf ihrem Rücken spürte und sein Atem ihren Hals streifte, während er sie in den Armen hielt, war es, als könnten sie die Uhr zurückdrehen.
Sie gab sich noch einmal der Vorstellung hin, wie es damals gewesen war, zwischen dem jungen Draufgänger und dem naiven kleinen Mädchen, voneinander gefesselt, unfähig, voneinander zu lassen. Doch dann gebot sie ihrer Erinnerung Einhalt. Sie waren nicht mehr dieselben und sie für ihren Teil war klüger geworden. Sie hatten viele harte Lektionen einstecken müssen, vieles war ungesagt geblieben und sie hatten sich selbst und anderen viel Schmerz zugefügt. Dennoch war er der Mann, den sie begehrte, selbst nach all den Jahren. Statt sie an den Tisch zurückzubringen, lotste er sie zur Tür und auf das Deck hinaus, wo eine sanfte Brise wehte und Paare, manche mit Champagnergläsern in der Hand, umherschlenderten. Sie atmete tief die kühle Luft ein, während sie schweigend nebeneinander hergingen. Am Bug blieb er stehen, beugte sich über die Reling und blickte in die Nacht hinaus, als sei er tief in Gedanken versunken. Sie lehnte sich ebenfalls gegen die Reling, das Gesicht dem Schiff zugewandt. Er kam näher, umfasste ihre Hände, zog sie sanft an sich. Sie schmiegte sich an ihn, schlang ihre Arme um seinen Hals und dann küssten sie sich zum ersten Mal seit vielen Jahren.
Bald darauf stieß sie ihn mit sanfter Gewalt von sich und blickte sich verlegen um. »Sam, hör auf. Was sollen die Leute denken?«
»Ist mir egal.« Dann nahm er ihre Hand und schlug die Richtung ein, in der ihre Kabinen lagen. Sie wehrte sich nicht.
Im Gang schloss er die Tür zu ihrer Suite auf und sie war insgeheim enttäuscht, als er ihre Hand an seine Lippen hob, um ihr wie sonst Gute Nacht zu sagen. Doch dann betrat er hinter ihr den Raum, schloss die Tür und hielt ihre Hand fest, küsste die zarte Haut zwischen jedem einzelnen Finger.
Noch während sie sich küssten, zogen sie sich gegenseitig aus und ließen die Kleider ringsum verstreut auf den Boden fallen. Sie stand nackt vor ihm, mit gespreizten Beinen, nicht scheu, sondern stolz und seine Bewunderung genießend, als er vor ihr niederkniete und seine Zunge sich ihren Weg über den straffen milchweißen Bauch bahnte. Sie glitt abwärts, zwischen ihre Schenkel, und sie musste an

sich halten, um nicht aufzuschreien vor Lust, und zerwühlte mit ihren Fingern sein Haar. Danach stand er auf, drehte sie herum, schlang stützend ein Bein um sie und gleich darauf war er in ihr. Als er sich zurückzog und sie ihm wieder das Gesicht zuwandte, sanken sie eng umschlungen auf den Fußboden, um ihre Erkundungen zwischen der raschelnden Seide ihres herabgefallenen Kleides fortzusetzen.

Stunden später, nachdem sie geschlafen hatten, lagen sie sich in den Armen; nur das Geräusch der Wellen, die gegen den Schiffsrumpf brandeten, drang wie aus weiter Ferne durch die Stille. Sam ergriff als Erster das Wort.

»Möglich, dass ich umziehen werde, wenn wir nach Bangkok zurückkehren«, sagte er plötzlich, zu ihrer Überraschung.

»Wirklich? Warum denn?« Seltsam, ein solches Thema hier und jetzt zur Sprache zu bringen, dachte sie.

»Das Haus gehörte Edward, wie du weißt, und ging an Anchalee und mich über. Doch es birgt zu viele Erinnerungen. Zu viele Geschichten, die der Vergangenheit angehören. Ich möchte ganz von vorne anfangen, wenn ich wieder heirate.«

Ihr war, als täte sich ein Abgrund vor ihr auf. Sie hätte es wissen müssen. »Du spielst mit dem Gedanken, wieder zu heiraten?« Sie war plötzlich befangen, rückte von ihm ab, wickelte das Laken enger um sich.

Er machte keinen Versuch, sie daran zu hindern. »Ja, so bald wie möglich.«

»Tut mir Leid, ich hatte keine Ahnung. Sonst hätte ich dich nie gebeten, mich zu begleiten.« Und sich ihm nie hingegeben. Sie wollte einer anderen Frau nicht den gleichen Schmerz zufügen wie den vielen anderen Menschen, die sie verletzt hatte, seit sie sich zum ersten Mal mit ihm eingelassen hatte.

»Elizabeth, wir beide kennen uns schon lange. Wir haben viel miteinander durchgemacht und ich habe dir großen Kummer bereitet. Dich nach England zu begleiten war das Mindeste, was ich tun konnte; das war ich dir schuldig.«

Hatte er deshalb zugestimmt? Weil er sich in ihrer Schuld wähnte?

»Das meintest du also, als du sagtest, es fehle noch etwas, um die Geschichte zu einem glücklichen Ende zu bringen?«
»Was?«
»Wieder zu heiraten.«
»Richtig. Ich hätte nicht gedacht, dass du dich daran erinnerst.«
»Kanntest du sie zu dem Zeitpunkt schon?«
Die Frage schien ihn zu belustigen und er grinste auf eine hinterhältige Weise, die sie immer schon sowohl angezogen als auch abgestoßen hatte. »Ja. Genauer gesagt, ich kenne sie schon seit Jahren.«
»Darf ich fragen, wer sie ist?«
»Ich sage es dir, doch nur unter einer Bedingung.«
»Und die wäre?«
»Dass du ab heute Nacht die Kabine mit mir teilst, für den Rest der Fahrt.«
War das alles, was er in ihr sah? Ein Lustobjekt, mit dem er seine körperlichen Bedürfnisse stillte, solange er von der Frau getrennt war, die er zu heiraten plante? Ein Spielzeug, nach all den Jahren? Sie seufzte, jedoch nicht mehr wütend, sondern nur noch enttäuscht.
»Ich muss mich sehr wundern über deine Frage, Sam. Du kannst dir sicher denken, dass ich nicht einverstanden bin.«
Er erhob keinen Einwand, als sie das Bett verließ und sich ankleidete, sondern sah zu und wartete, bis sie fertig war.
»Hast du auch etwas dagegen, mit deinem Mann zu schlafen?«
Sie drehte sich um. »Wovon redest du?«
Er grinste über das ganze Gesicht. »Hast du es nicht erraten?«
»Was erraten?«
»Du bist es. Die Frau.«
»Ich bin was? Ich verstehe nicht.«
Er stand auf, schlüpfte in seinen seidenen Morgenmantel und ging zu ihr. Sanft zog er sie an sich, dann sah er sie an, die Hände auf ihren Schultern. »Du bist es, Elizabeth. Du bist diejenige, die ich heiraten möchte. Ich habe mich aufs Neue in dich verliebt. Oder vielleicht habe ich nie aufgehört, dich zu lieben. Und dieses Mal werde ich alles tun, um dich nicht zu verlieren.«
Sie schwieg, sprachlos über seine Eröffnung.
»Wir sind beide frei«, fuhr er fort. »Frei, das zu tun, was wir schon

vor Jahren hätten tun sollen. Doch das können wir erst jetzt, ohne jemanden zu verletzen. Sag Ja, Elizabeth. Sag einfach Ja.«

Während er sprach, hatten seine Hände ihre Schultern immer fester umklammert, so dass es beinahe schmerzte. Doch sie achtete kaum darauf. Die anfängliche Verwunderung war Ungläubigkeit gewichen und sie musste ihm, als ihr klar wurde, dass es ihm ernst war, die Antwort schuldig bleiben. Stumm blickte sie ihm in die Augen.

Er sah, dass sie zauderte, dass er ihr Zeit lassen musste. »Ich habe dich überfordert, ich weiß. Zuerst mit... dem, was vorher war... und jetzt mit meinem Heiratsantrag. Bitte denk in Ruhe darüber nach, Elizabeth. Ich liebe dich, wir gehören zusammen.«

Später, alleine in ihrem Bett, konnte sie trotz der Erschöpfung nicht einschlafen. Sie liebte ihn, doch ihr Bedürfnis nach Freiheit war größer, ließ sie vor einer neuen Bindung zurückscheuen. Eine Ehe war nicht mehr das, was sie wollte oder brauchte. Ein ganzes Leben lang hatten andere sich ihrer angenommen und Entscheidungen für sie gefällt. Seit der arme Joseph tot war, konnte sie ganz sie selbst sein. Sie hatte keinen Mann, der sie versorgte, doch brauchte sie das? Seit Joe weg war, hatte sie bewiesen, dass sie ihr Leben gut alleine in den Griff bekam.

Was heute Abend zwischen ihnen geschehen war, stand auf einem anderen Blatt. Sie hatte es als unausweichlich empfunden. Es war Begehren gewesen, ohne Zweifel, doch auch ein Weg, ein Kapitel in ihrem Leben abzuschließen und ein neues aufzuschlagen. Sie war sich nicht sicher, wie es weitergehen würde, doch das war eine Entscheidung, die sie alleine treffen wollte.

Ihm den Entschluss am nächsten Tag zu erklären war weitaus schwerer. Sie wusste, dass er mit allen Mitteln versuchen würde, sie zu einem Sinneswandel zu bewegen, doch sie war gerüstet.

Zu ihrer Überraschung schien er ihre Entscheidung ohne weiteres zu akzeptieren und in seiner Stimme schwang keine Bitterkeit, sondern klagloser Verzicht mit. »Ich würde dir jede Freiheit lassen, Elizabeth. Ich würde nie versuchen, dich zu vereinnahmen«, versuchte er es ein letztes Mal.

»Genau das ist der Punkt. Ich möchte nie wieder in einer Situation sein, in der einem anderen Menschen gestattet ist, mir meine Freiheit zu lassen – oder auch nicht. Ich will über mein eigenes Schicksal bestimmen. Zum ersten Mal bin ich unabhängig, Sam, und es gefällt mir. Was zwischen uns geschehen ist … ist geschehen. Ich bereue nichts. Bitte sag, dass es dir genauso ergeht.«

»Natürlich.«

»Doch es kann und wird sich nicht wiederholen. Ich liebe dich, Sam, das kann ich dir mit aller Aufrichtigkeit sagen. Doch ich bin nicht mehr in dich verliebt. Über dieses Stadium bin ich hinaus. Deine Freundschaft ist mir wichtiger und ich weiß, dass sie dieses Mal gut und richtig ist, eine Freundschaft fürs Leben sein wird.«

Er nahm ihre ausgestreckte Hand und gemeinsam blickten sie von Deck über das weite Meer hinaus, wussten, dass ihre Liebesaffäre vorüber war. Doch an ihre Stelle war Freundschaft getreten, die kostbarste, die er jemals kennen gelernt hatte, und das war genug. Er fühlte sich alt, weise und erfüllt.

»Zum Teufel mit dem Trübsinn! Lass uns Hochzeit feiern.« Er grinste. »Die Hochzeit unseres Sohnes.«

Epilog

Die junge Frau nahm das sterbende Kind hoch, um ihm einen kleinen Schluck aus dem Glas einzuflößen, das sie ihm an die Lippen hielt.

»Du musst darauf achten, dass er genug Flüssigkeit bekommt«, ermahnte Kesri die Mutter des Jungen, die einige Jahre jünger war als sie selbst. »Kein Flusswasser, wenn möglich. Und wenn es nicht anders geht, dann koche es vorher richtig ab. Mindestens fünfzehn Minuten lang.«

Die Mutter zuckte hilflos die Achseln. »Bis zur Regenzeit gibt es hier nur Flusswasser. Wir haben unseren Vorrat an Regenwasser schon vor Monaten verbraucht. Und Holz, um Feuer zu machen, haben wir auch nicht.«

Es war immer die gleiche Geschichte und Kesri fühlte sich ohnmächtig angesichts der Not der Menschen, die zu Hunderten, oder wahrscheinlich Tausenden an der Cholera starben, weil sie das verunreinigte Wasser aus den *klongs* und dem Fluss tranken. Behutsam legte sie das Kind auf den nackten Boden des Bretterverschlages zurück und deckte es mit den Lumpen zu, die alles waren, was die Mutter besaß. Wenigstens war es nicht kalt und niemand erfror hier, dachte sie. Doch der kleine Junge würde so oder so sterben, wahrscheinlich noch diese Nacht.

Sie verabschiedete sich und ging rasch hinaus, so dass die Mutter des Jungen nicht sah, dass sich ihre Augen mit Tränen füllten. Draußen holte sie tief Luft und bemühte sich, ihre Fassung wiederzugewinnen. Sie musste weiter, zur nächsten elenden Hütte, in der die Luft verpestet war, und danach zur nächsten. Überall spielten sich ähnliche Tragödien vor ihren Augen ab, bei denen sie machtlos zuschauen musste. Alles, was sie tun konnte, war, den Sterbenden ein wenig Erleichterung zu verschaffen und den trauernden Angehörigen die Hand zu halten.

»Ich weiß, man gewöhnt sich nie daran«, sagte eine ältere Frau, die aus einer anderen strohgedeckten Bambushütte kam, freundlich. Sie gesellte sich zu Kesri hinüber und legte tröstend den Arm um sie. Fanny Knox sah aus, als sei sie zur Hälfte Spanierin mit ihren dunklen, fein geschnittenen Gesichtszügen, doch sie war die Tochter von Sir Thomas Knox, der in den 1860er und 1870er Jahren britischer Konsul in Bangkok gewesen war. Was Kesri nicht wusste, war, dass ihr Großvater ihn vor langer Zeit persönlich kennen gelernt hatte, als er nach Siam kam.

Fannys Geschichte war legendär, sowohl in der Ausländerkolonie als auch in den siamesischen Kreisen von Bangkok, und war im Verlauf der Jahrzehnte noch zunehmend ausgeschmückt worden. Fanny selbst zog es vor, ausschließlich über die Gegenwart und ihre Arbeit zu sprechen, die darin bestand, den Armen und Kranken der Stadt zu helfen.

Dem Vernehmen nach hatte Fanny Siam für einige Jahre verlassen, um Schulen in Europa zu besuchen. 1875 kehrte sie im Alter von neunzehn Jahren zurück und verliebte sich kurz darauf in einen siamesischen Adeligen, Phra Pricha, Witwer und vierzehn Jahre älter als sie. Phra Pricha gehörte der begüterten und einflussreichen Familie Amatayakun an und war außerdem ein Freund König Chulalongkorns. Er galt als Mann von untadeligem Ruf: Als auf seinen Ländereien Gold entdeckt wurde, hatte er die Ausbeute nicht für sich behalten, sondern dem Staat überlassen.

Sri Suriyawongse, der mächtige Erste Minister, der bis zur Volljährigkeit König Chulalongkorns die Regierungsgeschäfte geführt hatte, hatte sich indes zur gleichen Zeit in den Kopf gesetzt, dass Fanny seinen Enkel Nai Dee ehelichen sollte. Die Verbindung war für Sri Suriyawongse politisch wichtig und Sir Thomas stimmte der Heirat zu und untersagte Fanny, Phra Pricha wiederzusehen, den Mann, den sie liebte. Fanny setzte sich über das Verbot ihres Vaters hinweg und wurde Phra Prichas Frau; die Zeremonie fand in seinem Haus in Bangkok statt, ohne den Segen oder die Anwesenheit ihrer Eltern. Anschließend reiste das Paar auf seine Ländereien in den Norden des Landes, nach Prachin.

In der Zwischenzeit war Sri Suriyawongse fest entschlossen, den beiden das Leben zur Hölle zu machen, aus Rache für seine durchkreuzten Pläne. Wenige Wochen nach der Hochzeit wurde Pricha nach Bangkok zitiert, wo man ihn verhaftete und unter anderem der Majestätsbeleidigung bezichtigte, da er ohne Einwilligung des Königs geheiratet hatte; des Weiteren warf man ihm vor, seine Ländereien schlecht verwaltet, Staatsgelder veruntreut und Arbeiter in den Goldminen misshandelt und ermordet zu haben. Er wurde in allen Anklagepunkten für schuldig befunden und schließlich, trotz hitziger Debatten über die Rechtmäßigkeit des Verfahrens und mangelnde Beweise, in Prachin hingerichtet. Selbst die Bemühungen von Konsul Knox, der sich überraschenderweise für ihn einsetzte und Chulalongkorn bat, neue, unvoreingenommene Richter zu ernennen, fruchteten nichts. Der König konnte sich der Kabinettsjustiz nicht widersetzen, forderte jedoch mit Nachdruck, dass Phra Pricha einen fairen Prozess erhielt.

Fanny floh mit ihrem Baby, Prichas Sohn, und seinen zwei Kindern aus erster Ehe nach Europa. Sie hätte leicht wieder heiraten oder den Rest ihres Lebens in England verbringen können, in Beschaulichkeit und Muße, wie es ihrer gesellschaftlichen Stellung entsprach, doch stattdessen fasste sie den absonderlichen Plan, die Franzosen in Kambodscha bei der Annexion Siams zu unterstützen und somit zur Abschaffung des korrupten System beizutragen, das Männern wie Sri Suriyawongse eine derart unbillige Macht verlieh.

Mit dem Alter war Fanny nachsichtiger geworden und als Sri Suriyawongse 1883 starb, gelangte sie zu dem Schluss, dass Rache nicht die Antwort war. Sie kehrte nach Bangkok zurück und mietete ein kleines Haus in einer Seitengasse der New Road. König Chulalongkorn setzte ihr eine Leibrente aus, um sie für das Unrecht zu entschädigen, das ihrem Mann widerfahren war, und danach beschloss sie, den Rest ihres Lebens der Aufgabe zu widmen, Armut und soziale Ungerechtigkeit in Siam zu bekämpfen.

Kesri hatte die Geschichte von ihrem Vater gehört, obwohl sie nicht wagte, Fanny persönlich darauf anzusprechen. Sam kannte Fanny seit frühester Jugend, weil ihre Schwester Caroline mit seinem langjährigen Freund Louis verheiratet war, der anfangs selbst ein Auge auf sie geworfen hatte. Caroline starb 1893, erst fünfunddreißig Jahre alt, und Louis hatte 1899 zum zweiten Mal geheiratet, eine junge Australierin namens Reta. Sam traf sich von Zeit zu Zeit mit Louis und Reta, die gerade erst von einer ausgedehnten Reise nach England und Kanada zurückgekehrt waren.

Schweigend setzten sie ihren Weg fort, zum nächsten Fall, bis Fanny bemerkte, wie niedergeschlagen Kesri aussah. »Denkst du immer noch an das Kind?«

»Eher an dich«, erwiderte Kesri. »Wie hältst du das nur aus, Fanny? Tag für Tag, Jahr für Jahr? Wird man da nicht trübsinnig? Es ist alles so sinnlos, so hoffnungslos.«

»Es ist keineswegs sinnlos«, erwiderte Fanny mit so viel Schärfe, dass Kesri zusammenzuckte.

»Selbst wenn wir nicht viele vor dem Tod bewahren und nicht mehr bieten können als ein wenig Trost und eine Schulter zum Ausweinen, hat unsere Arbeit einen Sinn, Kesri. Für die Menschen ist sie eine echte Hilfe, davon bin ich überzeugt«, fuhr sie milder fort, da sie erkannte, dass ihre harsche Antwort nicht gerechtfertigt war.

»Tut mir Leid. Natürlich ist sie das. Und ich liebe meine Arbeit, wirklich. Ich habe heute bloß einen schlechten Tag.«

„Warum machst du heute nicht früher Schluss? Schalte ab und vergiss das alles für ein paar Stunden! Ich sehe doch, dass du mit deinen Gedanken ganz woanders bist.«

»Jetzt habe ich ein schlechtes Gewissen, ich muss zugeben, dass du mich durchschaut hast. Doch verglichen damit, was diese armen Menschen durchmachen, sind meine Probleme läppisch.«

»Willst du darüber reden, was dich bedrückt, Kind?«

»Eigentlich gibt es nicht viel zu sagen. Es ist nur so, dass heute vor einem Jahr...« Sie wandte sich ab.

Der verlorene Blick in Kesris Augen sprach Bände. »Hat er dir das Herz gebrochen, Kind?«

»Nein, eher umgekehrt. Doch wir konnten nicht zusammenbleiben. Meine Gefühle veränderten sich, als ich von einer Sache erfuhr, die vor meiner Geburt geschah, von der wir beide zu dem Zeitpunkt nichts wussten. Doch dadurch war eine Heirat ausgeschlossen.«

»Unser Leben verläuft selten wie geplant«, antwortete Fanny sanft. »Doch dabei kann am Ende auch etwas Gutes herauskommen, wenn du es zulässt. Vielleicht ist das bereits der Fall. Gehe ich recht in der Annahme, dass dich diese Erfahrung zu mir geführt hat?«
Sie nickte. »Obwohl es eigentlich mein Vater war. Und darüber bin ich froh. Ich habe meine Aufgabe, meinen Lebenssinn gefunden.«

Zu Hause fand sie ein Paket im Salon vor, das an sie adressiert war. Es war so schwer, dass sie zunächst dachte, die Sendung enthalte die Belegexemplare des neuen Romans, den ihr Vater geschrieben hatte. Dann sah sie, dass es nicht aus Übersee gekommen war, sondern aus Bangkok. Vielleicht eine Überraschung, die er bei seiner Abreise für sie dagelassen hatte. Er war erst vier Tage weg, doch sie vermisste ihn bereits.
Er hatte sie gebeten, ihn nach England zu begleiten; natürlich nicht zur Hochzeit, das wäre undenkbar gewesen, sondern nur, um das Land kennen zu lernen. Sie lehnte ab, da sie es vorzog, ihre Arbeit fortzusetzen, zumal sie ohnehin in rund achtzehn Monaten nach England reisen musste. Abgesehen davon wollte sie nicht an ihren Halbbruder erinnert werden und daran, was er ihr bedeutet hatte.
Heute war es ihr gleichwohl nicht gelungen, ihn aus ihren Gedanken zu verbannen. Kein Wunder, denn es war genau ein Jahr her, auf den Tag genau, dass er Siam verlassen hatte. Sie hatte den Kummer über seinen Verlust immer noch nicht ganz überwunden und es würde vermutlich auch noch einige Zeit dauern, bis sie darüber hinweg war. Sam war nicht glücklich gewesen, dass sie unbedingt zu Hause bleiben wollte, nur mit den Dienstboten. Er hatte vorgeschlagen, sie solle bis zu seiner Rückkehr bei Louis und Reta oder irgendeinem anderen älteren Paar wohnen, doch sie war beharrlich geblieben und schließlich hatte er nachgegeben. Er konnte ihr ohnehin kaum etwas abschlagen nach allem, was sie durchgemacht hatte, und er vertraute darauf, dass sie seine Abwesenheit nicht ausnutzen würde, um sich in das nächste romantische Abenteuer zu stürzen. Aus ihrer Stimmung und ihrem Verhalten konnte er ziemlich sicher schließen, dass in absehbarer Zeit nichts dergleichen zu erwarten sein würde. Nicht, dass es ihn überraschte. Sie hatte ihren gesunden Menschenverstand

wiedergefunden und außerdem würde Miss Knox, mit der er sich insgeheim ins Einvernehmen gesetzt hatte, ein Auge auf sie haben. Sie riss das Paket auf und fand einen Umschlag und ein kleineres eckiges, eingewickeltes Päckchen darin. In dem Umschlag war ein Brief von Tante Elizabeth.

10. Mai 1905

Meine liebe Kesri,

du wirst dich wundern, Post von mir zu erhalten, doch wenn du meinen Brief gelesen und dich mit dem Inhalt des anderen Umschlags (in dem kleineren Paket) vertraut gemacht hast, wird sich das Rätsel lösen. Dieses Paket, auf das du gespannt sein dürftest, enthält eine Hinterlassenschaft deines Großvaters Edward Fairburn, die nach seinem Tod zunächst an mich ging.

Der Bitte in seinem letzten Willen entsprechend, habe ich Schweigen über den Inhalt dieses Pakets bewahrt; niemand kennt ihn, nicht einmal dein Vater. Ehrlich gestanden hätte ich auch gar nicht gewusst, was ich damit anfangen sollte, doch mein Vater schrieb diesbezüglich in seinem Brief, er vertraue darauf, dass ich beizeiten eine sinnvolle Verwendung dafür finden würde.

Diese Hinterlassenschaft hat keine rühmliche Geschichte, wie du sehen wirst. Sei jedoch versichert, dass es nichts mit deiner Person zu tun hat, wenn ich sie nun an dich weitergebe. Der Inhalt des Pakets ist durch ein folgenreiches Fehlurteil in den Besitz meines Vaters gelangt. Er lud damit eine schwere Schuld auf sich, die er einsah und vor seinem Tod bitter bereute, doch er brachte es nicht fertig, sie zu seinen Lebzeiten offen einzugestehen oder Wiedergutmachung zu leisten. Ich habe heimlich Nachforschungen in Australien angestellt, jedoch nichts über den Verbleib der anderen beteiligten Partei in Erfahrung bringen können, so dass es höchstwahrscheinlich keine weiteren Erben oder Personen gibt, die Anspruch darauf erheben könnten.

Meine Liebe, bitte lies den Inhalt des beigefügten Schreibens sorgfältig und versuche, deinem Großvater zu verzeihen. Verwende den

Schatz mit Überlegung, so dass dieses Drama schlussendlich doch noch etwas Gutes bewirkt.

Deine dich liebende Tante Elizabeth

Unter dem Einwickelpapier des zweiten Pakets entdeckte sie einen riesigen Blechbehälter, dessen Länge und Breite annähernd einen halben Meter maß und die gleiche Tiefe hatte. Sie lupfte den Deckel, da das Behältnis zu schwer war, um es hochzuheben, und spähte hinein.

Der riesige Goldklumpen, in Quarzgestein eingebettet und naturbelassen, war das Letzte, womit sie gerechnet hatte, und der Glanz überwältigte sie. Sie hatte ähnliche Funde in Büchern und auch einmal ein echtes Goldnugget in einer Ausstellung gesehen, doch keines war so groß wie dieses gewesen. Sie fuhr mit dem Finger über die raue Oberfläche.

Der zweite Umschlag lag oben auf dem riesigen Nugget und war bereits geöffnet, vermutlich von Elizabeth, dachte sie. Sie war neugierig auf des Rätsels Lösung und sie stellte sich vor, dass sich ihre Tante damals ähnlich gefühlt haben musste. Sie griff hinein und zog einen Brief und einen uralten Zeitungsartikel heraus. Sie faltete den Ausschnitt auseinander und sah, dass es sich um die erste Seite des »Melbourne Argus« handelte, datiert vom 8. Oktober 1866, also vor beinahe fünfzig Jahren. Einer der Artikel war mit Tinte eingekreist.

BARMÄDCHEN STIRBT BEI BRAND IN BALLARAT
GOLDNUGGET VERSCHWUNDEN
FREUNDE SPRECHEN VON EINBRUCH
UND BRANDSTIFTUNG

Ballarat, 6. Oktober – Eine junge Frau starb letzte Nacht bei einem Brand in der Bridge Street; das Haus stand lichterloh in Flammen und die einzige Bewohnerin war tot, als die freiwillige Feuerwehr eintraf. Das Opfer war:

Celia Mary Marsden, 26, Barmädchen im Grand Royal Hotel.

Wie verlautet, hatte Miss Marsden, die aus Sidney stammte und seit fünf Jahren in Ballarat lebte, unlängst Gold auf ihrem Claim gefunden; Schätzungen zufolge besaß das Nugget im Rohzustand ein Gewicht von annähernd fünfunddreißig Pfund. Das Gold wurde nach den Löscharbeiten nicht im Haus gefunden und Kolleginnen von Miss Marsden sehen darin ein Motiv für Einbruch und Brandstiftung: die Diebe hätten, als sie von Miss Marsden auf frischer Tat ertappt wurden, das Haus angezündet, bevor sie mit der Beute flüchteten. Eine genaue Inspektion des Schlafzimmers, wo das Feuer allem Anschein nach ausbrach, ergab jedoch, dass es höchstwahrscheinlich durch eine schwelende Zigarre entstand, möglicherweise …

Sie wollte nicht weiterlesen. Ihr Großvater ein Dieb – oder Schlimmeres? Sie wandte ihre Aufmerksamkeit dem beigefügten Schreiben zu.

An alle, die es betrifft:

Dass du nun diesen Brief liest, bedeutet, dass ich nicht mehr unter euch weile. 1867, als ich diesen Schatz bei meinen Londoner Anwälten Harbeck & Harbeck in Verwahrung gab, war ich ein junger Mann, der hoffte, ein langes Leben vor sich zu haben. Nun, da sich das Jahr 1885 seinem Ende zuneigt, weiß ich, dass ich bald sterben werde.
Meine Anwälte haben, meinem letzten Willen entsprechend, die Anweisung erhalten, dieses Paket unmittelbar nach meinem Tod an meine Tochter Mrs. Elizabeth Shaw zu übersenden. Doch ich denke, dass sie die Hinterlassenschaft nicht behalten, sondern, wie ich in einem getrennten Brief an sie vorschlug, an jemanden weiterleiten möchte, der sie einem guten Zweck zuführt – vielleicht der Person, die diese Zeilen liest.
Seit sich das Gold in meinem Besitz befindet, war es eine Bürde für mich, die ich wie einen Mühlstein um den Hals empfand. Der beiliegende Zeitungsartikel steht mit einer Begebenheit in Zusammenhang, die ich inzwischen bitter bereue. Ich bitte dich jedoch, mich nicht zu verurteilen, bevor du mich angehört hast. Ich hoffe, du ge-

langst nach der Schilderung der Ereignisse zu jenem unseligen Zeitpunkt zu dem Schluss, dass mein Verhalten zwar tadelnswert war, jedoch nicht auf Heimtücke beruhte.
Der Goldklumpen von Celia Marsden, der im Zeitungsartikel erwähnten Frau, und mir entdeckt, wiegt genau achtundzwanzig Pfund und vier Unzen, woraus sich, wie man mir versicherte, ungefähr dreiundzwanzig Pfund reines Gold gewinnen lassen; der Rest ist Quarzgestein. Kein großes Vermögen, verglichen damit, was ich meinen Erben ansonsten hinterlassen habe, doch ist es mir wichtig, dass es auf eine Weise verwendet wird, die das Unrecht des Erwerbs sühnt. Die Ereignisse, auf die ich mich beziehe, haben sich vor langer Zeit zugetragen; lange bevor ich meine eigentliche Bestimmung im Leben fand und bevor ich das Wort Gottes vernahm und befolgte. Bitte verzeih mir, dass ich im Folgenden so freimütig sprechen muss.
In dem beigefügten Zeitungsartikel steht, dass Celia Marsden bei einem mysteriösen Brand ums Leben kam und weithin der Verdacht bestand, dass die Person, die den Goldklumpen stahl, ihren Tod verursachte. Ich gestehe hier und jetzt, dass ich derjenige war, der in jener Nacht in ihr Haus einbrach, doch ich gelobe hoch und heilig, dass ich nicht für das Feuer verantwortlich war. Leider muss ich auch zugeben, dass Celia mehr für mich war als eine Geschäftspartnerin; die Umstände unserer Bekanntschaft werde ich zu gegebener Zeit erläutern.
Damals arbeitete ich als Fotograf auf den Goldfeldern von Ballarat. Ich schürfte gelegentlich selbst, obwohl ich dieses Unterfangen nie ernsthaft betrieb, da mich meine fotografische Tätigkeit mit ausreichenden Einkünften versorgte. Für mich war es eher eine spannende Abwechslung, von der ich mir keinen nennenswerten Erfolg versprach. Dann entdeckten Celia und ich gemeinsam dieses Gold. Wir konnten unser Glück nicht fassen und trafen eine mündliche Vereinbarung, was wir mit dem Fund anfangen wollten; ich werde gleich genauer darauf eingehen. Celia hielt sich nicht an unsere Absprache und ich drang in jener Nacht in ihr Haus ein, in der Überzeugung, dass ich mir nur das holte, was mir zustand.
Ich war damals ein junger Mann, mit dessen Ehe es nicht zum Besten stand, und geriet in Celias Bann, fiel wie ein Narr auf ihre Zau-

berkunststücke herein, die sie meisterhaft beherrschte. Ich war blind für ihren wahren Charakter und obwohl mir Gerüchte zu Ohren kamen, sie sei nichts weiter als eine bessere Dirne, schenkte ich ihnen kein Gehör. Für mich war sie aufregend, sprühend, ein gefährliches Abenteuer, während meine eigene Frau fortwährend Schuldgefühle wegen der Schmerzen und Enttäuschungen zahlreicher Fehl- und Totgeburten in mir wachrief. Unsere heiß geliebte Tochter Elizabeth war unser einziges Kind und ich hätte mich, wofür ich mich noch mehr schäme, damit zufrieden geben sollen. Doch das konnte ich nicht und als ich Celia begegnete, war es um mich geschehen.
Ich erkannte damals nicht, dass sie Männer verachtete und nur benutzte, um an das heranzukommen, was immer sie zu bieten hatten. Ich verliebte mich jedenfalls auf Anhieb in sie, als ich sie im Grand Royal Hotel in Ballarat zum ersten Mal sah, und wir wurden umgehend ein Paar. Sie erzählte mir, dass sie ihr Glück auf den Ausläufern der Goldfelder von Sovereign Hill versuchen wolle, und obwohl ich es nicht für schicklich hielt, dass eine Frau sich als Goldgräberin betätigte, war sie hartnäckig und so kaufte ich unsere Ausrüstung und wir steckten unseren Claim ab. Immer, wenn sie freihatte und nicht hinter der Bar des Hotel stand, war sie draußen, Tag für Tag, und arbeitete genauso schwer wie ein Mann. Ich hatte mir inzwischen selbst eingeredet, dass ich sie liebte und irgendwann mit ihr auf und davongehen wollte, ohne Rücksicht auf Frau und Kind.
Rückblickend ist mir klar, dass unsere Beziehung nie glücklich geworden wäre und mich am Ende zerstört hätte. Ich habe mich seither immer wieder gefragt, ob ich wirklich mit ihr fortgegangen wäre. Oder wäre ich irgendwann wieder zu Verstand gekommen? Ich wusste nur zu gut, dass meine Familie in England mich entmündigt und enterbt hätte, wenn ich mein schändliches, aberwitziges Vorhaben in die Tat umgesetzt hätte. Ich wäre mittellos gewesen, von meinen eigenen Einkünften abgesehen. Als Fotograf hatte ich ein gutes Auskommen und verdiente genug, um Charlotte und Elizabeth zu versorgen. Doch Charlotte war genügsam, keine Frau, die es nach ausgefallenen Kleidern und Schmuckstücken verlangte, während Celia mehr brauchte, um glücklich zu sein.
Doch das nur nebenbei. Eines Tages fanden wir jedenfalls Gold auf

unserem Claim, in dem großen Gesteinsbrocken, den du nun vor dir siehst. Er war der einzige weit und breit. Rings um den Abschnitt, in dem wir gruben, war bisher nur wenig Gold entdeckt worden. Ich stemmte ihn mit einer Breithacke heraus, während sie oben stand und Gesteinsbrocken in einem Sieb wusch, die jedoch nur Goldstaubpartikel enthielten. Ich hielt den Fund für eine wundersame Fügung, die mir einen Neuanfang mit Celia ermöglichte. Da ich ihr völlig vertraute, überließ ich ihn ihr zur Aufbewahrung.

Doch es dauerte nicht lange, bis ich merkte, dass sie sich mir gegenüber plötzlich anders verhielt. Ich kannte die Geschichten von ihren vermeintlichen Freiern, doch sie hatte stets behauptet, es handele sich um Bekannte, die sie besuchten, was in gewisser Hinsicht zutraf, denn sie machte sich aus keinem etwas. Ich hatte unseren Fund geheim halten wollen, bis wir die Goldgräberstadt mit ihren zwielichtigen Gestalten verlassen hatten, doch sie brüstete sich damit. Ich erfuhr kurz darauf von anderen, dass sie beabsichtigte, ihre Zelte abzubrechen und anderswo neu anzufangen, vielleicht ihr eigenes Etablissement in Sydney zu eröffnen. Ihre Pläne schlossen mich offenbar nicht ein und schließlich tat sie so, als würde sie mich nicht mehr kennen, und ging nicht mehr an die Tür, wenn ich sie besuchte.

Ich war wütend, doch vor allem hatte sie meiner Selbstachtung einen schweren Schlag versetzt. Sie hatte mich lediglich benutzt und dann eiskalt abserviert und es gab bereits einen Nachfolger für mich. Ich kam mir wie ein ausgemachter Narr vor, weil ich allen Ernstes in Erwägung gezogen hatte, ihretwegen mein Erbe und meine Familie aufzugeben. Das war der Punkt, an dem ich beschloss, den Goldklumpen zu stehlen, irgendwann in den späten Abendstunden, wenn sie, wie so oft, besinnungslos betrunken war.

In der fraglichen Nacht war ein Schwelbrand im Haus ausgebrochen, lange bevor ich dort eintraf. Als ich ihr Schlafzimmer betrat und das Gold an mich nahm, wurde das Feuer durch den Luftzug entfacht. Wahrscheinlich war sie eingenickt, während sie eine Zigarette oder Zigarre geraucht hatte. Ich flehe dich an, mir zu glauben, wenn ich sage, dass ich nicht das Geringste tun konnte, um zu helfen, obwohl ich es versuchte. Jede Rettung kam zu spät und ich musste um mein eigenes Leben rennen. Ich gebe zu, es war feige, nicht gleich die

Feuerwehr zu benachrichtigen und zuzugeben, dass ich das Gold an mich genommen hatte. Schließlich hatte ich es gefunden und es gehörte zur Hälfte mir.

Celia besaß weder Verwandte noch Dienstboten, die von ihren finanziellen Zuwendungen abhängig waren, und sie hatte in so jungen Jahren mit Sicherheit kein Testament verfasst. Ich wusste daher, wenn ich gestand, würde der Staat ihren Anteil am Gold konfiszieren. Er hatte die Goldgräber bereits bei den Gebühren für die Schürfrechte ausgenommen, bevor sich diese in den fünfziger Jahren mit einem mutigen Aufstand in der so genannten »Eureka Stockade« auf den Ballarat-Goldfeldern zur Wehr setzten. Außerdem hätte ich mit einer Anklage wegen Diebstahls rechnen müssen, vielleicht sogar wegen Mordes, falls man meine Geschichte nicht glaubte.

Ein Ermittler von der Polizei suchte mich in meiner Unterkunft in Ballarat auf. Er war von einem üblen Burschen aus dem Hotel, der vor mir mit Celia liiert gewesen war und folglich einen heimlichen Groll gegen mich hegte, an mich verwiesen worden. Ich konnte ihn jedoch überzeugen, dass es unter der Würde eines englischen Gentleman sei, sich mit einem Frauenzimmer von so zweifelhaftem Ruf einzulassen, das mir nur oberflächlich aus der Bar des Hotels bekannt sei. Zum Glück glaubte er mir, wozu nicht zuletzt eine kleine finanzielle Zuwendung beitrug.

Trotz der Entschlossenheit, das Gold zu behalten, war mir klar, dass ich es zeitlebens nicht antasten würde, zum einen wegen der wachsenden Schuld- und Reuegefühle, die ich damit verband, zum andern aus rein praktischen Erwägungen, da ich befürchten musste, jemand könne einen wie auch immer gearteten Zusammenhang herstellen, sollte ich es jemals versuchen. Es traf sich gut, dass ich etwa zur gleichen Zeit nach England zurückmusste, so dass ich das Gold mitnahm und es dort meinen Anwälten zur Aufbewahrung gab.

Mein ganzes Leben lang habe ich den folgenschweren Irrtum bedauert, der mich bewog, mich mit dieser Frau einzulassen. Als alter Mann, der den Tod vor Augen hat, wünsche ich mir nichts sehnlicher, als letztlich doch noch etwas Gutes mit dem Fund zu bewirken, der unter einem unguten Stern stand. Ich bitte deshalb darum, ihn für einen wohltätigen Zweck zu verwenden, vorzugsweise in Siam, meiner Wahlheimat, wo es viele Menschen gibt, denen damit geholfen werden könnte.

Edward Benjamin Fairburn

Sie ließ abermals ihre Finger über den Goldklumpen gleiten. Er glänzte wie eine Honigwabe im Sonnenlicht. Obwohl sie nun die ganze Geschichte kannte, dachte sie nicht schlecht von ihrem Großvater. Was geschehen war, war lange her, beinahe ein halbes Jahrhundert. Und sie wusste genau, was sie mit dem Gold anfangen würde.

Januar 1906

Draußen wartete stets eine lange Schlange, wenn sie morgens eintraf, um die Türen aufzusperren. Viele Frauen trugen ihre kranken Kinder auf dem Arm, andere waren selbst leidend und wieder andere waren nur neugierig. Es hatte sich bald bei den Frauen, über die nahe Umgebung der New Road hinaus, herumgesprochen, dass man Khun Kesri um Hilfe bitten konnte, wenn man vor lauter Not nicht mehr aus noch ein wusste; wenn man einen Doktor brauchte, ihn jedoch nicht bezahlen konnte; wenn die Kinder geimpft werden mussten; oder wenn man vom eigenen Ehemann oder anderen Pesonen drangsaliert oder misshandelt wurde. Sie hatte mehrere angesehene Ärzte aus dem Westen überredet, unentgeltlich für das Zentrum zu arbeiten, und Studenten der Medizinischen Fakultät und Praktikanten vom College in Bangkok rissen sich ebenfalls darum, dort ehrenamtlich tätig zu sein.
Kesri klärte die Frauen über die Gefahren von verschmutztem Trinkwasser und verunreinigten Nahrungsmitteln auf und brachte den jungen Mädchen Nähen, Englisch und Siamesisch in Wort und Schrift bei. Fanny Knox war stets bereit, ihr mit Rat und Tat zur Seite zu stehen, und am Anfang wäre Kesri ohne sie verloren gewesen.
Sie hatte Fanny die Leitung des Zentrums angetragen, doch die ältere

Frau hatte dankend abgelehnt und gesagt, sie ziehe es vor, unabhängig zu bleiben und mit den Schülern in Bangkok zu arbeiten, die eines Tages die Politik des Landes gestalten würden. Gerade zwanzig Jahre alt, fühlte sich Kesri angesichts eines solchen Projekts oft überfordert. Doch sie spürte auch, was noch stärker wog, dass diese Arbeit ihre Berufung und eine Chance war, die Sünden der Väter – und ihre eigenen – zu sühnen.

Die Kutsche hielt vor dem Haus und eine Frau stieg aus. Sie blieb eine Weile stehen, beobachtete die Frauen und Kinder, die draußen warteten, und die Geschäftigkeit, die ringsum herrschte. Kurz darauf erschien ihre Nichte auf der Türschwelle und kam ihr entgegen, um sie zu begrüßen. Sie umarmten sich, dann gingen sie ins Haus. An der Mauer neben der Eingangstür befand sich ein kleines Namensschild aus Messing. *Ban Si Thong* stand darauf, Goldenes Haus. Kesri wartete gespannt auf die Reaktion ihrer Tante. Elizabeth lächelte, nickte und nahm Kesris Hand. Dann gingen die Frauen gemeinsam ins Haus. Es wartete noch viel Arbeit auf sie.

Stefanie Zweig

Es begann damals in Afrika

Die Fortsetzung des Erfolgsromans »Nirgendwo in Afrika«

»Regina brauchte nur die Augen zu schließen, um den Schnee vom Mount Kenya im Morgengrauen rosa leuchten zu sehen, und wenn sie nur wollte, hörte sie statt der Schulglocke das Gelächter der Menschen von Ol' Joro Orok gegen die Bäume im Wald fliegen und als Echo zurückkommen…«

Nakuru School, Kenia, 1943: Regina, Leah, Vicky und Liesel, jüdische Mädchen aus deutschen Emigrantenfamilien, sind Freundinnen. So unterschiedlich ihre Charaktere sind, so vielschichtig erleben sie Afrika. Stefanie Zweig verwebt in ihrem autobiografischen Roman mit psychologischem Feingefühl die Lebenswege dieser vier Mädchen, die von Kenia nach Deutschland, Israel und London führen.

350 Seiten, ISBN 3-7844-2963-7
Langen Müller

Lesetipp

BUCHVERLAGE
LANGENMÜLLER HERBIG NYMPHENBURGER
WWW.HERBIG.NET